W0171839

Für Silvia –
meine wahre Liebe und stete Inspiration

Von der Höhe der Felsenburg überblickte der wilde
Herr, wie der Adler von seinem blutigen Neste,
die Gegend ringsumher, wo nur ein Wanderer den
Fuß hinsetzen konnte, während er über seinem
Haupte kein lebendes Wesen mehr sich regen hörte.

ALESSANDRO MANZONI
Die Verlobten

Die bewusste Berechnung aller Mittel, wovon kein
damaliger außeritalischer Fürst eine Idee hatte,
verbunden mit einer innerhalb der Staatsgrenzen fast
absoluten Machtvollkommenheit, brachte hier ganz
besondere Menschen und Lebensformen hervor.

JACOB BURCKHARDT
Die Kultur der Renaissance in Italien

Inhalt

Vierter Teil

Die Geschlechter

Mailand (Visconti-Sforza)

Filippo Maria Visconti: Herzog von Mailand

Agnese del Maino: Mätresse von Filippo Maria Visconti

Maria von Savoyen: Ehefrau von Filippo Maria Visconti und Herzogin von Mailand

Pier Candido Decembrio: persönlicher Berater von Filippo Maria Visconti

Francesco Sforza: Condottiere und Herzog von Mailand

Bianca Maria Visconti: Tochter von Filippo Maria Visconti und Agnese del Maino, Herzogin von Mailand

Cicco Simonetta: Berater von Francesco Sforza

Braccio Spezzato: Leutnant unter Francesco Sforza

Michele da Besozzo: Mailänder Maler

Gaspare da Vimercate: Leutnant unter Francesco Sforza

Galeazzo Maria Sforza: Sohn von Francesco Sforza und Bianca Maria Visconti, Herzog von Mailand

Ludovico Maria Sforza, genannt »il Moro«: Bruder von Galeazzo Maria Sforza und Sohn von Francesco Sforza und Bianca Maria Visconti, Herzog von Mailand

Lucrezia Landriani: Mätresse von Galeazzo Maria Sforza

Bona von Savoyen: Ehefrau von Galeazzo Maria Sforza und Herzogin von Mailand

Caterina Sforza: Tochter von Galeazzo Maria Sforza und Lucrezia Landriani

Lucia Marliani: Mätresse von Galeazzo Maria Sforza

Lucrezia Aliprandi: Hofdame im Gefolge von Agnese del Maino

Gabor Szilagyi: Auftragsmörder im Dienst von Bianca Maria Visconti

Venedig (Condulmer)

Gabriele Condulmer: venezianischer Patrizier, zum Papst gewählt, nahm als Papst den Namen Eugen IV. an

Polixena Condulmer: venezianische Edelfrau, Schwester von Gabriele Condulmer

Niccolò Barbo: venezianischer Patrizier, Mitglied des Consiglio dei Dieci (Rat der Zehn), Ehemann von Polixena Condulmer

Pietro Barbo: Sohn von Niccolò Barbo und Polixena Condulmer, zum Papst gewählt, nahm als Papst den Namen Paul II. an

Antonio Condulmer: venezianischer Gesandter am französischen Hof

Antonio Correr: Cousin von Gabriele Condulmer, Kardinal von Bologna

Francesco Bussone, genannt »Carmagnola«: Oberbefehlshaber der venezianischen Armee auf der Terraferma (Gebiete Venedigs auf dem Festland)

Ferrara (Este)

Leonello d'Este: Marchese (Markgraf) von Ferrara, Sohn von Niccolò III. d'Este und Stella de' Tolomei

Guarino Guarini: Magister, Inhaber des Lehrstuhls für

Rhetorik, Latein und Griechisch an der Universität von
Ferrara
Borso d'Este: Herzog von Ferrara, Sohn von Niccolò III.
d'Este und Stella de' Tolomei
Ercole I. d'Este: Herzog von Ferrara, Halbbruder von
Borso d'Este

Florenz (Medici)
Cosimo de' Medici, genannt »Il Vecchio« (der Alte): Herr
über Florenz
Paolo di Dono, genannt Paolo Uccello: Florentiner Maler
Piero de' Medici, genannt »Il Gottoso« (der Gichtige):
Herr über Florenz, Sohn von Cosimo de' Medici und
Contessina de' Bardi
*Lorenzo de' Medici, genannt »Il Magnifico« (der
Prächtige):* Herr über Florenz, Sohn von Piero de'
Medici und Lucrezia Tornabuoni
Braccio Martelli: Florentiner Adeliger, Freund von
Lorenzo de' Medici

Rom (Colonna und Borgia)
Antonio Colonna: römischer Adeliger, Fürst von Salerno,
Oberhaupt des Zweigs der Genazzano
Odoardo Colonna: römischer Adeliger, Bruder von
Antonio und Prospero Colonna
Prospero Colonna: römischer Adeliger, Bruder von
Antonio und Odoardo Colonna, Kardinal
Stefano Colonna: römischer Adeliger, Oberhaupt des
Zweigs der Palestrina
Sveva Orsini: römische Adelige, Ehefrau von Stefano
Colonna

Chiarina Conti: römische Adelige, Mutter von Stefano Colonna

Imperiale Colonna: römische Adelige, Tochter von Stefano Colonna und Sveva Orsini, Ehefrau von Antonio Colonna

Salvatore Colonna: römischer Adeliger

Alonso de Borja (Alfonso Borgia): spanischer Adeliger, zum Papst gewählt, nahm als Papst den Namen Calixt III. an

Neapel (Aragón)

*El Rey Alfons V. von Aragón, genannt »Il Magnanimo«
(der Großmütige):* König von Aragón, Souverän des Königreichs Neapel

Don Rafael Cossin Rubio: Hidalgo aus Medina del Campo, Hauptmann der Armee von Aragón

Ferdinand I. von Aragón, genannt »Ferrante«: König von Aragón, Souverän des Königreichs Neapel, Sohn von Alfons V. von Aragón und Gueraldona Carlino

Isabella von Clermont: Königin von Neapel, Ehefrau von Ferdinand I. von Aragón

Filomena: neapolitanische Frau aus dem Volk

Aniello Ferraro: neapolitanischer Pozzaro

Iñigo de Guevara: Hauptmann der aragonesischen Armee

Erster Teil

1418
Prolog

Herzogtum Mailand, Castello di Binasco

E r wollte bis nach oben zur Turmspitze. Er wusste, dass es eine Ewigkeit dauern würde, aber er war wild entschlossen, es zu schaffen. Ein Soldat hatte angeboten, ihm zu helfen, doch den hatte er mit einem vernichtenden Blick gestraft. Stufe für Stufe stemmte er sich mit seinen Stöcken hinauf. Das verlangte Kraft in den Armen – was ihm wahrlich nicht neu war. Er kam nur langsam vorwärts auf seinen dürren, schwächlichen Beinen. Mühsam stolperte er voran und presste Verwünschungen zwischen den Zähnen hervor, mit denen er sich selbst verfluchte und, mehr noch, seine Eltern, die ihn seit frühester Kindheit in diese Hölle aus Schmerz und Einschränkung gestoßen hatten.

Als er endlich die letzte Stufe erklommen hatte, war er schweißgebadet. Seine Arme zitterten fast von der schier übermenschlichen Anstrengung. Er stützte sich auf die Brüstung und ließ die Krücken fallen.

Groß und massig ragte der Eckturm empor und beherrschte den Ausblick. Der Himmel nahm die Farbe der Morgenröte an. Der kalte Winterwind blähte in Böen seinen Mantel. Filippo Maria zog ihn fest um die Schultern, der Wolfspelz am Kragen strich schmeichelnd über seine Wange.

Binasco. Etwa auf halber Strecke zwischen Mailand und Pavia. War dies nicht der perfekte Ort, um seinen Plan zur Ausführung zu bringen? Wo er doch diesen beiden Städten sein ganzes Leben geopfert hatte?

Er sah hinab in den tiefen Graben zu seinen Füßen. Jenseits davon standen kahle Bäume mit krummen Ästen, wie erstarrt vor Kälte. Etwas weiter entfernt ein paar halb verfallene Katen und Bauernhöfe. Er drehte sich um und richtete seinen Blick in den Hof der Burg, wo das Schafott auf sein Opfer wartete. Die Flammen der Fackeln leuchteten in der Morgenröte.

Er hasste Beatrice. Aus tiefster Seele. Er hatte sie heiraten müssen, weil Facino Cane ihn dazu gezwungen hatte. Der wollte Beatrice gut aufgehoben und in Sicherheit wissen. Den Mund voller Auswurf und Blut hatte er es auf dem Totenbett verlangt. Beatrice! Kein Leid sollte ihr widerfahren. Gewiss! Und er musste sie nun ertragen, seit sechs Jahren schon. Sechs endlose Jahre! Er hatte es hingenommen, dass sie ihn wie einen Diener behandelte, einen Untergebenen, einen Rotzlöffel, ihn, den zwanzig Jahre Jüngeren und einzigen legitimen Erben des Herzogtums Mailand. Er war ihr zu Diensten gewesen, hatte ihre Launen ertragen, die vielen Erniedrigungen. Und während er geduldig und lächelnd ihre Anweisungen entgegennahm, hatte sich in ihm ein Zorn eingenistet, der über die Jahre immer größer geworden war. Mit Billigung der Staatsmänner am Hofe, die der Überzeugung waren, dass er es zugunsten eines Gleichgewichtes der Kräfte, aus Vaterlandsliebe und Respekt vor den Toten täte. Beatrice, das miese Stück, war ihm von Nutzen gewesen: Sie hatte ihm vierhunderttausend Dukaten Mitgift eingebracht und Herrschaftsansprüche über Alessandria, Tortona, Casale, Novara, Vigevano, Biandrate, Varese und das gesamte Gebiet der Brianza. Er hatte sich von Kalkül und Opportunismus leiten lassen. So hatte er mit einem Schlag für das Herzogtum – sein Herzogtum – Ländereien, Männer und Ressourcen zurückgewonnen.

Doch nicht einen Augenblick lang hatte er vorgehabt, wirklich mit ihr zusammenzuleben. Sicher, trotz ihrer vierzig Jahre war sie noch schön. Und sie wusste, was einem Mann gefiel. Nur allzu gut! Allerdings war nicht er es, dem ihre Aufmerksamkeit galt. Nie. Er hatte immer gewusst, dass sie ihn betrog. Aber es war ihm nie gelungen, ihre Untreue zu beweisen. Die kleine Schlampe war schlau. Und deshalb verabscheute er sie. Doch im Verborgenen hatte er die Tage gezählt und verbittert auf seinen Moment gewartet.

Er war gewachsen in den sechs Jahren. Zwar war er nicht kräftiger und seine unnützen Beine nicht besser, sondern lediglich sein Bauch fetter geworden, und er hatte einsehen müssen, dass er hässlich und verkrüppelt war, doch eines war ihm gelungen, das Wichtigste überhaupt, das alle Zurücksetzung und Launen der Natur mit einem Mal wettmachte: Er war Herzog von Mailand geworden. Nicht der Bezeichnung nach. Aber faktisch. Er hatte seine Feinde ausgemacht, die erklärten ebenso wie die gefährlicheren, die hinter seinem Rücken Intrigen gegen ihn anzettelten, ihm aber lächelnd Honig ums Maul schmierten. Er hatte gelernt, ihnen allen zu misstrauen. Er hatte seinen Groll hinuntergeschluckt und so getan, als sei er ein vernünftiger und friedfertiger junger Mann, der bereitwillig die Beschlüsse des Consiglio di Provvisione zur Kenntnis nahm und wie ein braver Junge den Auffassungen der Hofpolitiker Folge leistete, als seien es Lebensweisheiten. Unterdessen nisteten sich Argwohn und Zorn in seinem schwarzen Herzen ein, das so hart war wie der dunkle Fels der Berge ringsum. Und so hatte er in diesen sechs Jahren, in denen sie ihn alle mit gönnerhafter Herablassung und Bevormundung behandelt und seinen Zorn unterschätzt hatten, seine Waffen geschärft.

Dann hatte sich das Blatt erneut gewendet: Er hatte die Gesellschaftsdame von Beatrice kennengelernt, die viel schöner war als sie. Agnese del Maino hatte langes blondes Haar und Augen so blau wie der Himmel. Dieser Himmel, der soeben mit dem letzten Aufflammen der Morgenröte seine Farbe änderte. Wie hätte er einem Geschöpf so voller Feuer und Leidenschaft wie Agnese widerstehen sollen? Ihr bloßer Anblick brachte sein Blut in Wallung! Als ihm klar wurde, dass Agnese sich nicht vom äußeren Schein täuschen ließ und er ihre Bereitschaft und ihr Bestreben erkannte, Teil seines Lebens zu werden und eines Tages mit ihm gemeinsam zu herrschen, hatte er ihr alles geboten, was in seiner Macht stand. Sie hatte ihn fest zwischen ihre kräftigen, straffen Schenkel genommen und es wie wahnsinnig mit ihm getrieben. In diesen Nächten voll Sex und Raserei, voll Wonne und Qual, in denen er sie nahm und sich endlich wie ein Mann fühlte, flüsterte sie ihm Dinge ins Ohr, die nach und nach zu einem raffinierten und ruchlosen Plan heranreiften.

Zu guter Letzt hatte Filippo Maria ihn mit ihr gemeinsam umgesetzt. Er beschuldigte Beatrice des Ehebruchs mit einem seiner Dienstboten namens Michele Orombelli. Als sie das abstritt, bezichtigte er sie des Meineids und des Ehe-bruchs und beschuldigte sie, dass ihr der Erhalt der Abstam-mungslinie des Herzogtums nicht am Herzen liege. Darauf-hin hatte er sie, ohne zu zögern, verurteilt. Orombelli hatte er in Ketten legen lassen. Nach einem Scheinprozess hatte er ihn vor Beatrices Augen von seinen Wachleuten in Stücke reißen lassen und den Hunden zum Fraß vorgeworfen. Da-nach hatte er befohlen, Beatrice zum Castello di Binasco bringen zu lassen, wo sie auf ihre Verurteilung warten sollte. Und dort befanden sie sich nun.

Er schaute zum Horizont. Schließlich entschloss er sich mit unwilligem Blick auf die Treppe, wieder hinabzusteigen. Unter Mühen bückte er sich und hob die beiden Stöcke auf. Er spuckte aus. Dann machte er sich an den qualvollen Ab-stieg.

Als sie Beatrice hinausbrachten, regte sich kein Hauch. Es gab keine wartende Menge, nur den leeren Hof, gescheckt mit Flecken aus schmutzigem Schnee und Schlamm. Seine Bewaffneten hatten auf einer kleinen Bühne das Schafott aufgebaut. Der Henker wartete mit einer großen Axt in den Händen. Francesco Bussone, genannt Carmagnola, Haupt-mann der mailändischen Truppen, überwachte, dass alles reibungslos vonstattenging. Er war groß, hatte lange braune Haare und einen dünnen Schnauzbart. Erbarmungslos und treu ergeben, war er bereit alles zu tun, um die Ländereien zurückzuerobern, die dem Herzogtum verloren gegangen waren.

Filippo Maria betrachtete Beatrice, überheblich wie eh und je, selbst im Angesicht des Todes, mit diesem hochmü-tigen, stolzen Blick, hart wie die Klinge eines Messers. Er sah ihr in die Augen, und es war ihm eine Genugtuung, den Blick nicht abzuwenden. Er lächelte. Sie würdigte ihn keines Wortes. Sie versuchte nicht, sich zu befreien, und protestierte nicht einmal ansatzweise, als die beiden Soldaten sie an den Armen ergriffen und sie dem Henker vor die Füße warfen.

Der packte sie rücksichtslos und fixierte ihren Kopf mit ein paar Seilwindungen auf einem Fass.

Die Sonne durchbrach die Wolken.

Die blassen winterlichen Strahlen tauchten den gesamten Hof in ein milchiges Licht. Beatrice sah weiter ihren Gemahl an – ohne ein Wort von sich zu geben und ohne den Blick von ihm zu wenden, im Gegenteil, sie heftete ihn auf ihn.

Der Henker hob die riesige Axt über den Kopf.

Nicht einmal die Ehre des Schwertes hatte er ihr gegönnt. Filippo Maria hatte dem Scharfrichter befohlen, ein Beil zu verwenden, das sonst den Schweinen und den räudigen Hunden vorbehalten war.

Der Herzog von Mailand klammerte sich an seine beiden Stöcke, die er in den Boden des Hofes bohrte.

Er verfolgte die Szene mit Genuss.

Nachdem er so lange darauf gewartet hatte, wollte er jetzt keinen einzigen Augenblick der Hinrichtung verpassen.

Der Scharfrichter ließ die gewaltige Axt herabsausen. Sauber durchtrennte die Klinge den Hals. Ein Strahl dunklen Blutes schoss als roter Regen heraus. Der vom Rumpf getrennte Kopf sprang beinahe davon und rollte unter die Streben der Bühne, um schließlich im schmutzigen Schnee und Matsch des Hofes zum Stillstand zu kommen.

Filippo Maria trat zum Kopf Beatrices. Er sah die hervorgetretenen Augen und die bläuliche Zunge. Dann warf er einen seiner beiden Stöcke zu Boden und packte den abgetrennten Kopf mit der freien Hand bei den Haaren. Das Blut troff aus ihm heraus, und so zog er eine scharlachrote Spur hinter sich her, als er sich mit ihm zum Schweinekoben begab.

1427

1. Ein Wespennest

Herzogtum Mailand, Maclodio

Der Meinung bin ich nicht.« Angelo della Pergolas Blick blitzte auf. »Ich glaube nicht, dass Carmagnola sofort angreifen wird.«

»Wieso denkt Ihr das?«, fragte Francesco Sforza. Sein Blick verriet nicht die geringste Gemütsregung.

»Weil er sich nach seinem Sieg in Sommo eiligst auf die andere Seite des Oglio zurückgezogen hat, statt weiter vorzudringen«, erwiderte Angelo della Pergola mit Genugtuung.

Sforza, der viel jünger war als er, schüttelte den Kopf, als ob all seine Erwartungen enttäuscht worden seien.

Angelo della Pergola hasste Francesco Sforza. Er musste all seine Geduld aufbringen, um keinen Tobsuchtsanfall zu bekommen. Dieser junge Hauptmann führte sich einfach unerträglich auf. Er war beherrscht von der Arroganz der Jugend, gemäßigt nur durch eine beneidenswerte Fähigkeit zur Selbstkontrolle, die er in erstaunliche Kaltschnäuzigkeit umzuwandeln wusste. Er nutzte diese Begabung, um bei jeder Gelegenheit diesen wahren Hitzkopf von Carlo Malatesta, den frisch ernannten Oberbefehlshaber der Mailänder Truppen, aufzuwiegeln, der ihnen in diesem Augenblick amüsiert zuhörte.

Aber er hatte gewiss nicht jahrelang in Schlamm und Schnee gekämpft, um zum Gespött dieser beiden Jüngelchen zu werden, die es gar nicht erwarten konnten, fette Beute zu machen.

»Seht Ihr denn nicht«, sagte er an die beiden gewandt, »dass die Bedingungen denkbar ungünstig sind? Wir befinden uns in einer Ebene voller Sümpfe, umgeben von zugefrorenen Kanälen, und müssten auf allerschlechtestem Gelände gegen einen Mann wie Carmagnola antreten, der nicht zuletzt aufgrund seiner Vergangenheit allen Grund hat, nicht kämpfen zu wollen!«

»Genau aus diesem Grund glaube ich, dass wir leichtes Spiel haben werden, ihn zu vernichten. Unser Gegner zaudert. Umso besser! Machen wir seinen Männern den Garaus und sichern Filippo Maria Visconti einen leichten Sieg!«, dröhnte Malatesta und fügte verächtlich hinzu: »Worauf sollen wir Eurer Meinung nach denn noch warten?«

Angelo della Pergola traute seinen Ohren kaum. Diese beiden Bengel waren wirklich nicht in der Lage, einfach mal nachzudenken. Er hingegen, voller Schrammen und Narben, schlecht vernähter Wunden und immer noch nachwirkenden Schlägen, hatte so manches gesehen mit seinen zweiundfünfzig Jahren! Sie befanden sich gerade in der typischen Situation des Abwartens, in der keine der beiden Seiten den ersten Schlag führen will. Wer zuerst angriffe, würde sich selbst der Vernichtung preisgeben. Er hätte ganze Wälzer mit aufschlussreichen Beispielen dafür füllen können. Wenn er nur schreiben könnte. Selbst wenn er sich alle Mühe gäbe, sie zum Nachdenken zu bringen, würden unverkennbarer Argwohn und hartnäckiger Widerstand ihrerseits jeglichen Überzeugungsversuch zwecklos machen.

»Habt Ihr Angst, Hauptmann?«, fragte Carlo Malatesta ihn forsch. »Das könnte ich verstehen. Ihr seid müde, in Eurem Alter träumt Ihr gewiss nicht davon, Euch schon wieder ins Schlachtgetümmel zu schmeißen.«

In Angelo della Pergolas Augen blitzte es auf, im nächsten Moment griff er nach seinem Dolch und rammte ihn mit einer geschmeidigen Bewegung in den Tisch, der mitten im Raum stand. Es ging derart schnell, dass Malatesta kaum den Griff seines Schwertes zu fassen bekam.

Francesco Sforza hingegen blieb beneidenswert kaltblütig. Auch Carlo Malatesta hasste ihn. So selbstsicher wie er immer war. Eiskalt und distanziert sagte er immer das Richtige zum richtigen Zeitpunkt. Eine elegante Erscheinung mit diesen wunderbar gepflegten, seidigen Haaren. Ein eitler Stutzer. Bei dem würde er zu gern Hand anlegen, dass ihm sein Lächeln vergehen würde.

Im Augenblick aber teilte er seine Ansicht.

»Ich habe keine Angst – vor nichts und niemandem«, schrie der Alte. »Ich hätte nur gern, dass Ihr ab und an ein bisschen nachdenkt!«

»Ihr wagt es, die Stimme zu erheben?«

»Glaubt nicht, Ihr könntet mich beeindrucken, Malatesta. Die Tatsache, dass der Herzog beschlossen hat, Euch zum Oberbefehlshaber seines Heeres zu machen, gibt Euch noch lange nicht das Recht, mich zu beleidigen!«, knurrte der alte Hauptmann. »Ihr meint wirklich, ich hätte Angst? Nicht im Geringsten! Ich glaube jedoch, dass wir lieber erst mal gründlich darüber nachdenken sollten, ehe wir das Spiel Carmagnolas mitspielen. Er hatte nach Sommo definitiv die Möglichkeit, uns vernichtend zu schlagen, doch er hat es nicht getan. Er ist wütend, weil er von dem Herrn, dem er sein Leben gewidmet hat, im Stich gelassen wurde. Vielleicht ist er auch enttäuscht. Und das alles leid. Macht Euch doch mal klar: Er hat zehn Jahre lang unter dem Zeichen des Biscione gekämpft, er hat für Filippo Maria Visconti Ländereien und Städte zurückerobert, er wurde vom Herzog zum Herrn über Genua ernannt – und dann wird er plötzlich vor die Tür gesetzt. Das muss eine allzu herbe Enttäuschung gewesen sein. Doch trotz dieser Enttäuschung gelingt es ihm nicht, Mailand zu hassen. Trotz des Goldes, mit dem die Venezianer ihn überschüttet haben, zögert Carmagnola. Vielleicht gibt es noch eine Möglichkeit, sich mit ihm zu einigen und so unnützes Blutvergießen zu vermeiden.«

»Und ich sage, Ihr habt Angst, Hauptmann. Ich habe all Eure Beobachtungen angehört, doch nichts bringt mich davon ab, dass der wahre Grund für Eure ermüdende Ermahnung zur Vorsicht in Eurer Furcht besteht, Carmagnola auf dem Schlachtfeld gegenüberzutreten. Ich habe keine Angst vor ihm, wir sind stark, besser ausgerüstet, wir verfügen über acht Bombarden. Wenn Ihr nicht kämpfen wollt, dann bleibt hier, niemand verlangt von Euch, Eure kostbare alte Haut zur riskieren«, stieß Malatesta hervor und richtete den Zeigefinger auf Angelo della Pergola.

»Kommandant, kommt schon«, mischte sich Sforza ein, »wir sollten Ruhe …«

»Sagt mir nicht, ich solle Ruhe bewahren!«, unterbrach ihn Malatesta. »Wollen wir diese Schlacht wirklich eine Handvoll Männer aus der Lagune gewinnen lassen?«

Während Malatesta dieser letzten Frage nachhing und dabei die eigene Unrast bis aufs Letzte auskostete, schlug jemand den Vorhang vor dem Zelteingang zur Seite.

»Kommandant«, verkündete Guido Torelli, an Carlo Malatesta gewandt, »Carmagnolas Heer rückt vor!«

»Wo? An welcher Stelle im Feld?«

Torelli schien zu zögern. »Genau das verstehe ich nicht. Er schickt die Kavallerie geradewegs nach Urago. Niccolò da Tolentino ist der Anführer der Venezianer. Piccinino erwartet sie und steht zum Angriff bereit. Er wartet nur auf Eure Befehle.«

»Meine Herren«, schloss Carlo Malatesta, »die Würfel sind gefallen. Begebt Euch zu Euren Männern. Überwacht die Straße nach Orci Novi. Was mich angeht, werde ich mich schleunigst zu Piccinino begeben, um ihm Beistand zu leisten. Und um diese kleine Auseinandersetzung beizulegen.«

2. Maclodio

Herzogtum Mailand, Maclodio

Die Straße durchschnitt den Sumpf wie ein glänzendes Band aus Regen und schlammiger Nässe, das mitten durch Kanäle und Morast führte. Tropfen, groß wie Silbermünzen, fielen vom Himmel. Niccolò Piccinino nahm mit seiner Kolonne aus Kavallerie und Infanteristen die gesamte Straße ein. Der Regen trommelte auf das Metall der Helme, die Abzeichen der Visconti, tränkte die Satteldecken der Pferde und überschwemmte die Straße, die dadurch noch rutschiger und tückischer wurde.

Piccinino sah eine Schar venezianischer Reiter näher kommen. Der Markuslöwe wehte vor einem bleiernen Himmel und schien jeden Moment losbrüllen zu wollen.

Im selben Augenblick hörte er hinter sich den Widerhall von Hufen – und sah, wie sich ein Ritter kühn und forsch durch die Reihen der Seinen bewegte. Er saß auf einem großen kohlrabenschwarzen Ross, dessen Satteldecke rot und gelb gewürfelte Streifen im Wechsel mit silbernen zierten – die Farben der Malatesta. Der Oberbefehlshaber des Visconti-Heeres hatte das Visier seines Helmes geöffnet, sein kräftiges Kinn war glatt rasiert und von Regentropfen benetzt.

Er hob die Hand mit dem eisernen Handschuh. »Nun, Niccolò, ist der Augenblick gekommen. Wir wollen diesem spärlichen Häufchen Venezianer doch wohl nicht die Ehre des ersten Angriffs überlassen?«

»Hauptmann«, wandte Piccinino ein, »genau das macht mich so misstrauisch und vorsichtig. Wie kann es sein, dass Venedig und Florenz nur so wenige Männer losgeschickt haben, um uns anzugreifen? Meine Spione sagen, dass es unseren Feinden nicht an Reitern und Fußsoldaten fehlt.«

»Warten, Niccolò? Und warum? Das wäre feige! Ich bin dafür, die Gruppe der Kavallerie auf der Straße zu belassen und die Infanteristen in zwei Flügeln ausscheren zu lassen. Sie werden vom Sumpf her vorrücken und den Feind seitlich angreifen. Wenn wir sie so in die Zange nehmen, werden wir diesen Dummkopf von Carmagnola, Niccolò Tolentino und ihre Männer schon in den Griff bekommen.«

»Aber …«

»Kein Aber«, schnitt ihm Carlo II. Malatesta das Wort ab und erteilte den Befehl, dass Infanteristen und Schildknappen seitlich ausschwärmen und über die Kanäle und das Sumpfland vorrücken sollten.

»Und nun«, wiederholte er, »ist der Moment gekommen anzugreifen.« Ohne sich noch länger aufzuhalten, senkte er das Visier, ließ den Morgenstern in der Luft kreisen und trieb sein Pferd zum Galopp.

Wie elektrisiert vom Anblick ihres Hauptmanns, der ganz ohne jede Furcht bereit war, den Tod herauszufordern, warfen sich auch die anderen Ritter geschlossen dem Feind entgegen, der sich nun seinerseits auf Malatesta und die Seinen zubewegte.

Fußsoldaten und Schildknappen begaben sich die Böschung hinab, schlossen mühsam zur Kolonne der Reiter auf und suchten sich, so gut es ging, ihren Weg durch Wassergräben und Morast.

Carmagnola lächelte. Von der Anhöhe, auf der er sich befand, sah er, dass Carlo II. Malatesta angebissen hatte. Der Plan ging also auf. Er grinste vorfreudig angesichts des vielversprechenden Auftakts dieses öden Nachmittags.

»In der Schlacht kann eine Überraschung ganz schön bitter sein, nicht wahr, Giovanni?«

Der Junge, Carmagnolas Helfer im Feld und sein persönlicher Knappe, nickte.

»Malatesta wird sich auf die paar Reiter stürzen, die ich ihm vor die Nase gestellt habe, aber er weiß noch nicht, was von hinten über ihn hereinbrechen wird. Ach, Giovanni, wie leid mir das tut, meinem Mailand diesen hässlichen Streich zu spielen! Doch Filippo Maria Visconti hat es so gewollt! Dieser junge Krüppel ist einfach undankbar. Neidisch auf die Erfolge, die ich für ihn eingeheimst habe, wollte er mich isolieren und verleugnen, verstehst du? Verleugnen, mich! Den größten Condottiere aller Zeiten!«

Giovanni nickte erneut. Voller Bewunderung schaute er auf Francesco Bussone da Carmagnola, den Grafen von Castelnuovo Scrivia.

»Für ihn habe ich Brescia, Orci Novi, Cremona, Palazzolo und schließlich sogar Bellinzona und Altdorf zurückerobert und dabei die gefürchteten Schweizer abgewehrt. Und wie hat er mir das vergolten? Indem er mich vom Hof entfernt hat. Ach, was für ein Dummkopf!«

»Hauptmann!«, unterbrach eine Stimme das Selbstge-
spräch, das Francesco Bussone wohl vor allem dazu dienen
sollte, Enttäuschung und Bitterkeit zu überwinden, die ihm
die Zurückweisung durch Filippo Maria Visconti zugefügt
hatte.

»Was gibt es?«, erwiderte Carmagnola gereizt. »Ich erzählte Giovanni gerade von meinen Schicksalsschlägen,
damit er etwas daraus lernt. Er weiß das übrigens sehr zu
schätzen.«

Der Mann, der soeben die Kuppe des Hügels erklommen
hatte, von dem aus der Hauptmann die Schlacht verfolgte,
war ein Ritter, der einen kühnen Eindruck machte. So wie
seine fein ziselierte Rüstung glänzte, schienen Schlamm und
Regen ihr nichts anhaben zu können. »Und wie wollt Ihr
das wissen«, fragte der Neuankömmling, »wo er doch
stumm ist?« Wie um diesen Widerspruch noch zu betonen,
konnte sich der Mann ein Grinsen nicht verkneifen.

Diese Frechheit löste bei Carmagnola einen Hustenanfall
aus. Gleich darauf knurrte er: »Kümmert Euch um Euren
Kram, Gonzaga. Und Giovanni weiß mit den Augen viel
mehr zu sagen als andere, die ihr loses Mundwerk nicht im
Griff haben. Nun, sind die Männer in Stellung? Wisst Ihr,
was Ihr gleich zu tun habt?«

»Natürlich. Die Armbrustschützen sind schon auf Position, gut getarnt zwischen Schlamm und Morast, bereit, den
Feind von den Flügeln her niederzumähen.«

»Na, dann ist es ja gut! Haltet Euch also nicht länger mit
albernen Witzen auf. Kehrt zur Straße zurück und gebt das
Zeichen. Sobald die Armbrustschützen das Fußvolk dezimiert und die Kolonne von Malatestas Reitern geschwächt
haben, greift Ihr mit dem Großteil unserer Leute an und

durchbrecht ihre Linien. Wenn wir es schaffen, die Mailänder aufzureiben, sie abzudrängen und auf der rechten Seite der Aufstellung zur Flucht zu zwingen, wird es uns auch gelingen, die vom anderen Flügel zu vertreiben, der unter der Führung von Sforza auf der Straße nach Orci Novi Aufstellung genommen hat. Auf diese Weise werden wir ihr Heer in zwei Teile zerschlagen wie Fleisch beim Schlachter. Habe ich mich klar ausgedrückt?«

»Absolut.«

»Dann verliert keine Zeit. Tut, was ich Euch befohlen habe.«

»Natürlich, mein Hauptmann.« Ohne noch etwas hinzuzufügen, wendete Gianfrancesco Gonzaga sein Pferd und verließ den Hügel.

Carmagnola schüttelte den Kopf. »Immer muss ich alles selber machen. Wenigstens bist du da, Giovanni.«

Kaum kam die gegnerische Aufstellung in den Blick, hob Carlo II. Malatesta den Morgenstern und ließ ihn einen Augenblick später auf den Schild eines venezianischen Feindes donnern. Das Krachen war ohrenbetäubend. Die Auswirkung war so durchschlagend, dass der Mann zur Seite kippte; gleich darauf führte Carlo behände einen gigantischen zweiten Schlag, der den anderen völlig unvorbereitet traf. Die dornenbesetzte Kugel knallte gegen den Schultergurt und drang durch das Leder bis in das Fleisch des Mannes. Der Venezianer stieß einen unmenschlichen Schrei aus, und sein Blut lief in Strömen über das, was von der eisernen Brustplatte übrig war.

Malatesta riss den Morgenstern wieder an sich und entfernte dabei die Reste des Schultergurtes und der ledernen

Gelenke der Rüstung, wodurch er den Oberarmknochen des Feindes freilegte. Er sah, dass Eisensplitter in seinem Fleisch steckten und erkannte, dass es genau der richtige Moment für den Gnadenstoß war. Also ließ er den Morgenstern erneut über dem Kopf kreisen und traf den Gegner ein drittes Mal, an der Seite.

Der Mann fiel vom Pferd, als die Eisendornen sich in seine Rüstung gruben.

Carlo ließ vom Morgenstern ebenso ab wie von seinem Opfer. Die Dornen hatten sich so tief ins Eisen gebohrt, dass es gefährlich gewesen wäre, sich die Waffe zurückholen zu wollen. Sie war ein tödliches Werkzeug, doch nicht leicht zu handhaben. Mehr als einmal hatte sie ihm Schwierigkeiten bereitet, dennoch mochte er auf sie nicht verzichten, denn vor allem beim ersten Angriff erlaubte sie ihm eine Schlaggeschwindigkeit, die die Feinde einschüchterte.

Er zückte das Schwert, während der Venezianer im Dreck verendete, in einer Pfütze aus Regen und Blut. Dann zog er die Zügel an, sodass das Pferd sich aufbäumte.

Er wollte Furcht verbreiten, in der Hoffnung, die Angst werde sich wie ein Fieber in den Reihen der Feinde ausbreiten.

Doch als sein Ross wieder auf allen vier Hufen über die schlammige Straße stampfte, sah er etwas, das ihn zutiefst erschütterte.

3. Die Obsessionen eines Herzogs

Herzogtum Mailand, Castello di Porta Giovia

Und deshalb sollte ich also Eure Entscheidung bereitwillig akzeptieren, ohne auch nur einen Mucks von mir zu geben? Habe ich nicht jeden Tag um Euch gebangt? Habe ich nicht wie eine Furie um Euch gekämpft? Habe ich nicht an Eurer Seite gestanden, als es darum ging, einen Plan zu schmieden, wie Ihr von Beatrice loskommen könntet, ja sogar bei seiner Ausführung? Habe ich Euch nicht die schönste Tochter aller Zeiten geschenkt? Und habe ich nicht erst letztes Jahr eine weitere verloren? Habe ich nicht all das getan und ertragen, Hoheit, um Euch zu unterstützen, weil ich Euch mehr liebe als mein Leben?« Bei diesen Worten meinte man Blitze in den Augen Agneses zu sehen.

Gütiger Gott, wie schön sie war! Lieblich und stolz zugleich und deshalb unwiderstehlich. Agnese del Maino hatte sich die weiße Spitzenhaube vom Kopf gerissen und ihre langen blonden Haare gelöst, die in glänzenden goldenen Locken herabfielen. Die Perlen waren zu Boden gefallen und rollten unter den samtbeschlagenen Sessel und den fein intarsierten Tisch.

Er hätte sie in diesem Augenblick gern genommen, wenn er gekonnt hätte, aber Filippo Maria Visconti wusste, dass

39

Agnese, hätte er auch nur gewagt, sie anzufassen, wie von Sinnen gewesen wäre. Also musste er ihr schmeicheln und ihr ruhig den Plan erklären, den er sich ausgedacht hatte.

»Mein Schatz, seid nicht so streng mit mir«, sagte er mit verhaltener Liebenswürdigkeit, »ich erkenne all die Verdienste an, die Ihr aufgezählt habt, und noch viele weitere, und doch müsst Ihr begreifen, wie wichtig diese Eheschließung für das Herzogtum ist. Die Allianz mit Amadeus VIII. von Savoyen brauche ich jetzt nötiger denn je, wo ein Mann wie Carmagnola sich gegen mich gewandt hat. Also werde ich Maria heiraten. Doch Ihr habt nichts zu befürchten, nichts wird mich von Euch trennen, denn Ihr und nur Ihr seid diejenige, die ich liebe.«

Der Herzog sagte diese Worte mit aller Aufrichtigkeit, zu der er fähig war. Dennoch war Agnese nicht zufrieden.

»Sicher, das sagt Ihr jetzt! Aber in ein paar Monaten, wenn die neue Gemahlin erst in Euren Armen liegt, fürchte ich, bleibt Euch kein Funken Verstand. Und was soll aus Bianca werden? Was wird sie davon halten, dass Ihr uns verlassen habt?«

Filippo Maria schüttelte den Kopf und seufzte. Er musste Geduld haben, sagte er sich. Er hievte sich mit aller Kraft aus seinem Lieblingsstuhl nach oben auf die Krücken, schleppte sich mühsam durch den Saal und nahm Zuflucht beim Feuer des Kamins. Verdammte Beine, dachte er. Wenn er doch wenigstens einen normalen Körper zur Verfügung hätte. Er unterdrückte einen verzweifelten Aufschrei. Während er sich mit der rechten Hand ans Kaminsims klammerte, streckte er die andere in Richtung der Flammen, als erwarte er, dass ihm die Wärme die richtigen Worte eingebe. Die Krücken fielen zu Boden.

Zumindest war eine Veränderung im Ton zu bemerken – Agneses Stimme, die zunächst schneidend gewesen war, war nun etwas weicher geworden. Ihr feuriger, kämpferischer Blick wirkte milder, die zarten Wimpern betonten diesen plötzlichen Wandel.

Sein Schweigen nutzend fuhr Agnese fort. »Ich bin nicht so unbedarft, dass mir nicht klar wäre, was Euch zu einem solchen Schritt veranlasst. Doch Ihr werdet meine Fassungslosigkeit nachvollziehen können. Bianca betet Euch an wie einen Heiligen, genau wie ich, Liebster, und unsere Feinde warten doch nur auf den richtigen Moment, um uns auseinanderzubringen. Auch wenn sich Amadeus von Savoyen heute Euer Freund und Verbündeter nennt, scheint er doch bereits die Voraussetzungen dafür zu schaffen, um schon morgen Euer Gegner zu sein. Und dass er Eurer Braut nicht einen Dukaten als Mitgift gibt, ist ein Umstand, den ich, gelinde gesagt, befremdlich finde.« Agnese ließ bei ihren Worten schlau einen fast sinnlichen Seufzer mitschwingen.

Filippo Maria bemerkte es. Er hing dem Gedanken nach, ob er durch Schweigen womöglich mehr erreichen würde als durch Reden oder gar den Versuch, sich durchzusetzen. Er kannte Agneses Temperament und wusste, dass sie sich in Momenten wie diesen ihre Sorgen von der Seele reden musste, ganz so, als könnte sie sie dadurch überwinden, dass sie sie aussprach. Er konnte jedoch nicht ewig schweigen, sonst würde er am Ende das Gegenteil von dem bewirken, was er zu erreichen hoffte. »Agnese«, begann er und wandte sich ihr zu, »ich verstehe vollkommen, was Ihr sagt, ich pflichte Euch sogar bei. Doch vertraut mir. Habe ich Euch jemals verraten, seit Ihr an meiner Seite seid? Habe ich

Euch Grund gegeben, an mir zu zweifeln?« Bei der letzten Frage warf er ihr einen festen, entschiedenen Blick zu.

»Nein, mein Liebster.«

»Also beruhigt Euch!«, fuhr er bestimmt fort, ohne jedoch aggressiv zu werden. »Wenn ich tue, was sich tue, dann einzig und allein zu dem Zweck, uns einen mächtigen Verbündeten zu sichern. Dank dieser Eheschließung wird Amadeus VIII. von Savoyen uns Männer, Soldaten und Geldmittel für die Verteidigung Mailands zur Verfügung stellen. Neunundvierzigtausend Fiorini im Monat kostet mich dieser Krieg! Wenn man die monatlichen Einkünfte zusammenrechnet, kommt man, selbst wenn wir das Volk bis aufs Blut besteuern, nicht über fünfzigtausend Fiorini. Ihr seht selbst, über welch bescheidene Mittel wir dann für den ganzen Rest verfügen. Deshalb, Agnese, versucht mich doch bitte zu verstehen. Diese Ehe ist das Pfand, das ich Amadeus VIII. zahle, um unseren Besitz gesichert zu sehen. Venedig, Florenz, alle sind gegen mich!«

»Filippo, ich verstehe Euch ja.« Agnese trat zu ihm, nahm ihn bei den Händen und drehte ihn zu sich. »Wie auch sonst? Glaubt Ihr, ich sähe nicht, mit welch gierigem Blick die Serenissima Euch Euren besten Mann geraubt hat, indem sie ihm die Taschen mit Geld füllte? Und doch – versteht mich nicht falsch –, wart nicht Ihr selbst es, der Carmagnola des Hofes verwiesen hat? Habt Ihr ihn nicht zu Euch gerufen, dann im Hof warten lassen, um ihn schließlich nicht einmal zu treffen? Ich weiß, warum Ihr das getan habt. Doch Ihr müsst auch begreifen, dass Ihr in denen, die Euch treu ergeben sind, Groll erzeugt, wenn Ihr sie erniedrigt, einen Groll, der früher oder später zu Wut heranreift und zum Wunsch nach Rache, die beide noch gefährlicher sind als die Gier, die Ihr zu Beginn fürchtetet.« Bei diesen Worten drückte Agnese die Hände des Herzogs noch fester.

»Ich weiß, doch was hätte ich anderes tun sollen?«, antwortete Filippo Maria. »Ich hatte ihn zum Gouverneur von Genua ernannt, in dem Versuch, ihm Reichtum und Ehre zu sichern und ihn zugleich auf Abstand zu halten. Doch nun seht, wie er mir das vergolten hat! Im Gegenteil, ich fürchte, ich war meinen Hauptmännern gegenüber zu großzügig. Ihr erinnert Euch bestimmt, dass gerade sie es waren, keine Adeligen, sondern die einfachen Waffenträger, die auf Vergewaltigung und Gewalt aus waren, die die Hände nach Mailand ausstreckten und sogar versuchten, es mir streitig zu machen! Allein der Tod konnte dem Widerstand von Facino Cane ein Ende bereiten! Nun ist es Francesco Sforza, der trotz seiner jungen Jahre der aufsteigende Stern unter den bedeutenderen Kriegern zu sein scheint. Doch auch er lässt nach, und während wir hier miteinander sprechen, kann es gut sein, dass die Unsrigen sich am Oglio auf Leben und Tod mit den Bastarden von Carmagnola schlagen. Und wer weiß, was geschieht.«

»Ihr dürft die Hoffnung nicht verlieren, Filippo!«

»Hoffnung? Diesen endlosen Krieg werde ich nicht durch Hoffnung gewinnen, sondern durch Kalkül und Verrat. Dadurch, dass ich noch erbarmungsloser bin als meine Gegner. Aus diesem Grund brauche ich die Allianz mit Amadeus VIII. Ich habe kein Geld mehr. Täglich frage ich Decembrio und Riccio, wie viel noch in der Staatskasse ist. Der Consiglio di Provvisione hat den Consiglio Generale einberufen. Wir stehen kurz vor dem Kollaps, Agnese. Deshalb bitte ich Euch, verlangt nichts Unmögliches von mir. Wenn ich diese Savoyen heirate, dient das allein dem Zweck, für unsere Rettung zu sorgen.«

Der letzte Appell hatte die gewünschte Wirkung. Agneses Blick wurde matt, die weißen wunderschönen Hände streichelten das müde Gesicht des Herzogs. Dann half die schöne Edeldame ihm, sich vor den Kamin zu setzen. »Einverstanden, mein Herz. Ich werde Euch nicht weiter quälen. Erlaubt mir nur noch, Euch zu sagen, was der einzig schwache Punkt Eurer Feinde in dieser ganzen Angelegenheit ist.«

»Und der wäre?«, fragte Filippo Maria, mit einem Mal neugierig.

»Ihr werdet mir zustimmen, dass Carmagnola noch nicht zum endgültigen Schlag ausgeholt hat, obwohl er es gekonnt hätte. Nach dem Sieg von Sommo ist es beinahe zu einem Stillstand gekommen, als ob er am Ende noch etwas für Euch und Mailand übrighätte. Nicht alles kann mit Geld gekauft werden, ist es nicht so? Und eins steht fest – da er ein großer Condottiere ist, bedeuten ihm die Taten, die er unter Eurem Banner vollbracht hat, viel. Sie sind es, die ihm unvergänglichen Ruhm eingetragen haben. Und nichts zählt mehr für einen Condottiere als der Ruhm. Unterm Strich heißt das: Wenn Venedig ihn in seine Reihen aufgenommen hat, ist der Grund in dem Namen zu suchen, den er sich in Eurem Dienste gemacht hat.«

»Zweifelsohne, doch ich weiß nicht, worauf Ihr hinauswollt.«

»Verzeiht mir, wenn ich hartnäckig bleibe, mein Liebster«, sagte Agnese und legte den Zeigefinger auf die schönen Lippen, womit sie den Herzog auf allersinnlichste Weise bat zu schweigen. »Was ich meine, ist, dass Ihr ihm Boten schicken könntet, die ihm in Eurem Sinne ein klügeres und weniger offen feindseliges Verhalten gegenüber Mailand nahelegen sollen – ohne sich jedoch unter Venedigs Augen allzu deutlich zu offenbaren. So könntet Ihr vielleicht mit einem Täuschungsmanöver – wie sie Euch doch so gut gefallen – erreichen, was Euren Männern durch Waffen nicht vergönnt ist.«

Der Herzog lächelte. Plötzlich glaubte er einen Hoffnungsschimmer zu erkennen. »Aber sicher! Wenn ich ihm kein Geld geben kann, werde ich ihm Ländereien und Besitztümer versprechen und so versuchen, ihn wieder auf unsere Seite zu ziehen.«

»So könntet Ihr also einerseits auf die Allianz der Savoyen zählen und auf der anderen Seite Venedig zurückdrängen, indem Ihr der Serenissima den besten Mann wegnehmt.«

»Ja«, sagte der Herzog, »mehr habe ich ja nicht zu bieten.«

»O doch«, sagte Agnese mit vor Leidenschaft belegter Stimme. »Ihr habt viel mehr zu bieten«, flüsterte sie verschwörerisch ins Ohr ihres Herrn. »Und glaubt mir, ich sehne den Augenblick herbei, in dem ich Euch heute Nacht in meinem Bett empfange.«

Bei diesen Worten lief Filippo Maria ein wohliger Schauer den Rücken hinab. Er war immer wieder beeindruckt von der Art, in der Agnese Anspielungen machte, die so eindeutig waren, dass man sie schon unverfroren nennen konnte. Doch gerade ihre fast schon offensiv ungezwungene Art war es, die sie besonders aufregend und unwiderstehlich machte. Er vergrub seine Hände in den goldenen Locken, schaute in ihr Gesicht und versank in ihren blauen Augen. Agnese presste ihre vollen roten Lippen auf seine. Dann ließ sie ihre Zunge spielen und nach der des Herzogs forschen. Filippo Maria spürte, wie das Verlangen in Brust, Lenden und etwas weiter unten anschwoll.

Er war kurz davor, sich seiner Kleider zu entledigen, als jemand mit Nachdruck an der Tür klopfte.

»Verzeiht, Euer Hoheit«, krächzte eine strenge Stimme, »aber ich habe Nachricht vom Schlachtfeld.«

»Verdammtes Pech«, knurrte Filippo Maria leise, der schon voller Vorfreude auf die süßen Verlockungen dieser Frau gewesen war, die ihn jedes Mal wieder um den Verstand brachte.

Er räusperte sich, holte tief Luft und rief ihn, sobald Agnese ihre Kleider geordnet hatte, herein.

Gleich darauf trat Pier Candido Decembrio, Beamter am herzoglichen Hof und persönlicher Berater von Filippo Maria Visconti, ein.

Nachdem er sich in einer ausgiebigen und ehrerbietigen Verbeugung vor dem Herzog und seiner Mätresse ergangen hatte – vielleicht mit einer Spur der Geringschätzung Letzterer gegenüber –, hob Decembrio den Blick wieder.

»Euer Gnaden, es ist meine Pflicht, Euch darüber zu informieren, dass das Heer der Visconti und das venezianische sich bei Maclodio gegenüberstehen. Während wir uns hier unterhalten, wird wahrscheinlich schon eine blutige und brutale Schlacht geschlagen.«

4. Im Pfeilhagel

Herzogtum Mailand, Maclodio

Vom Himmel hagelte es Pfeile.
Die Geschosse schwärzten die Luft, durchschnitten tödlich pfeifend das Himmelsgewölbe und mähten die Mailänder Infanteristen nieder. Die Männer konnten sich kaum auf den Beinen halten und schleppten sich mühsam durch den Matsch, der sie mehr und mehr aus dem Gleichgewicht brachte. Die erste Ladung Pfeile erwischte sie seitlich, sie fielen reihenweise.

Es war die Hölle.

Während die Venezianer sich auf die Hauptstraße zurückzogen, blieb Carlo II. Malatesta einen Moment lang wie erstarrt in den Steigbügeln stehen, umgeben von einer unwirklichen Stille, als würde niemand wagen, diese Aufhebung von Raum und Zeit zu stören.

Gleich darauf ließ sich der Hauptmann in den Sattel zurückfallen und begriff schlagartig, was vor sich ging. Im selben Augenblick wurde ihm aber auch klar, dass es bereits zu spät war.

Carmagnolas Männer hatten alles andere im Sinn gehabt, als einen Angriff zu führen. Sie hatten ihn auf denkbar einfache und tödliche Art und Weise in eine Falle gelockt. Er war mit seinen Leuten in ein Zangenmanöver gelaufen, aus dem sie nur schwer wieder herauskommen würden. Wie zur Bestätigung sah er eine endlose Reihe von Armbrustschützen, die weit über die Linien der Mailänder Infanteristen hinaus das Fußvolk umzingelt hatten. Sie tauchten aus dem Schlamm der Sümpfe und dem Schatten des Schilfs auf, nahmen sie unter Beschuss und mähten einen nach dem anderen nieder. Ringsumher erhoben sich grauenhafte Schreie. Er sah, wie sich ein Mann an den Hals griff, der von einem Pfeil durchbohrt wurde. Ein anderer brach, mit Geschossen gespickt, im dreckigen Wasser eines Kanals zusammen. Ein dritter breitete die Arme aus – in seiner Brust steckten zahllose Pfeile, die an Dornen der Hölle denken ließen.

Doch nicht nur die Fußsoldaten fielen einer nach dem anderen, auch die Reiter stürzten reihenweise zu Boden. Die verletzten Pferde verendeten wiehernd im Matsch, in einer Geräuschkulisse aus zerreißenden Schabracken und Rüstungen, die von Eisenspitzen durchschlagen wurden.

Ein Reiter versuchte, sein scheuendes Pferd zu beruhigen, die Mähne war regennass, die Hufe ruderten durch die Luft. Als es ihm nicht gelang, versuchte er, das Tier zum Stehen zu bringen, indem er an den Zügeln zog, doch er wurde abgeworfen, landete im Schlamm und wurde von einem Rotfuchs ohne Reiter niedergetrampelt, der diesem Massaker zu entfliehen versuchte.

Seine Männer befanden sich in Auflösung. Überrascht vom unerwarteten Angriff, vom Schlamm aus dem Gleichgewicht gebracht, dezimiert von den Bolzengeschossen der Armbrüste, waren sie kurz davor, die Reihen zu öffnen und ungeordnet und unbeherrschbar die Flucht anzutreten, was die völlige Niederlage ankündigte.

Dem Feind in solch einem Moment nachzusetzen wäre glatter Wahnsinn gewesen. Als sei das noch nicht genug, sah Carlo sich zurückweichen, bis er nicht weiterkam, weil ein wüster Haufen aus zusammengebrochenen Pferden, schreienden Verletzten, Leichen sowie verlorenen Standarten und zerfetzten Schabracken ihm den Weg versperrte, sodass er nicht zur Verteidigungslinie zurückkonnte. Bestand die überhaupt noch? Carlo hatte Zweifel. Die Pfeile zischten ihm weiterhin um die Ohren. Einige Pfeile hatten wohl sein Pferd getroffen, denn er spürte, wie dessen Beine nachgaben und er auf die rechte Seite der Böschung abgeworfen wurde.

Schlammbedeckt lag er in einer Senke. Unter unglaublichen Mühen gelang es ihm, auf alle viere zu kommen. Vor sich sah er Männer mit dem Gesicht nach unten in den Kanälen liegen. Die Armbrustschützen waren den feindlichen Fußsoldaten und Schildknappen gewichen, die auf die Seinen losgingen und ihnen mit Knüppeln und Äxten den Rücken zerschlugen.

Sein Heer war vernichtet. Hände in Handschuhen packten ihn, und in diesem Augenblick kam er zu sich. Er zog das Schwert und schlug irgendetwas in Stücke. Ein unmenschlicher Schrei übertönte das dumpfe Aufeinanderprallen von Schwertern und Rüstungen. Da sah er den venezianischen Infanteristen, aus dessen Armstumpf das Blut in einer Fontäne herausschoss. Das musste er gewesen sein. Doch er hatte keine Zeit, darüber nachzudenken. Kurzerhand schob er den anderen beiseite und stieß ihn in den Matsch. Es war nicht leicht, sich in diesem Durcheinander zurechtzufinden, doch er versuchte es. Er hörte einen weiteren Schrei und drehte sich um. Ein tödlich getroffener Reiter stürzte mit seinem Pferd die Böschung hinab. Die

Luft füllte sich noch weiter mit Eisen und Blut, die Schreie drangen ihm wie Hammerschläge in die Ohren, während die Männer über den Boden krochen wie Würmer, die verzweifelt versuchten, dieser Hölle zu entkommen.

Etwas traf ihn seitlich und schleuderte ihn erneut zu Boden.

Ihm blieb die Luft weg. Er versuchte, sich aufzurichten, doch es schien unmöglich. Es war, als hätte man ihm die Beine an den Boden genagelt. Mit unendlicher Anstrengung versuchte er es erneut, doch etwas oder jemand drückte ihn zurück in den Schlamm. Er spürte, dass man ihm den Helm abnahm. Schweiß und Blut verklebten seine Haare. Der eisige Regen verschaffte ihm für einen Augenblick eine absurde Erleichterung.

Francesco Sforza machte sich Sorgen. Er überwachte mit seinen Männern die Straße nach Orci Novi, doch es war absolut nichts und niemand zu sehen. Die Bombarden standen bereit, geladen mit Steinen und Nägeln, und die Männer warteten ungeduldig darauf, diese mörderischen Projektile gegen die Feinde zu schleudern, doch da war weit und breit kein Feind zu sehen. Nur der Regen störte die unwirkliche Stille dieses Nachmittags. Das Prasseln des Regens auf den Helmen verhieß nichts Gutes.

Dann sah er auf der rechten Seite einen Soldaten auftauchen, bedeckt mit Schlamm und Blut. Er wollte gerade Befehl geben, das Feuer zu eröffnen, als er sah, dass der Bewaffnete einer der Ihren war.

Einer von Viscontis Gefolgsleuten.

Er hob die Hand, damit niemand wagte, auch nur einen Finger zu rühren. »Helft ihm!«, brüllte er und richtete sich in den Steigbügeln zu voller Größe auf. »Seht ihr nicht, dass er einer von uns ist?«

Kaum hatten sie den Befehl gehört, lösten sich ein paar der Armbrustschützen aus den Reihen und eilten dem Soldaten entgegen, der nur mit Mühe vorankam. Sie hakten ihn unter und trugen ihn fast, damit er schneller laufen konnte. Schließlich traten sie vor Francesco Sforza, der immer noch im Sattel aufgerichtet stand, auf seinem riesigen Rotfuchs alles überragend.

Der Mann fiel vor seinem Hauptmann auf die Knie. Er riss sich den Helm herunter, der ihn zu ersticken schien. Mit einer wütenden Bewegung schleuderte er ihn weit von sich.

»Sprich!«, forderte Francesco Sforza ihn auf. »Was ist passiert?«

Mit schwacher Stimme begann der Mann zu berichten. »Es ist alles verloren. Piccinino und seine Leute wurden vernichtet.«

»Wie bitte?«, fragte Sforza, der seinen Ohren nicht traute. Dabei tänzelte sein Pferd im Kreis, so als spürte es die Wut, die still und eisig in der Brust seines Herrn anschwoll.

Der Soldat wusste nicht, wohin er schauen sollte. Seine Worte jedoch klangen wie ein Urteilsspruch. »Carmagnola hat uns eine ganz üble Falle gestellt. Nur durch ein Wunder bin ich am Leben.«

Unverzüglich wendete Francesco Sforza sein Pferd in Richtung seiner Truppen und kehrte dem Unglücklichen den Rücken zu, der sich völlig erschöpft in den Schlamm fallen ließ.

»Männer!«, schrie der Hauptmann. »Folgt mir! Lasst uns den Hauptmännern Malatesta und Piccinino helfen!«

Das Kriegsgeschrei seiner Leute entlud sich in einem ohrenbetäubenden Aufschrei.

Ohne noch länger zu warten, trieb Sforza sein Pferd zum Galopp und hoffte, dass es noch nicht zu spät war, den Visconti-Truppen zu Hilfe zu kommen.

5. Die Lagune

Republik Venedig, Ca' Barbo

Sie sah ihren Bruder an, den sie liebte wie ihr eigenes Leben, und setzte sich in den Sessel aus korallenfarbenem Samt. Gabriele trat zu ihr und streckte, ihre Zuwendung suchend, die Hände nach ihr aus. Er war erst vor Kurzem nach Rom zurückgekehrt und trug die leuchtend rote Soutane eines Kardinals.

Außer ihnen waren ihr Mann Niccolò und ihr Cousin Antonio Correr in der Bibliothek, auch er ein Kardinal.

Polixena spürte genau, wie nervös ihr Bruder war. Er war gekommen, um sie zu besuchen, und befand sich nun mitten in einer komplexen politischen Diskussion.

»Der Rat der Zehn unterstützt unseren Plan, Gabriele«, bestätigte Niccolò. »Erst heute sprach ich mit Venier und Morosini darüber. Der Doge wünscht sich, dass Ihr den Thron Petri besteigt. Die Tage der Colonna sind gezählt.«

»Gewiss, gewiss! Ihr habt bestimmt schon alles beschlossen, wie?«, gab Gabriele zurück, doch in seiner Stimme lag kein Groll. Eher eine Mischung aus Schicksalsergebenheit und amüsierter Resignation. »Ich frage mich immer noch, warum Ihr glaubt, dass ausgerechnet mir diese Möglichkeit offensteht. Wieso nicht Antonio beispielsweise?«

»Darüber haben wir bereits gesprochen, Cousin«, wandte dieser ein. »Weil mein Onkel Angelo bereits Papst war. Und bevor Ihr sagt, dass es auch Euer Onkel war, will ich vorwegnehmen, dass sein Nachname derselbe ist wie meiner. Eurer jedoch nicht. Meine Chancen werden dadurch eingeschränkt. Ihr wisst, dass es nicht gut ist, den Eindruck zu erwecken, man wolle dieselbe Dynastie oder denselben Namen erneut für das Pontifikat vorschlagen.«

»Man hätte es nicht besser ausdrücken können«, merkte Niccolò an und strich sich über seinen spärlichen Bart. »Ihr hingegen seid genau der Richtige, Gabriele. Ihr habt das nötige Ansehen, und Ihr kommt – ein nicht zu unterschätzender Umstand – aus einer wohlhabenden Familie, die in den Salons von Rom dennoch nicht für Gier oder Machthunger bekannt ist. Ihr seid der ideale Kandidat. Und obwohl der derzeitige Pontifex noch gesund und munter ist, müssen wir vorbereitet sein.«

»Genau«, pflichtete Antonio Correr bei. »Venedig ist auf dem Höhepunkt seines Ansehens. Wenn Carmagnola tatsächlich über Filippo Maria Visconti triumphiert, so wie es im Augenblick aussieht, dann kann man zu Recht eine Ausdehnung unseres Machtbereichs erwarten. Doch um die Macht auf der Terraferma zu festigen, braucht die Serenissima einen Papst, der uns wohlgesinnt ist, und nach dem zu urteilen, was dieser Tage vor sich geht, ist dies derzeit keineswegs der Fall.«

»Spielt Ihr auf den jüngsten Besuch von Martin V. beim Herzog von Mailand an?«, wollte Gabriele wissen.

»Ganz genau«, gab Antonio zur Antwort und setzte sich Polixena gegenüber. Er strich sich über seine seidig glänzenden schwarzen Haare. »Andererseits trägt die Gründung der Congregazione dei Canonici di San Giorgio in Alga Früchte. Unserem Beispiel folgend entstehen viele weitere religiöse Zentren: San Giacomo in Monselice, San Giovanni Decollato in Padua, Sant'Agostino in Vicenza, San Giorgio in Braida in Verona. Es ist ein überraschender Erfolg, doch er lässt sich nicht leugnen.«

»Männer guten Willens brauchen diese Bruderschaften, um die wahren Werte der Religion neu zu entdecken«, bemerkte Gabriele schlicht.

»Natürlich, Bruder«, ergänzte Polixena, »doch ganz offensichtlich sorgt eine solche Verbreitung auch für ein größeres politisches Gewicht unseres Einflussbereichs.«

»Ihr also auch, Schwester?«, fügte Gabriele hinzu und hob lächelnd eine Augenbraue.

Polixena setzte zu einer Antwort an, doch Antonio kam ihr zuvor. »Cousin, ich habe den Eindruck, dass Euch etwas an dieser Unterhaltung stört. Öffnet Euer Herz und sagt uns, was Euch Unbehagen bereitet.«

Gabriele kam gleich zum Punkt. Er war ein aufrechter Mann, der sagte, was er dachte. Das konnte ein Hindernis sein, doch Polixena war ebenso wie Antonio der Ansicht, dass gerade diese Eigenschaft ihn zum richtigen Mann für die Kirche von Rom machte. »Offen gesagt fühle ich mich wie eine Figur in einem Spiel, das für mich eine Nummer zu groß ist. Möglicherweise kann ich mich damit anfreunden, zumal unter dem Gesichtspunkt, dass es uns schließlich allen so geht, aber ich möchte wenigstens gefragt werden.«

Niccolò Barbo hatte Mühe, sich zurückzuhalten. »Ist gut, wir haben es verstanden, Gabriele. Wir möchten dennoch darauf hinweisen, dass Venedig Euch ausdrücklich auf jede erdenkliche Weise bei der Besteigung des Throns Petri unterstützen wird. Ich kann verstehen, dass dies nicht Eurer freien Entscheidung entspricht, aber wir alle vertrauen darauf, dass Ihr Eure Pflicht nicht vernachlässigen werdet, denn das hieße die Republik zu verraten. Und das, wo doch jeder von uns aufgerufen ist, für sie zu tun, was von ihm verlangt wird.«

Polixena warf ihrem Gemahl einen funkelnden Blick zu. Sie konnte seinen Standpunkt nachvollziehen, doch Gabriele anzugreifen würde nur zu einer Weigerung führen. Ihr Bruder war ein Dickschädel, und wenn er sich in die Enge getrieben fühlte, wäre er imstande, alle ihre Pläne zu durchkreuzen. »Verzeiht das Ungestüm meines Mannes, lieber Bruder«, beeilte sie sich zu sagen. »Was Niccolò auf seine vielleicht etwas schroffe Art gesagt hat, trifft jedoch den Kern der Sache.«

»Ich bin mir dessen absolut bewusst, Polixena, und ich weiß den kleinen Vortrag zu schätzen. Da ich mir vollkommen darüber im Klaren bin, worum Ihr mich bittet, möchte ich Euch sagen, dass ich nicht die geringste Absicht habe, mich meinen Pflichten gegenüber der Republik zu entziehen. Ich verstehe sehr gut, welche strategische Bedeutung Rom für Venedig haben kann.«

»Denkt allein an Bologna, Gabriele«, setzte Antonio hinzu. »Ferrara und die Este werden schon noch zur Vernunft kommen, wenn sie erst von unserer Armee der Terraferma auf der einen Seite und der des Papstes auf der anderen in die Enge getrieben werden. Und das ist nur einer der Vorteile, die Eure Wahl mit sich bringen könnte.«

»Ganz zu schweigen davon, dass ja Ihr der Kardinal von Bologna seid«, merkte Polixena in scherzhaftem Ton an.

»Wohl wahr. Nun, damit ist wohl alles entschieden. Sobald Martin V. das Zeitliche gesegnet hat, brauche ich mich
nur noch wählen zu lassen, richtig? Doch so leicht wird das
keineswegs sein«, fuhr Gabriele fort. Seine Haltung hatte
sich kaum wahrnehmbar verändert. Während seine anfäng-
liche Abwehr bis vor ein paar Augenblicken noch glaubhaft
gewirkt hatte, schien sich hinter dieser Zurückhaltung nun
eher eine Art Aberglaube zu verbergen.

»Mag sein. Fest steht jedoch, dass die Orsini gegenüber
den Colonna mauern werden. Sie sind nicht stark genug,
um einen eigenen Kandidaten zu nominieren, und daher ist
es wohl sicher, dass Giordano Orsini Euch unterstützen
wird. Dasselbe kann ich von Antonio Panciera sagen. Dann
bin da noch ich selbst. Mit anderen Worten: schon drei
Stimmen, oder?«

»Wir werden noch viel mehr brauchen.«

»Macht Euch keine Gedanken, ich werde mich darum
kümmern, Euch die nötigen Stimmen zu verschaffen. Ihr
werdet Papst sein, Gabriele, ob Ihr es glaubt oder nicht«,
schloss Antonio Correr triumphierend.

Niccolò sah sie alle eindringlich an.

Polixena ebenso. Und wie um ihren Pakt zu besiegeln,
sprach sie vier Worte: »Wir dürfen nicht scheitern.«

Die Entschiedenheit darin ließ Gabriele das Blut in den
Adern gefrieren.

6. Die Niederlage

Herzogtum Mailand, Maclodio

Ohne darüber nachzudenken, hatte er das Pferd gewendet und sich auf die Straße nach Urago begeben. Seine Männer waren ihm gefolgt, als sei eine Horde tobender Teufel hinter ihnen her. Es blieb keine Zeit, die Bombarden einzusetzen, darum hatte er ein Kontingent Soldaten dort gelassen mit dem Befehl, sie in Einzelteile zu zerlegen, diese auf die andere Seite der Adda zu schaffen und nach Mailand zu schleppen.

Es folgten ihm also seine besten Reiter, sechshundert an der Zahl. Er wusste nicht, was er vorfinden würde, aber er musste sich mit Sicherheit beeilen. Er hoffte, noch rechtzeitig zu kommen.

Carmagnola war in der Schlacht klug vorgegangen. Er hatte einen Großteil seines Heeres gegen die Kräfte von Malatesta und Piccinino zusammengezogen, dort, wo sich die Mehrheit der Männer Viscontis befand. Indem er gegen ihr Zentrum vorgegangen war, hatte er ihre Aufstellung in zwei Teile gespalten und die zugehörigen Männer aus dem Schlachtgeschehen entfernt.

Auf der Hälfte des Weges zwischen Maclodio und Urago wurde ihm klar, was ihn erwartete. Die Straße wurde immer schlammiger, sie war zu beiden Seiten von Böschungen eingefasst, die in eine sumpfige, morastige Senke abfielen. Aus der Ferne meinte er, dort einen Schwarm Insekten zu erkennen.

Als er näher kam, sah er, was dort lag: völlig zerfetzte Körper, schmerzverzerrte Gesichter, schreiende Münder, die um einen Gnadenstoß bettelten. Nur mit Mühe kam Francesco auf der Straße voran. Haufenweise lagen Leichen im Weg. Er erkannte die Standarten der Visconti im Schlamm. Überall zerstörte Rüstungen, zerbrochene und zertretene Helme, zerbeulte Schilde und verlorene Schwerter.

Francesco Sforza bekreuzigte sich. Nach diesem apokalyptischen Anblick hörte er endlich etwas. Richtung Urago nahm er in einiger Entfernung das Klingen von Schwertern wahr, als ob nach alldem immer noch jemand kämpfte.

Er gab seinem Pferd die Sporen, arbeitete sich durch das angerichtete Massaker und begab sich ohne Verzug zu der Stelle, von wo das Aufeinandertreffen von Klingen zu hören war. Seine Leute folgten ihm auf dem Fuße. Hatte es bisher keinen Mangel gegeben an Kriegsgeschrei und Anfeuerungsrufen, durchschnitt die Schar der Reiter die kalte Abendluft nun schweigend.

Der Himmel war wie aus Blei. Feiner Dunst stieg auf und schien die von Wasserflächen durchzogene Ebene wie in ein Leichentuch zu hüllen. Die Hufe der Pferde stampften im dumpfen Widerhall des Todes. Francesco Sforza vernahm die brutale Sprache der Schwerter aus immer größerer Nähe.

Nur noch wenige Augenblicke von dort entfernt sah er ein Grüppchen von Gefolgsleuten Viscontis den Angriffen einer um einiges größeren Gruppe venezianischer Reiter Widerstand leisten. Er zog das Schwert und hob es seinen Leuten zugewandt in die Höhe. Gleich darauf senkte er es mit einer raschen Bewegung, mit der er auf den Feind wies, und gab so das Zeichen zum Angriff. Die Feinde wurden überrumpelt.

Sforza traf den ersten Mann, den er vor sich hatte, mit größtmöglicher Wucht. Der venezianische Ritter sah, wie sich sein Arm unter dem unglaublichen Ansturm Sforzas auf unnatürliche Art nach unten bog. Der Krieger schrie, doch gelang es ihm nicht, sich wieder im Sattel aufzurichten. Elektrisiert von der misslichen Lage seines Gegners ging der Hauptmann mit doppelter Heftigkeit auf ihn los; er führte einen zweiten Hieb, den der andere nicht parieren konnte und somit im Schlamm endete. Kaum war der Mann in den Morast gestürzt, rammte ihm einer der viscontischen Fußsoldaten eine Pike in die Brust. Sforza stürmte weiter voran und streckte mit zwei Hieben einen weiteren Feind nieder. Bald darauf gelang es seinen Männern, die Oberhand über die Venezianer zu gewinnen, sie zu zerstreuen und in die Flucht zu treiben.

»Weiter vorn, Hauptmann!«, schrie ein viscontischer Soldat und winkte mit dem linken Arm Richtung Urago. Mit dem rechten hielt er sich an der Standarte fest, als sei sie sein letzter Rettungsanker. Das Abzeichen mit dem blauen Biscione und dem schwarzen Reichsadler war mit Schlamm und Blut bespritzt. »Niccolò Piccinino ist genau hinter dieser Biegung!«

Francesco Sforza nickte nur und trieb sein Pferd noch mehr an. Er wollte wenigstens nicht unverrichteter Dinge gehen. Piccinino war ein ausgezeichneter Condottiere; auch wenn er Carmagnola unterschätzt hatte, hatte er es doch verdient, gerettet zu werden. Mit gezücktem Schwert drang Sforza weiter in dieses Gemenge aus Blutrot und Nebel, bis er zur Flussbiegung gelangte. Er spürte, wie das Pferd unter ihm erbebte und mit anwachsendem Ungestüm den Abstand verringerte – mit dampfenden Nüstern, die Muskeln angespannt zuckend im Lauf.

Als er um die Biegung kam, sah er rechts von der Straße ein Getümmel aus Fußvolk und Reitern am Boden, die ihr Bestes gaben, sich gegenseitig den Garaus zu machen. Die Soldaten waren erschöpft, und die Schläge kamen so langsam und quälend, dass sie wie eine Pflichtübung erschienen – so als würde man nun mal auf beiden Seiten nichts anderes voneinander erwarten.

So schnell wie möglich, doch darauf bedacht, dass sein Pferd sich kein Bein brach, ritt er die rechte Böschung hinab. Der vollkommen durchweichte Boden rutschte unter den Hufen weg, doch irgendwie gelang es dem Hauptmann, in die morastige Ebene zu gelangen. An dieser Stelle war der Boden zwar immer noch sumpfig, schien aber etwas fester zu sein. Der Schlamm spritzte nur so, als Sforza mit seinen Männern gegen die zahlenmäßig starke, doch völlig erschöpfte Gruppe von Venezianern vorrückte.

Mitten unter ihnen leistete der verwundete Niccolò Piccinino, umgeben von einigen Getreuen, Widerstand. Er hielt sich nur mit Mühe auf den Beinen und parierte dennoch die Schläge seiner Gegner. Seine Rüstung war rot gesprenkelt, und er musste an der Schulter verletzt sein, da er das rechte Armstück samt Schulterriemen verloren hatte.

Als er sah, dass Rettung nahte, schien Piccinino seine Kräfte zu verzehnfachen. »Nur Mut, Männer, Hauptmann

Francesco Sforza kommt uns zu Hilfe!« Bei diesen Worten führte er einen mächtigen Schwerthieb und schickte damit seinen Gegner zu Boden. Dann sprang er mit dem Mut der Verzweiflung blitzartig und behände wie eine Katze auf das Pferd, das Sforzas Männer für ihn mitgebracht hatten. Unterdessen zerstreute der viscontische Hauptmann mit seinen Leuten die Feinde in alle Winde.

Piccinino sah einen Venezianer mit Blick zum Himmel die Arme ausbreiten, als ihm ein Mailänder den Rücken aufschlitzte. Ein anderer sackte unter einem Schlag mit dem Morgenstern zusammen. Ein dritter wurde beim Angriff von Sforzas Leuten von einer bis zur anderen Seite aufgeschlitzt.

Es war ein Blutbad. Die Venezianer starben wie die Fliegen, und Niccolò Piccinino schrie, verzweifelt bemüht, den Waffenlärm zu übertönen, dem Hauptmann zu: »Und was machen wir jetzt?«

Francesco Sforza hob das Visier seines Helms. Er sah ihn mit kaltem und kontrolliertem Blick durchdringend an und erwiderte: »Was ist aus Eurem Heer und dem von Carlo Malatesta geworden?«

»Von Carmagnola aufgerieben.«

»Konntet Ihr den Venezianern Verluste beibringen?«

»Geringfügig. Wenn wir in Richtung Urago vorrücken, werden wir einen Großteil der Truppen der Serenissima auf den Fersen haben. Wir sind nur durch ein Wunder noch am Leben.«

»Und die anderen?«, fragte Sforza, der einfach nicht glauben konnte, was er gesehen hatte.

»Tot oder gefangen genommen.«

»Malatesta?«

»Entweder das eine oder das andere.«

Francesco Sforza sah Piccinino an und schüttelte den Kopf. »Wir ziehen uns zurück. Ich habe schon zu viele Verluste erlitten, und so wie die Dinge liegen, ist es besser, sie möglichst einzudämmen.«

Ohne noch etwas hinzuzufügen wendete er das Pferd und kehrte gemeinsam mit Piccinino und ihren beiden Männern zur Straße nach Orci Novi zurück. Sie mussten fliehen, bevor Carmagnola und seine Leute wie die Schwingen eines Dämons über sie kommen konnten.

7. San Nicolò dei Mendicoli

Republik Venedig, San Nicolò dei Mendicoli

Polixena hatte San Nicolò dei Mendicoli bei anbrechender Morgendämmerung erreicht. Eine blasse Herbstsonne schien vom Himmel, ihre Strahlen drangen durch eine zarte Wolkendecke und verwandelten die Lagune in eine smaragdgrün spiegelnde Fläche. Polixena wusste, dass sie sich in einer der verrufensten Contraden Venedigs befand, bevölkert von Fischern und Banditen. Ungeachtet des Elends und des Schmutzes in den Gassen hob sich diese Kirche mit ihren leuchtend roten Ziegeln und den Einfügungen aus weißem Stein in ihrer Schlichtheit ganz wunderbar von ihrer Umgebung ab. Die Kirche stand auf einer Landzunge, die sich Richtung Fusina erstreckte und umschlossen war von stillem grünem Wasser, das sich hin und wieder unter einem träge dahingleitenden Ruderboot oder einem mit Waren voll beladenen Segelboot, dem typisch venezianischen Bragozzo, kräuselte.

Als sich eine scharfe Brise erhob, schob Polixena eine Haarsträhne zurück, die bis an ihren korallenfarbenen Mund reichte. Sie schien sich aus dem dicken schwarzen, perlengeschmückten Zopf gelöst zu haben, in dem sie ihre Haare zusammengefasst hatte, doch in Wahrheit hatte Polixena sie bewusst so arrangiert, um für den begehrenswerter zu sein, den sie treffen wollte. Auch wenn sie nicht mehr die Jüngste war, war sie immer noch eine sehr schöne Frau. Das Kleid aus samtig weichem Damast war unter der Brust eng geschnitten und wurde ab der Taille weiter, was sie überaus schlank wirken ließ. Die alabasterweiße Haut ihres Gesichtes leuchtete beinahe dank ihrer strahlend blauen Augen.

Natürlich trug sie einen langen, pelzverbrämten Mantel, der von einer goldenen, edelsteinbesetzten Nadel zusammengehalten wurde. Er schützte sie vor der Kälte dieses eisigen Morgens und verbarg zugleich züchtig jegliche sinnliche Note.

Wenn nötig, würde Polixena nicht zögern, ihre herausragende Schönheit einzusetzen, zumal derjenige, den sie treffen wollte, zwar ein Mann der Kirche, doch auch dafür bekannt war, kein Verächter weiblicher Schönheit zu sein. Zumindest nach dem, was sie von ihrem Cousin Antonio gehört hatte. Und von diesem Gespräch hing im Hinblick auf die zukünftigen Entwicklungen so viel ab, dass sie nicht scheitern durfte. Aus diesem Grund hatte Antonio darauf bestanden, dass *sie* den Patriarchen von Aquilea traf. Besser man überließ nichts dem Zufall, hatte er ihr mit einem verschmitzten Augenzwinkern gesagt.

Also hatte sie eingewilligt. Ihr Herz schlug bis zum Hals, denn sie fürchtete irgendeinem Tunichtgut zu begegnen, wie sie in den Gassen dieser Gegend herumlungerten, den Nicolotti vielleicht, eine bestimmte Gruppe von Bewohnern des Viertels, die sich seit jeher mit den benachbarten Castellani bekämpften.

Selbstverständlich hatte sie weder mit den einen noch mit den anderen zu tun, doch es stand außer Zweifel, dass sie gerade ein nicht unbeträchtliches Risiko einging. Aus diesem Grund waren sowohl ihr Mann als auch ihr Bruder von Anfang an gegen Antonios Idee gewesen. Doch sie hatte ihren eisernen Willen durchgesetzt, sie hatte so sehr darauf bestanden, dass die beiden Männer hatten nachgeben müssen, ihr jedoch zur Auflage gemacht, dass ihr einer der Diener der Barbo folgen sollte. Dieser war ein echtes Mannsbild mit kräftigen Beinen, breiten Schultern und stark wie ein Stier. Mit ihm fühlte sich Polixena sicher, aber jetzt, da sie diese Kirche allein betrat, um keinen Verdacht zu erregen, lief ihr ein kalter Schauer über den Rücken.

Kaum hatte sie das rechte Kirchenschiff mit den schlichten Säulen betreten, da sah sie in einer Nische im Halbschatten auch schon denjenigen, den sie treffen sollte. Sie schritt, ohne zu zögern, voran und wiederholte dabei für sich, dass alles bestmöglich verlaufen würde. Ihre Schritte hallten in der offenbar verlassenen Kirche wider. Sie vertraute auf den Schutz von San Nicolò, dem heiligen Nikolaus von Myra, und dem besonderen Geist des heiligen Ortes, doch man konnte ja nie wissen – für den Fall der Fälle hatte sie in der Innentasche ihres Mantels ein Stilett versteckt.

Als sie den wartenden Mann fast schon erreicht hatte, löste er sich aus dem Halbschatten. Ein von Falten durchzogenes Gesicht wurde sichtbar, doch der Blick des wasserblauen Augenpaares war faszinierend und durchdringend. Polixena kam es vor, als spiegele sich ihre Seele darin. Davon abgesehen war Kardinal Antonio Panciera keineswegs eine unvergessliche Erscheinung. Er musste um die siebzig sein und war nicht besonders groß. Er hatte eine breite Stirn, und die spärlichen weißen Haare schauten in

Büscheln hinter den Ohren hervor. Mit seiner großen Nase und dem vorspringenden Kinn würde man ihn nicht unbedingt schön nennen, und doch musste Polixena zugeben, dass er etwas an sich hatte, das den Blick desjenigen fesselte, der es wagte, ihn anzusehen.

Er trug die Kleidung eines Abtes, die schwarze Kukulle mit Kapuze ließ das helle Leuchten seiner Augen noch intensiver erscheinen. Mit der nüchternen Schlichtheit dieses Gewandes brachte der Kardinal äußerste Bedachtsamkeit und Vorsicht zum Ausdruck.

Als sie ihn erreicht hatte, reichte Antonio Panciera ihr die Hand. Polixena führte sie an die Lippen und verneigte sich in kaum wahrnehmbarer Ehrerbietung, um nicht den Eindruck zu erwecken, sie würde der Autorität des Kardinals huldigen, die dieser tunlichst verheimlichen wollte.

»Nun, Madonna, da befinden wir uns also in einer der ältesten Kirchen von Venedig«, sagte Panciera ruhig.

»Sind wir allein, Euer Gnaden?«, flüsterte Polixena Condulmer.

Der Kardinal nickte. »Die armen Brüder des Bettelordens sind in finanziellen Schwierigkeiten, wie die Säulen und die nackten Wände belegen. Daher haben sie mit Freuden mein bescheidenes Angebot angenommen und mir dafür größtmögliche Diskretion zugesagt. Ihr seht also, wir haben nichts zu befürchten. Ihr könnt ruhig frei sprechen. Wenn ich nicht irre, hat Euer Cousin Antonio sehr darauf gedrängt, dass wir zu diesem Treffen zusammenkommen.«

Polixena wusste, dass sie vorsichtig vorgehen musste. Sie durfte nicht zu explizit werden, doch musste sie ihr Anliegen klar genug vorbringen. Sie entschied sich, weit auszuholen. »Euer Gnaden fragen sich bestimmt nach dem Grund dieser Verabredung. Andererseits wird Euch nicht entgangen sein, dass ich einer Familie angehöre, die aus verschiedenen Gründen im Laufe der Zeit eine besondere Empfänglichkeit und eine echte Berufung zum Glauben und zur Spiritualität entwickelt hat.«

»Wer kennt ihn nicht, Euren Onkel Angelo Correr? Er war ein außergewöhnlicher Papst und ein großer Mann der Kirche.«

»Gewiss, Eminenz. Er verstand es auch, die große Macht des Adels um sich zu sammeln, um unbeirrt die Werte und Ideale des christlichen Lebens zu erneuern.«

»Ich nehme an, Ihr spielt auf die Congregazione di San Giorgio in Alga an.«

»Ganz genau.«

»Ich kenne den Orden sehr gut, und es vergeht kein Tag, an dem ich Eurem Onkel und Eurem Bruder nicht dafür dankbar bin, wie engagiert und großzügig sie sich für seine Gründung eingesetzt haben, und für das, was sie auch heute noch für dieses Reich der Tugend stiften. Und ich habe es nie an aufrichtiger Bewunderung mangeln lassen, die auch Ihrem Cousin Antonio gilt, deshalb frage ich Sie: Warum bestehen Sie darauf, auf diese Tatsache hinzuweisen? Vielleicht liegt Euch etwas anderes am Herzen, über das Ihr mit mir sprechen wollt?« Kardinal Antonio Panciera neigte bei dieser Frage unmerklich den Kopf und betrachtete verstohlen seine schöne Gesprächspartnerin.

Polixena begriff sofort, dass Seine Gnaden ihr anbot, sich deutlich zu äußern, und ergriff dankbar die Gelegenheit beim Schopfe. »Eure Eminenz weiß ja genau, wie sehr unser geliebtes Venedig jeden Tag Angriffsziel der unterschiedlichsten und erbarmungslosesten Feinde ist. Während wir hier miteinander sprechen, ist Mailand unter Waffen gegen die Serenissima gezogen. Florenz zögert, Ferrara freut sich, Mantua und auch der Pontifex sind, aus guten Gründen, versteht sich, mit anderen Angelegenheiten beschäftigt. Der Wiederaufbau Roms ist das heiligste Anliegen, das es geben kann, auch wenn, Eure Eminenz möge mir das verzeihen, der Heilige Vater bei diesem Werk der Wiederherstellung anscheinend in erster Linie seine Familie begünstigen will.«

Mit einem Nicken stimmte Kardinal Antonio Panciera Polixena wortlos zu.

Die Edelfrau fuhr fort: »Nicht nur das. Ich denke da an die Segnung des Mailänder Doms. Einerseits war es das Naheliegendste, ja geradezu zwingend, auf dem Rückweg von Konstanz nach Rom dort haltzumachen, andererseits näherte er sich damit Venedigs erbittertsten Feinden an. Und auf derselben Reise ist er ansonsten in keiner Stadt unserer geliebten Serenissima abgestiegen. Vor zwei Jahren erst wandte er sich an Francesco Sforza, um sich in der Schlacht von Aquila Braccio da Montones zu entledigen. Und ebendieser Francesco Sforza ist heute unser Feind und zieht unter dem Banner der Visconti ins Feld. Warum ich Euch das alles sage? Auch wenn ich dem Pontifex ein möglichst langes, arbeitsames und glückliches Leben wünsche, komme ich nicht umhin, mich und Euch zu fragen, was denn an dem Tag passieren wird, an dem auch für Martin V. das Ende seines Pontifikates gekommen sein wird.«

Panciera lächelte. »Nun verstehe ich Euch. Eure Frage ist berechtigt.«

»Und diese Frage stellen sich sämtliche Personen, die ich vertrete.«

»Das heißt, Ihr sprecht im Namen des Dogen?«, provozierte der Kardinal sie mit einer gewissen amüsierten Spitzfindigkeit.

»Ich spreche im Namen des venezianischen Patriziats, das selbstverständlich im Zuge eines äußerst komplizierten Wahlverfahrens seinen Dogen ernennt. Und dieses fragt sich heute, Eminenz, nicht ohne Besorgnis, wie es um seine Zukunft bestellt sein wird, wenn eines Tages ein weiteres Mitglied der Familie Colonna zum Papst ernannt werden sollte.«

Mit väterlicher Gönnergeste nahm Kardinal Panciera komplizenhaft Polixenas Hände in seine. »Meine Liebe, Ihr müsst keine Angst haben, denn als echter Sohn der Serenissima versichere ich Euch, dass ich auf jede erdenkliche Weise ein solches Geschehen zu verhindern trachten werde.«

Polixena war es gelungen, den Kardinal genau dahin zu bekommen, wo sie ihn haben wollte. Um sicherzugehen, nestelte sie ganz beiläufig an der Schließe des Mantels herum und ließ Seine Gnaden einen Blick auf ihren Ausschnitt erhaschen. Ein Seufzer verstärkte die Wirkung – beim Anblick der sich hebenden Brust blitzte im Blick des Kardinals pures Verlangen auf.

Polixena richtete ihren Mantel wieder. Wohl wissend, dass sie den Kardinal in der Hand hatte, fuhr sie fort: »Ihr meint also, es sei bei allen guten Wünschen für den Papst auf lange Sicht denkbar, dass Eure Stimme bei einem etwaigen Konklave meinem Bruder zugutekommen könnte?«

»Seht es als meine Selbstverpflichtung an. Ich vertraue darauf, dass meine Unterstützung auf Eure Dankbarkeit träfe.«

»Das bedarf keiner Erwähnung.«

»Wenn es erlaubt ist, Madonna …«

»Sprecht nur, Eminenz.«

»Ich könnte mir vorstellen, dass auch Kardinal Giordano Orsini sich unserer Sache anschließen würde.«

»Das ist ebenso zutreffend wie, dass mein Cousin, Kardinal Antonio Correr, sich dahingehend starkmacht.«

»Wunderbar. Ihr seht also, dass wir zum gegebenen Zeitpunkt eine Mehrheit erzielen werden.«

»Eminenz, Ihr wisst, ich frage das nicht in meinem persönlichen Interesse …«

»… sondern im Interesse Venedigs. Gewiss, Madonna, das ist mir vollkommen klar. Wenn Ihr jetzt gestattet – ich denke, es ist an der Zeit, sich zu verabschieden, es kommt jemand.« Antonio Panciera wies mit einer knappen Bewegung des Kopfes auf die hinteren Bankreihen.

8. Castor und Pollux

Herzogtum Mailand, Castello di Porta Giovia

Das Kastell befand sich im Verlauf der Stadtbefestigung auf Höhe der antiken Porta Giovia. Galeazzo II. Visconti hatte dieses beeindruckende, düstere Bauwerk siebzig Jahre zuvor errichten lassen. Es schien die dunkle Faszination der Dynastie widerzuspiegeln, die unter dem Wappentier des Biscione ihre Macht über Mailand proklamiert hatte. An den vier Ecken der kolossalen Mauern auf quadratischem Grundriss stand je ein Turm. Die beiden zur Stadt hin waren noch riesiger als die zum immensen Jagdhaus, wo Galeazzo und seine Nachkommen mit Vorliebe einen Großteil ihrer Zeit verbrachten.

Doch im Gegensatz zu seinen Ahnen stellte das Castello di Porta Giovia für Filippo Maria nicht einfach einen Festungsbau dar, es war vielmehr der eigentliche Sitz seines Hofes. Hinter diesen undurchdringlichen Mauern fühlte sich der Herzog sicher und unbesiegbar.

Sich dort hineinzubegeben hieß wirklich, sich ihm auszuliefern.

Als er sein Pferd dem Stallburschen übergab, hatte der Bote kalten Schweiß auf der Stirn. Er hieß Angelo Barbieri, aber wie alle Söldner hatte er einen Namen für die Schlacht.

Seiner war »der Herold«. Den hatte er sich erworben, weil er über eine besondere Gabe verfügte – eine Art Unverwundbarkeit, dank derer er aus den schwierigsten Situationen unbeschadet hervorging. Er war nicht besonders kampferprobt oder geschickt in der Schlacht, auch wenn er es zweifelsohne verstand, mit den Waffen umzugehen. Doch sei es aus Glück, sei es, weil er einen Sinn dafür hatte, wann er einem Zweikampf besser aus dem Weg ging, er war immer davongekommen. Darin glich er eben den Herolden: Sie waren beschlagen in Fragen der Blasonierung, also der Wappenkunde, und in einschlägigem Recht, den Wappenregistern und den dort verzeichneten Adeligen sowie deren Paradewaffen, kurz, in allem, was mehr für das Protokoll von Belang war als von substanzieller Bedeutung. Viele waren jedoch der Ansicht, dass sein Glück und sein guter Stern vor allem dem Umstand geschuldet war, dass er sich vor waghalsigen Manövern zu hüten wusste. Seine Heldengeschichten waren also nichts weiter als Aufschneiderei. Doch seine Kenntnisse der Wappen, der Farben, der Symbole, die die zahlreichen Kompanien kennzeichneten, erlaubten es ihm, die Truppenbewegungen vorauszusehen und sich unter allen Umständen an der richtigen Stelle im Feld zu befinden, eben dort, wo das Risiko am geringsten war. Ganz wie ein Herold.

Doch Maclodio sollte sich als Niederlage für die Farben der Mailänder und damit des Herzogs erweisen, sein guter Stern schien rasch zu sinken.

Er befand sich mit Piccinino auf der Straße nach Urago, und als die Venezianer die Mailänder vernichtend geschlagen hatten, war ihm klar geworden, dass er dieses Mal würde Federn lassen müssen. Dann war Francesco Sforza erschienen und hatte um Haaresbreite seinen Hauptmann und die wenigen Soldaten gerettet, die noch bei ihm waren. Unter denen war auch er gewesen. Als sie noch am selben Abend Zuflucht in Orci Novi genommen hatten, hatte sich Sforza von Niccolò Piccinino seinen besten Reiter nennen lassen, und der hatte nicht einen Augenblick lang gezögert, auf ihn zu verweisen. Noch dazu hatte er den perfekten Namen – wer wäre besser zum Boten geeignet als ein Herold? Francesco Sforza hatte ihn daher beauftragt, dem Herzog die Nachricht von der Niederlage zu überbringen. Er hatte ihn persönlich aufs Pferd gesetzt.

Bei Einbruch der Dunkelheit war er losgeritten wie der Teufel; der Herold hatte die Distanz zwischen Orci Novi und Mailand in der kürzest möglichen Zeit zurückgelegt: In der Morgendämmerung kam das Kastell in den Blick, die mächtigen Ecktürme in grünliches Morgenlicht getaucht.

Nun war er da, begleitet von zwei Wachmännern, die den Auftrag hatten, ihn in die Gemächer des Herzogs zu führen.

Filippo Maria war nervös. Wie immer. Nach den Neuigkeiten, die ihm Decembrio von der Schlacht überbracht hatte, die in Maclodio tobte – übrigens ohne ihm den Ausgang mitzuteilen –, hatte er praktisch nicht geschlafen. Er hatte bis zum Morgengrauen wach gelegen und auch den ganzen Tag und die darauffolgende Nacht kein Auge zugetan. Im Gegenteil, im Wissen darum, dass er keine Ruhe finden würde, bis er den Ausgang der Begegnung kannte, war er aufgeblieben, hatte Wein getrunken und sich damit abgelenkt, seinen Lieblingshunden, den beiden Mastiffs Castor und Pollux, Knochen vorzuwerfen. Im Gegensatz zur menschlichen Spezies hatten sie ihn nie verraten. Sie urteilten nicht über ihn. Sie waren stets treu ergeben, ganz gleich, was er mit ihnen vorhatte. Er vergötterte sie. Wie so oft befand er sich in der Sala della Colomba, dem Taubensaal, der nach einem großen Wandteppich so genannt wurde, der fast die gesamte Wand einnahm. Darauf war ein weißer Vogel in der Mitte der Radia Magna zu sehen, einer großen Sonne, deren gelbe Strahlen in einen blutroten Himmel ragten.

Die Mitte des Saals beherrschte ein eindrucksvoller Tisch, überbordend vor Tabletts voller Wildbret- und Pastetenreste, die von den wenig hungrigen Gästen kaum angerührt worden waren. Außerdem standen darauf überall Schalen mit Obst und Krüge mit Wein. Filippo Maria warf Castor, dem schwarzen Mastiff, zum zigsten Mal einen Knochen zu und wartete darauf, dass der ihm den zurückbrachte. Pollux, der graue, sah seinen Herrn aus den kleinen, halb geschlossenen Augen und mit heraushängender Zunge an, was ihm einen eigenwilligen Zug von Zärtlichkeit verlieh, der sich angesichts seiner mächtigen Statur umso befremdlicher ausnahm.

»Na los, Castor!«, befahl der Herzog mit einem Glas Wein in der Hand. »Fein, bring mir den Knochen.«

Sofort lief der Mastiff tapsig zu seinem Herrn und legte ihm die blank polierte Schweinshachse vor die Füße.

Filippo Maria saß auf dem Boden. Er streckte sich und langte mit der Rechten nach dem Knochen. Dabei streichelte er mit der anderen Hand den großen Hund hinter dem Ohr. Der Mastiff winselte genüsslich.

»Pollux, komm her«, rief Filippo Maria liebevoll.

Auch der graue Mastiff sprang mit einem ungestümen Satz zu seinem Herrn. Der Herzog warf gedankenverloren den Knochen, während Castor erneut nach vorn preschte, mit den Pfoten über die Fliesen schlitterte und vergeblich versuchte, den Schweineknochen im Flug zu fangen.

Der Herzog musste lachen. »Hab ich dich reingelegt, Jungchen«, schrie er enthusiastisch. Dabei streichelte er den Hals von Pollux, der ein zufriedenes Knurren hören ließ. Doch wie alles Schöne dauerte auch dieses kleine Vergnügen nicht lang.

Es klopfte jemand. Und nachdem er den Störenfried hereingebeten hatte, wurde Filippo Maria gewahr, dass es sich um zwei Wachmänner handelte. Bei ihnen war ein schlammbedeckter Mann, der allem Augenschein nach alles aus seinem Pferd herausgeholt hatte, um hierherzugelangen. Deswegen im Morgengrauen gestört zu werden, war trotzdem nicht ganz das, wovon der Herzog träumte.

»Was zum Teufel wollt ihr? Wer ist dieser Mann? Wie könnt ihr es wagen, euren Herrn zu dieser Zeit zu stören? Seht ihr nicht, dass ich beschäftigt bin?«, fuhr Filippo Maria sie mit amüsiertem Grinsen an. Er stellte bei solchen Gelegenheiten seine Männer gern auf die Probe und schikanierte sie nach Kräften.

»Eure Hoheit«, erwiderte einer der Wachmänner, »wir bringen einen Mann, der direkt vom Schlachtfeld von Maclodio kommt.«

Allein die Erwähnung des Wortes *Schlachtfeld* rief bei ihm eine ärgerliche Handbewegung hervor. »Also, dann sprecht. Wieso steht Ihr dort wie festgenagelt? Braucht Ihr eine schriftliche Einladung?« Castor, der den wachsenden Zorn seines Herrn spürte, knurrte bedrohlich. Pollux hob die Schnauze und stimmte ein.

»Signore, ich heiße Angelo Barbieri«, stellte sich der Bote vor, »ich gehöre als Soldat den Truppen Niccolò Piccininos an. Man kennt mich jedoch überall unter dem Namen ›der Herold‹.«

»Der Herold«, wiederholte Filippo Maria Visconti und hob eine Augenbraue. »Na, wenn Ihr schon einen Namen brauchtet, dann ist dieser genau richtig. Aber wir sind nicht hier, um über derartige Belanglosigkeiten zu sprechen!«, sagte er unvermittelt mit einer gereizten Geste, wie als Beleg für seine raschen Stimmungsumschwünge. »Wie dem auch sei, so wie Ihr Euch in nutzlosen Vorreden verliert, scheint Ihr es darauf anzulegen, Zeit zu verschwenden. Und für gewöhnlich ist das kein vielversprechender Anfang. Oder irre ich da?«

Der Mann sah ihn an und wusste nicht, was er sagen sollte.

»Na, was ist? Berichtet mir von der Schlacht!«

Der Herold schüttelte den Kopf. »Ich habe leider keine guten Neuigkeiten.«

»So viel war mir schon klar, Herold!« Filippo Maria Visconti sprach den Namen aus, als sei er eine schlimme Beleidigung. »Was heißt das?«, verlangte er zu wissen und umklammerte unter Schmerzen die Tischkante, um sich hochzuziehen. Als es ihm endlich gelungen war, schlug er voller Wut und mit allem Groll auf die Tischplatte. Die bis zum Rand gefüllten Weinkelche machten einen Satz und befleckten das Tischtuch.

»Carmagnola hat uns eine Falle gestellt. Malatesta hat sich für einen Frontalangriff entschieden, aber …« Der Herold unterbrach sich.

»Aber?«, schrie Filippo Maria Visconti außer sich.

»Aber die Männer Carmagnolas haben sich zurückgezogen, nachdem sie die Truppen von Piccinino und Malatesta auf die Straße nach Urago gelockt hatten. Sie überraschten uns mit einem Pfeilhagel von der Seite und mähten Fußvolk wie Reiter nieder. Sie haben uns eingekreist.«

»Sie haben euch eingekreist?«, wiederholte der Herzog.

»Das Gelände war eine Schlammhölle, wir konnten uns nicht rühren, wir sind niedergemetzelt worden. Wäre da nicht Francesco Sforza gewesen, wäre auch ich nicht hier, um Euch von dem Hergang zu berichten.«

»Ach, wirklich?«, schrie der Herzog. »Wisst Ihr, wie egal mir das ist? Und auf Sforza pfeife ich auch. Ihr seid ein unfähiger Haufen!«, polterte Filippo Maria Visconti. Er schlug blindlings in die Luft, traf dabei ein paar Kristallkelche, die zu Boden fielen und in tausend Teile zersprangen.

Bei diesem Tumult begannen die Mastiffs zu knurren.

9. Die Flucht

Republik Venedig, San Nicolò dei Mendicoli

Als sie den Blick wandte, sah Polixena, dass der Diener die Kirche betreten hatte. Sie fragte sich, wie er es wagen konnte, ihr Gespräch zu unterbrechen, als Barnabo – so hieß er – zu ihr trat und mit kalter, gewichtiger Stimme sagte:»Madonna, vergebt mir meine Kühnheit, doch ich denke, wir sollten gehen, ehe es zu spät ist.«

Ohne den Grund für dieses Ansinnen zu kennen, warf Polixena ihm einen finsteren Blick zu.»Was wollt Ihr damit sagen?«

»Dass eine Gruppe von Nicolotti sich in den umliegenden Gassen versammelt und bald den Kirchplatz erreicht haben wird.«

»Zu welchem Zweck?«, unterbrach ihn die Edelfrau.

»Um Euch zu berauben und zu töten. Einfach aufgrund der Tatsache, dass Ihr reich seid und sie es nicht sind.«

Polixena stockte der Atem.

»Ihr meint, diese Männer würden herkommen und einen heiligen Ort entweihen?«, wandte sich der Kardinal an Barnabo.

»Ich habe nicht den geringsten Zweifel. Ich bezweifle hingegen, dass die guten Fratres etwas dagegen tun könnten.«

»Nun, dann«, fuhr Panciera bewundernswert kaltblütig fort, »kommt mein Boot ja gerade recht. Es liegt genau hier draußen, abfahrbereit.«

»Euer Gnaden«, sagte Polixena, die sich gefangen hatte und ihren ganzen Mut zusammennahm, »ich sehe mich gezwungen, Euch um Hilfe zu bitten.«

»Das steht ganz außer Frage. Ich habe es Euch ja soeben angeboten. Und nun, meine Liebe, denke ich, ist es an der Zeit, den Anweisungen Eures Dieners Folge zu leisten.«

Ohne ein weiteres Wort begaben sich alle drei zum Ausgang.

Sobald sich die Tür hinter ihm schloss, spürte Barnabo die kühle Luft des frühen Morgens. Und er sah das, was er befürchtet hatte. Aus den Gassen vor ihnen strömte eine Gruppe abgerissener Gestalten auf die Kirche zu. Sie hielten Messer und Stöcke in der Hand, und ihren Gesichtern nach zu urteilen, hatten sie die schlechtesten Absichten der Welt.

»Schnell, Madonna, beeilt Euch. Begebt Euch zum Boot!«

»Barnabo«, erwiderte Polixena mit erstickter Stimme.

»Geht!«

»Und was werdet Ihr tun?«

»Ich werde versuchen, sie aufzuhalten.«

»Euer Diener hat recht, Madonna, wir sollten uns beeilen.« Ohne etwas hinzuzufügen, ergriff der alte Kardinal Polixenas Arm und lief los, zerrte sie fast zu seiner Peata, die ein Stück weiter festgemacht war. »Niccolò, schnell, mach das Boot los, die bringen uns hier sonst um«, schrie der Kardinal dem Bootsführer zu.

Während die Hand Pancieras ihr Handgelenk umfasste, sah Polixena die Nicolotti, die hungrig und schmutzig auf sie zukamen. Einige hatten angefangen, sie mit Steinen zu bewerfen. Die Steine, die zunächst ihr Ziel verfehlt hatten, kamen Barnabo mittlerweile gefährlich nahe. Der zückte seinen Dolch.

Sie waren nun am Bootssteg angekommen.

Die Matrosen machten die Leinen los. Während zwei Männer der Edelfrau beim Einsteigen halfen, schimpfte der Kardinal: »Worauf wartet ihr? Ihr wollt doch den armen Mann da nicht alleinlassen? Er steht unter meinem Schutz, und sollte ihm etwas geschehen, werde ich meine Wachleute dafür verantwortlich machen. Nun los, helft ihm schon!«

Auf diese Worte hin kletterten drei Männer mit Armbrüsten über die Bordwand. Sie sprangen an Land und schossen die ersten Pfeile ab.

Die Geschosse zischten durch die kalte Luft und gingen wie ein Eisengewitter auf das Häuflein zerlumpter Gestalten nieder. Zwei verfehlten ihr Ziel, aber ein drittes traf einen Mann am Arm. Der Tölpel schrie auf. Die anderen um ihn herum zögerten noch.

Jemand wich zurück. Ein Junge ließ den Stein fallen, den er in der Hand hatte.

Unterdessen nutzte Barnabo diesen ausschlaggebenden Moment der Unentschiedenheit, nahm die Beine in die Hand und erreichte flugs die Peata des Kardinals.

Die Armbrustschützen wichen langsam zurück, wobei sie ihre tödlichen Werkzeuge jedoch weiter einsatzbereit hielten.

Überwältigt vom Geschehenen, verharrten die Nicolotti auf der Stelle. Was sie für einen einfachen Überfall gehalten hatten, drohte sich in etwas weitaus Blutigeres zu verwandeln, und keiner von ihnen hatte Lust, sich mit Berufssoldaten zu messen.

Während die verbliebene Handvoll Lumpengestalten noch darüber nachdachte, was zu tun sei, hatte die Peata Campo San Nicolò dei Mendicoli hinter sich gelassen und fuhr den Kanal hinunter.

An die Bordkante gelehnt ließ Polixena ihren Blick noch einmal über die von Kohle schmutzigen Gesichter mit den schwarzen Zahnstummeln schweifen, und es überlief sie ein Schauer. Das Treffen mit dem Kardinal hatte sich als äußerst gefährlich erwiesen.

Ganz so, als würde er ihre Besorgnis verstehen, legte ihr Antonio Panciera eine Hand auf die Schulter.

»Keine Angst, Madonna, Ihr werdet sehen, unsere erste Begegnung verspricht, zu unser aller Zufriedenheit beizutragen.«

Das wünschte sich Polixena aus tiefstem Herzen.

10. Der Herold

Herzogtum Mailand, Castello di Porta Giovia

Es stimmte also, dachte Filippo Maria Visconti. Seine Leute waren in Maclodio vernichtend geschlagen worden. Keiner seiner Hauptmänner hatte den Mumm gehabt, ihm diese Nachricht zu überbringen. Dafür hatten sie den Herold geschickt. Und er war gezwungen, die lächerlichen Entschuldigung dieses halben Hemdes anzuhören, das eine Beleidung war für die Visconti.

Seine Mastiffs knurrten noch lauter.

Augenblicklich wurde ihm klar, was nun geschehen würde.

Er entließ die Wachen und befahl ihnen, die Türen zu schließen.

Dann sah er den Herold seltsam an.

Angelo Barbieri schwante, was der Herzog vorhatte. Es war so ziemlich das, was er erwartet hatte, seit er auf dieses verdammte Pferd gestiegen war, um die Nachricht von der Niederlage zu überbringen.

Die verstiegene Grausamkeit des Filippo Maria Visconti war legendär. Sein Verfolgungswahn ebenso. Das war der Grund, aus dem er sich in seine Burg zurückgezogen hatte, die Mastiffs stets um sich. Er wagte sich nicht hinaus, so sehr war er von der Vorstellung besessen, er könnte verletzt, oder schlimmer noch, von jemandem, der ihn hasste, getötet werden. Viele Mailänder hielten ihn für völlig verrückt und launisch, für irrsinniger als sonst irgendjemanden. Und sie fürchteten ihn. Dieser Furcht entsprang der Hass. Der hatte eine lange Vorgeschichte, denn er wurde von Generation zu Generation weitergegeben. Und er verschlang alles, er war imstande, jedes andere Gefühl auszulöschen. Mailand war in diesen Tagen voller Schmerz und Tod, ein zorniger Hexenkessel, und Filippo Maria Visconti wob, davon unberührt, sein unheilvolles Gespinst, selbst eingesperrt in der Vorhölle, deren Mittelpunkt das Castello di Porta Giovia bildete. Wie eine Spinne ihre Fäden produzierte der Herzog Tag für Tag geduldig kalten Groll, mit dem er ein unentwirrbares Netz von Spionen aufrechterhielt. Und ebendiese hintertrugen seinem Ohr jedes kleine Detail, und sei es noch so unbedeutend, sodass sein von Verdächtigungen zerquältes Hirn ständig damit beschäftigt war, sich Komplotte gegen ihn auszudenken, die sich fast immer als haltlos erwiesen.

Der Herold lächelte bitter. Was für eine Ironie in dem lag, was ihm passierte! Von Francesco Sforza gerettet in einer Schlacht, in der fast alle seine Kameraden niedergemetzelt oder gefangen genommen worden waren, sah er sich nun dem schlimmsten Tyrannen gegenüber, den er sich vorstellen konnte.

Filippo Maria Visconti ließ in einer lustlosen Geste die Hand sinken. Er war sich sicher, dass ihm zumindest seine beiden Mastiffs gehorchen würden.

Es geschah sekundenschnell.

Castor und Pollux hoben ihre dunklen Lefzen und entblößten ihre Fangzähne. Dann erfüllte ihr Knurren den Saal.

Angelo Barbieri röchelte. Der Herzog langte mit angestrengtem Gesichtsausdruck nach einer silbernen Klingel und schwang sie schließlich nervös.

Kurz darauf erschienen die Wachen von vorher, die ihren Herrn gut genug kannten, um sich nicht allzu weit entfernt zu haben.

»Lasst wen kommen, der diese Sauerei wegmacht.« Er wies mit dem Kopf in Richtung des Leichnams des Boten, den die Hunde zerfleischt hatten. Dann griff er nach den Stöcken, die er an den Tisch gelehnt hatte, und stand auf. »Ich ziehe mich jetzt in meine Gemächer zurück. Lasst meine Mastiffs baden. In zwei Tagen will ich auf die Jagd und werde sie mitnehmen. Unfähige zu töten weckt für gewöhnlich ihren Appetit auf Wild.«

Die Wachen nickten und wagten kaum zu atmen.

Filippo Maria Visconti begab sich zur Tür und zog die Füße nach. Seine Stöcke schienen den Takt des Todes zu schlagen.

Als er schon an den Wachen vorbei war und ihnen den Rücken zuwandte, blieb er stehen. »Eine letzte Sache noch. Ich werde mich nun ausruhen, denn ich habe heute Nacht nicht geschlafen. Aber weckt mich vor dem Abendessen. Habt ihr verstanden?«

»Ja, Herr«, beeilte sich eine der Wachen zu sagen.

»Gut. Und nun macht sauber.« Er zeigte mit einem der Stöcke auf die Leiche Angelo Barbieris. »Er mag vielleicht Herold geheißen haben. Aber de facto war er keiner. Zumindest für mich war er nicht unantastbar«, schloss der

Herzog fast mit einer Spur von Bitterkeit, als ob dieser Akt purer Niedertracht notwendig, ja unausweichlich, gewesen wäre.

Danach begab er sich ohne ein weiteres Wort in seine Gemächer und ließ die beiden erschütterten Männer stehen.

1431

11. Der Tod des Papstes

Kirchenstaat, Palazzo Colonna

Martin V. war tot. Und wie zu erwarten gewesen war, war Rom im Chaos versunken. Es war, als ob die Stadt mit dem allmählichen Dahinscheiden des Papstes zum Stillstand gekommen wäre und seine Einwohner, unabhängig von Vermögen oder Überzeugungen, die Luft anhielten. Ohne Unterschied, egal, ob arm oder reich. Denn es stand außer Frage, dass der Papst bei Weitem nicht allein geistiger Führer war, sondern in jeglicher Hinsicht der weltliche Herrscher dieser Stadt.

Wäre es möglich gewesen, sich in freiem Flug über Plätze und Palazzi aufzuschwingen, über Kirchen und Kastelle, und sich schließlich auf den steinernen Zinnen eines zwischen der Via Biberatica und der Basilika Santi XII Apostoli gelegenen befestigten Palazzos auszuruhen, dann vielleicht hätte man begriffen, dass dies vor allem für eine ganz bestimmte Familie eine Katastrophe war, um es vorsichtig auszudrücken. Das Ende einer Ära.

Und zwar für den Zweig der Genazzano aus der Familie der Colonna. Und da insbesondere für die Brüder Antonio und Odoardo, die von ihrem Onkel Oddone, dem Papst, zahlreiche Privilegien, Ländereien und Besitztümer erhalten hatten. Nun saßen sie in einem der vielen Säle des Palazzos und sahen sich mit ungläubigen Augen an, unschlüssig, was sie nun tun sollten. Eine Aura von Schicksalsergebenheit umgab Antonio, den älteren, der mit der Klinge eines Dolches spielte und deren Schärfe prüfte, als ob er sie jeden Moment in die Brust eines unsichtbaren Feindes stoßen müsste.

Odoardo, der jüngere, hatte nicht die blasseste Ahnung, was ihn erwarten würde. Nachdem er seine bisherigen Lebensjahre damit verbracht hatte, ohne jegliches Verdienst Geld, Ämter und Titel anzuhäufen, fürchtete er, er könne jeden Augenblick alles verlieren. In seinen dunklen Augen spiegelten sich Unsicherheit und Besorgnis.

»Und nun, Bruder? Was machen wir jetzt? Auf unseren Ruin warten? Glaubt Ihr, wir dürfen darauf hoffen, dass jemand aus unserer Familie zum Papst gewählt wird?« Seine Stimme zitterte, so wenig war er selbst davon überzeugt, dass eine solche Annahme berechtigt war.

Als wolle er sogleich die schlimmsten Befürchtungen bestätigen, schüttelte Antonio den Kopf. Seine langen grau melierten Haare fielen ihm ins Gesicht. Er war gerade erst aus Salerno zurückgekehrt, wo er gern die kurzen, kalten Wintertage verbrachte und sich ein laues Lüftchen um die Nase wehen ließ. Er war nass geschwitzt und schob, nachdem er den Dolch wieder weggesteckt hatte, die widerspenstigen Haarsträhnen zurück. »Das schließe ich ganz entschieden aus«, gab er zur Antwort, und bei diesen Worten verkrampfte sich sein Gesicht, »denn unser Onkel hat sich mit dem Aufbau unseres Vermögens nicht allein den Groll aller römischen Adelsfamilien zugezogen, sondern auch den der anderen Herzogtümer und Republiken – Mailand, Venedig, Florenz werden sich darin überbieten, das Haus Colonna in Schutt und Asche zu legen. Und zwar, indem sie das Gebilde aus Lehen und Ländereien, das uns bis heute die Macht gesichert hat, Stück für Stück zerstören werden. Schlagt Euch aus dem Kopf, dass ein Colonna in absehbarer Zeit auf den Petersthron zurückkehren wird, werter Bruder.«

»Aber«, fragte Odoardo darauf bestürzt, »was können wir denn tun, um uns vor dem Hass und der Gewalt unserer Feinde zu schützen?«

In Antonios Augen blitzte es auf: »Wir müssen gegen alles und jeden zusammenhalten. Was leider keineswegs leicht sein wird«, fügte er seufzend hinzu. »Allein schon in unserer Familie sind Neid und Groll tief verwurzelt. Und ich möchte wetten, dass, noch während wir uns hier unterhalten, Odoardo, unsere Cousins Stefano auf der einen und Lorenzo und Salvatore auf der anderen Seite uns nicht vergeben werden, was geschehen ist.«

»Meint Ihr nicht, dass unser Bruder Prospero genügend Kräfte sammeln könnte, um sich bei den bevorstehenden Wahlen zu behaupten? Wenigstens genug, um zu verhindern, dass ein Papst gewählt wird, der uns offen feindselig gegenübersteht?«, beharrte Odoardo ungehalten.

Antonio brach in unbändiges Gelächter aus, doch es hatte nichts Heiteres. »Ich fürchte, Ihr überschätzt unseren Bruder, Odoardo, selbiger ist derzeit nichts anderes als ein junger Kardinaldiakon, nominiert übrigens von unserem Onkel für ein geheimes Konsistorium. Muss ich dich vielleicht daran erinnern, dass Oddone letztes Jahr die Nerven hatte, diese Nominierung öffentlich zu machen? Nein, Odoardo, wir können da nichts machen. Und ich sage Euch noch etwas: Ich fürchte um unsere Unversehrtheit. Es ist kein Geheimnis, dass Stefano, Lorenzo und Salvatore sich betrogen fühlen wegen der Vorfälle in den letzten Jahren. Nicht bloß die Kardinäle von Venedig, Mailand, Florenz und Genua werden alles daransetzen, uns zu entmachten, sondern unsere eigenen Cousins werden sich gegen uns wenden. Ich beabsichtige daher unsere Verbündeten um jede erdenkliche Hilfe zu bitten.«

»Macht Ihr Scherze?«

»Nicht im Geringsten. Die Conti, Caetani und Savelli sind uns treu ergeben, und das System der Festungen, das wir in den letzten Jahren aufbauen konnten, ist uns ein guter Schutz. Wen ich von allen am meisten fürchte, ist Stefano.«

»Warum?«

»Na, weil er eine Orsini geheiratet hat! Die sind unsere eingeschworenen Feinde!«, schrie Antonio hysterisch. »Wie kann es sein, dass Ihr das nicht begreift?«

»Glaubt Ihr wirklich, dass er sich lieber mit ihnen verbünden würde, statt uns zu unterstützen?«, fragte Odoardo bestürzt.

»Ich bin mir nicht ganz sicher. Aber ich kann nichts ausschließen.«

Odoardo setzte sich, oder besser gesagt, ließ sich auf einen Stuhl fallen, dessen Lehne fein intarsiert war. Verzweifelt barg er das Gesicht in den Händen. »Es ist alles verloren«, flüsterte er mit erstickter Stimme.

»Das ist nicht gesagt«, versuchte der Bruder, ihm Mut zu machen.

»Woran denkt Ihr?«, unterbrach ihn Odoardo, in dessen Blick vage Hoffnung lag.

Antonio sah ihn lange an, so als wolle er Zeit gewinnen. Er wusste, dass er ein Risiko einging, aber so wie die Dinge lagen – welche Möglichkeit blieb ihnen da noch? Auf das gute Herz ihrer Feinde konnten sie gewiss nicht bauen. Es stand außer Zweifel, dass sie kein Erbarmen kennen würden.

Nachdem er sich im verzweifelten Ringen um einen Ausweg schon das Hirn zermartert hatte, war ihm tatsächlich etwas in den Sinn gekommen. Kein Geniestreich, aber in Ermangelung von etwas Besserem konnten sie auch gleich aufs Ganze gehen.

Er seufzte.

»Sprecht«, forderte ihn Odoardo gereizt auf.

Antonio zückte nochmals den Dolch. Wieder spielte er mit der scharfen Klinge. Dann zeigte er mit dem Messer auf den Bruder und gab preis, was ihm im Kopf herumging: »Täusche ich mich, oder befindet sich die päpstliche Schatulle hier in diesem Palast? Und was sagt Euch das?«

12. Eine kompromittierende Unterhaltung

Herzogtum Mailand, Castello di Porta Giovia

Versteht Ihr denn nicht? Seit vier Jahren haltet Ihr mich in diesem steinernen Gefängnis gefangen, das Ihr eine Burg zu nennen wagt, und habt mich noch nicht mal eines Blickes gewürdigt! Jede Nacht bete ich zu Gott, er möge Euch dazu bringen, mir einen Besuch abzustatten, und wieder ist mein Bett kalt und eisig wie ein endloser Winter! Warum habt Ihr mich geheiratet, wenn Ihr mich nicht einmal mit dem kleinen Finger berührt?« Maria von Savoyen spürte, wie ihr die Tränen heiß über die Wangen liefen. Mit aller Wut, die sie aufbringen konnte, drängte sie sie zurück.

»Wie oft habe ich Euch gebeten, das Wort an mich zu richten, mir das Gefühl zu geben, dass auch hier Leben sei, wo alles tot zu sein scheint? Begreift Ihr denn nicht, dass ich mich für ein einziges Kompliment von Euch töten lassen würde? Eine einzige zärtliche Geste? Wie konntet Ihr so grausam sein?«

Filippo Maria Visconti betrachtete seine junge Gemahlin mit unbarmherziger Kälte. Was zum Teufel wollte diese Frau nur – sie war weder schön noch besonders liebreizend.

Man hatte ihm versichert, dass sie gottesfürchtig war, und das hatte ihm gereicht. Seit vier Jahren lebte sie im Castello di Porta Giovia, aber das hatte überhaupt nichts zu sagen. Tatsächlich hielt er sie abgeschieden in einem der Türme und besuchte sie nur ab und an, um zu sehen, ob sie noch lebte. Insgeheim hoffte er, sie würde an Einsamkeit und Vernachlässigung sterben. Er hatte sie aus einem einzigen Grund geheiratet, und obwohl ihrem Vater ihr Glück und ihr Wohlergehen am Herzen gelegen hatte, fühlte sich der Herzog dem alten Herrn gegenüber nicht verpflichtet. Die Mitgift, die diese unbedeutende Frau in die Ehe gebracht hatte, bestand weder in Reichtümern noch in Ländereien. Und was die Allianz mit Amadeus von Savoyen anging, gab es wirklich wenig, dessen man sich rühmen konnte, denn das Bündnis beschränkte sich auf eine einfache Übereinkunft, aus der in den vier Jahren nichts Nennenswertes hervorgegangen war, sofern man das Scharmützel nicht mitzählte, das Letzterer an der Seite der Visconti mit schwachen, zusammengewürfelten Truppen bestritten hatte.

»Ich denke nicht, dass ich Euch eine Erklärung schuldig bin, Madonna«, sagte der Herzog eisig. »Ob ich Euer Bett häufig aufsuche oder eben nicht, ist meine Entscheidung. Wenn ich es nicht tue, gibt es dafür bestimmt einen Grund, und das muss Euch reichen.«

»Wie könnt Ihr so mit mir sprechen?«, empörte sich Maria. »Ich bin eine Savoyen! Mein Vater ist ein König! Als Ihr mich geheiratet habt, habt Ihr vor Gott geschworen, mich zu Eurer Gemahlin zu machen. Ihr wisst sehr gut, dass der fehlende Vollzug der Ehe ein Grund ist, sie annullieren zu lassen. Wenn ich diesen Umstand erwähnen sollte …«

Abrupt kam der Herzog Maria näher. Er schnellte vor, indem er sich kraftvoll auf den Krücken vorwärtsschwang und ihr schon im nächsten Augenblick auf den Leib rückte. Er packte sie an der Schulter, wobei eine der Krücken zu Boden fiel, verpasste ihr eine Ohrfeige und schmiss sie aufs Bett. Dann lag er schnaufend mit seinem ganzen Gewicht auf ihr. »Was ist Euer Problem? Wollt Ihr, dass ich Euch besteige? Glaubt Ihr, das könnte ich nicht?« Keuchend vor Anstrengung, schwer auf ihr liegend, streckte er die Hände aus und zerriss mit aller ihm zur Verfügung stehenden Kraft ihr Kleid.

Maria versuchte zu kämpfen, aber gleich darauf lag sie mit entblößter Brust da. Sie stieß einen Schrei aus, worauf er ihr, rot vor Wut, den Mund zuhielt. »Still, seid still. Und wenn Ihr es noch einmal wagen solltet, das Wort zu erheben, oder schlimmer noch, mir zu drohen, wie Ihr es gerade getan habt, schwöre ich Euch bei Gott, dass ich Euch die Peitsche zu spüren gebe. Ich habe schon meine erste Frau enthaupten lassen, es kostet mich nicht viel, auch Euch loszuwerden! Gebt also acht, Madonna, bringt mich nicht zur Weißglut! Habt Ihr mich verstanden?«

So als wollte er diese Worte für immer ins Hirn seiner aufsässigen Frau einprägen, drückte er sie noch stärker nieder, sodass Maria schon blau anlief. Als er sah, dass seine Gattin ohnmächtig zu werden drohte, hielt Filippo Maria Visconti inne.

Dann wälzte er sich mit enormer Kraftanstrengung von ihr herunter, rollte aufs Bett wie ein fettes Wildschwein und blieb auf dem Rücken liegen. Er stützte sich ein paarmal ab, bis er nahe genug an die Krücke gerückt war, die er ans Bett gelehnt hatte.

Er ergriff sie mit der Rechten, bohrte sie in den Boden und packte sie dann auch mit der Linken. So gelang es ihm, sich hochzuziehen und zum Stehen zu kommen. Er schnaubte und hielt sich an der Krücke fest, bis er wieder zu Atem gekommen war. Als er sich stark genug fühlte, umfasste er die Stütze und hinkte vorwärts zu der anderen, die er auf den Boden hatte fallen lassen. Maria gab keinen Ton von sich und blieb reglos liegen. Der Herzog hörte nur ihren Atem, der so schwer ging, als wollte er es seinem gleichtun, während er die verlorene Krücke aufhob. Er fluchte innerlich, selbst bei so einfachen Handlungen derart leiden zu müssen. Verdammte Beine! Wenn er gekonnt hätte, hätte er am liebsten auf sie eingeschlagen. Er hasste sich so für diese blöde Behinderung, die zwar nicht so schwer war, dass er sich gar nicht rühren konnte, doch auch nicht so leicht, dass sie kaum mehr als ein Schönheitsfehler gewesen wäre.

Er stieß einen Schrei aus.

Es war befreiend. Wie ein Schwall Blut schoss die Wut ganz plötzlich aus ihm heraus. Dann brach er in Gelächter aus und wandte seinen Blick zu der Unglücklichen, die ihn jetzt verstört, doch hasserfüllt ansah.

»Kein Wort!«, krächzte der Herzog, der nun dank beider Krücken wieder sicher auf den Füßen stand. »Wenn Ihr nicht mit aufgeschlitzter Kehle auf dem Grund des Naviglio Grande landen wollt.«

Agnese betrachtete Bianca Maria. Sie war wirklich ein wunderschönes Kind. Fröhlich lief sie im Hof des Castello di Abbiate umher, eingemummelt in ein dickes Wollkleid und einen wehenden Pelzmantel, der sie aussehen ließ wie eine große Dame in Miniaturausgabe.

Ihr Gesichtchen war alabasterweiß, die Wangen rosig, die klugen und lebhaften Augen blitzten, als wollten sie all das perlmuttfarbene Licht einfangen, das der winterliche Himmel vergoss. Es war kalt, und eine Schneeschicht bedeckte das Pflaster des Hofs, doch Bianca Maria tanzte glücklich durch die Schneeflocken. Als es ihr gelungen war, mit ihren kleinen Händchen welche zu fangen, kam sie schnell zu ihr gelaufen, um sie ihr zu bringen, und staunte nicht schlecht, als sie beim Öffnen darin nur Wasser fand.

»Mama, wo sind die weißen Flocken hin?«, fragte das kleine Mädchen, dessen große grüne Augen der Mutter noch viel mehr Fragen zu stellen schienen.

Agnese nahm sie in den Arm. »Sie sind geschmolzen, Bianca. Deine kleinen warmen Fingerchen haben Wasser aus ihnen gemacht.« Dann nahm sie sie bei der Hand und tanzte mit ihr im Kreis. »Mein wunderhübsches kleines Mädchen!«

»Wann kommt Papa?«, wollte die Kleine mit spitzbübischem Lächeln wissen.

»Bald! Jetzt gehen wir nach oben ins Warme und trinken etwas Heißes, magst du?«

»Ja!«, schrie das Kind.

Also nahm Agnese sie an der Hand und stieg mit ihr, nachdem sie die Bogengänge des Hofes hinter sich gelassen hatten, die Treppen zum ersten Stock des Kastells hinauf.

Dort angekommen betraten sie den großen Saal, der von schmiedeeisernen Leuchtern erhellt wurde, die im warmen goldenen Licht Dutzender Kerzen schimmerten. In der Mitte des Saals empfing sie ein reich gedeckter Tisch. Auf der weißen Tischdecke aus St. Galler Spitze thronten verschiedenfarbige Puddings, Krapfenpyramiden, Biskuits und in der Mitte ein Tablett voll Konfekt und Zimtsterne. Becher mit gewürztem Wein und Tee aus Rosen und Kräutern verströmten intensive Aromen.

Ein Truchsess und ein Mundschenk überwachten die Tafel. Bianca Maria rannte wie eine Verrückte zu einem der Stühle.

Auch wenn sie sich freute, dass sie so guter Dinge war und großen Appetit hatte, ermahnte Agnese sie sanft: »Bianca Maria, was ist das für ein Benehmen, mein Kind? Soll ich denn denken, du seiest von einer Handvoll Barbaren erzogen worden?«

»Spielt Ihr auf Helvetier und Germanen an, oder auf die Völker, die Caius Julius Cäsar im *De Bello Gallico* beschrieben hat?«

»Um Himmels willen, Bianca Maria! Fang jetzt nicht wieder an, mit deinen Geschichtskenntnissen anzugeben!«, schalt Agnese sie nicht ohne ein Lächeln. »Ich spiele auf die Tatsache an, dass du dich nicht wie wild auf die Süßigkeiten stürzen sollst. Du könntest wenigstens auf Deine Mutter warten. Oder ist das zu viel verlangt?«

Das Mädchen krabbelte vom Stuhl und rannte zu ihr, breitete die kleinen Arme aus und umschlang ihre Beine. Agnese war ganz gerührt von dieser plötzlichen Zuneigungsbekundung. Sie war immer wieder fasziniert von Bianca Marias liebem Wesen und ihrer Impulsivität. Sie hob das Kinn des Kindes an. »Na los, lass uns wenigstens den Mantel ausziehen und ihn zum Trocknen aufhängen.« Agnese öffnete die goldene, edelsteingeschmückte Schließe, die den Mantel aus Wolfspelz zusammenhielt.

»Gib mir auch die Kappe«, fuhr die Mutter fort und nahm sie ihr ab. Dabei ergoss sich eine Flut kastanienroter Haare, die wie geschmolzenes Kupfer aussahen.

Unterdessen war Lucrezia Aliprandi, die ergebenste Hofdame in Agneses äußerst reduziertem Gefolge, hinzugetreten, um ihr mit Bianca Marias Kleidern zu helfen.

»Lasst mich das machen, Euer Gnaden«, sagte Lucrezia freundlich.

»Danke, teure Freundin, Ihr seid unersetzlich und immer so aufmerksam«, sagte Agnese und überließ ihr die Kleider. Dann nahm sie das Mädchen bei der Hand und bugsierte es zum gedeckten Tisch. »Erinnert mich daran, dass ich später noch mit Euch sprechen muss.«

»Wie Ihr wünscht, Herrin.«

»Ich habe einen delikaten Auftrag für Euch«, deutete Agnese an.

Die Dame knickste und verschwand, wie sie gekommen war.

Während sie am Tisch Platz nahm und Bianca Maria beobachtete, der vom Mundschenk aufgetragen wurde, befasste sich Agnese im Geist mit dem, was sie Lucrezia sagen wollte. Sie wusste, dass es vielleicht gar keinen Grund gab für das, was sie so beschäftigte. Doch das Gleichgewicht, von dem ihr Geschick und das ihrer Tochter abhing, war gelinde gesagt recht fragil.

13. Konklave

Kirchenstaat, Santa Maria sopra Minerva

Kardinal Gabriele Condulmer hatte ein merkwürdiges Gefühl. Das Konklave war noch nicht vollständig versammelt. Louis Aleman und Enrico Beaufort hatte er Santa Maria sopra Minerva ganz bestimmt noch nicht betreten sehen. Und sie waren gewiss nicht die Einzigen, die fehlten. Der Papst war ganz plötzlich gestorben, und Rom fühlte sich verwaist. Dieses Gefühl beherrschte die ganze Stadt. Vielleicht, weil Martin V. dem Schisma ein Ende gesetzt hatte, vielleicht, weil er die letzten Gegenpäpste großherzig im Schoß der Kirche aufgenommen hatte, ohne ihnen völlig das Verständnis für ihre Sache zu verweigern. Und auch deshalb, weil es diesem Papst – mochte er auch den Nepotismus auf die Spitze getrieben haben – mit Geduld und Hingabe gelungen war, die Stadt wieder aufzubauen.

Aus diesem Grund durfte man keine Zeit verlieren. Eile war geboten, koste es, was es wolle. Was also, fragte sich Gabriele Condulmer, sprach für ihn? Er hatte keine Ahnung, doch er wusste, dass sein Cousin in den letzten drei Jahren einiges für ihn getan hatte. Ebenso seine Schwester. Und ganz Venedig. Mindestens die Hälfte der jetzt anwesenden Kardinäle könnte für ihn stimmen.

Antonio hatte ihn angesehen und ihm nur wenige Worte zugeflüstert. »Wir sind ganz nahe dran«, hatte er gesagt. So wie die Dinge in letzter Zeit gelaufen waren, war es im Übrigen schwer zu glauben, dass seine Kandidatur nicht im Rahmen des Möglichen sein sollte. Sein Cousin hatte zahllose Intrigen gesponnen, um eine ganze Reihe wahlberechtigter Kardinäle auf seine Seite zu ziehen. Einige waren wegen der Nähe zu Venedig damit einverstanden, ihn zu wählen, andere, weil er unter den verschiedenen Möglichkeiten das geringste Übel darstellte. Letzteres hatte auch den Dekan, Giordano Orsini, überzeugt. Antonio Panciera hatte sich bereits für die Serenissima ausgesprochen, als sich Polixena vor vier Jahren in San Nicolò dei Mendicoli mit ihm getroffen hatte, und seine Anbindung an den Kreis um Gabriele Condulmer war stetig enger geworden. Unter seinen Unterstützern war auch Alfonso Carrillo de Albornoz. Und nicht er allein. Unterm Strich kam er auf eine Stimme weniger als die Hälfte: sechs von dreizehn. Daher würde sein Name höchstwahrscheinlich zum Kreis der infrage kommenden Kandidaten gehören.

Er wusste mit Sicherheit, dass Prospero Colonna versucht hatte, jemanden auf seine Seite zu ziehen, doch er schien auf verlorenem Posten zu stehen. Umso mehr, als er dem Zweig der Genazzano angehörte. Damit hatte er alle römischen Patrizierfamilien gegen sich, ja sogar einen Teil der eigenen Familie, der sich durch die Entscheidungen Martins V. gedemütigt und zurückgesetzt fühlte.

Abgesehen von sonstigem Kalkül verfügte Prospero Colonna jedoch weder über die moralische Größe noch über ausreichend Erfahrung, um sich Hoffnungen machen zu können, dass man ihn zum Papst wählen würde. Angesichts seines jugendlichen Alters konnte er vielmehr nur darauf hoffen, dass aus dem Konklave ein Name hervorgehen würde, der zumindest auf dem Papier seinem Familienzweig gegenüber nicht offen feindselig eingestellt war. Möglicherweise wäre ein Venezianer da nicht die schlechteste Lösung. Also? Gab es da vielleicht noch jemanden, der für Gabriele stimmen würde? Vielleicht jemanden, den man auf den ersten Blick überhaupt nicht in Betracht ziehen würde?

Er schüttelte den Kopf und ließ den Blick über die in Purpur gehüllten Kardinäle schweifen, die gewichtig und aufmerksam dreinschauten. Sie wussten, dass sie nach dem Willen Gregors X., dem Urheber der Päpstlichen Bulle *Ubi periculum*, in dieser Kirche eingeschlossen sein würden, bis sie mit Zweidrittelmehrheit einen Papst gewählt hätten. Für die gesamte Zeit ihres Aufenthaltes stünde ihnen nur eine enge hölzerne Schlafzelle zur Verfügung, das Essen würde ihnen durch ein Fenster gereicht. Gewiss, das Konzil von Konstanz hatte die Härte dieser Maßnahmen wenigstens teilweise abgemildert, aber eben nur bis zu einem gewissen Punkt. Nach den ersten drei Tagen würden sie nur noch einen Gang pro Mahlzeit erhalten, und nach fünf Tagen gäbe es nur noch Wasser, Brot und Wein. Das war keine besonders einladende Aussicht.

In der Sakristei war ein Tisch mit einer Urne aufgestellt worden, in die der Stimmzettel zu werfen war.

Als Gabriele im Kreuzgang wandelte und überlegte, in der Stille seiner Zelle zu meditieren, trat Antonio auf ihn zu und sah ihm tief in die Augen. »Colonna wird für Euch stimmen. Morgen früh seid Ihr Papst, Cousin.«

Gabriele war sprachlos. »Wirklich?«, flüsterte er ungläubig.

»Ohne den geringsten Zweifel. Wir werden jetzt die Kapitulation unterschreiben.«

So gelangten sie vom Kreuzgang in die Sakristei. Gabriele sah einige Kardinäle wie Gespenster umherschleichen. Die roten Talare wirkten im alles erhellenden Licht der Kerzen wie Flammenzungen. Im Halbschatten nahm er das Lächeln von Antonio Panciera war, den feierlichen Gesichtsausdruck von Giordano Orsini, ein grausames Aufblitzen im fanatischen Blick von Lucido Conti.

Als er sich zum Schreibtisch begab, um seine Unterschrift unter die Kapitulationserklärung zu setzen, trat Kardinal Cesarini auf ihn zu, ein kluger Kopf, tapferer Verteidiger der Vormachtstellung des Papstes in der letzten Phase des Schismas und beschlagener Theologe, der in Padua promoviert hatte. Er war recht groß und von beachtlicher Statur, hatte jedoch eine außerordentlich leise und einschmeichelnde Stimme. Doch es war das, was er sagte, das Gabriele erschütterte. »Kardinal, man kann mit Gewissheit sagen, dass die Colonna die Absicht haben, die päpstliche Schatulle zu rauben.«

»Wie bitte?«, fragte Gabriele, der seinen eigenen Ohren nicht trauen wollte.

14. Die Erpressung

Kirchenstaat, Santa Maria sopra Minerva

So ist es«, bestätigte Kardinal Cesarini. »Die Colonna des Genazzano-Zweigs fürchten, dass der neue Papst ihre Ländereien und Titel einziehen könnte, die ihnen seinerzeit von Martin V. zugesprochen wurden.«

»Aber das ist verrückt!«, rief Gabriele aus und sprach dabei viel lauter, als er wollte.

Giuliano Cesarini legte den Zeigefinger an die Lippen, ohne jedoch ein kleines Lachen völlig unterdrücken zu können. »Hütet Eure Zunge, Kardinal, immerhin befinden wir uns in einer Kirche.«

Gabriele dämpfte sein Stimme. »Aber wie können sie so etwas tun?«

»Kommt mit, hier gibt es zu viele Augen. Und Ohren!«

Mit diesen Worten nahm er ihn bei der Hand und zog ihn beinahe hinter sich her. Ein paar Augenblicke später waren die beiden Kardinäle im Kreuzgang. Die abendlichen Schatten verdunkelten den Himmel, nur einige Kohlebecken verströmten ein schwaches Licht. Cesarini ging zur Tür des Schlafsaals und öffnete sie.

»Was habt Ihr vor?« Gabriele fragte sich, was dieser alte Verrückte wohl im Sinn hatte.

»Irgendwo hinzugehen, wo uns niemand hören kann. Die anderen sind gerade alle in der Sakristei.« Cesarini öffnete die schmale Tür seiner Zelle. »Tretet ein.«

»Das geht nicht, die Regeln der päpstlichen Bulle verbieten das ausdrücklich!«

»Tretet ein!«, verlangte Cesarini in einem Ton, der keinen Widerspruch duldete. »Glaubt Ihr vielleicht, die Regeln des *Ubi periculum* zögen die Möglichkeit in Betracht, die päpstliche Schatulle könnte geraubt werden?« Damit zog er Kardinal Condulmer in seine Zelle.

Sobald sich Gabriele auf die schmale Liege gesetzt hatte, die als Bettstatt diente, schloss Cesarini die Tür.

»Ihr macht Euch keine Vorstellung, was gerade vor sich geht!«

»Das ändert nichts daran, dass das, was wir gerade getan haben, eine Ungeheuerlichkeit darstellt!«

Cesarini seufzte. »Verglichen mit dem Diebstahl der päpstlichen Schatulle ist es wohl kaum erwähnenswert!«

»Das kann einfach nicht sein«, polterte Gabriele, der nicht begreifen konnte, was er gerade gehört hatte.

Cesarini brach in Gelächter aus. »Ob Ihr es nun glaubt oder nicht, es ist so, lieber Freund. Denkt doch einmal nach! Der Papst, Oddone Colonna, Friede seiner Seele, residierte im Palazzo seiner Familie, wie wir alle wissen. Und aus diesem Grund hatte er die päpstliche Schatulle dorthin bringen lassen. Was läge da näher, als den neu Gewählten zu erpressen, um sich seine Zukunft zu sichern? Seine Neffen haben sich das fein ausgedacht, das muss man schon sagen! Kardinal Prospero Colonna gibt sich überrascht, aber insgeheim, da bin ich mir sicher, freut er sich wie ein kleines Kind. Es war ein Geniestreich!«

»Aber wie können wir sicher sein, dass sie das Diebesgut nicht zurückgeben, wenn der neue Papst erst einmal gewählt ist?«

»Sie zeigen wenig Neigung das zu tun, um ehrlich zu sein. Sie haben sich zunächst bedeckt gehalten und es dem Kardinalprotodiakon erst kurz vor der Eröffnung des Konklave gesagt.«

»Ihr meint Lucido Conti?«

»Gibt es vielleicht noch einen anderen?«

Ach, deshalb macht der so ein verdrießliches Gesicht, dachte Gabriele Condulmer.

»Wie dem auch sei, es scheint nicht zu Eurem Schaden zu sein.«

»Wie meint Ihr das?«

»Dass Eure Aussichten, gewählt zu werden, in besonderem Maße gestiegen sind.«

»Woher wollt Ihr das wissen?«, fragte Gabriele, der nicht begriff, woher Cesarini von seiner Kandidatur erfahren haben konnte. Er war es leid. Alle schienen Bescheid zu wissen, nur er nicht.

»Kommt schon, Kardinal, nehmt mich nicht auf den Arm! Colonna ist aus dem Spiel, Orsini hat nicht genug Unterstützer, Euer Cousin trägt denselben Familiennamen wie Gregor XII., der Vorgänger Martins V., daher wäre seine Wahl nicht opportun. Erst recht nicht im Lichte der Ereignisse. Drei Päpste, wenn ich Euch daran erinnern darf.«

»Mein Onkel hat verzichtet! Zum Wohle der Kirche von Rom!«

»Und Gott hat es ihm gewiss vergolten! Wie auch immer, was sagt Ihr zu den anderen? Antonio Panciera, Branda Castiglione und Alfonso Carrillo de Albornoz sind zu betagt, es ist schon ein Wunder, dass sie überhaupt angereist sind. Und sie haben gewiss kein Interesse daran, die Sache allzu lange hinauszuzögern. Jean de la Rochetaillée wurde vom Gegenpapst Johannes XXIII. zum Patriarchen von Konstantinopel ernannt und trägt daher eine echte Sündenlast. Lucido Conti wird wegen seiner Vergangenheit als Inquisitor von allen gefürchtet. Auch Antonio Casini stand dem Gegenpapst zu nahe.«

»Einverstanden«, sagte Condulmer, »aber warum nicht Kardinal Albergati, oder noch besser, warum nicht Ihr?«

»Albergati hat keine geeigneten Verbündeten, und ich – nun, ich muss Euch gestehen, dass ich nicht die geringste Absicht habe, mich wählen zu lassen, allein der Gedanke, Papst zu werden, erschreckt mich so sehr, dass ich es Euch, wenn Ihr wollt, auch schriftlich gebe. Das Erste, was ich morgen tun werde, ist, Euch zu wählen.«

Condulmer war erschüttert. Es stimmte also. Bis zu diesem Tag hatte er nicht ernsthaft daran geglaubt, zum Papst gewählt zu werden. Sicher, in Venedig redete man über nichts anderes, er selbst hatte alles darangesetzt, die infrage kommenden Allianzen zu festigen, die Serenissima hatte durch Spione und Botschafter jeden korrumpiert, der sich korrumpieren ließ. Die Eroberung Roms war minutiös vorbereitet worden, aber solange Martin V. noch lebte, war die Aussicht noch nicht konkret gewesen. Jetzt jedoch stand Kardinal Condulmer vor einer der aufsehenerregendsten Wahlen überhaupt.

Er nickte Cesarini zustimmend zu. Was sollte er auch anderes tun?

»Ich muss gehen. Wenn uns jetzt jemand sähe, könnte das das gesamte Konklave hinfällig machen.«

Wieder konnte sich Kardinal Cesarini ein Lächeln nicht verkneifen. »Nicht auszudenken! Doch wen wollt Ihr überzeugen? Denkt Ihr vielleicht, es hätte hier jemand Interesse daran, länger als nötig zu bleiben? Morgen früh seid Ihr Papst! Möge Gott sich Eurer erbarmen!«

Gabriele Condulmer war überwältigt. Jetzt verstand er, was der Kardinal meinte. Papst zu werden brachte eine unermessliche Macht mit sich. Aber würde derjenige, der es schaffte, auf den Petersthron zu gelangen, sie jemals ausüben können? Wenn das, was Cesarini gesagt hatte, stimmte, waren die Colonna zu weit gegangen! »Ich muss gehen«, wiederholte er, stand auf und öffnete die Tür der Zelle. »Wagt nicht, mir zu folgen!«

Ehe er hinaustrat, versicherte er sich, dass der Gang leer war. Als er die Zellentür hinter sich schloss, brach Kardinal Cesarini zum wiederholten Mal in Gelächter aus.

Atemlos lief Condulmer den schmalen Gang hinunter, an dem zu beiden Seiten die hölzernen Kabäuschen der Zellen lagen, durch Zwischenwände voneinander getrennt. Er gelangte zurück in den Kreuzgang, von dort in die Sakristei. Als er vor dem Schreibtisch angelangt war, auf dem die Seiten zur Kapitulation lagen, war er außer Atem. Den Inhalt dieser Dokumente kannte er auswendig, daher tauchte er die Gänsefeder in die Tinte und unterschrieb, ohne zu zögern. Wieder in seiner eigenen Zelle, legte er sich auf dem Lager nieder, das ihm zugeteilt worden war.

Er fand keinen Schlaf und wartete eine qualvoll lange Nacht darauf, dass der Morgen anbrach. Die Vorstellung, die er herbeigesehnt hatte, wurde immer konkreter und nahm in seinem Kopf die Form einer schwarzen bedrohlichen Welle an, bereit, jeden seiner Gedanken zu überwältigen. Allein beim Gedanken daran, was die Wahl zur Folge haben würde, an die Offenbarung, die ihm Cesarini gemacht hatte, an die Beschlagnahmung des Schatzes und an die unerbittlichen Feinde, die es nicht versäumen würden, den heftigsten Widerstand zu leisten, war er der Ohnmacht nahe.

Zum ersten Mal erkannte er tief in seinem Herzen, dass es sich als das schlimmste Verhängnis seines Lebens herausstellen würde, Papst zu werden.

Er drehte sich noch einmal auf der schmalen Liege um, in der Dunkelheit seiner Zelle, die nur von einem Kerzenstummel erhellt wurde. Mit Schweißperlen auf der Stirn wartete er auf das Licht der Morgendämmerung.

15. Der Söldnerführer

Republik Venedig, Castello di Treviso

Pier Candido Decembrio war am Ziel seiner Reise angelangt. Die Kutsche fuhr – ohne Insignien und mit zugezogenen Vorhängen – in die trevisanische Burg ein, in der sich Carmagnola gerade aufhielt. Die Kontrollen am Stadttor waren kein großes Hindernis gewesen. Er hatte die gefälschten Papiere vorgezeigt, die ihm der Herzog ausgestellt hatte und die ihn als Säkularabt auswiesen. Er trug einen Talar, ein Stirnrunzeln erledigte den Rest.

Nachdem er die Kutsche verlassen hatte, wurde er von einigen Wachen durch enge, von Fackeln schwach beleuchtete Gänge begleitet, bis sie in einen Saal mit düsterer und spartanischer Einrichtung gelangten. Ein schäbiger alter Tisch, um den Stühle mit schadhaftem Strohgeflecht standen, und darauf ein einziger schmiedeeiserner Leuchter mit brennenden Kerzen. Der eisige Naturstein des hohen Deckengewölbes und der eindrucksvollen Wände schien unempfänglich für die Wärme des knisternden Feuers im Kamin.

Während er auf das Eintreffen Carmagnolas wartete, der bestimmt mit Dingen von höchster Wichtigkeit beschäftigt war, fragte sich Decembrio, ob es nicht doch eine schlechte Idee gewesen war, an diesen Ort zurückzukehren.

Vor einiger Zeit nämlich hatte ihn der Herzog beauftragt, Verträge mit dem venezianischen Söldnerführer auszuhandeln, in der Hoffnung, sein weiteres Vordringen damit aufzuhalten. Es war eine sonderbare Situation, denn obwohl er ihn auf erniedrigendste Art und Weise von seinem Hof hatte entfernen lassen, hatte Filippo Maria Visconti seinen treuen Hauptmann keineswegs vergessen. Und dieser wiederum schien, nachdem er seinen Groll zunächst in der Schlacht ausgetobt hatte, wo es ihm gelungen war, gegen Mailand einen Sieg nach dem anderen einzuheimsen und Venedig in Ekstase zu versetzen, inzwischen eine eigenartige Mischung aus Zuneigung und Nostalgie zu pflegen, was ihn im Kampf zögerlich machte und beim Dogen und dem Rat der Zehn Verdacht erregte. Daher zitterte Decembrio in diesem Augenblick vor Angst, wie auch sonst jedes Mal, wenn er sich im Laufe des letzten Jahres zu Carmagnola begeben hatte. Davon abgesehen war er alles andere als ein Mann der Tat. Dichter, Philologe, Rechtsgelehrter, eingehender Kenner der griechischen und lateinischen Sprache, der er war, promoviert in Pavia, war es ihm gelungen, eine erstklassige Stellung in der Kanzlei Viscontis zu ergattern. Epistolograf und Essayist, außerordentlich beschlagen in der schwierigen Kunst der Diplomatie und des Kompromisses, war er genau der richtige Mann für eine solche komplizierte Verhandlung, die der Herzog mit Carmagnola in der Absicht aufgenommen hatte, im Konflikt mit der Serenissima, in dem er unterlegen war, eine Verschnaufpause zu erreichen. Denn der Kern der Sache war folgender: Es galt, den Eindruck zu vermitteln, für den Markuslöwen zu kämpfen, während man es tatsächlich aber nicht tat oder zumindest nicht besonders effektiv. Dies zu erreichen war im Übrigen keine

Kleinigkeit, zumal es einen nicht unerheblichen Kostenaufwand mit sich brachte.

Decembrio schnaufte. Sein Talar war ihm einigermaßen lästig, aber daran führte kein Weg vorbei. Als Unterhändler im Dienste Viscontis aufzutreten hätte ihn den Kopf gekostet, und so war ihm diese Verkleidung willkommen. Während er auf Carmagnola wartete, strich er sich über das markante Kinn. Er musste sich rasieren. Und er träumte davon, in ein heißes Bad abtauchen zu können. Dem Wesen dieses Raumes nach zu urteilen, bezweifelte er jedoch, dass er in diesem abweisenden Gemäuer auch nur die geringste Annehmlichkeit vorfinden würde.

Während er noch diesen Gedanken nachhing, tauchte Carmagnola vor ihm auf, elegant gekleidet. Er trug ein dunkelbraunes Wams und eine dunkelgrüne *giornea*. Eine zweifarbige, äußerst eng anliegende *calzabraca* vervollständigte seine Kleidung. Der Hauptmann musste sich gerade frisch rasiert haben. Seine Haut sah glatt und weich aus, das ausgesprochen runde Gesicht erinnerte an einen Vollmond; vielleicht ein Zeichen dafür, dass ihn die Schlachten in letzter Zeit nicht so sehr in Anspruch genommen hatten. Sein Körper war gleichfalls alles andere als hager – die Fettleibigkeit, die er ausgiebigen Trinkgelagen und losen Sitten verdankte, ließ sich nicht leugnen.

Kurz, Francesco Bussone, genannt Carmagnola, befand sich in einer misslichen Lage, was er sich jedoch nicht anmerken ließ.

»Decembrio«, sagte der Hauptmann und gab sich amüsiert, »ich muss sagen, es ist schon lustig, Euch im Talar zu sehen. Das Vergnügen ist ein Ausgleich für den Kummer meiner Tage.«

»Euer Gnaden, ich hoffe, Ihr beliebt mir zu sagen, worum es geht und dass ich mit den Worten des Herzogs Eure Pein zu lindern vermag«, erwiderte Decembrio schmeichlerisch. Er wusste, dass Carmagnola launisch war und er trotz seiner Jovialität jederzeit die Beherrschung verlieren konnte, sobald ihm eine Laus über die Leber lief. Er hatte nicht die geringste Absicht, einen derartigen Anlass zu bieten.

»Na ja, ich bezweifle, dass die Worte dieses Lügners Filippo Maria Visconti mir helfen können, aber ich bin ganz Ohr. Ehe Ihr jedoch den Mund aufmacht, sollt Ihr wissen, dass Venedig misstrauisch ist, dass der Rat der Zehn überall Spione hat und dass der Doge mich über seinen Gesandten jeden Tag fragen lässt, was mich davon abhält, den finalen Schlag zu führen«, sagte Carmagnola mit bitterem Grinsen, den Mund zu einer Seite herabgezogen.

»Seine Hoheit, der Herzog von Mailand, legt Wert darauf, Euch wissen zu lassen, dass Ihr seine volle Unterstützung habt.«

»Darauf pfeife ich, Decembrio!«, unterbrach ihn Carmagnola und schlug mit der Faust auf den Tisch. »Wisst Ihr, was ich mir aus all Euren schön verpackten Worten mache, die in meinem Kopf Kapriolen schlagen? Nichts mache ich mir aus ihnen, absolut nichts. Also liefert Tatsachen, sonst werde ich Euch, bei Gott, in den Allerwertesten treten, dass Ihr von hier bis zum Castello di Porta Giovia fliegt.«

Viscontis Unterhändler schnappte nach Luft, als hätte dieser plötzliche Wutausbruch ihm den Atem geraubt. Dann fuhr er mit einem gewissen Zögern fort: »Wie ich Euch bereits sagte, Filippo Maria Visconti will Euch für die Hinhaltetaktik reich entlohnen, und aus ebendiesem Grund hat er mich geschickt, Euch dies zu geben.« Er zog unter dem

Talar eine pralle Lederbörse hervor, die er klimpernd auf den Tisch fallen ließ. »Und das«, schloss er und übergab Carmagnola einen Umschlag, der Viscontis Siegel trug.

Francesco Bussone seufzte. Dann nahm er träge die Börse und wog sie in einer Hand. »Wie viel?«, fragte er lakonisch.

»Fünfhundert Dukaten.«

»Und damit soll ich zufrieden sein?«

Decembrio verlor langsam die Geduld. Er wusste aber, dass er sich nicht erlauben konnte, dies offen zu zeigen. Er bemühte sich, kühles Blut zu bewahren, und gab sich so zuvorkommend wie möglich.

»Nun, die meisten Leute wären es.«

»Ich nicht!«, sagte Carmagnola verächtlich. »Ihr wisst, was er mir angetan hat, Euer Herr, nicht wahr?«

»Ich kenne die Geschichte«, gab Decembrio zu verstehen.

»Wenn Ihr sie kennt, werdet Ihr verstehen, dass diese fünfhundert Dukaten nicht mehr sein können als ein kleine Anzahlung.«

»Natürlich.«

»Jedenfalls«, fuhr Carmagnola merklich besser gelaunt fort, »bin ich noch keineswegs zufriedengestellt. Und das hier?«, fragte er, während er das Siegel erbrach und die zahlreichen Seiten auseinanderfaltete.

»Wenn Ihr so gütig sein wollt zu lesen«, wagte Decembrio zu sagen.

»Keineswegs, Ihr werdet das tun!« Mit diesen Worten schlug er ihm die Blätter vor die Brust. Dann drehte er sich um und begab sich zum Feuer. Die Pergamentseiten flogen durch die Luft und segelten zu Boden. Decembrio bückte sich und hob eine nach der anderen auf. Da Carmagnola ihn nicht sehen konnte, erlaubte er sich ein kurzes Kopfschütteln. Als er die Blätter aufgesammelt hatte, begann er eilfertig zu lesen. »An Euer Gnaden, Francesco Bussone …«

»Spart Euch die Förmlichkeiten und kommt zum Punkt«, unterbrach ihn Carmagnola brüsk.

Decembrio nahm auch diese Beleidigung noch hin. »›Ich schreibe Euch an diesem kalten Wintermorgen im Wissen darum, dass Ihr mehr als einen Grund habt, wütend auf mich zu sein; und doch, glaube ich, werdet Ihr mir zustimmen, dass ich in all den Jahren nicht unerheblich dazu beigetragen habe, aus Euch einen reichen Mann von großem Ansehen zu machen. Gewiss, das Verdienst im Felde ist allein Eures, doch die Mittel, mit denen Ihr diese Schlachten geführt habt – die erhaltenen Titel, die verliehenen Ländereien, die Ansammlung von Vermögen, zu dem ich Euch auch heute über meinen vertrauenswürdigsten Berater etwas zukommen lasse –, all dies ist mein Anteil. Ich appelliere daher an Eure frühere Zuneigung, wie ich sie aus der Zeit vor den Missverständnissen kenne, die uns entzweiten. Somit bitte ich Euch, noch ein wenig länger verhalten zu agieren und Mailand nicht ans Messer zu liefern. Ich weiß, dass Ihr, sosehr Ihr mir auch zürnt, immer noch wohlwollend auf die Stadt blickt, die Euch aufgenommen hat, und dass Ihr trotz allem überlegt zurückzukehren – was mein Herz mit Freude erfüllen würde. Denn weder Ihr noch ich reden gern einfach so daher. Abgesehen von den fünfhundert Dukaten füge ich einen von meinen Rechtsgelehrten verfassten, formgerechten Veräußerungsvertrag bei, der Euch vollumfängliche Rechte als Eigentümer über die Ländereien von Paullo einräumt, einer Ortschaft von seltener Schönheit, die Eure Eroberungspläne gewiss etwas abmildern könnten. Ich hoffe daher, Ihr werdet von einem Angriff absehen und zudem einen Weg finden, Hilfe und Unterstützung sowohl für die venezianische Flotte als auch für die Truppen Cavalcabòs zu verzögern oder zu verweigern, wo immer das möglich ist. Jener dürfte, während ich Euch schreibe, bereits darauf sinnen, wie eine Mure über die Mauern Cremonas zu walzen und die Stadt unter sich zu begraben. Im Vertrauen also auf die alten Herzensbande entbiete ich Euch meine besten Grüße ...‹ und so weiter«, kam Decembrio rasch zum Schluss, eingedenk der Abneigung Carmagnolas gegen Höflichkeitsfloskeln.

»Sieh an! Was für ein großer Politiker unser Herzog von Mailand doch ist, nicht wahr?«, kommentierte Carmagnola leicht ironisch. Er hatte Decembrio den Rücken zugewandt und schaute in die Flammen im Kamin. »Er will mich also kaufen. Mit Geld und Besitz! Er kennt meine Schwächen, das kann man nicht anders sagen. Immer schon. Und ich kann ihm zu seiner skrupellosen Gerissenheit nur gratulieren. Erst vertreibt er mich aus Mailand, aus Angst, ich könnte zu mächtig werden, und nun legt er mich wie einen Hund an die Kette und wirft mir schmackhafte Knochen hin.« Nach diesen Worten hüllte sich der Hauptmann in tiefes Schweigen.

Decembrio wusste nicht, was er tun sollte, aber für den Augenblick schien es ihm das Beste, nichts zu sagen. Er hatte genug Erfahrung, um zu wissen, dass Worte in einem solchen Augenblick nicht hilfreich waren, im Gegenteil.

Also schwieg er. Während er auf die breiten Schultern des Söldnerhauptmanns starrte, hoffte er, dieser werde bald eine Entscheidung treffen.

Er wusste, dass die Zukunft des Herzogtums Mailand davon abhing.

16. Zweifel und Ängste

Kirchenstaat, Santa Maria sopra Minerva

Er hatte kein Auge zugetan. Sein Rücken schmerzte höllisch, aber als er sich niederlegte – kam das Warten. Der Morgen schien niemals anbrechen zu wollen. Die Unsicherheit raubte ihm den letzten Nerv.

Und so hatte er tief in der Nacht eine Kerze angezündet. Er hatte sich auf den Betstuhl gekniet und gebetet. Im leiernden Singsang der regelmäßig wiederkehrenden Worte hatte er Trost finden können, Erleichterung von dieser Unruhe, die sich niemals legen zu wollen schien.

Beim ersten Tageslicht, als endlich blasses Sonnenlicht durch das kleine Fenster drang, das sich im oberen Teil seiner Zelle befand, erhob er sich vom Betstuhl. Er zog die leinene Tunika aus, die er vorm Schlafengehen angelegt hatte, und goss das eisige Wasser aus der bereitstehenden Kanne in das eiserne Becken. Er tauchte das Gesicht lange ein, auch wenn ihm die Kälte wie mit Abertausenden von Eisnadeln ins Gesicht stach. Dann wusch er seine Glieder und trocknete sich mit einem schon fadenscheinigen Tuch ab. Schließlich kleidete er sich an. Er legte das Chorgewand aus scharlachroter Moiréseide und die Schuhe mit der goldenen Schnalle an. Dann setzte er das rote Birett auf.

Und trat schließlich hinaus.

Er ging den Gang hinab, öffnete die schmale Tür und schlüpfte in den Kreuzgang. Die Eiseskälte des frühen Morgens traf ihn wie ein Schlag ins Gesicht, und doch empfand er die kalte Luft als willkommenen Ausgleich zur Enge der Zelle.

In der Sakristei angekommen begrüßte er seinen Cousin. Mit ihm gemeinsam erwartete er die anderen Kardinäle, die einer nach dem anderen eintraten. Ihre Gesichter waren müde, doch der Ausdruck heiter. Als läge die Müdigkeit nur an der Unbequemlichkeit, an die sie nicht gewöhnt waren, an den strengen Regularien, die, wie man sich vorstellen konnte, nicht zu ihrem Status passten. Die Verantwortung für die bevorstehende Abstimmung, zu der sie gleich schreiten würden, schien sie nicht in Aufregung zu versetzen. Gabriele beneidete sie.

Wenige Augenblicke später wurde die Heilige Messe gefeiert.

Gabriele verlebte jeden einzelnen Augenblick des Gottesdienstes in einem Gefühl der Verlorenheit. Er folgte den Gebeten, nahm an den Gesängen teil, aber er war nur physisch anwesend, denn sein Geist schien wie ausgeschaltet, er weigerte sich kategorisch, sich mit den Informationen des Vorabends auseinanderzusetzen. Er ließ seinen Blick auf der Lineatur der Deckenbalken ruhen, nahm den stark aromatischen Duft des Weihrauchs kaum wahr und rieb sich langsam und würdevoll die Hände.

Es war seine Art, sich vom bevorstehenden Geschehen zurückzuziehen. Er war erschöpft von all der Wartezeit, all den Hoffnungen und Kalkülen, den Angeboten und Winkelzügen.

Wenn er recht darüber nachdachte, war es so seit dem Tag, an dem ihm Antonio, Polixena und Niccolò im Haus seiner Schwester mitgeteilt hatten, dass die Serenissima Hoffnungen darauf setzte, dass mit ihm wieder ein Venezianer den Petersthron bestiege.

Nach dem Ende der Messe legte der Zelebrant den Kardinälen nahe, sich wieder in ihre Zellen zurückzuziehen und die Gelegenheit zu nutzen, sich vor dem Wahlgang noch einmal in eingehende Meditation zu begeben.

Die Wahlzettel wurden ausgeteilt.

Als sich etwa zwei Stunden später alle wieder in der Sakristei der Basilika Santa Maria sopra Minerva einfanden, warf jeder seinen Zettel in die Urne. Nachdem auch der Letzte seine Willensbekundung abgegeben hatte, trat der älteste Kardinaldiakon zum Tisch mit der Urne, aus der er die Blätter eines nach dem anderen herauszog. Laut verlas er jeden einzelnen Namen. Und ihr Widerhall in der Sakristei gab den Takt eines Schicksals vor, das Mark und Bein erschüttern würde.

Was dann geschah, verblüffte Gabriele Condulmer vollends.

Er sah den Kardinälen um sich herum in die Augen. Er begriff es nicht. Man konnte sich beim besten Willen nicht geirrt haben.

Irgendetwas stimmte nicht.

Alle Anwesenden hatten gewählt.

Was war geschehen?

17. Lucrezia

Herzogtum Mailand, Castello di Abbiate

Lucrezia war nicht sicher, ob das eine gute Idee war. Doch was Agnese befahl, wurde gemacht. Davon abgesehen war diese Art der Anfrage für sie nichts Neues. Mehrmals schon hatte sie gewagt, ihrer Herrin klarzumachen, dass der Herzog ihrer bescheidenen Ansicht nach hoffnungslos in sie verliebt war und sie von Maria von Savoyen nichts zu befürchten hatte. Die arme Piemontesin verging ohne jede Hoffnung in einem Turm des Castello di Porta Giovia, wo sie Leib und Seele im Gebet kasteite. Und doch schien Agnese ernstlich beunruhigt.

Daher widmete Lucrezia sich wunschgemäß der Zubereitung eines Ingwertees. Seine aphrodisierenden Eigenschaften waren ihr bestens vertraut. Sie kannte sämtliche Geheimnisse der Kräuterkunde und wusste allerlei Tinkturen und Tränke zuzubereiten. Sie konnte beruhigende, anregende oder sogar giftige Mischungen herstellen, wenn es nötig war.

Ihre Mutter hatte ihr dies bereits in jungen Jahren beigebracht. Sie erinnerte sich genau, wie lange Zeit geraunt worden war, Laura Aliprandi sei eine Hexe. Trotz des dummen Geredes hatte niemand je gewagt, sie anzurühren, denn sie war die Herrin über das Kastell. Dennoch war sie stets von einem dunklen Nimbus umgeben, und als ob sie fürchtete, das alte Wissen könnte für immer verloren gehen, hatte sie, ohne zu zögern, schon ihr kleines Töchterchen in diese Geheimnisse eingeweiht.

Mit den Jahren war aus dem Mädchen eine große, schlanke, attraktive Frau geworden. Ihre lange dunkle Mähne, in die sie Perlenketten und glänzende Edelsteine einarbeitete, stand in deutlichem Kontrast zu ihrer schneeweißen Haut. Ihre schwarzen Augen, unergründlichen Brunnen gleich, wurden von langen Wimpern gesäumt, die wie hingetuscht aussahen, und machten, in Verbindung mit den hohen und ausgeprägten Wangenknochen, die anziehende Schönheit ihres Gesichtes aus.

Für die Besuche Filippo Maria Viscontis bei Agnese wurde das Zimmer mit Sorgfalt vorbereitet, und sie wusste, dass jeder Wunsch ihrer Herrin einem Befehl gleichkam.

Es wunderte sie nicht, dass die Empfindungen des Herzogs für Agnese mit jedem Mal, dass er sich ins Castello di Abbiate begab, neu entfacht wurden.

Sein Hunger nach ihr war unersättlich. Filippo Maria konnte sich das nicht erklären. Nicht einmal nach all diesen Jahren. Es war jedoch nicht zu bestreiten. Vielleicht war er durch etwas verführt worden, das sie ihm zu trinken gegeben hatte, oder es war der Duft des Räucherwerks, den die entzündeten Kohlebecken in den Räumen verbreiteten. Aus welchem Grund auch immer – er empfand bei Agnese stets eine überwältigende körperliche Anziehungskraft.

Er war ihr ganz und gar erlegen.

Anfangs waren es ihre langen blonden Haare, die himmelblauen Augen und ihre außergewöhnliche Körperlich-

keit, die ihn hoffnungslos in ihren Bann geschlagen hatten.
Im Laufe der Zeit war ihre Anmut nicht vergangen, sondern
hatte sich verwandelt. Zwar war Agnese etwas matronen-
hafter geworden und hatte an Frische eingebüßt, doch hatte
diese Veränderung ihrer Schönheit keinen Abbruch getan,
im Gegenteil, es hatte sie noch faszinierender gemacht. Ihre
Gemächer zu betreten war, wie in ein verbotenes Reich einzutreten, zu dem er allein Zutritt hatte und wo er mit Ge-
nüssen verwöhnt wurde, von denen er niemals zu träumen
gewagt hatte.

Über diese Gabe, da war er sicher, verfügte jede Frau.
Doch nur wenige unter ihnen wussten sie in eine unwider-
stehliche Waffe zu verwandeln, mit der sie Macht über den
Geliebten ausübten. So schön sie auch sein mochte, auch die
Anmutigste musste sich irgendwann mit der Unstetigkeit
des Mannes abfinden, der von Natur aus nicht in der Lage
war, treu zu sein und immer und immer wieder zu ihr zurückzukehren.

Und Filippo Maria war da keine Ausnahme, das wusste
er. Doch er hatte auch gelernt, dass der Reiz des Weiblichen
in der geheimen Fähigkeit bestand, seine Mysterien zu offenbaren, sie sodann mit vorgetäuschter Widerspenstigkeit
zu verschleiern, um sich schließlich voll und ganz zu ergeben, diese Unterwerfung wiederum in Überlegenheit zu ver-
kehren und das Verlangen nach Verruchtheit zu wecken,
und das in fortgesetztem Wechselspiel, gleich dem Kommen
und Gehen der Gezeiten. Durch diese geheimnisvolle und
unerklärliche Macht hatte eine Frau einen Mann für immer
in ihrer Hand.

Nach einem fast kühlen Empfang hatte Agnese den Herzog zu Tisch gebeten, ihn unentwegt in Erregung versetzt,

ihm auf fast ordinäre Weise zugezwinkert und so unverfroren die Lippen geschürzt, dass es in ihm unbezwingbares Verlangen entfachte.

Als er schon fast den Verstand verlor, hatte sie darauf bestanden, ihm einen anregenden Trunk zu reichen, um ihn noch länger hinzuhalten. Da hatte sich der Herzog, der diesem unentwegten Spiel der Provokationen nicht länger widerstehen konnte, auf den Armlehnen seines Sessels nach oben gehievt, war die paar Schritte zu ihr hinübergegangen und hatte ihr die Kleider vom Leib gerissen.

Agnese hatte sich ihm schamlos dargeboten, ohne jede Hemmung gleich auf dem Tisch. Er hatte ihre Brüste liebkost, an ihren steifen Brustwarzen gesaugt, bis es zu schmerzhaft, ja, geradezu unerträglich wurde, noch länger zu warten.

Sie war es gewesen, die ihn verführt hatte. Er hatte gespürt, wie Agneses Hände seine Lust noch steigerten, dann hatte sie ihm die köstlichste aller Belohnungen geschenkt.

Er lag rücklings auf dem Teppich und betrachtete sie. Sie war wunderschön – so überaus strahlend und hinreißend, denn die Liebe und Leidenschaft, die sie soeben gemeinsam genossen hatten, hatten sie noch schöner und begehrenswerter gemacht. Er atmete den Duft ihrer üppigen goldenen Mähne ein und dachte, dass er sich glücklich schätzen konnte. Sie küsste ihm den Hals, dann spielte sie mit den Haaren auf seiner Brust und wickelte sie um ihre langen, alabasterweißen Finger, die sie schließlich weiter zum Bauch hinabgleiten ließ.

Eine andere hätte ihn dort nicht berühren dürfen. Dieser aufgedunsene, unförmige Bauch bereitete ihm großen Kummer. Wegen seiner kranken Beine, mit denen es nicht möglich war, schnell zu laufen und sich körperlich in Form zu halten, wuchs der zu einer weißen Kugel an. Doch Agnese durfte ihn auch dort berühren. Es ärgerte ihn nicht, und er fühlte sich nicht gedemütigt. Es war eine ganz selbstverständliche, zärtliche Geste, doch hätte jemand auch nur gewagt, dabei zuzusehen, hätte er ihm die Augen ausgekratzt.

»Liebste, wie sehr Ihr mir gefehlt habt«, sagte er zärtlich.

»Meint Ihr das auch wirklich, mio Signore?«

»Ihr könnt Euch nicht vorstellen, wie sehr.«

Agnese küsste ihn. »Ich danke Euch für diese Worte. Sie sind für mich der Grund zu leben.«

Er nahm ihr Gesicht in seine Hände. »Keine ist wie Ihr, Agnese, das müsst Ihr mir glauben.«

»Ich glaube Euch.«

»Ich hätte niemals an ein solches Glück geglaubt.«

»Ihr schmeichelt mir.«

»Nicht im Geringsten. Ich sage Euch, was ich denke. Es ist nicht leicht, einen Mann wie mich zu mögen. Und doch haltet Ihr den Schlüssel zu meinem Herzen in Euren Händen.«

»Und Ihr den zu meinem.«

»Wie geht es der kleinen Bianca?«

»Sie ist wunderschön. Sie wird groß und stark und zuckersüß.«

»Genau wie Ihr.«

»Meint Ihr?«

»Aber sicher.«

Agnese lächelte. »Ihr seid ein guter Mann, Filippo Maria.«

»Nein, das bin ich nicht.«

»O doch. Ihr müsstet Euch nur die Gelegenheit geben, es zu sein.«

Der Herzog seufzte. »Vielleicht habt Ihr recht. Aber diese Welt lässt das nicht zu.«

»Ich verstehe, mio Signore.«

»Ich mache das, um Euch zu schützen«, flüsterte er ihr zu.

»Ich weiß. Und ich bin dankbar dafür.«

Filippo Maria küsste Agnese auf den Mund. »Ihr müsst mir gleich aufhelfen.«

»Wann immer Ihr wollt, Amore mio«, antwortete sie und streichelte sein Gesicht.

18. Der Verdacht

Republik Venedig, Dogenpalast

W as sagt Ihr da?« Der Doge Francesco Foscari konnte eine ärgerliche Geste nicht unterdrücken. Er musste glauben, was der Rat der Zehn ihm sagte. Doch er hätte sich sehr gewünscht, dass sie irrten. Er saß auf einem hölzernen Stuhl und hörte Niccolò Barbo zu, der noch nicht fertig war.

»Seht Ihr denn nicht«, ereiferte er sich, »dass Carmagnola sich allzu langsam voranbewegt? Nicht genug damit, dass er den Angriff von Bartolomeo Colleoni und Guglielmo Cavalcabò in Cremona nicht unterstützt hat, jetzt erfüllt er sogar nur zögerlich das berechtigte Ersuchen des Podestaten Paolo Corner von Padua, der ihn aufgefordert hat, sich eiligst mit zweitausend Reitern und tausend Infanteristen aus der Lombardei nach Friaul zu begeben und dort den Ungarn des Kaisers Sigismund entgegenzutreten.«

»Es gibt niemanden, der nicht sähe, dass hinter solchen Machenschaften das Hinkebein Visconti steckt«, fügte Pietro Lando hinzu. »Ganz abgesehen davon, dass man von allen Seiten Gerüchte über geheime Abmachungen mit dem Herzog von Mailand hört. Das würde erklären, warum er es nicht fertigbringt, in den Kampf zu ziehen. Einige unserer

Spione bestätigen, sie hätten Pier Candido Decembrio in einer Kutsche ohne Insignien ins Castello di Treviso kommen sehen. Und es ist nicht schwer zu erraten, was Filippo Maria Viscontis Unterhändler wollte.«

»Ganz genau!«, mischte sich Lorenzo Donato ein, »Carmagnola schützt kindische Ausreden vor, um den Feind nicht verfolgen zu müssen, sodass seine Befehlshaber schon offen ihren Unmut bekunden! Es besteht kein Zweifel daran, dass es da Absprachen mit dem Herzog von Mailand gibt. Wir müssen handeln, und zwar rasch!«

Die Worte prasselten auf den Dogen ein. Francesco Foscari hätte das Thema gern fallen lassen, aber er wusste, dass das nicht ging. Nicht einmal im Traum! Den Rat der Zehn dürstete nach Blut! Er sah ihnen die Wut darüber an, wie Carmagnola sie behandelte. Dass der Oberbefehlshaber der Armee der Terraferma nicht nur einmal, sondern zehnmal den Tod verdient hätte, wenn auch nur die Hälfte der Anschuldigungen begründet waren, stand außer Frage. Worüber man da in der Sala del Consiglio dei Dieci sprach, stellte voll und ganz den Tatbestand des Hochverrates dar. Es gab nur eine mögliche Strafe. Andererseits durfte er diesen anwachsenden Zorn nicht noch mehr anfachen, denn er drohte sich wie ein Fieber oder eine ansteckende Krankheit auszubreiten und die ohnehin schon erhitzten Gemüter zu entflammen. Er musste zu Ruhe und Mäßigung mahnen und vor allem dafür sorgen, dass die Anschuldigungen unanfechtbar waren, bevor sie den Helden von Maclodio zum Tode verurteilten. Wäre es nicht ein kolossaler Fehler, sollten sie sich irren?

»Signori, bitte beruhigt Euch!« Er hob die Hand. »Ich verstehe Eure Besorgnis vollkommen. Sie ist gewiss durchaus berechtigt, und ich will sie auch überhaupt nicht in Abrede stellen. Ihr werdet jedoch mit mir darin übereinstimmen, dass wir die Todesstrafe nicht auf der Grundlage von Verdachtsmomenten verhängen können, auch wenn sie begründet sind. Wir brauchen Beweise. Ich leugne nicht, dass unser Oberbefehlshaber im vergangenen Jahr eine merkwürdige Apathie an den Tag gelegt hat, häufig mit Verspätung oder unvorsichtig zur Tat geschritten ist und die ein oder andere Niederlage zu viel eingeheimst hat. Man muss jedoch auch festhalten, dass Carmagnola uns bis über die Adda hinaus gebracht und so den Herzog von Mailand stark in die Enge getrieben hat.«

»Mio Signore, wenn ich mir erlauben darf ...«, sagte Niccolò Barbo. »Ihr habt vollkommen recht, andererseits sollte unsere Republik in dieser schwierigen Phase der Beschlussfassung, die doch in der ein oder anderen Weise zum Vorteil der Serenissima sein wird – ich denke da zum Beispiel an die Wahl von Gabriele Condulmer zum Papst –, den entscheidenden Dolchstoß führen, wenn Ihr mir diese Metapher erlaubt. Könnte es eine bessere Gelegenheit geben, unseren historischen Erzfeind zu vernichten, als diese?«

»Mio Signore, Niccolò Barbo hat einen wichtigen Punkt angesprochen«, pflichtete Marco Venier ihm bei. »Das aktuelle politische Geschacher ist, vorsichtig ausgedrückt, vorteilhaft für uns. Florenz hofft inständig auf eine Allianz mit uns. In Rom erlebte man die Wahl eines Sohnes der Serenissima, der zudem aus einer der vornehmsten und angesehensten Familien der Stadt stammt. Gabriele Condulmer ist ein Mann von festen Grundsätzen und verfügt über bemerkenswerte politische Weitsicht. Wir hätten keinen besseren und verlässlicheren für den Petersthron finden können. Eine solche Gelegenheit, den Herzog von Mailand auszuschalten, nicht zu nutzen wäre ein unverzeihlicher Fehler. Und es ist unübersehbar, dass Carmagnola sich sträubt, es zu tun.«

»Ich für meinen Teil würde darauf verzichten zu überprüfen, ob und in welchem Umfang er uns hintergeht; ich beschränke mich auf die Feststellung, dass er derzeit keinen Nutzen aus Mailands Schwäche zieht, und das genügt mir. Ersetzen wir ihn unter Berufung auf seine Unfähigkeit. Es gibt wertvollere Soldaten als ihn, die nur darauf warten, seinen Platz einzunehmen.«

»Ist das wahr?«, fragte der Doge. »Und wer wäre das?«

»Na, Bartolomeo Colleoni ist sicher der verdienteste, auch wenn Gianfrancesco Gonzaga ihm in nichts nachsteht. Und Guglielmo Cavalcabò hat einen Kampfgeist an den Tag gelegt, der Carmagnola inzwischen fremd geworden zu sein scheint.«

»Schon gut, ich habe verstanden. Aber Ihr verlangt von mir, den Mann auszutauschen, der die Schweizer in Bellinzona geschlagen, Altdorf besetzt hat und in Maclodio siegreich war! Ist Euch das klar? Ich verstehe Eure Fassungslosigkeit, die ihre Gründe hat; dennoch möchte ich lieber abwarten und sehen, was in Friaul passieren wird. Sollte Carmagnola zu spät dort eintreffen und sich darauf beschränken, Schäden zu begutachten, dann werde ich ernsthaft darüber nachdenken, ihn zu ersetzen und ihn unter Umständen zur Rechenschaft zu ziehen. Wenn Ihr mir in der Zwischenzeit Beweise liefern könnt statt bloße Verdächtigungen, verspreche ich, meinen Standpunkt zu überdenken. Habe ich mich klar ausgedrückt?« Damit stand

Francesco Foscari auf und bot somit dem gesamten Rat der Zehn die Stirn.

Die Männer in ihren schwarzen und roten Roben nickten schweigend, denn die Ankündigung des Dogen ließ keine Erwiderung zu.

Niccolò Barbo wusste jedoch, dass er noch ein Ass im Ärmel hatte. Er hatte es noch nicht ausgespielt, weil er hoffte, das sei nicht nötig, doch so wie die Dinge lagen, würde er der dafür vorgesehenen Person, durch deren Handeln sich alles ändern konnte, nun genaue Anweisungen geben.

Er lächelte. Denn trotz allem konnte er noch bekommen, was er wollte.

19. Verhandlungen

Kirchenstaat, Palazzo Colonna

Sie haben ihn einstimmig gewählt«, brüllte Stefano. Die Nachricht von der Berufung Gabriele Condulmers auf den Petersthron als Eugen IV. war den Colonna im selben Augenblick zu Ohren gekommen, als sie erfolgt war. »Was wollt Ihr nun tun? Wollt Ihr Euch weiter so schändlich benehmen und die päpstliche Schatulle einbehalten? Ist Euch klar, was für ein Wahnsinn das ist? Und wo, glaubt Ihr, wird das hinführen, wenn nicht zum völligen Ruin unserer Familie?«, schmetterte Stefano Colonna seinem Cousin entgegen, der ihn mit glasigen Augen ansah.

»Damit nicht genug! Mit diesem schändlichen Verhalten bringt Ihr nicht nur den Zweig der Genazzano in Verruf, was mir ziemlich gleichgültig ist, sondern auch meinen, den der Palestrina! Und das passt mir gar nicht! Ich kann mir natürlich gut vorstellen, dass Ihr Eure zahlreichen Einkünfte in Sicherheit bringen müsst, die Euch unser Onkel zugesichert hat, indem er Euch ebenso wie Odoardo und Prospero mit Ländereien bedacht hat. Letzterer hat im Übrigen, wie Ihr wisst, gerade den Papst gewählt, gegen den Ihr Euch stellt!«

Antonio war erschüttert. Was sollte er tun? Alles zurückgeben? »Aber versteht Ihr denn nicht, dass dieses Vermögen unsere einzige Garantie ist, am Leben zu bleiben? Solange die Schatulle in diesem Palazzo bleibt, in meiner Obhut, ist gewährleistet, dass wir nicht den Schlägen erliegen, die der Papst bereits gegen uns austeilt! Wisst Ihr denn nicht, dass er genau in diesem Moment schon all die Ländereien einzieht, die uns von unserem Onkel rechtmäßig verliehen wurden?«

Stefano sah ihn finster an: »Was habt Ihr erwartet? Genau aus diesem Grund appelliere ich an Euch, das zu Unrecht Einbehaltene zurückzugeben! Wenn Ihr das tut, werdet Ihr Euch noch retten können. Wenn Ihr hingegen an Eurem frevlerischen Tun festhaltet, dann liefert Ihr Euch und Eure Brüder dem Zorn des Papstes aus, dessen Rechte Ihr zuerst verletzt habt. Das könnte mir recht sein – wenn nicht auch meine Familie davon betroffen wäre.«

Antonio konnte sich ein gehässiges Grinsen nicht verkneifen. »Gestattet, dass ich daran zweifle. Denn es ist offenkundig, dass ihr deshalb so bei mir hereingeplatzt seid, um Euch, ganz das brave Hündchen, das Ihr seid, vom Papst an die Kette legen zu lassen. Obwohl dieser elende Venezianer gegen unsere, gegen Eure Familie zu Felde zieht! Während Ihr hier mit mir sprecht, bewegt sich der Oberbefehlshaber der päpstlichen Truppen mit seinem Heer in Richtung meiner Besitztümer, um sie gewaltsam wieder unter die Herrschaft des Papstes zu bringen.«

Stefano schüttelte resigniert den Kopf. »Hört Ihr mir überhaupt zu? Ist Euch klar, was Ihr da sagt? Nichts von alldem wäre passiert, wenn Ihr nicht das Vermögen an Euch gebracht hättet, das von Rechts wegen dem Papst zusteht. Entgegen Euren lächerlichen Behauptungen gehören diese Reichtümer nicht Euch. Und wenn Ihr jetzt auf mich hört, könnt Ihr mit Sicherheit die Verwüstung verhindern, zu der es kommen wird, wenn Ihr dem nicht folgt. Wie ich Euch schon sagte, bin ich nur gekommen, um Euch eindringlich zu bitten, nicht unsere ganze Familie mit in diesen Abgrund zu ziehen. Wo ist Odoardo? Oder Prospero? Vielleicht hören sie auf mich«, schloss Stefano, der Verzweiflung nahe.

Antonio ertrug es nicht länger. Rasend vor Zorn schlug er auf den Tisch. »Das ist doch nicht zu fassen! Odoardo ist losgezogen, um mit der Waffe in der Hand unseren Besitz zu verteidigen. Und Prospero versucht, den Papst zur Vernunft zu bringen.«

Stefano schlug die Hände vors Gesicht. Es war nichts zu machen. Antonio war Argumenten nicht zugänglich. Er war so zerfressen von Habgier, dass er inzwischen glaubte, die durch Täuschung und den Nepotismus seines Onkels an sich gebrachten Reichtümer stünden ihm zu – einschließlich der päpstlichen Schatulle. Stefano begriff ebenso, dass er durch eine offene Auseinandersetzung nichts erreichen würde. Und dass auch der Papst das einsehen musste. Er hatte ihm in der Tat bereits empfohlen, ein Abkommen auszuhandeln. Nach der anfänglichen Bestürzung, überrascht von der Arroganz, mit der er empfangen worden war und von der beharrlichen Weigerung seines Cousins, die Rückgabe des Schatzes auch nur in Erwägung zu ziehen, entschied er sich deshalb, die Möglichkeit eines Tauschhandels zu sondieren.

Er seufzte, denn ihm wurde klar, dass die Familie so gespalten war wie nie zuvor. Antonio war es sofort gelungen, die jüngere Seitenlinie der Riofreddo auf seine Seite zu bringen, weswegen die Brüder natürlich bei ihrer Strategie bleiben mussten.

Der Zweig der Palestrina hingegen war in sich gespalten. Während er aus seinem Verantwortungsbewusstsein heraus hoffte, keinen offenen Konflikt mit dem Papst zu entfesseln, konnte man dies vom jüngeren Zweig von Giacomo, dem die Brüder Lorenzo und Salvatore vorstanden, nicht behaupten. Vor allem Letzterer war ein echter Hitzkopf, immer bereit, Streit zu suchen. Es verstand sich von selbst, dass er sogar den Papst, hätte er den Colonna nicht nahegestanden, mit eigenen Händen erwürgt hätte! Man stelle sich vor! Es fehlte bloß noch, dass er jetzt, wo das Konklave einstimmig für Gabriele Condulmer gestimmt hatte, seine kriegerischen Vorhaben in die Tat umsetzte. Doch Stefano gab nicht auf, obwohl er allein war und gegen seine eigene Familie stand.

Ein Kompromiss schien der einzig gangbare Weg zu sein.

»Und wenn der Papst sich einverstanden erklärte, Euch wenigstens einen Teil Eurer Lehen und Ländereien zu lassen?«

Antonio hob eine Augenbraue. »Nun, wenn der Papst zusichern würde, keines unserer Besitztümer anzurühren, mir und meinen Brüdern sämtliche Titel zu erhalten, dann und nur dann könnten wir die päpstliche Schatulle wohl zurückgeben.«

»Könnte ich also von einer solchen Möglichkeit als Emanation Eures Willens berichten? Und dem von Odoardo und Prospero?«

»Ich spreche im Namen von uns dreien, meine Stimme ist auch ihre. Selbstverständlich müsste der Papst dem Befehlshaber der päpstlichen Truppen auch befehlen, sich von unseren Besitzungen zurückzuziehen.«

Stefano Colonna seufzte. »Das wird er. Ich verspreche es. Und in dem Fall, denke ich, werden wir auch zu irgendeiner Form von Vereinbarung kommen!«

Als hätte er seinem Cousin nicht schon genug zugesetzt, legte Antonio noch einmal nach: »Täusche ich mich, oder machen auch die Konziliaristen dem Papst Schwierigkeiten?«

»Ihr täuscht Euch nicht.«

»Deshalb also braucht er sein Vermögen so dringend.«

»Was wollt Ihr damit sagen?«

»Lediglich, dass sich sein Pontifikat schwierig gestalten und voller Unwägbarkeiten sein wird. Das Konzil von Konstanz hat festgelegt, dass das Kollegium Vorrang vor dem einzelnen Gottesmann hat. Die Tatsache, dass der Papst zwar einhellig, aber doch in aller Eile ernannt wurde, ohne dass die Repräsentanten der fünf Staaten ihre Aufwartung gemacht hätten, macht deutlich, wie wackelig seine Position ist. Außerdem wird er bald genötigt sein, das Konzil von Basel einzuberufen, das schon von meinem Onkel offiziell anberaumt wurde. Begreift Ihr, worauf ich hinauswill?«

»Werdet deutlicher.«

»Ich empfehle Euch, mit Bedacht die Seite zu wählen, auf der Ihr stehen wollt, Cousin.« In Antonios Blick blitzte es.

»Wollt Ihr mir drohen?«

»Keineswegs. Ich tue Euch einen Gefallen.«

»Wenn Ihr mir wirklich einen Gefallen tun wollt«, sagte Stefano und wurde lauter, »dann seht zu, dass Ihr Euer Wort haltet, sobald der Papst seine Bereitschaft erklärt hat, auf Euren Vorschlag einzugehen. Haben wir uns verstanden?«

»Daran besteht kein Zweifel. Doch denkt über meine Worte nach. Wenn Ihr nun erlaubt – ich habe noch einiges zu erledigen.« Mit diesen Worten verabschiedete Antonio seinen Cousin.

Erschöpft von dieser Unterhaltung, neigte Stefano grüßend den Kopf zum Abschied und schlug beim Verlassen des Raumes die Tür hinter sich zu.

Doch er hatte das ungute Gefühl, dass das, was er Antonio gesagt hatte, ihn früher oder später teuer zu stehen kommen würde.

20. Das blutige Pontifikat

Kirchenstaat, Castel Sant'Angelo

Gabriele Condulmer hatte keine Ahnung, was nun geschehen würde. Als er entdeckte, dass er einstimmig gewählt worden war, *in plena et perfecta concordia*, konnte er kaum glauben, was er da sah und hörte. Die abgegebenen Stimmen, das Küssen von Füßen, Händen und Mund seitens derer, die ihn gewählt hatten, das päpstliche Ornat und die sonstigen Paramente, das Anstimmen des *Te Deum*, die Öffnung der Türen von Santa Maria sopra Minerva und die Verkündigung *Habemus Papam*, die feierliche Prozession durch die Straßen von Rom zur Basilika und die Erteilung des Segens – all das hatte ihn gleichermaßen verzückt und verunsichert. Er war auf ein solches Ereignis nicht vorbereitet, denn er hatte trotz der beharrlichen Zuversicht seines Cousins Antonio niemals einen solch glücklichen Ausgang erwartet. Dennoch drohten diese glanzvollen Bilder, die wie ein strahlender Traum an ihm vorbeigezogen waren, als sei er nicht der Protagonist, sondern bloß ein Zuschauer, wegen des Hasses und des Grolls der Colonna nun im Dunkel zu versinken.

Nicht nur waren die Neffen von Martin V. den Forderungen nach der Rückgabe der Ländereien, die ihnen unrechtmäßig als Lehen gegeben worden, nicht nachgekommen, ja, sie hatten es rundheraus abgelehnt und bekannt gegeben, dass sie nicht die Absicht hatten, die päpstliche Schatulle herauszugeben. Sie beharrten darauf, sie in ihrem Palazzo zu behalten. Und sie hatten einen regelrechten Anschlag auf den Apostolischen Palast verübt.

Hals über Kopf hatte er mit seinen *cubicularii*, Familienmitgliedern, und seinen engsten Vertrauten durch den von den Schweizergarden beschützten mittelalterlichen Gang, den Passetto di Borgo, in die Engelsburg fliehen müssen.

Die Bombarden hatten gedröhnt, und von den hohen Mauern der unbezwingbaren Festung herab hatte Gabriele gesehen, wie Reiter der Colonna ins Schwanken gerieten und, aus dem Sattel geworfen, zu cincr schreienden Menge aus aufgeschlitzten Rüstungen und eingeschlagenen Köpfen wurden. Blut und abgetrennte Glieder hatten die Straßen von Rom besudelt, und er war zum Auftraggeber dieses Massakers gemacht geworden.

Andererseits konnte er ja den Drohungen dieser adeligen Bastarde nicht nachgeben.

Nachdem er – entsetzt und den Tränen nahe – darüber nachgedacht hatte, was gerade vor sich ging, hatte er dem Drängen des Hauptmanns der Wache nachgegeben und sich ins Innere der Engelsburg zurückgezogen.

Jetzt befand er sich mit den ihm am treuesten ergebenen Kardinälen in der Sala delle Urne.

Er hatte keine Angst davor, dass die uneinnehmbare Festung nicht standhalten oder seine Soldaten Quartier verlangen könnten. Er fürchtete allerdings die Angriffe der verkommenen Söldner im Dienste der Colonna. Die

Schweizergarde organisierte unterdessen die Verteidigung und legte dabei die perfekte Disziplin an den Tag, die sie seit jeher auszeichnete. Das Wissen jedoch, dass die mächtigste Fraktion der Stadt sich bereits mit aller Grausamkeit und Gewalt, derer sie fähig war, gegen ihn auflehnte, ließ ihn bestimmt nicht ruhig schlafen.

Seine Kardinäle sahen ihn erschrocken an. Unter ihnen waren sein Cousin Antonio und Ludovico Trevisan, sein Leibarzt sowie Francesco dal Legname und Pietro da Monza. An diesem heiligen Ort, dem wichtigsten des ursprünglichen Kerns der Festung, der als Mausoleum und marmorner Schrein der sterblichen Überreste Kaiser Hadrians diente, in dem Raum, der in der Antike das letzte Andenken an die kaiserliche Familie beherbergt hatte, standen nun die Männer der Kirche und fragten sich, was aus ihnen werden sollte.

Wie er sie so ansah – und darauf vertraute, dass die Wachen unterdessen die planlosen Attacken der Colonna abwehren würden –, glaubte Gabriele einen himmlischen und erhabenen Geist zwischen den großen Nischen zu spüren, die einst Urnen beherbergt hatten. Er hob den Blick zur riesigen Kuppel. Er hätte nicht sagen können, was es war, doch er nahm eine Aura sublimer Erhabenheit wahr. Sie durchdrang den Raum, als hätte der Marmor sie aufgesogen, und gab den Anwesenden eine Ahnung vom großen Geist, der hier wehte und Hoffnung verströmte.

»Wir werden uns nicht einschüchtern lassen, meine Brüder«, sagte Gabriele. Er hatte keine Ahnung, warum er das gesagt hatte, und doch erschien es ihm notwendig. Er hatte das Glück gehabt, zum Papst gewählt zu werden, und nun musste er sich dieser Ehre würdig erweisen, indem er zumindest Herz und Sinn seiner Kardinäle Mut und Kraft einflößte. Er würde diejenigen, die an ihn geglaubt hatten, nicht enttäuschen. Kaiser Hadrian schien ihm Gottes Willen einzuflüstern, übermittelt allein durch die Luft und mystische Ekstase.

»Wir müssen auf die Kraft Gottes vertrauen. Unsere Wachen werden uns schützen, und sobald sie die Schergen der Colonna zerstreut haben, werden wir die Ordnung in Rom wiederherstellen. Wir werden der Gewalt nicht weichen. Die Kirche hat dies in den letzten Jahren bereits viel zu oft erduldet, und ich habe die Absicht, ihr wieder die Rolle zukommen zu lassen, die ihr gebührt.« Während er sprach, hörte man in regelmäßigen Abständen das Donnern des Kanonenfeuers.

Schließlich erschien Stefano Colonna in der Sala delle Urne, ganz so, als sei er von dunklen Mächten gerufen worden.

»Wie könnt Ihr es wagen, an diesem heiligen Ort zu erscheinen? Wie seid Ihr hierhergelangt?«, schrie Kardinal Ludovico Trevisan zutiefst erschüttert.

Es war der Papst selbst, der ihn beruhigte und die Hände zum Zeichen des Friedens hob. »Geliebte Brüder, habt keine Angst – Stefano Colonna ist der Einzige aus seiner Familie, der sich nicht von uns abgewandt hat. Im Gegenteil! Er war es, der in meinem Namen mit unseren Belagerern verhandelt hat, um uns so schließlich den Sieg zu ermöglichen. Sprecht also, Messere, und sagt uns, welche Neuigkeiten Ihr für uns habt«, ermunterte ihn der Papst mit milder Autorität.

Unter den wachsamen Blicken der Kardinäle kam Stefano Colonna näher und kniete nieder, um Gabriele Condulmer die Füße zu küssen. In dieser Haltung hob er den Blick und wandte sich mit aller Demut, derer er fähig war, an den Papst: »Eure Heiligkeit, ich bringe es kaum übers Herz, diese bittere Wahrheit auszusprechen. Doch glaubt mir, ich habe noch Hoffnung. Ich habe, wie Ihr wünschtet, mit meinem Cousin Antonio gesprochen. Er will die päpstliche Schatulle nicht herausgeben, es sein denn …« Stefano Colonna unterbrach sich, als suche er nach den passenden Worten.

»Es sei denn?«, ermutigte ihn der Papst.

»Es sei denn, Ihr bestätigt ihm und seinen Brüdern, Odoardo und Prospero, die Rechtmäßigkeit ihrer Besitztümer, die ihnen von Papst Martin V. zuerkannt wurden. Unter dieser Voraussetzung erklärt er sich bereit, das zu Unrecht Einbehaltene zurückzugeben und den Angriff abzubrechen.«

Bei diesen Worten seufzte Gabriele Condulmer. »Antonio Colonna hat also die Stirn, die Bedingungen zu diktieren?«

»Heiligkeit«, fuhr Stefano weiterhin kniend fort, »Ihr könnt Euch mit Fug und Recht verweigern. Doch …«

»Doch empfiehlt es sich zu tun, was er verlangt. Irgendwo müssen wir ja anfangen. Erst recht, da ich neben den Feindseligkeiten seitens Eurer Cousins mich so schnell wie möglich mit denen des Konzils von Basel befassen muss, das nachdrücklich seine Vorherrschaft gegenüber meiner Person bekräftigt.«

Stefano Colonna nickte bedächtig.

»Erhebt Euch nun«, befahl ihm der Pontifex. »Auch wenn Euer Name nicht zu denen meiner Freunde zählt, bin ich unendlich dankbar für das, was Ihr bewerkstelligt habt. Ihr allein konntet diese Verhandlung zum Erfolg führen.

Wie ist die Lage in der Stadt? Wie seid Ihr unversehrt hier-hergekommen?«

»Dank meines Namens, Heiligkeit«, antwortete Stefano und stand auf. »Auch wenn er derzeit gleichbedeutend mit Verrat und Unheil ist, gehörte er einmal zu den vornehmsten von Rom. Was unsere geliebte Stadt angeht, kann ich Euch sagen, dass der Widerstand Eurer Männer die Handlanger meiner Cousins rasch entmutigt. Ich glaube nicht, dass sie noch lange standhalten werden. Sie haben versucht, Euch mit einem Überraschungsangriff zu bezwingen, doch die Engelsburg vermag noch ganz andere Anstürme abzuwehren. Nachdem die Schweizergarden durch die vorderen Linien gebrochen waren, hat die Moral merklich abgenommen.«

»Freut mich zu hören«, kommentierte Gabriele.

»Heißt das, wir können bald in den Apostolischen Palast zurückkehren?«, fragte Ludovico Trevisan hoffnungsvoll.

»Das weiß ich nicht, Eminenz«, antwortete Colonna. »Die Tatsache, dass der Angriff zum Erliegen kommt, bedeutet nicht, dass die Gefahr vorüber ist. Lasst mich erst die Entscheidung des Papstes überbringen. Vorher solltet Ihr nicht in Eure Gemächer zurückkehren.«

»Na schön«, schloss der Papst, »verlieren wir nicht noch mehr Zeit. Messer Colonna, kehrt zu Eurem Cousin zurück und teilt ihm mit, dass ich sein Angebot annehme. Unter der Bedingung, dass er umgehend seine Männer zurückzieht und den Schatz der päpstlichen Schatulle zurückgibt. Ich habe da«, fügte er hinzu und zog einen Packen Papiere hervor, die das Bleisiegel mit den Aposteln Peter und Paul, den Begründern der christlichen Kirche, trugen, »bereits einen Brief vorbereitet.«

Der Blick Stefano Colonnas verriet Überraschung. »Heiligkeit, dann habt Ihr …«

»Ich hatte es bereits vorhergesehen, ja. Ihr werdet darin auch meine Verpflichtung finden, den Befehlshaber des päpstlichen Heeres von den Lehen von Antonio und Odoardo zurückzubeordern. Ich bitte Euch nun, diese Unterlagen Eurem Cousin auszuhändigen, damit wir dieser unschönen Angelegenheit ein Ende bereiten.«

Als Stefano Colonna sich verabschiedet hatte und, ohne sich noch länger aufzuhalten, die Rampe zum Ausgang hinablief, beglückwünschte sich Gabriele Condulmer, dass seine Feinde wenigstens Männer waren, die Wort hielten.

21. Die Ungarn

Republik Venedig, Ebene von Friaul

Er war zu spät gekommen. Zu spät hatte er sich an die Verteidigung der Ebene von Friaul gemacht, und nun war klar, dass er wenig mehr tun konnte.

Das Dorf bestand bloß noch aus einem Haufen rauchender Trümmer. Die von den Flammen verzehrten Häuser waren nur noch verkohlte Relikte, in denen dem Elend ergebene Gespenster hausten. Der erste Schnee, frisch gefallen und noch ganz weiß, verströmte Reinheit und Erbarmen in diesem Schauspiel des Schreckens, in dem die Menschen in den gefrorenen Pfützen ihres eigenen Blutes lagen, die Körper durchbohrt von ungarischen Klingen.

Streunende Hunde scharrten auf dem hart gefrorenen Boden, leckten das Blut auf und suchten nach Knochen zum Abnagen. Er sah Frauen, die an den Armen an Dachbalken aufgehängt waren. Ihre Kleider hingen in Fetzen, und ihre Körper trugen Spuren von Gewalt: rote und violette Striemen, Schnittwunden, Kratzer und unsägliche Verletzungen. Er sah den Körper eines kleinen Mädchens, der an der Mauer eines Bauernhofes lehnte. Sie hielt noch ihre Lumpenpuppe fest, die sich mit Blut vollgesogen hatte. Der Geruch nach Rauch, Schnee und zerfetztem Fleisch schien ihm unerträglich. Er machte das Pferd fest und stieg ab.

Die weißen Flocken schwirrten durch die kalte Abendluft. Ein stürmischer Wind hob seinen Mantel; es schien, als wollte er ihm in den Rücken fallen und ihn zu Boden werfen.

Sie hatten auf ihn gewartet. Vergeblich.

Er kam sich vor wie ein Wurm.

Er wusste, dass Filippo Maria Visconti auf seine Untätigkeit zählte. Und er hatte Wort gehalten. Aber um welchen Preis? Diese Menschen hatten nichts Böses getan, und die Ungarn hatten ihnen den Garaus gemacht.

Hier und da erreichten sein Ohr die gedehnten, zittrigen Klagen der Überlebenden. Es waren keine Stimmen mehr, sondern heisere Laute des Todes.

Was nützte die Treue zu Mailand? Was für ein Krieg war das? Wo war der Mut geblieben? Wo war das Mitleid mit den Elenden und Einsamen? Welchen Sinn hatte es, dass die Ungarn die friaulischen Dörfer niederbrannten und verwüsteten, um dann zu flüchten und in das Schlangennest zurückzukehren, das sie hervorgebracht hatte? Diese verfluchten Mistkerle! Doch noch mehr verflucht war er, der diese Sorte blutrünstiger Krieger doch gut kannte und dennoch zugewartet hatte. Damit hatte er Männer und Frauen schutzlos diesem Rudel Wölfe überlassen.

Er war von sich selbst angewidert. Und vor allem war er müde. Er war es müde, etwas vorgeben zu müssen, gezwungen zu sein, das, was er tat, weniger feige aussehen zu lassen, als es nun einmal war. Zumal es inzwischen offenkundig war, was für ein Feigling aus ihm geworden war. Er musste daran denken, wie anders alles gewesen war, als er vor ein paar Jahren anfing. Da hatte es einen Ehrenkodex gegeben, den Hunger nach Ruhm. Doch dann hatten seine Überzeugungen Monat für Monat, Jahr für Jahr Rost angesetzt, hatten in ihm zu modern begonnen. Das war nicht plötzlich geschehen, von einem Tag auf den anderen. Es war vielmehr ein langsamer, unausweichlicher Prozess gewesen. Ganz allmählich, Stück für Stück, hatte Carmagnola es hingenommen, etwas weniger aufrichtig, weniger ehrlich, weniger mutig zu sein, und bei all diesen Phasen fortschreitender Feigheit war eins zum anderen gekommen und hatte ihm schließlich alles genommen: erst die Integrität, dann die Ehre und zuletzt die Würde.

Er suchte Giovannis Blick. Doch er bereute es sofort, denn sein Schildknappe zeigte keinerlei Verständnis. Mit kalter Wut schien er seinen Herrn anzuklagen.

»Was ist los? Warum siehst du mich so an?«, schrie Carmagnola, erschreckt von dem, was ihm diese Augen mitteilten.

»Hättest du es besser gemacht?« Er stieß ihn von sich.

Doch Giovanni ließ sich davon nicht beeindrucken. Er blieb im Sattel, den Blick fest auf Francesco Bussone gerichtet. Unerbittlich.

»Verzieh dich!«, wetterte der Graf weiter. »Hau ab, du stummer Blödmann!«, setzte er nach, denn gerade das Schweigen machte ihm Angst.

Ihm war, als würden ihn seine Männer offen anklagen. Sie sahen ihn an, ohne einen Ton zu sagen. Und je mehr diese Blicke sich auf ihn hefteten, desto größeren Tribut forderte die Scham über sein verspätetes Eintreffen und die Treue, die er dem Herzog von Mailand erwiesen hatte.

Warum? Warum hatte er diesem Mann nochmals seine Treue erweisen wollen? Er schuldete ihm nichts. War nicht er es gewesen, der ihn auf demütigende Weise fortgeschickt hatte?

War nicht er es gewesen, der ihn nach Genua verbannt hatte, aus Angst, sein Ruhm als Soldat könnte den eigenen überschatten? Filippo Maria Visconti hatte vergessen, wie viel er für ihn getan hatte, und geglaubt, dass sein Hunger nach Ehrungen, Macht und Geld ihn zu gierig und somit zur Bedrohung werden lassen könnte.

Wenn er es recht bedachte, konnte er ihm nicht ganz unrecht geben. Letztendlich war er genau zu dem Mann geworden, vor dem sich der Herzog fürchtete. Einer, der ein schmutziges doppeltes Spiel spielte und so darauf aus war, Reichtum und Macht anzuhäufen, dass er nie zufrieden war, egal, wie viel man ihm bezahlte. Wo war der Soldat geblieben, der er einmal gewesen war? Der Hauptmann, der es zu jeder Zeit und bei jeder Gelegenheit mit den Feinden aufgenommen hatte? Francesco Bussone wusste es nicht mehr. Vielleicht im Schneematsch dieses in Brand gesteckten und von ungarischem Zorn verwüsteten Dorfes. Vielleicht war er im Castello di Treviso geblieben, wo er inzwischen mit allerlei Annehmlichkeiten ruhig und behaglich lebte.

Er wusste genau, dass Venedig ein neuerliches Versäumnis nicht auf sich beruhen lassen würde.

Und dass seine Zeit gekommen war.

Er wusste ebenso, dass er nichts dagegen tun konnte. Er würde sich seinem Schicksal nicht entgegenstellen. Er hatte es sich vom ersten Tag an ausgesucht. Seit er im tiefsten Inneren damit einverstanden gewesen war, ein Söldnerhauptmann zu werden und sein Geld damit zu verdienen, anderen Kopf und Glieder abzuschlagen. Es war eine schmutzige

Arbeit. Mit heiler Haut nach Hause zu kommen war das Einzige, was er dabei im Sinn hatte. Der Rest war egal. Und wenn eine längere Belagerung bedeutete, dass der Feind unter Frauen und Kindern ein Gemetzel anrichtete, war das für ihn kein Problem gewesen.

Doch jetzt nicht mehr.

Er hatte eine Grenze überschritten.

Und er würde die Konsequenzen tragen müssen.

1432

22. Zwei Bastarde statt einem

Herzogtum Mailand, Castello di Porta Giovia

Filippo Maria Visconti war verärgert. Vor ihm stand Pier Candido Decembrio. Er war mager und recht streng und nüchtern gekleidet in seinem schwarzen *lucco* mit silbernen Bändern.

Der Herzog schnaubte. Mit seiner verhaltenen, vorsichtig unterwürfigen Haltung reizte ihn Decembrio wie sonst keiner. Doch er schätzte sein feines politisches Gespür, mit dem er eine Situation oft für sich entschied. Dennoch brachte er ihn zu gern in Verlegenheit und warf ihm bei jeder Gelegenheit Beleidigungen an den Kopf. Und Decembrio nahm es sich nicht zu Herzen. Er wusste, dass dies die einzige Möglichkeit war, diese Machtposition zu behalten, die er erlangt hatte.

Er war ihm treu ergeben. Bestimmt nicht aus Berufung, sondern weil es vorteilhaft war. Doch das genügte ihm.

Jetzt gerade allerdings war Filippo Maria fuchsteufelswild. »Decembrio, Decembrio …« Er zögerte, als warte er darauf, dass sein Berater den Satz vervollständigte. Doch dann sprach er weiter. »Amadeus sitzt mir im Nacken. Er fragt mich ständig nach seiner Tochter, wann ich vorhätte, die Ehe zu vollziehen, er gibt keine Ruhe.«

»Nun, Euer Hoheit, das ist verständlich, er erhofft sich eben bald einen Erben.«

»Einen Erben! Zum Teufel! Mit dieser langweiligen und nichtssagenden Tochter hofft er Eingang in mein Haus zu finden!«

»Es ist natürlich nicht zu leugnen, dass er in dieser Frage ein gewisses Interesse verfolgt.«

»Ein gewisses Interesse, sagt Ihr? Decembrio, was zum Teufel redet Ihr da? Klar hat er das! Sonnenklar! Wisst Ihr was – um mir diese Aufgabe zu erleichtern, hat er sogar angeboten, einen ihrer Brüder zu meinem Erben erklären zu lassen. Um so die Rechte der ungeborenen Kinder Marias zu wahren. Tatsächlich hat es Amadeus darauf abgesehen, das Herzogtum Mailand für sich zu erobern. Das liegt auf der Hand! Ist Euch diese Ungeheuerlichkeit bewusst?«

Decembrio hüstelte. Das tat er immer dann, wenn es ihm nicht mehr gelang, die Ruhe zu bewahren. Zumindest nicht voll und ganz. Wenn das geschah, griff er auf diesen trockenen, nervösen Husten zurück, der unfehlbar die Wirkung hatte, den Herzog zum Ausbruch zu bringen. Auch dieses Mal bildete keine Ausnahme von dieser Regel. »Ihr hustet? Ihr hustet?« Seine Stimme schwoll fast zum Gebrüll an. »Was soll ich also tun? Köpfe absäbeln, Beine abschneiden? Wenn jemand gerade empört sein kann, dann bin ich das, kapiert?« Er warf Decembrio einen seiner vernichtend glühenden Blicke zu.

»Sicher, sicher, Euer Hoheit, Ihr habt vollkommen recht. Andererseits frage ich mich, welche Lösung es für diese unerfreuliche Situation geben könnte. Ich hätte da eine Idee, die für Euch infrage kommen könnte.«

»Nun redet nicht um den heißen Brei, raus mit der Sprache!«

Vom Herzog ermutigt, legte Decembrio seinen Plan dar.

»Nun, wie Ihr bereits sagtet, fragt sich Amadeus VIII. von Savoyen, wieso Ihr Euch weigert, einen Nachkommen zu zeugen. Wenn Ihr erlaubt, Eure Majestät, kann ich mir den Grund denken.«

Der Herzog hob eine Augenbraue.

»Ich denke, es gibt zweifachen Grund: Einerseits habt Ihr nicht die Absicht, Savoyen in Euer Haus zu holen. Andererseits wünscht Ihr, dass die Tochter der Frau, die Ihr liebt, Euch nachfolgt. Oder irre ich mich?«

»Keineswegs, fahrt fort!«, knurrte Filippo Maria.

»Das erscheint mir nur legitim. Das Problem besteht also darin, wie Bianca Maria zu Eurer rechtmäßigen Erbin gemacht werden kann. Denn da es keine weiteren Kinder gibt, liegt es auf der Hand, dass derjenige, der sie einmal heiratet, als Herzog nachfolgen wird. Mir ist klar, dass die Angelegenheit delikat ist. Zumal jeder Mailänder sich wünscht, dass dieser Augenblick so spät wie möglich kommen möge.«

»Erspart mir die Schmeicheleien, Decembrio, kommt zum Punkt.«

»Sehr wohl, Euer Hoheit. Nun, da es vorrangig darum geht, einen Ehemann für Bianca Maria zu finden, möchte ich mir erlauben, einen Mann vorzuschlagen, der mehr als jeder andere seine Treue zum Herzogtum und ungewöhnliche Fähigkeiten unter Beweis gestellt hat, der in diesen unglückseligen Zeiten der Übermacht Carmagnolas getrotzt hat, auch als Letzterer mitnichten von eigenen Attacken absah, so wie er sich auch in jüngerer Zeit vehement gegen Euch gestellt hat.«

»Und so jemanden soll es geben? Ehrlich gesagt fällt mir niemand ein.«

»Und doch gibt es ihn, Euer Gnaden!«

»Also?«

»Euer Hoheit, mein Vorschlag ist ganz einfach. Wie auch immer man die Sache betrachten mag, wissen wir doch eines ganz genau: Wir dürfen die Frage nach der rechtmäßigen Abstammung keinesfalls übergehen. Über wen auch immer ich nachdenken würde, es wäre keinesfalls jemand, der formal Eurer Abstammungslinie entstammt. Anders gesagt: Derjenige, den ich im Sinn habe, verkörpert die dieser Tage größtmögliche und paradoxerweise angesehenste Form der Ungesetzlichkeit. Er ist nämlich Condottiere. Und doch ist es ihm bisher gelungen, sich bei jedermann beliebt zu machen. Er entstammt einem Geschlecht von Kriegsherren. Sein Vater schon hat aus der eigenen Familie die reinste Wachtruppe gemacht, ausgestattet wie eine Rüstkammer. Er hat unausrottbare Fehden angezettelt und das Adelshaus, dem er angehört, lebte geradezu von blutiger Rache; sie brauchten sie wie die Luft zum Atmen. Es ist eine Dynastie von Kriegsherren.«

»Sein Name!«

»Francesco Sforza«, verkündete Pier Candido Decembrio enthusiastisch.

Der Herzog riss die Augen auf. »Er ist dreißig Jahre alt! Und Bianca Maria nicht einmal sieben!«

Decembrio stimmte zu, als sei ihm diese Schlussfolgerung auf einem Silbertablett präsentiert worden. »Ganz genau«, sagte er mit einem Nicken.

»Ganz genau, sagt Ihr. Aber Ihr seid Euch hoffentlich darüber im Klaren, welche Ungeheuerlichkeit Ihr da von

Euch gebt? Ich soll meine Tochter, die kleine Bianca Maria, gezeugt mit der Frau, die ich über alles liebe, einem Mann der Waffen geben, der ihr Vater sein könnte? Seid Ihr verrückt geworden?«

Decembrio versuchte zu lächeln. »Euer Hoheit ... Verzeiht mir, ich habe mich unklar ausgedrückt. Was ich sagen wollte, ist, dass Ihr, für die Zeit, in der Bianca Maria zur Frau heranreift, Sforza ihre Hand versprechen könnt – in Anbetracht der Tatsache, dass er nicht nur bei seinen eigenen Leuten sehr beliebt, sondern außerdem bei Euren Gegnern gefürchtet ist. Zudem glaube ich, dass er unter Euren Männern der einzige ist, für den Ihr genügend Wertschätzung hegt, um ihn eines fernen Tages als Euren Nachfolger zu sehen. Und dann wäre Bianca Maria Herzogin von Mailand.«

Decembrios Worte standen im Raum. Filippo Maria schien alle Implikationen gründlich abwägen zu wollen. Die Überlegung erschien nicht mehr ganz so abwegig wie am Anfang. Und er hatte recht: Auf diese Weise würde seine Tochter, das Kind, das er mit Agnese hatte, zur Herrin über Mailand. Sicher, er musste diesen Bastard Sforza als seinen Nachfolger akzeptieren, aber war Bianca letztlich nicht auch die Tochter seiner Mätresse? Und war die Vorstellung nicht viel beunruhigender, eines Tages könnte ein Sohn auf den Thron von Mailand gelangen, den er mit Maria von Savoyen hatte? Beim bloßen Gedanken drehte sich ihm alles um. So jedoch wüsste er, dass seine geliebte Tochter fortführen würde, was er auf den Weg gebracht hatte. Sforza war zwar ein Bastard, aber ein fähiger! Zumindest in dieser Hinsicht hatte sein Berater recht: Sein Vater Jacopo hatte sich von Ausschweifungen und Bestechlichkeit immer ferngehalten, die für Männer des Kriegshandwerks so typisch waren. Und das hatte er auch seinem Sohn immer geraten. Es ging das Gerücht um, dass er ihn an sein Krankenlager gerufen und ihm drei goldene Regeln mitgegeben habe: sich niemals mit der Frau eines anderen einzulassen, sich niemals mit den eigenen Männern zu schlagen und niemals ein Pferd zu reiten, das sich nicht im Zaum halten lässt. Das waren die drei Grundregeln eines ernsthaften und anständigen Betragens, die zweifelsohne zum Erfolg und Respekt beigetragen hatten, die Francesco Sforza bei jeder Gelegenheit erlangte. Dem musste der Herzog zustimmen. Sicher, nicht einmal er war so prinzipientreu, wie er gern glauben machen wollte, er versuchte sich beispielsweise einzureden, dass sein sexuelles Verlangen nicht darunterfiele, doch im Großen und Ganzen erschien ihm das Konzept einleuchtend.

»Ich muss zugeben, dass Euer Vorschlag seinen Reiz hat. Ihr überrascht mich, Decembrio. Vielleicht seid Ihr am Ende doch gar nicht so unfähig, wie Ihr mich glauben machen wollt.« Der Herzog von Mailand zeigte ein Grinsen, das man fast schon als Lächeln bezeichnen konnte. »Ihr schlagt also vor, meine Tochter mit Sforza zu verloben?«

»Eure Majestät, wenn ich mir erlauben darf …« An dieser Stelle zögerte Decembrio einen Augenblick. »Ich würde sogar noch etwas weitergehen. Ich würde eine Stellvertreterhochzeit vorschlagen, als das Versprechen einer Ehe, versteht sich, die nochmals ganz formell zu vollziehen wäre, wenn die kleine Bianca Maria das richtige Alter erreicht haben wird, doch auf diese Weise erhalten beide Seiten eine verbindliche Absichtserklärung. Derzeit würde Bianca Maria daher nicht in Erscheinung treten, weil sie noch zu jung ist.«

»Und Francesco Sforza ebenso wenig, denn ich werde persönlich dafür sorgen, ihn in den Krieg zu schicken. Genial, Decembrio, wirklich genial. Auf diese Weise sichere ich meiner Tochter die Erbfolge.«

»So ist es, Majestät.«

»Also machen wir es so, wie Ihr vorgeschlagen habt. Auf diese Weise schlage ich zwei Fliegen mit einer Klappe: Ich mache Agnese glücklich und schaffe mir zugleich die Savoyen vom Hals.«

Filippo Maria Visconti sah seinen Berater scharf an. »Wenn es schiefgeht, mache ich Euch persönlich dafür verantwortlich.«

Bei diesen Worten überkam Pier Candido Decembrio unweigerlich ein Schauer des Schreckens, doch im Vertrauen auf seinen guten Stern, der seine Taten leitete und dem politisch Gebotenen folgte, nickte er. Insgeheim hoffte er, das Schicksal möge ihm in der ein oder anderen Weise gewogen sein.

23. Konziliarismus

Kirchenstaat, Apostolischer Palast

Gabriele Condulmer sah Stefano Colonna an.

Man hatte eine Einigung erzielt. Zumindest im Augenblick schien Rom befriedet. Die Schatulle war zurück an ihrem Platz, und er konnte sich endlich wieder den alltäglichen Problemen widmen.

Die waren jedoch nicht leicht zu lösen, denn das Gespenst des Konzils von Basel stand dramatisch am Horizont. Eine der ersten Maßnahmen, die er ergriffen hatte, war die, die Versammlung aufzulösen, die auf dem Weg gewesen war, sich dem Diktat des Dekretes *Frequens* zu beugen, das aus dem Konzil von Konstanz hervorgegangen war.

Kaiser Sigismund, der erheblichen Druck ausgeübt hatte, das Konzil zu eröffnen, hatte diese Entscheidung nicht gerade begrüßt. Und auch die Konzilsväter waren zunehmend verärgert über die anschließende Einberufung des heiligen Kollegiums in Bologna. Das Ziel war klar – dem Konzil sollte seine Eigenständigkeit entzogen und die Versammlung wieder unter den direkten Einfluss des Papstes gebracht werden. Bestärkt in der Unnachgiebigkeit ihrer Haltung, hatten die Väter ihrerseits Eugen IV. nach Basel berufen und ihn auf diese Weise offen herausgefordert.

Aus diesem Grund war der Papst nun, gelinde gesagt, besorgt.

Bei ihm waren Stefano Colonna, sein Cousin Kardinal Antonio Correr und Ludovico Trevisan.

»Heiligkeit«, sagte Letzterer, »die Situation mit den Konziliaristen ist äußerst komplex.«

»Das ist mir bewusst, Kardinal«, erwiderte der Pontifex lakonisch. Er hatte in diesen Tagen das übliche Defilee aus Botschaftern und Gesandten empfangen, die aus allen Machtzentren der Halbinsel und dem Ausland gekommen waren. Jeden Monat statteten sie ihm aus den unterschiedlichsten Gründen einen Besuch ab, im Grunde ging es ihnen jedoch allen um dasselbe: darum, sich seine Gunst zu sichern. Es waren nicht nur die Diplomaten der verhassten Visconti oder der Medici, der Este, Gonzaga, des Königs von Frankreich oder Spanien, die versuchten, sein Wohlwollen zu erlangen, sondern sogar der Herrscher von Serbien oder die Königin von Zypern, und jeder mit größtmöglichem Aufwand an Mitteln und Männern, mit beeindruckenden Delegationen und ungeheuer prunkvoller Choreografie, nur allein, um ihn zu beeindrucken, sodass er am Ende eines solchen Tages – und so auch heute – völlig erschöpft war.

Dennoch gab er sich Mühe und versuchte, Trevisan mit einem Minimum an Zuversicht zu antworten. »Die Konzilsväter vertrauen auf den Willen meines Vorgängers und erwarten, dass ich mich nach Basel begebe, um ihnen meine Reverenz zu erweisen. Doch das wird nicht geschehen. Im Unterschied zu Martin V. war ich für meine Wahl am Ende nicht auf sie angewiesen und habe daher nicht die Absicht, Beihilfe zu meiner Delegitimierung zu leisten, die sie auf der

Grundlage nicht existierender Regeln und Grundsätze zu erreichen glauben.«

»Cousin«, merkte Antonio an, »was Ihr sagt, gereicht Euch natürlich zur Ehre, aber wir müssen im Auge behalten, was diejenigen behaupten, die auf der Vorherrschaft des Konziliums beharren. Nachdem es lange abgemeldet war, ist Rom gerade erst wieder zu eigener spiritueller Größe gelangt, und wenn es zutrifft, dass es, vorsichtig ausgedrückt, gefährlich ist, das Papstprimat zur Diskussion zu stellen, dann ist es ebenso riskant, den Dialog zu verweigern.«

»Soll ich vielleicht zustimmen?«, fragte Gabriele gereizt. »Damit würde ich es noch schlimmer machen, oder?«

»Das meine ich nicht. Aber wir müssen eine Strategie entwickeln.«

»Was das betrifft«, meldete sich Colonna zu Wort, »Seine Heiligkeit sprach darüber gerade erst mit mir, kurz bevor Ihr kamt.«

»Und was wisst Ihr von Kirchentheorie und dem Vorrang der päpstlichen Autorität, Messere?«, fragte Kardinal Trevisan mit kaum verhohlenem Argwohn.

»Gar nichts. Doch ich kann Euch jetzt schon sagen, dass meine Cousins aus dem Zweig der Genazzano, die derzeit den Streit um die Herrschaft in der Stadt scheinbar aufgegeben haben, sich in Wirklichkeit darauf vorbereiten, die Position Seiner Heiligkeit auch im Konzil anzufechten. Deshalb war ich gekommen, und darüber sprach ich. Es wird Euch nicht entgangen sein, dass es unter den Repräsentanten des Papstes einige gibt, die unter dem direkten Einfluss meiner Cousins stehen, und ich fürchte, ich weiß auch, worauf sie aus sind.«

»Drückt Euch klarer aus«, verlangte Antonio.

»Ich fürchte, sie arbeiten gemeinsam mit der unnachgiebigen Mehrheit der Konzilsväter an einer Möglichkeit, die Konfiszierung der Steuereinnahmen des Papstes anzuordnen und zu verlangen, dass sie an die Kurie gezahlt werden, die in Basel gebildet werden soll.«

»Wie bitte?« Antonio Correr war konsterniert.

»Das werden sie nicht wagen«, brüllte Trevisan, doch die Stimme drohte ihm zu versagen.

»Ich fürchte leider, dass Messer Colonna recht hat, meine Freunde«, sagte Papst Eugen IV. Dann seufzte er. »Selbst Kardinal Cesarini, der Vorsitzende der Papsternennung, scheint sich die sich abzeichnende Vorrangigkeit des Konzils zu wünschen.«

»Aber warum sollte er?«, fragte Trevisan bestürzt, der nicht fassen konnte, was der Papst da erläuterte.

»Weil er glaubt, dass das Konzil von Basel der einzige Weg sei, die Unterstützung von Kaiser Sigismund zu bekommen und somit die hussitische Ketzerei ein für alle Male auszurotten.«

»Immer noch diese elende Besessenheit«, stöhnte Antonio.

»Ganz zu schweigen davon«, mischte sich Stefano ein, »dass Antonio und Odoardo Colonna vorhaben, diesen Moment unserer Schwäche auszunutzen, sobald sich die Gelegenheit dazu bietet. Ich kenne sie und weiß, dass dieser Waffenstillstand nicht von langer Dauer sein wird.«

»Was also können wir tun?«, fragte Kardinal Trevisan.

»Zeigen, dass wir stark sind und Widerstand leisten«, war die Antwort des Papstes. »Während wir versuchen, auf jegliche erdenkliche Weise das Konzil zu delegitimieren, wird Messer Colonna sich nochmals darum bemühen, Antonio und Odoardo unter Kontrolle zu bringen. Ich weiß, dass das nicht viel ist, aber wir müssen an unseren Erfolg glauben. Es ist die einzige Möglichkeit, die wir haben.«

»Und wenn das nicht reicht?« Antonio war von dieser Strategie keineswegs überzeugt. »Wenn es uns nicht gelingen sollte, das Konzil außer Kraft zu setzen? Wenn es nicht gelingen sollte, die Angriffe der Colonna abzuwehren?«

»Wir müssen es schaffen! Unbedingt!«, schloss der Papst. »Oder es ist das Ende. Für uns und für Rom.«

24. Das Schicksal ist besiegelt

Kirchenstaat, Rom, Monti-Viertel

Sie hatten es so entschieden. Sie konnten nicht zulassen, dass dieser Mann weiter ihre Pläne durcheinanderbrachte. Schon einmal hatte er verhindert, dass etwas eigentlich Unausweichliches geschah. Und mit den Monaten hatte sie seine Speichelleckerei beim Papst zunehmend angewidert.

Ein kalter Wind peitschte durch Rom. Der Tiber war ein graues Band aus gefrorenem Wasser, die Wege durch das Monti-Viertel waren das reinste Labyrinth, kaum breit genug, um einen Karren oder eine verirrte Schafherde durchzulassen. Beherrscht von einer Reihe befestigter Türme, die von den mächtigsten Familien der Stadt errichtet worden waren, war das Viertel unheimlich und düster, besonders in einer Nacht wie dieser. Umso mehr, als sich dort ein Gewirr aus Loggien, Arkaden, Nischen und Balkonen auftat, das zahlreichen Halsabschneidern perfektes Terrain bot; sie gediehen dort wie Unkraut. Sich nach der Vesper dort aufzuhalten, konnte bereits verhängnisvoll sein.

Unbemerkt folgte Salvatore Colonna seinem Cousin. Er hatte ihn immer schon gehasst. Seit er den Waffenstillstand mit dem Pontifex ausgehandelt und der dafür die päpstliche Schatulle zurückbekommen hatte, die Antonio einbehalten hatte. Den wiederum bewunderte er. Das war ein echter Mann! Und er hatte das Vermögen des Genazzano-Zweigs der Colonna bewahrt. Nicht wie dieser Hasenfuß von Stefano, der sich mit den Brosamen zufriedengab, die ihm der verdammte venezianische Papst hinwarf und die Palestrina, deren Oberhaupt er war, zu Elend und unehrenhaftem Dasein verdammte.

Er strich seine langen Haare zurück und umfasste den Griff seines Dolches, den er unter dem wollenen Mantel verborgen hielt. Er zog die Kapuze fester um den Kopf, um sich vor dem kalten Regen zu schützen. So wäre er auch nicht sofort zu erkennen, sollte etwas schiefgehen.

Hinter ihm befand sich die dunkle Masse des Kolosseums, das in der Dunkelheit zu atmen schien, als sei es eine riesige mythische Gestalt, die darauf wartete, zu erwachen und die Stadt zu verwüsten.

Er passierte Santa Maria in Monastero. Kurz nahmen ihm die befestigten Mauern des Konventes die Sicht. Er ließ das Bogenportal links liegen. Jenseits des Fallgitters leuchteten die Fackeln auf, die ihre blutroten Feuerzungen auf den massigen Glockenturm warfen. Groß und mächtig ragte er über der Straße auf und glich, besonders in dieser nächtlichen Stimmung, einer apokalyptischen Vision.

Am Ende der Straße bog er nach rechts ab und befand sich vor San Pietro in Vincoli. Doch Stefano ging mit festem Schritt weiter zur Piazza della Suburra, wo sich Spelunken und Bordelle aneinanderreihten und die Dirnen ihre Körper feilboten, um die geheimsten und schändlichsten Wünsche menschlicher Verderbtheit zu befriedigen.

Er musste die Sache erledigen, ehe er dort ankam. Sonst würden zu viele Augen sehen, was er täte, und das konnte er sich nicht erlauben.

Stefano hoffte, möglichst früh in dem Viertel anzukommen, das mehr als jedes andere für Trostlosigkeit und Verderben stand. Wenn er gekonnt hätte, hätte er es vermieden, um diese Zeit das Haus zu verlassen, doch er hatte keine Wahl. Sein Cousin Odoardo hatte ihn darum gebeten; eigentlich hatte er es mehr befohlen und gedroht, er würde andernfalls für einen Skandal sorgen. Also hatte er tun müssen, was er verlangte. Das innere Gleichgewicht der Familie war gelinde gesagt labil, und in einer derart angespannten Grundstimmung, in der die Genazzano nur darauf warteten, ihm sein allzu papstfreundliches Verhalten zum Vorwurf machen zu können, hatte diese Drohung die Wucht eines Kanonenschusses.

Er war in der Via delle Sette Sale angekommen, als er hastige Schritte auf dem holprigen Kopfsteinpflaster hörte. Ihm blieb nicht einmal die Zeit, sich umzudrehen, als ihn jemand von hinten angriff und ihn gegen eine Mauer stieß. Er schlug mit der Schulter dagegen und spürte einen so mörderisch scharfen Schmerz, dass er zu Boden ging. Als er sich von der Überraschung erholt hatte, stützte er sich mit den Händen ab, um aufzustehen, doch der Angreifer packte ihn bei den Haaren, hob seinen Kopf an und schnitt ihm die Kehle durch.

Scharlachrot schoss ein Strahl Blut heraus. Er spürte, wie die Klinge des Dolchs zischend in seine Seite fuhr. Ein, zwei, drei Mal. Aber da hatten ihn die Kräfte bereits verlassen.

Sein Blick trübte sich.

Nebel und Dunkelheit ergriffen von ihm Besitz, und da begriff er, dass er sterben würde.

Im Licht einer Fackel erblickte Salvatore das, was von Stefano übrig war. Sein Cousin lag in einer Pfütze aus dunklem Blut. Sechsmal hatte er mit dem Dolch zugestochen. Er trocknete sich den kalten Schweiß ab, der von seiner Stirn rann. Dann sah er sich um. Er konnte niemanden ausmachen.

Er ließ Stefano dort liegen, wo er mit aufgeschlitzter Kehle die Straße besudelte.

Mit ein bisschen Glück hätte er genug Zeit zu verschwinden.

Er versteckte den blutigen Dolch im Mantel und rannte dorthin zurück, woher er gekommen war.

Als er wieder bei San Pietro in Vincoli angekommen war, ging er langsamer.

Nun war er wieder ruhig und gefasst: Bald würden die Colonna wieder die mächtigste Familie der Stadt sein.

25. Auf dem Weg zur Nachfolge

Herzogtum Mailand, Castello di Porta Giovia

Er hatte es geschafft. Die Räume waren mit Seide und Damast dekoriert. Die Tische bogen sich vor Zuckermandeln und Konfekt. Auf großen Silbertabletts lagen alle guten Gaben Gottes. Agnese sah traumhaft aus, und sein Hofstaat war ein Aufgebot an reich gekleideten Edelmännern und -frauen.

Keine Spur von Bianca Maria. Von Francesco Sforza ebenso wenig. Dabei feierte man ihre Hochzeit. Pier Candido Decembrio lächelte. Der Herzog von Mailand war glücklich. Er hatte seine Nachfolge gesichert, und die beiden Frauen, die er liebte, so gut versorgt, wie es besser nicht möglich war. In Agneses Augen lag eine Dankbarkeit, von der er nicht geglaubt hatte, dass er sie jemals in seinem Leben sehen würde. Er hatte etwas Unvorstellbares vollbracht.

Maria von Savoyen blieb im Turm eingesperrt. Der Herzog hatte nicht die Absicht, sich das Fest vom langen Gesicht einer Frau verderben zu lassen, die zu heiraten ein Fehler gewesen war. Amadeus von Savoyen hatte damit nur eines bewiesen: dass er ein unnützer Verbündeter war, schlimmer noch, einer, der nicht vertrauenswürdig war.

Filippo Maria wusste, dass er keine Freunde hatte, und daher war das Einzige, was er verfolgte, sein eigenes Wohlergehen. Viele erklärten sich zu seinen Verbündeten, doch die einzige Person, die ihn nie verraten würde, war Agnese del Maino. Da war er sich sicher, er würde sein Leben darauf verwetten.

Sie saß an seiner Seite. Er nahm ihre Hand, strich über ihr zartes Handgelenk. Ihre Haut war wie Samt. Er verschränkte seine Finger mit ihren und bewunderte den flammend roten Rubin und die leuchtenden Saphire, die er ihr geschenkt hatte. Agnese lächelte. Ihre Zähne waren wie Perlen, die Lippen wie Korallen, so rot. Dem Herzog hüpfte das Herz vor Freude.

Die Truchsesse schnitten das gebratene Wildschwein auf. Ein Mundschenk hatte den besten Wein der Region aufgemacht. Türme aus kandiertem Ingwer und Zuckerskulpturen zierten die Tafel.

Alles war perfekt. Wenigstens einmal war er wirklich glücklich. War das wirklich möglich? Froh und mit sich im Frieden zu sein? Ihm passierte das sonst nie. Doch in diesem Augenblick gab er sich vielleicht zum allerersten Mal ganz der unverhofft gelösten Stimmung hin.

Diese raue und wilde Zeit hatte ihn gelehrt, dass nichts ihm solche Geborgenheit geben konnte wie die Zuneigung seiner Lieben. Ansonsten sah er sich jeden Tag nur heuchlerischen Hofschranzen ausgesetzt, die einzig und allein daran interessiert waren, seine Gunst zu gewinnen, und zwar mit dem Ziel, die eigenen Privilegien zu festigen. Die Männer und Frauen von diesem Schlag waren umso gefährlicher, als sie ihr Mäntelchen stets in den Wind hängten, der ihnen Vorteile bringen konnte. Das war die einzige Flagge, der sie folgten. Und damit waren sie weit mehr zu fürchten als Feinde, die sich in offener Feldschlacht erkennbar gegen ihn zusammenrotteten.

Aus diesem Grund beneidete er Francesco Sforza. Denn er verstand es wenigstens, es mit Carmagnola oder Gianfrancesco Gonzaga aufzunehmen. Im Kampf konnten sie auf ehrenhafte Weise feststellen, wer von ihnen der Bessere sei. Venedig und Florenz waren heimtückische und janusköpfige Widersacher. Dasselbe ließe sich von Savoyen sagen, der versprochen hatte, ihn zu unterstützen und im Geheimen mit der Serenissima Ränke schmiedete. Und was sollte man zum Papst sagen? Auch in diesem Fall war es Venedig gelungen, einen ihrer eigenen Männer durchzusetzen, und so war der Kirchenstaat unversehens zu feindlichem Gebiet geworden, wie zum Beweis, dass sogar in Rom, in der Ewigen Stadt, die Machtverhältnisse unbeständig waren und stets eine Gefahr darstellten.

Er wusste, dass er nicht für immer leben würde. Und diese Verlobung sicherte seine Nachfolge. Er hatte sich entschlossen, auf Francesco Sforza zu setzen. Er wusste noch nicht, ob er sich in der Zukunft vor dessen wachsender Macht in Acht nehmen musste. Doch es war klar, dass seine kleine Bianca Maria über ihn wachen würde. Sie war ein vernünftiges Mädchen von starkem Charakter und würde zu einer außergewöhnlichen Frau heranwachsen, da war er sich sicher. Schon jetzt zeigte sie eine Neigung zu kommandieren, die ihn ebenso rührte wie ihre Loyalität ihm gegenüber. Sie war zwar erst sieben Jahre alt, aber Filippo Maria wusste, dass sich solche Tugenden bereits in der Kindheit ausbildeten, und wenn sie richtig behandelt wurden, konnten sie sich weiterentwickeln und blieben bis zum Erwachsenenalter erhalten. Er wusste das, denn bei ihm war es genauso gewesen, und er sah bei Bianca Maria dieselbe Entschlossenheit, Zielstrebigkeit, den eisernen Willen und die innere Stärke wie bei sich selbst. Er stellte es auch bei den Fechtstunden fest.

Seine kleine Tochter verfügte also über all seine Vorzüge und vielleicht sogar noch mehr.

Niemand würde ihr jemals etwas antun. Er würde sie beschützen. Und eines Tages würde sie ihren Vater beschützen.

Die Festlichkeiten dauerten an. Die schmiedeeisernen Leuchter verbreiteten das Licht von Hunderten von Kerzen. Von den Gästen waren Scherze und Gelächter zu hören, Francesco Sforza war weit weg, auf dem Schlachtfeld.

Eines Tages jedoch würde er zurückkommen und seinen Preis einfordern. Dieses Mädchen, das er, Filippo Maria, so liebte.

Er spürte, wie seine Gewissheiten einen Riss bekamen.

Er sah Agnese an und lächelte.

Wenigstens heute Abend wollte er nicht daran denken.

Er würde sich zu gegebener Zeit damit befassen.

26. Im Vorzimmer

Republik Venedig, Dogenpalast

Sie hatten ihn dringlich einbestellt. Giovanni de Imperiis war mit tadellosen Beglaubigungsschreiben nach Brescia gekommen, und man hatte ihm befohlen, sich so schnell wie möglich nach Venedig zu begeben. So hatte er sich entschlossen aufzubrechen. Unterwegs hatte man ihm zu Ehren Festlichkeiten abgehalten, was ihn in Alarmbereitschaft versetzt hatte.

Er ahnte Schlimmes. Vielleicht lag es am Wetter. Es regnete in Strömen, und ein scharfer Wind peitschte über die Bucht von San Marco. Trotz des schweren Mantels mit dem Pelzkragen, den er fast bis zu den Wangen eng um sich gewickelt hatte, spürte Francesco Bussone die schneidende Kälte, die ihm in die Knochen drang. Er sah, wie die an den *briccole* festgemachten Boote auf den Wellen tanzten, das dunkle Wasser der Lagune schien unter den Regentropfen geradezu zu brodeln.

Wie immer wurde er von Giovanni begleitet. Er war einfach gekleidet und hatte nicht einmal einen Mantel an. Er trug ein Wams, das bis zum Hals geknöpft war und unten an den Ärmeln Bänder hatte, außerdem einen *lucco* aus schwarzem Samt.

Carmagnola hustete. Seit ein paar Tagen hatte er Halsschmerzen, die nicht weggehen wollten. Doch trotz des Sauwetters und des prasselnden Regens betrachtete er ganz gebannt die Fassade des Palazzos: die elegante Loggia, die Säulen, den wunderbaren Balkon vor der Sala del Maggior Consiglio.

Im Schutz des Säulenganges meldete er sich bei der Palastwache und wurde, nachdem er sich ausgewiesen hatte, eingelassen. Giovanni und er passierten die Porta del Frumento, durchschritten den Hof und wurden von den Wachen über eine innenliegende Treppe in den ersten Stock geführt.

Als sie beim Salone della Libreria, der Bibliothek, angekommen waren, sagte man ihnen, sie sollten warten. Der Doge Francesco Foscari fühle sich nicht gut und benötige ein wenig Zeit, um zu ihnen zu kommen.

Carmagnola nickte. Dankbar sah er auf das Feuer, das im großen Kamin knisterte, der sich in der Mitte des Saals befand. Nachdem er seinen nassen Mantel über die Lehne eines Stuhls gehängt hatte, trat er näher, um die Wärme zu genießen; allmählich kehrte ein Lächeln auf sein Gesicht zurück. Während er wartete, ließ er seinen Blick über die Rücken der vielen Bände der Bibliothek schweifen. Die Regale reichten bis zur Decke und waren randvoll mit Manuskripten.

»Endlich im Trockenen, Giovanni! Wenn wir schon warten müssen, dann wenigstens im Warmen«, rief Carmagnola. Er sagte das, wie um sich Mut zu machen, denn die Vorstellung, gefangen genommen worden zu sein, nagte an ihm. Doch am Ende überzeugte er sich selbst, dass dies nur eine seltsame Idee von ihm war und dass er nichts zu befürchten hatte.

Sein Knappe nickte.

Die Decke zierte ein ganz unglaubliches Fresko.

Carmagnola vertrieb sich die Wartezeit ein wenig damit, es zu betrachten.

»Siehst du, Giovanni«, sagte er mit gewissem persönlichem Stolz, »anders als es immer heißt, sind nicht alle Kriegsherren ungebildete Flegel. Was mich angeht, weiß ich solch ein Meisterwerk wie das über unseren Köpfen sehr wohl zu schätzen. Findest du nicht auch, dass die Ritter in ihren Rüstungen geradezu majestätisch aussehen? Und was sagst du erst zu ihren gewaltigen Rössern, den schmuckvollen Schabracken und der Stadt mit ihren Türmen im Hintergrund? Es ist wirklich ein atemberaubendes Werk, nicht wahr?«

Der junge Schildknappe stimmte erneut zu. In seinem Blick schien eine Veränderung vor sich gegangen zu sein, doch Carmagnola konnte es nicht deuten. Bestimmt hatte ihn die Tragödie in Friaul verändert. Der Hauptmann hätte nicht sagen können, was es war, doch er war sich vollkommen darüber im Klaren, dass etwas in Giovanni für immer zerbrochen war, und was ihn daran am meisten bekümmerte, war das Bewusstsein, ihn enttäuscht zu haben.

Während er die freskierten Figuren bewunderte, überkam Francesco Bussone noch einmal dieses eisige Gefühl, das ihn ergriffen hatte, kaum dass die Wachen ihn in diesem wunderbaren Saal allein gelassen hatten. Es war eine Unruhe, die von Augenblick zu Augenblick größer wurde und ihn an vergangene Tage erinnerte, als sich eine ganz ähnliche Situation im Castello di Porta Giovia zugetragen hatte. Er musste daran denken, wie er vergeblich auf Filippo Maria Visconti gewartet hatte.

Und hier, im Herzen des venezianischen Machtbereichs, bekam er Angst. Er zeigte sie natürlich nicht, doch je länger es dauerte, bis der Doge sich zeigte, merkte er, wie alte Ängste auflebten, die er überwunden geglaubt hatte.

Hatte Venedig also sein doppeltes Spiel durchschaut? Wussten sie von seiner Hinhaltetaktik zugunsten des Herzogs von Mailand?

Er seufzte. Als er erneut die Decke mit den Fresken betrachtete, hatte er das Gefühl, dass die Ritter, die die Darstellung glanzvoll und in leuchtenden Farben bevölkerten, ihn im nächsten Augenblick angreifen würden. Es kam ihm vor, als würden sie sich von der Decke lösen, um auf ihn loszugehen und ihn über die Klinge springen zu lassen.

Er ließ sich auf einen Sitz fallen, streckte die Beine aus und musterte den Saal mit halb geschlossenen Augen. Er hätte sich am liebsten in den Schlaf geflüchtet, um nicht an das Drama denken zu müssen, das er einst durchlebt hatte und das sich jetzt zu wiederholen schien. Angst machte ihm die Brust eng.

Er hatte das Gefühl, ein kalter Wind führe ihm durch die Knochen, als seien die Flammen im großen Kamin zu Eiszungen geworden. Er wusste nicht, wer geplaudert hatte, doch je mehr Zeit verging, desto klarer wurde ihm, dass der Doge sich nicht mit ihm treffen würde.

Seine Hoffnung, ungestraft davonzukommen, schwand dahin. Es war, als würde die Stille ihn mehr anklagen als tausend Worte.

Als er begriff, dass bereits Stunden vergangen sein mussten, angesichts der Tatsache, dass es aufgehört hatte zu regnen und das Licht draußen bereits viel schwächer war, entschied er sich zu gehen.

Er stand auf und nahm seinen Mantel. »Giovanni, wir gehen. Wir haben lange genug gewartet.«

Er öffnete die Tür und fand eine Wache vor.

»Führt mich hinaus«, knurrte er.

Ohne etwas zu sagen, nickte der Soldat zustimmend und führte ihn den Flur entlang, der auf eine steile Treppe zulief.

Im Hinuntergehen hörte er, wie seine Schritte auf den marmornen Stufen nachhallten, und Carmagnola war sich sicher, dass sein Ende nahe war. Als sie den Säulengang erreicht hatten, der zu den Verliesen führte, kamen ihnen zwei Wachpatrouillen entgegen. Ein Soldat löste sich von den anderen und wies ihm den Eingang zu den Pozzi. So wurden die Kerker im Dogenpalast genannt.

Francesco Bussone blickte die Venezianer an. »Ich sehe wohl, dass ich verloren bin«, flüsterte er. Und während ihn zwei von ihnen übernahmen, wobei jeder ihn an einem Arm ergriff, fiel ihm auf, dass Giovanni blieb, wo er war.

Augenblicklich wurde Carmagnola alles klar, doch er hatte nicht einmal mehr die Kraft, etwas zu sagen, denn diese Entdeckung hatte ihm das Herz zerrissen.

Also wandte er seinen Blick von ihm ab und ging seinem Schicksal entgegen.

27. Erdrückende Beweise

Niccolò Barbo betrat die Sala del Consiglio dei Dieci wie ein Wirbelsturm. Seine neuen Kollegen begriffen sofort, dass er etwas Wichtiges mitzuteilen hatte, so triumphal war sein Auftritt, und das Lächeln, das seine Lippen umspielte, war verdächtig. Der Doge hingegen, der sehr wohl wusste, worum es ging, sah äußerst finster drein.

Aus diesem Grund bedeutete er ihm, unverzüglich Platz zu nehmen. »Messer Barbo, ich weiß, dass Ihr aufregende Neuigkeiten mitbringt. Ihr habt das Wort, scheut Euch nicht!«, sagte er und nickte bekräftigend, als wolle er ihn ermuntern, möglichst schnell die Enthüllungen bekannt zu geben, von denen sie beide wussten.

Doch Niccolò Barbo brauchte gewiss keine Ermutigung oder Aufforderung. Er hatte schon geraume Zeit sehnsüchtig auf diesen Augenblick gewartet. Nachdem er seinen Platz eingenommen hatte, warf er einen Blick in die Runde der Mitglieder des Consiglio und referierte dann in aller Ausführlichkeit, was er zu sagen hatte.

»Verehrte Mitglieder dieses Hohen Rates«, begann er mit machtvoller Stimme, jedes Wort betonend, als spreche er ein Todesurteil, »wie von unserem Dogen gewünscht, habe ich in den letzten Monaten möglichst eingehende Nachforschungen zu Carmagnola angestellt. Und zwar mit dem Ziel, die Verdachte, die wir ihm gegenüber seit einiger Zeit hegen, in Gewissheiten zu überführen, die unanfechtbar belegt sind. Nun, ich darf Euch sagen, dass meine Nachforschungen von Erfolg gekrönt waren.« Messer Barbo macht eine lange Pause, um die Wirkung dessen, was er zu sagen hatte, noch zu verstärken. »Seit einigen Jahren nun schon steht einer meiner Männer in engem Kontakt zu Francesco Bussone. Bisher war es ihm nicht gelungen, mir Dokumente oder Erklärungen beizubringen, die Carmagnolas Unredlichkeit nachweisen würden, doch jüngstens wurde meine Geduld belohnt. Die Identität meines Informanten kann ich nicht aufdecken, doch worauf es ankommt, ist, dass er mir die folgenden Dokumente beschafft hat.«

Bei diesen Worten hielt Niccolò Barbo ein Bündel Papiere in die Höhe. Das tat er mit solchem Nachdruck und so vollkommen unerwartet, dass ein Gutteil der Mitglieder des Rates der Zehn die Pergamentbögen anstarrten, als hätte man sie aus einem heiligen Buch herausgerissen. »Auf diesen Seiten werdet ihr die Beweise für den Verrat Francesco Bussones finden. Es handelt sich um einen Brief, unterschrieben vom Herzog von Mailand, in welchem Letzterer unseren Hauptmann auffordert, seine Aktionen zu verschleppen und sich nötigenfalls zu weigern, gegen das Mailänder Heer zu ziehen. Mehr noch! Filippo Maria Visconti bat Carmagnola, Cavalcabò beim Angriff auf Cremona nicht zu Hilfe zu kommen. Und Ihr wisst bestens, wie die Sache ausgegangen ist!«, stellte er vehement fest und schwenkte die Papiere durch die Luft. »Doch das ist immer noch nicht alles!«

»Wirklich?«, fragte Pietro Lando ungläubig. »Kann es etwas noch Ungeheuerlicheres geben als das, wovon Ihr bereits gesprochen habt?« Diese Worte hingen förmlich in der Luft. Es waren zwar nur einige Augenblicke, doch im Saal schien sich eine Blase der Erwartung auszudehnen, die jeden Augenblick platzen konnte, sobald sich jemand entschied, etwas dazu zu sagen.

»Was Euch Messer Barbo gesagt hat, ist absolut richtig, doch es gibt noch mehr«, fuhr der Doge an seiner Stelle fort. »Filippo Maria Visconti hat unseren Hauptmann nicht nur ersucht, nicht zu kämpfen, er hat ihn sogar bestochen. Er bot ihm Geld und Ländereien für seine Tatenlosigkeit.«

Nun erhob sich ein ganzer Chor von Stimmen, wie um die Tragweite dieser Aussage hervorzuheben.

»Um genau zu sein, hat er ihm fünfhundert Dukaten und die Ortschaft Paullo angeboten. Wie Ihr selbst sehen könnt, befinden sich unter den Schriften, die Messer Barbo Euch zeigte, auch Dokumente, die Eigentumszuweisungen an den fraglichen Ländereien bescheinigen, aufgesetzt von den Juristen seiner Gnaden, des Herzogs von Mailand. Überflüssig zu sagen, dass Carmagnola sie allesamt angenommen hat.«

»Verräter!«, brüllte Pietro Lando.

»Er hat den Tod verdient!«, schrie Lorenzo Donato.

Auch die anderen Mitglieder des Consiglio stimmten in die vielfältigen und furchtbaren Verwünschungen und Drohungen ein.

Doch Francesco Foscari, der eine solche Reaktion vorhergesehen hatte, stand auf und verlangte Aufmerksamkeit. »Signori, ich bitte Euch, ich verstehe Eure Bestürzung, ja sogar die Wut, die solche Enthüllungen in Euch auslösen. Nehmt jedoch zur Kenntnis, dass ich bereits eine Entscheidung zum weiteren Vorgehen getroffen habe.« Und als wolle er deutlich machen, dass das Gesagte maßgeblich und unumstößlich sei, hob der Doge die Arme. »Ich habe den Hauptmann bereits in den Dogenpalast rufen lassen. Und allein um ihm klarzumachen, dass ich kein Dummkopf bin, habe ich ihn warten und im eigenen Saft schmoren lassen. Damit er begreift, dass wir über alles Bescheid wissen. Dass Venedig Bescheid weiß. Aus genanntem Grund habe ich Haftbefehl gegen Francesco Bussone erteilt und ihn in die Kerker der Serenissima werfen lassen, aus denen er nicht mehr herauskommen wird. Dort kann er vor sich hin faulen, bis ihm der Prozess gemacht und er rechtskräftig verurteilt wird. Wir werden selbstverständlich den Ausgang dieses Prozesses abwarten, doch ich gestehe Euch, dass ich angesichts der Vergehen, derer er sich schuldig gemacht hat, hoffe, dass ihm der Kopf abgeschlagen wird.«

Der letzte Satz durchschnitt die Luft wie eine Klinge und ließ alle verstummen. In diesen Worten lag unbestreitbare Schicksalhaftigkeit, und sie enthielten über Carmagnolas Todesurteil hinaus die Unsicherheit, was die Zukunft nach der Hinrichtung des Oberbefehlshabers der Terraferma bringen würde. Die Angreifbarkeit der venezianischen Macht stand allen klar vor Augen. Sicher, sie hatten Carmagnolas doppeltes Spiel aufgedeckt, aber wie konnten sie sicher sein, dass ein neuer Heerführer sich anders verhalten würde?

Sich auf seine Autorität besinnend, griff Francesco Foscari diese Unruhe auf und fasste sie in seine eigenen Worte, mit denen er die Mitglieder des Consiglio dei Dieci zu beruhigen hoffte: »Ich weiß, was Euch Sorgen bereitet, meine Freunde. Heute haben wir die Machenschaften und das doppelte Spiel Carmagnolas aufgedeckt, doch wer steht bei etwaigem neuerlichem Verrat an der Serenissima für uns ein? Ich will Euch keine Lügen auftischen, und daher gebe ich Euch die einzig mögliche Antwort: niemand. Wahr ist jedoch, dass schon seit einiger Zeit ein Mann darauf brennt, der neue Oberbefehlshaber des Heeres zu werden, und sein Name ist Gianfrancesco Gonzaga. Er ist der Einzige, der dem Markuslöwen in all diesen Jahren treu geblieben ist. Auch als er unter dem Banner der Visconti kämpfte, tat er dies nur, weil er wusste, dass der Herzog unser Verbündeter ist. Er hat immer gewusst, auf welche Seite und in wessen Namen er sich zu schlagen hatte. Mehr noch als Colleoni! Mehr als Cavalcabò! Aus diesem Grund hoffe ich, dass der Senat ihm so bald als möglich die Ehre des Kommandos erweisen wird.«

Bei diesen Worten trat in der Zuhörerschaft eine Veränderung ein. Es wäre zu viel gesagt gewesen, dass die zehn Mitglieder des Consiglio nun vollkommen beruhigt gewesen wären, aber der Doge hatte ihnen durch seine Unbeirrbarkeit eine Lösung aufzeigen können.

Als er den Saal verließ, folgten ihm die Ratsmitglieder einer nach dem anderen. Vielleicht war noch nicht alles verloren.

28. Mastro Michele

Herzogtum Mailand, Castello di Abbiate

Der Maler ging mit langsamen, schwingenden Schritten.
Sein langes schwarzes Haar fiel ihm in ungeordneten
Locken ins Gesicht. Mit seinen fast bläulichen Reflexen sah
es aus wie das Gefieder eines Raben, dachte Agnese. Etwas
an ihm verriet Unruhe, sein Schatten vielleicht, der sich jetzt
auf dem Holz des Fußbodens ergoss, als könnte er im
nächsten Augenblick zu Fleisch und Blut werden, sich erheben und ihr das Herz rauben.

Michele da Besozzo war eingemummt in einen dunklen
Mantel, der silbern gesäumt war. Aus den Stofflagen lugten
jedoch gelegentlich seine bleichen, mageren Arme hervor.
An seinen Händen schimmerten Ringe mit roten, blauen
und grünen Steinen, eingefasst in Gold, die das Licht Dutzender Kerzen reflektierten.

Agnese liebte dieses warme Licht und bat immer darum,
dass so viele Kerzen brannten wie nur möglich.

Seit er den Raum betreten hatte, in den sie sich gern zurückzog, um sich der Lektüre und dem Studium zu widmen,
konnte sie die Augen nicht von ihm abwenden. Er war einzigartig, ein wacher Vertreter eines Stils der Malerei, der
sich von den Schulen des Nordens inspirieren ließ. Es hieß,

er sei viel herumgekommen, und zwar nicht nur in Italien; er kenne Geheimnisse, die der Allgemeinheit der Menschen verborgen blieben.

Wie sie ihn so auf sich zukommen sah, schlaksig, eingewickelt in diesen schwarzen Mantel, mit seinen gepflegten Händen voller Ringe und seinen mandelförmigen grünen Augen, war Agnese einfach hingerissen, erst recht, weil er seinen Blick, der so tiefgründig war wie ein dunkler Brunnen, auf sie heftete.

»Euer Gnaden«, sagte der Maler, als er vor ihr stand, mit einer eleganten Verbeugung. Er schien von Natur aus etwas Vornehmes an sich zu haben – dieser gertenschlanke Körper unter dem Mantel, so biegsam, als bestünde er nur aus Sehnen und nicht aus Fleisch, bewegte sich in völliger Harmonie zu dem Raum, der ihn umgab.

Er schien von einer langen Reise zu kommen. Wenn nicht gar aus einer anderen Welt.

»Mastro Michele, ich danke Euch, dass ihr so bereitwillig meinem Ruf gefolgt seid!« Man hörte ihren Worten eine natürliche Bewunderung für diesen Mann an, der sie mit seinem einzigartigen Auftreten neugierig gemacht und in ihr einen unerwarteten Schauder ausgelöst hatte. Sie wusste nicht, wie sie es erklären sollte, doch dieser Künstler übte eine seltsame Anziehung auf sie aus, die keineswegs körperlicher Natur war, sondern den Geist ergriff und ihren Willen zu watteweichem Nebel schmelzen ließ.

»Mia Signora, jeder Eurer Wünsche ist mir Befehl.«

Agnese lauschte dieser tiefen und wohlklingenden Stimme. Er gefiel ihr. Mehr als sie gedacht hatte. Sie ermahnte sich zur Ruhe. Sie hatte ihn gewiss nicht rufen lassen, um sich mit Taschenspielertricks bezirzen zu lassen.

Doch von seiner Person ging etwas Mächtiges und Unwiderstehliches aus.

»Mastro Michele, ich habe Euch hergebeten, weil ich Euch beauftragen möchte, etwas ganz Besonderes für mich anzufertigen.«

Der Maler nickte.

»Ich bitte Euch, setzt Euch.« Agnese wies Michele da Besozzo den Platz am Tisch ihr gegenüber an. »Ich hoffe, Ihr habt mir etwas mitgebracht, das Ihr mir zeigen könnt, denn glaubt mir, ich habe Wunderdinge über Euch gehört.«

»Spielt Ihr auf etwas Bestimmtes an?«, fragte der Maler, und in seiner Stimme lag etwas Keckes.

»Es heißt, Ihr habt die ganze Welt bereist, insbesondere die Reiche des Nordens, um die Geheimnisse der Kunst von Männern wie Meister Francke zu erfassen – die Farben, das Licht, den Goldauftrag, die unglaublichen Techniken der Miniaturmalerei. Ich bitte Euch, zeigt mir etwas und erzählt mir von Euren wechselvollen Erlebnissen. Das Vorhaben, das ich Euch unterbreiten möchte, dient dem Ziel, den Herzog von Mailand zu erfreuen. Es ist etwas Ungewöhnliches und in gewisser Hinsicht Magisches, etwas sehr Persönliches und Kostbares, und Ihr, Ihr allein könnt meinen Traum verwirklichen.«

Michele nahm gegenüber von Agnese Platz. Zuvor jedoch zog er unter dem Mantel eine Ledertasche hervor, die er auf den Tisch legte. Er entnahm ihr Bücher und kleine Zylinder, die sich gleich darauf als zusammengerollte Leinwände erwiesen.

»Ihr habt recht, ich bin in diesen Jahren viel gereist. Ich bin am Hof des Herzogs Johann von Berry gewesen und konnte das Meisterwerk der Brüder von Limburg bewun-

dern, das Stundenbuch des Herzogs von Berry, das Buch mit
der Darstellung der zwölf Monate, das ihnen unvergänglichen Ruhm einbrachte. Ich war geblendet von der Strahl-
kraft der Farben und den reichen Verzierungen in Gold.
Ganz zu schweigen von der Komposition, durch die jede
einzelne Miniatur Teil eines Gesamtentwurfes und reich an
Bedeutung ist. Die Damaszierung und das rote Seidenban-
ner im Januar, der Februar mit der vollkommen von Schnee
bedeckten Landschaft, das Bearbeiten des Ackers und die
Aussaat im März, weiter April, Mai und Juni mit einem
ganzen Inventar an Formen und Bilderfindungen wie dem
blauen Schiefer auf dem Dach des Schlosses von Poitiers.«
Mastro Michele seufzte voller Bewunderung, als raube ihm
die Erinnerung an jene Meisterwerke den Atem. »Es gibt so
viel Schönheit in dieser Welt, mia Signora, auch wenn der
Mensch sie nicht erfassen kann. Und deshalb, denke ich,
sollte man sich nur einer sehr aufmerksamen, feinfühligen
Frau anvertrauen, einer, die voller Anmut und Leidenschaft
ist und daher von Haus aus an Sprachen gewöhnt, die von
einer Welt erzählen, die wir einfach nicht sehen können. Ja,
ich bin viel gereist, bei Regen und Schnee, unter sengender
Sommersonne und über vereiste Ebenen im Winter; ich war
in Prag, in Böhmen und habe die drei erstaunlichen Tafeln
des Meisters von Wittingau gesehen. Ich war absolut ergriffen von *Christus auf dem Ölberg*, der *Grablegung Christi*
und der *Auferstehung*. Wer je das flammende Rot ihrer Gewänder, das Gold ihrer Heiligenscheine, den melancholisch
leidenden Ausdruck der Figuren gesehen hat, ist sprachlos.
Von Prag aus bin ich in die Hansestädte gereist: Bremen,
Lübeck, Danzig, Riga. Und war ergriffen vom Polyptychon
des Barbara-Altars von Meister Francke.«

Mit diesen Worten öffnete Mastro Michele einige Bücher und erläuterte ein Gemälde – Agnese wurde Zeugin eines wahren Wunders. Die Figuren, die sie sah, waren gleichermaßen überwältigend und geheimnisvoll. Sie sah rote Drachen und Wanderprediger, Sibyllen, Magier und Astronomen, Hirten und Heilige, Seefahrer, Hydren mit sieben Köpfen, Greife mit gespreizten Flügeln, Ritter mit langen Lanzen, Damen mit rabenschwarzem Haar und gekreuzigte Königinnen, sie sah Schädel, in denen Schlangen hausten und Flüsse aus geschmolzenem Kupfer, ziegenfüßige Teufel, Bogenschützen, bereit, Brandpfeile abzuschießen, silberne Türme und brennende Rosenbüsche, blaue Lilien, vom Feuer geschwärzte Talismane und Forken sowie schiefergrauen Himmel, blutrote Meere, gold- und edelsteingedeckte Paläste, Schlösser weiß wie Elfenbein. In diesen Phantasmagorien erblickte sie Dinge zum Lachen wie zum Weinen, so groß war die visuelle Kraft der wunderbaren Darstellungen auf dem Pergament. Agnese musste den Blick abwenden, denn angesichts der Fülle der Figuren schien sie nicht mehr klar sehen zu können.

Sie seufzte und stand unvermittelt auf, wobei sie den Stuhl weit vom Tisch abrückte.

»Ich brauche frische Luft«, sagte sie und lief, ohne noch etwas hinzuzusetzen, zur Tür.

»Wartet hier auf mich, Mastro Michele.«

Ohne sich noch länger aufzuhalten, eilte sie so schnell wie möglich den Flur hinab, um wieder das Mondlicht und die wirkliche Welt zu sehen.

29. Ein hinterhältiger Pakt

Kirchenstaat, Gasthaus Zum blinden Wächter

Es stimmt also wirklich? Dieser blutrünstige Verrückte hat einen Mord begangen?«

Odoardo sah Antonio an. Sein Bruder wollte es nicht glauben, doch Salvatore hatte es immer gesagt. Die Tatsache, dass sie ihn nicht ernst genommen hatten, änderte nichts an der Realität. Doch Antonio schüttelte weiter den Kopf, als könnte Stefanos Tod auf diese Weise plötzlich zu purer Einbildung werden.

»Wir können eine solche Sache nicht einfach auf sich beruhen lassen. Andernfalls sind wir die Nächsten.«

»Ganz zu schweigen davon, dass der Papst allen Grund hätte, uns für den Tod der einzigen Person verantwortlich zu machen, die imstande war, eine Brücke zwischen uns und ihm zu schlagen.«

Antonio nickte. »Ja, da habt Ihr absolut recht.«

»Was machen wir also?«, fragte Odoardo, während die Wirtin ihnen eine Platte mit gebratener Gans brachte.

Sein Bruder schnitt sich einen Schenkel ab, und nachdem er seinen Becher randvoll mit Wein gefüllt hatte, begann er zu essen. Er musste nachdenken.

Odoardo wusste, dass er ihn nicht unterbrechen durfte.

Außerdem war er es gewesen, der eine Frage gestellt hatte, also musste er sich Antonios Tempo fügen. Eigentlich war es immer so. Er beneidete ihn in gewisser Hinsicht. Auf bestimmte Ideen kam er selbst gar nicht erst. Im Grunde auf gar keine Idee, um die Wahrheit zu gestehen. Er war ein Praktiker, ein Mann der Tat. Nicht, dass Antonio das nicht gewesen wäre, doch er verstand es auch, einen Plan zu entwerfen oder eine Intrige zu spinnen. Ihm hingegen lagen solche Dinge denkbar fern. Selbst sich eine List auszudenken war ihm nicht möglich.

»Wir müssen ihn töten. Es geht nicht anders. Doch es muss wie ein Unfall aussehen.«

»Ist das alles?« Mehr hatte er in der ganzen Zeit nicht ausgeheckt?

»Keineswegs! Denkt doch mal nach: Einerseits müssen wir deutlich machen, dass wir die Familie anführen und keinerlei Spaltung dulden, erst recht keine Morde. Andererseits müssen wir jeglichen Verdacht von uns ablenken, damit man uns nicht der Rache und Vergeltung beschuldigen kann.«

»Und das heißt?«

»Das heißt, wir werden Stefanos Gemahlin Sveva und seine Mutter Chiarina bitten, beim Papst vorzusprechen.«

»Seine Frau und seine Mutter?«

»Natürlich.«

»Aber ...«

»So werden wir den Papst zwei Dinge glauben lassen, die unserer Sache äußerst dienlich sind. Erstens, dass wir versucht haben, innerhalb unserer Familie eine friedliche Lösung herbeizuführen, ohne Waffen. Und zweitens, dass wir wieder auf seiner Seite stehen.«

»In Wirklichkeit aber?«

»In Wirklichkeit werden wir ihn uns so bald wie möglich vom Hals schaffen.«

»Ihr beliebt zu scherzen?«

»Nicht im Mindesten.«

»Ihr wollt den Papst umbringen?«

Antonio schlug mit der Faust auf den Tisch. »Schreit nicht so, Idiot! Wollt Ihr, dass sie uns von hier bis zur Engelsburg hören?«, zischte er durch die zusammengepressten Zähne.

»Seid Ihr sicher, dass Ihr das tun wollt?«, fragte Odoardo nochmals, diesmal leiser.

»Selbstverständlich. Denkt doch endlich mal nach, vorausgesetzt, Ihr seid dazu imstande. Wenn wir Sveva und Chiarina schicken, um mit dem Venezianer zu sprechen, sorgen wir für Waffenruhe.«

»Einverstanden. Doch warum sollten sie das tun?«

Antonio verdrehte die Augen zur Decke. Er war entnervt. Wenn er gekonnt hätte, hätte Odoardo ihm am liebsten ein Messer zwischen die Rippen gerammt, doch er musste sich zurückhalten und sogar dankbar sein. Denn ohne seinen Bruder würde er diese Kopfnuss niemals lösen.

Antonio seufzte. »Weil wir versprechen werden, Stefano zu rächen, ohne dass man ihnen auf die Spur kommt. Sie werden ihre Vergeltung bekommen, ohne etwas zu riskieren. Dafür werden wir sorgen. Habt Ihr es nun begriffen?« Und als wollte er seiner Frustration damit Ausdruck verleihen, begann er ungestüm ein Stück Brust von der Gans zu schneiden. Dann riss er wie ein wildes Tier mit den Zähnen große Fetzen heraus und stopfte sie sich in den Mund.

Dieser Anblick war abstoßend genug, um Odoardo davon Abstand nehmen zu lassen, nach weiteren Erklärungen zu fragen.

Er stand auf. »Sprecht Ihr mit ihnen«, sagte er und machte sich auf den Weg.

Antonio nickte.

Odoardo grüßte mit einem Kopfnicken, dann drehte er sich um und hob den schweren Samtvorhang an, um den Raum des Wirtshauses zu verlassen, den die Wirtin eigens für sie reserviert hatte. Wie jedes Mal.

»Eins noch«, sagte Antonio.

Odoardo blieb stehen.

»Kein Wort, zu niemandem.«

Odoardo drehte sich zu Antonio um. Sein Bruder aß immer noch von der gebratenen Gans. Wieder grub er sein Gesicht in das Fleisch. Dann schaute er auf und begann zu kauen. Mit dem soßenverschmierten Zeigefinger deutete er auf ihn. »Habt Ihr verstanden?«

Odoardo hätte sich am liebsten übergeben.

»Habt Ihr verstanden?«, wiederholte Antonio.

Odoardo nickte.

Dann ließ er den Vorhang hinter sich fallen, um seinen Bruder nicht mehr sehen zu müssen.

Er befand sich nun im Hauptraum des Wirtshauses. Die Gäste an den Tischen tranken Rotwein und aßen Fleischpasteten. Ein paar üppige Kellnerinnen trugen Tonkrüge von einer Seite zur anderen.

Odoardo ging an den Tischen und dem Tresen vorbei. Die Worte seines Bruders summten ihm noch in den Ohren. Er wusste, dass dessen Drohungen nicht nur so dahingesagt waren. Er hasste ihn. Doch er konnte nicht ohne ihn auskommen. Er war sich vollkommen darüber im Klaren, dass er nicht den Mumm hatte, ihn umzubringen. Denn er war viel stärker und gnadenloser als er selbst.

30. Die Tarotkarten

Herzogtum Mailand, Castello di Abbiate

Agnese fasste sich. Sie strich ihr Haar glatt und merkte, dass sie nun zum Maler zurückkehren konnte. Die frische Luft dieser Frühlingsnacht hatte ihr gutgetan. Sie ging wieder hinein. Ihr war bewusst, dass sie nicht unempfänglich war für die geheimnisvolle Anziehungskraft dieses Mannes und seiner Bilder, doch zumindest für diesen Augenblick schien es ihr gelungen zu sein, den Bann zu brechen.

Und so betrat sie erneut den Saal.

Mastro Michele schien keinen Finger gerührt zu haben.

Alles sah genauso aus, wie sie es verlassen hatte.

Nun gut, sie wusste, was sie ihn fragen wollte.

»Alles in Ordnung, mia Signora?«, fragte der Maler und lächelte sie an.

Agnese konnte nicht ausmachen, ob sein Lächeln aufmunternd gemeint war oder ob Genugtuung darin lag.

»Ja. Ich brauchte ein wenig frische Luft.«

Michele da Besozzo nickte. »Ihr seid eine empfindsame Frau, das sehe ich genau. Nur wenige Menschen sind angesichts der Schönheit dieser Farben so aufgewühlt.«

»Meint Ihr?«

»Diese außergewöhnliche Kunst eignet sich nicht für alle. Sie hat etwas Dämonisches an sich, etwas, das man nicht verstehen kann, das aber gleichzeitig die Seele zu entflammen und die Sinne zu rauben vermag. Es liegt wie ein feiner Schleier darüber, die Grenze ist fließend, ein schmaler Grat, doch sie ist stark genug, denjenigen zu überwältigen, der sich auf sie einlässt.«

»Genauso ist es.«

»Das verstehe ich.«

»Aus diesem Grund habe ich Euch rufen lassen, und nun frage ich Euch, was ich vorhin nicht fragen konnte.«

»Worauf wollt Ihr hinaus, mia Signora?«

»Sind Euch auf Euren Reisen jemals Spielkarten untergekommen? Wenn ich nicht irre, nennt man sie in Florenz Naibbe und hat sie verboten. Und doch bin ich sicher, dass sie in Spanien und andernorts noch in Gebrauch sind.«

»Selbstverständlich, Euer Gnaden. Auf meinen langen Wanderungen von einem Reich zum anderen habe ich verschiedenste Ausführungen gesehen, unter denen mich das *Stuttgarter Kartenspiel* vielleicht am stärksten beeindruckt hat. Darf ich fragen, was ich für Euch tun soll?«

»Ich möchte, dass Ihr ein spezielles Kartenspiel für Filippo Maria Visconti, den Herzog von Mailand anfertigt. Er ist ein leidenschaftlicher Anhänger alles Okkulten, und das Studium, der Umgang und das Spiel mit solchen Karten würde ihm größtes Vergnügen bereiten.«

»Ich denke, ich weiß, was Euch vorschwebt, mia Signora«, bemerkte Mastro Michele und zauberte ein Deck Karten hervor. Sie waren etwa handtellergroß und so reich mit Gold verziert, dass sie einiges Gewicht hatten. »Ich habe diese Karten während meines Aufenthaltes in Venedig von einem mamlukischen Krieger bekommen. Wie Ihr sehen könnt, sind sie in vier Farben unterteilt: Münzen, Schwerter, Stäbe und Kelche. Jede Farbe besteht aus zehn durchnummerierten Karten und drei weiteren mit Figuren, insgesamt sind es also zweiundfünfzig Karten. Im Unterschied zum *Stuttgarter Kartenspiel* sind die Personen nicht figürlich dargestellt, sondern durch Beschriftungen in Goldbuchstaben bezeichnet, denn die Vorschriften des Islam verbieten bildliche Darstellungen von Männern oder Frauen.«

Agnese war beeindruckt von den Formen, Farben und den fantasievollen Verzierungen. Als sie das Ass der Münzen in die Hand nahm, war ihr, als würde die Karte Wärme verströmen. Sie hielt sie in Händen und bemerkte eine noch neue Empfindung, so als würde ihr allein ein ganz besonderer Schatz gehören. Wenn sie Filippo Maria etwas Derartiges als Geschenk anfertigen ließe, wäre er bestimmt für immer der ihre.

»Wisst Ihr, Michele – ich hätte gern, dass Ihr noch etwas mehr macht.«

»Ich höre.«

»Nun, ich dachte – warum nicht die Zahl der Figuren erhöhen? Es wäre doch schön, mit den Farben, dem Goldauftrag, den Verzierungen, Licht und Schatten spielen zu können, eine Möglichkeit, die sich in der Gestaltung solcher Figuren und wundervoller Bilder bietet, wie Ihr sie mir gerade erst gezeigt habt. Ihr könntet doch genau die Anregungen nutzen, die Ihr aus den Gemälden und Miniaturen gewonnen und die Ihr so schätzen gelernt habt, dass Ihr sie in Euren Arbeiten aufgreift. Was meint Ihr, könntet Ihr mir einen derartigen Wunsch erfüllen?«

»Etwas Besseres kann ich mir nicht vorstellen, mia Signora. Solltet Ihr mich um etwas dergleichen bitten, werde ich zum Kartendeck der Mamluken noch weitere Figuren hinzufügen, sodass ich für den Herzog etwas wirklich Einzigartiges erschaffen kann.«

»Das wäre wunderbar, Mastro Michele. Insbesondere, wenn Ihr die Bilder noch vielschichtiger machen könntet, mit noch mehr symbolischen Gegenständen, metaphorischer in gewisser Weise, sodass sie voller Bedeutung sind und alte Mysterien enthalten. Was mich an dem, was Ihr mir gezeigt habt, so beeindruckt hat, ist ebendieser mehrschichtige Bedeutungsgehalt, der in den Figuren angelegt ist. In gewisser Hinsicht ist es so, als ob alle Spieler, oder vielleicht sollte ich besser sagen, alle Betrachter, sich gleichen und doch auch voneinander unterscheiden. Wenn es Euch gelingt, die Monatsdarstellungen der Brüder von Limburg, die Stationen der Passion Christi aus dem Wittingauer Altar und die Enthüllungen aus dem Polyptychon des Barbara-Altars aus der Hand von Meister Francke zusammenzuführen, könnte daraus, so denke ich, ein Juwel von unschätzbarem Wert entstehen.«

»Das ist eine großartige Idee, Euer Gnaden. Ich muss sagen, dass ich ernsthaft beeindruckt bin. Niemand hat mir bisher eine derartige Auftragsarbeit angeboten, und ich gebe zu, dass ich begeistert und geschmeichelt bin. Und Ihr habt recht – ich glaube auch, dass seine Hoheit, der Herzog von Mailand, großen Gefallen daran finden wird, ein Kartenspiel wie dieses zu besitzen. Es wäre etwas Einzigartiges und ausdrücklich für ihn gedacht. Nun verstehe ich, warum er so sehr in Euch verliebt ist. Ihr seid eine außergewöhnliche Frau, mia Signora.«

»Ihr schmeichelt mir, Mastro Michele.«

»Nicht im Geringsten. Ich sage nur, was ich denke.«

Dann, ganz gewohnheitsmäßiger Darsteller, ließ er mit der Kunstfertigkeit eines Magiers die Karten wieder in den Falten seines Mantels verschwinden. Desgleichen ließ er die Bücher und Leinwände mit einer geschickten und genau bemessenen Handbewegung wieder in die Ledertasche gleiten.

Mastro Michele war im Begriff, sich zu verabschieden.

Agnese erlaubte ihm, sich zurückzuziehen.

»Ich erwarte, von Euren Fortschritten im Hinblick auf unser Projekt zu erfahren«, sagte sie. Dann fügte sie hinzu: »Da ich wünsche, dass diese Angelegenheit absolut geheim bleibt, zumindest bis Ihr das Werk nicht vollendet habt, werdet Ihr Euch immer direkt an mich wenden. Hier«, sagte sie schließlich und öffnete ein Schubfach, dem sie einen ledernen Geldbeutel entnahm und dem Maler aushändigte. »Damit Ihr nicht mit leeren Händen geht.«

Mastro Michele hörte die Dukaten klimpern. »Unendlichen Dank, mia Signora. Ich verspreche Euch, dass die Arbeit Euren Anforderungen genügen wird.«

»Nichts Geringeres erwarte ich von einem Künstler wie Euch.«

Der Maler nickte.

»Ihr könnt gehen, Mastro Michele.«

Er ließ sich nicht bitten. Rasch stand er auf, und mit einer ausladenden Bewegung seines schwarzen Mantels, der sich wie der Flügel eines Raben in die Luft erhob, begab er sich zur Tür.

31. Das Schafott

Auf der Piazzetta San Marco drängte man sich. Trotz des Regens der letzten Tage war es ein wundervoller Morgen. Die Sonne strahlte vom Himmel und beleuchtete die Lagune, sodass das Becken von San Marco aussah, als wäre es aus Perlmutt. Die hölzerne Tribüne, auf der der Doge saß, war schlicht und ohne jede Verzierung, doch glatt poliert, als hätten die Tischler sie perfekt machen wollen. Der Doge saß auf einem eleganten Sessel inmitten der Mitglieder des Consiglio dei Dieci, die in ihren schwarz-roten Roben zu beiden Seiten aufgereiht saßen. Gemeinsam repräsentierten sie unübersehbar die venezianische Macht und waren daher von einer feierlichen und Ehrfurcht gebietenden Präsenz, die sich von der Menschenmasse hier abhob, die sich aus Anlass der Hinrichtung eingefunden hatte.

Alles war hergerichtet. Das Schafott war zwischen der Säule des heiligen Markus und der des heiligen Theodorus aufgebaut. Der Henker umfasste das Beil, die Klinge glänzte. Eine angenehme Brise war aufgekommen und trug den salzigen und leicht brackigen Geruch der Lagune mit sich. Ein schöner Tag, um zu sterben.

Carmagnola kam auf einem Karren, gezogen von einem müden Maultier. Er trug ein scharlachrotes Wams, eine Samtkappe und eine karmesinrote Jacke. Die Hände waren ihm auf dem Rücken zusammengebunden, ein Knebel hinderte ihn am Sprechen. Doch das Wimmern, das er ab und an hören ließ, begleitet von Versuchen, sich zu befreien, als die Wachen ihn in Empfang nahmen, um ihn zum Schafott zu führen, brachte die raunende Menge zum Verstummen.

Es hatte weniger als einen Monat gedauert, ihn zu verurteilen. Wider Erwarten war die Folter schnell gegangen, denn der Hauptmann hatte sich sofort ergeben; geschwächt von den Tagen der Gefangenschaft in den Pozzi hatte er beinahe umgehend gestanden, was ohnehin bereits durch die Papiere bewiesen war. Bis auf einen, der sich enthalten hatte, hatten ihn alle Richter für schuldig erklärt.

Das Grautier teilte die Menge zu beiden Seiten, bis es schließlich am Fuße des Schafotts ankam und stehen blieb. Der Kutscher stieg vom Bock. Die Wachen packten Carmagnola und übergaben ihn dem Henker, der ihm ohne viel Umschweife zwischen die Beine trat. Carmagnola fiel um wie ein Sack Zwiebeln und krachte mit einem trockenen Geräusch mit den Knien auf die hölzernen Planken des Schafotts. Er ließ einen Klagelaut hören, der durch den Knebel noch beunruhigender klang. Speichel lief ihm aus den Mundwinkeln.

Einige Frauen bedeckten sich bei diesem abstoßenden Anblick die Augen.

Der Henker riss dem knienden Carmagnola die Kappe ab, packte ihn bei den Haaren und legte seinen Kopf auf den Holzklotz.

Auf der Tribüne erhob sich eines der zehn Ratsmitglieder. Es war Niccolò Barbo. Mit fester Stimme verlas er die rituellen Formeln: »Francesco Bussone, Graf von Castelnuovo Scrivia, Chiari und Roccafranca, genannt Carmagnola – im Namen des Dogen Francesco Foscari und der Republik Venedig verurteile ich Euch zum Tode wegen Hochverrates.« Dann setzte sich der venezianische Patrizier wieder.

Danach ergriff der Henker das Beil und hob es über den Kopf.

Im nächsten Augenblick ließ er es mit aller Kraft herabfahren. Ein dumpfer und zugleich schlüpfriger Ton war zu hören. Als der Henker das Beil wieder anhob, sahen alle, dass Carmagnola tot war, nur war sein Kopf keineswegs vom Rumpf getrennt. Der Henker hob das Beil ein zweites Mal.

Blitzend fiel die Klinge erneut herab. Der Henker hob sie hoch, doch der Kopf saß immer noch an Ort und Stelle.

Bis es dem Henker schließlich im Schweigen allgemeiner Abscheu beim dritten Schlag gelang, die Leiche Carmagnolas zu enthaupten.

Da bückte sich der Scharfrichter, packte den Kopf an den Haaren und hob ihn in die Höhe, um ihn dem Publikum zu zeigen, und zwar vor allem der Tribüne des Dogen und der Mitglieder des Consiglio.

Grabesstille lag über der Piazza. Selbst das Kreischen der Möwen war verstummt. Jemand bekreuzigte sich. Ein anderer entfernte sich vom Ort des Todes, wobei er förmlich die Luft anhielt.

In dieser finsteren und unwirklichen Atmosphäre erhob sich der Doge Francesco Foscari und verkündete mit heiserer Stimme: »Das geschieht mit denen, die die Serenissima verraten.«

Dann setzte er sich, bleich im Gesicht.

Bleich waren auch die Ratsmitglieder. Ebenso all jene, die die Piazza bevölkerten. Das Bild von Carmagnolas Kopf, der sich beharrlich weigerte, sich vom Körper zu lösen, hatte sie alle erschüttert.

Während der Platz sich leerte, dachte Niccolò bei sich, dass das, was gerade geschehen war, ein schlechtes Vorzeichen war.

32. Familienangelegenheiten

Kirchenstaat, Palazzo Orsini

Sveva betrachtete Antonio mit Abscheu. Er und seine Brüder hatten noch vor wenigen Tagen Krieg gegen Stefano geführt, und nun kamen sie, um ihr eine denkbar schändliche Abmachung vorzuschlagen. Antonio hatte ihr bei Stefanos Begräbnis bereits eine kurze Andeutung gemacht. Und sie ahnte schon, dass sie nicht umhinkommen würde, darauf einzugehen. Denn was er ihr sagen wollte, konnte sie sich nur allzu gut vorstellen, es war die einzige Möglichkeit, den Tod ihres geliebten Gemahls zu rächen, der von diesem Verrückten Salvatore Colonna in einer Nacht in Rom in der Suburra wie ein Hund ermordet worden war. Die Gendarmen hatten ihn in einer Blutlache vorgefunden, der Körper durch Messerstiche übel zugerichtet. Sie konnte nichts beweisen, doch sie wusste ganz genau, dass ihn dieser blutrünstige Cousin umgebracht hatte. Er hatte es unzählige Male angekündigt. Und nun hatte er es getan.

Also konnte sie nicht einmal behaupten, sie sei nicht gewarnt worden.

Es war zum Verzweifeln. Und so stand sie nun da in Trauerkleidung. Die schwarze Haube hielt ihre kastanienbraunen Haare zusammen, das dunkle Kleid stand in scharfem Kontrast zur blassen Haut, die vor Schmerz regelrecht bläulich war.

Nach der Trauerfeier hatte Antonio keine Zeit verloren und sich umgehend zu ihr und Stefanos Mutter begeben. Sie lebten seit einiger Zeit zusammen, und nun waren sie beide Witwen. So fügte sich eine Tragödie zur anderen. Sie wusste, dass ihre Schwiegermutter sie nie so recht gemocht hatte; sie fand, sie sei zu schön, zu unverfroren und habe ihrem Sohn jeden Tag aufs Neue Schwierigkeiten bereitet.

Das musste man sich mal vorstellen! Wenn es einen Mann gab, der ihre Schönheit zu schätzen gewusst hatte, dann der arme Stefano. Doch Chiarina war weiterhin der Meinung, sie tauge nichts, und auch jetzt schien ihr vorwurfsvoll gouvernantenhafter Blick ihr trotz des strengen Kleides sagen zu wollen, dass sie zu auffällig gekleidet war. Das einzige Geschöpf, dem gegenüber sie milder gestimmt war, war die kleine Imperiale – ihre Tochter, der einzige Grund zu leben. Dieses kleine Mädchen mit den kastanienbraunen Haaren, das jetzt in einem weit entfernten Flügel des Palastes bei der einzigen Hofdame schlief, die ihr weiterhin treu ergeben war, war alles, wofür sie zu kämpfen bereit war.

Antonios Besuch fand nicht ohne Grund statt.

Er hatte sich zur Stunde der Komplet, des Nachtgebetes, zu ihnen begeben, und anders als sonst, wo man das Hufgetrappel der Pferde seiner Eskorte bereits eine Meile weit hörte, war er ganz im Geheimen gekommen. Er hatte diesen dezenten Auftritt nicht etwa aus Respekt gegenüber dem verstorbenen Verwandten gewählt, sondern hatte vielmehr zu viel Aufsehen vermeiden wollen. Auf diese Weise hatte Sveva ihn bei seinem Eintreten als das wahrgenommen, was er war: eine schleichende Schlange, die sich vom Leid anderer nährte. Er hatte zunächst Chiarina die Hand geküsst und dann sie umarmt, wobei er sie die ganze Zeit angestarrt hatte wie Rindfleisch in der Auslage beim Metzger. Sveva wusste, dass sie ihm gefiel, aber sie hätte sich lieber in Stücke hauen lassen, als ihm auch nur ein Lächeln zu gönnen.

»Meine Damen«, sprach Antonio sie an, »auch wenn dies ein denkbar schlechter Moment ist – blutet doch mein Herz wegen Stefanos Tod –, komme ich zu Euch, um Euch eine Bitte vorzutragen, die hoffentlich auf Eure Zustimmung stößt.« Er wirkte nervös und versuchte, über seine große Anspannung hinwegzutäuschen, indem er den Salon, in dem er empfangen worden war, mit großen Schritten durchmaß.

»Wir hören, Antonio«, erwiderte Sveva kühl.

»Nun gut, wir wissen genau, wer hinter der niederträchtigen Tat steckt, die Stefanos Tod herbeigeführt hat.«

»Sprecht den Namen dieses Mannes nicht aus«, kreischte Chiarina mit schriller Stimme.

»Das werde ich nicht«, versicherte Antonio. »Es mag zwar geschehen sein, doch hinzunehmen ist es nicht.«

»Was wollt Ihr damit sagen?«, fragte Stefanos Mutter weiter. Sie war so klein und dürr, dass sie an ein Vögelchen erinnerte. Ihre braunen Augen nahmen sich in dem knochigen Gesicht mit den markanten Wangenknochen riesig aus.

»Dass der Tod Eures Sohnes gerächt werden wird.«

»Darauf könnt Ihr schwören!«, gab Chiarina mit unerwarteter Bestimmtheit zurück. Sveva und Antonio waren völlig baff.

»Ah«, sagte daher Letzterer nur, überrumpelt.

»Was verlangt Ihr im Gegenzug?«, wollte sie wissen, während Sveva nur erstaunt die Augen aufriss.

»Mia Signora, Ihr seid eine Frau, die sagt, was sie denkt.«

»Ich hasse es, Zeit zu verlieren.«

»Wenn das also Euer erklärter Wille ist, werde ich Euch genau sagen, was ich von Euch will. Sobald ich eine Möglichkeit gefunden habe, Euren Sohn und« – er wandte sich an Sveva – »Euren Gemahl zu rächen, werde ich Euch bitten, den Papst um ein Treffen zu ersuchen, das den Zweck hat, für uns einzutreten und darauf hinzuweisen, dass es nicht die Colonna aus Genazzano waren, die Stefano umgebracht haben. Ich bitte Euch darum, weil weder ich noch meine Brüder das Vertrauen des Papstes genießen.«

»Aufgrund Eures unverzeihlichen Verhaltens«, wetterte Sveva, die Antonio nicht vergeben konnte, dass er sich dem Papst gegenüber so feindselig gebärdet hatte, nur um die zu Unrecht von Martin V. verliehenen Privilegien behalten zu können. Bis hin zum Einbehalten der päpstlichen Schatulle, um sie dann auch noch als Tauschware zu handeln.

»Das mag sein, Madonna. Ich weiß, dass ich kein Heiliger bin. Wenn ich es wäre, könnte ich auch kaum das tun, was ich mit Salvatore tun werde, meint Ihr nicht?« Antonio Colonna hatte die Unverschämtheit, dabei auch noch zu lächeln.

»Keine Sorge«, schnitt ihm Chiarina das Wort ab. »Ich persönlich hege nicht dieselben Vorbehalte wie meine Schwiegertochter, seht es daher als abgemacht an.«

»Sehr gut«, rief Antonio. »Dann, meine Damen, lasst mich sagen, dass wir von nun an ein Abkommen haben. Ein Leben im Tausch gegen ein anderes. Ich werde dafür sorgen, dass Salvatore Colonna nicht mehr unter den Lebenden weilt, und Ihr garantiert mir, dass Eugen IV. mich in Ruhe lässt und in mir nicht den Mörder von Stefano sieht. Was ich nicht bin, also werdet Ihr lediglich dafür sorgen, mir Gerechtigkeit widerfahren zu lassen.«

»Antonio, Ihr widert mich an!«, rief Sveva aus. »Hättet Ihr nicht die Genazzano gegen die Palestrina aufgewiegelt, wären wir jetzt vielleicht gar nicht erst hier, um darüber zu sprechen, wie wir den Tod meines Gemahls rächen können.«

»Sveva!«, schrie Chiarina.

»Still! Ich bin noch nicht fertig! Die Tatsache, dass ich Euch heute bei dieser grauenvollen Aktion helfe, bedeutet nicht, dass ich Eure Freundin bin, vergesst das nicht.«

»Das denke ich keineswegs. Ich glaube vielmehr, dass Ihr trotz Eurer Anschuldigungen und scheinbaren Einwände eine Frau seid, die mindestens so blutdurstig ist wie Eure Schwiegermutter. Wenn nicht noch mehr!«

»Wie könnt Ihr es wagen, so mit mir zu sprechen?«

»Euer Gemahl wurde vor Kurzem getötet, doch ich sehe bei Euch keine Tränen.«

»Ich würde mir eher einen Arm abschneiden lassen, als vor Euch zu weinen. Und nun verlasst mein Haus, oder ich schwöre, dass ich meine Diener rufen werde, um Euch in Stücke hauen und den Hunden zum Fraß vorwerfen zu lassen.«

Antonio hob die Hände zum Zeichen der Ergebung. »Schon gut, schon gut, was für eine Wut, du lieber Himmel! Überbringt wenigstens der kleinen Imperiale meine ehrerbietigsten Grüße.« Dieser letzte Seitenhieb ließ Sveva zu Eis gefrieren. An Chiarina gewandt sagte er: »Kann ich auf Euch zählen, was die Unterredung mit dem Papst angeht, Madonna?«

»Das haben wir Euch versprochen. Nun geht«, schloss Chiarina eisig.

»Ausgezeichnet«, sagte Antonio Colonna.

Er richtete einen letzten Blick auf Sveva, die ihn nicht erwiderte. Er sah, wie sie vor Wut kochte.

Schließlich verabschiedete er sich mit einer tiefen Verbeugung.

33. Nächtlicher Spaziergang

Kirchenstaat, Parione-Viertel

S alvatore war einigermaßen angeheitert aus dem Wirtshaus gekommen. Er hatte den Abend damit zugebracht, Rotwein zu trinken und Würfel zu spielen, wobei er ein hübsches Sümmchen gewonnen hatte. Seit ein paar Tagen war er in einer merkwürdig euphorischen Stimmung, die durch überraschendes Glück im Spiel noch gesteigert wurde. Seinen Cousin Stefano umgebracht zu haben gab ihm ein Gefühl der Leichtigkeit. Vielleicht, weil er sich bis zu dem Augenblick, in dem er ihm die Klinge in den Brustkorb gerammt hatte, gefragt hatte, ob er dazu fähig sei. Doch dann war ihm klar geworden, dass es ihm nicht nur keine Angst gemacht hatte, einen Mann zu töten, sondern dass es ihm sogar gefallen hatte. Eine unbekannte Energie durchströmte ihn und erfüllte ihn mit einem neuen Selbstbewusstsein. Die Vorstellung, sich als einen wirklich gefährlichen Mann ansehen zu können, einen echten Mörder, verschaffte ihm einen besonderen Nervenkitzel. Endlich wusste er, was er im Leben machen wollte. Er würde sich nicht länger dem Willen von Antonio und Odoardo Colonna beugen, er würde sich alles nehmen. Er wusste, dass er auf seinen unnützen Bruder Lorenzo nicht zählen konnte, doch das würde ihn bestimmt nicht aufhalten. Niemals!

Also hatte er sich nach Hause begeben, unsicher auf den Beinen, doch mit leichtem Kopf. Zumindest der nächtliche Himmel war wundervoll: eine sternengesprenkelte dunkle Decke. Die milde Luft des Spätfrühlings zerzauste ihm die wilde Mähne, die er mit Stolz trug.

Er hatte den Campo de' Fiori hinter sich gelassen und die beiden kleinen Kirchen von der Piazza in Agone. Es erschien ihm schon halbwegs wie ein Wunder. Aber der Weg war noch weit. Er überquerte die Piazza, bog nach links ab, und gleich darauf tauchte in einer engen Straße der enorme Umriss eines mittelalterlichen Turms vor ihm auf, der baufällig und vollständig aufgegeben worden war. Er wusste, dass er ihn hinter sich lassen musste, also ging er weiter. Der beißende Geruch nach Urin traf ihn mit voller Wucht. Das Viertel, durch das er ging, war einigermaßen verrufen. Es versank in einen Zustand absoluten Niedergangs. Er meinte ein paar Ratten durch den Lichtkegel der einzigen Fackel flitzen zu sehen, die brannte; sie steckte in einer eisernen Halterung, die am Turm befestigt war.

Am Turm angelangt, dort wo ein übel riechendes Gässchen abging, stieß er auf einen unerwarteten Anblick. Ein mit Heu beladener Karren blockierte mitten in der Nacht die gesamte Straße, sodass es kein Vorbeikommen gab, außer man bog in die Gasse ab.

Ohne zu zögern, hielt sich Salvatore nach rechts. Als er ein Stück gegangen war, stand er vor einer Ziegelmauer. Er drehte sich um, und was er da sah, gefiel ihm ganz und gar nicht.

Vor ihm standen vier Kerle. Sie trugen schwarze Mäntel und Kapuzen und hatten Fackeln und Schwerter in den Händen. Überrascht war er nicht. Diese Gegend war in der Hand von Banden von Kriminellen und Halsabschneidern. Doch auch im schwachen Licht der Fackeln konnte er erahnen, dass die Männer unter den Mänteln zu elegant gekleidet waren, um zu einem zusammengewürfelten Haufen von Banditen zu gehören.

Salvatore begriff, dass sie seinetwegen da waren.

Im Hell und Dunkel der Fackeln sah er, dass der Karren zum Eingang der Gasse verschoben worden war.

Es war alles arrangiert. Mit einer furchtbar banalen List hatten sie ihn wie eine Maus in die Falle gelockt.

Er war verloren.

Mit der Rechten umklammerte er das Kurzschwert, das er immer bei sich trug. Aber er hatte nicht einmal mehr die Zeit, es zu ziehen, als sich ihm etwas eiskalt ins Fleisch bohrte. Jemand hatte ihn ins Herz getroffen. Er rang nach Luft, während seine Klinge scheppernd zu Boden fiel.

Dann fiel er vornüber und tat keinen Atemzug mehr. Sein Angreifer war wie der Blitz verschwunden und ließ ihn auf dem Pflaster verenden.

Der Mörder, der das Oberhaupt der Bande zu sein schien, sagte: »Nehmt diesen Bastard und legt ihn unter das Heu auf dem Karren. Schafft ihn Euch am Tiber vom Hals. Bindet ihm vorher einen Stein um den Hals. Ich will nicht, dass er wieder auftaucht oder ihn jemand findet. Auf gar keinen Fall. Schnell jetzt, macht schon, bevor die Gendarmen kommen.«

Während seine drei Begleiter den Leichnam einsammelten, indem sie ihn übers Pflaster zerrten und auf die Ladefläche des Karren warfen, unters Heu, schob der Angreifer die Kapuze zurück, die ihm über die Augen gerutscht war.

Die weiß melierten schwarzen Haare von Antonio Colonna wurden vom rötlichen Licht der Fackeln beleuchtet.

Er lächelte ins Dunkel hinein.

Das Gröbste war geschafft. Nun war es an Sveva und Chiarina, ihr Versprechen zu halten.

34. Der Apostolische Palast

Kirchenstaat, Apostolischer Palast

Der Apostolische Palast war ein echtes Labyrinth. Sveva Orsini wusste genau, dass es keine Kleinigkeit war, eine Audienz beim Papst zu bekommen. Andererseits hatte ihr Name einiges Gewicht, und das erlittene Unrecht war von vergleichbarer Schwere, sodass sie berechtigterweise erwartete, Seine Heiligkeit könne eine Ausnahme machen und sie und ihre Schwiegermutter empfangen, ohne dass sie lange antichambrieren mussten.

Gemeinsam mit Chiarina folgte sie einem eifrigen Beamten der Kanzlei, der schnellen Schrittes durch das Labyrinth der Gänge und Räume eilte, aus denen die römische Kurie bestand.

Wie ihnen ihr Cousin, Kardinal Orsini, gesagt hatte, war dieser Ort ein echter Turm zu Babel. Die Kurie war in unzählige Trakte unterteilt. Sie waren nach einer hierarchischen Ordnung strukturiert, die sich an Kriterien jeweiliger Nähe orientierte – von Verwandten des Papstes bis hin zu den Verwaltungsbüros.

Und gemäß ebendieser Kriterien hatte Eugen IV. die Verwaltung seines persönlichen Besitzes, des finanziellen Rahmens, der ihm in seiner Eigenschaft als Papst überlassenen

Güter, der Schatzkammer, des Etats sowie der Bewirtschaftung und Ausstattung der Palazzi dem engsten Kreis seiner Freunde und Verwandten und mithin seinem eigenen Haus anvertraut. Des Weiteren gab es die Kämmerei, in deren Händen die Anschaffung von Juwelen, Textilien, Gerätschaften, beweglichen Gütern verschiedenster Art lag, sowie eine »Kapelle des Papstes«, die sich um die Planung und richtige Ausführung der Gottesdienste kümmerte, also um sämtliche Feierlichkeiten und Prozessionen und alles, was dazugehörte, seien es Dekorationen, Standarten, Reliquiare, Aufträge und Lieferungen aller Arten. Ferner hatte Eugen IV. ein Gremium von Ärzten verlangt, dessen Leitung dem von ihm hoch geschätzten Ludovico Trevisan übertragen worden war.

Auf ihrem Weg zum Treffen mit dem Papst, über Flure und vorbei an Büros jeglicher Größe und Funktion, stießen Sveva und Chiarina auch auf eine Bäckerei und eine Weinkellerei, in denen eine ganze Zahl Laufjungen und Diener damit beschäftigt war, den Bedarf an Lebensmitteln der Kurie zu decken und deren Wünsche zu erfüllen. Und auf den Marstall, zuständig für Fragen des Transportes und des Postwesens. Des Weiteren auf das Almosenamt, beauftragt, die Armen, Einsamen und Bedürftigen zu empfangen, die eine regelrechte Prozession der Bettler bildeten, in Lumpen gekleidet und im Begriff, Kleidung und Brot für den nächsten Tag zu erbetteln.

Sveva traten beim bloßen Anblick dieser Unglücklichen die Tränen in die Augen; augenblicklich löste sie die Verschnürung ihrer eigenen Börse, um alles zu verteilen, was sie bei sich hatte. Als ihr die Münzen ausgingen, hatte sie sogar ihre Taschentücher, Handschuhe und den silbernen

Pomander weggegeben, unter den ungläubigen Blicken der Umstehenden. Eine Frau mit schmutzigen Haaren und kaputten Zähnen starrte sie verzückt an, als sei sie die Jungfrau Maria höchstpersönlich.

Der Hofbeamte brach bei dieser rührenden Szene beinahe in Tränen aus, ganz ergriffen von so viel Großzügigkeit. Ihre Schwiegermutter hingegen, die da aus ganz anderem Holz war, hatte sie missbilligend beobachtet und den Kopf geschüttelt.

Doch Sveva gab nicht viel auf diese Frau, deren einziges Verdienst darin bestand, den Sohn zur Welt gebracht zu haben, den sie geheiratet hatte. Stefano fehlte ihr so sehr, sein Mut, die Aufmerksamkeit, die er ihr geschenkt hatte, die besondere Zärtlichkeit in jeder einzelnen Geste seiner Zuneigung, die Ernsthaftigkeit, die sein Reden bestimmte, die Überzeugungen, für die er brannte, die dazu geführt hatten, dass er der einzige Mann der Colonna war, der mit lobenswertem Engagement eine Aussöhnung mit dem Papst angestrebt hatte. Und genau diese tugendhafte Entschlossenheit war es, die ihn innerhalb seiner mächtigen Familie isoliert hatte.

Sveva seufzte. Sie dachte an ihre kleine Imperiale und nahm all ihre Kraft zusammen.

Schweigend setzten sie ihren Weg fort, vorbei an prächtigen Atrien, Salons und imposanten Treppen.

Unterwegs kehrten ihre Gedanken zu dem zurück, was geschehen war. Sie wusste, früher oder später würde Salvatores Abwesenheit lauthals von seinem Bruder Lorenzo in die Welt hinausgeschrien werden, doch dann wäre es zu spät. Denn sie und Chiarina würden den Papst davon überzeugt haben, dass die Genazzano damit nichts zu tun hatten. Salvatores Verschwinden würde als Schuldeingeständnis gewertet werden. Alle würden glauben, dass er geflohen war, nachdem er ihren Gatten ermordet hatte. Was sie vorhatte, gefiel ihr nicht. Vielleicht hatte Antonio mehr recht, als sie zugeben mochte, vielleicht war sie wirklich skrupellos. Doch wenn Stefano eines verdient hatte, dann, dass man ihn rächte. Seine Ermordung war widerwärtig und ungerecht gewesen. Obwohl sie anfangs zu Antonio gesagt hatte, dass sein Vorschlag sie mit Scham erfülle, so war doch ihr Bedürfnis, Salvatore tot zu sehen, von Tag zu Tag gewachsen. Auge um Auge, hatte sie sich gesagt.

Sie hätte es niemals zugegeben, doch sie dachte inzwischen schon wie Chiarina. Und da Salvatore nun seinerseits ermordet worden war, war es besser, den Verdacht des Papstes, innerhalb der Familie Colonna könne eine Fehde entstehen, abzulenken und Protektion zu erwirken.

Eugen IV. spürte, wie die Erde unter seinen Füßen schwankte. Der Tod von Stefano Colonna war ein Schlag gewesen. Rom war in der Hand der vornehmen Familien. Und sosehr er anfangs geglaubt hatte, er könne diese schreiende, wahnsinnige Menge kontrollieren, sosehr musste er sich inzwischen eingestehen, dass dem leider nicht so war. Schlimmer noch: Es würde niemals so sein. Die Tatsache, dass er Venezianer war, wurde von der gesamten Bevölkerung als unerträgliche Zumutung empfunden. Er war ein Fremder, und als solchen hasste man ihn. Das Bündnis mit Florenz, die enorme Schlagkraft Venedigs, die Wohlstandsklientel, die in diesem Palazzo jeden Tag größer wurde und von ihm abhängig war, schien ihm nicht genügend Schutz zu bieten, denn es gab keinerlei Sicherheit vor der Barbarei und der schlimmsten, archaischen Grausamkeit. Und Rom war immer noch in einen ständigen Krieg zwischen kriminellen Banden versunken. Das Schisma von Avignon hatte eine Verwahrlosung mit sich gebracht, die das Pontifikat Martins V. in keiner Weise hatte mildern können.

Schlimmer noch, eine solche Höllenbrut wie die von Antonio und seinen Brüdern genährt zu haben hatte die Hauptstadt der Apokalypse anheimgegeben. Als Oddone Colonna, sein Vorgänger, verstorben war, war Anarchie ausgebrochen, und seine Hoffnung, die Tumulte und tagtäglichen Unruhen unter Kontrolle zu bringen, hatte sich als das erwiesen, was sie war: eine verzweifelte Illusion. Nicht einmal, sie mit dem Kirchenbann zu belegen hatte geholfen. Und auch als die Aufstände sich gelegt zu haben schienen und Stefano angeboten hatte, seine gewaltbereiten Cousins nicht aus den Augen zu lassen, um ihr Vorgehen abschätzen zu können, war dies nicht gelungen.

Und so sah er dankbar Stefanos Gemahlin, Sveva Orsini, und seine Mutter, Chiarina Conti, eintreten.

Sveva war eine Frau von bemerkenswerter Schönheit. Obwohl sie schwarz gekleidet war und das wallende Haar unter einer ebenfalls schwarzen Haube zusammengefasst hatte, stand ihre weibliche Ausstrahlung außer Frage. Die sanften, klugen Augen leuchteten aus einem ebenmäßigen Gesicht von durchscheinender Haut. Die feinen, wohlgeformten Lippen und die leicht nach oben weisende Nase verliehen ihrer Anmut eine vornehm kühle Note.

Die Mutter, ebenfalls in Trauerkleidung, war eine zierliche Frau mit entschlossenem Blick und kantigen Zügen, die durch Schmerz und Bitterkeit dieser Tage noch schärfer hervortraten. Der Papst erhob sich und ging ihnen entgegen, denn ihr Leid war so offensichtlich, dass er augenblicklich für beide Mitleid empfand, und ganz besonders für die junge Orsini, die sich ihm zu Füßen warf, um ihm die Pantoffeln zu küssen. Doch Eugen beugte sich vor und half ihr auf.

»Meine Liebe, Ihr wisst nicht, wie sehr mich schmerzt, was Euch widerfahren ist. Stefano war ein Ehrenmann, der beste Freund, den ich in dieser Stadt je hatte!«

Trotz ihrer Tränen fasste sich Sveva rasch wieder, küsste den Fischerring und kam wieder auf die Füße. Chiarina, die daneben gestanden hatte, presste ebenfalls ihre Lippen auf die Hand des Papstes. Eugen IV. schüttelte den Kopf und forderte sie auf, sich zu setzen.

Sobald sie Platz genommen hatten, ergriff Sveva das Wort.

»Eure Heiligkeit, wir danken Euch, uns so umgehend und herzlich empfangen zu haben.«

»Aber das ist doch selbstverständlich, Madonna. Meine Dankbarkeit gegenüber Eurer Familie kennt keine Grenzen. Ohne Stefano wäre ich nicht hier. Lebend, meine ich.«

»Ich verstehe«, stimmte Sveva zu. »Und ich kann nur erahnen, was Ihr durchmachen musstet. Auch bei uns hat das Geschehene schmerzliche Spuren hinterlassen, wie Ihr sehen könnt.«

»Andererseits«, mischte sich Chiarina mit ihrer schrillen, lauten Stimme ein, »halten wir es für ebenso wichtig, zuverlässig die Verantwortlichen für diese Wahnsinnstat zu ermitteln. Auch wenn es stimmen mag, dass unsere Familie Eurer Heiligkeit in der Vergangenheit viel Schmerz bereitet hat, so ist es bestimmt nicht von Nutzen, demjenigen die Schuld zu geben, der sich ausnahmsweise einmal mit allen

Mitteln darum bemüht hat, eine Fehde innerhalb der Familie Colonna zu vermeiden.«

Diese Worte klangen für Eugen IV. recht rätselhaft. »Was wollt Ihr damit sagen?«, fragte er bloß.

35. Visconti und Sforza

Herzogtum Mailand, Castello di Porta Giovia

Filippo Maria Visconti sah Francesco Sforza in die Augen. Sein Hauptmann war baumlang. An diesem Tag trug er eine lederne Rüstung, die in der Taille eng anlag. Der Kampfgeist seines Gesichtsausdrucks spiegelte die ganze athletische Energie seines starken, vom Soldatenleben geschmiedeten Körpers wider, vom Eisen und Feuer des Schlachtfelds.

Wie anders er war. Es war, als spiegele Hauptmann Sforza all seine Unzulänglichkeit – dass er so verkrüppelt war, dass er sich nicht wie ein normaler Mann vorwärtsbewegen konnte, sondern gezwungen war zu kriechen, seine deformierten Beine über die Steinplatten des Schlosses zu schleifen. Seine Stöcke skandierten erbarmungslos den Rhythmus seiner Schritte. Die Jahre vergingen, und seine körperliche Verfassung wurde ständig schlechter. Doch das war Filippo Maria egal. Er war ja trotzdem der Herzog von Mailand, und niemand würde ihm diesen Titel nehmen – nicht einmal Sforza. Solange er lebte. Und danach, nun, danach wäre es ihm nur deswegen möglich, weil er es ihm durch die Hochzeit mit seiner Tochter ermöglicht hatte.

Wie dem auch sei, endlich wendeten sich die Dinge zum Besseren.

»Stimmt es also? Venedig hat Carmagnola verurteilt?«

Sforza neigte leicht den Kopf. »Man hat ihn enthauptet. Auf der Piazzetta San Marco. Anscheinend hat ein Hieb mit dem Beil nicht gereicht.«

»Schwer kaputtzukriegen, der alte Haudegen.«

»Oh ja«, bemerkte Sforza lakonisch.

»Wie bedauerlich!«, rief der Herzog aus. »Wissen wir schon, wer der neue Oberbefehlshaber des venezianischen Heeres sein wird?«

»Gianfrancesco Gonzaga.«

»Pah«, sagte Filippo Maria voll Abscheu. »Der Mann ist ein solcher Angeber, dass wir ihn leicht in den Griff bekommen werden.«

»Das ist nicht gesagt, Euer Gnaden.«

Der Herzog sah Sforza scharf an. »Ich sage das. Und auch Ihr werdet das sagen, wenn Ihr Hauptmann bleiben wollt!«

Francesco Sforza nickte. »Ich verstehe Euren Standpunkt vollkommen. Doch Gianfrancesco Gonzaga bleibt ein wagemutiger und ausgezeichneter Kriegsherr. Er wird kein leichter Gegner sein.«

»Nun, Ihr tätet gut daran, ihn zu besiegen«, schnaubte Filippo Maria Visconti ungehalten. »Ihr seid mein Hauptmann. Ich habe Euch die Hand meiner Tochter versprochen. Wagt es nicht, mich zu enttäuschen. Oder, glaubt mir, Ihr werdet es bereuen!«

»Leider ist das leichter gesagt als getan, Euer Hoheit.«

Der Herzog schäumte vor Wut. »Hauptmann, ich sage es Euch ganz offen«, stieß er hervor und umklammerte den Griff des Stockes, damit der nicht zu Boden fiel, »Gonzaga muss vernichtet werden.«

»Mein Herzog, ich verstehe, und glaubt mir, ich habe voll und ganz vor, dies zu tun, dennoch kann ich nicht außer Acht lassen, dass meine Kompanie am Ende ihrer Kräfte ist. Ich habe nicht genug Männer, und wie Ihr wisst, sind sie wirklich schlecht bezahlt. Sie haben seit Monaten keinen Sold mehr gesehen, und das sorgt für schlechte Stimmung. Wenn wir also Gonzaga wegfegen wollen, dann müssen wir etwas tun, um sie zu motivieren.«

Dieser Mann sagte, was er dachte. Das war eine Tugend, musste Filippo Maria anerkennen. Diese Unverblümtheit jedoch grenzte schon an Unverfrorenheit. Der Herzog hatte nicht vor, sich von seinem Hauptmann erpressen zu lassen. »Ich habe Bauern zu den Waffen rufen lassen. Und wisst Ihr warum? Weil Amadeus von Savoyen und Kaiser Sigismund ungeachtet aller Versprechen weder Soldaten haben noch Geld. Letzterer kam sogar nach Italien, um aus mir die wenigen Dukaten zu pressen, die mir noch geblieben sind. Doch wisst Ihr, dass ich heute nur noch die Hälfte an Steuern einnehme wie noch vor zehn Jahren? Und wie glaubt Ihr, soll ich mein Volk noch satt bekommen? Hinter verschlossenen Türen am heimischen Herd knurrt Mailand meinen Namen mit Unmut. Die Bürger hegen heimlichen Groll gegen mich. Noch schreien sie ihn nicht laut heraus, aber das ist nur eine Frage der Zeit. Und Ihr verlangt von mir Sold für Eure Männer? Woher soll ich den nehmen?«

Sforza war nicht aus der Fassung zu bringen. »Herr, das weiß ich nicht. Ich sage lediglich, dass das Ausbleiben des Soldes nicht eben dienlich ist, um in meiner Truppe den Kampfgeist aufrechtzuerhalten. Wenn die Lage so ist, wie Ihr sie beschrieben habt – und ich zweifle nicht daran –, dann empfehle ich, einen Waffenstillstand mit Venedig auszuhandeln und bessere Zeiten abzuwarten. Eine andere Lösung sehe ich nicht.«

»Ein Waffenstillstand? Glaubt Ihr, daran hätte ich nicht schon gedacht?«, fragte Filippo Maria verächtlich. »Ich habe bereits einen Mann damit beauftragt. Aber Ihr, Sforza, enttäuscht mich. Ich denke nicht an heute, sondern an übermorgen. Gut, denken wir jetzt erst mal an einen Waffenstillstand. Ich habe schon zwei geeignete Unterhändler im Blick: den Marchese d'Este und den von Saluzzo. Es sind Kleingeister, an Spitzfindigkeiten und Kompromisse gewöhnt, sie sind die richtigen Schiedsrichter in einer solchen Auseinandersetzung. Aber dann? Wollen wir vielleicht der Serenissima ausgeliefert bleiben? Wollen wir vielleicht den Dogen noch bitten, in Mailand einzumarschieren und es sich einfach so zu nehmen?« Filippo Maria Visconti redete sich in Rage. Die unerschütterliche Ruhe ins Sforzas Blick steigerte seinen Zorn nur noch. »Los, sagt mir, dass es nicht so ist. Ich könnte es nicht ertragen, glaubt mir.«

»Nein, so ist es nicht, mio Signore, ich schwöre es Euch. Aber im Augenblick haben wir, wie Ihr selbst angemerkt habt, nicht die Kraft für eine Gegenoffensive. Wir müssen uns erst erholen. Venedig steht mit uns auf Kriegsfuß, seit sie Carmagnolas Manöver entdeckt haben. Sie werden sicherlich einen Ausfall versuchen. Wir können sie aufhalten, aber wir werden es nicht schaffen, nach Verona durchzubrechen, wie Ihr Euch das vermutlich wünscht. Doch Ihr müsst mir glauben, Euer Erfolg ist nur aufgeschoben. Es geht nur darum abzuwarten, bis die Bedingungen für uns günstiger sind. Die Colonna in Rom hassen den jetzigen Papst. Und das ist für uns eine sehr gute Ausgangslage.«

»Ihr wollt, dass ich die Revolte, die die Colonna vom

Zweig der Genazzano vom Zaun brechen wollen, unterstütze?«

»Wenn nötig, ja.«

»Also werden wir einerseits so tun, als würden wir einen Waffenstillstand akzeptieren, andererseits warten wir darauf, dass Venedig den Sturz des Papstes erlebt. Das wird allerdings dauern.«

»Wir haben keine Wahl. Sobald es den Colonna gelingt, den Papst endgültig zu stürzen, müssen wir angriffsbereit sein.«

»Doch das wird bestimmt nicht vor nächstem Jahr der Fall sein. Vielleicht sogar noch später. Antonio Colonna steckt gerade in Schwierigkeiten. Seine Familie ist in Fehden und interne Kämpfe verstrickt.«

»Aber das wird nicht für immer so sein.«

Der Herzog blickte Sforza in die Augen und sah dort für einen Augenblick etwas aufblitzen, eine Art feuriges Licht. Es war etwas Unergründliches und ebenso Respekteinflößendes an diesem Mann. Er nahm eine Energie wahr, die diesen kräftigen, großen Körper leuchtend zu umfließen schien. »In Ordnung, wir werden es so machen, wie Ihr sagt. Wir werden uns Zeit lassen und uns in Geduld üben, in der Hoffnung, dass die Colonna irgendwann den Hebel ansetzen können. An dem Punkt werden wir zuschlagen. Und zwar ohne Gnade.«

»In der Zwischenzeit werde ich zusehen, wie ich meine Männer bei der Stange halte. Und bitte versucht, Geld für sie aufzutreiben, mio Signore, ich flehe Euch an.«

»Ich kann Euch nichts versprechen«, erwiderte der Herzog ungehalten, »doch ich werde sehen, was ich machen kann.«

36. Die Täuschung

Kirchenstaat, Apostolischer Palast

Ich will damit sagen, Eure Heiligkeit, dass es, dem Anschein zum Trotz, nicht Antonio Colonna war, der meinen Sohn umgebracht hat. Ebenso wenig ist Odoardo dafür in irgendeiner Weise verantwortlich. Ganz zu schweigen vom lammfrommen Prospero.«

Der Papst sah Chiarina Conti auf eine schwer bestimmbare Weise an, halb ungläubig, halb argwöhnisch.»Madonna, ich glaube Euch, auch wenn ich sagen muss, dass der Hass Eurer Verwandten aus der Genazzano-Linie Stefano gegenüber schon legendär war. Und ich weiß, dass ich entscheidend dazu beigetragen habe. Daher fühle ich mich, das muss ich zugeben, in gewisser Weise schuldig. Ich würde gern etwas tun.«

»Wenn Ihr etwas tun wollt«, erwiderte Chiarina, »dann glaubt mir, Eure Heiligkeit. So seltsam es Euch vielleicht anmuten mag, vertraut mir: In unserer Familie gab es Personen, die meinen Sohn noch mehr hassten als Antonio. Und unser Fehler war es, sie zu unterschätzen.«

»Ich höre zu.«

»Stefano wurde von seinem Cousin Salvatore umgebracht.«

Eugen war sprachlos. Waren die Colonna aus Palestrina nun von einer internen Fehde betroffen? Er richtete den Blick auf Sveva Orsini. Was er in ihren Augen sah, war eine stumme Bestätigung. Doch er wollte es auch von ihr hören.

»Ist es wirklich so, wie Eure Schwiegermutter sagt, Madonna?«

»Ja, Eure Heiligkeit«, beeilte sie sich zu sagen, um dem Protest Chiarinas zuvorzukommen, der es schwerfiel, sich nicht zu beklagen, dass man ihr nicht glaubte. Svevas Stimme zitterte.

Der Papst fixierte ihren Blick. Da brach sie in Tränen aus.

»Es war Salvatore! Und nun ist dieser Feigling auf der Flucht, denn er fürchtet den Zorn meiner Brüder und ebenso den Euren, denn Ihr wart Stefanos Freund«, brachte sie unter Schluchzen hervor.

Eugen IV. zog sich das Herz zusammen.

Er ertrug es nicht, diese tugendhafte junge Frau weinen zu sehen. »Nur Mut, nur Mut, meine Liebe. Ich verstehe Euren Schmerz, das müsst Ihr mir glauben. Ich weiß, dass Ihr das Licht Eures Lebens verloren habt. Stefano war ein mutiger Mann, dessen Lebensführung von Integrität und Loyalität bestimmt war. Das sollte Euch freudig stimmen, denn gewiss liegt er nun in den Armen unseres Herrn Jesus Christus. Auch wenn ich weiß, dass dies ein schwacher Trost ist, so bewahrt seine Person in ehrendem Angedenken und im Gebet. Habt Dank, für die ebenso umsichtige wie wertvolle Benachrichtigung.«

Aus der Tasche seiner Soutane aus Moiréseide zog er ein Taschentuch aus feinstem Batist und reichte es ihr.

Sveva trocknete ihre wunderhübschen großen Augen, die ganz gerötet waren.

Mit größtem Zartgefühl legte der Papst die Hand unter ihr Kinn.

»Nur Mut«, flüsterte er ihr zu, als spräche er mit einem Kind. »Stefano würde Euch nicht so niedergeschlagen sehen wollen.« Dann wandte er sich Chiarina zu. »Madonna, ich danke Euch für Eure Worte, durch die mir klar geworden ist, dass es derzeit nur einen einzigen Feind gibt. Ich werde dafür sorgen, dass meine persönliche Leibwache nach demjenigen sucht, der für Stefanos Tod verantwortlich ist.«

Bei diesen Worten warf sich Chiarina, die bis zu diesem Augenblick kaum Regung gezeigt hatte, dem Papst zu Füßen und erging sich in Danksagungen und herzerweichenden Gebeten.

»Nicht doch, tut das nicht, Madonna. Eine Edelfrau Eures Alters sollte keinesfalls vor mir knien. Allein der Gedanke bringt mich um.« Erneut half Eugen IV. ihr aufzustehen.

Als die beiden Frauen sich wieder gefasst hatten, ging er zu einem Schreibtisch mit kostbaren Intarsienarbeiten, steckte einen winzigen Schlüssel in eine der Schubladen und öffnete sie. Dann entnahm er ihr ein winziges Schmuckkästchen, aus dem er zwei Juwelen von unvergleichlicher Schönheit hervorzauberte.

Sveva übergab er einen wunderbaren goldenen Ring mit blutrot leuchtendem Rubin. Chiarina reichte er eine perlenbesetzte Brosche.

»Nehmt diese kleinen Gaben und behaltet sie in Erinnerung an diese unsere Begegnung. Ich weiß, dass sie in keiner Weise Euren tiefen Schmerz lindern können, aber vielleicht können sie wenigstens dazu beitragen, mich in guter Erinnerung zu behalten.«

Als sie den Rubinring entgegennahm, hob Sveva den Blick und sah den Papst an. »Heiligkeit, was Stefano über Euch sagte, stimmt. Ihr seid wirklich ein guter und gerechter Mann. Danke für Eure Worte und die Großzügigkeit, die ihr uns erwiesen habt.«

»Danke, Heiligkeit«, wiederholte Chiarina.

Als er seinen Blick auf die beiden richtete, hoffte der Pontifex, dass die Beziehungen zur Familie Colonna von diesem Augenblick an eine neue Wendung nehmen würden.

1434

37. Goldfiorini

Kirchenstaat, Orvieto

Schließlich hatte der Herzog von Mailand nicht mehr die Geduld gehabt, noch länger zu warten, und nun stand Francesco Sforza vor den Toren von Orvieto und belagerte die Stadt. Filippo Maria hatte noch ein paar Dukaten zusammenkratzen können, gerade genug für ein Fünkchen Enthusiasmus bei seinen Truppen.

Mit ihren Armbrüsten bedachten Sforzas Männer die Mauern mit einem Geschossregen. Bedrohlich füllten die dunklen Umrisse der Soldaten die Ebene. Noch hielt Orvieto stand, doch früher oder später würde es fallen.

Der Hauptmann war keineswegs zufrieden mit dem, was vor sich ging. Gewiss, er würde Bianca Maria zur Frau bekommen, doch der Herzog bezahlte ihn weder anständig noch sprach er ihm Titel oder Ländereien zu. Er war zunehmend besessen davon, die Serenissima vernichtend zu schlagen. Selbst dieser Ausfall, der als Überraschungsangriff dem Kirchenstaat zusetzen sollte, war als Strafaktion gegen Eugen IV. gedacht, dessen Vergehen darin bestand, Venezianer zu sein und als solcher ein Feind der Visconti.

Sforza konnte sich mit dieser Fixiertheit des Herzogs nicht abfinden. Dieses Kommando ging seinem Ende entgegen, und ob er nun wollte oder nicht, er wusste, dass er etwas tun musste. Er konnte nicht weiter sklavisch im Sold Filippo Marias bleiben, wenn das Wort Sold inzwischen buchstäblich nichts mehr wert war. Und während seine Männer versuchten, die robusten Befestigungsanlagen von Orvieto in Schutt und Asche zu legen, fragte sich der Hauptmann, welchen Sinn diese Belagerung letztendlich hatte.

Was würde ihm das bringen?, fragte er sich, während der Himmel sich pechschwarz färbte und der Regen erbarmungslos niederging, auf die Helme seiner Leute trommelte, über die Klingen der gezückten Schwerter strömte und die Erde Tropfen für Tropfen in eine einzige Schlammwüste verwandelte.

Zum Teufel! Er war müde. Auch wenn sein tadelloses, von rechtem Maß und Gehorsam bestimmtes Verhalten immer die beste Absicherung für seine Leute war, entschied er sich, Befehl zu geben, es für heute gut sein zu lassen. So wie die Dinge lagen, konnten sie ebenso gut darauf warten, dass anderntags die Sonne wieder herauskäme, denn bei dem Regen drang die Kälte bis ins Mark, sie scherte sich nicht um das Eisen und Leder der Rüstungen.

Während seine Leute den Befehl weitergaben, ging Francesco Sforza zu seinem Zelt. Kaum hatte er es geöffnet, schlug ihm der unverwechselbare Geruch von Moder und Schweiß entgegen. Er schleuderte den Helm in eine Ecke und das Schwert gleich hinterher. Dann stützte er sich auf einen schäbigen Holztisch und griff nach dem Tonkrug, der dort stand. Jemand hatte ihn aufmerksamerweise mit Wein gefüllt. Sforza schenkte sich einen Becher randvoll ein und nahm ein paar große Schlucke.

Er schmeckte nach und schnalzte mit der Zunge. Dieser Wein entschädigte ihn mit einer wohligen inneren Wärme. Er ließ sich auf einen Stuhl fallen und trank langsam und genüsslich den Rest. Er hatte soeben die Augen geschlossen und genoss ein angenehmes Gefühl von Benommenheit, als sich jemand am Eingang bemerkbar machte.

»Hauptmann?« Die dunkle Stimme von Braccio Spezzato, seinem Leutnant, hatte in seinen Ohren noch nie so unangenehm geklungen wie in diesem Moment.

»Ja?«, war alles, was Sforza herausbrachte.

»Ich überbringe Neuigkeiten aus Florenz, so wie Ihr es von mir verlangt habt.«

Der Hauptmann versuchte, sich zu erinnern. Dann fiel ihm ein, worauf seine rechte Hand sich bezog. »Cosimo de' Medici?«

»Ganz genau, Herr.«

»Und?«, fragte Sforza unwillig.

»Ich habe mich mit seinen Männern getroffen. In der Nähe des Mugello. Obwohl der Herr von Florenz ins Exil nach Venedig verbannt wurde, lässt er Euch Folgendes ausrichten. Zunächst einmal wird er Eure Position gern unterstützen, so wie er es Euch bereits vor einiger Zeit in Lucca versprochen hat. Er bestärkt Euch sogar darin. Er hält es wirklich für überaus wichtig für den Erhalt des inneren Gleichgewichts auf der Halbinsel. Deshalb bittet er Euch, für die sichere Flucht des Papstes zu sorgen. Er weiß genau, dass Ihr seine Überzeugung teilt, wonach dieser, mag er auch Venezianer sein, doch die höchste religiöse Autorität auf Erden repräsentiert, ganz zu schweigen davon, dass eine Entmachtung, oder schlimmer noch, seine Ermordung, Rom ins Chaos stürzen würde. Eine solche Katastrophe wünscht sich niemand.«

Das stimmte.

Erst das Schisma von Avignon und dann der offene Bruch beim Konzil von Konstanz hatten in der römischen Kurie für untragbare Unsicherheit gesorgt. Mehr noch, die Machtbefugnisse, die das Konzil erhalten sollte, sowie seine Vormachtstellung gegenüber dem Papst boten den Familien, die zu Eugens Gegnern zählten, die ideale rechtliche Handhabe. Genau dazu kam es gerade in Rom. Gemeinsam mit den Colonna nutzte Filippo Maria Visconti diese Situation ganz klar aus. Es war sogar Francesco selbst gewesen, der ihm vor einiger Zeit zu solch einer Vorgehensweise geraten hatte. Doch ein schwacher Papst setzte ganz Italien französischen Begehrlichkeiten aus, oder schlimmer noch, denen des Kaisers. Das wurde Francesco Sforza jetzt bewusst.

Es war zu spät, die Vertreibung Eugens IV. aus Rom zu verhindern, aber er konnte ihm wenigstens das Leben retten. Die Frage war, wie?

»Wie will der Medici vorgehen?«

»Cosimo ist ein sehr kluger Mann, Hauptmann. Er hat sich einen absolut genialen Plan ausgedacht, der meiner Meinung nach nicht nur das Leben des Papstes schützt.«

»Ach, wirklich?« Sforza hob eine Augenbraue.

»Der Medici will dem Papst die Flucht ermöglichen, indem er ihm in Florenz Asyl bietet.«

»Obwohl er selbst nach Venedig verbannt ist?«

»Cosimo ist überzeugt, dass die Zeit seines Exils sich ihrem Ende zuneigt. Man hört von mehreren Seiten, dass Rinaldo degli Albizzi, der ihn vor einiger Zeit aus Florenz vertrieben hat, in der Stadt unbeliebt und seine Tage gezählt seien. Die Medici könnten schneller zurückkehren, als wir glauben.«

»Ich glaube gar nichts, mein Freund.«

Braccio Spezzato nickte.

»Und nun bittet Cosimo de’ Medici mich, für den Fluchtweg zu sorgen.«

»Ganz genau. Zu diesem Zweck lässt er Euch durch mich zwei Kisten Goldfiorini schicken.«

»Ah!« Sforza konnte seine Genugtuung nicht verhehlen.

Braccio Spezzato nickte erneut. »Doch das ist nicht alles.«

»Was denn noch?«

»Er hat mir zu verstehen gegeben, dass es in seinem Interesse wäre, das Konzil nach Florenz zu verlegen. In Basel herrschen die Konziliaristen vor, aufgewiegelt von Kardinal Prospero Colonna und unterstützt von Filippo Maria Visconti.«

»Cosimo de’ Medici ist ein Mann von großer Klugheit und enormer Weitsicht.«

»So ist es. Und das bedeutet, dass er Euch im Namen und Auftrag Eugens IV. bezahlen wird, sobald wir seine Flucht aus Rom bewerkstelligt haben. Darüber hinaus wird der Papst Euch den Besitz der Marken und das Vikariat über andere besetzte Ländereien übertragen.«

Während Braccio Spezzato sprach, sah Francesco Sforza zwei Soldaten mit den beiden Kisten hereinkommen.

Sie stellten sie auf den Tisch.

Sforza öffnete eine.

Im Kerzenlicht schimmerten die Fiorini ganz prächtig.

Der Hauptmann nahm eine Handvoll und ließ sie durch die Finger gleiten. Das Klimpern der Goldmünzen zauberte ein Lächeln auf seine Lippen.

Nach so langer Zeit des Darbens kam endlich etwas Gold herein. Die Entscheidung war gefallen. Er wäre zukünftig auf Seiten der Medici, zumindest, solange Cosimo ihm solch unverhoffte Großzügigkeit erwiese.

»Einverstanden«, sagte er und drehte Braccio Spezzato den Rücken zu. »Kümmern wir uns also um die Flucht des Papstes. Das wirst du übernehmen«, schloss er und wandte sich wieder seinem Leutnant zu.

»Nichts lieber als das«, antwortete Letzterer. »Wie wollt Ihr vorgehen?«

»Das werde ich dir gleich sagen«, sagte Sforza.

In seinem Blick blitzte es boshaft auf.

38. Polixenas Tränen

P olixenas Neugier war geweckt. Vor ihr stand ein schlicht gekleideter Mann in einem eleganten Gewand aus roter Wolle und einer ebensolchen Mütze. Sein Blick war tiefgründig und forschend, die kurzen Strähnen schwarzer Haare, die wohlgeordnet unter der Kopfbedeckung hervorlugten, gaben seiner Ausstrahlung etwas Maßvolles, so wie auch seine Art zu sprechen maßvoll war. Die weiche, angenehm modulierte Stimme schien gleichsam auf den Wörtern zu schaukeln, und Polixena hörte gern zu, während er sich mit einer perfekten Verbeugung vor ihr verneigte.

»Madonna Condulmer«, sagte Cosimo de' Medici, der Herr über Florenz. »Eure Gastfreundschaft ist ein Privileg für meine bescheidene Person. Ihr habt mich in diesem prächtigen Palazzo empfangen, obwohl ich bloß ein Kaufmann im Exil bin.«

»Ich bitte Euch«, erwiderte Polixena und sah ihn voller Wärme an, »sprecht nicht so geringschätzig von Eurer Person. Wir wissen beide, wie mächtig Eure Familie ist und wie ungerechtfertigt man Euch aus Florenz entfernt hat. Doch mir sind Eure vornehme Geisteshaltung und die Kultiviertheit Eurer Interessen nicht entgangen, Messer Cosimo. Hier in Venedig war das wunderbare Geschenk, das Ihr für die Benediktiner-Patres von San Giorgio Maggiore ersonnen und großzügig gestiftet habt, ein großes Gesprächsthema. Schmälert also Euren Wert nicht, der außerordentlich ist, und nehmt Platz.« Damit endete die schöne Frau und wies auf einen mit Damast bezogenen gepolsterten Stuhl.

Cosimo setzte sich, und Polixena blieb stehen.

»Dieser Ort, mia Signora, ist ein wahrer Hort des Wissens. Was mein Geschenk angeht, wie Ihr es nennt, beschränke ich mich darauf, mit meinem treuen Architekten Michelozzo eine Bibliothek zu entwerfen, die den Mönchen ein angenehmeres Arbeiten ermöglicht.« Bei diesen Worten bewunderte der Herr über Florenz, was sich in diesem Salon darbot: die Rücken der gebundenen Manuskripte, dicht gedrängt in den eindrucksvollen Bücherregalen an zwei Wänden des Raumes entlang, die großen, perfekt glänzenden Spiegel aus Murano-Glas, eingefasst in Rahmen von strahlender Schönheit. Zu guter Letzt überließ er sich für einen Augenblick dem Farbenmeer der Fresken.

Dann jedoch kam er auf den Grund seines überstürzten Besuches zu sprechen. »Madonna Condulmer, vergebt mir meine Unverfrorenheit, ich weiß, dass ich ohne förmliche Einladung vor Euch erschienen bin, vollkommen unaufgefordert. Diese Schamlosigkeit hat einen einfachen und wesentlichen Anlass – Euren Bruder Gabriele, den Papst. Als Erstes möchte ich betonen, dass ich ihm und seinem Wirken größte Wertschätzung entgegenbringe. Ich weiß bestens, wie sehr er sich dafür eingesetzt hat, Rom wieder zum Zentrum des spirituellen Lebens der Christenheit zu machen, doch hege ich erhebliche Befürchtungen, es könnte ihm etwas zustoßen. Bis vor Kurzem glaubte ich, die päpstliche Autorität würde ihn vor Schmähungen und Gewalt bewahren, doch wage ich das heute nicht mehr zu hoffen. Aus diesem Grund bin ich zu Euch gekommen. Und ich hoffe, eine Hilfe sein zu können.«

»Messer Medici, zunächst einmal bin ich Euch zutiefst dankbar für Eure Worte. Niemand, nicht einmal die Venezianer, haben mir jemals gesagt, was Ihr mir aus freien Stücken offenbart habt. Und glaubt mir, Eure Worte sind von unschätzbarem Wert. Sie sind bei Weitem das Schönste, was ich seit Ewigkeiten gehört habe. Was das Übrige angeht, so will ich Euch sagen, was ich denke. Die Colonna sind blutrünstige Barbaren, die den Kopf meines Bruders wollen. Ich versichere Euch, die Tatsache, dass Ihr hier seid, stellt ein unerwartetes Geschenk für mich dar. Rom ist ins Chaos gestürzt. Erst vor ein paar Tagen ist ein Brief von Gabriele gekommen. Mein Bruder berichtet, wie die Colonna Aufstände angestiftet haben, die ohne Beispiel sind; dabei ist es ihnen gelungen, eine Volksregierung einzusetzen, deren Führung aus sieben Honoratioren besteht, die sich den Namen ›Regierung der Freiheit‹ gegeben haben. Diese fordern nun lautstark die Absetzung des Papstes. Außerdem war Gabriele gezwungen, den Apostolischen Palast zu verlassen. Er versteckt sich in den heruntergekommenen Hütten von Trastevere in der verzweifelten Hoffnung, einen Weg zu finden, Rom zu verlassen. Ihr seht also, wie vorausschauend Euer Besuch ist, Messer Medici. Und so stehe ich nun vor Euch, höre Euch zu und danke Euch schon jetzt für Eure Güte.«

Cosimo sah Polixena aufmerksam an. Sein durchdringender Blick ließ die Besorgnis erkennen, die diese Worte in ihm ausgelöst hatten. »Was Ihr sagt, verstehe ich vollkommen, Madonna. Ihr seht, ich wurde selbst verbannt, noch dazu aus meiner Geburtsstadt. Und ich muss zugeben, Rom zu verlassen scheint derzeit der einzig gangbare Weg für Euren Bruder.« Polixena wollte etwas entgegnen, aber Cosimo hob die Hände, um sie wortlos zu bitten, ihn fortfahren zu lassen. »Ich kenne mich damit aus, wie Ihr gut wisst. Auch wenn sich, glaubt mir, die Situation in Florenz gerade zu meinen Gunsten ändert und ich meine Rückkehr vorbereite.«

»Das freut mich von ganzem Herzen.«

»Gut, doch der Punkt ist ein anderer, mia Signora. Ich sage Euch das, weil ich besser als jeder andere verstehe, wie es sich anfühlt, ein Fremder in der Stadt zu sein, für die man so viel getan hat, und, wie bereits gesagt, es steht außer Zweifel, dass Euer Bruder sich fast schon zu sehr für Rom, diese Ausgeburt des Undanks, verausgabt hat. Manchmal jedoch, und das ist es, was ich Euch sagen möchte, ist es die bessere Lösung, die Dinge nicht frontal in Angriff zu nehmen, sondern zunächst einmal den anderen das Feld zu überlassen, abzuwarten und schließlich im richtigen Moment triumphierend zurückzukehren. Deshalb teile ich Euch nun mit, dass ich mir erlaubt habe, einen Fluchtplan für Euren Bruder auszuarbeiten, und ihm einen sicheren Hafen bieten werde, in dem er auf seine siegreiche Rückkehr in die Ewige Stadt warten kann.«

»Ist das wahr?«, fragte Polixena ungläubig. »Das würdet Ihr tun?«

»Madonna«, sagte Cosimo und trat auf sie zu, »wie ich Euch gerade sagte, bin ich bereits dabei, der Zweck meines Besuches besteht eben darin, Euch darüber in Kenntnis zu setzen, wie genau ich weiter vorgehen möchte. Ich denke, Euer Bruder ist ein außerordentlich intelligenter Mann und eine unverzichtbare Führungspersönlichkeit, nicht nur für die Römer, sondern für uns alle. Deshalb also hier mein Plan.«

»Sprecht, lieber Freund, denn im Augenblick habe ich ohnehin nur Kraft zum Zuhören.«

»Also, vor ein paar Tagen hat sich einer meiner vertrauenswürdigen Männer im Mugello mit Francesco Sforzas rechter Hand getroffen.«

»Dem Söldnerhauptmann, der im Dienste Filippo Maria Viscontis steht?«

»Ganz genau dem. Oh, ich verstehe Euer Erstaunen. Ihr fürchtet, er könnte Eurem erbitterten Feind, dem Herzog von Mailand, in die Hände spielen. Dieser hat in der Tat versucht, mithilfe der Colonna den Papst auf alle möglichen Arten zu delegitimieren. Ich weiß schon, was Ihr mir sagen wollt, doch hört erst einmal zu. Ich kenne Francesco Sforza inzwischen schon einige Zeit. Vor etwa zwei Jahren, als er Lucca im Dienste Mailands belagerte, bat ich ihn, Florenz zu schonen. Bei dieser Gelegenheit haben wir, ohne jetzt in die lästigen Einzelheiten der Verhandlungen einzusteigen, eine gedeihliche und aufrichtige Freundschaft geschlossen. Mein Plan ist nun der, ihn zu darum zu bitten, seine eigenen Streitkräfte bei Orvieto zusammenzuziehen und sich eine Zeit lang nicht für das zu interessieren, was in Rom geschieht. Auf diese Weise werden die Colonna, ohne offiziell die Unterstützung der Mailänder zu verlieren, niemanden haben, der eine etwaige Flucht des Papstes verhindern könnte. Der Mailänder Hauptmann wird sich nicht dafür interessieren. Doch nicht allein das. Parallel machen sich schon einige von Sforzas besten Männern daran, dem Papst behilflich zu sein, sich auf dem Tiber einzuschiffen. Von dort werden sie Ostia und das Meer erreichen. Von dem Moment an wird Euer Bruder in Sicherheit sein.« In Cosimos Blick trat ein zufriedener Ausdruck.

Polixena war sprachlos. Dieser Mann hatte weit mehr getan, als ihr Gemahl, der Doge, und ganz Venedig sich überhaupt nur vorstellen konnten. Wenn es ihrem Bruder gelingen sollte, sich in Sicherheit zu bringen, dann wäre es einzig und allein ihm zu verdanken. »Messer Cosimo, ich weiß nicht, was ich sagen soll. Ich bin ehrlich beeindruckt von Eurer Umsicht und Großzügigkeit. Etwas Derartiges hätte ich niemals erwartet. Ich glaube, ich weiß nicht einmal, wie ich Euch danken soll, ganz zu schweigen davon, wie viel es Euch gekostet haben muss, eine solche Mission, wie Ihr sie gerade beschrieben habt, zu organisieren! Erlaubt mir, mich im Namen meiner Familie zu revanchieren.«

Als sie das sagte, trat Cosimo noch näher an sie heran und nahm ihre Hände in die seinen. »Madonna, ich bitte Euch. Lasst uns nicht einmal darüber sprechen. Wie ich schon sagte, ich halte es für meine moralische Pflicht. Ich könnte es niemals zulassen, dass der Papst den Colonna ausgeliefert ist. Sforza wird uns unterstützen, und Euer Bruder wird, in Erwartung meiner Rückkehr nach Florenz, die, glaubt mir, sehr bald erfolgen wird, ebenfalls in Florenz unterkommen. Er wird in Santa Maria Novella Gast der Stadt sein. Ich habe keinen anderen Wunsch, das schwöre ich Euch, und für dieses eine Mal sind auch alle meine Freunde und die, die es weniger sind, einig darin, den Papst in Florenz haben zu wollen. Selbst Rinaldo degli Albizzi hat durchblicken lassen, dass er sich nicht gegen die Anwesenheit des Pontifex stellen wird.«

Polixena konnte gar nicht glauben, was sie da hörte. »Messer Medici, Ihr seid ein guter und gerechter Mann und zu Recht der Meinung, dass ein Papst nicht so behandelt werden darf.« Cosimo sah sie hingerissen an, während Polixena ihre Tränen trocknete. Ihr Blick blieb stolz, in ihren Augen lag Würde und Entschlossenheit. »Mein lieber, lieber Freund, ich danke Euch nicht allein dafür, dass Ihr hierhergekommen seid, mein Wunsch ist es auch, dass Ihr so lange bleibt wie möglich. Ich möchte auf alle Fälle etwas tun, um Euch meine Zuneigung und Dankbarkeit zu beweisen.«

»Madonna, was ich gesagt und getan habe, war einfach geboten, da Euer Bruder Gabriele die größte geistige Führungskraft in dieser elenden Welt darstellt, die sich entschieden hat, sich lieber in familiären Fehden zu ergehen, statt an den Wert der Einheit und der päpstlichen Vorherrschaft zu glauben.«

»Mio Signore, ich weiß nicht, wie ich Eure Worte und Taten erwidern soll, wo sie mir doch die Hoffnung schenken, von der ich schon nicht einmal mehr zu träumen wagte. Da Ihr mir nicht erlaubt, mich zu revanchieren, bitte ich Euch, wenigstens als Unterpfand meiner unendlichen Dankbarkeit für das, was Ihr tun werdet, dieses kleine Geschenk entgegenzunehmen.« Ohne etwas hinzuzufügen, trat Polixena an eines der Regale.

Die venezianische Edelfrau nahm einen ledergebundenen Band heraus. »Da ich Eure Leidenschaft für die Geisteswissenschaften und antikes Wissen kenne, erlaube ich mir, Euch einen Text zu schenken, den Ihr ganz gewiss zu schätzen wissen werdet.«

Cosimo sah sie überrascht an. »Madonna, damit habt Ihr nun meine Neugier geweckt und, glaubt mir, das geschieht nicht oft.«

Polixena lächelte. Sie wusste, dass sie Cosimo de' Medici eine Freude gemacht hatte. Für den Herrn über Florenz war dies die bestmögliche Gegengabe. Wenn man es recht bedachte, würde er sie vielleicht weitaus mehr schätzen als eine Unmenge von Gold oder eine Schatulle voller Edelsteine. »Das freut mich. Ihr sollt wissen, dass ich Euch hiermit das *Anthologion* von Johannes Stobaios zum Geschenk mache.«

Cosimo riss die Augen auf. »Madonna, jetzt ist Euch mein aufrichtiger Dank sicher. Ihr konntet Euch kein schöneres Geschenk ausdenken. Venedig ist wahrhaftig ein Schrein aller möglichen Kostbarkeiten!«

Polixena legte den Band in die Hände des Herrn von Florenz. Letzterer schien eher ein Schmuckstück entgegenzunehmen als bloß ein Buch. »Welches Wunder hat es zu uns finden lassen? Mein guter Freund Marsilio Ficino wird mir, dank seiner unvergleichlichen Kenntnis der griechischen Sprache und der Philosophie im Besonderen, helfen können, den Inhalt eines solch wertvollen Textes zu verstehen. Wie ist es Euch nur gelungen, meine Vorlieben so genau in Erfahrung zu bringen, mia Signora?«

»Eure Leidenschaft für die Klassiker ist schon lange über die Grenzen von Florenz hinaus bekannt. Oder liege ich da falsch? Und wie Ihr bereits gesagt habt: Venedig ist ein Schrein aller möglichen Kostbarkeiten.«

Cosimo schüttelte den Kopf. »Ihr irrt keineswegs. Nun lächelt doch. Ich weiß, dass ich mich bald wieder innerhalb jener Landesgrenzen aufhalten kann, auch wenn es Florenz selbst gewesen ist, das mich verbannt hat. Mir ist natürlich vollkommen klar, dass es nicht leicht sein wird, Rinaldo degli Albizzi zu besiegen, doch ich weiß mich willkommen. Wie ich bereits sagte, wird meine Rückkehr in die Stadt so bald als möglich erfolgen. Ihr seht also, Beliebtheit und Erfolg sind wie die Flügel einer Windmühle: Sie drehen sich schon beim kleinsten Windhauch. Daher bin ich zuversichtlich, was eine mögliche triumphale Rückkehr Eures Bruders nach Rom angeht. Erst einmal jedoch müssen wir ihn in Sicherheit bringen.«

Polixena lächelte voll neuen Mutes. »Endlosen Dank. Doch ich nehme an, Ihr möchtet Euch nun ausruhen.«

»Um die Wahrheit zu gestehen, wollte ich mich gerade verabschieden.«

»Wie?«, fragte Polixena. »Ihr bleibt nicht?«

»Heute nicht. Doch wenn Ihr mögt, werde ich Euch gern wieder besuchen kommen.«

»Wann immer Ihr wollt. Ihr sollt wissen, dass dieses Haus von heute an auch Euer Haus ist.«

»Ihr seid zu freundlich. Es ist mir eine große Ehre.«

»Ganz meinerseits«, betonte Polixena. Sie klatschte in die Hände, und einen Augenblick später erschienen zwei elegant gekleidete Diener. »Begleitet Messer Cosimo, wohin immer er möchte.«

Cosimo verneigte sich und küsste ihr die Hand. »Und nun, Madonna, betet. Ihr werdet sehen, dass alles vorbei ist, bevor es überhaupt angefangen hat.«

Sie sah ihn direkt an. Einen Augenblick lang schien die Heiterkeit, die sie dort sah, überschattet, als ob Cosimo im Grunde seines Herzens irgendwelche Sorgen hegte. Es war nur ein Augenblick, aber dieser Hauch von Unruhe war Polixena nicht entgangen.

Er nickte, um sie nochmals zu beruhigen.

Doch wie sie ihn so hinausgehen sah, empfand Polixena deutliche Beklommenheit. Sie hoffte, dass das, was Cosimo gesagt hatte, der Wahrheit entsprach. Auch wenn dieser letzte Blick ihr einen feinen Stich der Angst versetzt hatte, die sie die ganze Nacht über begleiten würde.

Auch er wusste mit Sicherheit, dass jeder Fluchtplan, und sei er noch so gut durchdacht, in der Theorie einfacher war als in der Praxis.

39. Die Flucht

Kirchenstaat, Santa Maria in Trastevere

Wie tief war er gefallen! Und wie lange schien es her zu sein, dass er Sveva Orsini und Chiarina Conti empfangen hatte! Er hatte ihnen vertraut, und es gab keinen Grund, daran zu zweifeln, dass sie redlich gewesen waren. Selbst wenn man vom Schlechten ausgehen wollte, konnte sich der Papst nicht vorstellen, dass diese beiden Frauen ihn angelogen hätten. Ganz abgesehen davon, dass es ja stimmte: Salvatore Colonna war verschwunden, er war mit hoher Wahrscheinlichkeit aus Rom geflohen. Oder sollte jemand ihn aus dem Verkehr gezogen haben? Vielleicht sogar dieselbe Person, die Stefano umgebracht hatte? Und die beiden Frauen überlistet hatte? Dem Papst war vollkommen klar, wer der Kopf hinter solch niederträchtigen Machenschaften sein könnte.

Infolge der Worte von Sveva und Chiara war er jedenfalls den Colonna gegenüber nicht mehr genügend auf der Hut gewesen und hatte so den schwerwiegendsten Fehler seines Lebens begangen.

Und nun war er bloß noch ein Schatten seiner selbst. Gezwungen, sich in den übel riechenden Gassen von Trastevere zu verstecken. Gekleidet wie ein einfacher Diakon, auf dem besten Wege, seine Seele dem Herrn zu empfehlen. Am Leben erhalten von einer Handvoll Männer, die noch schlechter dran waren als er. Und doch aus dem edlen Stoff sein mussten, aus dem man Helden macht.

Rom.

Gabriele hasste und liebte die Stadt gleichermaßen. Und vielleicht gab es auch keinen anderen Weg, mit ihr zu leben. Immerhin hatte sie ihm zuvor zum Petersthron verholfen. Doch dann hatte sie ihm alles genommen. Wie eine besonders gnadenlose Geliebte. Oder Hure.

Der Papst hatte die Hände gefaltet und sprach leise Gebete. Dann hob er den Blick und ließ ihn auf dem rechten Seitenschiff ruhen. Er sah die Nische, in der die Folter- und Tötungsinstrumente aufbewahrt wurden, die man gegen Heilige und Märtyrer eingesetzt hatte: Ketten, eiserne Gewichte und Steine. Man sagte, es sei auch der darunter, der um den Hals des heiligen Calixtus gebunden worden war, um ihn im Brunnen der benachbarten Kirche zu ertränken.

Gabriele schluckte, und plötzlich schien seine Kehle voller Kiesel zu sein, als sei jener Stein zerbröselt worden, um ihn zu ersticken. Er biss sich auf die Lippen, bis sie blutig waren. Er durfte der Angst nicht nachgeben. Er musste vielmehr mit Würde und Mut handeln, so wie er das immer getan hatte.

In ebendieser Gemütsverfassung zwischen Furcht und Kühnheit berührte ihn jemand sanft an der Schulter.

Er wandte sich um und sah seinen Cousin Antonio. Wieder einmal war er an seiner Seite. Er würde ihn niemals verlassen, nicht einmal jetzt, wo alle sich von ihm abgekehrt hatten.

»Es ist Zeit, Gabriele, die Männer sind da! Von nun an trennen sich unsere Wege. Ich hoffe, ich werde Euch wiedersehen und Euch gemeinsam mit Polixena umarmen können. Ich weiß, dass sie sich in diesen Tagen mit Cosimo de' Medici getroffen hat.«

»Wirklich?«

»Eure Schwester ist sehr einfallsreich. Und der Herr über Florenz schätzt sie sehr. Obschon nach Venedig verbannt, hat er sich sofort darum bemüht, einen Fluchtplan zu Eurer Rettung zu entwerfen. Offiziell tritt er nicht in Erscheinung, im Gegenteil, er möchte das ganze Verdienst der Republik Florenz überlassen, auch um Euch die Möglichkeit zu geben, die Stadt unbeschadet zu erreichen. Er selbst kann dort derzeit keinen Fuß hinsetzen, doch er weiß, dass er bald triumphierend in die Toskana zurückkehren wird, und dann wird er Euch gemeinsam mit Eurer Schwester in die Arme schließen können.«

Diese Worte waren Balsam für Gabrieles Seele. Antonio schien das zu wissen, denn er lächelte. Der gute Antonio! In diesen Jahren war er seine rechte Hand gewesen. Und auch jetzt gab er alles für ihn.

Er zog ihn an sich. »So ist uns in allem Unglück doch ein Verbündeter geblieben«, sagte er schließlich.

»So ist es. Und nun geht«, drängte ihn der Cousin, ohne sich jedoch dieser Geste der Zuneigung entziehen zu können.

Gabriele löste sich aus der Umarmung und ging durch das Hauptschiff weiter bis zur Mitte der Kirche. Dort warteten die Männer, die für diese Unternehmung abgestellt waren. Sie trugen die Uniformen der örtlichen Milizen.

»Euer Gnaden«, sagte der, der ganz danach aussah, als

sei er der Anführer. »Mein Name ist Lorenzo Matteucci, doch alle kennen mich unter dem Kampfnamen Braccio Spezzato. Ich bin Soldat unter Francesco Sforza und damit beauftragt, Euch wohlbehalten nach Florenz zu bringen. Wenn Ihr genau das tut, was ich Euch sage, haben wir zumindest eine gewisse Chance auf Erfolg. Seid Ihr so weit?«, fragte der Mann mit den breiten Schultern und dem stahlharten Blick ohne Umschweife.

»Sagt mir, was ich tun soll«, erwiderte der Papst.

»Als Erstes bitte ich Euch, dies hier anzuziehen«, sagte Braccio Spezzato und reichte ihm eine lange graue Tunika mit Kapuze und weißem Stoffkragen sowie einer Klapper am Gürtel. »Mit der Kleidung eines Leprösen werden wir Neugierige fernhalten können. Was uns angeht«, sagte er in Richtung seiner vier Begleiter, »hoffen wir, in unseren Uniformen unbeobachtet durchzukommen. Die Nacht wird ein Übriges tun, denke ich.«

Während Gabriele die Kleidung anlegte, gab Braccio Spezzato seinen Männern Anweisungen. »Scannabue, du bleibst vor uns und überwachst den Weg. Ihr drei bewacht uns von hinten. Wenn Euer Gnaden so weit ist, würde ich jetzt ohne Verzug zur Mole gehen.«

Sobald er draußen war, überkam Gabriele ein Frösteln. Die Nacht war kalt, und die Piazza, über die ein eisiger Wind fegte, lag in tiefem Dunkel.

Braccio Spezzato war an seiner Seite. Vor ihnen hielt ein Mann eine Fackel und tat sein Bestes, ihren Weg zu beleuchten.

Hinter ihnen, in erforderlichem Abstand, folgten die drei anderen Männer.

Sie schritten ohne Zögern voran und überquerten die Piazza. Nachdem sie Santa Maria in Trastevere hinter sich gelassen hatten, begaben sie sich zum Ponte Sisto. Gabriele erkannte die dunklen Umrisse von San Lorenzo de Curtis.

Die Schritte des Grüppchens wurden begleitet von der Klapper, die an dem Gurtstrick baumelte, den Gabriele sich um die Taille geknotet hatte.

Als sie im Vicolo del Cinque angekommen waren, gab der Mann vor ihnen ein Zeichen.

Braccio Spezzato bedeutete ihnen, stehen zu bleiben.

»Eine Patrouille«, flüsterte Scannabue.

»Also gehen wir weiter«, gab der andere ihm darauf zurück, »sonst fallen wir auf.«

Wachsam setzten sie ihren Weg fort. Sie hatten das Ende der Gasse noch nicht erreicht, als sie auf zwei der Stadtwachen trafen.

40. Sforza, Medici und Condulmer

Kirchenstaat, Trastevere

Die beiden Wachen grüßten, als sie sie sahen.
»Grundgütiger«, rief einer der beiden aus. »Ihr habt einen Leprakranken bei Euch! Wohin wollt Ihr zu dieser Stunde?«

»Ins Arcispedale Santo Spirito hier im Viertel«, erwiderte Braccio Spezzato prompt und ohne Anstalten zu machen, stehen zu bleiben, denn er wollte dem anderen keinen Anlass bieten, eine Unterhaltung anzufangen. Er hoffte, dass die Autorität seiner Stimme, seit Jahren kommandoerprobt, dafür ausreichen würde. Außerdem war er Römer, so wie sie.

Doch die Wache schien zum Plaudern aufgelegt.

»Wo habt ihr den denn aufgegabelt?«

»Der trieb sich hier ganz in der Nähe rum«, antwortete Braccio Spezzato, doch diesmal klang er auch in seinen Ohren wenig überzeugend, sodass er schon das Schlimmste befürchtete.

Als er sah, dass das Grüppchen sich nicht anschickte, vor ihnen zu halten, sondern anscheinend einfach an ihnen vorbeigehen wollte, herrschte die Wache, die bis zu diesem Moment geschwiegen hatte, Braccio Spezzato rüde an.

»Ihr da, Signore! Ich kann mich nicht an Euren Namen erinnern. Und auch nicht, Euch schon mal bei der Wache gesehen zu haben.«

In dem Moment war Braccio Spezzato beinahe bei ihm angekommen. Ohne ein weiteres Wort zog er ein Messer aus dem Gürtel, und mit einer raschen, fließenden Bewegung schnitt er dem Mann die Kehle durch. Der hatte nicht einmal mehr die Zeit zu schreien. Er ruderte mit den Armen, streifte mit den Fingerspitzen die Uniform seines Angreifers und fiel schließlich auf die Knie. Der andere Wachmann riss die Augen auf und versuchte zu schreien. Er zog das Schwert, doch Scannabue, der hinter ihnen war, hielt ihm den Mund zu und durchbohrte ihn mit seiner eigenen Klinge zwischen den Schulterblättern.

Während die Wache leblos zu Boden fiel, packte Braccio Spezzato den anderen bereits unter den Armen und zerrte ihn in eine dunkle Ecke. Scannabue tat es ihm nach.

»Ihr drei«, sagte Braccio Spezzato zu den anderen seiner Männer, »kümmert Euch darum, die Leichen verschwinden zu lassen.« Gabriele Condulmer sah ihn entgeistert an. »Vergebt mir meine Taten, Eure Heiligkeit«, flüsterte er, »sie dienen einem höheren Zweck.«

Doch Eugen IV. war nicht imstande, etwas zu sagen.

»Wir müssen weiter«, sagte Francesco Sforzas Leutnant. »Der Bootsführer erwartet uns an der Biegung des Tibers. Dort liegt sein Boot vor Anker. Wir müssen uns beeilen, sonst ist alles verloren.«

Bei diesen Worten entfernte er die Klapper vom Gürtel des Papstes.

»Puh, diese Idee hätte uns beinahe noch aufs Schafott gebracht.«

Dann ergriff er den Papst am Arm und schritt forsch voran. Scannabue überholte sie und bildete die Vorhut. Auf diese Weise eilten sie durch die dunklen Straßen einer tiefschwarzen Nacht.

Gabriele traute seinen Augen nicht. Er sah, wie vereinzelt Lichter die Dunkelheit durchdrangen, immer wenn sie an eine Kreuzung gelangten, die durch eine Fackel oder ein Kohlebecken gekennzeichnet war. Auch Scannabue hielt eine Fackel in der Hand, und das schwankende Licht zeigte von Zeit zu Zeit irrlichternd seine Anwesenheit an. Ansonsten hörte man nur seinen keuchenden Atem und die Schritte von Braccio Spezzato.

Er war jetzt schon außer Atem. Am liebsten wäre er stehen geblieben, doch er wusste, dass dies nun nicht mehr möglich war. Sie mussten bis zum Ende durchhalten. Mittlerweile gingen sie am Tiber entlang. Er hörte das Schwappen des Wassers. Ihm war, als könne er sogar eine dunkle Gestalt in der Finsternis vor sich ausmachen, doch er war sich erst sicher, als eine Stimme die Stille durchschnitt und leise fragte: »Wer ist da?«

Braccio Spezzato ließ sich nicht aus der Fassung bringen. »Parole?«, verlangte er.

»Sforza, Medici und Condulmer!«, kam prompt die Antwort.

»Gut! Dann kommt rasch her.«

Jemand bewegte sich auf sie zu. Gleich darauf bekam der Papst im Schein von Scannabues Fackel einen Mann von beachtlicher Statur zu sehen. »Ich bin Francesco Rifredi, der Bootsmann«, sagte er lapidar.

»Na, dann wisst Ihr ja, was zu tun ist!«, antwortete ihm

Braccio Spezzato. Er wandte sich an Papst Eugen. »Heiligkeit, verzeiht die Merkwürdigkeiten dieser Nacht, doch habt bitte Vertrauen. Wir tun alles, um Euch zu schützen. Der Bootsmann wird Euch tragen, so vermeiden wir das Risiko, dass Ihr auf dem rutschigen Steg stürzt. Er kennt den Weg ganz genau und wird uns zu seinem Boot bringen. Wir bleiben hinter Euch, so kann Euch auf dem Weg dorthin niemand in den Rücken fallen.«

Im nächsten Augenblick spürte der Papst, wie ihn jemand unter den Armen hochhob, und fand sich gleich darauf auf den Schultern des Bootsmanns wieder. Im Dunkel unter der Kapuze konnte er so gut wie nichts erkennen. Er merkte nur, wie er in luftigen Höhen schaukelte, während dieser unglaubliche Mann die Strecke vom Ufer zum Steg in einer verblüffenden Geschwindigkeit zurücklegte. Innerhalb kürzester Zeit erreichte er den Kahn und überstieg behände die Bordwand.

Hinter sich hörte er keuchend die anderen beiden Beschützer hinzukommen.

»Macht die Leinen los, während ich mich darum kümmere, unseren Passagier zu verstecken«, ordnete der Bootsmann an. »Heiligkeit«, flüsterte er dann, »ich lasse Euch jetzt herunter.«

Gabriele stand wieder auf seinen eigenen Füßen. Eine plötzliche Schaukelbewegung zeigte ihm an, dass er sich im Laderaum des Kahns befinden musste. Dank des eisernen Griffs des Bootsmanns gelang es ihm, sich auf den Beinen zu halten. »Ich werde Euch helfen, Euch im Bootsrumpf hinzulegen. Verzeiht, aber damit Euch niemand sieht, werde ich Euch lieber unter einem Schild verstecken. Vielleicht ist das übervorsichtig, aber es ist besser, kein Risiko einzugehen. Euer Leben, Heiligkeit, ist zu wichtig.«

Gabriele nickte erschrocken.

Er legte sich also, um sein Versprechen gegenüber Braccio Spezzato zu halten, ohne große Diskussionen auf den Bauch. Gleich darauf spürte er, wie der Bootsmann einen großen eisernen Schild auf ihn legte. Dann hörte er, wie sich die Schritte des Mannes aus dem Laderaum entfernten.

Er schloss die Augen und befahl seine Seele Gott.

So blieb er eine Zeit lang liegen, die ihm unendlich vorkam. Vor Angst und Anspannung gelang es ihm nicht einzunicken, wie er es gern getan hätte.

Mit einem Mal hörte er, wie gewaltige Schläge das Boot trafen. Er hatte keine Ahnung, worum es sich handelte, aber es klang, als regnete es Steine vom Himmel. Er hörte es gegen die Planken donnern. Unmenschliches Geschrei drang von außen herein, gedämpft durch die Bootswände. Kalter Schweiß lief ihm in den Nacken. Ihm war, als hätte ihn ein Fieber gepackt, während die dumpfen Schläge weiter zu hören waren. Der Papst bat Gott um Gnade. Würde der Kahn halten? Und gerade, als er fürchtete, dass Holz würde bersten, hörten die Schläge so plötzlich auf, wie sie begonnen hatten. Gabriele seufzte und dankte dem Herrn. Er hatte schon geglaubt, in diesem Boot wie eine Maus in der Falle zu enden, von Wasser überflutet, und am Ende vielleicht zu ertrinken. Doch das Holz hatte standgehalten, und nun herrschte wieder absolute Stille.

Gabriele hoffte, dass oben an Deck nicht alle tot waren.

Erneut schloss er die Augen und betete; er bat Gott inständig, er möge ihn von diesem Grauen erlösen.

41. Der Pirat

Mittelmeer, vor Civitavecchia

Er hatte sich in die Hände von Vincitello d'Ischia begeben, der, musste man klar sagen, nichts anderes war als
ein Pirat. An ihm war nichts Vertrauenerweckendes – weder
die dunklen, schmierigen Haare, die sonnenverbrannte
Haut, die zerlumpten Kleider noch der breite Gürtel, in dem
eine Reihe von Messern steckte –, kurz, alles deutete darauf
hin, dass er von Diebstahl und Raub lebte. Und als echter
Seewolf machte Vincitello auch gar keinen Hehl aus seiner
wahren Natur. Er prahlte sogar damit und gab mit Vorliebe
Geschichten von Mord und Totschlag zum Besten, stets von
wildem Gelächter unterbrochen, das fast immer in heftige
Hustenanfälle überging.

Die unangenehme Stimme und die raubtierhaft schim-
mernden grünen Augen jagten Gabriele Condulmer kalte
Schauer über den Rücken. Wie zur Bestätigung seiner
schlimmsten Befürchtungen sah man bei den Ruderern
ebenso wie bei der übrigen Besatzung an Bord grimmige
Mienen und Narben, die verrieten, dass sie zweifellos zum
schlimmsten Abschaum der Mittelmeerhäfen gehörten.

Er hoffte, dass Vincitello wenigstens gut bezahlt worden
war. Braccio Spezzato hatte ihm zugesichert, dass sie Pisa

anlaufen und von dort dank des engen Bündnisses mit Venedig und der maßgeblichen Beteiligung von Francesco Sforza nach Florenz gelangen würden.

Doch der Papst war sich dessen nicht ganz sicher.

Das Schiff, auf dem er sich nun befand, war vergleichsweise klein, es hatte etwa ein Dutzend Ruderbänke, eine schmale Brücke und zwei Masten mit rechteckigen Segeln. Gabriele verstand sich zwar nicht sonderlich auf Schiffe, doch als guter Venezianer erkannte er eine Brigantine, wenn er sie sah, und diese hier schien besonders schnell zu sein, was einmal mehr bestätigte, wie wichtig es für Vincitello war, die Meere mit hoher Geschwindigkeit durchpflügen zu können.

Als der zweite Mann des Kapitäns ihn einige Zeit zuvor unter Deck geführt und ihm eine flohverseuchte Pritsche angeboten hatte – die offenbar nichtsdestotrotz das Paradestück der Einrichtung darstellte –, hatte der Papst diese freundliche Geste gern angenommen und sich auf die strohgefüllte Matratze fallen lassen. Dort hatte er wohl ein wenig geschlummert.

Nun stand er wieder auf der Brücke. Er betrachtete das tiefblaue Meer und die frische weiße Gischt.

Braccio Spezzato trat zu ihm. »Euer Gnaden, habt ihr Euch ein wenig ausgeruht?«

»Mein lieber Freund, ich muss zugeben, dass die Angst, die ich vor zwei Nächten unter dem Schild im Bauch jenes Kahns durchgestanden habe und die Tatsache, dass diese waghalsige Flucht, wie ich Euch ja nicht sagen muss, noch nicht beendet ist, mich daran gehindert haben, erholsamen Schlaf zu finden.«

Braccio Spezzato hüstelte. »Das verstehe ich vollkommen, Euer Gnaden. Doch die Lage war verzweifelt.«

»Ich weiß.«

»Die Schläge, die Ihr gehört habt, kamen von den Steinen, die die Männer der Colonna auf uns schleuderten, als wir uns Ostia näherten.«

»Ah.«

»Doch ich bitte Euch, mir zu glauben, dass sich die Situation zum Guten wendet. Innerhalb der nächsten Stunde werden wir Pisa erreichen, und von dort wird Euch eine Eskorte bis nach Florenz begleiten.«

»Endlich.«

»Dort seid Ihr in Sicherheit.«

»Meint Ihr?«

»Aber sicher. Euer guter Freund Giovanni Maria Vitelleschi, der Bischof von Recanati, hat bereits eine Unterkunft für Euch vorbereitet, und Eure Getreuen werden dort in ein paar Wochen zu Euch stoßen.«

»Wo?«

»Eure Gemächer werden sich in der Nähe von Santa Maria Novella befinden.«

Diese Aussicht erschien dem Papst geradezu paradiesisch.

»Florenz und Venedig. Und Francesco Sforza. Sie sind alle auf meiner Seite. Und der Herzog von Mailand?«

»Ich vertraue darauf, dass Filippo Maria Visconti derzeit vollauf mit der Unterstützung Aragóns beschäftigt ist, und selbst wenn er vielleicht ahnt, dass mein Hauptmann sich für seine eigene Sache schlagen will, so ist er doch gezwungen, seine Aufmerksamkeit der Nachfolge auf dem neapolitanischen Thron zu widmen. In gewisser Hinsicht sind ihm die Hände gebunden. Das müssen wir ausnützen.«

»Ich werde Francesco Sforza geben, was er verdient.«

Braccio Spezzato nickte ein weiteres Mal.

»Auch wenn ich aus Rom vertrieben wurde, bin ich doch immer noch der Papst und kann Eurem Hauptmann Titel und Lehen verleihen.«

»Er wird es Euch danken.«

»Ja. Vorausgesetzt, wir schaffen es, nach Pisa zu kommen.«

»Fürchtet Ihr, Vincitello könnte sein Versprechen nicht einhalten?«

»Erscheint Euch das so abwegig? Seht ihn Euch an«, sagte der Papst und schaute in Richtung des Kapitäns.

Vincitello stand wichtigtuerisch auf dem Achterdeck, in der Hand eine Flasche. Dem schallenden Gelächter der Umstehenden nach zu urteilen, gab er bestimmt wieder eine seiner Angebergeschichten zum Besten.

Braccio Spezzato seufzte. »Ich weiß, dass er einen schlechten Eindruck macht, doch dieser Pirat ist ein anständiger Mann. Wenn er sein Geld bekommen hat, erfüllt er seine Aufträge auch.«

»Ah, er wurde bezahlt?«

»Großzügig.«

»Und von wem? Von meiner Familie?«, fragte Gabriele, der in diesem Moment nur hoffte, seine Schwester Polixena wiedersehen zu können.

»Soweit ich weiß, ist es wiederum Cosimo de' Medici gewesen. Der sich übrigens gerade in Venedig aufhält.«

»Also hat er vielleicht meine Schwester gesehen!«

»Mit großer Wahrscheinlichkeit.«

»Polixena.« Gabriele war bewegt, und seine Stimme heiser. Im selben Augenblick hörte man den Ausguck schreien.

»Land in Sicht!«

Mit einem Mal war die Luft von Befehlen erfüllt, und die Seeleute begannen, in die Wanten zu klettern. Die Ruderer mussten ihre Schlagzahl erhöht haben, denn die Brigantine kam sehr viel schneller voran als vorher.

»Pisa«, sagte Braccio Spezzato schließlich.

»Pisa«, wiederholte der Papst ungläubig.

42. Im Taubenschlag

Herzogtum Mailand, Castello di Porta Giovia

Filippo Maria Visconti bebte vor Wut.

Er verlor allmählich jegliche Kontrolle über Francesco Sforza. Genauso wie davor schon bei Carmagnola. Dabei hatte er ihm seine Tochter versprochen! Nachdem er um Aufschub gebeten und sich über die magere Bezahlung beklagt hatte, hatte der zukünftige Schwiegersohn schließlich sein Zögern aufgegeben und sich auf seinen ausdrücklichen Befehl hin in eine militärische Unternehmung sondergleichen gestürzt.

Nachdem er mit Feuer und Schwert über die Marken hinweggefegt war, war er bis vor die Mauern von Orvieto gelangt. Vor den Toren des Kirchenstaates angekommen, zauderte Sforza jedoch. Wie zur Bestätigung seiner schlimmsten Befürchtungen hielt der Herzog nun eine Nachricht in den Händen, die von einem seiner Spione stammte. Der Condottiere dachte überhaupt nicht daran, in Rom einzumarschieren, er schindete lediglich Zeit, um so Eugen IV. die Flucht zu ermöglichen.

Nicht nur hatte der Papst sich auf dem Tiber eingeschifft und die Ewige Stadt verlassen, sondern er war bis Ostia und von da weiter bis nach Civitavecchia gelangt, um sich von dort auf direktem Weg per Schiff nach Pisa zu begeben. Statt den Hafen zu blockieren und ihn aufzuhalten, war Sforza geblieben, wo er war. Was die Colonna anging, hatten sie sich einmal mehr als ein nichtsnutziger Haufen erwiesen.

Nun segelte der Papst höchstwahrscheinlich in den sicheren Hafen von Pisa, wo ihn die Florentiner in Empfang nehmen würden, seine Erzfeinde.

»Verdammt!«, fluchte er und wischte sich den Schweiß von der Stirn.

Also wandte sich auch Sforza von ihm ab! Und alles zugunsten dieses verfluchten venezianischen Papstes, der nun offenbar in den Florentinern unverbrüchliche Verbündete fand.

Hinter all dem musste doch mal wieder Cosimo de' Medici stecken! Wer, wenn nicht seine Bank könnte eine solche Flucht finanzieren? Bestimmt die Filiale in Rom! Und wie war es möglich, dass die Colonna die Mittel und Vorhaben dieses Mannes nicht im Blick gehabt hatten? Glaubten sie vielleicht, das Exil in Venedig könnte die Ambitionen des Medici bremsen? Sollten sie das wirklich glauben, wären sie noch dümmer, als er fürchtete. Wo doch Florenz und Venedig schon seit einiger Zeit verbündet waren!

Es war zum Speien. Er lehnte sich im Stehen an die Mauer. Was sollte er machen? Sicher, Sforza war nicht sein einziger Söldnerhauptmann. Niccolò Piccinino war ebenfalls ein fähiger Mann und sogar noch blutrünstiger, aber das war nicht der Punkt! Sforza würde seine Tochter heiraten. Hatte er ihn also komplett getäuscht? Als Pier Candido Decembrio ihm diesen Namen vorgeschlagen hatte, hatte der Herzog wirklich geglaubt, dies sei eine gute

Lösung. Und, Ironie des Schicksals, er glaubte es immer noch.

Er wusste jedoch, dass dieses Gefühl, wie ein Anfänger vorgeführt worden zu sein, keine Einbildung war. Eugen IV. ging ihm gerade tatsächlich durch die Lappen. Doch es war praktisch unmöglich, ihn daran zu hindern.

Die Hitze war unerträglich. Er hatte das Gefühl zu ersticken. Er rang nach Luft, öffnete sein Wams, riss es sich beinahe vom Leib; seine Brust hob und senkte sich unter seinem keuchendem Atem.

Der Colombiere sah, wie Filippo Maria Visconti nach Luft schnappte und jeden Augenblick das Gleichgewicht zu verlieren drohte. Er hatte ihm zugesehen, wie er die Nachricht las und allmählich die Wut in ihm aufstieg, er zitterte fast vor Empörung und Hass, die durch das Gelesene entfacht worden waren. Als er nun Zeuge wurde, wie der Herzog an der Mauer zusammensackte und dabei mit den Nägeln über die Wand kratzte, bis sie abbrachen, begriff er, dass die Situation sich zuspitzte. Flink war er zur Stelle, um Filippo Maria Visconti genau in dem Moment aufzufangen, als er sich auf seinen müden, rachitischen Beinen nicht länger halten konnte und das Bewusstsein verlor.

Diese höllische Hitze, dazu der Ärger, das hatte ihm den Rest gegeben.

»Wache!«, schrie der Colombiere, und nochmals: »Wache!« Unterdessen verdichtete sich das Gurren der Tauben zu einem dumpfen und beunruhigenden Geräusch.

Ein drittes Mal schrie der Mann: »Wache!« Endlich waren Fußtritte auf den Stufen des Turms zu hören. Einige Augenblicke später trafen zwei atemlose Soldaten ein.

»Wir müssen den Herzog retten!«, rief der Colombiere. »Helft mir, ihn hinunterzutragen.«

Dann nahm er einen Arm Filippo Maria Viscontis und legte ihn sich um den Hals, eine der Wachen tat es ihm nach.

Zweiter Teil

1441
43. Paolo di Dono

Republik Florenz, Palazzo Medici

Was habt Ihr Euch da Wunderbares ausgedacht, Maestro!«, rief der Papst beim Anblick des großen Freskos aus, das die Wand des linken Seitenschiffs des Florentiner Doms schmückte.

Paolo di Dono, der allgemein unter dem Namen Paolo Uccello bekannt war, wehrte mit einem Schulterzucken ab. Dieser außergewöhnliche Maler war ein scheuer Mann, und zwar in einem Maße, dass er sogar eine Begegnung mit dem Papst vermieden hätte, wenn es möglich gewesen wäre. Doch Cosimo de' Medici hatte andere Vorstellungen.

»Heiligkeit«, sagte er, an Eugen IV. gewandt, »Paolo zählt zu den herausragenden Söhnen von Florenz und ist einer der bedeutendsten Kenner der Geheimnisse der Malerei.«

»Das ist in der Tat so«, sagte der Papst ganz angetan, der dem Herrn über Florenz nunmehr seit einigen Jahren schon tief verbunden war. Er liebte diese Stadt ganz besonders, seit er die Konsekration ebendieser Kathedrale Santa Maria del Fiore zelebriert hatte, die stattfand, nachdem deren Kuppel, das Werk von Filippo Brunelleschi, fertiggestellt worden war. Nicht allein das: In Florenz war er auf dem jüngsten

Konzil das absolute Oberhaupt der römischen Christenheit gewesen; mit seiner Unterschrift unter das Dekret *Laetentur coeli* hatte das Konzil seinen Höhepunkt in der Wiedervereinigung von griechischer und lateinischer Kirche erreicht. Sieben Jahre waren vergangen, seit er wie ein Bettler aus Rom geflohen war, beschützt von einem Mann Francesco Sforzas. Eine Zeit, die ihm unendlich lang vorkam.

»Wenn ich mir erlauben darf, Maestro«, sagte der Papst an Paolo Uccello gewandt, »so glaube ich, dass diese Eure erstaunliche Arbeit den Geist unserer Zeit perfekt einfängt.«

»Ihr habt recht, Heiligkeit«, bestätigte Cosimo.

»Ja«, sagte Paolo ruhig, fast, als befinde er sich in einer anderen Welt, »ich habe versucht, Giovanni Acuto darzustellen, doch in Wirklichkeit ist er der Inbegriff aller Kriegsleute dieser Jahre.«

»Versucht? Ach, kommt, Maestro«, mahnte ihn Cosimo, »Ihr seid zu bescheiden. Diese Komposition ist einzigartig. Darüber hinaus sind wir bestens im Bilde, dass der Typus des politisch handelnden Condottiere in Eurem Werk stets Symbol der *virtus militare* ist, der soldatischen Tugend.«

»Doch, wirklich schön«, bekräftigte der Papst, der seine Bewunderung nicht zurückhalten konnte. »Wie gelungen die Verwendung der grünen Erde ist, ganz als sei es eine Bronzeskulptur!«

»Ich wollte die bildhauerischen Vorbilder der klassischen Antike wiederaufnehmen. Abgesehen davon«, bemerkte Paolo mit einem überraschend maliziösen Ausdruck, »entsteht dadurch sowie durch das Ausnutzen des natürlichen Lichtes, das durch die Fenster der Kathedrale fällt, im Gesicht des Hauptmanns sowie bei dem Pferd, auf dem er sitzt, ein interessantes Schattenspiel. Das verstärkt, wie Ihr richtig bemerkt habt, den Eindruck, vor einer Skulptur zu stehen, obwohl es sich in Wirklichkeit um ein Fresko handelt, das auf Leinwand übertragen wurde.«

»Genauso ist es!«, bestätigte Cosimo.»Ganz zu schweigen von Eurer persönlichen Handschrift – dieses gewiefte Spiel mit der Perspektive, durch das der Sockel des Reiterdenkmals von unten zu sehen ist, während die Figur des Reiters und das Pferd ganz klar in einer Frontalansicht gezeigt werden.«

»Für den Betrachter ergibt sich daraus eine ganz und gar verfremdete Ansicht«, ergänzte Eugen IV.»Wirklich, ich bin voller Bewunderung.«

Paulo verneigte sich leicht.»Ich danke Euch, Heiligkeit«, sagte er mit großer Bescheidenheit.

»Mir ist zu Ohren gekommen, dass Ihr im Auftrag von Leonardo Bartolini Salimbeni an einem außergewöhnlichen Triptychon arbeitet.« Cosimo de' Medici entfuhr ein Seufzer, als würde ihm ein Meisterwerk entgehen.

»Ah! Da seid Ihr bestens informiert!«

»Das gehört zu meinem Beruf«, erwiderte Cosimo, und in seinem Blick blitzte es.»Also werde ich warten, bis ich zu sehen bekomme, was bereits als ganz besonderes Werk gepriesen wird, und unterdessen …« Der Herr über Florenz kam nicht dazu, den Satz zu beenden, denn er wurde gewahr, dass ein Kardinal, der im Dienste des Papstes stand, zu ihnen getreten war und etwas bei sich trug.

»Verzeiht mir, Eure Heiligkeit«, sagte der Prälat.»Dieser Brief ist für Euch angekommen. Er trägt das Siegel von Aragón.«

»Ich danke Euch«, antwortete der Papst, brach das Siegelwachs und öffnete den Umschlag aus feinstem Pergament.

Während sich um ihn herum plötzliches Schweigen herabsenkte, überflog Gabriele Condulmer rasch die eng geschriebenen Zeilen, die zwei Blätter füllten.

»Schlechte Neuigkeiten?«, fragte Cosimo.

»Sehr schlechte«, antwortete der Papst. »Wo können wir darüber sprechen?«

»Bei mir, rasch!«

»Dann lasst uns gehen, wir haben keine Sekunde zu verlieren«, sagte Eugen IV.

44. Campovecchio

Königreich Neapel, Campovecchio, nahe der Porta Nolana

In seinem Zelt vertrieb sich Alfons von Aragón die Zeit mit einem Becher Wein.

Er dachte an die letzten Jahre zurück. Nachdenken lag ihm nicht, er war ein Mann der Tat, aber der Wein und die Trägheit dieser Tage brachten ihn dazu, sich mit sich selbst auseinanderzusetzen.

Er hatte Männer nach Torre del Greco und Pozzuoli geschickt und eine Verteidigung nach der anderen zu Fall gebracht. Desgleichen in Vico und Sorrento, und somit hatte er die Nachschublinien blockiert. Seine getreuen Cossin, genannt die Erbarmungslosen, die *sin caridad*, die ihm von Medina del Campo gefolgt waren, hatten wie Löwen gekämpft, aber die Festung Maschio Angioino, die erst vor zwei Jahren aufgrund massiven Kanonenbeschusses durch die Genuesen verloren gegangen war, hatte standgehalten und stellte zunehmend eine unbezwingbare Verteidigungsanlage dar, an der seine Männer zu scheitern drohten.

Seit nunmehr zehn Jahren versuchte er beharrlich, diese unbeugsame Stadt zu bekämpfen, aber René I. d'Anjou hatte sich als temperamentvoller Gegner erwiesen, imstande, die bescheidenen Mittel, die ihm zur Verfügung standen, durch Tapferkeit und Mut wettzumachen. Dieser lang andauernde Konflikt hatte den Herzog zudem gelehrt, den italienischen Söldnerführern zu misstrauen. Er war vielmehr zu der Überzeugung gelangt, dass man sie nur als das sehen konnte, was sie waren: Verräter. Entsprechend musste man mit ihnen umgehen.

Der letzte in einer langen Reihe seelenloser Führer war Antonio Caldora gewesen, der durch seine Weigerung, den Befehlen Renés d'Anjou zu gehorchen und seinen eigenen Aragonesen aufs Schlachtfeld von Apollosa zu folgen, den sicheren Sieg des französischen Herzogs gefährdet hatte.

Alfons wusste nicht, womit Caldora sein unverzeihliches Verhalten rechtfertigen wollte. Es ging das Gerücht, er habe auf diese Weise vermeiden wollen, in eine Falle zu gehen. Eine kindische Ausrede, die sich ein Mann wie der Herzog bestimmt nicht gefallen lassen würde. Die Reibereien zwischen den beiden hatten sich nicht gelegt, da René d'Anjou dieses Fehlverhalten Caldora bei jeder Gelegenheit vorhielt und ihn sogar bei einem Essen in Gegenwart seines Onkels gedemütigt hatte. Das hatte zwischen den beiden einen unüberwindlichen Graben aufgerissen, und nun hatte der Söldnerhauptmann ausgerechnet ihm seine Dienste angeboten.

Alfons hatte eingewilligt, wohlwissend, dass es für ihn keine Bedeutung haben würde, denn der Mann war ein Feigling und ein Faulpelz, und er wollte bestimmt keinen solchen Soldaten als Verbündeten. Aber er hatte sein Angebot dennoch öffentlich angenommen.

Davon abgesehen gab es solch doppeltes Spiel nicht nur bei den Söldnerführern. Selbst der Herzog von Mailand hatte sich im Laufe der Zeit als wechselhaft und als ein Mann ohne Skrupel erwiesen. Anfangs hatte er sich auf seine Seite geschlagen, ihn unterstützt und ihm die Männer von Niccolò Piccinino zur Verfügung gestellt. Dann hatte er mit ihm Verhandlungen darüber angefangen, seine einzige Tochter Bianca Maria seinem Erben Ferrante zur Frau zu geben. Doch dann hatte es sich Filippo Maria anders überlegt. Nur um seinen Launen nachzugeben, hatte Alfons als Alternative seinen Bruder Enrico vorgeschlagen, Großmeister des Santiagoordens, der Witwer war. Doch nicht einmal diese Option schien den unersättlichen Visconti zufriedenzustellen.

Am Ende waren die Beziehungen ruiniert, und das war gewiss nicht seine Schuld. Nun hatte der Herzog von Mailand nicht nur der Hochzeit Bianca Marias mit dem verhassten Francesco Sforza seinen Segen gegeben, sondern bereitete auch ein Friedensabkommen mit Papst Eugen IV. sowie mit Venedig und Florenz vor und forderte ihn auf, es ihm gleichzutun. Dieses Ansinnen erschien umso abwegiger, als sowohl ihm als auch Filippo Maria bis zu diesem Zeitpunkt jegliches Mittel recht gewesen war, dem Papst im Weg zu stehen – sei es durch die eigenen Repräsentanten beim Konzil von Basel, sei es, indem man den Gegenpapst Felix V. unterstützte, der von ebenjener heiligen Versammlung ernannt worden war. Das brachte Alfons letztendlich selbst in Schwierigkeiten: Er war dafür verantwortlich, dass das unrühmliche Schisma, das durch die Wahl Eugens IV. gerade erst überwunden worden war, wieder eingeführt wurde.

Kurz, in diesen zehn Jahren hatte Alfons zwei Dinge gelernt: dass man den Männern auf dieser verdammten Halbinsel nicht trauen konnte, weil die einen neidisch waren auf die anderen, weil sie misstrauisch und Verräter waren.

Und dass man lernen musste, sich genauso zu benehmen wie sie.

Doch abgesehen von den vielen Unannehmlichkeiten, die er in der Terra di Lavoro erlebt hatte, musste Alfons René d'Anjou doch eines lassen: Wie er hinter den Mauern von Neapel Widerstand geleistet hatte, das war heldenhaft.

Die achthundert Genueser Armbrustschützen, die den Anjou zu Hilfe kamen, hatten erhebliche Lücken in seine Reihen gerissen, während die mit Bleikugeln beladenen Schleudern und die Körbe mit Steinen ein Übriges getan hatten. Selbst wenn man den katastrophalen Ausgang mancher Begegnungen außen vor ließ, hatte sich Alfons mittlerweile an den Gedanken gewöhnt, Neapel durch Hunger oder Verrat einzunehmen.

Man konnte zwar gewiss nicht sagen, dass er in der Klemme war, im Gegenteil, er hatte die Stadt in die Zange genommen, wodurch nahezu jeglicher Fluchtweg abgeschnitten war. Doch beim derzeitigen Stand der Dinge hatte er beschlossen, lieber abzuwarten, auch weil René d'Anjou inzwischen schlechtergestellt war als er.

So blieb er in seinem Zelt in Campovecchio, enttäuscht und entmutigt, während der milde Herbst ihm eine leichte Brise schenkte, die den eindringlichen Geruch nach Meer und Salz mit sich trug.

Er holte tief Luft, unschlüssig, was er tun sollte. Don Rafael Cossin Rubio, Hidalgo aus Medina saß ihm gegenüber und nippte an einem Malvasier, einem Likörwein. Er hatte zwei Orangen zerteilt, deren süßer, voller Duft sich deutlich vom herben Aroma der Zitronen abhob, die der König von Sorrent hatte liefern lassen.

Alfons trennte sich niemals von seiner zuverlässigen rechten Hand, und deshalb nahm sich Don Rafael manchmal Freiheiten heraus, die man übertrieben nennen konnte, doch der Aragonese hätte diesen Mann mit Gold aufgewogen und war ihm gegenüber daher äußerst nachsichtig. Nie hatte er einen Freund und Vertrauten so nötig gehabt wie in dieser heiklen Lage, und Don Rafael war genau das: ein Waffenbruder, ein Freund, auf den er zählen konnte und dem er, wenn nötig, sein Leben anvertrauen konnte.

Ihm zuzusehen, wie er die Orangen in sich hineinfutterte, ärgerte den König jedoch. »Don Rafael, Neapel leistet beharrlich Widerstand. Die Tage vergehen, und ich weiß nicht, wie ich die Angelegenheit beenden soll. Dieser Krieg dauert schon zu lange, und ich fürchte, ich habe diesen verdammten Flegel René d'Anjou unterschätzt«, schloss er mit einem Anflug von Bitterkeit.

»Geduld, Eure Majestät, Eile ist eine schlechte Ratgeberin.«

»Geduld, sagt Ihr – da könntet Ihr recht haben. Viele Male habe ich mich gefragt, warum ich es so eilig habe mit dieser uneinnehmbaren Stadt, und am Ende bleibt mir immer nur eine Antwort: ihre unvergleichliche Schönheit. Die steilen Klippen, das kristallklare Wasser, der Duft des blühenden Oleanders. Man meint, Gott selbst habe den Golf geküsst und ihm übermenschliche Schönheit eingehaucht. Und genau darum kann ich mir keine andere Hauptstadt für mein Reich vorstellen, versteht Ihr. Mir ist bewusst, dass sich das wie eine Laune anhören mag ...«

»Doch ist es immer noch die Laune eines Herrschers, Eure Majestät«, beendete Don Rafael den Satz.

»Besser hättet Ihr es nicht sagen können, mein lieber Freund. Und da ich der Herrscher bin, sage ich: Lasst uns die verdammten Anjou lehren, was Kriegskunst ist und sie schleunigst aus der Stadt verjagen.«

»Leichter gesagt als getan, mio Signore«, merkte Don Rafael an und steckte sich den zigsten Orangenschnitz in den Mund.

»Man bräuchte ein bisschen Glück!«

»Richtig. Wobei ... Vielleicht sind wir da auf etwas gestoßen.«

Alfons von Aragón riss ungläubig die Augen auf. »Wirklich? Was meint Ihr? Und wann gedachtet Ihr, mir das zu sagen?«

»Ich sage es Euch ja gerade. Ich habe es vor Kurzem entdeckt, Eure Majestät. Vorausgesetzt, meine Entdeckung nutzt überhaupt etwas. Ich versuche, es korrekt zusammenzubekommen: Gestern Abend ist eine Frau ins Feldlager gekommen und hat um Brot gebeten. Ich will mich nicht mit Einzelheiten aufhalten, warum und wieso ich ihre Bitte erfüllt und was ich im Gegenzug verlangt habe, fest steht aber, dass sie mir, während ich damit beschäftigt war, den vereinbarten Preis für den Gefallen einzulösen, eine merkwürdige Geschichte erzählt hat.«

»Wirklich? Ihr wollt mir weismachen, dass eine Hure Euch des Rätsels Lösung ins Ohr geflüstert hat?«

»So würde ich sie nicht nennen, Majestät. Davon abgesehen, habe ich eines begriffen: Neapels Frauen sind seltsam, Herr. In ihrem Blick verbergen sie unergründliche Geheimnisse, doch was ihre Lippen preisgeben, ist noch rätselhafter. Nun, ich glaube, ich weiß, warum dieses raffinierte Biest meine Neugier wecken wollte. Sie weiß genau, dass sie mich mit dieser kleinen List noch um weitere Gefälligkeiten bitten kann. Wie dem auch sei, sie sagte, sie kenne einen gewissen *pozzaro*, der im letzten Jahr im unterirdischen Wassernetz der Stadt gearbeitet und sich ein paar Soldi verdient habe. Bei dieser Gelegenheit habe er entdeckt, dass es eine Möglichkeit gebe, ungesehen ins Innere der Stadtmauern von Neapel zu gelangen.«

Alfons von Aragón blieb vor Staunen der Mund offen stehen. Es gab also einen Weg? Die Frau konnte natürlich auch gelogen oder eine Geschichte weitererzählt haben, von der sie gehört hatte, allein zum Zweck, sich bei Don Rafael erkenntlich zu zeigen. Doch so wie die Dinge lagen, musste man versuchen, mehr zu erfahren.

»Was Ihr mir da erzählt, mein Freund, ist außerordentlich interessant. Sagt mir doch, besteht die Aussicht, dass diese Frau wiederkommt?«

Don Rafael schien darüber nachzudenken. »Um die Wahrheit zu gestehen, habe ich ihren Worten nicht allzu viel Gewicht beigemessen. Sie sagte, sie würde nächsten Monat wieder zu mir kommen.«

»Kennt Ihr ihren Namen?«

»Ich habe sie nicht gefragt, und sie hat ihn mir nicht gesagt.«

»*Madre de Dios!* Noch einen Monat! Besteht keine Möglichkeit, sie ausfindig zu machen?«

»Ich wüsste nicht wie.«

»Gehört sie nicht zu den Dirnen, die das Heer begleiten?«

»Wie ich Euch schon sagte, leider nein, Eure Hoheit. Sie kam mir vor wie eine Verrückte, wenn Ihr versteht, was ich meine. Eine Wilde mit zerrauften, langen schwarzen Haaren, Augen wie glühende Kohlen, blutroten Lippen und kräftigen runden Hüften, wie ich wohl noch keine gesehen habe. Sie war allein unterwegs, als ob sie sich keinerlei Sorgen machen müsste, kam zu mir und bat mich um Essen mit der fordernden Arroganz einer Königin. Keinen Augenblick habe ich geglaubt, ich könnte ihre rebellische Ader bändigen. Sie hatte etwas an sich ...«

»Ach, kommt schon, Don Rafael, jetzt übertreibt Ihr, schließlich ist sie doch nur eine bedauernswerte Kreatur.«

»So kann man es natürlich sehen, Majestät. Doch um ehrlich zu sein, je länger ich darüber nachdenke, desto weniger glaube ich das. Ich würde vielmehr sagen, sie ist im Vollbesitz ihrer weiblichen Reize, mehr als ich es je erlebt habe. Und zwar so, dass ich nicht das Gefühl hatte, mich ihrer zu bedienen, sondern umgekehrt, dass sie mich benutzt.«

»So viel scheint sicher, Eurer Erzählung nach.« Alfons von Aragón seufzte. »Na schön«, sagte er dann. »Wir werden jetzt diese verdammte Stadt weiter belagern, und sollte es uns nicht gelingen, sie in den Griff zu bekommen, wollen wir hoffen, so schnell wie möglich Eure tapfere Raubkatze wiederzusehen.«

Don Rafael nickte.

»Bittet sie, wenn Ihr sie seht, Euch zu dem *pozzaro* zu bringen und gemeinsam mit ihm bei mir vorstellig zu werden. Sagt ihr, dass ich sie zu entlohnen weiß.«

»Selbstverständlich, Eure Majestät!«

Ohne zu antworten, verließ Alfons das Zelt.

Der Abend war herabgesunken, und die Farbe des Himmels wechselte von Rot zu Schwarz. Im Lager sah er Feuer brennen, Kohlebecken und Lagerfeuer, die einen warmen Lichtschein verbreiteten. Ganz hinten im vagen Licht der

Dämmerung sah er die lange Mole und das Castel dell'Ovo, das mit seinen beiden Türmen ins Meer hinausragte.

Alfons betrachtete die kantigen Formen der Festung, die er vor einiger Zeit erobert hatte, was jedoch noch nicht ausgereicht hatte, um in die Stadt einzudringen. In diesem Moment schwor er sich, dass Neapel schon bald ihm gehören sollte.

45. Allianzen und Strategien

Republik Florenz, Palazzo Medici

Cosimo de' Medici sah den Papst besorgt an. »Eure Heiligkeit, ich bitte Euch, sagt mir, was Euch bedrückt.«
»Selbstverständlich, lieber Freund. Der Brief kommt von Alfons V. von Aragón, der gerade dabei ist, Neapel zu belagern.«
»Und das schon seit undenkbar langer Zeit.«
»So ist es. Ihr wisst ja, dass er Ansprüche auf dieses Reich erhebt, als designierter Nachfolger von Johanna II., die ihn gegen Ludwig III. von Anjou um Hilfe gebeten hatte.«
»Sicher, und ebenso gut erinnere ich mich daran, dass ihm dieses Recht wegen seiner Aufdringlichkeit und Gier von derselben Königin bei einer weiteren Gelegenheit abgesprochen wurde. Sie bestimmte stattdessen René d'Anjou zum Erben.«
Gabriele Condulmer schüttelte den Kopf. »Ach, die Frauen, mein Lieber. Ihr habt keine Vorstellung, wie viele Probleme sie mir schon bereitet haben. Wenn auch mit den besten Absichten, aber so ist es! Ihr habt den Kern der Sache genau erfasst. Aber das ist nicht der einzige Punkt. Ihr werdet Euch sicher ebenso gut daran erinnern, dass sich Alfons von Aragón gegenüber meinem Vorgänger Martin V. sehr

uneindeutig verhalten hat. Bis hin dazu, dass er sogar den Gegenpapst Benedikt XIII. unterstützte, indem er ihm Zuflucht und Aufenthalt im Castello di Peñíscola, in Aragón eben, gewährte.«

»Und somit die Ungewissheit nährte, die bis heute anhält.«

»Ich würde sogar noch weitergehen«, fuhr der Papst fort. »Infolge seiner Allianz mit dem Herzog von Mailand haben sowohl er als auch Letzterer alles dafür getan, meine Autorität zu untergraben, indem sie über ihre Repräsentanten in Basel die Vorherrschaft des Konzils gegenüber dem Papst unterstützt haben.«

Cosimo de' Medici nickte. Er kannte die Fakten. Nicht nur das, er hatte auch versucht, dagegen anzugehen. Nachdem das Konzil auf Betreiben von Niccolò III. d'Este nach Ferrara verlegt worden war, hatte er, begünstigt durch die Pest in der Emilia, schließlich sogar erreicht, dass Florenz zum neuen Sitz der Synode wurde, wodurch er der Bischofsversammlung in Basel Legitimation und Ansehen entzog. Doch die Bewegung der Konziliaristen hatte sich damit noch lange nicht geschlagen gegeben. Obwohl sie einen Teil ihrer Unterstützer eingebüßt hatte, war es ihr doch gelungen, einen Gegenpapst zu wählen: Amadeus VIII. von Savoyen.

»Nun, Alfons' Worte sind mir nur allzu klar. Er bittet mich, seine Ansprüche auf die Krone anzuerkennen, sobald er die Stadt eingenommen haben wird«, seufzte der Papst mit einer Spur von Enttäuschung. »Er, der nicht die geringste Absicht hat, meinen Bitten nachzukommen, das Friedensabkommen mit der Kirche, Florenz und Venedig zu unterzeichnen! Selbst Filippo Maria Visconti hat das getan!«

»Und doch bittet er Euch um formelle Investitur!«

»Mit was für einer Unverfrorenheit er es wagt, mir diese Forderung zu unterbreiten! Noch dazu, nachdem er diesem Hanswurst von Amadeus VIII. dazu verholfen hat, sich das Papsttum anzueignen, und dabei mich, den legitimen Amtsinhaber, wie einen Hochstapler behandelt hat!«

Cosimo de' Medici sah den Papst bestürzt an. Eugen IV. hatte vollkommen recht.

Es sei denn … Der Herr über Florenz glaubte, vielleicht eine Lösung zu haben.

»Vielleicht könnte Eure Heiligkeit ihm in der Investitur entgegenkommen und so die Bedingungen umkehren? Ich will es gern erklären: Da sich Alfons von Aragón bisher für keine Seite entschieden hat, könnten wir ihn noch auf unsere ziehen und ihm geben, was er haben will. Wenn die Möglichkeit besteht, ihn in unsere Richtung zu lenken, statt ihn zu bekämpfen – warum beschränken wir uns dann nicht darauf, ihn zu unterstützen und im Gegenzug seine Hilfe einzufordern? Das muss ja nicht sofort sein«, schränkte Cosimo ein. »Aber Ihr könntet darüber nachdenken und die Überlegung erwägen, in Erwartung der bevorstehenden Eroberung Neapels.«

»Ist das nicht eine zu wohlwollende Haltung, angesichts dessen, was er getan hat?«

»Eure Heiligkeit, ich kann Euer Widerstreben vollkommen verstehen, doch was ich Euch vorschlage, ist nicht Wohlwollen, sondern Flexibilität. Kommt dem Aragonesen unter Maßgabe der Eroberung mit einer offenen Haltung entgegen. Wenn Ihr ihm die ausgestreckte Hand reicht, wird er sie gewiss ergreifen. Und so werdet Ihr schließlich mit der Unterstützung sämtlicher Herrscher, auf die es in diesem Spiel ankommt, nach Rom zurückkehren können. Der Herzog von Mailand hat sich entschieden, um Frieden zu bitten, Venedig und Florenz sind auf Eurer Seite. Wenn auch Neapel sich entschließen würde, Euch zu unterstützen, blieben nur noch das Haus Savoyen von Amadeus VIII. und die paar Prälaten, deren Bedeutung ebenso wie die ihrer konziliaristischen Überzeugungen immer geringer wird. Ich sage nicht, dass Ihr vergessen sollt, sondern lege Euch nur ans Herz, Euch Möglichkeiten offenzuhalten.«

Eugen IV. musste sich eingestehen, dass Cosimo de' Medici wahrscheinlich recht hatte. Ihm wurde klar, was für ein großes Glück es war, ihn zum Freund und Verbündeten zu haben, wahrscheinlich das größte, das ihm je widerfahren war.

46. Die Hochzeit

Herzogtum Mailand, San Sigismondo in Cremona

Endlich war der Tag gekommen.

Francesco Sforza ritt zur Abtei San Sigismondo.

Er würde Bianca Maria Visconti heiraten.

Cremona war in Festtagsstimmung. Triumphbögen und Umzüge, Wagen mit allegorischen Motiven, Blumengirlanden und bunte Bänder reihten sich vor seinen Augen aneinander. Der Hauptmann zog feierlich auf dem Rücken seines schwarzen Wallachs ein. Er trug eine *giornea* aus scharlachrotem Samt mit dem Wappen des Löwen und einen kurzen, pelzgesäumten Überrock aus grünem Brokat. Seine Beine zierten eine edle dreifarbige *calzabraca* und Lederstiefel, die bis zum Knie reichten. Am Gürtel hingen das Schwert und ein Dolch. Selbst an diesem Morgen hatte er die Waffen lieber bei sich. Er fürchtete tatsächlich, der Herzog von Mailand könnte gedungene Mörder engagiert haben, ihn umzubringen. In den letzten Jahren war die nicht ganz einfache Persönlichkeit Filippo Maria Viscontis noch weit schwieriger geworden, was aus ihm den wahnsinnigsten und gefährlichsten Mann machte, den er jemals kennengelernt hatte. Der Herzog mochte sich vielleicht nicht gegen die Feier der Hochzeit gestellt haben, die bereits sieben

Jahre zuvor als Stellvertreterehe geschlossen worden war, doch hegte er andererseits keine großen Sympathien für Sforza. Im Gegenteil, er hegte einen eigenartigen Neid auf ihn, der wahrscheinlich von seinem Erfolg als Feldherr herrührte. Francesco wusste nur zu gut, dass Filippo Maria gern seine Besessenheit auf andere projizierte, und die Tatsache, dass er nicht nur verkrüppelt und fett war, sondern inzwischen aufgrund seines Alters auch nicht einmal mehr gehen konnte, verstärkte in ihm Wut und Groll, die ihn mit derselben Intensität verzehrten, wie es ein Feuer mit einer Kerze getan hätte.

Obwohl er ihn als Sohn adoptiert und ihm die überaus geliebte Tochter zur Frau versprochen hatte, hatte Filippo Maria alles dafür getan, ihn aus dem Weg zu räumen. Er hatte sogar seine Soldaten hungern lassen und sich geweigert, sie zu bezahlen. In den letzten Jahren hatte sich der Hauptmann vor ständigen Unruhen und Hinterhalten in Acht nehmen müssen. Deshalb hatte er für seine Hochzeit eine Abtei auf dem Land gewählt, statt des Doms mitten in Cremona. Die engen Straßen der Stadt hätten die Flucht etwaiger Angreifer erleichtert; hier hingegen wäre es ihnen nicht möglich davonzukommen.

Es war furchtbar, mit solchen Gedanken den Tag der Hochzeit mit Bianca zu beschmutzen, doch nachdem er daran beteiligt gewesen war, Eugen IV. vor der Raubwut der Colonna zu retten, hatte er sich vom Herzog als Verräter bezeichnen lassen müssen, und seine Besitztümer in den Marken waren von Piccininos Banden überrannt worden. Daher hatte er sich auf seiner Festung Girifalco in Fermo eingeschlossen und dort unermüdlich gekämpft. Als es schließlich nach zwei Jahren erbitterten Kampfes nach einem Friedensschluss aussah, hatte der Herzog zunächst sein Versprechen erneuert, ihm Bianca zur Frau zu geben, nur um kurz darauf seine Meinung nochmals zu ändern. Demzufolge hatte sich Sforza gehütet, die Liga gegen Visconti und seinen guten Freund Cosimo de' Medici zu verlassen; er kämpfte fortan unter dem Zeichen des venezianischen Löwen, der mit Florenz und dem Papst verbündet war. Doch dann war es Alfons von Aragón gelungen, in das Königreich Neapel einzudringen und ihn mit einem Schlag von all seinen Besitzungen zu vertreiben. Francesco hatte sich in einer misslichen Lage befunden und herrliche, reiche Lehen verloren wie Benevento, Bari, Trani, Barletta, Troia und vor allem seine geliebte Rocca di Tricarico. Auch wenn ihm nur die Marken sowie Cremona geblieben waren, standen die Dinge beim Herzog von Mailand nicht besser, denn Niccolò Piccinino konnte nicht genug bekommen. Aus diesem Grund hatten sie übereinstimmend beschlossen, sich einander wieder anzunähern. Um die Kräfte zu vereinen, nachdem sie nach all ihren Manövern ärmer waren als vorher.

Obwohl er ganz klar in Schwierigkeiten steckte, hatte Francesco kein Vertrauen in seinen Schwiegervater. Bianca kritisierte ihrerseits den Vater scharf und warf ihm vor, launisch, argwöhnisch und gewalttätig zu sein, zudem umgeben von Spionen und Astrologen. Manchmal begriff sie wirklich nicht, wie ihre Mutter ihn lieben konnte. Sie wusste, dass auch sie ihn liebte, doch sie war hin- und hergerissen.

Deshalb war Francesco auch an diesem Tag auf der Hut. Denn es wäre keineswegs verwunderlich, wenn Filippo Maria, obwohl er diese Hochzeit guthieß, es auf ihn abgesehen hätte. So hatte der Herzog, auch wie zum Beweis seiner Doppelnatur, das Castello di Porta Giovia nicht verlassen. Dorthin zurückgezogen dachte er sich bestimmt neue Ränke und Verschwörungen aus. Der Hochzeit der Tochter blieb er unterdessen fern.

In solch finstere Gedanken versunken, gelang es Francesco Sforza nicht, all diese Festlichkeiten zu genießen. Er hatte allerdings nicht darauf verzichtet, seine eigene Macht zu demonstrieren. Pier Brunoro, einer seiner tapfersten Leutnants, ritt mit zweitausend elegant gekleideten, mit Gold und Silber geschmückten Reitern und einem Zug aus Fahnenschwingern, Trompetern und Trommlern vornweg. Die Standarten mit dem Wappen der Visconti flatterten in der frischen Oktoberluft. Bereits seit dem Versprechen der Ehe durfte er es stolz führen.

Überall wehten Fahnen mit dem Biscione, quadriert mit dem kaiserlichen Adler. Hinzu kamen solche mit der flammenden Radia Magna, auch darauf der himmelblaue Biscione, der einen Sarazenen verschlingt. Hinter dieser Demonstration von Prunk und Stärke hatte auch Francesco sich in Bewegung gesetzt. Ihm folgten vierzig Reiter, gekleidet in roten und silberfarbenen Samt.

So zog er durch die jubelnde Menge bis zum Portal der kleinen Kirche.

Unter Hurra-Rufen stieg er vom Pferd, betrat schnurstracks die Kirche und begab sich geradewegs zu seinem Platz auf der Ehrentribüne. Dort wartete er und schaute sich um. Die Großartigkeit des Raums nahm ihn gefangen, die Schlichtheit der drei Schiffe, der Sandstein, die Biforien, durch die das Licht gebündelt drang, die kleinen Staubkörner, die in seinen Strahlen tanzten. Es war zauberhaft.

Schließlich öffnete sich ein kleines Portal.

Als Bianca Maria erschien, fehlten Francesco die Worte. Sie war eine atemberaubende Schönheit. Beim Anblick des perfekten Ovals ihres Gesichtes mit den großen braunen Augen, die von langen Wimpern gesäumt wurden, blieb Francesco die Luft weg. Alle Schwierigkeiten, denen er sich in den letzten Jahren ausgesetzt gesehen hatte, schienen dahinzuschwinden wie Schnee in der Sonne.

Er war ganz geblendet von dieser groß gewachsenen, geschmeidigen jungen Frau in ihrem wundervollen roten Brokatkleid mit den weit geschnittenen Ärmeln, das am Hals und den Handgelenken mit Perlen bestickt war. Die einfach gehaltene Frisur betonte Biancas natürliche Anmut, ihre wunderbaren kastanienbraunen Locken mit den kupferroten Reflexen wurden von einem Haarkranz aus drei Reihen Perlen und Silber zusammengehalten. Bianca Marias Auftritt war so elegant, dass alle anwesenden Damen neben ihr verblassten. An ihrer Seite schritt Graf Vitaliano Borromeo, Bevollmächtigter des Herzogs von Mailand.

Etwas abseits stand ihre Mutter Agnese, auch sie blendend schön in einem Kleid aus grünem Brokat und mit langer blonder Löwenmähne, in die Perlen und Edelsteine geflochten waren.

Als Francesco sie neben sich hatte, schien alles andere zu verblassen. Bianca lächelte ihn glücklich an. Sie hatte so lange auf diesen Augenblick gewartet, und jetzt, endlich, wurde ihr Warten belohnt.

Froh über ihre heitere Stimmung nahm er ihre kleine Hand in seine große, faltige, rissige und viele Male zusammengeflickte Hand, auf der zahllose Schlachten und Duelle ihre Spuren hinterlassen hatten.

Niemand war gerade glücklicher als er, dachte er, und so genoss er jeden Schritt dieser ausgefeilten und komplexen Zeremonie bis zum feierlichen Tausch der Ringe.

Er wünschte, diese Harmonie und dieser Frieden könnten andauern. Doch er wusste, dass dies nicht der Fall sein würde. Daher hatte er Pier Brunoro beauftragt, während der Zeremonie die Stadt in Besitz zu nehmen. In den Bankreihen der Hochzeitsgäste hatte Braccio Spezzato ein aufmerksames Auge darauf, dass alles so ablief, wie es geplant war. Er verdankte ihm wirklich viel, diesem Soldaten, der stets so wachsam war, dass er selbst sich entspannen konnte. So auch dieses Mal. Er versuchte, jeden einzelnen wunderbaren Moment dieser Hochzeit auszukosten.

Er sah, wie Agnese del Maino ihm zulächelte. Auch sie würde eine wertvolle Verbündete sein, das spürte er deutlich.

Dann richtete er den Blick wieder auf Bianca. Nun endlich, nach so viel Leid, nach blutigen Schlachten, wurde auch ihm schließlich etwas Gutes zuteil.

47. Das Kartenspiel

Herzogtum Mailand, Castello di Porta Giovia

Filippo Maria Visconti schaute auf den Tisch vor sich. Der Maler Michele da Besozzo hatte soeben ein Deck Karten vor ihm ausgebreitet. So eines jedoch hatte der Herzog noch nie gesehen.

In den Darstellungen lag etwas Archaisches und Träumerisches. Die Farben, der Goldüberzug und die vielen Einzelheiten – all das war eine wahre Augenweide. Und in genau dem Augenblick, in dem seine Tochter Gemahlin des Mannes würde, den er selbst zu seinem Nachfolger bestimmt hatte, obwohl ihm klar war, dass er diese Aussicht nicht in letzter Konsequenz akzeptieren konnte, gelang es ihm endlich, an nichts mehr zu denken und sich einzig und allein dem Zauber dieser Neuheit hinzugeben.

»Eure Majestät, dies ist das Kartenspiel, das ich für Euch angefertigt habe. Madonna Agnese hat es schon vor geraumer Zeit bei mir in Auftrag gegeben, doch wie Ihr seht, handelt es sich um eine sehr komplexe Arbeit«, erläuterte Michele da Besozzo.

Der Herzog gab keine Antwort.

Seine Augen waren ganz gefangen genommen von dem Anblick, der sich ihm bot, und sein Geist versank in diesem

Universum aus Symbolen und Farben. Schließlich wandte er sich an den Maler: »Mastro Michele, würdet Ihr mir die Bedeutungen und verborgenen Inhalte erläutern? Denn ich entdecke zahlreiche Hinweise auf ungewöhnliche und faszinierende Figuren.«

Der Maler machte es sich ihm gegenüber bequem, seine Augen funkelten wie bei einem wilden Tier. Der Herzog erblickte darin echten Enthusiasmus.

»Mio Signore, wie Ihr sehen könnt, habe ich mich für ein Deck aus achtzig Karten entschieden, mit insgesamt vier Farben: Schwerter, Münzen, Kelche und Stäbe. Zehn Zahlenwerte ergeben die ersten vierzig, mit Silberauflage, in Anlehnung an die bekannten sarazenischen Karten. Daran schließen sich in jeder Farbe die sechs höfischen Ober-Karten an, zu denen schließlich weitere sechzehn Figuren hinzukommen.«

Filippo Maria Visconti nickte wortlos, mit konzentrierter Miene, das Licht der Kerzen spiegelte sich in seinen Augen.

»Wie ich es Madonna Agnese, die Euren Geschmack gut kennt, versprochen habe, habe ich mich bemüht, die allerschönsten Farben zu verwenden, und mich dabei von den Figuren der gotischen Malerei des Nordens inspirieren lassen. Ich habe jede Karte von Hand bemalt, sie mit Blattgold versehen und punziert. Ihr findet in jeder Farbe also einen König, eine Königin, einen Reiter, eine Reiterin, einen Buben und eine Dame. Daran schließen sich die sechzehn übergeordneten Karten an. Für diese habe ich mir erlaubt, Euer Gnaden mögen mir verzeihen, mich von einigen Persönlichkeiten unserer Zeit inspirieren zu lassen.«

»Fahrt fort, Mastro Michele, Eure Worte faszinieren mich. Ich habe keinen anderen Wunsch, als Eurer Stimme zu lauschen, während sie mich durch die Mysterien Eures wunderbaren Kartenspiels leitet.«

Der Maler legte die sechzehn oberen Karten auf dem Tisch aus. Die Flammen im Kamin warfen Schatten auf die Figuren.

»Dann möchte ich mit dem Kaiser beginnen, der, wie Eure Hoheit gewiss erkennt, die Züge von Sigismund von Ungarn trägt.«

»Auch wenn Albrecht II. von Habsburg inzwischen seinen Platz eingenommen hat«, merkte der Herzog an.

»Selbstverständlich, mio Signore. Doch ihr dürft nicht außer Acht lassen, dass ich an diesem Kartenspiel bereits seit einigen Jahren arbeite. Als ich begann, war Sigismund der Herr über das Heilige Römische Reich, Gründer des Drachenordens, des *Dracul*, wie er in jenen unwirtlichen Landstrichen genannt wird, dieses blutrünstigen Ordens, in dessen Reihen bis heute einige der hervorragendsten und erbarmungslosesten Ritter aller Zeiten zu finden sind.«

»Vielleicht erinnert Ihr Euch, dass einer von ihnen sogar für ein paar Jahre in meinen Diensten stand. Ich spreche von János Hunyadi, einem der bösartigsten und gewalttätigsten Krieger, die ich jemals kennengelernt habe!«

»Aus diesem Grund, Euer Gnaden, habe ich, als ich die ikonische Figur des Kaisers entwickelt habe, ihm die Züge Sigismunds geben wollen. Wenn er also der Kaiser ist, zumindest den Gesichtszügen nach, muss die Kaiserin wiederum Barbara von Cilli sein, die als deutsche Messalina galt, weil sie ihr Leben dem Laster und der Verderbtheit geweiht hatte. Sie wurde von vielen für eine Hexe gehalten, da sie der Alchemie und Blutriten zugetan war, und zwar in einem Ausmaß, dass sie sich vom christlichen Glauben entfernte und sich ganz und gar dem Credo des Drachen zuwandte.«

»Eine finstere Gestalt, beunruhigend, doch von einem dunklen Reiz, würdet Ihr nicht auch sagen?«, fragte der Herzog und war ganz bei der Sache.

»Gewiss, mio Signore. Daher wird es für Euch ein Leichtes sein zu verstehen, wofür die vier Farben stehen, die ich auf den Karten wiedergegeben habe. Sicher, Schwerter, Münzen, Kelche und Stäbe sind Symbole, und als solche beziehen sie sich auf vier ganz bestimmte Kräfte, die miteinander um die Macht konkurrieren. Fällt Euch dazu etwas ein?«

»Die Schwerter von Mailand, die Münzen Venedigs, die Kelche von Rom und die Stäbe von Neapel?« Filippo Maria Viscontis Augen leuchteten. Er begriff jetzt, dass dieses Kartenspiel weit mehr darstellte als einen bloßen Zeitvertreib. Es war vielmehr eine Allegorie, ein Wegweiser durch geheimnisvolle Symbole, der in einzigartiger Weise die Kräfte veranschaulichte, die am Werke waren. Der Kaiser natürlich. Und dann die vier Hauptmächte. Die vier Städte, die untereinander um die Vorherrschaft kämpften.

Als Mastro Michele antwortete, wurde alles noch klarer.

»Die Schwerter und die Waffenherstellung haben Mailand berühmt gemacht in der Welt. Venedig hat es verstanden, Länder und Menschen durch Geld und Handel zu unterwerfen. Rom bildet mit dem Papst und dem Kelch mit dem Blut Christi das Zentrum des Lebens, und Neapel fällt gerade in die Hände der Aragonesen, die es mit einer Salve von Pfeilen nach der nächsten belagern. Ich weiß bestens, dass auch Florenz und Ferrara in dieser Partie eine wichtige Rolle spielen, ebenso Genua oder Mantua, aber da ich mich auf vier festlegen musste, hielt ich diese für die entscheidenden Spieler in der Auseinandersetzung um die Vorherrschaft.«

»Da habt Ihr vollkommen recht, Mastro Michele«, kommentierte der Herzog. »Und weiter? Welche Symbole habt Ihr sonst noch unter den sechzehn oberen dargestellt?«

»Die Ehe, die Welt und den Wagen, welche Symbole für das Leben sind. Dann die Tugenden: Glauben, Gerechtigkeit, Hoffnung, Mitgefühl und Stärke. Dazu der Magier oder Bagatto, der das Element der Täuschung, der Fantasie, der Magie symbolisiert, und der Narr, der Gehängte und der Turm, weiter das Rad des Schicksals, das Weltgericht, der Teufel und schließlich der Tod.«

»Der mit der Sense in der Hand reitet, der große Gleichmacher, bereit, unser aller Leben dahinzumähen, wie wir es mit dem reifen Korn tun«, sagte Filippo Maria Visconti mit einem Anflug von Schicksalsergebenheit.

»Wieder einmal hätte man es nicht besser ausdrücken können, mio Signore.«

Der Herzog holte tief Luft. Er behielt die sechzehn Figuren schweigend im Blick.

Dann schaute er auf. »Kann ich weitere Karten nehmen?«

»Eure Hoheit, ihr müsst mich nicht einmal fragen. Es sind Eure«, sagte der Maler und reichte Filippo Maria Visconti den Stapel mit den verbleibenden vierundsechzig Karten.

Als er sie in Händen hielt, ließ er eine über die andere gleiten. Er tat dies mit langsamen Bewegungen, als wollte er das Wesen jeder Karte durch ihre Berührung, den Umgang mit ihr, begreifen. Es war offensichtlich, dass diese Figuren auf ihn eine besondere Faszination ausübten, die ihn in eine Welt außerhalb seiner selbst versetzte.

»Ich danke Euch für das, was Ihr getan habt. Und Ihr habt recht – Agnese del Maino ist eine außergewöhnliche Frau. Könnt Ihr mich jetzt allein lassen, Mastro Michele?«

»Mio Signore!«, war alles, was der Maler sagte. Er verneigte sich und begab sich mit großem Schwung seines langen schwarzen Mantels zur Tür.

Filippo Maria Visconti nahm sämtliche Karten vom Tisch. Er mischte sie lange, betastete jedes einzelne der wertvollen Kunstwerke, die Ränder mit Blattgold, nahm die geheimnisvolle Macht wahr, die sie verströmten und die sie zu so etwas wie einem Glücksbringer machten.

Schließlich zog er eine.

Es war der Tod.

48. Die Wölfin

Königreich Neapel, Campovecchio, nahe der Porta Nolana

Don Rafael Cossin Rubio, Hidalgo aus Medina, sah sie am späten Nachmittag kommen. Der Himmel hing voller Schatten und Vorahnungen. Die Wolken breiteten sich wie ein ausgefranstes Leichentuch auf dem blauen Himmelsgrund aus. Das bleiche Novemberlicht ließ ihre Umrisse unscharf erscheinen. Als sie ihn fast erreicht hatte, konnte Don Rafael eine gewisse Erregung nicht leugnen.

Diese Frau glich einer Wölfin. Sie bewegte sich unerschrocken zwischen den Zelten hindurch, ohne auch nur eine Spur von Furcht. Sie trug ein schlichtes rotes Kleid wie eine Frau aus dem Volk. Doch auch so blendete sie jeden, den ihr glühender Blick traf. Sie führte ein graues Pferd an den Zügeln, einen Apfelschimmel.

Ein paar Soldaten folgten ihr argwöhnisch. Sie hatten sie noch nicht im Lager gesehen, und sie war zu schön, um einfach nur eine Hure zu sein. Sobald sie den Hidalgo sahen, sagte einer, sie habe nach ihm gefragt, und da sie darauf bestanden hatte, hatten sie entschieden, sie bis hierher zu begleiten. Don Rafael beruhigte sie. Er kannte sie gut.

Als die Männer sich entfernt hatten, musterte er sie nochmals eingehend. Er wusste nicht, was sie vorhatte, doch eines war gewiss: Er würde dieser Frau bis ans Ende der Welt folgen.

Er forderte sie also auf, in sein Zelt zu kommen. Doch sie schüttelte den Kopf. Dann sprang sie plötzlich aufs Pferd, und er betrachtete sie, schön und stolz wie sie war, von oben bis unten. Don Rafael verstand. Er ging zu seinem Rappen, einem wunderbaren Andalusier, und stieg seinerseits auf. Er hatte kaum Zeit, sich umzudrehen, schon war die Frau losgaloppiert.

Filomena wusste genau, was sie wollte. Diese Männer waren aus Spanien gekommen und hatten ihre geliebte Stadt in Schutt und Asche gelegt. Aber die Arroganz der herrschenden Anjou hatte sie niemals ertragen. Daher hatte sie beschlossen, alles in ihrer Macht Stehende zu tun, um Alfons von Aragón zu helfen, die Stadt einzunehmen. Außerdem war dieser Hidalgo nett zu ihr gewesen. Schöne Augen hatte er auch.

Sie ritt in wildem Galopp, die langen schwarzen Haare flatterten ungebändigt in der lauen Abendluft. Sie hatte die Stadt verlassen und durchquerte die Ebene, die vor ihr lag. Sie wusste, dass der Hidalgo ihr folgte. Zur gegebenen Zeit würde sie ihm geben, was er wollte, aber nicht, bevor sie sich selbst etwas genommen hatte.

Während sie die Straße entlangflog, sah sie die von Furchen durchzogene braune Erde, vereinzelt sprenkelten Bauernhöfe die Collina dei Broccoli, die Sonne verströmte milchiges Novemberlicht und war im Begriff, im blauen Golf zu versinken.

Sie ritt ohne Pause, als wollte ihr Pferd unbedingt die Phlegräischen Felder erreichen. Sie bog von der Straße ab in die Macchia aus niedrigen Büschen und Sträuchern, die diese fruchtbare Erde zwischen dem unterhöhlten Tuff überzogen, der einen Vorgeschmack auf die Vulkanöffnungen mit ihren schwefelhaltigen Ausdünstungen zu geben schien.

Als sie meinte, sich weit genug entfernt zu haben, zügelte Filomena das Pferd. Es bäumte sich auf und wieherte laut. Dann fiel es auf die Hufe zurück. Sie wartete auf den Hidalgo; unterdessen wechselte der Himmel zu Blut- und Kupferrot, und die Sonne schickte ihre kalt-goldenen Strahlen über die Ebene.

Sie stieg vom Pferd und streifte durch graues Gestrüpp aus Zistrosen und Ginster; zwischen Myrten und Schneeball blieb sie schließlich stehen und ließ sich fallen, legte sich zwischen den Sträuchern auf die Erde und breitete ihr Kleid in der vielfarbigen Macchia aus.

Don Rafael sah sie gerade noch rechtzeitig, kurz bevor sich Dunkel über die Ebene senkte. Er stieg vom Pferd und ging zu ihr. Blendend weiße Zähne blitzten zwischen den blutroten Lippen auf.

Er nahm sie in seine Arme und spürte, wie ihr Körper an seinem erbebte. Er versenkte sich mit allen Sinnen in diese rebellische, wilde Schönheit, berauschte sich am Duft ihrer zimtfarbenen Haut und ertrank in den schwarzen Wogen ihrer Haare.

Seine Hände gingen in der Dunkelheit auf Erkundung. Diese Frau gab keinen Ton von sich, während er sie küsste wie noch keine zuvor. Dieses Schweigen überwältigte ihn und machte das Geheimnisvolle, das sie umgab, noch undurchdringlicher.

Die »Messinese«, die größte Bombarde, die ihm zur Verfügung stand, spuckte einen Feuerball aus, der groß genug war, den Himmel zu verdecken. Einige Augenblicke lang war die Sonne nicht zu sehen.

Das Geschoss verwüstete die Empore der Kirche, durchbrach die *Apsis* der Basilica Santuario del Carmine Maggiore und zerstörte das Tabernakel mit dem hölzernen Kruzifix, das die ganze Stadt anbetete.

Neapel verstummte. Gott war getroffen worden.

Zwischen Schutt und Trümmern sah Alfons in der darauffolgenden Stille die Anjou in einer blutroten Lache verenden. Dennoch stürzten sich einige, so verletzt und übel zugerichtet sie auch waren, unter dem unablässigen Beschuss der Bombarden seines Bruders Pietro, des Infanten von Kastilien, in die Trümmerhaufen.

Was sie dort vorfanden, bestürzte sie zutiefst.

Bald darauf drangen Triumph- und Freudenschreie nach außen. Das Kruzifix, die Reliquie, die im Tabernakel geschützt aufbewahrt wurde, war unbeschadet geblieben.

Der vollkommene Christus, so schrien sie, hatte das Haupt, das zuvor zum Himmel schaute, leicht nach rechts geneigt. Die vorher gestreckten Beine waren nun angewinkelt, als hätte er diesem gewaltigen Einschlag ausweichen wollen, der die ganze Kirche in die Knie gezwungen hatte.

Ein derart großes Wunder machte Belagerer wie Belagerte gleichermaßen sprachlos. Alfons bekreuzigte sich. Eine Kirche unter Beschuss zu nehmen hieß, ein ungeschriebenes Gesetz zu brechen. Wofür kämpfte man, wenn das bedeutete, sogar über die Religion hinwegzutrampeln? Welches Ehrgefühl, welcher Sinn für Würde war da noch übrig?

Doch sein Bruder, der nicht die Absicht hatte, das Viertel aufzugeben, setzte kurz darauf den Beschuss fort.

Alfons traute seinen Augen nicht, doch verlor er keine Zeit, sprang aufs Pferd und machte sich spornstreichs auf in Richtung des Flusses Sebeto, wo sein Bruder Pietro mit seiner Artillerie das Santuario del Carmine bombardierte. Er musste ihn an seinem ruchlosen Handeln hindern, oder Gott würde ihn ohne Erbarmen strafen.

Sein Pferd galoppierte, als wäre der Teufel hinter ihm her. Er musste ankommen, bevor es zu spät war, denn eine Vorahnung nagte an seiner Seele.

Bald war er da. Er konnte bereits seinen Bruder mit seinen Männern am Fuße der Bastion stehen sehen.

Da sah er das Unwiederbringliche geschehen.

Als Erstes hörte er das Dröhnen des Donnerschlags.

Dann, nur noch eine Viertelmeile entfernt, sah er auf seinem verzweifelten Ritt, wie Pietro und die Männer um ihn herum in die Luft flogen. Unter ihnen explodierte die Erde. Eine riesige Fontäne aus Schutt und Geröll stieg auf und fiel als Regen aus Zerstörung und Tod wieder herab.

Ein unwirkliches Schweigen legte sich eisig über die Szene. Die Bastion, auf der Pietro noch einen Augenblick zuvor gestanden hatte, gab es nicht mehr. Übrig war nur ein abgebrochener Zacken aus Stein, ein Stumpf, der mit Blut und Eingeweiden überzogen war.

Alfons brachte das Pferd zum Stehen.

Das Herz schlug ihm bis zum Hals, als er die Augen öffnete. Der Herzschlag hämmerte in seiner Brust wie die Hufe des Pferdes auf der Erde. Er setzte sich im Bett auf und konnte nur mit Mühe atmen. Schon wieder dieser Albtraum. Immer noch die düstere Erinnerung an jene Tragödie.

El Rey hatte Angst.

Denn die Erinnerung an seinen getöteten Bruder verließ ihn nie. Nacht für Nacht war er bei ihm.

Und stets hatte er Neapel vor Augen. Majestätisch und höhnisch in gewisser Weise. Denn diese Stadt ließ sich nicht erobern. Und sie hatte bereits den allergrößten Tribut gefordert. Das Leben eines Bruders.

Und er hatte nichts tun können, um diesen Tod zu verhindern.

Er lebte mit dem Schrecken. Der Angst. Und dem Gefühl zu scheitern, das in ihm hochkroch, wieder einmal.

49. Francesco und Bianca Maria

Herzogtum Mailand, Cremona

F rancesco betrachtete sie mit aufrichtiger Neugier und Überraschung. Er hatte nicht erwartet, dass sie so erfahren war in den Dingen des Lebens. Wahrscheinlich war es das. Bianca Maria war jedenfalls unschuldig und durchtrieben zugleich gewesen, in diesen Tagen, und hatte ihn damit sofort erobert.

Nun gingen sie Hand in Hand hinaus in die Ebene vor den Toren von Cremona. Seit dem Morgen der Hochzeit fand dort eine ganz wunderbare *sagra* statt, überall waren girlandengeschmückte Zelte aufgebaut. Über die ganze Wiese verteilten sich Stände von fliegenden Händlern, die eifrig Wein ausschenkten und Fleisch auf Spießen brieten. Es gab sogar einen Konditor, der Torrone in den ausgefallensten Formen feilbot, Stapel von kandiertem Ingwer, Karamell, Pan dolce, bergeweise marzipangefüllte Teigtaschen.

In langen Schlangen warteten die Kunden, Einwohner wie Hochzeitsgäste, geduldig darauf, von diesem üppigen Angebot kosten zu können.

Francesco beobachtete amüsiert die Fahnen, die im Wind flatterten. Die grau-roten Flaggen mit den Farben von

Cremona, seine eigenen Banner mit dem aufgerichteten Löwen und jene mit der weißen Taube in der Mitte zu Ehren Bianca Marias. Die frühmorgendliche Sonne sandte zaghaft ihre Strahlen.

»Es sieht alles so heil und schön aus, als könnte nichts der Freude dieser Tage etwas anhaben«, bemerkte Francesco.

»Aber es gibt etwas, das Euch bedrückt, nicht wahr, mio Signore?«

Der Hauptmann hob die Augenbrauen. Vor dieser Frau konnte er wohl gar nichts verbergen! War es so leicht, sein Herz zu lesen? Zum zweiten Mal innerhalb weniger Tage war er beeindruckt.

»Liebste, sind meine Gefühle für Euch so leicht zu durchschauen?«

Bianca Maria lächelte. »Wir haben uns erst vor wenigen Tagen kennengelernt, aber glaubt mir, mein ganzes bisheriges Leben habe ich auf diesen Tag gewartet. Ich könnte sagen, ich habe nur dafür gelebt, Eure Gemahlin zu werden. Auch wenn ich Euch dadurch nicht besser kenne als andere, kann ich gut verstehen, dass das Auftreten meines Vaters Euch verdächtig, wenn nicht gar offen feindselig erscheinen mag. Ich will gern, so gut ich es vermag, eine Antwort auf Eure Verwunderung geben, doch alles, was ich Euch sagen kann, ist, dass sie berechtigt ist und Ihr allen Grund habt, misstrauisch zu sein. Ihr wisst es vielleicht noch nicht, Francesco, doch heute Morgen erst wurde mir berichtet, dass Niccolò III. d'Este von meinem Vater ins Castello di Porta Giovia berufen wurde. Sie pflegen bereits seit geraumer Zeit ein freundschaftliches Verhältnis. Ich glaube zwar nicht, dass er Euch ersetzen will, fest steht jedoch, dass ich ihn in den letzten Jahren so oft die Seiten

habe wechseln sehen, dass ich mich bei ihm nicht mehr aus-
kenne.«

»Das sind harte Worte für eine Tochter.«

»So ist es. Doch lasse ich schon seit einiger Zeit nicht
mehr zu, dass meine Tochterliebe mein Urteilsvermögen
trübt. Ich bin die Eure, und Euch bin ich zur Treue verpflichtet. Und die zeigt sich auf verschiedene Weise. Müsste
ich mich zwischen ihm und Euch entscheiden, sollt Ihr wissen, dass ich keinen Moment zögern würde. Wenn Ihr überlegt, ob es derzeit sinnvoll wäre, sich in Mailand mit dem
Herzog zu treffen, bin ich die Erste, die Euch warnen
möchte. Wenn Ihr meinen Rat annehmen wollt, dann weicht
auf das Gebiet der Serenissima aus. Filippo Maria heckt
bestimmt etwas aus, und auch wenn er diese Hochzeit
schlussendlich befürwortet hat, dürft Ihr nicht glauben,
dass er von seinen Kriegsplänen Abstand genommen hat.
Und das gilt nicht nur für Euch. Mein Vater befindet sich
inzwischen mit der ganzen Welt im Krieg.«

Francesco blieb stehen. Er nahm Bianca Marias Hände in
seine, sah ihr tief in die Augen und erkannte dort eine ent-
waffnende Aufrichtigkeit und Bestimmtheit. Also war das
Glück auch ihm einmal hold gewesen und hatte ihm nicht
nur eine schöne, sondern auch mutige und kluge Gemahlin
geschenkt. Er nahm sie in die Arme und hob sie hoch. Sie
war leicht und zerbrechlich wie ein Vögelchen, doch sie
wusste genau, was sie wollte, und verfügte über einen eisernen Willen.

Er sah die weißen Wolken am blauen Himmel, Kinder, die
über die Wiesen liefen, die Stadtmauern, die Zelte, Stände,
Standarten in einem vielfarbigen, bezaubernden Reigen.

Schließlich setzte Francesco sie wieder ab.

Dann küsste er sie liebevoll und sog ihren Anblick in sich auf. Ihr Antlitz mit der schneeweißen Haut und den Augen so hell und klar wie Edelsteine raubte ihm den Atem.

»Auch wenn das, was Ihr sagt, absolut vernünftig klingt, habe ich dennoch nicht die Absicht, mich allzu bald von Euch zu trennen, mia Signora«, sagte Francesco mit liebevollem Spott.

»Was soll das heißen?«, fragte sie überrascht.

»Nun, wenn ich mit meinen Soldaten zurückkehre …«

Doch Bianca Maria unterbrach ihn. »Mio Signore, Ihr kennt mich ganz offensichtlich noch nicht. Ich werde Euch überallhin folgen, wo Ihr auch hingeht. Ich bin perfekt im Reiten und weiß mit dem Schwert umzugehen wie ein Mann, wenn nicht sogar besser.«

Francesco Sforza konnte seine Überraschung nicht verbergen. »Ist das wahr?«

»Stellt mich auf die Probe.«

Ihr Blick verriet ihm, dass sie Mut im Übermaß besaß.

»Das werde ich nicht tun, Liebste, denn was ich sehe, sagt mehr als tausend Duelle.«

50. Die Zukunft im Blick

❧

Republik Venedig, auf dem Weg zur Ca' Barbo

Polixena sah ihren Sohn an. In ihm erblickte sie die Zukunft. Gabriele hatte Zuflucht in Florenz gefunden, und die Freundschaft mit Cosimo de' Medici würde ihm früher oder später eine Rückkehr nach Rom ermöglichen. In der Zwischenzeit hatte der Umstand, dass er Papst war, die Karriere von Pietro begünstigt, der mit nur vierundzwanzig Jahren bereits Kardinaldiakon geworden war.

Der junge Mann war für ein paar Tage nach Venedig zurückgekehrt, und nun erzählte er von Florenz und den großen Hoffnungen, die er sich machen durfte.

Sie waren gemeinsam zum Rialtomarkt gegangen, um Wein und Stoff zu kaufen, und hatten vor, in der Nähe von Santa Maria Mater Domini Rast zu machen. In der Mitte des Platzes befand sich einer der für Venedig typischen umrandeten Brunnen, an dem sich zahlreiche Venezianer ihr Wasser holten. Palazzi mit wundervollen Fassaden umstanden den Platz. Die Patere der Ca' Zane, kreisförmige, teils kleeblattartig angeordnete Schmuckelemente, trugen Abbildungen von Greifen und Adlern, die Polixena immer wieder sprachlos machten und ihre Fantasie beflügelten.

Es war ein kalter Tag, aber Polixena wollte noch nicht

gleich nach Hause gehen. An diesen Novembermorgen hatte die Lagune von Venedig immer eine ganz besondere Farbe. Das helle Grün des Wassers leuchtete stärker als sonst, und die Luft umschmeichelte das Gesicht mit einer frischen Brise.

»Cosimo de' Medici ist zuversichtlich, dass Euer Bruder, der Papst, nach Rom zurückkehren kann«, sagte Pietro. »Nach seinen Worten sind die Tage der Colonna gezählt, die Ewige Stadt bereitet sich darauf vor, ihr legitimes geistiges Oberhaupt mit offenen Armen zu empfangen.«

»Ich habe Cosimo de' Medici kennengelernt, er ist ein Mann von großer Klugheit und mit ausgefeilten Strategien. Doch wieso glaubt er, dass Rom bereit sei, Euren Onkel erneut aufzunehmen?«

»Er konnte Euren Bruder überzeugen, die rechtmäßigen Ansprüche von Alfons von Aragón auf den Thron von Neapel anzuerkennen. Damit verliert das Konzil von Basel seinen letzten Befürworter, da Filippo Maria Visconti kein Interesse mehr daran hat, sich mit dem Heiligen Kollegium zusammenzutun. Doch nicht nur das. Die Wiedervereinigung der griechischen und der römischen Kirche letztes Jahr in Florenz hat die Position des Papstes zusätzlich gestärkt. Ganz und gar zuungunsten der Konziliaristen. Dass er zum Kreuzzug gegen die Osmanen aufgerufen hat, sorgte schließlich für den Rest. Dafür kann er auf die Crème de la Crème des slawischen Adels zurückgreifen: Wladislaus III. von Polen und Ungarn, den Woiwoden von Transsilvanien János Hunyadi, den serbischen Despoten Đurađ Branković und Mircea II. aus der Walachei. Die christlichen Truppen erringen einen Sieg nach dem anderen, und Euer Bruder, der Papst, hat in der Angelegenheit sogar eine venezianische

Flotte zugesagt. Mit der Unterstützung des Medici kann mein Onkel von Florenz aus endlich wirksam Politik betreiben, was ihm von Rom aus nicht möglich gewesen war.«

Polixena lächelte. »Ihr versteht Euch nun also auch auf Politik?«

»Ich wollte nicht ...«

»Seid unbesorgt, Pietro. Ich nehme Euch nur ein wenig auf den Arm. Natürlich ist es so. Und mit der Unterstützung aus Florenz und Venedig könnte Gabriele tatsächlich wieder Papst in der Ewigen Stadt sein.«

»Ihr fehlt ihm, Mutter.«

»Daher habe ich vor, mit Euch nach Florenz zu kommen.«

»Wirklich?«

»Gewiss! Es ist schon schmerzlich genug zu sehen, wie die Serenissima ihn zu einem Zeitpunkt, als er sie am meisten brauchte, im Stich gelassen hat. Sobald ich konnte, bin ich deshalb nach Florenz gegangen. Doch nun bin ich viel zu lang schon wieder fort, und ich glaube, mein Bruder braucht mich. Heute mehr denn je, auch weil ich mit ihm über eine bestimmte Sache sprechen möchte.«

Die rätselhaften Andeutungen überraschten Pietro. Doch nur für einen Augenblick, schließlich wusste der junge Mann genau, dass man bei seiner Mutter mit allem zu rechnen hatte. Diese Frau wartete nicht ab, was geschah, sie nahm Einfluss auf den Lauf der Dinge. Und wenn sie diesen Ton anschlug, war klar, dass sie etwas im Schilde führte. Er zumindest hatte das schon vor einiger Zeit begriffen.

»Darf ich erfahren, worum es geht?«

»Warum nicht? Ziele wie dieses geht man lange im Voraus an. Habe ich Euch jemals erzählt, wie ich vor Jahren

Kardinal Antonio Panciera in der Kirche San Nicolò dei Mendicoli getroffen habe?«

»Nein, keineswegs!«

»Oder warum ich es getan habe?«

»Jetzt spielt Ihr mit mir.«

»Mag sein.«

»Aber um noch mal auf den großen Vorlauf zurückzukommen …«, hakte Pietro nach.

»Ich werde Euch alles erzählen. Wollen wir heimkehren?«

»Natürlich.«

Unterwegs richtete Polixena ihren Blick auf ihn. »Ihr werdet Papst sein, mein Sohn!«

Pietro war sprachlos. Kaum hatte er sich von der Überraschung erholt, widersprach er: »Das wird niemals geschehen!«

»Sehr wohl!«, schnitt sie ihm das Wort ab. »Das werdet Ihr, ich sage es Euch! Wie euer Onkel. Und wie mein Onkel vor ihm. Und wisst Ihr, warum Ihr genau der Richtige seid, Pietro? Aus drei Gründen. Ihr seid Venezianer und als solcher Bürger der mächtigsten Republik dieser Zeit. Ihr entstammt einem Geschlecht, dem es bereits in der Vergangenheit gelungen ist, ungünstige Prognosen auf den Kopf zu stellen. Als Euer Onkel Gabriele einstimmig zum Papst ernannt wurde, war er zunächst überrascht, denn niemand hatte geglaubt, dass dies möglich wäre. Und doch …«

»… und doch geschah genau das«, beendete Pietro den Satz.

»So ist es. Und schließlich deshalb, weil Ihr drei nicht auf den ersten Blick derselben Familie zuzuordnen seid. Gregor XII. trug den Namen Correr. Euer Onkel hieß Condulmer, und Ihr schließlich entstammt dem Hause Barbo. Drei Namen und drei verschiedene Dynastien. Wir Venezianer müssen stets mit Bedacht und Diskretion vorgehen, denn Rom hasst uns aus tiefstem Herzen. Dank der Freundschaft, die Cosimo de' Medici und Euer Onkel geschlossen haben, ist uns künftig eine wichtige Unterstützung bei den Wahlen sicher. Deshalb werdet Ihr, wie gesagt, Papst sein, mein Sohn. Vielleicht nicht sofort, das wäre zu schnell, mein Bruder erfreut sich Gott sei Dank guter Gesundheit, aber gewöhnt Euch von nun an an diesen Gedanken und verhaltet Euch wie ein Anführer, denn früher oder später ist die Reihe auch an Euch. Die Familie, Pietro, die Familie und die Abstammung sind die einzigen Dinge, die zählen auf dieser Welt.«

Auf ihrem weiteren Heimweg war Polixenas junger Sohn in seine Gedanken versunken. Diese Unterhaltung hatte ihn zutiefst verblüfft. Er hatte geglaubt, seine Mutter zu kennen, doch nun hatte ihm Polixena einen Charakterzug offenbart, der ihm bisher unbekannt geblieben war. Er wusste, was für eine wunderbare Frau seine Mutter war. Doch über welch eisernen Willen sie verfügte, war ihm bisher nicht bewusst gewesen. Nach diesem Gespräch aber hatte er daran keinerlei Zweifel mehr.

Er würde sie nicht enttäuschen, versprach er sich selbst.

1442

51. Die Geschichte des Aquäduktes

Königreich Neapel, Campovecchio, nahe der Porta Nolana

Es hatte etwas gedauert, doch am Ende hatte er des Rätsels Lösung gefunden. Alfons von Aragón hatte den *pozzaro* vor sich. Den hatte ihm diese mysteriöse und wunderschöne Frau ins Zelt gebracht, die imstande war, das Herz von Don Rafael in ihren Bann zu schlagen. Der adelige Soldat stand ihm gegenüber, und seine raubtierhaften Augen waren auf diesen Mann geheftet, der behauptete, den Weg zu kennen, auf dem man Neapel von innen heraus erobern könnte.

Auch wenn dem König nicht klar war, wie das gehen sollte. Doch warum sollte man nicht jemanden anhören, der versicherte, dass es möglich war? Laut dem Prachtweib mit den schwarzen Haaren stimmte es, hatte Don Rafael gesagt. Ach ja, wie hieß sie noch gleich? Und wie zum Teufel stellte sie es an, aus der Stadt herauszuspazieren, wie und wann sie wollte? Bestätigte im Grunde nicht allein dieses Fragezeichen bereits die Existenz eines unterirdischen Ganges?

Aufgrund dieser Überlegungen war Alfons ganz Ohr. Er saß bequem auf einem kleinen damastbezogenen Sofa, im wärmenden Licht der Kohlebecken, die sein Zelt beheizten, während draußen ein eisiger Januarwind pfiff und weiße Flocken durch die Luft wirbelte.

Alles in allem war es wirklich misslich, dass diese Stadt immer noch Widerstand leistete, besonders angesichts des strengen Winters, der sie überrascht hatte. Ein Grund mehr, die Dinge möglichst voranzutreiben. Er war es leid, abzuwarten und darauf zu hoffen, irgendwann diesen Rüpel von René d'Anjou endlich mit einem Zug überrumpeln zu können, mit dem der nicht rechnete.

Außerdem war er dringend darauf angewiesen, diese Partie zu beenden. Er musste die Situation nutzen, die gerade günstig war, denn sie konnte sich ändern, sobald der Wind sich drehte. Dieser Tage erst waren weitere vierhundert Armbrustschützen aus Genua als Unterstützung für René d'Anjou eingetroffen, die jetzt die Porta San Gennaro belagerten. Und als sei das alles noch nicht genug, hatte Filippo Maria Visconti ihm mal wieder einen seiner ungezählten Einfälle präsentiert. Über einen Gesandten – der Bote des Herzogs war erst am Tag zuvor im Feldlager eingetroffen – verlangte er, eine Allianz mit Genua einzugehen. Der Herzog bezweckte, dass ihm das Königreich Sardinien abgetreten würde, das er sich derzeit mit dem Herrscher von Aragón teilte. Mittlerweile hatte Alfons jedoch das deutliche Gefühl, dass dies nur die wahnwitzigen Ideen eines Verrückten waren, daher hatte er entschieden abgelehnt. Mehr noch; er hatte ihn gewarnt, den provokanten Vorschlägen der Ligurer Gehör zu schenken, die nur darauf aus waren, eigene Divisionen innerhalb ihrer Aufstellungen zu bilden.

Er war es leid, sich mit den ewigen Grillen des Herzogs und den unberechenbaren Italienern befassen zu müssen, die keine Gelegenheit ausließen, die Seiten zu wechseln oder doppeltes Spiel zu spielen.

Warum sollte er in Anbetracht der Lage diesem *pozzaro* nicht einfach glauben? Unter all den merkwürdigen Dingen, die ihm untergekommen waren, seit er beschlossen hatte, diese uneinnehmbare Stadt zu erobern, war das, was man ihm jetzt vorschlug, sicher nicht das Schlechteste oder Abwegigste. Im Gegenteil!

»Erklärt mir nun ganz genau«, verlangte der König, »warum Ihr es für möglich haltet, diese vermaledeite Stadt von innen heraus einzunehmen.«

»Achtet auf das, was Ihr sagt, mio Signore, denn wenn in mir auch nur der geringste Verdacht aufkommt, dass Ihr mich anlügt, werde ich Euch den Kopf abschneiden«, fügte der Hidalgo aus Medina mit seiner raubvogelhaften Miene hinzu, die schon den Geschmack von Blut vorwegzunehmen schien.

»Auf gar keinen Fall!«, rief der König aus, dem diese Einmischung nicht gefiel. Sicher, Don Rafael hatte volle Handlungsbefugnis, selbst in seiner Gegenwart, doch sollte er nicht so weit gehen, seinen Wünschen zuwiderzuhandeln! Daher bemühte er sich eilends um eine Kurskorrektur. »Wenn Ihr uns freigiebig mit Informationen versorgt, verspreche ich, Euch auf ewig meine Dankbarkeit zu erweisen, indem ich Eurem Leid und dem Eurer Familie ein Ende bereiten werde. Ihr müsst Euch um nichts mehr kümmern, die Krone Aragóns wird für Euch sorgen! Nur Mut also, sprecht!«

Der *pozzaro*, den der brutale Ton des Soldaten *sin caridad* ziemlich eingeschüchtert hatte, schaute sichtbar erleichtert auf. Ohne sich noch länger bitten zu lassen, begann er seinen Bericht. »Eure Hoheit, mein Name ist Aniello Ferraro. Ich bin Maurer und *pozzaro* und habe etwa zwei Jahre lang bei der Erneuerung einiger Zisternen und Wasserleitungen mitgearbeitet, die zu diesem Labyrinth unterirdischer Kanäle gehören, die vom Acquedotto della Bolla abgehen. Wie Ihr sicher wisst, war dies das erste Aquädukt von Neapel und das Serino-Aquädukt das zweite.«

Im Blick des Königs blitzte es auf. »Deshalb also leistet Ihr immer noch Widerstand!«

Der *pozzaro* zeigte echte Verblüffung.

»Aber natürlich! Selbst als ich eines der beiden Aquädukte sperren ließ, sind die Neapolitaner nicht verdurstet. Denn es gab ja immer noch ein zweites.«

»Das ist es nicht allein, Majestät. Doch lasst mich der Reihe nach erzählen. Wie ich schon sagte, gibt es zwei Aquädukte: das Acquedotto della Bolla, das griechischen Ursprungs ist, und das Serino-Aquädukt der Römer. Nun, das erste hat seinen Anfang im Osten, ein paar Meilen außerhalb der Stadt in der Ebene von Volla. Anfangs ist es ein gedeckter Kanal, dann geht er tiefer in die Erde und verläuft über Santa Caterina a Formiello, unter der Via Forcella hindurch bis nach Mezzocannone, wo er endet. Nach und nach hat Kaiser Konstantin unterirdische Kanäle bauen lassen, die das Wasser bis nach Santa Restituta brachten. Insbesondere ließ er einen zweiten, kleineren Abzweig bauen, der von Santa Caterina a Formiello bis innerhalb der Stadtmauern führte. Das zweite Aquädukt hingegen hat seinen Anfang genau in entgegengesetzter Richtung im Westen, und zwar im Sabato-Tal. Der Teil jedenfalls, der die Stadt betrifft und den Eure Majestät an einer Stelle hat sperren lassen, ist der, der von der Porta Costantinopoli bis nach Santa Patrizia geht.«

»Damit ist das Geheimnis gelüftet!«, rief Alfons von Aragón voll Bewunderung aus. »Deshalb also konnte ich die Stadt nicht durch Ausdürstung unterwerfen.«

»Um die Wahrheit zu gestehen, wäre da noch etwas. Denn abgesehen von den beiden erwähnten Aquädukten gibt es noch eine Reihe von Quellen innerhalb der Mauern, von denen Eure Majestät sicher keine Kenntnis hat.«

»Schon gut, schon gut«, schnitt ihm der König das Wort ab, der nicht die ganze Nacht mit wasserbaulichen Vorträgen zubringen wollte. »Kommt zum Punkt!«

»In Ordnung«, stimmte der *pozzaro* zu, der die Geduld des Herrschers gewiss nicht überstrapazieren wollte, nachdem dieser ihm seine königliche Dankbarkeit ausgedrückt und, mehr noch, eine königliche Entlohnung versprochen hatte. »Nun, Ihr erinnert Euch, ich sagte, dass ein zweiter Zweig des Acquedotto della Bolla von Santa Caterina a Formiello bis nach Santa Restituta führt, also bis innerhalb der Stadtmauern. Und ich sage Euch nun, dass es unmittelbar bei der Porta di Santa Sofia, noch außerhalb der Mauern, einen Brunnen gibt, in den man sich leicht hinablassen kann. Unter diesem Brunnen öffnet sich eine natürliche Zisterne. Von dort kann man über einen langen Gang wieder hinauf und bis in die Stadt gelangen.«

Der König war sprachlos. Dann rief er aus: »Ihr wollt mir doch nicht erzählen, dass dies der Weg ist, den vor fast tausend Jahren bereits Belisar nutzte, um in die Stadt einzudringen – womit er vermied, sich in einer Belagerung aufzureiben, denn dann hätte er niemals gewinnen können.«

»Genau das, mio Signore.«

Als er das hörte, war Alfons von Aragón fassungslos. »Ihr behauptet also, dass dieser Belisar nicht bloß eine Legende ist?«

»Das ist er keineswegs!«

»Und der Weg ist immer noch derselbe, der vor fast tausend Jahren benutzt wurde?«, fragte El Rey immer ungläubiger.

Der *pozzaro* nickte.

»Aber wenn es so einfach ist, warum kümmert sich dann René d'Anjou nicht darum, den Weg, von dem wir hier reden, zu sperren?«

»In erster Linie, weil ihm diese Tatsache nicht bekannt ist. Die wenigsten Neapolitaner wissen davon, und wenn ich ehrlich sein soll, Euer Hoheit, hat keiner ein Interesse daran, den Anjou zu helfen. Neapel ist erschöpft, die Neapolitaner sind am Ende ihrer Kräfte. Sie haben Hunger und Durst! Und sie können es nicht erwarten, dass Ihr die Stadt einnehmt.«

»Ah«, sagte Alfons. »Wenn es so viele sind, frage ich mich, warum sie uns nicht einfach die Tore öffnen und uns hineinlassen. Das würde alles viel einfacher machen, *madre de dios*!«, rief der König aufgebracht.

»Bedauerlicherweise haben sie Angst.«

»Das sehe ich«, bemerkte Alfons lakonisch. Dann jedoch führte er den Gedanken fort: »Ihr haltet es also für machbar? Könnten hundert Männer unter Eurer Führung und der meines besten Soldaten, des hier anwesenden Don Rafael, sowie des mir treu ergebenen Diomede Carafa durch diese Wasserleitung in die Stadt eindringen? Würden sie nicht wie die Ratten in der Kloake ersaufen?«

»Nein, mio Signore, aus einem ganz einfachen Grund.«

»Und zwar?«, wollte der König wissen.

»Weil dieser unterirdische Gang im Augenblick bestens passierbar ist. Er ist so weit und geräumig, dass das Wasser einem bestenfalls bis zur Brust steigt. Außerdem muss man nicht besonders weit gehen. Nach der großen unterirdischen Zisterne ist der Kanal nicht länger als eine halbe Meile und breit und tief genug, dass er selbst einem Mann, der nicht schwimmen kann, den Durchgang ermöglicht. Er endet an einem Brunnenschacht, der zum Hof des Hauses von Mastro Citiello, dem Schneider, führt.«

»Und woher wisst Ihr das?«

»Weil, wie ich Euch sagte, ich es war, der in diesem Teil der Wasserleitung gearbeitet hat. Doch fragt Mena, wenn Ihr mir nicht glaubt.«

»Wer soll das sein?«, fragte der König ungeduldig.

»Das bin ich.«

Die Augen der Anwesenden richteten sich alle auf ein bildhübsches junges Mädchen mit schwarzem Haar.

»Ich bin die Tochter von Mastro Citiello.«

»Ah!«, rief Alfons aus, nicht ohne einen gewissen Schauer der Erregung. »Das erklärt, wieso Ihr so unerschrocken im Feldlager aufgetreten seid! Seid also auch Ihr der Meinung, dass es funktionieren könnte?«

»Wenn Ihr genügend Männer mit dem nötigen Mumm für ein solches Unternehmen habt, denke ich schon«, verkündete Mena in forschem Ton, der perfekt zu ihrer herausfordernden Schönheit passte.

Bei diesem arroganten Ton machte der Hidalgo aus Medina große Augen. Er kannte diese Frau zwar mittlerweile etwas besser, doch er hätte nicht geglaubt, dass sie sich dem König gegenüber so viel herausnehmen würde.

Einen Augenblick lang war Alfons wie versteinert. Aber schon einen Moment später brach er in schallendes Gelächter aus. »*Madre de dios!* Was für ein Weibsstück habt Ihr Euch da angelacht, Don Rafael! Ich sehe noch großen Ärger auf Euch zukommen. Nicht, dass das hübsche Gesichtchen es nicht wert wäre! Also, was sagt Ihr dazu, mein Hidalgo?«

»Wenn es im Sinne Eurer Majestät ist, dann werden meine Männer und ich Messer Ferraro durch die Wasserleitung folgen und auch darüber hinaus. Auch in die Hölle, wenn es sein muss.«

»Sehr gut«, sagte der König. »Das ist die Antwort, die ich erwartet habe.«

52. Girifalco

Die Marken, Fermo, Castello del Girifalco

Bianca Maria war in Tränen aufgelöst. Alle hatten sich von ihnen abgewandt, angefangen bei ihrem Vater, der eine Allianz mit Venedig, Florenz und dem Papst eingegangen war. Sie konnte es nicht begreifen. Nur um gegen seinen Schwiegersohn vorzugehen, war er bereit gewesen, ein Bündnis mit der seit jeher verhassten Serenissima einzugehen.

Eugen der IV. hatte dem in nichts nachgestanden. Nicht nur hatte er Francesco exkommuniziert, sondern er hatte ihm auch den Oberbefehl entzogen und ihm aus heiterem Himmel Niccolò Piccinino vorgezogen, dem er viertausend Reiter und tausend Fußsoldaten für ein Jahr Dienstzeit bezahlt und ihm obendrein einen Sold von hunderttausend Fiorini zugestanden hatte. Francesco war nichts anderes übrig geblieben, als sich dem Gegenpapst Felix V. zuzuwenden.

Und nun befanden sie sich im Castello del Girifalco, die Marken färbten sich blutrot, und Francesco war gezwungen, seine Ländereien mit Zähnen und Klauen zu verteidigen.

Doch was sie am meisten bedrückte, war die Tatsache, dass sie keinen Erben empfangen konnte. An Gelegenheiten hatte es nicht gefehlt. Francesco war ein Mann von großem Verlangen, und an Freuden des Bettes mit ihm fehlte es nicht. Bianca hegte jedoch den Verdacht, dass er auch andere Schlafgemächer aufsuchte. Sie hatte zwar keine Gewissheit, doch dies lag nur allzu klar auf der Hand, wenn man bedachte, dass er vor ihrer Hochzeit bereits fünf Kinder mit Giovanna d'Acquapendente hatte. Eines von ihnen, Tristano, war sogar älter als sie.

Doch sie durfte sich jetzt nicht in düsteren Gedanken suhlen. Es war besser, stattdessen darüber nachzudenken, wie sie an seiner Seite sein konnte, um seine Sorgen und Nöte zu teilen. Wie ihr die frohen Tage von Cremona fehlten! Inzwischen hatte sie das Nomadenleben der Männer unter Waffen nur allzu gut kennengelernt, hatte erfahren, wie die eisige Kälte im Lager und in den Winterquartieren in die Knochen dringt, und sie hatte es mit der wachsenden Angst aufgenommen, stete Begleiterin des Kommens und Gehens der Boten, die der strategischen Vorbereitung einer militärischen Operation vorausgingen.

Erst vor ein paar Monaten hatte er sie in Jesi als Regentin der Stadt anerkannt, obwohl sie erst siebzehn Jahre alt war. Vor seinen Anführern, Männern wie Antonio Ordelaffi, Sigismondo Malatesta und Pier Brunoro, hatte er ihr die Befehlsgewalt über die Marken übertragen und ihr deren Regierung anvertraut, desgleichen – im vollen Vertrauen auf ihre Klugheit, Gerechtigkeit, Großherzigkeit und Milde – das Schicksal ihrer Einwohner. Er hatte die Bevölkerung der Marken aufgefordert, ihr zu gehorchen und in seiner Abwesenheit jeglicher Willensäußerung seiner Gemahlin nachzukommen, seien es Anordnungen oder Verbote.

Es war eine Geste, die sie mit Stolz erfüllt hatte, und sie hatte sich in Erwartung seiner Rückkehr den ihr übertragenen Aufgaben mit Eifer gewidmet.

Als er dann endlich zurückkam, mit der Verstärkung durch die Soldaten, die ihm von Gegenpapst Felix V. zur Verfügung gestellt worden waren, hatte er sie mit nach Girifalco genommen. Doch Bianca Maria war am Ende ihrer Kräfte und die Aussicht, weitere Monate im Kriegszustand zu verbringen und dabei womöglich alles zu verlieren, versetzte sie in Angst und Schrecken. Sie hatten keinen roten Heller mehr, sie hatte sogar das Tafelsilber veräußern müssen, um das Nötigste für sich und ihr schon reduziertes Gefolge einkaufen zu können. Dabei wagte sie noch nicht einmal etwas für sich zu verlangen, denn sie wusste, dass sämtliche Steuern für die Kriegsausgaben verwendet wurden.

Sie betrachtete Perpetua, ihre vertrauteste Gesellschaftsdame, mit ihren warm glänzenden kastanienbraunen Augen.

»Da wären wir nun, meine Liebe, und warten auf die nächste Schlacht. Ich kann Euch gar nicht sagen, wie nervenaufreibend und beängstigend ich diese Warterei finde. Francesco hat alle gegen sich, und es erscheint mir unmöglich, dass er dieses Mal als Sieger hervorgeht.«

»Nur Mut, mia Signora«, erwiderte Perpetua. »Ich bin sicher, dass noch nicht alles verloren ist. Euer Gemahl gibt bestimmt sein Bestes. Ist er, alles in allem, nicht der fähigste Kämpfer seiner Zeit? Ich bin sicher, er wird Piccinino rasch im Griff haben. Ihr müsst Vertrauen in ihn haben.«

»Ihr habt recht, Perpetua. Aber ich kann wirklich nicht länger hierbleiben und warten. Lieber sterbe ich, das schwöre ich. Und was noch viel schlimmer ist – in mir wächst nichts heran! Ich bin wahrlich ein hoffnungsloser Fall!«

»Sagt so etwas nicht, mia Signora, niemand ist so begabt und beflissen wie Ihr. Und der Hauptmann weiß das sehr gut.«

»Mag sein«, gab Bianca Maria zu. »Doch ich bin es, die nicht akzeptieren kann, wie es um mich bestellt ist. Ich will mich nicht mit meiner Unzulänglichkeit abfinden. Ich will, dass er stolz auf mich ist.«

»Aber das ist er doch bereits, mia Signora.«

Bianca Maria merkte, dass die Worte ihrer Gesellschaftsdame sie eher ärgerten als beruhigten. Das war nicht Perpetuas Schuld, sie war freundlich und gut, und niemand war so bemüht um ihre Person wie sie. Doch in diesem Augenblick wollte die Herzogin weder getröstet noch bemitleidet, sondern hart rangenommen und mit strengen Worten angetrieben werden. Was hatte ihre Mutter sie gelehrt? Dass sie eine Visconti war, gewiss! Aber auch eine del Maino. Und wer dieser Familie angehörte, musste auch mit dem Schwert umzugehen wissen und kämpfen können!

Daher würde sie jetzt nicht einfach die Hände in den Schoß legen. Sie würde mit Francesco ins Feld ziehen. Sie würde nicht länger warten. Sollte sie doch in der Schlacht zugrunde gehen, sollten sie sie doch in Stücke reißen, wenn sie nicht einmal imstande war, einen Sohn zu empfangen! So wäre sie wenigstens zu etwas nütze!

»Perpetua!«, rief sie schließlich. »Ruft Mastro Lorenzo, ich werde meine Rüstung anlegen, das Schwert nehmen und meinem Herrn aufs Schlachtfeld folgen! Ich habe keine Angst vor dieser Bande Halbstarker, die es wagt, das Land zu entehren, das von Rechts wegen uns gehört. Bei Gott, ich werde mich in die Schlacht stürzen und das Blut meiner Feinde vergießen. Oder mein eigenes.«

»Aber … mia Signora …«

»Keinen weiteren Aufschub!«, schnitt ihr Bianca Maria das Wort ab. »Lasst ihn rufen, habt Ihr gehört?«

Noch während sie diese Worte hervorstieß, erhob sich die letzte Visconti.

Bestürzt eilte Perpetua, den Waffenmeister zu holen.

53. Porta Santa Sofia

Königreich Neapel, nahe der Porta Santa Sofia

Don Rafael betrachtete die Schar Männer, die er vor sich hatte. Es waren alle dabei, angefangen bei Diomede Carafa, dem treuesten Gefolgsmann seiner Majestät. Er war Ratgeber und oberster Befehlshaber des Rey, Sohn jenes Antonio mit dem Beinamen »Malizia«, die Hinterlist, wegen seines Geschicks zu manipulieren und zu intrigieren, und mit seiner Hilfe hatte er vor über zwanzig Jahren erreicht, dass Alfons von Aragón Königin Johanna, die Herrscherin über Neapel, unter seinen Schutz stellte. Sie hatte ihn zunächst zu ihrem Nachfolger ernannt, später allerdings, aufgewiegelt von ihren Günstlingen, René d'Anjou vorgezogen und damit einen Krieg ausgelöst.

El Rey wusste jedenfalls die Ergebenheit und die Intelligenz dieses Mannes sehr zu schätzen, der ihn auf all seinen Reisen und in all seinen Schlachten begleitet hatte und dabei oft und gern heikle diplomatische Aufgaben bewältigt hatte. Sein Kunstgeschmack und sein Umgang mit einigen der häufig am Hof gesehenen Humanisten hatten ihn für den Souverän zu einem wertvollen Mann gemacht.

Es fehlten nicht einmal Iñigo de Guevara, der militärisches Können mit purer Strategie vereinte, und Mazzeo di

Gennaro, auch eher ein Hauptmann von feurigem Temperament und ebenfalls aus vornehmster neapolitanischer Familie.

Doch über diese wohlklingenden Namen hinaus sah Don
Rafael die fast zweihundert Seeleute, die Alfons hatte hinzunehmen wollen und die man gut brauchen könnte, falls
die Wasserlinie höher wäre als erwartet. Bei ihnen waren
noch vierzig Ritter, zu Fuß und leicht bewaffnet.

Sie befanden sich allesamt in der Nähe eines Brunnens,
der nicht mehr als eine Viertelmeile von der Stadtmauer
Neapels entfernt war, nahe der Porta di Santa Sofia.

Ohne Zeit zu verlieren und die Gunst der Dämmerung
nutzend, ging Don Rafael mit gutem Beispiel voran und
folgte als Erster Aniello Ferraro in den dunklen Schlund des
Brunnens.

Die Seeleute ließen ihn mit einem doppelt gelegten Seil
hinab. Nicht lang, und er berührte mit den Füßen die Was-
seroberfläche und tauchte bis zur Taille ins Wasser ein. Ein
kalter Schauer überlief ihn, das Wasser war eiskalt.

Er hielt die Arkebuse, die er mitgenommen hatte, über
dem Kopf, zusammen mit dem Lederbeutel, der das Pulver-
pfännchen, die Lunte und Bleikugeln sowie das Horn mit
dem Schießpulver enthielt, während der *pozzaro* bereits
eine Harzfackel entzündet hatte, die rund um sie her ein
rötliches Licht verbreitete.

Außerdem steckten in Don Rafaels Gürtel auch ein
Schwert und ein Messer. Er trug kniehohe Stiefel.

Kaum war er auf dem Grund des Brunnens angekommen, gab ihm Mastro Aniello ein Zeichen, ihm zu folgen.

»Und die anderen?«, fragte Don Rafael.

»Mio Signore«, gab ihm der Mann zur Antwort, »bitte

nur ein kurzes Stück, dann werdet Ihr sehen!« Ohne ein weiteres Wort begab er sich daraufhin raschen Schrittes in den Gang hinein, der unter dem Brunnenschacht abging.

Entschlossen, ihm zu vertrauen und mit dem Vorsatz, die Lichtquelle nicht zu verlieren, die einen goldenen Schein um ihn herum verbreitete, folgte ihm Don Rafael. So ging er ein Weilchen voran und hörte nichts als das Plätschern des Wassers. Vor sich sah er den Rücken von Mastro Aniello, der sich äußerst behände vorwärtsbewegte, obwohl auch ihm das Wasser bis zur Hüfte reichte.

Nach kurzer Zeit rief der *pozzaro* jedoch: »Da wären wir!« Und er forderte Don Rafael auf, den Blick zu heben.

Als er nach oben schaute, fehlten dem Hidalgo die Worte. Er war so damit beschäftigt gewesen voranzukommen, dass er nicht bemerkt hatte, wie breit der unterirdische Kanal geworden war. Doch jetzt, wo er mitten im Wasser stehen blieb, sah er im Licht der Fackel, dass der Gang in eine riesige Zisterne mündete, die in den Stein gehauen war; ein unterirdischer Raum, der so groß war, dass bequem mindestens tausend Männer hineingepasst hätten.

»Unglaublich, nicht wahr?«, sagte Mastro Aniello und schien damit auszusprechen, was der Hidalgo dachte. »Wir befinden uns gerade unter dem alten *Carbonarius*, der in Neapel dazu dient, die Abfälle der Stadt zu sammeln und sie dort zu verbrennen, der aber gelegentlich auch für Reiterspiele und Turniere genutzt wurde.«

Während Don Rafael noch die felsige Wölbung über ihm betrachtete, sah er aus den Augenwinkeln, dass einige Lichtflecke schwankend näher kamen, auf dem Weg, den er wenige Augenblicke zuvor genommen hatte. Es waren die Reiter und die Seeleute, die sich in Sechser- oder Achtergrüppchen näherten.

Die kolossale Grotte füllte sich mit Männern. Viele von ihnen hielten Arkebusen über den Kopf, andere hingegen trugen Fackeln ähnlich der von Mastro Aniello. Recht bald fanden sich um sie herum einige flackernde Lichtpunkte ein, und Don Rafael erfasste noch besser, wie ungeheuer groß dieser unterirdische Raum war, den man in den Fels gehauen hatte.

Nach einer Weile wurde ihm kalt. Das Wasser war eisig, und es war alles andere als angenehm, sich lange darin aufzuhalten. Ganz davon abgesehen, dass sie einen Auftrag zu erfüllen hatten.

»Mastro Aniello«, sagte der Hidalgo deshalb, »lasst uns weitergehen. Wir können nicht alle gemeinsam in das Haus des Schneiders hinein, daher ist es besser, wenn wir uns in Gruppen aufteilen, und ich würde gern als Erster mit Euch hinaufgehen, denn ich bin der Einzige, der Filomena kennt.«

»Weise Worte«, bemerkte der *pozzaro* lediglich. »Dann folgt mir.«

»Ihr da«, sagte Don Rafael an ein Dutzend Männer in seiner Nähe gewandt, »folgt uns.«

»Zu Diensten, Hauptmann.«

Ohne noch weitere Zeit zu verlieren, heftete sich der Hidalgo aus Medina an die Fersen von Mastro Aniello. Einer nach dem anderen folgte ihm durch die Grotte. Von hier aus folgte ein weiterer langer Gang, ein Schlauch geradezu. Man kam weniger gut voran, und Don Rafael kam sich vor wie eine Maus in der Falle. Von der Taille abwärts meinte der Hidalgo nur noch aus Holz zu sein, so steif war er durch die Eiseskälte. Er ging, als ob sich seine Beine in Stöcke verwandelt hätten. Er hielt weiterhin die Arkebuse und den Lederbeutel über dem Kopf, aber die Arme schmerzten. Dennoch setzte er den Weg fort.

Auf diese Weise gingen sie noch eine Weile weiter. Das Wasser reichte ihnen mittlerweile bis zur Brust.

Er zitterte, seine Beine schienen wie aus Blei. Just da blieb Mastro Aniello nochmals stehen, sah ihn an und verkündete: »Wir sind da. Wir befinden uns genau bei dem Brunnen, der zum Hof von Mastro Citiello führt.«

»Gut«, erwiderte der Hidalgo, im Herzen zutiefst dankbar, dass die Qual ein Ende hatte. Er schloss zum *pozzaro* auf, und auch die anderen Männer kamen heran. Sobald alle beieinander waren, wandte sich Don Rafael an Mastro Aniello: »Wie kommen wir nun hinauf?«

Im Licht der Fackel sah es so aus, als würde er lächeln. »Wir können die Steighilfen benutzen, die die *pozzari* für die Wartung der Gänge, Rohre und Zisternen angelegt haben. Natürlich braucht man ein wenig Übung, aber ich glaube, Eure Seeleute hätten kein Problem damit, mit mir hinaufzuklettern und oben ein Seil zu sichern, um euch damit alle hinaufzuziehen.«

Der Hidalgo bestimmte einen der Seeleute aus der Gruppe. »Ihr steigt mit Mastro Aniello hinauf. Haben wir ein geeignetes Tau oder Seil?«, fragte er und wies mit einem Nicken zum Brunnen über ihnen.

»Hier«, sagte der nur und hielt ihm ein robustes Seil entgegen.

»Wie lang ist das?«, fragte Don Rafael.

»Siebenundzwanzig Ellen.«

»Hoffen wir, dass das reicht«, kommentierte der Hidalgo. Währenddessen waren Mastro Aniello und der Seemann bereits dabei hinaufzuklettern, wobei sie Felsspalten und die in den Stein gehauenen Vertiefungen nutzten, die eine Art grobe Stufen darstellten. Im Fackellicht sahen sie aus wie zwei riesige Krabben.

Don Rafael hoffte, dass sie so schnell wie nur möglich oben ankamen.

Im kalten Wasser zu stehen, gefiel ihm überhaupt nicht, und er konnte es nicht erwarten, wieder festen Boden unter den Füßen zu haben, ein Schwert durch die Luft zu schwingen und ein paar Schüsse abzugeben.

Bei diesem Gedanken spielte ein grausames Lächeln um seine Lippen.

Bald schon würde Neapel fallen, dachte er.

54. Die Kunst der Rede

Die Marken, Ebene von Rancia, im Lager von Niccolò Piccinino

Niccolò Piccinino traute seinen Augen nicht, als er sie kommen sah.

Bianca Maria Visconti sah aus wie eine Amazone. Auf dem wunderbarsten Streitross, das er je gesehen hatte, bahnte sie sich stolz und gravitätisch ihren Weg durch die Zelte seines Lagers. Es war ein schwarzer Hengst, groß und wendig, mit lebhaftem Muskelspiel und schweißglänzend. Seine Männer schauten sie fassungslos an, wie eine Erscheinung, eine Kriegsgöttin, die gekommen war, um sie für ihre Kühnheit zu strafen.

Die schöne Mailänderin trug eine prächtige Rüstung aus Lumezzane; sie war aus brüniertem Stahl mit goldenen Intarsien und graviertem Wahrzeichen der Visconti, dem furchtbaren Biscione, der gerade dabei ist, einen Sarazenen zu verschlingen. Am Gürtel trug sie ein Schwert, dessen Parierstange mit Perlen besetzt war. Sie hatte das Visier geöffnet, und ihre Augen glänzten in der Sonne dieses Tages.

Als sie vor ihm angekommen war, grüßte Bianca Maria. Mit einer genau abgemessenen Vorbeugung des Oberkörpers stieg sie vom Pferd, während fünfzig Reiter Sforzas einen schützenden Ring um sie bildeten. Unter ihnen bemerkte Piccinino auch Braccio Spezzato, den großartigen Leutnant Francesco Sforzas.

Der kleine und furchterregende Hauptmann, der im Dienste Eugens IV. und des Herzogs von Mailand stand, nickte grinsend. »Da seid Ihr also, Madonna. Also stimmt es, was man sagt: Ihr seid eine kriegerische Amazone, und wer Euch in der Schlacht sieht, sucht lieber das Weite.«

»Ich bin eine Visconti, Messer Piccinino. Und eine del Maino. Was meine Schlachttauglichkeit angeht, bin ich bereit, mich mit jedem zu messen, der sich mir in den Weg stellt, auch wenn ich, wir Ihr seht, nicht deshalb in Euer Lager gekommen bin. Ich möchte Euch vielmehr über etwas informieren, das gerade vor sich geht.«

»So, so, mich informieren? Als ob ich nicht über alles Bescheid wüsste?« Ein paar seiner Männer machten Anstalten, näher zu kommen, bereit, in Aktion zu treten, aber der Hauptmann bedeutete ihnen mit einem Handzeichen, stehen zu bleiben. »In Ordnung, Madonna, ich werde gern mit Euch sprechen, allein, in meinem Zelt!«

»Mehr verlange ich nicht«, antwortete die edle Visconti, und, ohne weiter abzuwarten, schritt sie durch die Öffnung des Zeltes, deren Vorhang der Hauptmann für sie einladend beiseiteschob.

»Ich werdet mir verzeihen, wenn dieser Ort nicht angemessen ist für eine edle Dame wie Euch, mia Signora. Ich habe nur einen schäbigen Tisch, ein paar Stühle, ein Kohlebecken und eine Flasche Wein«, sagte Piccinino und wies auf das Innere des Zeltes.

»Erspart mir die Eitelkeiten, kommen wir zum Wesentlichen. Wenn ich es hätte gemütlich haben wollen, hätte ich mir bestimmt nicht die Mühe gemacht herzukommen«, fiel ihm Bianca Maria ins Wort.

»Einverstanden. Welchem Umstand verdanke ich die Ehre Eures Besuches?«

»Das ist rasch gesagt: Ich bin gekommen, um Euch zu warnen.«

»Tatsächlich, mia Signora? Und wovor?«, fragte der Söldnerhauptmann ehrlich verblüfft.

»Vor meinem Vater.«

»Dem Herzog?«

»Wer sonst sollte mein Vater sein?«

»Verzeiht, ich wollte nicht ... Ich bin verwirrt. Mir ist der Grund dieser Eurer, wie soll ich es nennen, Gesandtschaft, nicht klar.«

Bianca Maria seufzte. »Na schön, der Reihe nach. Ich bin hierhergekommen, weil wir beide genau wissen, dass die Begegnung zwischen Euch und meinem Gemahl in der Ebene von Rancia unausweichlich scheint. Ich muss hinzufügen, dass Francesco nicht weiß, dass ich gerade hier bin. Er vertraut mir blind. Der Grund, aus dem ich mich aufgemacht habe, Hauptmann, ist folgender. Zunächst einmal möchte ich, dass Ihr einen bestimmten Umstand berücksichtigt. Vor etwa sechzehn Jahren nämlich war es mein Ehemann, der Euch in Maclodio das Leben gerettet hat, als die Truppen Carmagnolas Euch bereits vernichtend geschlagen hatten. Und nicht nur das. Kürzlich erst, vor einer Woche, um genau zu sein, hat er Euch in Amandola bezwungen und Euch in echte Schwierigkeiten gebracht. Er hätte Euch weiter bedrängen und vernichten können, aber er hat es nicht getan.«

»Dank der Fürsprache von Bernardo de' Medici, des Florentiner Bevollmächtigten.«

»Gewiss, daher habe ich auch nicht versäumt, ihn heute Morgen in Macerata zu treffen.«

Der Hauptmann machte große Augen. »Alles, was recht ist, man kann wirklich nicht sagen, dass Ihr gern Zeit verliert, mia Signora!«

»Dem stimme ich zu. Was also die Ritterlichkeit gebieten würde – mein Mann hat Euch einmal das Leben gerettet und es ein weiteres Mal im entscheidenden Augenblick verschont, als er Euch hätte ausschalten können. Nun könntet Ihr Euch erkenntlich zeigen.«

»Nun, mia Signora, das ist leichter gesagt als getan«, erwiderte der Hauptmann sichtlich unwillig. »Ihr wisst sehr gut, wie viel Eurem Vater daran gelegen ist, sich Euren Ehemann vom Hals zu schaffen.«

»Genau darüber wollte ich mit Euch sprechen.«

»Über Filippo Maria Visconti?«

»Genau.«

»Nun gut, sprecht nur.«

»Ihr stimmt mir sicher zu, dass nur wenige ihn besser kennen als ich, die ich seine Tochter bin. Gut, wie ich vorhin schon sagte, bin ich hier, um Euch zu warnen. Erinnert Ihr Euch, wie mein Vater Carmagnola protegierte, ihn mit Titeln, Ehrungen und Geld überhäufte, um ihn dann ohne ersichtlichen Grund fallen zu lassen?«

»Sicher, wer hätte das vergessen!«

»Und Ihr habt sicher bemerkt, wie er sich auch von meinem Gemahl nach einer gewissen Zeit, in der er ihn in jeder Hinsicht gefördert hat, bis hin dazu, ihm meine Hand zu geben, abgewandt hat.«

»Auch daran besteht kein Zweifel«, räumte der Hauptmann ein.

»Sehr gut. Euch ist also aufgefallen, dass mein Vater dazu neigt, demjenigen zu misstrauen, der, um es mit seinen Worten zu sagen, zu übermäßiger Macht kommt. So war es bei Carmagnola, als der Herr über Genua war, und genauso verhielt es sich, sobald Francesco Sforza Gebieter über Lucania, Kalabrien und die Marken geworden war.«

»Der nun zu verlieren droht, wegen Alfons V. von Aragón ...«

»... und wegen Euch.«

»Ja.«

»Und nun frage ich Euch: Hand aufs Herz, wieso glaubt Ihr, dass es bei Euch anders sein wird? Hat er nicht meinen Gemahl Euch lange vorgezogen und Euch damit auf eine untergeordnete Rolle verwiesen? Wollt Ihr das bestreiten?«

»Nein, beim besten Willen nicht. In diesem Punkt muss ich Euch recht geben.«

»Und wie verhält es sich in Euren Augen mit Eurer Anhäufung von Titeln und Ländereien? Meint Ihr nicht, dass Ihr schon bald der Nächste seid?«, setzte die schöne Visconti nach.

»Und was soll ich Eurer Meinung nach tun?«

»Seid vorsichtig und verhaltet Euch unauffällig.«

»Was ratet Ihr mir?«

»Das Schlachtfeld zu verlassen.«

Piccinino brach in Gelächter aus. »Und das würde Eurer Meinung nach das Problem lösen? Euer Vater würde mich dafür in der Luft zerreißen, eine so günstige Gelegenheit nicht genutzt zu haben. Nach langer Zeit ist es gelungen, eine Allianz mit Eugen IV., Cosimo de' Medici, ja sogar mit

Venedig zu schmieden. Ganz zu schweigen von Alfons V. von Aragón. Und ich soll das alles in den Wind schreiben?«

»Ich weiß, dass sich das für Euch merkwürdig anhören muss, doch denkt einmal nach, Hauptmann. Ihr könnt ohne Weiteres irgendwelche Entschuldigungen vorbringen, und nachdem er eine Weile herumgebrüllt hat, wird er sich bestimmt beruhigen. Vor allem aber müsste er nicht länger befürchten, dass Eurerseits eine zu große Machtkonzentration zu erwarten ist. Glaubt mir, er ist ein Mann, der nicht nur mit seinem Machthunger, sondern auch mit dem Neid auf seine eigenen Feldherren zu kämpfen hat. Muss ich Euch vielleicht daran erinnern, dass es ein Feldherr war, der ihm seine erste Ehefrau aufzwang?«

»Ihr spielt auf Facino Cane an. Gewiss, ich erinnere mich.«

»Und glaubt Ihr wirklich, dass mein Vater im tiefsten Inneren glücklich über Eure zahlreichen neuen Eroberungen ist? Hat er Euch nicht erst letztes Jahr die Signoria di Piacenza verweigert, obwohl Ihr sie sehr wohl verdient hattet? Und hat er Euch nicht geboten, die Feindseligkeiten für ein Jahr einzustellen?«

»Stimmt schon, stimmt«, gab der Hauptmann zu. Seine Miene umwölkte sich zusehends.

»Dennoch hat er Euch nach einiger Zeit die Herrschaft über die Lehen von Solignano, Sant'Andrea Miano, Bilzola, Costamezzana, Borghetto und andere Besitzungen der Pallavicini übertragen, die Ihr besiegt hattet. Meint Ihr nicht, dass Euer Ansehen und Eure Macht in schwindelerregender Weise gestiegen sind? Und glaubt Ihr nicht, dass sich mein Vater früher oder später von Euch abwenden wird, um meinen Gemahl zu begünstigen, der doch immerhin seine Tochter geheiratet hat, auch wenn er derzeit in Ungnade gefallen ist?«

»Genug!«, schrie der Hauptmann unvermittelt, der all diese Andeutungen, das doppelte Spiel, die nicht eingehaltenen Versprechen und die zahllosen Manöver des Herzogs von Mailand nicht länger ertragen konnte.

»In Ordnung«, schloss die Visconti, »ich will Eure Geduld nicht überstrapazieren. Was mich angeht, habe ich Euch mitgeteilt, was mir auf der Seele lag. Die Entscheidung liegt nun bei Euch. Ich darf mich verabschieden. Meine Hochachtung.« Bianca Maria deutete eine Verbeugung an. Ohne eine Antwort abzuwarten, begab sie sich zum Ausgang des Zeltes und überließ Niccolò Piccinino seinen Gedanken. Im Hinausgehen warf sie einen letzten Blick auf ihn.

Die Augen des Hauptmanns waren blutunterlaufen.

55. *Sin caridad*

Königreich Neapel, bei der Porta di Santa Sofia

Sie strömten zum Hauptturm bei der Porta di Santa Sofia. Don Rafael Cossin Rubio, Hidalgo aus Medina, schwor sich, er würde seinem Ruhm als Krieger *sin caridad* alle Ehre machen.

Als er aus dem Brunnen herausgestiegen war, hatte Mastro Citiello nicht schlecht gestaunt, und seine Frau ebenso. Die aragonesischen Soldaten bemerkten rasch, dass die Eheleute vom Hunger ausgezehrt waren: Ihre Gesichter waren eingefallen, die Wangenknochen traten messerscharf hervor, die Kleidung war zerlumpt. Aniello Ferraro hatte sie sofort beruhigt, und Filomena hatte den Hidalgo mit ihrem stolzen und ein wenig wilden Blick gemustert, als wollte sie ihn herausfordern und ihn fragen: »Und nun? Was willst du nun tun?« Denn es war klar, dass sie und ihre Familie am Ende ihrer Kräfte waren. Don Rafael entdeckte bald, dass das Haus so leer war wie die unterirdische Grotte, die sie gerade durchquert hatten. Er kam sich armselig vor, sich ihrer bedient zu haben. Gewiss, das war ihrer beider Entscheidung gewesen. Filomena hatte Brot und Schutz bekommen, und höchstwahrscheinlich war es das, was sie in einem Augenblick wie diesem am dringendsten brauchte.

Aber dieser lodernde Blick hatte ihn aus der Fassung gebracht.

Nun wollte Don Rafael es zu Ende bringen, und zwar schnell. Dafür sorgen, dass El Rey diese Stadt in Besitz nehmen, sie zur Hauptstadt seines Reiches machen und sie wieder zu alter Größe bringen konnte.

Geräuschlos lief er zum Turm, nach totem Fleisch und Blut gierend wie ein Geier. Mit der einen Hand hielt er die schwere Arkebuse, die er bereits geladen hatte. Doch er wollte keinen Gebrauch davon machen, zumindest nicht, solange man in aller Stille agieren und so den Feind überraschen konnte. Er zückte das Schwert, und sobald ihm ein Anjou den Rücken zukehrte, stürzte er sich auf ihn, trieb seine Klinge in ihn und durchbohrte ihn bis zur Brust. Mit dumpfem Aufprall fiel der Besiegte aufs Pflaster. Der Hidalgo stieg, ohne ihn auch nur eines Blickes zu würdigen, über ihn hinweg und beseitigte im nächsten Moment mit einem ausholenden Hieb nach oben einen zweiten Angreifer. Der fiel auf den Bauch, die Hände noch an der Kehle, während sich eine Blutlache unter ihm ausbreitete, die im Licht der Fackeln schwarz schimmerte.

Eine Stimme zerriss die Nacht. »Achtung, sie greifen uns an, Alarm!« Gleich darauf rannte ein kleiner Trupp der Anjou zum Fuß des Wachturms. Das schwache Licht der Fackeln beleuchtete die Szene. Don Rafael verlor keine Zeit, umfasste die Arkebuse und feuerte auf den Haufen. Das Mündungsfeuer erhellte das Dunkel, und die Kugel traf einen feindlichen Soldaten mitten ins Gesicht. Ihm knickten die Beine weg, und er fiel zu Boden.

Um ihn herum wurde den meisten Anjou der Garaus gemacht. Die hinter dem Hidalgo gaben eine Salve ab.

Aus den Rohren der Arkebusen blitzte es unheilvoll auf, und das Zischen der Bleikugeln kündigte den Tod von mindestens zwanzig der Anjou an, die lautlos zusammensackten.

Die, die noch übrig waren, wurden von den Schwertern der Aragonesen niedergemäht, die sie mit der Wucht des Ansturms gnadenlos vernichteten.

Während auch der Letzte der Anjou aufs Pflaster stürzte, nahm Don Rafael die Treppe hinauf auf die Turmspitze.

Auf der Wehrplattform traf er auf die letzten beiden Verteidiger. Ohne zu zögern, zückte er eines der beiden Messer, die er am Gürtel trug. Er machte einen Ausfall mit einer Finte, die den ersten Angreifer aus dem Gleichgewicht brachte, woraufhin er ihm das Messer zweimal unter der Achsel in den Leib rammte. Der Mann gab vor Schmerz ein Röcheln von sich und sackte in seinen Arm. Don Rafael packte ihn und benutzte ihn als Schild, während der zweite Anjou einen großen Ausfall versuchte und dabei seinen Kameraden traf. Der Hidalgo schleuderte ihn ihm mit aller Kraft entgegen. Die beiden landeten auf der Erde. Don Rafael war wie der Blitz über ihnen, und es war ihm ein Leichtes, mit dem Schwert die Hand des Gegners auf dem Boden festzunageln. Der schrie vor Schmerz.

Einen Augenblick später zog der Hidalgo die Klinge wieder heraus und gab dem Mann einen Tritt, sodass er auf dem Bauch landete. Dann hob Don Rafael seinen Kopf mit der Linken hoch und schnitt ihm mit dem Schwert die Kehle durch.

Don Rafael packte den anderen Anjou, der noch lebte, und schmiss ihn über die Mauer. Der Schrei des hinabstürzenden Feindes hatte nichts Menschliches mehr.

Da wusste der Hidalgo, dass der Turm eingenommen war. »Hisst die Fahne von Aragón«, schrie er aus voller Kehle seinen Leuten unten zu. »Und öffnet die Tore.«

Großes Gebrüll war die Antwort.

Als El Rey die Flagge mit den vier roten *barras* auf goldgelbem Grund von der Bastion bei der Porta di Santa Sofia wehen sah, schrie er laut auf vor Freude. Vom Rücken seines Pferdes aus überblickte er ein Meer bewaffneter Männer. Das große Falltor öffnete sich vor ihm und seinen Soldaten. Der König setzte sich an ihre Spitze und führte sie an. Als ein Zug aus Eisen und Leder strömten sie in die Stadt.

Als Alfons sich innerhalb der Stadtmauern befand, stellte er fest, dass die Stadt nicht nur in seiner Hand war, sondern auch über keine nennenswerte Verteidigung verfügte. Einen Augenblick lang schien die Szene vor seinen Augen einzufrieren, und all diese Männer, die sich wie eine zerstörerische Welle in diese Stadt ergossen hatten, standen plötzlich ohne Gegner da.

Doch genau in diesem Moment drang vom Castel Nuovo ein mächtiges Dröhnen herüber, Hufdonnern auf dem Pflaster, das zu einem ohrenbetäubenden Lärm anschwoll. Alfons hatte kaum mehr genügend Zeit, sein Pferd zu wenden, als er René d'Anjou sah, an der Spitze seiner besten Reiter, die in geschlossenen Reihen gegen sie vorrückten. Die Anjou fielen so überraschend und mit einer solchen Geschwindigkeit ein, dass sie sich wie ein eiserner Keil in die Vielzahl der aragonesischen Rüstungen bohrten, die vorgedrungen waren, um die Piazza des *Carbonarius* einzunehmen. Die Auswirkung war mörderisch, und die Reihen der spanischen Infanterie öffneten sich unter der hämmernden

Kraft der angevinischen Kavallerie. Kurz sah es so aus, als könnten Renés Männer die Oberhand gewinnen, doch als die Wirkung des ersten Angriffs verpufft war und die Aragonesen die Überraschung überwunden hatten, die ihre Beine hatte weich werden lassen, ließ die Reaktion nicht auf sich warten.

Alfons befahl mit lauter Stimme, die Piken auf bestmögliche Art zu nutzen und die französischen Reiter aus dem Sattel zu werfen, die nun von allen Seiten umringt waren. Es war ihnen nicht möglich, sich zu rühren, sie waren gefangen in einem Meer aus Menschen und Eisen, das sie einen nach dem anderen verschlang.

René d'Anjou erkannte mit knapper Not seinen furchtbaren Fehler. Er war an der Spitze seiner Leute herbeigeeilt, weil er um jeden Preis verhindern wollte, dass die Porta di Santa Sofia geöffnet wurde, um die feindliche Streitmacht einzulassen. Doch er konnte sein Vorhaben nicht erfolgreich ausführen und riskierte nun, seine Reiter in den sicheren Tod zu schicken. Er schrie ihnen zu, ihm zu folgen. In der Hoffnung, eine Bresche durch die feindlichen Reihen zu schlagen, spornte er sein Pferd bis aufs Blut an. Schließlich gelang es ihm, aus der Einkesselung auszubrechen und den Fluchtweg zur Porta San Gennaro frei zu machen. Von dort wollte er zur Piazza del Gesù abbiegen und schließlich in den Mauern des Castel Nuovo Zuflucht suchen.

Er preschte so schnell wie der Wind voran, und eine Handvoll seiner besten Männer folgte ihm auf diesem wilden Ritt. Doch als er auf Höhe des Stadttores war, musste er mit Schrecken feststellen, dass ihm auch die Aragonesen dorthin gefolgt waren. Um genau zu sein, sah er eine recht große Truppe von der Somma Piazza angerannt kommen, durch den Vicolo del Cortetone wieder hinauf, vorbei am Kloster Santa Maria Donnaregina. Was René am meisten erschütterte, war, dass von den vierhundert Genueser Bogenschützen, die zur Verteidigung des Stadttores postiert gewesen waren, keine Spur zu sehen war – schlimmer noch, die Nonnen waren sehr darum bemüht, den Feinden das Eindringen zu erleichtern, indem sie Seile über die Mauer warfen.

Mehr als ein aragonesischer Soldat lugte bereits über die Zinnen. Doch im Augenblick war keine Zeit, eine Verteidigung zu organisieren. Das einzig Sinnvolle bestand darin, Castel Nuovo zu erreichen, und so bog René innerlich fluchend ab zur Piazza del Gesù.

In der Zwischenzeit eröffneten die Aragonesen, blind vor Wut darüber, den verhassten Gegner an sich vorbeiziehen zu sehen, das Feuer. Mindestens ein Dutzend Arkebusen donnerten, und eine ganze Serie von Bleikugeln schlug in die Mauern ein, überall flogen Steinsplitter umher. Einige erreichten jedoch die Flüchtigen, und unmenschliche Schreie zerrissen die Luft. Bläulicher Rauch stieg in Wölkchen aus den Arkebusen auf, die in der Nachtluft schwebten und sich im Licht der Fackeln und Kohlebecken wie in Schwarz-Weiß gemalt ausnahmen.

Ein angevinischer Reiter fiel vom Pferd. Ein anderer krümmte sich und klammerte sich an die Zügel, um nicht am Boden zu verenden. Manche aragonesische Soldaten begannen den Flüchtigen nachzulaufen. Doch es war bald klar, dass keine Aussicht bestand, die Männer einzuholen, die in halsbrecherischem Tempo ihrer möglichen Rettung entgegenritten.

56. Die Welt verändert sich

Herzogtum Mailand, Castello di Porta Giovia

Filippo Maria betrachtete Agnese. Die Jahre waren auch an ihr nicht spurlos vorübergegangen, doch sie war immer noch wunderschön. Er hingegen kam sich inzwischen wie ein Relikt vor, und wenn es ihm nicht gerade gelang, sich selbst und alles um sich herum zu vergessen, dank der durch die Tarotkarten angeregten Fantasien, oder durch die Komplotte, die ihm geradezu eine Herzensangelegenheit waren, konnte er diese Realität nicht ignorieren. Aus diesem Grund hatte er befohlen, dass sämtliche Spiegel oder reflektierende Oberflächen aus den Räumen des Castellos entfernt wurden, denn er ertrug den eigenen Anblick nicht.

Es verging keine Woche, in der er nicht in der Abgeschiedenheit seiner privaten Gemächer vor Wut heulte, im Wissen darum, wie grauenhaft unnütz und unansehnlich sein Körper geworden war. Gehen war ein schier unmögliches Unterfangen, und so schleppte er sich immer krampfhafter und plumper voran, sofern er nicht sogar gezwungen war, seinen Dienern zu befehlen, ihn mit einer Sänfte von einer Stelle zur anderen zu tragen. Aus diesem Grund hasste er Francesco Sforza und all die anderen verdammten Söldnerhauptmänner wie ihn. Sogar Niccolò Piccinino, selbst eine Missgeburt, so zwergenhaft klein, wie er war, verfügte über mehr Kraft und Wendigkeit als der Herzog von Mailand.

Er fühlte sich matt, schlaff, kraftlos. Die Einzige, die trotz allem noch an seiner Seite blieb, trotz seiner Exzesse und seines angeborenen Gebrechens, war Agnese.

Und dafür liebte er sie über alles.

Auch in diesem Augenblick sah sie ihn mit solch aufrichtiger Zärtlichkeit an, mit solch brennendem Blick, dass es ihm den Atem raubte.

»Wieso liebt Ihr mich trotz all dem immer noch, Agnese?«, fragte er sie. »Was findet Ihr an diesem fetten und deformierten Körper? An diesem Mondgesicht, teigig und dick wie Schmalzgebackenes?« Bitter kamen ihm diese Worte über die Lippen, so ätzend, dass sie ihn selbst vergifteten.

Bei dieser Frage heftete Agnese ihren Blick fest auf ihn.

»Warum, mio Signore, quält Ihr Euch so? Warum sollte ich Euch nicht lieben? Seid Ihr nicht der Mann, der, obschon vom Schicksal verfolgt, es vom ersten Tag an verstand, Herzog zu sein? Die Natur war Euch gegenüber nicht großzügig, da habt Ihr recht, und doch habe ich Euch immer wunderbar gefunden. Zu mir wart Ihr freundlich und geduldig, Ihr habt meine Tochter geliebt, obwohl Eure Verpflichtungen Euch gezwungen haben, andere Frauen zu heiraten. Und Ihr habt mich erwählt, jeden Tag meines Lebens. Und sie. Und in all den Jahren seid Ihr mir immer treu gewesen, habt mich mit Geschenken und Dankbarkeit überhäuft. Welcher andere Herzog an Eurer Stelle hätte das getan? Dafür und für vieles andere bewundere ich alles an Euch, mio Signore.«

»Agnese, Ihr stellt mich als einen großartigen Mann dar …«

»Weil Ihr es seid, mein Liebster. Ein anderer hätte sich Klagen und Schwächen hingegeben, Ihr jedoch nicht! Ihr habt es mit überlegenen Feinden aufgenommen, Ihr habt gegen Venedig, Florenz, ja selbst gegen den Papst gekämpft, und habt es sogar geschafft, ihn auf Eure Seite zu ziehen. Heute gehört Ihr einem Bündnis an, das sie alle zusammenhält und Eurer Ägide unterstellt. Ihr gleicht Eure Schwächen durch einen brillanten Geist aus und durch die nötige Wachheit, um durch richtiges Kalkül und die passende Politik an die Spitze zu gelangen. Welchem anderen Mann wäre das gelungen? Ihr habt meine Tochter mit Francesco Sforza vermählt, was die bestmögliche Partie war, und ihr somit die Erbfolge und die Dynastie anvertraut.«

»Sforza …«, sagte Filippo Maria voller Bitterkeit, »… ein Mann, den ich heute bekämpfe.«

»Und das lässt mein Herz bluten.«

»Auch wenn ich Bianca wie verrückt liebe.«

»Aus diesem Grund hoffe und glaube ich, dass Ihr am Ende nicht wirklich Sforzas Ende wollt. Ich weiß, dass Ihr nicht so grausam seid, wie Ihr glauben machen wollt. Alle anderen denken, dass Ihr ein Mann seid, der nur sich selbst liebt und dem nur die eigene Macht wichtig ist. Doch sie erkennen nicht, wie viel Ihr getan habt und dass das, was Ihr getan habt, einzig und allein dem Zwecke diente, Mailand vor den raffgierigen Absichten Venedigs zu bewahren, das Herzogtum vor der Gier der Savoyen in Sicherheit zu bringen und es vor dem Ansinnen des Kaisers zu schützen, daraus eine Provinz seines eigenen Reiches zu machen. Filippo, ich weiß, wie hart diese Jahre waren. Wie viel Dreck

Ihr gefressen habt, um so weit zu kommen, wie sehr Ihr Euch die Hände schmutzig machen musstet, wie sehr Ihr zu diesen dreckigen Spielen gezwungen wart, damit Mailand viscontisch bleiben konnte. Die Untertanen nämlich sind sich dessen nicht im Geringsten bewusst und ausgesprochen undankbar. Sie wissen nicht, dass Ihr der Löwe unter den Wölfen seid, dass die anderen Herzogtümer, die Republiken, der Kirchenstaat Verschwörungen anzetteln und immer gegen Euch intrigiert haben! Und dass man die Regeln nicht einhalten kann, wenn die Feinde sie als Erste brechen. Niemanden hat es gekümmert, wie viel Ihr von Euch opfern musstet, um andere zu retten. Aber das ist es, was ein Souverän tun muss, ein Herzog, ein echter Mann! Und aus diesem Grund bin ich immer noch an Eurer Seite und werde es immer sein. Francesco Sforza fürchtet Euch, und der Papst ist auf Eurer Seite, sieht Euer Bündnis jedoch nicht als gesichert an. Dasselbe gilt für den Dogen und Cosimo de' Medici. Und diese Angst, die Ihr einzuflößen vermögt, ermöglicht heute Euch und mir und allen Männern und Frauen in Mailand, innerhalb der Stadtmauern ein freies Leben zu führen.«

Filippo Maria Visconti war verblüfft, von welch tiefer Dankbarkeit Agneses Worte erfüllt waren. Er war bewegt, und hätte es noch einer Bestätigung bedurft, war dies der endgültige Beweis, dass sie die einzig wahre Frau in seinem Leben war. Denn sie kannte und verstand ihn besser als irgendwer sonst.

Er sann darüber nach, was Agnese gesagt hatte und wie wohltuend es für ihn war, ihre Stimme zu hören. Der Zuspruch war so allumfassend, dass er einen Augenblick lang mit aller Hingabe, derer er fähig war, darin schwelgte.

»Danke, mein Herz.« Er nahm ihr Gesicht in seine Hände und küsste sie mit einer Leidenschaft, die in all den Jahren kein bisschen erkaltet zu sein schien.

»Was soll ich tun?«, fragte er sie, als hätte er das Bedürfnis, jede seiner künftigen Handlungen mit ihr zu besprechen. Dem war auch so, denn wenn man es genau betrachtete, durfte sein Hass auf Sforza nicht so weit gehen, dass seiner Tochter daraus Schaden entstehen konnte. Das war seine einzige Sorge. Der einzige Grund, aus dem er trotz der Allianz, die er gegen ihn geschmiedet hatte, nicht wirklich wollte, dass Francesco Sforza getötet würde.

Er hegte vielmehr diese merkwürdig widersprüchlichen Empfindungen für ihn, die ihn schon bei Carmagnola so gequält hatten. Freundschaft, Neid, Zuneigung, Eifersucht, Missgunst – eine explosive Mischung, die er selbst niemals ganz verstehen würde.

Und so überließ er sich gegenüber seinem ehemals besten Mann seinen momentanen Launen und Grillen. Als ihm ein Bote am Tag zuvor die Nachricht überbracht hatte, dass Piccinino davon absehen würde, das Castello del Girifalco in Schutt und Asche zu legen, hatte ihn das nicht aufgebracht, es war ihm vielmehr beinahe ein Seufzer der Erleichterung über die Lippen gekommen.

Ihm war bewusst, dass sich seine Tage dem Ende zuneigten und dass diese Wellen der blinden Wut, die ihn Tag für Tag übermannten, nichts anderes waren als die Unfähigkeit zu akzeptieren, dass das Ende näher rückte. Das Alter willkommen zu heißen, über all die Beeinträchtigungen zu lachen, die Tag für Tag seinem so anfälligen Körper zusetzten – das war keine geringe Herausforderung.

Und doch sagte er sich wieder und wieder, dass er es

immer noch schaffen könnte, dass Mailand auf ihn angewiesen war, dass seine Gemahlin und seine Tochter ihn
brauchten. Auf die eine oder andere Weise.

Er wusste, dass er sich nur einen Haufen Lügen einredete,
doch so gelang es ihm zumindest weiterzumachen.

Sich nicht für vollkommen unnütz zu halten.

57. Perpetua

Die Marken, Castello del Girifalco

Also stimmt es, du Miststück! Du bist von ihm schwanger! Von meinem Ehemann!«, schrie Bianca Maria. Ihr Gesicht war rot vor Wut. Perpetua lag am Boden. Die Augen vor Schreck weit aufgerissen, sah sie zu Bianca Maria auf, die mit erhobener Hand über ihr stand, nachdem sie sie gerade mit aller Kraft geohrfeigt hatte.

»Wie konntet Ihr das tun?« Ihre Stimme zitterte. Sie ballte die Hände zu Fäusten. Sie hätte Perpetua umbringen können!

Wie hatte Francesco ihr das antun können? Wie hatte er ihrer beider Liebe gegen diese Frau eintauschen können? Sie wusste von seinem unersättlichen Verlangen, alle ihre Hofdamen hatten ihr davon berichtet. Und eine von ihnen hatte sie auch in Kenntnis gesetzt. Perpetua war ausnehmend schön. Aber so etwas hatte sie nicht erwartet. Kaum zu glauben, dass sie bis vor Kurzem noch ihre Lieblingshofdame gewesen war. Und sie hatte sie sogar vor den bösen Zungen in Schutz genommen! Sie hatte geglaubt, dass die anderen ihren Namen aus purem Neid in den Schmutz ziehen wollten. Das wäre nicht das erste Mal gewesen. Doch dann hatte sie festgestellt, dass der Bauch größer wurde.

Nun konnte die Dirne nicht mehr verbergen, dass sie schwanger war. Als sie nachgebohrt hatte, hatte Perpetua alles gestanden.

Sie wusste, dass ein Mann wie Francesco mit vierzig Jahren schon mit vielen Frauen das Bett geteilt hatte. Und vielleicht würde er dieses Laster auch niemals ablegen. Doch sie hatte gehofft, dass er sie zumindest so kurz nach der Hochzeit nicht betrügen würde. Erst recht in Anbetracht dessen, dass sie es gewesen war, die einen Angriff von Niccolò Piccinino abgewehrt hatte. Wie war das möglich? Sie setzte sich für ihn ein, wendete die Bedrohung ab, schnallte den Gürtel enger und verzichtete auf alles – und er zahlte es ihr auf diese Weise heim?

Ha, wenn er glaubte, dass sie das alles mit gesenktem Kopf hinnehmen würde, dann wusste er nicht, wen er geheiratet hatte.

Sie war eine Visconti! Sie war es gewöhnt, um das, was sie wollte, zu kämpfen. Und sie war bestimmt nicht bereit, das Feld einer Dirne zu überlassen, die in allem unter ihr stand, in Abstammung, Rang, Kultiviertheit und Anmut!

In ihren Augen blitzte es.

Perpetua wusste nicht, was sie sagen sollte. Sie senkte den Blick. »Aber …«, stammelte sie.

»Schweigt«, schrie Bianca. »Ich schwöre Euch, dass Ihr nicht so einfach davonkommen werdet.«

Ohne noch etwas hinzuzufügen, verließ sie den Raum und schlug die Tür hinter sich zu.

Francesco Sforza war in der Rüstkammer und sprach mit Braccio Spezzato.

»Es stimmt also?«, fragte Letzterer.

»Was?«

»Dass der Herzog von Mailand in sehr schlechter gesundheitlicher Verfassung ist?«

»Es hat den Anschein.«

»Und was wollt Ihr tun?«

»Mein Freund«, sagte Sforza, »durch Filippo Maria Visconti bin ich an Winkelzüge und doppeltes Spiel gewöhnt.«

»Haltet Ihr es für fingiert? Für eine Lüge?«

»Ich weiß es nicht. Bei diesem Mann weiß man nie, woran man ist.«

»Ach! Was das angeht, kann ich Euch nicht widersprechen, mio Signore.«

»Vielmehr ...« Francesco Sforza unterbrach sich. Bianca hatte gerade wie eine Furie die Rüstkammer betreten und bedachte ihn nun mit einem flammenden Blick.

»Messer Braccio«, sagte sie mit feuerrotem Kopf, »ich bitte Euch, mich umgehend mit meinem Gemahl allein zu lassen.«

Der Soldat schaute erstaunt, doch wagte er nicht, Einwände gegen diese Bitte zu erheben, die wie ein Befehl geklungen hatte. »Mia Signora ...«, sagte er nur und verbeugte sich.

»Bianca.« Francesco trat näher.

»Rührt mich nicht an!«, herrschte sie ihn an.

»Was ist los, mein Schatz?«, fragte der Hauptmann verblüfft.

»Das fragt Ihr noch? Habt Ihr nicht einmal den Mut, es mir zu sagen?«

»Ich weiß nicht, worüber Ihr sprecht.« Seine Worte klangen aufrichtig.

»Nicht einmal ein Jahr habt Ihr warten können! Wer weiß, wie lange das alles schon geht! Ich habe Euch noch keinen Sohn geschenkt, habt Ihr mich deshalb bestraft? Nur zu, Francesco, sagt es mir!«

»Wovon sprecht Ihr?«, fragte der Hauptmann barsch, dem diese ganzen Anspielungen langsam auf die Nerven gingen.

»Das will ich Euch sagen. Hört mir gut zu, Francesco«, erwiderte sie eisig. »Ich weiß natürlich genau, dass ein Mann in Eurem Alter bereits andere Frauen hatte. Und ich weiß auch, dass Ihr mir in Zukunft nicht immer treu sein werdet. Auch wenn ich jung bin, bin ich keineswegs unbedarft. Aber wenn Ihr glaubt, dass ich das, was geschehen ist, durchgehen lasse, nicht einmal ein Jahr nach unserer Hochzeit, dann tut es mir leid, Euch enttäuschen zu müssen, aber dann kennt Ihr mich kein bisschen!«

»Bianca ...«

»Ich bin noch nicht fertig. Ich weiß alles! Ihr habt Perpetua geschwängert! Habt Ihr gehofft, ich würde es nicht merken? Oder ich würde schweigend darüber hinweggehen? Dann, wie gesagt, kennt Ihr mich schlecht! Lasst Euch das gesagt sein: Ich werde weder akzeptieren, dass ihr Kind bei uns lebt, noch dass sie noch einen Augenblick länger unter diesem Dach bleibt. Findet einen Ehemann für sie, egal, welchen, das ist nicht meine Angelegenheit, aber wenn Perpetua morgen noch hier ist, kann ich nicht mehr für mich garantieren!«

Francesco Sforza war wie versteinert. »Bianca ... Ich verstehe zwar, was Ihr mir sagen wollt, doch ich bitte Euch, mir zu glauben: Ich liebe nur Euch.«

»Mio Signore, Ihr habt keine Vorstellung, wie falsch diese Worte in meinen Ohren klingen. Gewiss, vielleicht sollte ich akzeptieren, was geschehen ist, und ich schwöre Euch, dass ich mein Bestes tun werde, dass die Zeit die Wunde heilen möge, die Ihr mir heute beigebracht habt. Aber wie ich schon sagte, habe ich nicht die Absicht, Perpetua noch einen Tag länger in meinem Gefolge zu lassen, und von nun an werde ich keinen weiteren Eurer Fehltritte hinnehmen. Findet einen Gemahl für sie. Sofort! Und wenn das Kind geboren wird, wird es keinerlei Rechte beanspruchen können. Ihr werdet nicht auf seine Briefe antworten. Ihr werdet es weder besuchen, noch ihm erlauben, Euch zu sehen. Für Euch wird es gestorben sein!«

»Bianca, Ihr trefft mich mit diesen Worten, die so hart sind wie Eisen.«

»Heute habe ich keine anderen für Euch.« Ohne ein weiteres Wort verließ die schöne Visconti die Rüstkammer.

Der Hauptmann legte seine Hände auf einen schäbigen Holztisch. Seine Gemahlin war wirklich aus hartem Holz. Das hätte er nicht vergessen dürfen. Ihm war nun auch klar, dass Perpetua keinen Tag länger auf Girifalco bleiben konnte. Er würde Braccio Spezzato beauftragen, sie an einen sicheren Ort zu bringen, und zu gegebener Zeit würde er einen Ehemann für sie finden.

58. Neapel

Königreich Neapel, Castel Nuovo

Mit Blut besudelt, die Rüstung verbeult, eine Schnitt-
wunde auf der Wange – so stand El Rey Alfons V. von
Aragón hoch oben auf dem Bergfried, dem Hauptturm des
Castel Nuovo. Bis jetzt hatte diese Burg Maschio Angioino
geheißen, benannt nach den Anjou, doch jetzt gehörte sie
ihm. Nachdem er durch die Porta Santa Sofia in die Stadt
gelangt war, war es ein Leichtes gewesen, sie zu erobern.
Angesichts der dramatischen Wendung, die die Ereignisse
genommen hatten, hatte René d'Anjou gut daran getan zu
fliehen. Eine neue Sonne ging über Neapel auf, und er würde
den Glanz ihrer Strahlen rauben und ihn für sich und sein
Königreich bewahren. Er beabsichtigte, diese Stadt zu seiner Hauptstadt zu machen.

Über ihm erhob sich die Fahne Aragóns majestätisch in
die feuchte Luft. Er hatte befohlen, der Bevölkerung Plün-
derungen und Vergewaltigungen zu ersparen. Nachdem er
Castel Nuovo eingenommen hatte, indem er dessen Gemäuer mit den Bleikugeln seiner Bombarden zertrümmerte,
hatte Alfons begriffen, von welch wesentlicher Bedeutung
es sein würde, eine Stadt zu beherrschen, die besiegt, aber
nicht vernichtet war, besiegt, doch nicht gedemütigt. Sicher,

ganz war ihm das nicht gelungen. Zumindest nicht zu Beginn. Er hatte aber einen Prozessionszug gesehen, der von einem Pater mit einem verbundenen Auge angeführt wurde, der ein Kreuz hinter sich herzog. Dieser Mann ging durch die Straßen von Neapel, die noch rot waren vom Blut der Besiegten. Er wurde von einem kleinen Zug von Männern und Frauen begleitet, die heilige Gesänge anstimmten. Dieser Anblick hatte Alfons tief beeindruckt, er war davon so überwältigt, dass er den klaren und unwiderruflichen Befehl gegeben hatte, jede Form von Plünderung und Gewalt gegen die Stadt Neapel oder ihre Einwohner sei sofort zu unterlassen.

Und nun, wo René d'Anjou über das Meer vor ihm flüchtete, rief El Rey Diomede Carafa zu sich und befahl ihm, eine öffentliche Bekanntmachung abzufassen, mit der seine Anordnung unter Androhung der Todesstrafe offiziell bestätigt und Gültigkeit erlangen würde.

Als sein Berater ihn wieder allein gelassen hatte, dort auf der Spitze des Bergfrieds, ließ Alfons den Blick über die Stadt zu seinen Füßen schweifen.

Vor ihm verlief die Strada dell'Olmo, die im weiteren Verlauf als Via dei Lanieri direkt auf das Castel Nuovo am Hafen zulief. Entlang dieser Prachtstraße reihten sich die Loggien der Kaufleute, angefangen bei der der Franzosen, die an den gleichnamigen Platz anschloss. Sie befand sich günstigerweise im Osten, in unmittelbarer Nachbarschaft zum Herrschaftssitz des Königs. Daneben und darum herum schlossen sich die genuesischen, venezianischen, flämischen, sizilianischen, pisanischen, florentinischen, katalanischen Loggien an als ein Aufeinanderfolgen von Warenlagern und Märkten, unterbrochen von Plätzen und

Freiflächen, die das Be- und Entladen der Waren ermöglichten. Unterteilt in ein Raster aus Cardo und Decumanus genannten, orthogonal zueinander verlaufenden Hauptachsen, durchschnitten diese Straßen die Stadt von Nord nach Süd und von Ost nach West. Im Hintergrund, jenseits der Molen und der Schiffe, sah Alfons den Leuchtturm. Er ragte am äußersten Punkt auf, genau in der Mitte zwischen den Häfen Vulpulo und Arcina.

Als er den Blick zur westlichen Stadtmauer hinwendete, sah El Rey die neue Stadt, die die Anjou als natürliche Erweiterung ihres Hofes angelegt hatten: Im Licht der hoch am Himmel stehenden Sonne sah er hinter den Gärten und Höfen und jenseits der Springbrunnen, die das Castel Nuovo umgaben, das riesige Halbrund der Arena vom Largo delle Corregge. Auf diesem Platz erhob sich der Corte del Vicario, der königliche Gerichtshof. Auch wenn sich die Rauchschwaden der Schlacht noch nicht verzogen hatten, war doch gut zu sehen, wie herrlich dieser Platz angelegt war, was den Wunsch, ihn umzugestalten, rechtfertigte. Das hatte René d'Anjou in Teilen bereits getan, und ihn so zu einem prächtigen Amphitheater für Ritterturniere, Waffenspiele und Paraden gemacht. Er sollte in dieser Funktion den *Carbonarius* ersetzen, dem allein die Verbrennung der stinkenden Abfälle der Neapolitaner vorbehalten bleiben sollte. Ein Stück weiter erblickte er die Porta Santa Sofia, die ihm den Sieg eingebracht hatte. Vom Largo delle Corregge schweifte sein Blick zur schmalen, eleganten, dreischiffigen Kirche Santa Maria La Nova. Als er weiter zum Mezzocannone hinüberschaute, sah er die Porta Ventosa.

Er seufzte; in der brodelnden Luft lag der salzige Geruch des Meeres, der den nach Eisen des Blutes und den strengen nach Blei zu überlagern schien, die Gerüche dieser Nacht voll Wut und Leid.

Es blieb noch viel zu tun, dachte er, aber Neapel würde wieder herrlich anzusehen und voller Leben sein, wenn die Mauern und Verteidigungsanlagen erst einmal ausgebessert sein würden, die unter dem Beschuss seiner Artillerie auf eine harte Probe gestellt worden waren.

Er lächelte. Er hatte die Stadt erobert, und nun würde sie für immer ihm gehören. Hinter sich hörte er Schritte. Jemand blieb abwartend stehen. Jemand, der über die Zukunft dieser außergewöhnlichen Stadt sprechen wollte.

Als er sich umdrehte, sah er sich dem wichtigsten Mann von Neapel gegenüber. Begleitet wurde er von seinem getreuen Diomede Carafa.

Gaspare de Diano mochte nicht mehr jung sein, doch er war von eiserner Härte. Dünn, knochig und kräftig, trotz seiner über fünfzig Jahre, gekleidet in prächtige Gewänder, präsentierte er sich dem Rey mit leicht überheblicher Haltung, ungeachtet der vielen Stufen, die er hatte erklimmen müssen, um dorthin zu gelangen. Alfons trat auf ihn zu, beugte das Knie und küsste den Hirtenring.

Der Erzbischof von Neapel sah ihn neugierig an. Es lag keine Furcht in seinem Blick, eher Überraschung und eine gewisse Erwartung.

Alfons erhob sich wieder, und als Zeichen des Friedens und zukünftiger Hoffnung sagte er: »Euer Gnaden, von heute an gehört Neapel zum Haus Aragón. Ihr sollt wissen, dass ich die Stadt wie keiner vor oder nach mir lieben werde. Ich werde sie zur Hauptstadt meines Reiches machen und zum schönsten Edelstein in meiner Krone. Genau aus diesem Grund habe ich bereits den Befehl erteilt, sie nicht zu plündern. Keiner meiner Männer wird den Neapolitanern auch nur ein Haar krümmen, weder heute noch in Zukunft.«

Der Erzbischof seufzte. »Eure Majestät, ich nehme diese Eure Maßnahme mit Erleichterung zur Kenntnis und danke Euch im Namen Gottes. Doch ich muss Euch gestehen, dass die Stadt am Ende ihrer Kräfte ist. Die lange Belagerung hat die Bevölkerung völlig erschöpft, und es wird ganz anderer Dinge bedürfen, ihr Vertrauen zu erobern. Ihr werdet einiges wiedergutzumachen haben; was Ihr genommen habt, müsst Ihr nun zurückgeben.« Die Augen des Erzbischofs glänzten vor Betroffenheit.

»Euer Gnaden«, erwiderte der König, »Ihr habt vollkommen recht. Ich werde keinerlei Entschuldigungen vorbringen, auch wenn ich es könnte. Ihr habt es ganz richtig formuliert: Das Vertrauen der Bevölkerung von Neapel muss voll und ganz erobert werden. Doch ich kann auf Ressourcen zurückgreifen, auf Reichtümer und Geld. Ich bin ja kein dahergelaufener Bauerntölpel. Und ich werde alles geben, was ich habe, sogar mein Blut, um Neapel zu dienen.«

»Eure Majestät, Eure Worte klingen aufrichtig. Und das gereicht Euch zur Ehre. Doch die Neapolitaner werdet Ihr nicht mit Geld erobern. Ihr müsst vielmehr ihr Denken und Fühlen verstehen lernen, um ihnen ihre Wünsche erfüllen zu können. Ich werde Euch sagen, was wirklich vonnöten ist; es hat für alle Zeit Gültigkeit: Frieden, Harmonie und Ruhe nach so langer Leidenszeit. Wenn Ihr dafür sorgt, werdet Ihr in mir immer einen Verbündeten haben. Nun ist es an Euch.«

El Rey nickte. Er hatte solche Lust zu leben. Kein Krieg, keine Schlachten, keine Zwietracht. Nur Sonnenschein, Lächeln und das kristallklare Wasser des Golfs. Doch es gab etwas, das er brauchte, und das konnte ihm nur der Erzbischof geben. »Euer Gnaden, vergebt, doch ich muss Euch um etwas bitten. Ich habe vollkommen verstanden, was Ihr mir gesagt habt, und ich weiß es zu schätzen. Doch um das tun zu können, was Ihr mir empfehlt, bin ich darauf angewiesen, dass der Papst meine Souveränität anerkennt. Und Ihr seid der Einzige, der mir dabei helfen kann.«

Gaspare de Diano sah ihn undurchdringlich an. »Ich werde sehen, was ich tun kann, aber verlangt von mir nichts darüber hinaus.«

Somit küsste ihm Alfons zum Abschied die Hand.

59. Treue

Die Marken, Castello del Girifalco

Ihre Mutter hatte ihn geschickt. Der Mann wartete im Vorzimmer, im kleinen Salon, den Bianca Maria für ihre privaten Treffen nutzte. Das Zimmer war nicht besonders groß, ein Eichenholztisch stand darin, ein Bücherregal mit Kodizes und Manuskripten, die sie aus Mailand hatte herbringen lassen, elegante Stühle mit Intarsien, und die Wände zierten Fresken, die von einem Maestro aus den Marken stammten.

Francesco war mit seinen Soldaten im Feldlager bei Montegiorgio. Er hatte beschlossen, eine Weile allein zu bleiben, nachdem er Perpetua fortgeschickt hatte. Er hätte auch ab und an ins Castello del Girifalco zurückkehren können, doch dieser Tage hütete er sich, das zu tun.

Bianca Maria fühlte sich betrogen. Zum einen hatte Perpetua da Varese sich ihr Vertrauen erschlichen und sie dann getäuscht und ihr den Ehemann geraubt. Zum anderen war es ihr immer noch nicht gelungen, schwanger zu werden, und das quälte sie. Dazu gesellte sich ein eisiger Groll, der anwuchs wie Schnee vor der Tür. Seit Tagen schon sann Bianca Maria auf süße Rache. Sie würde warten und sie dann hämisch auskosten. Aber genau aus diesem Grund war dies nicht der Augenblick zu handeln, sondern vielmehr die Zeit, den Sieg in Ruhe zu planen und vorzubereiten. Francesco würde eines Tages begreifen, dass sie ein gutes Gedächtnis hatte und nichts vergaß; er würde einsehen, dass es der letzte Fehler war, den er sich hatte erlauben können, es ihr in dieser Weise an Respekt fehlen zu lassen. Es war ihr egal, was man über sie sagen würde, sie musste sich den Schmerz erhalten und ihn zu einer Waffe formen.

Und somit beschloss sie, sich in das Vorzimmer zu begeben.

Als sie dort ankam, erblickte sie einen echten Hünen, mit breiten Schultern und in einer Lederrüstung. Er hatte lange blonde Haare, und seine kühlen blauen Augen glichen denen eines Wolfes. Sein langer Bart ließ ihn wie ein Barbar aussehen, dazu die großen Zähne, die er zu einem grausamen Lächeln entblößte.

Der Mann beugte das Knie und senkte den Kopf zum Zeichen seiner Ehrerbietung. Bianca Maria sah ihn neugierig an. Dies war also der Held aus den Ländern im Osten? Ihre Mutter hatte gesagt, dass er dem Herzog ehrenvoll gedient hatte und dass er sich dann mit den Truppen Francesco Sforzas zusammengetan hatte, wo er sich ebenfalls bewährt und durch erbarmungslose Grausamkeit hervorgetan hatte.

»Wie heißt Ihr?«, fragte Bianca Maria.

»Gabor Szilagyi.«

»Und woher kommt Ihr?«

»Eger.«

»In Ungarn?«

Der Mann nickte schweigend.

»Ah! Dann habt Ihr unter dem Banner von János Hunyadi gekämpft!«

»Ja, mia Signora. Und dann unter Eurem Vater, dem Herzog von Mailand.«

»Ihr gehört also einem echten Geschlecht von Kriegern an.«

Der Ungar schwieg.

»Wenn ich nicht irre, stammt Ihr aus adeligem Haus. Was hat Euch dazu gebracht, das Land Eurer Herkunft zu verlassen, um hier zu kämpfen?«

»Die Liebe zum Leben und zum Blut.«

»Gibt es denn in Ungarn nicht genug Gewalt und Tod?«

»Hier gibt es mehr davon«, erwiderte Gabor lapidar.

»Meine Mutter behauptet, ihr seid ein anständiger Mann, Messere. Und ich habe keinen Grund, daran zu zweifeln. Doch was ich mehr als alles andere brauche, mehr als ein unerschrockenes Herz, ist eine treue Seele. Dem Geld treu, das ist mir schon klar, aber dem, welches ich Euch geben werde. Meint Ihr, Ihr könnt eine solche Aufgabe übernehmen?«

Der Mann hob den Kopf. Er lächelte.

»Belustigt Euch das, was ich Euch sage?«

»Mia Signora, wie ich Euch schon sagte, liebe ich das Leben und das Blut. Und in Euren Augen sehe ich, dass ihr Euch nach dem einen wie dem anderen sehnt. Oder irre ich mich?«

Einen Augenblick lang fühlte sich Bianca Maria durch diese Worte bloßgestellt. Dieser Mann benahm sich äußerst merkwürdig. Er kleidete das, was er sagen wollte, nicht in Zweifel oder Anspielungen, sondern begab sich direkt zum Kern der Leidenschaften und Gefühle. Gewiss, er war ein Krieger, ein solches Verhalten war mehr als verständlich. Doch hatte sich bisher noch niemand ihr gegenüber so geäußert. Diese direkte, fast schon grobe Art zu sprechen gefiel ihr außerordentlich.

»Glaubt Ihr, Ihr könnt mir ansehen, was ich empfinde?«

»Ich denke, dass es nicht darauf ankommt, was ich glaube. Ich sage Euch, was ich sehe. Deshalb lächle ich, denn ich nehme Euren Lebenshunger und das Verlangen nach Blut wahr.«

»Wir werden sehen, ob Ihr recht behaltet. Für den Augenblick möchte ich, dass Ihr weiter für das Banner meines Gemahls Dienst tut, aber dass Ihr mir gehorcht. Für einen solchen Dienst händige ich Euch bereits jetzt diese dreihundert Goldfiorini aus. Das ist alles, was mir geblieben ist, daher seht zu, dass Ihr sie nicht vergeudet.« Damit legte Bianca Maria einen klimpernden Lederbeutel in die große Hand des ungarischen Kriegers.

»Mia Signora«, sagte Gabor Szilagyi, »ich habe nicht vor, eine derartige Summe Geld anzunehmen. Ich habe ja noch nichts für Euch getan. Ihr gefallt mir. In Euch erkenne ich, wer ich bin. Daher werdet Ihr mich bezahlen, wenn ich meinen Auftrag tatsächlich erfüllt habe. Bis dahin habt Ihr nichts zu befürchten, mein Herz und mein Arm gehören ganz Euch.«

»Seid Ihr sicher? Kann ich Euch trauen?«, fragte Bianca Maria nochmals, weil sie nicht fassen konnte, dass dieser Mann ihr Angebot abgelehnt hatte.

»Ihr könnt es auch lassen, denn ich fürchte, ich kann Euch keine andere Sicherheit geben als mein Wort.«

Schon wieder. Er hatte ohne jeden Respekt geantwortet, aber mit absoluter Aufrichtigkeit. Nun gut. Sie würde ihn akzeptieren, wie er war. War Perpetua, trotz all ihrer Aufmerksamkeiten, nicht die Erste gewesen, die sie verraten hatte? Warum also nicht ihre Hoffnungen in die Hände dieses Mannes legen?

»Einverstanden, Gabor. Ich schätze Eure schonungslose Aufrichtigkeit. Wenn ich Euch brauche, kommt Ihr unverzüglich zu mir, haben wir uns da verstanden? Wo auch immer Ihr seid. Wie ich bereits sagte: Ihr werdet unter dem Banner meines Gemahls kämpfen, aber Ihr werdet mir gehorchen.«

»So soll es sein, mia Signora.«

»Einverstanden. Für heute könnt Ihr gehen.«

Der ungarische Krieger erhob sich. Das ganze Gespräch über hatte er gekniet, Bianca Maria hatte ihm natürlich nicht erlaubt aufzustehen. Nun jedoch durfte er es.

Er verabschiedete sich und ging hinaus.

1447

60. Der letzte Atemzug

Kirchenstaat, Apostolischer Palast

Pietro Barbo hielt die Hand seines Onkels. Das Atmen fiel ihm in diesen langen Tagen des Leidens immer schwerer. Und das, nachdem Eugen IV. nach so viel Leid, nach dem Exil in Florenz, das neun lange Jahre gedauert hatte, nach Rom zurückgekehrt war und sich bemüht hatte, daraus ein kulturelles Zentrum der Humanisten und außergewöhnlicher Künstler zu machen: Filarete, Fra Angelico, Jean Fouquet waren bei seiner Suche nach Favoriten aufgenommen worden, der Papst hatte ihnen wichtige Aufträge reserviert. Dem Zweitgenannten hatte er sogar das Erzbistum von Florenz angeboten, was dieser bescheidene, sensible und gottesfürchtige Mann allerdings abgelehnt und sich stattdessen erlaubt hatte, Antonino Pierozzi vorzuschlagen, der seiner Meinung nach edler war als er.

Und jetzt kam diese Krankheit zum unpassendsten Zeitpunkt. Er hatte an die Kunst geglaubt, an die Schönheit, aber er hatte auch die Christenheit verteidigt, trotz der Niederlage, die die Flotte der Kreuzzügler bei Warna erlitten hatte. Eine Tragödie, die eine kurz bevorstehende Apokalypse anzukündigen schien.

Und damit nicht genug.

Eugen IV. hatte es geschafft, das von den Konzilsvätern in Basel angestrebte Schisma zu überwinden. Mit Geduld und Demut hatte er Tag für Tag Verhandlungen geführt und Vereinbarungen getroffen, hatte Vergebung gewährt und pragmatische Sanktionen erlassen. Er hatte wie ein Löwe gekämpft. Und am Ende war es ihm gelungen, die Unterstützung von Alfons von Aragón, dessen Herrschaft er anerkannt hatte, zu erhalten und auch ein Einverständnis mit Friedrich III. von Habsburg zu erreichen, der mit dem Frankfurter Reichstag Abstand von den Konziliaristen genommen hatte, und darüber hinaus auch noch mit dem Gegenpapst Felix V.

Doch jetzt war alles verloren.

Sein Onkel war bleich wie der Tod. Er war bis zum Kinn zugedeckt, und der Husten ließ ihn nicht zur Ruhe kommen. Er war besorgniserregend abgemagert, und obwohl die großen Kamine in seinen Stanzen voller Holz waren und kräftig brannten, waren seine Finger eiskalt.

Pietro sah Ludovico Trevisan an, den Patriarchen von Aquileia und persönlichen Arzt des Papstes. Es war sein Onkel, der ihn zum Kardinalkämmerer der Heiligen Römischen Kirche ernannt hatte.

Etwas abseits, aber anwesend waren die anderen Kardinäle: die loyalsten Männer seines Onkels wie Francesco dal Legname, Kämmerer der Apostolischen Kammer, und Kardinal Pietro da Monza, und dann der Kardinaldekan, der Kardinalsubdekan, der Kardinalprotopriester und all die anderen. Sie waren sämtlich um das große Bett des Papstes versammelt, murmelten Gebete und schienen ihn wartend zu ehren.

Pietro erkannte in Ludovicos Blick Bitterkeit und Resignation und begriff: Der Kämmerer hatte alles in seiner

Macht Stehende getan, um den Papst von der Krankheit zu heilen. Doch es war nichts zu machen. Aufgüsse und Aderlässe hatten keinerlei Verbesserung gebracht. Eugen schlief gar nicht, sondern verging in einem schwachen und gequälten Wachen, das nur von Augenblicken des Deliriums und stechender Brustschmerzen unterbrochen wurde.

Pietro ertrug es nicht länger, ihn in diesem Zustand zu sehen. »Euer Ehren«, sagte er zu Ludovico Trevisan, »was können wir tun? Seht Ihr nicht, wie sehr er leidet?«

»Mein Sohn«, kam die Antwort, »wir haben alles, was möglich war, versucht. Jetzt liegt es allein in Gottes Hand. Wenn Ihr etwas für den Papst tun wollt, nun, dann betet, so wie ich es tue.«

»Ganz genau«, bestätigte Kardinal Prospero Colonna und verriet mit einer unmerklichen Bewegung Verärgerung. Unmerklich. Aber nicht für ihn. Denn Pietro wusste ganz genau, wie sehr sich Kardinal Colonna im Innersten wünschte, dass der Papst genau in diesem Moment seine Seele aushauchte.

Der x-te Hustenanfall zerriss die Luft um sie herum. Dieses Mal stützte Eugen sich auf den Kissen ab und schaffte es, sich hinzusetzen.

Pietro wollte ihm helfen, aber er wehrte ihn mit einer Geste ab, die ihn seine letzte Kraft kosten musste. Und tatsächlich sank er wieder hinab, und sein Atem wurde immer schwächer.

Vor zwei Jahren erst hatte Eugen IV. auch seinen geliebten Cousin Antonio Correr verloren, der ihm bei der Wahl zum Papst und während der düsteren Tage seiner Flucht aus Rom so sehr geholfen hatte. Und jetzt schien es, als hinge er nicht mehr am Leben, weil die meisten Menschen, die ihm lieb gewesen waren, tot waren, und er hatte, wie er selbst immer wieder betonte, keinerlei Interesse daran, sich mit Personen auseinanderzusetzen, für die er nicht die geringste Achtung empfand.

Die Niederlage bei Warna hatte ihn tief gezeichnet. Die Schuld daran hatte er Venedig gegeben, das den türkischen Vormarsch nicht mit seiner Flotte aufgehalten hatte, als es möglich gewesen war. Diese Stadt, seine Stadt, die ihm mehr Enttäuschungen als Freude bereitet hatte. Die Serenissima hatte mehrfach aufs Beste von der Stellung Gabriele Condulmers als spirituelles Oberhaupt nicht nur der religiösen Gemeinschaft in Rom profitiert, doch als böse Stiefmutter, die sie war, hatte sie sich sehr davor gehütet, ihn zu begünstigen oder auch nur ihn auf der Flucht zu unterstützen und zu beschützen, als sein Leben in Gefahr gewesen war. Seine Rettung verdankte er einzig Florenz und den Männern von Francesco Sforza.

»Er ist tot, mein Junge«, stellte der Kardinalkämmerer fest.

Die Worte hallten in ihm nach wie das Jüngste Gericht. Pietro spürte, wie sein Herz brach. Denn er verdankte seinem Onkel viel und wusste bereits, dass seine Mutter am Boden zerstört sein würde.

Er brach in Tränen aus.

»Gabriele!«, rief Ludovico Trevisan.

Der Pontifex antwortete nicht.

»Gabriele!«, wiederholte der Kämmerer.

Und wieder verblieb Eugen IV. mit aufgerissenen Augen und farblosen, verschlossenen Lippen. Das Gesicht war durch die Krankheit ausgezehrt, die Blässe der Haut erschütternd.

»Gabriele!«, rief der Kämmerer zum dritten Mal.

Doch der Pontifex schwieg.

Der Kämmerer seufzte. Hinter ihm hörte er das erstickte Schluchzen von Pietro Barbo.

Die Kardinäle in ihren purpurfarbenen Umhängen schwiegen eisig.

Der Papst war tot.

»*Vere Papa mortuus est*«, bestätigte Ludovico Trevisan niedergeschlagen. Dann näherte er sich schweren Herzens dem Papst, nahm einen kleinen Silberhammer mit dem päpstlichen Wappen und klopfte damit zart auf die Stirn von Gabriele Condulmer. Dann breitete er einen Schleier über sein Gesicht. Sanft nahm er die rechte Hand des Papstes, die leblos aus dem Bett hing, und zog ihm den Fischerring vom Ringfinger.

Er sah Pietro an. »Kardinalprotodiakon, zerbrecht das Siegel des Papstes. Ich werde dem Vikar die Nachricht vom Tode Eugens IV. überbringen, damit er es dem Volk verkündet. Dann werde ich zurückkehren, um die Gemächer des Heiligen Römischen Pontifex zu versiegeln.«

Ohne ein weiteres Wort ließ Ludovico Trevisan Pietro konsterniert und voller aufrichtigem Schmerz stehen und warf noch einen Blick auf die Kardinäle, die sich um das Bett von Eugen IV. versammelten, um ihm die letzte Ehre zu erweisen.

Sie sahen aus wie Krähen, die sich auf die letzten Essensreste stürzten, dachte er angewidert.

61. Familientreffen

Königreich Neapel, Palazzo Colonna

Antonio Colonna konnte gar nicht glauben, was geschehen war, und doch war es so. Endlich, nach Jahren des Konflikts und der Verschwörungen konnte er erleichtert aufatmen. Dieser verdammte venezianische Papst war tot. Tot! Und er würde die Freiheit genießen, die ihm so sehr gefehlt hatte. Sicher, er war in all dieser Zeit nicht untätig gewesen: Nachdem er den Papst gezwungen hatte, Rom zu verlassen und ihn durch ein von ihm selbst kontrolliertes Kollegium ersetzt hatte, musste er später dessen Rückkehr ertragen. Gleichzeitig hatte er jedoch auch die Ziele Alfons' V. von Aragón unterstützt, der über René I. d'Anjou gesiegt und mit den Jahren aus Neapel eine Stadt gemacht hatte, deren Schönheit nur noch von ihrer wirtschaftlichen Macht überragt wurde.

Er war zwar nicht besonders treu, hatte aber geheiratet, allerdings war seine Frau schon bald krank geworden und voriges Jahr verstorben. Nicht, dass es ein großer Verlust war. Ja, um ehrlich zu sein, hatte sich ihr Tod als äußerst günstig herausgestellt. Denn jetzt schwebte ihm ein Plan vor, den er unbedingt in die Tat umsetzen wollte. Als Herrscher von Salerno wollte er erneut seine Ländereien, Lehen und seine dynastische Linie erweitern und festigen. Der Rest war unwichtig. Dafür wollte er den Zweig der Genazzano mit dem, was vom Zweig der Palestrina übrig war, verbinden.

Natürlich würde das nicht einfach werden, aber wenn sein dämlicher Bruder Prospero es einmal geschafft hätte, sich zum Papst wählen zu lassen, hätte er sicherlich viel mehr Möglichkeiten, diesen Plan auszuführen.

Auf jeden Fall erwartete ihn heute in seinem Palazzo in der Via Mezzocannone die Frau, die ihn mehr als jede andere, und ganz sicher mehr als seine Ehefrau, in diesen Jahren beschäftigt hatte: Sveva Orsini. Seit geraumer Zeit schon hatten sie sich einander ganz allmählich angenähert. Begonnen hatte alles mit dem Mord an Salvatore, den er eigenhändig ausgeführt hatte, um ihr die vergiftete Frucht der Rache darzubieten, die ihr zumindest ansatzweise das Gefühl der Wiedergutmachung geben sollte für das, was sie erlitten hatte.

Jahr für Jahr hatte Antonio diese zwiespältige und niederträchtige Beziehung genährt, als wäre sie eine Kreatur, die man im Geheimen aufziehen muss, ein Dämon, der früher oder später seine Flügel ausbreiten und den Colonna ewigen Ruhm bescheren würde. Vor langer Zeit hatte er geglaubt, Sveva wäre eine Frau von makelloser Aufrichtigkeit, doch nach und nach hatte er entdeckt, dass ihr Ehrgeiz, ihr Schutzbedürfnis und das, was sie zu tun bereit war, um diese beiden Bedürfnisse zu befriedigen, jegliche Bedenken oder Moral hinwegfegten.

Und nun war er sich sicher, dass er einen Weg finden würde, eine Vereinbarung zu erzielen. In Gedanken versunken wartete Antonio und genoss ein Glas Lacryma Christi, dessen Qualität ihn erstaunte. Dieser Wein, der von Mönchen eines Klosters an den Hängen des Vesuvs gekeltert wurde, hatte einen großartigen Charakter. Während er diesen edlen Tropfen genoss, empfand Antonio den Stolz, einer Dynastie anzugehören, die ihren Anspruch auf diese Ländereien gut durchsetzen konnte. Sicher, er liebte Rom, aber Neapel und Salerno, die Früchte seiner Freundschaft mit Alfons von Aragón, bereiteten ihm unendliche Freude und Genuss.

Während Sveva im Palazzo Colonna angekündigt wurde, dachte sie daran, wie sehr sie über die Zeit vom rechten Weg abgekommen war. Sie wusste sehr wohl, was sie im Begriff war zu tun: Sie bereitete sich darauf vor, ihre Tochter Imperiale wie Vieh auf dem Markt zu verkaufen. Und das nur, um sich selbst zu schützen. Sie war gut darin geworden, Kompromisse zu akzeptieren. Es hatte mit Stefanos Tod begonnen und seitdem nicht mehr aufgehört. Sie hatte Angst, sie wusste, dass sie ganz auf sich allein gestellt war, seit die Orsini sie verstoßen hatten. Aber dieses Wissen bestärkte sie nicht etwa in ihren eigenen Prinzipien, sondern es erschreckte sie. Und wenn sie früher um die Gnade des Papstes gebettelt hatte, um Rache und Schutz zu erlangen, war sie jetzt bereit, den Heiratsantrag von Antonio Colonna anzunehmen. Sie wusste, dass das bedeuten würde, auch ihr eigenes Leben unauflöslich mit dem eines teuflischen Mannes zu verflechten, aber sie hatte diese Aussicht schon seit Langem als Notwendigkeit akzeptiert.

Außerdem war sie immer einsamer. Ihre Schwiegermutter war alt geworden. Lorenzo, Salvatores Bruder, war aus der Stadt gezogen, da er der Bruder eines Mörders war und die

Colonna vom Zweig der Palestrina daher in Ungnade gefallen waren. Wenn jetzt noch Prospero Colonna zum Papst gewählt würde, wäre die Übermacht der Genazzano absolut.

Als sie Antonio erblickte, arrogant und grausam wie immer, begriff sie, dass es keine andere Möglichkeit gab, als sich ihm endgültig auszuliefern und sich selbst aufzugeben. Vielleicht für immer.

Antonio wollte Imperiale, ihre und Stefanos Tochter, aus zwei Gründen: Zum einen hätte er es damit geschafft, ihr wirklich alles zu nehmen, die einzigen beiden Lieben, die sie im Leben gehabt hatte; zum anderen wäre es, wenn er Imperiale nahm, in seinem boshaften Geist ein bisschen so, als nähme er sie.

Sie bezweifelte, dass er immer noch von dem angezogen war, was einmal ihre Schönheit gewesen war, falls sie überhaupt je schön gewesen war. Das Leben war nicht nachsichtig zu ihr gewesen, und das ständige Geringschätzen ihrer selbst bis hin zu dem Wunsch, die irdische Welt zu verlassen, hatte sie vorzeitig altern lassen. Imperiale dagegen war in der Blüte ihrer Jahre. Sie war wundervoll und sensibel, sie war perfekt für Antonio, weil er sie bis ins Innerste verderben könnte, während er sich insgeheim auf seine ekelhafte Art daran erfreuen würde, alles, was er berührte, zu zerstören.

Und obwohl sie sehr wohl wusste, was geschehen würde, hatte Sveva keine Kraft mehr, ihn aufzuhalten. Sie hatte schon vor langer Zeit aufgehört, sich ihm zu widersetzen und war zu seiner ersten Komplizin geworden.

Sie schämte sich für das, was sie war. Aber sie hatte nicht einmal genug Mut, um sich umzubringen.

»Ich bin hier, Antonio«, sagte sie schließlich, »nehmt Euch, was Ihr wollt, denn ich habe keinen Willen mehr, ich bin nur noch eine Marionette in Euren Händen.«

Als der Mann, der ihr gegenüberstand, diese Worte hörte, tat er bestürzt. »Meine bewunderte Sveva ... Was sagt Ihr denn da? Ihr wisst doch schon immer, dass das Einzige, was für mich wirklich zählt, Euer Wohlergehen ist. Und glaubt mir, auch was ich Euch jetzt sagen werde, zielt nur darauf, Euch zu dienen, wie ich es schon früher getan habe.«

»Das war ja eine schöne Art, mir zu dienen«, erwiderte sie mit Abscheu und Groll.

Doch Antonio tat so, als bemerkte er es nicht. »Nicht doch, sagt so etwas nicht, Ihr wisst gut, dass ich Euch kein Leid zufügen werde, Euch nicht und auch nicht Eurer Tochter. Glaubt mir, Stefano wäre froh, wüsste er, dass Imperiale einen Colonna heiraten wird.« Damit brach Antonio in ausgelassenes Lachen aus, das den Raum zwischen ihnen erfüllte und auf merkwürdig grauenhafte Weise widerhallte, fast so als amüsiere sich ein Teufel über einen grausamen Scherz.

Sveva hörte, wie es an ihren Schläfen dröhnte und trommelte und sich in jeder Ecke des Salons ausbreitete. Schließlich setzte sie sich hin, weil ihr schwindlig wurde, und erschüttert bat sie Gott, sie angesichts ihrer Schuld so bald wie möglich zu töten.

62. Gabor Szilagyi

Die Marken, Castello del Girifalco

Sie hatte lange gewartet. Aber jetzt war die Vendetta vollendet und ihr schwarzes Herz ruhig. Die Wut wurzelte so tief in ihr, dass an ein Vergessen nicht zu denken gewesen war. Sie hatte abgewartet. Und jetzt wartete sie auf Neuigkeiten. Die Jahre waren vergangen, aber dieser Groll war geblieben und eiskalt geworden, er hatte sie zu einer Frau gemacht, die Grausamkeiten begehen konnte.

Sie wusste, dass diese Angelegenheit zwischen ihr und dem Mann bleiben musste, den sie beauftragt hatte, die Arbeit für sie zu erledigen. Ihm vertraute sie, sogar mehr als sich selbst, weil er ihr vollkommen ergeben war.

Zunächst hatte sie ihm das nicht geglaubt, doch dann gefiel es ihr, ja es war fast, als hätte er sie verführt.

Sie erwartete ihn also. Im üblichen Salon, der ihr als Vorzimmer diente. Es war ein fiebriges Warten, weil sie keine Geduld mehr hatte. Sie war begierig darauf, die Bestätigung für den Tod zu bekommen, der ihre Gedanken beherrschte.

Polidoro, Perpetuas Sohn, war seiner Mutter auf ihren Befehl hin entrissen worden. Sie wollte sie noch einmal verletzen. Sie wollte, dass sie zehn Mal so sehr litt wie sie. Auch nach all diesen Jahren, nun, da das Kind vom Hof der

Sforza entfernt worden war, war Bianca Maria noch nicht zufrieden. Sicher, Galeazzo Maria, geboren im Jahr nach den Ereignissen, die zu ihrem Hass auf Perpetua geführt hatten, bereitete ihr viel Freude, aber die tiefe Wunde, die ihr zugefügt worden war, war nie verheilt. Sie war frisch und pochend geblieben, wie eine Fleischwunde, die Bianca Maria in ihrer tiefsten Seele traf.

Ihr Anblick, schön und strahlend in ihrem roten Damastgewand, erinnerte Gabor an ein Gemälde von Petrus Christus, das er vor einigen Jahren in einem Palast in Brügge bewundert hatte: Auf diesem Bild war eine Frau mit verwirrendem Blick dargestellt; sooft er es auch versucht hatte, hatte er nie herausfinden können, worauf ihr Blick gerichtet war. Sie war der Inbegriff der Verführung. Der Faltenwurf dieses so flammend roten Stoffs, die weiße Haut, der dunkle Hintergrund wurden vor seinen Augen zu einer Vision, die ihm den Atem raubte. Diese unerbittliche und stolze Frau hatte nicht gezögert, ihm Waffen auszuhändigen, um eine lange geplante Rache von ihm auf grausamste Weise ausführen zu lassen. Und es hatte ihm großes Vergnügen bereitet, weil er den Grund kannte, der Bianca Maria Visconti dazu brachte zu tun, was sie getan hatte. Dieser Grund war Rache, und in seinen Augen gab es nichts Reineres und Edleres.

Er hatte sie sofort verstanden. Es schien ihm, als habe er, wenn nicht eine Seelenverwandte, so doch einen verwandten Geist getroffen.

Und nun, da er im Vorzimmer direkt vor ihr stand, erinnerte er sich genau an das fast körperliche Vergnügen, das er empfunden hatte, als er die ihm anvertraute Aufgabe erfüllt hatte.

Er sah erneut vor sich, wie er sein Pferd anspornte und sich der Kutsche näherte; er hatte sich von dem schwarzen Himmel voller Sterne leiten lassen, um der dunklen Masse des Wagens zu folgen. Er erinnerte sich an das leise Zischen des Pfeils, nachdem er den Kutscher aufgefordert hatte, die Pferde anzuhalten. Der Mann hatte die Hände an die Brust gelegt, war dann auf dem Kutschbock zusammengesunken und zu Boden gerutscht, in den Matsch.

Als er von seinem Pferd gestiegen war, um die Tür zu öffnen, war jemand mit einem gezückten Schwert in der einen Hand und einer Fackel in der anderen herausgesprungen. Der Mann hatte linkisch versucht, die Flamme gegen ihn zu richten, aber es war einfach gewesen, dem Schlag auszuweichen. Und mit seinem schweren ungarischen Säbel hatte er sich rasch von seinem Gegner befreit: Nachdem er ihm zunächst die Fackel entrissen und sie ihm ins Gesicht geschleudert hatte, hatte er ihm schließlich von unten seinen Säbel zwischen die Schultern gestoßen. Der Mann war auf die Knie gefallen, ihn zu köpfen war ein Kinderspiel gewesen.

Dann hatte er den Säbel wieder in die Scheide gesteckt, war in die Kutsche gestiegen und hatte im Licht der Fackel Perpetuas tränenüberströmtes Gesicht gesehen. Ihre Stimme war ein Flüstern, die Lippen murmelten zusammenhanglose Worte, baten um Gnade.

Doch Gabor hatte dieser entsetzten Frau nichts gewährt, nicht einmal ein Wort. Er hatte einen Dolch aus seinem Gürtel gezogen und ihr die Kehle durchtrennt.

»Ich zähle darauf, dass Ihr getan habt, worum ich Euch gebeten hatte«, sagte Bianca Maria.

Gabor Szilagyi kniete vor ihr. Dieses Mal sah er seiner Herrin in die Augen. »Perpetua da Varese liegt mit durchtrennter Kehle in einer Kutsche. Der Wagen steht still auf dem Land im Mondschein. Dem toten Kutscher steckt ein Armbrustpfeil in der Brust. Die Leibwache wurde geköpft.«

Bianca Maria konnte ein zufriedenes Grinsen nicht unterdrücken.

»Endlich«, sagte sie, »ist meine Ehre gerettet. Ich habe den erlittenen Affront gerächt. Und dafür, Messere, gebe ich Euch, was abgemacht war. Ich vermute, dass Ihr dieses Mal das Geld annehmt.«

»Sicher«, sagte der Ungar und nahm den dicken und klingelnden Lederbeutel.

»Und nun, Gabor, verabschiede ich Euch. Ich werde Euch rufen lassen, sobald ich Euch wieder brauche.«

»Selbstverständlich, mia Signora«, sagte er und stand auf.

Dann ging er dorthin, woher er gekommen war.

63. Tränen

Herzogtum Mailand, Castello di Porta Giovia

Filippo Maria Visconti war tot.

Agnese weinte. Sie war gerade erst aus Pavia zurückgekehrt, wohin der Herzog, der sich seines kurz bevorstehenden Endes wohl bewusst war, ihr geraten hatte, mit der Hälfte des herzoglichen Schatzes zu fliehen. Selbst im letzten Augenblick hatte Filippo Maria an sie gedacht. Und er hatte recht gehabt. Agnese war untröstlich.

Und was würde jetzt aus ihr werden? Was würde aus Mailand werden? Bianca Maria war in Cremona, zusammen mit ihrem Mann Francesco. Sie hatten geglaubt, das Gerede über den schlechten Gesundheitszustand des Herzogs seien nur Gerüchte, und dass er ihnen in Wahrheit etwas antun wollte. Das Herzogtum Mailand war ohne Herrscher.

Agneses Herz war gebrochen, als habe es jemand mit einem glühenden Eisen in Stücke geschlagen. Der Schmerz, den ihr dieser Verlust bereitete, war metallisch, schneidend, unerträglich.

Filippo Marias Leiche wandte ihr den Rücken zu. Der Herzog hatte ausdrücklich darum gebeten, auf die Seite gedreht zu werden, sodass er zur Mauer sah, um dem beständigen Kommen und Gehen der Höflinge die kalte Schulter zu zeigen – hohe Würdenträger, adelige Damen schienen aus allen Ecken des Palastes in seine Gemächer zu drängen, um von ihm selbst im Moment des Todes eine Apanage, einen Segen, ein Lehen zu erhalten. Es war eine verächtliche Art, ihnen zu zeigen, wie wenig sie ihm bedeuteten.

Am Bett des Herzogs betete sein persönlicher Kaplan, der Dominikanerbruder Guglielmo Lampugnani, stetig murmelnd. Filippo Maria hatte ihn während seiner Krankheit bei sich haben wollen, da er es war, der die Kommission der herausragenden Theologen vereint hatte, die Filippo Maria sachkundig und allumfassend die ewige Rettung garantiert hatten. Denn in der letzten Zeit war der Herzog von dem Gedanken besessen gewesen, des Paradieses nicht würdig zu sein, weil er seinen Untertanen zu Unrecht hohe Steuern auferlegt hatte, die er, selbst wenn er gewollt hätte, nicht hätte zurückzahlen können, so leer war die Kasse seines Herzogtums. Aber Lampugnani und seine sechs Weisen, die sich auf die Kirchenväter beriefen, auf die Gesetze und päpstlichen Dekretale, hatten eine solche Möglichkeit ausgeschlossen. Gewiss, Filippo Maria hatte in einigen Phasen seiner Herrschaft außergewöhnlich hohe Steuern angesetzt, aber es stimmte auch, dass Zeiten der Not einen Herrscher dazu legitimierten, von seinen Untertanen außergewöhnliche Tribute zu verlangen. Und seine Großzügigkeit bei Almosen sowie die Notwendigkeit, eine Armee zu unterhalten, um die Stabilität des Herzogtums zu gewährleisten, schützten ihn vor jeglicher Schuld.

Auf merkwürdige Weise war Agnese diesem komischen Kaplan doch dankbar, obwohl er sie frösteln ließ mit seinem kalten und räuberischen Blick, denn immerhin hatte er den Herzog zu beruhigen vermocht, sodass der dem Tod wenigstens friedlich entgegentreten konnte. Doch jetzt vermengten sich Schmerz und Angst zu einer gefährlichen Mischung, die sich wie ein Lauffeuer in ihr ausbreitete. Sie wusste, dass Francesco Sforza alles tun würde, um das Herzogtum an sich zu reißen, aber sein Groll gegenüber Filippo Maria war sicher nicht die beste Erfolgsgarantie, auch wenn ihre Tochter zu seinen Gunsten würde eingreifen können. Und eben sie, die Mutter des gerade erst geborenen Galeazzo Maria, würde alle Titel erhalten, um den Mailändern die Garantie der Erbfolge zu bieten, die für die Stadt so wichtig war.

Doch Bianca Maria und ihr Söldnerkapitän stellten sicherlich nicht die stärkste Fraktion dar oder, besser gesagt, die günstigste, was den Anspruch auf die Herrschaft über Mailand anging. Maria von Savoyen zum Beispiel, die über Jahre hinweg mit wenigen Damen im Turm des Castello di Porta Giovia eingeschlossen gewesen war, hatte gute Gründe, um ihre Rechte anzumelden, und auch wenn Agnese zuversichtlich war, sich ihrer für immer entledigen zu können, so wusste sie es besser, als den Groll und die Entschlossenheit der Herzogin zu unterschätzen.

Neben den Ansprüchen der italienischen Dynastien waren da noch die der ausländischen Herrscher. Auf der einen Seite die Franzosen, die das Testament von Gian Galeazzo Visconti anfochten und darauf beharrten, dass im Fall fehlender männlicher Erben die Erbfolge auf die Nachkommen von Valentina Visconti, Herzogin von Orléans, Tochter von Gian Galeazzo und Isabella von Valois, überging. Auf der anderen Seite die Spanier, die die Ansprüche von Alfons von Aragón unterstützten, der versicherte, dass er in Filippo Maria Viscontis Testament berücksichtigt würde. Und schließlich behaupteten Juristen wie Enea Silvio Piccolomini, dass das Herzogtum ohne legitimen männlichen Erben an das Heilige Römische Reich zurückfiele und damit de jure an Friedrich III. von Habsburg.

Deswegen hatte sie viele Briefe an Bianca und Francesco geschrieben, damit sie nach Mailand zurückkehrten, anstatt in den Marken zu bleiben und eine Feldschlacht nach der anderen zu schlagen. Doch ohne Erfolg. Und man konnte es ihnen nicht übelnehmen, weil der Herzog all ihren Beschwichtigungen zum Trotz alles getan hatte, um seinen Schwiegersohn gegen sich aufzubringen. Verdammter Stolz! Agnese war verzweifelt: Nicht nur wegen des Todes des Mannes, den sie so sehr geliebt hatte, sondern auch wegen dessen falsch verstandenen Ehrgefühls, das zu einer großen Leere um ihn herum geführt hatte oder, besser gesagt, ihm die Unterstützung eines kleinen Kreises von Adeligen eingebracht hatte, der aber nicht stark genug war, um die Fortführung der Dynastie der Visconti zu garantieren.

Noch in seinem letzten Leidensmonat, als es ihm den Bauch zu zerreißen schien und ihn unerträgliche Schmerzen quälten, hatte er, Blut spuckend, darauf bestanden, dass Francesco nicht als Herrscher nach Mailand zurückkehren dürfe, sondern nur als einfacher Soldat. Seine verfluchte Eifersucht! Agnese wusste, dass sie der Ruin der Visconti war. Und trotz all ihrer Gebete hatte Filippo Maria selbst im Augenblick des Todes sein Ende mit dem des Herzogtums gleichgesetzt. Deswegen hatte er keinen eindeutigen Erben bestimmt – wodurch der gordische Knoten der Nachfolge gelöst worden wäre –, weil er davon überzeugt war, dass nach ihm alles dem Ruin anheimfallen würde.

In der kalten Luft, während die Flammen im großen Kamin verloschen wie das Leben des Herzogs, vergoss Agnese Tränen beim Anblick des Rückens des Mannes, der ihre große Liebe gewesen war. Sie lauschte den Worten des Kaplans, der die Letzte Ölung vollzog. Schließlich bat sie, mit Filippo Maria allein gelassen zu werden.

Ohne ein Wort ging Guglielmo Lampugnani, er gehorchte ihr, als wäre sie die Herzogin von Mailand.

»Ihr wendet mir den Rücken zu, Amore mio …« Agneses Worte fielen ins Leere. »Ihr habt Euren Blick abgewandt. Aber Ihr könnt Euch trotzdem nicht den Konsequenzen Eurer Entscheidungen entziehen. Bianca Maria ist die legitime Erbin der Krone der Visconti! Eurem eigenen Willen nach, erinnert Ihr Euch nicht?« Und während der brennende, schwarze und unerbittliche Schmerz sie auffraß, hörte Agnese lautes Gepolter aus den Nachbarzimmern. Sie begriff nicht sofort, woher es kam, aber dann wurde die Tür geöffnet.

Sie hatte noch kein Wort hervorgebracht, da verkündete der Hauptmann der Wachen in seiner Lederrüstung in den Farben der Visconti schon besorgt: »Madonna, der Palast wird angegriffen! Wir fürchten um Eure Unversehrtheit, ich bitte Euch, vertraut Euch mir an. Ich werde Euch gesund und heil nach Pavia bringen.«

Agnese verschlug es die Sprache. Nach kurzem Zögern fragte sie: »Was geht da vor?«

»Ich bin mir nicht sicher, Madonna, aber ich befürchte, dass der Arengo die Republik ausgerufen hat. Die Mailänder versammeln sich auf den Plätzen und hissen das Banner des heiligen Ambrosius.«

»Ich werde den Herzog nicht in diesem Zustand verlassen.«

»Wir werden ihm ein würdiges Begräbnis verschaffen, mia Signora, aber im Augenblick ist Eure Sicherheit unsere größte Sorge. Nur Mut, wir müssen in die Stallungen, damit Ihr mit der kleinen Eskorte, die Euch begleitet hat, hinausgelangt, bevor diese Schweine die Mauern erreichen.«

64. Nachfolge

Herzogtum Mailand, Castello di Porta Giovia – Arengo

Don Rafael Cossin Rubio, Hidalgo aus Medina, befand sich auf dem Bollwerk der Festung der Visconti an der Porta Giovia. Die Festung war robust und gut geschützt, aber um der Wahrheit die Ehre zu geben, so hatte Don Rafael keine große Hoffnung, sie halten zu können. El Rey hatte ihn mit dreihundert Soldaten geschickt, um die Burg von Filippo Maria Visconti zu besetzen, aber angesichts der Anzahl der Rebellen, die sich in der Stadt versammelten, würde er bald einem ungleichen Kampf gegenüberstehen. Die Spione, die er geschickt hatte, um die Situation zu eruieren, waren mit wenig ermutigenden Neuigkeiten zurückgekehrt. Tausende Mailänder bereiteten sich vor, die Burg anzugreifen. Sie waren schlecht organisiert, viele hatten nur improvisierte Waffen, aber dafür viel Hunger und Wut, die beiden besten Verbündeten.

Er beruhigte seine Männer, aber er hatte gut reden. Wenn schon Neapel eine endlose Belagerung gewesen war, so drohte die von Mailand in einer vernichtenden Niederlage zu enden. Er war vor ein paar Wochen auf Befehl von Alfons von Aragón angekommen, der behauptete, im Testament von Filippo Maria Visconti als legitimer Nachfolger benannt worden zu sein. Und ganz davon abgesehen, wie glaubwürdig oder auch nicht dieser Anspruch war, bestand kein Zweifel daran, dass die Bürger Mailands eine Besetzung durch eine Handvoll aragonesische Soldaten, begründet durch die Wahnvorstellungen eines vollkommen verrückten Herzogs, nicht akzeptieren würden. Denn nach allem, was er über den Herzog von Mailand wusste, musste er zu diesem Schluss kommen. Ein von einer Krankheit zerfressener Mann, der sich mit Geistlichen umgab, die gerufen worden waren, um sein blutiges Vorgehen zu rechtfertigen, der Astrologen befragte, ständig mit Karten spielte, die mit mysteriösen Symbolen bemalt waren: Alles an ihm war bizarr. Und jetzt riskierten seine Männer und er, die Schuld eines verrückten und darüber hinaus toten Herzogs zu zahlen. Er schüttelte den Kopf. Er wollte zurück nach Neapel und Filomena wiedersehen, die sein erstes Kind erwartete. Wie sehr sie ihm fehlte! Außerdem, wozu einen solchen Ort halten? Gewiss, er verstand das Ziel des Rey vollkommen, die gesamte italienische Halbinsel Stück für Stück zu erobern, aber dafür hätte man eine sehr viel bessere Armee gebraucht als die, die er zu schicken bereit gewesen war.

Erneut schüttelte er den Kopf. Er sah zu seinem Statthalter im östlichen Turm und befahl einigen Soldaten, zu ihm zu kommen.

»Gehen wir«, murmelte er vor sich hin. Dann sagte er, an einen Armbrustschützen gewandt: »Soldat, lauft zum Turm und überbringt dem Statthalter meine neuen Befehle: Wir geben das Schloss auf. Plündert, was möglich ist, ich habe nicht die Absicht, meine Männer in einer ohnehin schon verlorenen Schlacht zu opfern.«

Der Mann sah ihn erstaunt und erleichtert an.

»Habt Ihr mich gehört?«, drängte Don Rafael ihn.

»Ja, Herr.«

»Nun, dann führt die Befehle aus!«

»Wird erledigt, mio Signore.« Und ohne auf eine weitere Wiederholung zu warten, lief der Armbrustschütze zum Turm.

Der Morgen graute bereits. Pier Candido Decembrio seufzte. Nun hatte die Aurea Repubblica Ambrosiana das Licht der Welt erblickt. Die Edelmänner Antonio Trivulzio, Teodoro Bossi, Giorgio Lampugnano, Innocenzo Cotta und Bartolomeo Morone hatten am vorigen Abend, kaum, dass sie vom Tod des Herzogs erfahren hatten, den Generalrat des Arengo einberufen.

Man hatte vierundzwanzig Hauptmänner adeliger Herkunft ernannt, um dann die neue Regierung einzusetzen, und zwar vor einer Versammlung, die bei Weitem nicht das Volk repräsentierte, sondern aus einem engen Kreis hoher Funktionäre, Rechtsgelehrter, Notare, Offiziellen der Kommune, Bankiers und Zunftmeistern bestand. Auch er war stolzes Mitglied.

Und jetzt war er hier, im Palazzo del Broletto. Er fühlte sich deswegen nicht als Verräter. Seit Längerem missbilligte er das Wirken des Herzogs, in den letzten Jahren hatte es nicht an Reibungspunkten und sogar offenen Konfrontationen gefehlt. Außerdem wollte er sich das ständige Gejammer nicht mehr anhören und die stetigen Erniedrigungen erdulden, die dieser Verrückte ihm auferlegte. Er würde bald fünfzig und musste sich um seine Zukunft kümmern. Es stimmte zwar, dass die Vergangenheit am herzoglichen Hof auch voller Ruhm und Befriedigung gewesen war, doch nun konnte er auf keinen Fall mehr an der Seite eines Mannes bleiben, der, während er sich dem Ende seiner Herrschaft näherte, davon geträumt hatte, alle, die ihm nahestanden, mit sich in den Ruin zu reißen. Deswegen hatte er sich für die Republik entschieden, wohl wissend, dass die Mailänder bald, vielleicht schon an diesem Tag, das Symbol der herzoglichen Macht stürmen würden, und dieses Symbol war das Castello di Porta Giovia.

Aus verschiedenen Quellen wurden Stimmen laut, dass die Bürger einen regelrechten Angriff organisierten. Er hatte die Versammlung darauf hingewiesen, weil er das Gefühl hatte, dass das gesamte Herzogtum die Launen dieses paranoiden Herzogs, der sich bereitwillig auf die merkwürdigsten Dinge einließ, nur noch schwer ertrug.

Deswegen befand sich Pier Candido Decembrio an diesem Morgen, nach einer schlaflosen Nacht und ganz aufgeregt angesichts der Aussichten und der fast greifbaren Energie, die sich durch die Gründung der neuen Regierung verbreitete, im Salone della Vanagloria, der momentan leer war. Mit seiner reichen Ausstattung und den großen Fenstern, die auf den Innenhof gingen, rührte dieser Ort das Herz. Der Grund dafür war einfach: Das Fresko des Florentiner Meisters Giotto di Bondone verschlug einem vor lauter Schönheit und wegen seiner tiefen Bedeutung den Atem.

Er schüttelte den Kopf und empfand eine überraschende Melancholie. Vielleicht verursachten die Fresken im Salon dieses Gefühl, so empfand er es jedenfalls. Er sah den triumphierenden Ruhm als Eckstein der gesamten Szene. In der Mitte stand die großartige und glänzende Gloria in einer Kutsche, die von prächtigen Pferden gezogen wurde, in einer dominierenden Position im Vergleich zu einigen der anderen berühmten Helden der Geschichte: Da war Aeneas, dann Hektor, Herkules, Attila, Karl der Große und schließlich Azzone Visconti. Alle hoch zu Ross schienen sie die Hände zum Himmel zu recken, im verzweifelten Versuch, diese großartige und flüchtige Frau zu berühren und an sich zu reißen. Dieses Gefühl der Unerreichbarkeit wurde vom Blau und Gold der Farben betont und von der Trennung von Himmel und Erde, als wollten sie die Zerbrechlichkeit der unerreichbaren Gloria verstärken. Als er diese Szene betrachtete, dachte Pier Candido unwillkürlich an Filippo Maria Visconti. Wie er Beatrice Cane bestrafte, sie enthaupten ließ und sich ihrer entledigte, mit einer Erbarmungslosigkeit, die nur ein Fürst oder Herzog mit so viel angeborener Unbekümmertheit zeigen konnte; ganz zu schweigen davon, wie er später Carmagnola im Vorzimmer hatte verfaulen lassen, seinen so arroganten Hauptmann, der geglaubt hatte, ihn herausfordern zu können. Und wie könnte man die Freude des Herzogs vergessen, als er, nachdem er ihm, Decembrio, keinen Vorwurf erspart hatte, seinen Vorschlag endlich akzeptiert hatte, seine einzige Tochter mit Francesco Sforza zu verheiraten? Und war das nicht im Grunde eine brillante Idee gewesen? Pier Candido Decembrio war davon überzeugt gewesen, aber er hatte nicht damit gerechnet, dass Filippo Maria Visconti kurz darauf neidisch auf ebenden wurde, dem er die Tochter versprochen hatte.

Sein Drang, in einem unendlichen Doppel- und Dreifachspiel mit dem Schicksal wetteifern zu wollen, hatte sich letztendlich gegen ihn gestellt. Und so war dieses Herzogtum, das er zunächst festigen konnte, schließlich aus den Fugen geraten, genau wie sein immer stärker aufgedunsener

Körper, der unter seiner aufgeblähten Form die Zerbrechlichkeit einer rachitischen und stetig schwächer werdenden Struktur verbarg.

Und jetzt erfüllte sich das Schicksal. Der Ruhm, die Glorie von Filippo Maria verblasste im Tod, wurde zu einem bleichen Abbild, eine trübe Frau, ein Wesen, das stündlich mehr ermattete und sich als das entpuppte, was es war: der schwache Widerschein eines schillernden Traums.

Er wollte nie wieder denselben Fehler machen. Deswegen hatte er sich für die pragmatische Politik entschieden. Es war nicht von Bedeutung, wenn sein Name nun bei einigen für Verrat oder Niedertracht stand, ihm jedenfalls war es völlig egal.

Für seine nächste Zukunft hatte er ganz andere Pläne.

65. Leitern und Knüppel

Herzogtum Mailand, Castello di Porta Giovia

Sie kamen mit Leitern und Knüppeln. Sie waren voller Zorn und Groll und versammelten sich wie eine Flut unter den Burgmauern.

Sie fanden die Burg leer vor. Die Türen sperrangelweit offen. So viel Glück hatten sie sich gar nicht erhofft, trotzdem rannten sie umher wie tollwütige Hunde, fühlten sich fast, als hätte man ihnen eine lange erträumte, erwartete und verherrlichte Rache verwehrt. Doch der Hof war leer, die Mauern bloß von Vögeln bewohnt. Ein Schwarm Raben erfüllte den blauen Himmel, manche hockten sich auf die Spitzen der Türme und auf die Zinnen.

Es war, als hätten sich diejenigen, die hier gelebt hatten, Adelige und Krieger, Edelfrauen und Damen, Diener und Berater, beeilt, den Ort schon zu verlassen, als Filippo Maria Visconti noch warm war und röchelnd seine letzten Stunden verlebte.

Das Volk schrie seine unterdrückte Wut heraus. Eine Gruppe stürzte voran; mit Knüppeln und Stöcken, die sie auch benutzen wollten, liefen sie zu den herzoglichen Gemächern. Sie durchquerten Gärten, Höfe und prächtige Galerien, liefen Treppen hinauf und hauten dabei blind um sich, köpften Blumen, zerschlugen Brunnen, verstümmelten Statuen.

Und als sie damit fertig waren, betraten sie die Zimmer der Macht. Sie stahlen die prachtvollen Gewänder aus Samt, Damast und Seide, leerten Truhen und Geldschränke, füllten ihre Taschen mit Gold und Juwelen, ruinierten die Fresken und zerschlugen die Spiegel und die Jaspiskelche, weil sie nichts damit anzufangen wussten. Und es kümmerte sie nicht, wenn eine solche Zerstörung sie in den Ruin treiben würde, weil sie den Ruin sehr gut kannten, es war der Herzog, der ihn gebracht hatte.

Doch sie fanden keine Dienerinnen zum Vergewaltigen oder Männer zum Ermorden, was sie nur noch rasender machte.

Sie plünderten und zerstörten die Räume, rissen die Flaggen herab und die Radia Magna in Stücke. Einige hissten auf den vier Türmen das Symbol der Aurea Repubblica Ambrosiana, die Standarte mit dem Georgskreuz, dem Siegel des heiligen Ambrosius, eingerahmt von dem Wort *Libertas*.

Sie wollten diesen Ort dem Erdboden gleichmachen, ihn in Brand setzen, aus ihm ein riesiges Beinhaus machen, doch nichts und niemand war geblieben, um ihre Rachegelüste zu stillen. Gewiss, sie rissen vieles an sich und kehrten reicher in ihre Häuser zurück, sie lachten und tranken und leerten die Vorratskammern und entehrten das Symbol dessen, der sie schikaniert hatte, doch nach der zornigen Gewaltorgie, nach der Schändung der herzoglichen Überreste, blieb ihnen nichts als tiefe Niedergeschlagenheit.

Es gab jetzt die Republik. Vierundzwanzig Hauptmänner, die Verteidiger der bedeutenden und erhabenen Stadt Mailand, hatten den verkrüppelten und verrückten Herzog ersetzt, aber bedeutete das wirklich etwas? Oder war das Fehlen eines konkreten Anführers, eines Mannes, egal, wie abscheulich und bizarr, ein Riss in ihrer Einigkeit?

Der Generalrat der Neunhundert sollte sie vertreten, aber die Männer und Frauen aus dem Volk wussten in ihrem Herzen, dass er das nicht tat und dass die hundertfünfzig Mitglieder der Versammlung, die jeweils aus den Gemeinden an den sechs Stadttoren ausgewählt wurden, sich aus denen zusammensetzen, die zählten und die entsprechend wohlhabend waren und somit beträchtliche persönliche Interessen vertraten. War es daher also wirklich besser, die Interessen eines Mannes durch die einiger weniger zu ersetzen?

Und was würden die anderen Städte des Herzogtums jetzt ohne die Person Filippo Maria Visconti tun? Würden sie sich einfach der Sache der Republik anschließen, oder würden sie beschließen, sich aus dem Treuebund zu lösen, um ihre Unabhängigkeit zu verkünden oder sich mit einer anderen Macht zu verbünden, vielleicht der verhassten Serenissima?

Während die Zerstörung erbarmungslos weiterging – die Möbel wurden zerschlagen oder mit Seilen versehen, um fortgezerrt zu werden, der Hausrat wurde auf Kutschen weggebracht, Schmuck in Taschen und Beuteln verborgen –, fühlte sich daher jeder von ihnen gleichzeitig reicher und verstörter, als wäre er nach einem wütenden und rauschenden Ausbruch, nachdem er die Gedanken in der Wollust der profitablen Zerstörung ertränkt hatte, plötzlich aus einem Traum erwacht, aus dieser barbarischen und gesetzlosen Dimension, um auf einen Schlag einer Zukunft gegenüberzutreten, die jetzt auf die eine oder andere Weise noch unsicherer schien als jemals zuvor.

Der beißende Gestank der brennenden Feuer stieg denjenigen in die Nase, die nun in ihrem Tun verharrten, und das bittere Gefühl des Verlusts breitete sich in ihren Herzen aus, erfüllte sie mit dem Gift eines erneuten Wartens.

66. Die Verteidigung Mailands

Herzogtum Mailand, Cremona, Castello di Santa Croce

Aber wisst Ihr denn nicht, dass man auf der Piazza del Duomo mit allen Dokumenten des Herzogtums Visconti ein Freudenfeuer entzündet hat? Mein Vater ist tot, und ich war nicht einmal an seiner Seite! Wie habt Ihr mir das antun können? Ihr wolltet auf dem Weg von den Marken langsamer machen, in Florenz bei Cosimo de' Medici anhalten und dann in Cotignola! Ich hätte auf meine Mutter hören sollen, die mich bat, so schnell wie möglich nach Mailand zurückzukehren. Aber nein, ich habe wieder einmal Euch vertraut, Euren Worten, die wie Gift in meine Ohren drangen!«

Francesco Sforza wollte diesen Vorwürfen nicht zustimmen. Nicht so. Daher erhob er empört die Stimme. »Was hätte ich denn tun sollen, Bianca? Ihr erinnert Euch doch, dass es Euer Vater war, der Piccinino gegen mich aufstachelte? Und all die anderen Söldnerhauptmänner, die ihm treu waren? Selbst am Tag unserer Hochzeit, zu der er nicht gekommen ist, musste ich die Zeremonie aufs Land verlegen, aus Angst, dass seine Spione und seine Knappen mir in den Gassen von Cremona die Kehle durchschneiden! Was konnte man von einem solchen Mann schon erwarten?«

387

»Ich bin seine Tochter! Er hat mich geliebt. Er hat mich immer geliebt. Er hat es nie an Zuneigung fehlen lassen. Und er hat meine Mutter immer beschützt, daher verbiete ich Euch, so über ihn zu sprechen!«

»Aber das, was ich Euch gesagt habe, sind keine Lügen! Auch Ihr müsst zugeben, dass Filippo Maria Visconti ein durch und durch neidischer und egoistischer Mann war.«

»Gewiss hat er Euch unrecht getan, das leugne ich nicht. Doch Ihr hättet auf mich hören sollen, als ich Euch gebeten habe, uns zu beeilen, weil der Herzog auf dem Totenbett lag! Und jetzt befindet sich Mailand in den Händen der Aurea Repubblica Ambrosiana. Männer, die nicht das geringste Recht haben, diese Stadt zu regieren. Wisst Ihr überhaupt, dass Antonio Saratico und Andrea Birago, der Kastellan von Porta Giovia und der Page meines Vaters, nicht einmal dessen Tod abgewartet haben, um die Burg auszurauben und juwelenbesetzte Kelche und Hermelinstolen mitzunehmen? Dass auch die Soldaten von Alfons V. von Aragón bei ihrem Rückzug dasselbe getan haben, und das, was übrig war, in den Beuteln der Mailänder Bevölkerung gelandet ist, die nun auch noch vorhat, den Ort, an dem mein Vater bis vor wenigen Tagen gelebt hat, dem Erdboden gleichzumachen? So dankt man ihm also, dass er ein Vermögen ausgegeben hat, um eine Armee in Waffen zu halten, die diese Herde Undankbarer beschützte?«

»Er war ein sehr beliebter Mann«, sagte Sforza höhnisch.

Bei diesen Worten verpasste Bianca Maria ihrem Mann blindwütig eine Ohrfeige. Ihre Hand traf die weiche Wange des Söldnerhauptmannes, und ein scharfer Knall hallte nach, während sich Francesco Sforzas Gesicht rot verfärbte.

»Das hättet Ihr nicht tun dürfen!«, donnerte er. Er ging und schlug die Tür hinter sich zu.

Bianca Maria setzte sich auf die Bettkante und brach in Tränen aus.

Die laue Abendluft hob die Vorhänge, die Brise schien die baldige Dunkelheit anzukündigen. Bianca Maria hörte ein Klopfen. Sie war, wer weiß wie lange, ganz erschöpft einfach dort sitzen geblieben. Nun bat sie denjenigen einzutreten. Es erschien eine Ihrer Hofdamen. An der Hand hielt sie den kleinen Galeazzo Maria, ein Kind mit lebhaften Augen, recht groß für sein Alter und mit langen braunen Haaren. Sobald er sie sah, ließ er die Hand der Hofdame los und lief zu ihr.

Bianca Maria breitete die Arme aus. »Mein Kleiner«, sagte sie, »kommst du zu deiner Mamma?«

Galeazzo Maria nickte. »Mamma, was ist mit Euch?«, fragte er und neigte den Kopf vor.

»Nichts, mein Kleiner«, versicherte sie ihm und wischte mit dem Handrücken die Tränen weg. »Was hast du heute Schönes gemacht?«

Das Kind schien darüber nachzudenken. Dann verkündete er feierlich: »Ich habe mit Madonna Lucrezia die Geografie meines Herzogtums studiert.«

Bianca Maria streichelte ihm über den Kopf. Seine Zartheit berührte sie immer. Dann dachte sie daran, dass er vielleicht nie Herzog von Mailand werden würde. Gleich darauf begriff sie jedoch, wofür sie würde kämpfen müssen. Das war es, was sie tun wollte und musste: Sie würde ihrem Mann helfen, zu siegen und sich zum Herzog von Mailand auszurufen. Sie würde es tun, um Galeazzo Maria dieses

Herzogtum zu sichern, dessen Grenzverlauf er heute gelernt hatte. Er hatte ein reines Herz und verdiente es, dass seine Hoffnungen nicht verraten würden.

Und sie würde alles tun, um ihn nicht zu enttäuschen.

»Geht es Euch besser, Mamma?«, fragte er und sah sie mit seinen tiefgründigen braunen Augen an.

Sie lächelte, so viel ritterliche Sorge rührte sie. »Ja, jetzt, da ich dich gesehen habe, schon.«

»Habt keine Angst, Mamma, wenn Euch etwas quält, werde ich immer zu Euch kommen.«

»Und wie wirst du das wissen?«

»Ich werde es in meinem Herzen spüren«, antwortete der Kleine so sicher, dass es keinen Widerspruch duldete.

»Komm in meine Arme«, sagte Bianca Maria, die inzwischen wieder angefangen hatte zu weinen.

»Warum weint Ihr?«, fragte das Kind erschüttert.

»Mach dir keine Sorgen, mein Sohn, denn das sind Freudentränen«, antwortete sie.

Beruhigt nickte Galeazzo Maria.

»Jetzt komm schon zu mir«, sagte sie.

Das musste sie nicht noch einmal wiederholen, er schlang seine kleinen, speckigen Ärmchen um ihren Hals.

»Niemand wird mich je von dir trennen.«

Dann löste Bianca Maria sich aus der Umarmung und sah Lucrezia Aliprandi an. Sie dankte ihr mit einem Kopfnicken. Diese Frau war ihr von ihrer Mutter empfohlen worden und hatte sich als liebevoller und vertrauenswürdiger als jede andere herausgestellt. Sie als Hofdame zu bezeichnen hieße, ihr unrecht zu tun, da sie tatsächlich so viel mehr war. Ihr Rat, ihre Vorschläge, ihre Anmerkungen waren immer stimmig und zeugten von einer uralten Weisheit. Ihre Mutter hatte sich von einem wahren Schatz getrennt, als sie darauf bestanden hatte, dass sie sich um sie und um ihren geliebten Enkel kümmern sollte.

»Bringt Galeazzo Maria in seine Gemächer. Wir sehen uns bald beim Abendessen, mein Kleiner«, sagte Bianca Maria schließlich.

»Ja, Signora«, erwiderte Lucrezia nur, nahm den Jungen an die Hand und führte ihn aus dem Zimmer, während Galeazzo seine Mutter liebevoll ansah.

Als sie gegangen waren, betrachtete Bianca Maria sich im Toilettenspiegel.

Was sie sah, missfiel ihr nicht.

Sie lächelte. Mit Lucrezia Aliprandi und Gabor Szilagyi an ihrer Seite fühlte sie sich zwar nicht unverwundbar, aber doch beschützt.

Sie musste keinerlei Überraschungen fürchten. An die Untreue ihres Ehemannes hatte sie sich inzwischen gewöhnt, und immerhin war Francesco respektvoller geworden, wenigstens in seinen Umgangsformen, nachdem sie Perpetua da Varese hatte umbringen lassen.

Ihr waren Gerüchte zu Ohren gekommen, dass einige der Soldaten begonnen hatten, sie »schwarze Dame« zu nennen.

Umso besser, dachte sie: Gefürchtet zu sein missfiel ihr keineswegs.

Francesco war müde. Nachdem er die Marken wieder für den Kirchenstaat zurückerobert und dem neuen Papst sein Eigentum anerkannt hatte, saß er wirklich in der Klemme. Seit er sich auf den Weg nach Mailand gemacht hatte, wollten alle von ihm wissen, was seine Pläne waren: Vor allem Cosimo de' Medici, aber auch Leonello d'Este und Carlo

Gonzaga. Doch was ihn am meisten quälte, war, wie Bianca Maria ihn angeherrscht hatte. Er verstand ihren Groll, aber wie konnte sie erwarten, dass das, was ihr Vater, der Herzog, in seinen Jahren an Ränken geschmiedet hatte, keinen Einfluss auf seine Entscheidungen hätte und nicht für berechtigte Zweifel sorgte?

Daher kam ihm die Ankündigung des überraschenden Besuchs von Antonio Trivulzio ganz recht und machte ihn neugierig. Wenigstens würde er, während er auf das Abendessen wartete und sich überlegte, wie er sich wieder mit seiner Frau vertragen könnte, erfahren, was einer der neuen Herren Mailands zu sagen hatte, denn er war es gewesen, der – zusammen mit anderen – die Aurea Repubblica Ambrosiana gegründet hatte.

Als Antonio Trivulzio eintrat, sah Francesco Sforza einen Mann in staubiger Lederrüstung, der so schnell hergekommen zu sein schien, als wäre ihm der Teufel auf den Fersen. Als der Gast ihn erblickte, eilte er zu ihm und verbeugte sich, dann hörte der Hauptmann Worte, die er, ohne zu zögern, verzweifelt genannt hätte.

»Mio Signore«, begann er, »ich trete mit schwerer Seele und gebrochenem Herzen vor Euch. Ich tue es im Namen des Mailänder Volkes und als Verteidiger der neuen Republik, um Euch zu bitten, die Rolle des Generalhauptmannes anzunehmen. Nachdem sich die Serenissima die Städte rechts der Adda zurückgeholt hat, hat sie jetzt ihre Armee dreist bis an die Tore unserer geliebten Stadt geführt, und wir drohen auf einen Schlag alles, wofür wir gekämpft haben, zu verlieren.«

Francesco Sforza schüttelte den Kopf. So etwas hatte er sicher nicht erwartet, nachdem ebendieser Mann zusammen mit vier anderen ohne jegliches Recht oder Abstammung das Herzogtum an sich gerissen hatte. Vielleicht kam diese Bitte aber auch genau richtig, und Francesco würde dadurch seinen lang gehegten Plan in die Tat umsetzen können. Daher lehnte er dieses spontane Angebot auch nicht ab, sondern fragte nur: »Von welchem Einsatz sprechen wir? Wie viel bietet Ihr mir, damit ich unter Eurer Flagge kämpfe?«

Trivulzio sah ihn flehend an. »Zwanzigtausend Dukaten im Monat«, sagte er, »Eure Eroberungen gehen an die Republik, mit Ausnahme von Verona und Brescia, die Ihr als Lehen behalten könnt.«

Francesco dachte einen Augenblick darüber nach. Die Abmachung sah eine sehr gute Bezahlung vor, und die Aussicht, zwei solche Städte zu erhalten, machte das Angebot noch verlockender. Ganz abgesehen davon, dass die Republik Mailand, wenn sie tatsächlich so weit gesunken war, dass sie einen ihrer Gründer schicken mussten, um seine Hilfe zu erbitten, wirklich in großen Schwierigkeiten stecken musste, und diese Tatsache müsste es ihm eigentlich erlauben, sie in Zukunft ohne allzu große Komplikationen zu erobern.

Daher ergriff er diese Gelegenheit beim Schopf, die so unerwartet vom Himmel gefallen war, behielt sich lediglich vor, darüber mit seinem engsten Verbündeten Cosimo de' Medici zu sprechen und versicherte Trivulzio: »Messere, unter diesen Bedingungen nehme ich das Amt an.«

Während sein Gegenüber ihm überschwänglich dankte, dachte Francesco Sforza, dass sein Eroberungsplan der Stadt Mailand jetzt die größte Chance auf Erfolg hatte.

67. Die Wende

Republik Florenz, Villa del Trebbio

Francesco spazierte zusammen mit Cosimo unter der Pergola. Die grünen Ranken, doppelten Sandsteinsäulen und das großartige Panorama auf die darunterliegenden Nutzgärten und die Villa gegenüber verschlugen einem wirklich den Atem. Eine leichte Brise erhob sich, die erfrischte und die Septembersonne etwas milderte. Die Zypressen wiegten sich im Wind.

Cosimo schien wie immer heiter und ruhig, als wäre das, was sie besprachen, nicht von grundlegender Wichtigkeit für das politische Gleichgewicht in Italien. Er hatte die Hände verschränkt, der Gesichtsausdruck war nachdenklich, die Augen halb geschlossen, ein kleines Lächeln umspielte seine Lippen. »Wie habt Ihr das nur angestellt? Ihr wisst sehr gut, dass Venedig noch immer mächtig ist, außerdem ist mir zu Ohren gekommen, dass sie ein Abkommen mit Alfons von Aragón schließen wollen.«

»Dem Großmütigen?«, fragte Sforza amüsiert.

»Ganz genau«, bestätigte Cosimo lächelnd, »so nennt man ihn jetzt. Es war eine großartige Idee, Neapel nicht in Schutt und Asche zu legen, als er die Möglichkeit dazu hatte; ich empfehle Euch, Euch daran ein Beispiel zu nehmen.«

»Wie meint Ihr das?«

»Wie auch immer Ihr es mit Mailand anstellt, versucht, niemals den Eindruck zu erwecken, die Stadt mit Gewalt zu erobern. Tretet immer wie ein Retter auf, nie wie ein Eroberer. Das Angebot von Trivulzio anzunehmen war ein Meisterstreich von Euch.«

»Ihr könnt mir also Eure Unterstützung garantieren?«

»Ansonsten wärt Ihr nicht hier!«, sagte Cosimo gewitzt. »Ich habe kein Interesse daran, dass Venedig mächtiger wird.«

»Ihr sprecht von der Republik, deren historischer Verbündeter Florenz schon immer gewesen ist.«

»Richtig. Ich ziele jedoch darauf ab, Florenz einen noch besseren Verbündeten zu garantieren.«

»Und wer soll das sein?«, fragte Francesco Sforza und zog eine Augenbraue hoch.

»Der Herzog von Mailand. Sprechen wir nicht gerade über ihn?«

»Natürlich«, stimmte der Hauptmann zu.

»Wenn das also das Thema ist, sage ich Euch, was ich darüber denke. Ich habe vor, das Bündnis mit Euch zu stärken, denn wenn Ihr erst Herzog von Mailand seid, so sehe ich die Freiheit aller Manöver rund um die Erweiterung der Medici-Bank garantiert. Ich habe nämlich vor, eine Filiale in Mailand zu eröffnen, und Ihr werdet Euch bemühen, deren Entwicklung zu begünstigen, indem Ihr Order und Aufträge ausweitet. Die Filiale wird Eurem Hof Geld leihen und Schmuck verkaufen, wie es bereits in Rom geschieht. Vor einigen Jahren hat mein guter Freund Gabriele Condulmer, der Papst, der vor Kurzem von uns gegangen ist, meinen Bruder Lorenzo zum Verwahrer der Einkünfte des Heiligen Stuhls gemacht.«

»Schlagt Ihr etwas Ähnliches für den Hof Sforza vor, sollte es ihn je geben?«, fragte Francesco Sforza.

»Oh, den wird es ganz sicher geben, glaubt mir.«

»Nun, wenn ich dank Eurer Unterstützung Herzog von Mailand werden kann, dann verspreche ich Euch heute, dass Euch das, was Ihr erbittet, gewährt sein soll.«

»Was mich angeht, so muss ich, wie Ihr vorhin richtig bemerkt habt, den Florentinern das Bündnis mit dem Erzfeind Mailand schmackhaft machen und gleichzeitig den Bruch mit Venedig. Doch in dieser Phase ist es nicht notwendig, dass ich offen Stellung beziehe. Ich muss Euch nur einen Kreditrahmen eröffnen ... und das habe ich auch vor. Schließlich könntet Ihr es Euch auch anders überlegen und früher oder später die Fahne wechseln. Im Übrigen scheint mir diese Aurea Repubblica Ambrosiana nicht sehr solide: Die Macht ist zu stark verteilt, aufgesplittert. Ohne Euch fehlt es an einem Führer. Ich kenne einige der Adeligen und der Hauptmänner, die Filippo Maria Visconti unterstützten und die jetzt als Verteidiger der Republik auftreten, und ich kann Euch schwören, dass es keine tüchtigen Männer sind.«

»Cosimo, Ihr seht die Dinge mit einer solchen Klarheit und einem so tiefen Weitblick, dass Ihr meine Aufmerksamkeit fesselt, wie ich es nie für möglich gehalten hätte.«

»Das liegt daran, dass Ihr ein Krieger seid und ich nichts anderes als ein Politiker.«

»Ihr seid sehr viel mehr, glaubt mir.«

»Es mag sein, wie Ihr sagt, mein Freund. Oder vielleicht seid Ihr mir gegenüber auch nur zu großzügig.«

»Das glaube ich nicht. Der Pakt ist jedenfalls besiegelt. Jetzt kümmere ich mich um meinen Teil daran.«

»Ihr bleibt nicht hier?«

»Das würde ich gern, aber ich kann es mir nicht erlauben«, sagte Sforza, »ich muss ein Herzogtum retten!«

»Nun, das steht außer Frage. Wenn es denn so ist, verabschiede ich mich von Euch, mein Freund. Kommt zurück, wann Ihr wollt, und tut es als Sieger.«

»Das werde ich«, erwiderte Francesco, und nach einer raschen Verbeugung ging er mit großen Schritten zur Treppe, die von der Pergola zum Hof führte.

68. Eroberungshunger

Herzogtum Mailand, Castello di San Colombano al Lambro

Es regnete, Tropfen so groß wie Dukaten trommelten auf die Rüstungen, und die Beine versanken im Schlamm. Der düstere Himmel wurde von Blitzen erhellt, Donner erschütterte die Mauern des Castello di San Colombano. Francesco Sforza tat wieder einmal das, was er am besten konnte: kämpfen. Innerhalb einer Woche hatte er Maleo und Codogno wiedererobert, und er wusste, dass das Ringen um Pavia spannend werden würde, da Agnese del Maino mit Matteo da Bologna darum verhandelte, ihm die Stadt zu übergeben. Sollte es ihm gelingen, San Colombano einzunehmen, müssten die Venezianer sich in Richtung Bergamo und Brescia zurückziehen.

Diese Burg war also das letzte Widerstandsnest, bevor er die Adda überqueren konnte.

Es bestand kein Zweifel daran, dass San Colombano fallen würde, auch wenn es hervorragend geschützt war. Seine Ziegelmauern waren beeindruckend, der Bergfried in der Mitte hatte wirklich imposante Ausmaße, und von den hohen Rängen entlang der Mauern verkauften die Venezianer ihre Haut teuer. Viele von Francescos tapferen

Soldaten waren unter einem Pfeilhagel gestorben oder vom kochenden Öl und Pech verbrannt worden, das die Verteidiger unter Gebrüll und Geschrei von oben herabgossen. Er wusste aber, dass es kein großes Kontingent war, das zurückgelassen worden war, um diesen letzten Außenposten zu verteidigen. Nachdem die ersten Angriffe erfolglos waren, hatte Francesco sich auf Kanonen und aufs Abwarten verlegt. Die zerstörerischen Schüsse aus den schmiedeeisernen Rohren schwächten die Verteidigung jedes Mal ein bisschen mehr. Auf der östlichen Seite hatte Francesco Sforza ein stetiges Feuer befohlen, und die ersten Ergebnisse zeigten sich an einem Teil der Mauer, der so stark beschädigt war, dass von den Zinnen nur noch eine übrig geblieben war, wie der letzte Zahn im Mund eines Alten.

Aber es reichte noch nicht.

Er war zu Pferd, seine Muskeln schmerzten, er war müde und erschöpft nach dem langen Marsch und dann diesem bisweilen endlosen Abwarten. Er hätte in sein Zelt zurückkehren können, aber es war wichtig, bei den Männern zu bleiben. Es gab ihnen Mut und Entschlossenheit. Wenn ihr Anführer bereit war, während der Belagerung im Sattel zu bleiben, wieso sollten sie dann weniger geben? Sie hatten sogar einen Angriff versucht, aber ohne Erfolg. Diese verdammten Venezianer wollten einfach nicht aufgeben.

Er wartete also weiter ab, als er Braccio Spezzato auf sich zukommen sah. Die Jahre waren vergangen, aber sein Freund hatte ihn nie im Stich gelassen. Kein einziges Mal. Deswegen liebte Francesco ihn wie einen Bruder.

Als er vor ihm stand, kündigte Braccio ihm Besuch an. »Mein Hauptmann«, sagte er, »in Eurem Zelt erwarten

Euch einige der Edlen Pavias, Sie haben einen Vorschlag für Euch.«

»Habt Ihr den Eindruck, dass Sie gute Nachrichten bringen, mein Freund?«

»Ausgezeichnete.«

»Könnt Ihr mir etwas verraten?«, fragte er ihn, denn er wollte sich nicht von hier fortbewegen.

»Nein. Aber der Anführer der Delegation hat mir empfohlen, Euch zu sagen, dass Ihr sehr zufrieden mit den Neuigkeiten sein werdet, die er für Euch hat, da er im Namen der Nobildonna Agnese del Maino spricht.«

Francesco riss die Augen auf. »Wo ist Bianca Maria?«

»In Eurem Zelt, mio Signore.«

»Großartig! Dann sollte ich wohl hingehen. Ich überlasse Euch die Kontrolle der Situation hier, Braccio, sollte ich mich entfernen müssen, übernehmt Ihr zusammen mit Manfredi das Kommando.«

»Selbstverständlich, mio Signore.«

Als er sein Zelt betrat, sah Francesco Bianca Maria in Lederrüstung. Am Gürtel hing ein Schwert bester Mailänder Machart, das sie extra hatte schmieden lassen, sodass es an ihre Figur angepasst war. Etwas leichter als eine normale Klinge erlaubte es ihr, das Beste aus ihren Gaben wie Beweglichkeit, Geschicklichkeit und Schnelligkeit zu machen. Bianca Marias Hand umfasste die Parierstange.

Die Adeligen, die gekommen waren, um mit ihnen zu sprechen, wirkten heiter. Als er eintrat, verbeugten sie sich, und derjenige, der offensichtlich der Anführer war, stellte sich vor.

»Hauptmann, mein Name ist Matteo Marcagatti di Bologna, ich bin der Kastellan von Pavia. Die edle Agnese del Maino schickt mich.«

»Mein guter Marcagatti, ich kenne Euren Wert als Krieger, und es erstaunt mich nicht, dass Agnese del Maino, eine außergewöhnliche Frau und die Mutter meiner geliebten Gemahlin, Euch zu uns geschickt hat. Wie geht es ihr?«

»Hauptmann, ich muss zugeben, dass der Tod des Herzogs sie getroffen hat. Doch wie Ihr ahnen könnt, hat sie das nicht davon abgehalten zu kämpfen.«

Ein zufriedenes Lächeln erschien auf Bianca Marias Lippen.

»Das glaube ich gern«, antwortete Francesco Sforza. »Und?«, fügte er hinzu, denn er wollte den Grund für diesen Besuch erfahren.

»Ich habe mir erlaubt, Euch in Eurem Lager aufzusuchen, um Euch Folgendes mitzuteilen: Auf Bitten von Agnese del Maino bin ich hier, um Euch den Titel des Grafen von Pavia und somit die Schlüssel zur Burg anzubieten. All das, um unnötige Hindernisse auf Eurem Weg zur Wiedereroberung der Mailänder Territorien aus dem Weg zu räumen.«

»Was wollt Ihr dafür?«, fragte Francesco.

»Die edle Agnese del Maino hat mir versprochen, solltet Ihr mein Angebot annehmen, so würdet Ihr mir die Stadt Sant'Angelo sowie den Titel eines Grafens zuerkennen.«

»Wenn die Mutter meiner Ehefrau Euch das versprochen hat, so gilt ihr Wort«, schloss Francesco. Erfreut sah er, dass Bianca Marias Augen erstrahlten und ihre Wangen sich röteten.

»Nun, wenn das abgemacht ist und Ihr meinen Vorstellungen entgegenkommt, so lade ich Euch und Eure mutige Frau, von der man sich Wunder auch über ihre Tapferkeit im Kampf erzählt, ein, uns nach Pavia zu folgen, um dieses historische Abkommen zu feiern.«

»Nichts lieber als das«, erwiderte Bianca Maria für beide. Bis zu diesem Augenblick hatte sie geschwiegen, um ihrem Mann nicht die ihm zustehende Rolle zu nehmen, aber nach allem, was ihre Mutter für sie getan hatte, konnte sie nicht mehr still bleiben. Francesco nahm es ihr aber nicht übel und ergänzte: »Ich habe meinen besten Männern die Leitung der Belagerung übergeben und vertraue blind auf ihren Erfolg. Natürlich werden wir nach Pavia kommen, sobald wir San Colombano eingenommen haben.«

»Gut, dann erwarten wir Euch also, sobald Ihr über die Venezianer gesiegt habt, am Castello di Pavia. Den Explosionen und Schreien nach zu urteilen, die ich auf dem Weg hierher gehört habe, dürfte dazu im Übrigen nicht mehr viel fehlen.«

»Messer Marcagatti«, antwortete Francesco Sforza, »ich vertraue meinen Männern vollkommen, wir planen, sobald wie möglich in Pavia einzutreffen.«

»Grüßt meine Mutter von mir«, ergänzte Bianca Maria.

Matteo Marcagatti di Bologna nickte. »Das werde ich, Signora.« Dann wandte er sich an seine Begleiter: »Nun ist das auch erledigt!« Zur Antwort gab es zufriedene Blicke. Nachdem er sich schließlich ein letztes Mal vor Francesco und Bianca Maria verbeugt hatte, ging er mit den Seinen hinaus.

Als sie gegangen waren, sah Francesco seiner Frau in die Augen: »Eure Mutter ist eine loyale und wertvolle Frau.«

»Und nicht erst seit heute, Amore mio«, bestätigte sie.

»Richtig. Wunderbar, alles verläuft auf die bestmögliche Weise. Mit einem Schlag erobern wir Pavia und San Colombano zurück. Jetzt muss ich gehen«, sagte er zu Bianca Maria.

Doch sie war näher gekommen und sah ihn fest an: »Wohin wollt Ihr gehen?«, fragte sie. Und mit einer jähen, katzenhaften Bewegung stand sie vor ihm, umarmte ihn und küsste ihn stürmisch.

Er riss die Augen auf, verblüfft von so viel Leidenschaft.

»Überrasche ich Euch, Amore mio?« Sie biss ihm zart in die Lippe. »Dabei müsstet Ihr doch wissen, dass ich eine unzähmbare Frau bin.« Damit löste sie sich von ihm und zog das Schwert aus der Scheide.

»Und jetzt?«, fragte Sforza, von diesem stetigen Stimmungswechsel verwirrt.

»Jetzt möchte ich mich zusammen mit Euch mit Blut bedecken«, antwortete sie. Und ihre Augen waren wirklich furchteinflößend.

69. Die schleichende Angst

Herzogtum Mailand, Arengo

A ber ich sage Euch, dass Francesco Sforza übermäßig viel Macht ansammelt, eine Macht, die für uns bald fatal sein wird«, brüllte Pier Candido Decembrio vor den achthundertneunundneunzig Mitgliedern des Generalrats und den vierundzwanzig Hauptmännern zur Verteidigung der Freiheit. »In gut einem Monat hat er Maleo, Codogno und San Colombano al Lambro erobert, für Letzteres hat er bloß zwölf Tage gebraucht. Und Pavia hat sich ihm unterworfen und sich aus der Republik gelöst. Was ich Euch sage, ist wahr, der Kastellan Matteo Marcagatti hat ihm, aufgehetzt von der Schlange Agnese del Maino, sogar den Titel Graf von Pavia verliehen und damit eine Autorität, legitim oder nicht, die ihm einen politischen Aufstieg jenseits des Militärs erlaubt. Seien wir also vorsichtig, meine Freunde«, schloss der erfahrene Ratsherr in fast väterlichem Ton. »Wir haben Francesco Sforza das Kommando übertragen, möge Gott verhüten, dass ausgerechnet er es uns abnimmt.«

Pier Candido Decembrio schwieg. Sein Blick schweifte durch den Raum, befragte stumm die anderen Mitglieder der Versammlung. Er wusste sich im Recht.

Von den Sitzen des Generalrats der Neunhundert erhob sich jemand. Pier Candido Decembrio erkannte ihn sofort: Es war Arrigo Panigarola, ein geiziger Bankier und skrupelloser Mann, der überzeugt war, diese chaotische Situation, die sich wie eine Flut erhob und drohte, die gesamte Republik davonzuschwemmen, zu seinem Vorteil nutzen zu können.

Das scharf geschnittene Profil, der abschätzige Blick, die Entrüstung, die immer in den Worten dieses Raubvogels lag: All das schwächte die Stabilität dieser neuen Regierungsform. Pier Candido Decembrio wandte den Blick gen Himmel, weil er bereits wusste, was er nun hören würde.

»Mein edler Kollege, der Ratsherr Pier Candido Decembrio, der bis vor Kurzem noch einer der engsten Mitarbeiter des Herzogs Filippo Maria Visconti war und sich jetzt offenbar sehr um die Stabilität der Republik bemüht, wird von scheinbar ehrbaren Absichten angetrieben, die in Wahrheit jedoch mehrdeutig sind. Dass er ständig Sforzas Heldentaten aufzählt, macht aus ihm, meiner Meinung nach, einen potenziellen Feind dieser Stadt. Warum?«, sagte der Bankier und blickte mit seinen hellen Augen in die Runde, aber es war eine rhetorische Frage. »Nun, indem er den Söldnerhauptmann und seine Taten verherrlicht, enthüllt Decembrio nur zu genau seine Hoffnungen. Merkt Ihr nicht, wie er die sofortige neue Herrschaft eines Tyrannen herbeisehnt? Nach den Visconti die Sforza, scheint er zu sagen. Er bittet uns, vor den sicherlich beachtlichen Leistungen eines Condottiere zu erzittern, den die Republik beauftragt hat und den diese Republik jeden Augenblick wieder absetzen kann. Daher sage ich«, Panigarolas Worte hallten wie eine Mahnung im Raum, »hütet Euch vor Männern wie

Decembrio, denn wenn sie uns wie eine Kassandra vor zukünftigen Schrecken warnen, so weissagen sie etwas, das
ihnen nur allzu lieb wäre.«

Pier Candido Decembrio konnte sich nicht zurückhalten.
Dieser Depp hatte nichts begriffen. Sobald Panigarola fertig
war, attackierte er das Publikum, als wollte er es vernichten,
ein Wort nach dem anderen. »Freunde, Bürger, denn das
sind wir am Ende doch, ich antworte unverzüglich auf diese
lächerlichen Vorwürfe, und zwar um Euch Folgendes mitzuteilen: Es stimmt, ich war ein Berater von Filippo Maria
Visconti. Eben deswegen kenne ich diese Art Mann. Und ich
sage Euch, dass Francesco Sforza aus demselben Holz geschnitzt ist. Wieso hätte er sonst die einzige Tochter des
Herzogs geheiratet? Wie wäre es sonst möglich gewesen,
dass ein Mann wie Filippo Maria Visconti die Hand seiner
geliebten Bianca Maria ihm gegeben hat, wäre er nicht im
tiefsten Inneren seines Herzens davon überzeugt gewesen,
dass eben Francesco Sforza über die entsprechenden Voraussetzungen und Fähigkeiten verfügt, ihm nachzufolgen?
Gewiss, ich weiß, was Ihr mir sagen wollt, nämlich, dass der
Herzog zu seinen Lebzeiten, wann immer es ihm möglich
war, Sforza gezielt bekämpft hat. Aber ist das nicht vielleicht der größte Beweis der Wertschätzung, die er ihm ent-
gegenbrachte?« Nach diesen Worten machte Pier Candido
Decembrio eine Pause, damit seine Zuhörer die genaue Bedeutung seiner Worte erfassen konnten. Als er damit zufrieden war, hob er erneut an. »Ihr erinnert Euch sicher, wie er
sich gegenüber Carmagnola verhalten hat: Er hat ihm
Genua überlassen, und dann, als er befürchtete, er könne zu
mächtig werden, hat er ihn aufgegeben, sodass dieser aus
Rache in venezianische Dienste trat. Eine merkwürdige

Mischung aus Liebe und Hass, könnte man sagen. Und ich glaube, dass niemandem der Wert eines Mannes wie Carmagnola zu jener Zeit entgangen ist: der Held, der in der Schweiz triumphiert und alle verlorenen Territorien für das Herzogtum zurückerobert hatte. Und als er gegangen war, wie endete es? Erinnert Ihr Euch? Carmagnola siegte bei Maclodio und zwang das Herzogtum in die Knie. Warum ich Euch das sage? Weil Filippo Maria Visconti nur zwei Männern eine solche Aufmerksamkeit gezollt hat, und zwar den beiden, die ich gerade erwähnt habe. Deswegen schärfe ich Euch in diesem historischen Moment ein, die Entschlossenheit, die Fähigkeiten und die Gier von Francesco Sforza nicht zu unterschätzen. Die Siege schwächen seine Loyalität und erwecken in ihm eher den Wunsch, sich das zurückzuholen, was ihm seiner Meinung nach genommen wurde.« Er wartete, bis ihn alle ansahen, dann schloss er: »Und das, was ihm genommen wurde, Messeri, ist Mailand.«

Als Pier Candido Decembrio sich wieder hinsetzte, schien der gesamte Arengo unter einem Eispanzer zu liegen. Seine Worte schwebten mit der Kraft einer Prophezeiung in der Luft, und in der Stille spürte jeder der Anwesenden ihr kaum greifbares Gewicht auf seinen Schultern und auf allem, was sie ab jetzt noch leisten würden.

70. Der Löwe

Republik Venedig, Dogenpalast

E r ist ein Krieger«, sagte Niccolò Barbo, »ein Blick in seine Augen reicht, um zu verstehen, dass er ein erbarmungsloser Mann ist. In seiner Heimat wird er genau deswegen *sin caridad* genannt. Es heißt, dass es Alfons von Aragón wegen solchen Männern wie ihm schließlich gelungen ist, Neapel zu erobern. Allerdings erscheint er hier als Botschafter, als Vertrauter des Königs.«

Der Doge Francesco Foscari sah seinen Berater an. Von allen war Niccolò Barbo der Einzige, dem er trauen konnte. Seit sein Sohn Jacopo Geschenke von Filippo Maria Visconti angenommen hatte, hatte sich der gesamte Rat der Zehn gegen ihn gewandt. Mit Ausnahme eben von Niccolò. Dieses ruchlose Verhalten seines Sohnes widersprach der Promissione ducale, dem Amtseid. Nach vielen Bittgesuchen hatte sich mittlerweile natürlich alles wieder beruhigt, und sein Sohn lebte im Lehen von Zelarino im Exil. Doch der Doge wusste, dass sein Ansehen stark gelitten hatte und dass er nun ganz besonders seine zukünftigen Züge abwägen musste. Daher wurde dieses Bündnis mit Alfons von Aragón mit extremem Misstrauen betrachtet, besonders von Francesco Loredan, der vom Rat der Zehn aus das Dogenamt fest im Blick hatte.

Francesco Foscari war so müde. Und er sah dieselbe Erschöpfung in Niccolòs Blick. Die Jahre waren für beide vergangen, und dieser immer noch andauernde Krieg gegen Mailand hatte sie aufgerieben. Venedig hatte gerade eine Pest überstanden, die enorm viele Leben gekostet hatte. Aber die Stadt konnte sich nicht geschlagen geben. Nicht in einem solchen Moment. Er war Niccolò dankbar für dessen Treue und die seiner gesamten Familie. Seine Frau trug den Namen Condulmer, der Familie, die durch die Wahl von Gabriele zum Pontifex so viel für diese Stadt getan hatte. Doch nun war der Papst tot und Rom in den Händen eines Genuesen: Tommaso Parentucelli, der den Papstnamen Nikolaus V. angenommen hatte. Daher konnte Venedig nicht mehr wie früher mit der Unterstützung des Kirchenstaates rechnen. Cosimo de' Medici hatte heimlich die Seiten gewechselt und unterstützte nun Sforza. Gewiss, er tat es mit großer Heimlichkeit, aber alle wussten, zu wem der Florentiner tendierte. Wenn Venedig also noch darauf hoffen wollte, siegreich aus dem Konflikt mit Mailand hervorzugehen, das in diesen Tagen selbst eine große Krise durchmachte, so war ein Bündnis mit dem Königreich Neapel, gelinde gesagt, entscheidend.

»Hoffen wir, dass er nicht nur gnadenlos ist, sondern auch ein Mann, der zu seinem Wort steht. Er ist immerhin ein spanischer Soldat, der für seinen König kämpft. Keiner dieser verdammten Söldner!« Der Doge sprach das letzte Wort wie einen Fluch aus. Wie sehr er sie hasste. Berufssoldaten, zum Teufel! Wären sie das wirklich, hätten sie einen Ehrenkodex, eine Moral. Stattdessen waren sie nichts anderes als ein Haufen Marionetten, bereit, beim kleinsten Windhauch die Fahne zu wechseln.

»Lasst ihn eintreten«, sagte er schließlich, »sehen wir mal, was dann geschieht.«

Don Rafael hatte noch nie etwas Vergleichbares gesehen. Nicht einmal am Hof des Rey. Der Doge stand vor ihm, prächtig gekleidet: ein Gewand voller Stickereien und Arabesken, der lange Umhang aus Goldbrokat, die mit Perlen und Smaragden besetzte Kopfbedeckung mit der versteiften Spitze und hinter ihm an der Wand ein großes Schild mit dem Wappen der Patrizierfamilie der Foscari, im linken oberen Viertel ein Löwe auf rotem Grund, das rechte silbern und die untere Hälfte komplett golden. Zu beiden Seiten des Dogen befanden sich acht große, scharlachrote Banner mit dem Markuslöwen und acht silberne Trompeten. Der Saal war mit raffinierten Fresken ausgeschmückt, und die Möbel aus kostbarem Holz verliehen ihm eine strenge und zugleich elegante Atmosphäre.

Don Rafael trat vor und kniete nieder, er wartete, bis der Doge von Venedig ihm erlaubte, sich zu erheben.

Die Erlaubnis kam prompt. »Messer Cossin Rubio, ich bitte Euch, steht auf«, sagte der Doge ruhig.

Als er den Blick hob, bemerkte der Hidalgo, dass in einer Ecke des Saals noch ein Mann stand. Er trug die Toga der Mitglieder des Rates der Zehn.

»Messer Niccolò Barbo, venezianischer Edelmann und mein vertrauter Berater«, erläuterte der Doge.

Der Hidalgo und der Patrizier nickten einander zum Gruß zu.

»Nun, Messer Cossin Rubio, nach dem, was mir meine Spione berichten, seid Ihr ein Mann von großen Fähigkeiten und dem Rey von Aragón absolut loyal, sein enger

Freund und ein Schwertkämpfer, der keinen Gegner fürchtet.«

»Euer Ehren sind wohlinformiert«, antwortete der Hidalgo, dabei konnte er ein gemeines Grinsen, es könnte auch ein Lächeln gewesen sein, nicht verbergen.

»Sicherlich! Sonst wäre ich nicht der, der ich bin«, stellte der Doge unverzüglich klar.

»Natürlich«, stimmte der Aragonese zu.

»Nun, Messer Cossin Rubio, werde ich ohne weiteres Zögern direkt zum Punkt kommen.«

»Sehr gern.«

»Gut.« Der Doge nickte, erleichtert, dass sein Besucher keine Zeit verschwenden wollte. »Euch ist sicher bekannt, dass Francesco Sforza kürzlich von der neu gegründeten Aurea Repubblica Ambrosiana von Mailand zum Generalhauptmann ernannt worden ist. Ihr wisst sicherlich auch um die militärischen Fähigkeiten eines Mannes wie Sforza.«

»Das alles ist mir tatsächlich bekannt.«

»Großartig. Euch ist wahrscheinlich auch bewusst, dass der Mailänder Hauptmann Florenz auf seiner Seite hat, das ihn durch die Medici-Bank unterstützt, da der Krieg ja aller möglichen finanziellen Mittel bedarf. Darüber hinaus ist auch der Kirchenstaat, in Person des Papstes Nikolaus V., anscheinend nicht gegen ihn, zumal Sforza kürzlich auf die Marken verzichtet und sie dem Pontifex abgetreten hat. Im Lichte all dessen werdet Ihr also verstehen, dass es unsere Pflicht ist, mehr noch als unser Interesse, die Kräfte zu vereinen, um Mailand daran zu hindern, wieder zu dieser Supermacht zu werden, die es unter der Dynastie der Visconti gewesen ist.«

»Euer Ehren, ich stimme zu. Andererseits wünscht mein Herrscher nicht, so bald in den Krieg einzutreten: Erst vor einigen Jahren hat er Neapel nach einem zwanzigjährigen Krieg in der Terra di Lavoro erobern können. Ihr werdet sicher verstehen, dass er keinen neuen Konflikt wünscht, sondern in diesem Kampf abseits stehen will.«

»Alfons der Großmütige strebt also nicht nach dem Herzogtum Mailand?«

»Es gab eine Zeit, in der, dank seiner Freundschaft zu Filippo Maria Visconti, diese Eroberung beschlossene Sache zu sein schien, eine Annexion, die rechtlich der Krone von Aragón zusteht. Aber ich war auf den Zinnen des Castello di Porta Giovia und habe gesehen, wie die Stadt auf die bloße Vorstellung davon reagiert hat.«

»Wie?«, fragte der Doge.

»Mit ungeheuerlicher Wut. So ungeheuerlich, dass meine Männer und ich die Burg aufgegeben haben.«

»Ich verstehe.«

»Nun, Euer Ehren, wenn Ihr das versteht, so werdet Ihr auch gut verstehen, warum mein König in diesem Moment keinerlei Absicht hat, sich offen gegen die Aurea Repubblica Ambrosiana zu stellen. Ich sage nicht, dass ein Bündnis mit Venedig nicht möglich sei, im Gegenteil, aber Alfons von Aragón möchte schrittweise vorgehen.«

Der Doge seufzte. Das Gespräch entwickelte sich nicht gerade so, wie er es sich erhofft hatte. »Glaubt Ihr, dass Euer Herrscher ein Treffen auf neutralem Territorium in Betracht ziehen würde?«

»Was bedeuten würde?«

»In der Burg eines guten Freundes. In Ferrara. Am Hof von Leonello d'Este.«

»Das könnte ein perfekter Anfang sein.«

»So lasst uns hoffen, dass unser Einvernehmen nur aufgeschoben ist.«

»Ich glaube, dass es genau so ist, mio Signore«, bestätigte Don Rafael.

»Also abgemacht«, sagte der Doge und stand auf. »Ihr seid ein Krieger. Um Euch auf beste Weise zu verabschieden, bitte ich Euch, diese Gabe anzunehmen.« Auf ein Zeichen des Dogen trat sein Berater zu Don Rafael und reichte ihm ein Schwert, dessen Parierstange und Korb kunstvoll geschmiedet waren. »Es ist eine Schiavona, hergestellt von den Meisterwaffenschmieden aus Belluno. Ich bin überzeugt, dass Ihr ihre Kraft und ihre Balance, die sie, gelinde gesagt, einzigartig machen, schätzen werdet.«

Beim Anblick dieses Meisterstücks konnte Don Rafael, der Schwerter über alles liebte, seine Gefühle nicht verbergen. Als er es aus der Scheide zog, staunte er über den vollkommenen Glanz der Klinge. Es war ein wirklich beeindruckendes Schwert, das Kraft und Charakter brauchte, um aufs Beste eingesetzt zu werden.

Don Rafael steckte es wieder in die Scheide und kniete nieder: »Euer Ehren, ich bin Euch zutiefst dankbar für die große Ehre, die Ihr mir zuteilwerden lasst, und auch für die Schönheit dieser Gabe. Ich werde sie gut nutzen«, sagte er mit dem Anflug eines Lächelns.

»Sehr gut. Ich hoffe also, dass dies, wie gesagt, ein guter Anfang ist. Als weitere Garantie«, fuhr der Doge fort, »hier ein Geschenk von mir an El Rey.« Und mit diesen Worten reichte Francesco Foscari Don Rafael eine kostbare lackierte Holzschatulle. »Sie enthält ein elegantes Armband aus venezianischen Perlen in Gold und Rot.«

»Mein Herr, El Rey wird begeistert sein.«

»Sehr schön«, erwiderte der Doge. »Und nun, mein Freund, hoffe ich, Euch bald wiederzusehen. Sagt Eurem Rey, dass Venedig ungeduldig darauf wartet, ihn am Hof von Ferrara zu treffen.«

»Ich werde es ihm ausrichten.«

»Und nun geht. Vor Euch liegt eine lange Reise«, schloss Francesco Foscari.

1448

71. Ein unvorhersehbares Einverständnis

Republik Venedig, Rivoltella del Garda

F rancesco Sforza war meilenweit geritten. Die lombardische Ebene war zu einem einzigen Trümmerfeld aus Asche und Stoppeln geworden, die geplünderten Dörfer nur noch Schutthaufen, in einem Krieg, aus dem ein klarer Sieger hervorgegangen war: er selbst. Aber es genügte nicht. Trotz des Triumphes in Caravaggio vor einem Monat hatten die Venezianer weiter Widerstand geleistet, auch wenn jetzt der Augenblick der Wahrheit gekommen war, denn Händler, die sie waren, hatten sie ihm ein Treffen vorgeschlagen, um eine Vereinbarung zu unterzeichnen, die offenbar auf Frieden oder wenigstens einen Waffenstillstand abzielte.

Er ritt seit vielen Stunden. An seiner Seite der unvermeidliche Braccio Spezzato und Pier Brunoro. Die Hufe ihrer inzwischen müden und schäumenden Pferde klopften dumpf auf die Straße. Ein dreckiger Regen voller Asche der Feuer fiel unablässig, und jetzt, gegen Abend, wehte ein kalter Oktoberwind. Er konnte es kaum mehr erwarten anzukommen, und als sie in Rivoltella del Garda einritten, auf die Kirche San Biagio zu, fragte Francesco sich, wie verrückt sie inzwischen waren.

Dieser ewige Parteienwechsel laugte ihn aus. Er war gezwungen, ständig Aufträge anzunehmen, wohl wissend, dass er sich nach spätestens einem Jahr höchstwahrscheinlich auf der anderen Seite des Schlachtfeldes wiederfinden würde und gegen die kämpfen würde, die vorher noch seine Verbündeten gewesen waren. Was war das für ein Krieg? Was war das für eine Welt? Soldaten wurden für die Eitelkeit der gierigen und kleinkarierten Herrscher auf die Schlachtbank geschickt, während sie selbst sich davor hüteten, sich die Hände schmutzig zu machen und die Drecksarbeit an solche wie ihn delegierten. Und um diese Wünsche und Ambitionen zu befriedigen, wurden Männer wie Piccinino, Malatesta, Gonzaga, Colleoni getötet, verrieten Prinzipien, Ideale, Überzeugungen. Gewiss, manche von ihnen verdienten sich Territorien und Dukaten, aber schafften sie es dann überhaupt, das bisschen, was sie beiseitegeschafft hatten, zu genießen? Er hatte jetzt ein gewisses Alter erreicht, der Wein und der Sex hatten nicht mehr dasselbe Aroma. Francesco sehnte den Frieden herbei, genau wie die Venezianer. Doch er befand sich gerade am Wendepunkt des Krieges, denn, um ehrlich zu sein, war das Ziel dieses Treffens klar: eine Vereinbarung mit Venedig zu unterzeichnen, um Unterstützung zur Eroberung von Mailand zu erhalten.

Erobern: Er hasste dieses Wort. Als hätte er seine Tapferkeit nicht zur Genüge unter Beweis gestellt mit all dem vergossenen Blut, den Wunden, deren Narben sich wie eine Gravur auf seiner Haut wanden, den Demütigungen, den Niederlagen, den Siegen. Und doch verhinderte das Schicksal, dass er Mailand betrat: zunächst, weil diejenigen, die ihn beauftragt hatten, sich nicht einmal die Mühe machten, ihm die Stadt anzubieten, weil sie wie Blutsauger alles Leben aus ihr saugen wollten; jetzt natürlich, weil man ihn als Verräter ansehen würde. Das hieß also: weitere Schlachten, Kampf, Zerstörung, Hinterhalt, Feuer, Schmerz.

Er wollte aufhören.

Während ihn noch diese düsteren Gedanken quälten, erreichte er den Kirchplatz. Francesco stieg ab, zusammen mit seinen Sekundanten, und befahl seiner Eskorte mit einer Kopfbewegung, den Platz zu kontrollieren. Ohne weitere Zeit zu verlieren, ging er zum Haupteingang, öffnete die Kirchentür und trat mit seinem Gefolge ein.

Niccolò Barbo wartete neben dem Altar. Er wusste, dass Sforza riesig war, groß, breitschultrig, mit entschlossenem Blick, daher erkannte er ihn sofort, als er eintrat. Es waren also keine Märchen; der Mann, der auf ihn zukam, entsprach exakt den Geschichten, die man von ihm erzählte.

Er wartete, bis er am Altar war. Dann grüßte er ihn mit einem Nicken, das eine gewisse Kälte verriet. Er wusste nicht, was ihn erwartete, und Sforzas Kommen mit zwei seiner Stellvertreter zeigte eine wenn nicht kämpferische, so doch eine nicht wirklich freundliche Einstellung.

»Ich bin so schnell gekommen, wie ich konnte«, sagte der Hauptmann, »ich nehme an, Ihr seid der ehrenvolle Niccolò Barbo, Vertrauter und Berater des Dogen.«

»Richtig vermutet, Hauptmann.«

»Graf, um genau zu sein. Ihr erinnert Euch, dass Pavia mir vor einem Jahr den Titel verliehen hat.«

»Graf!«, bestätigte Barbo, der keine Lust hatte, sich mit Sforza zu streiten, obwohl Scaramuccia da Forlì, Generalhauptmann der Armee der Terraferma, dem Mailänder einen feurigen Blick zuwarf.

»Ich sehe Michele Attendolo gar nicht bei Euch«, setzte Sforza noch einen drauf.

Er wusste natürlich ganz genau, wie es dem Condottiere nach der Niederlage von Caravaggio ergangen war, aber er wollte es von ihm hören, um zu sehen, wie schwer es diesem Diplomaten fallen würde, das zuzugeben, was er bereits wusste.

»Nach Eurem überwältigenden Sieg hat die Serenissima, wie Ihr sicherlich wisst, den Hauptmann abgesetzt und in der Festung von Conegliano eingesperrt. Wieso provoziert Ihr mich eigentlich fortwährend?«, fragte Niccolò Barbo direkt, der dieses Verhaltens müde wurde.

Francesco Sforza hob die Hände: »Ich bitte um Verzeihung, Messere, ich wollte niemanden beleidigen. Ich habe Michele Attendolo immer geschätzt, diese unschuldige Frage könnt Ihr daher auf meine Erschöpfung schieben.« Und damit erlaubte sich Sforza ein Grinsen.

Barbo akzeptierte auch diese Provokation und ließ es dabei bewenden. Er spürte, dass Scaramuccia nicht geneigt war, es ebenso zu halten, daher ergriff er seinen Arm und hielt ihn zurück. Er kam direkt zum Thema: »Messer Sforza, als Graf von Pavia und einer der besten Condottieri unserer Zeit, frage ich Euch, ob Ihr das Kommando der Armee der Terraferma der Republik Venedig übernehmen wollt. Dafür bieten wir Euch eine jährliche Zahlung von dreitausend Golddukaten pro Monat, dazu ein Kontingent von sechstausend Rittern und dreitausendzweihundert Fußsoldaten. Ihr könntet also Mailand mit der Hilfe Venedigs erobern. Im Gegenzug blieben Brescia, Bergamo, Crema und Ghiara d'Adda der Serenissima. Hier«, schloss Barbo, »steht alles Schwarz auf Weiß mit dem Siegel des Dogen.« Damit überreichte der Venezianer Sforza ein Aktenbündel. »Ihr habt Zeit genug, es von Euren Beamten lesen zu lassen, damit sie die Bedingungen darin für Eure spätere Zustimmung erfassen.«

»Ich werde tun, was Ihr vorschlagt, aber wenn das, was Ihr gesagt habt, stimmt, und ich habe keinen Grund, daran zu zweifeln, wird es schnell gehen.«

»Wir zählen darauf.«

Niccolò Barbo und Francesco Sforza gaben einander die Hand, um zu bestätigen, dass dieser Pakt wohl gebilligt werden würde. Scaramuccia sah Braccio Spezzato und Pier Brunoro feindselig an, aber dieser Blickwechsel war nichts weiter als kriegerische Ordnung.

Venedig hatte soeben Francesco Sforza gebeten, Mailand zu erobern, um ihn dann zum Herzog zu krönen.

72. Eine Frage der Perspektive

Republik Florenz, Palazzo Bartolini Salimbeni

osimo hatte noch nie etwas Ähnliches gesehen. Nicht einmal in seinen geheimsten Träumen hatte er vor einem Triptychon von solch figurativer Kraft gestanden. Die Formen, die Farben, die Dynamik der Figuren raubten einem schier den Atem. Seine Bewunderung war so offensichtlich, dass Leonardo Bartolini Salimbeni ein Lächeln nicht mehr unterdrücken konnte und noch weniger seine eigene Zufriedenheit.

»Maestro, dieses Mal habt Ihr Euch wirklich selbst übertroffen«, verkündete er.

Paolo Uccello betrachtete die beiden Männer vor ihm, die ganz im Bann des großen Werkes standen, dem er vor zehn Jahren seine gesamte Zeit gewidmet hatte. Er war kein Mann, der leicht zu begeistern war, aber mit dieser Arbeit war er zufrieden, Cosimo erkannte es deutlich. In dem Moment, in dem er sich in diesem unendlichen Wunder verlor, wusste der Herrscher von Florenz plötzlich genau, dass dieses Triptychon früher oder später seiner Familie würde gehören müssen. Er würde es kaufen, vielleicht nicht jetzt, vielleicht nicht einmal er selbst, aber die Medici mussten es einfach haben.

Es war so umwerfend, dass er gar nicht wusste, wohin er schauen sollte. Im ersten Bild sah er Niccolò da Tolentino, der mit gezücktem Schwert den ersten Angriff zu Beginn der Schlacht von San Romano anführte. Hinter ihm ein Wald erhobener Lanzen, florentinische Ritter in Rot und Gold, die Fahnenjunker, die Trompeter und das gesamte Heer von Florenz. Auf der anderen Seite die Sienesen in Schwarz und Gold. Am Boden bildeten ein erschlagener Ritter und eine Unmenge von zerbrochenen Lanzen und Schwertern eine Art perspektivisches Gitter, das dem Gemälde eine überraschende Tiefe verlieh, die im oberen Teil noch verstärkt wurde, wo über früchtetragenden Hecken zwei Ritter nebeneinander die Straße entlangritten, um Verstärkung zu holen, die Florenz den Sieg bringen würde.

»Das hier ist das Gemälde, mit dem ich am zufriedensten bin«, erläuterte Paolo, »auf dem habe ich versucht, den Moment darzustellen, in dem Bernardino della Ciarda aus dem Sattel geworfen wird. Die Lanze, die ihn durchbohrt, ist ein Fest der Farben, an dem ich Tag und Nacht ohne Unterlass gearbeitet habe. Ich hoffe, dass Euch das Ergebnis gefällt, denn ich habe wirklich mein Herzblut hineingegeben.«

»Ich gebe zu, Mastro Paolo«, sagte Leonardo, »dass ein Werk wie dieses Florenz feiert wie noch keines zuvor. Auch die Szene, in der die Ritter von Niccolò da Tolentino sich rechts auf die Feinde stürzen, ist wirklich beeindruckend.«

»Erstaunlich«, fügte Cosimo hinzu, »ist auch der Einsatz der Lanzen an den Bildrändern, wie eine Art Theaterkulisse, in der sich die Szene abspielt. Das weiße Pferd von Bernardino, das Braun der Rüstung, das Blau und Rot der Sättel,

Zügel und des Zaumzeugs: Paolo, Ihr habt eine Welt zum Leben erweckt und durch Eure einzigartige und unnachahmliche künstlerische Sensibilität auf außergewöhnliche Art interpretiert.«

»Ich würde es hier und heute Messer Leonardo abkaufen, wenn er dazu ...«

»Es steht nicht zum Verkauf«, erwiderte derjenige auffallend hastig, was seine feste Entschlossenheit verdeutlichte, dieses Meisterwerk unbedingt zu behalten.

»Auch nicht, wenn ich Euch dreißigtausend Fiorini anbiete?«

Paolo konnte es kaum glauben. »Ist es Eurer Meinung nach so viel wert?«

»Sehr viel mehr«, sagte Cosimo, ohne zu zögern.

»Nicht einmal, wenn Ihr mir hunderttausend anbötet«, antwortete Leonardo, der langsam die Geduld verlor.

Cosimo hob die Hände. »In Ordnung, in Ordnung, verzeiht, ich wollte es weder an Respekt fehlen lassen, noch aufdringlich werden.« Innerlich verfluchte er sich jedoch, weil er es nicht geschafft hatte, sich noch einmal Paolos Dienste für ein solches Werk zu sichern. Selbst das großartige Reiterstandbild von Giovanni Acuto schrumpfte in seiner schier umwerfenden Schönheit im Vergleich zu dem, was er hier vor sich sah.

»Mal etwas anderes«, sagte Paolo, in dem Versuch, Cosimos Aufmerksamkeit abzulenken und Leonardo zu beruhigen, »mir ist zu Ohren gekommen, dass Francesco Sforza schließlich den Bitten Venedigs nachgegeben und sich der Serenissima angeschlossen hat.«

»Ich denke mal, die Abmachung sollte eigentlich geheim bleiben«, antwortete Cosimo scherzhaft.

»Nun, es kursieren Gerüchte in Florenz, die selbst dem unaufmerksamsten Zuhörer nicht entgehen.«

»Wenn es denn so ist, so stehen wir mit einem Schlag an der Seite derer, die anscheinend die Brücken zu uns abgebrochen haben: Venedig«, bemerkte Messer Leonardo.

»Das ist nur zu wahr«, bestätigte Cosimo, »und ich freue mich als Erster darüber. Auch wenn ich Euch, meine Freunde, bitte, über eine Sache nachzudenken: Da ich Francesco Sforza gut kenne, ist in den letzten Tagen in mir die Überzeugung gereift, dass der Mailänder Hauptmann sich der Serenissima nur bedient, um Mailand zu erobern, aber es bedeutet auf keinen Fall, dass er, wenn er erst einmal Herzog geworden ist, sich nicht genauso verhält, wie es Filippo Maria Visconti bis vor einem Jahr getan hat.«

»Ihr glaubt also, dass wir Zeugen des Ränkespiels von Francesco Sforza werden, der Mailand erobern will, um sich dann erneut gegen Venedig zu wenden?«

»Ich habe natürlich keine Beweise. Ich will damit nur sagen, dass die Bündnisse von heute nicht zwangsläufig die von morgen sein müssen. Ich werde versuchen, deutlicher zu werden«, fuhr Cosimo fort, ohne eine gewisse Theatralik in dem, was er sagen wollte, zu verbergen. »Seht hier«, er zeigte auf das dritte Gemälde von Paolo, »wer ist auf diesem großartigen Bild dargestellt?«

»Micheletto Attendolo da Cotignola«, antwortete Paolo prompt.

»Ein Sforza, Francescos Cousin«, erläuterte Messer Leonardo.

»Sehr gut«, bestätigte Cosimo, »und jetzt erlaube ich mir eine Interpretation und erwarte dazu Paolos Antwort. In dieser Szene sehen wir nicht einen Augenblick während der

Schlacht, sondern den Moment davor, die Vorbereitung. Das stimmt umso mehr, wenn man an eine Angelegenheit von entscheidender Bedeutung denkt: In San Romano wurde Florenz fast von Siena besiegt, doch Micheletto wartete und kam erst, als die Sienesen, wenn auch im Vorteil, am Ende ihrer Kräfte waren, und mit einem unerwarteten, heftigen Angriff fegte er sie weg. Dies ist eine bedeutende Vision der Schlacht in ihrer Gesamtheit, Strategie, Vorbereitung, und Paolo hat gut daran getan, ausgerechnet Micheletto die Rolle des Strategen zu verleihen. Er ist eindeutig der Kopf dieser Schlacht, nicht Niccolò, der deren Herz ist, die großzügige Seele, die sich in den Angriff stürzt. Damit will ich sagen, dass es eben schon immer typisch für die Sforza war, über die Fähigkeit zu verfügen, zu beobachten und einen Plan mit einem hochgesteckten Ziel zu erarbeiten, der weit über die zufällige Unmittelbarkeit hinausgeht. Aus dieser Perspektive ist Francesco Sforza sicherlich derjenige seiner Familie, der am weitesten blickt. Aus diesem Grund glaube ich, dass er sich Venedigs nur bedient, um Mailand zurückzuerlangen. Er hat keinerlei Absicht, ein längerfristiges Bündnis aufzubauen. Machen wir uns also keine Sorgen, eventuell auf der falschen Seite zu stehen. Ich habe mir gedacht, dass Florenz in Mailand und in Sforza einen Verbündeten haben kann, der uns vor den Ambitionen Venedigs beschützt, und ich glaube weiterhin daran. Was wird nach der Eroberung Mailands passieren? Das weiß niemand. Ich wünsche mir eine Friedenszeit.«

»Und nicht bloß Ihr allein, glaubt mir«, bestätigte ihm Messer Leonardo.

»Und, Paolo? Habe ich das richtig gedeutet?«, drängte

Cosimo den Künstler, weil er wissen wollte, ob er recht oder unrecht hatte.

Der Maler sah den Medici bewundernd an. »Es ist genau, wie Ihr sagt«, stimmte er zu. »Es war meine Absicht, auf diesem dritten Bild die Spannung vor der Schlacht darzustellen, das heißt bevor Micheletto sich mit seinen Männern in den Kampf stürzt, um Niccolò zu helfen, die Sienesen zu besiegen. Einerseits wollte ich den Condottiere in der Mitte, andererseits weckt das, was hinter seinem Rücken geschieht, die Aufmerksamkeit.«

»Und deswegen habt Ihr bei den Rüstungen Silber benutzt, für einen fast reflektierenden Spiegeleffekt, der, so wie Ihr gesagt habt, den Blick einfängt.«

»Genau.«

»Nun, Messer Leonardo, das wird Florenz tun. Als Verbündete von Francesco Sforza sollte die Stadt das aktuelle Geschehen im Auge behalten und das eigene Ziel strategisch planen. Wir verfügen nicht über die Macht von Venedig, Neapel oder auch dem Papst. Deswegen müssen wir vorsichtiger und aufmerksamer sein als die anderen.«

»Messer Cosimo«, sagte Leonardo Bartolini, »ich habe Eure Absicht vollkommen verstanden. Ich glaube, dass es klug gewesen ist, das Bündnis mit Sforza einzugehen, denn es stimmt, dass das Gleichgewicht immer wieder neu ausgehandelt und verändert werden muss, damit es für die Feinde schwierig zu durchschauen ist.«

»Besser hätte ich es nicht sagen können!«, antwortete Cosimo. »Und das erklärt auch, wieso es Euch gelungen ist, mir mit großer Intelligenz dieses Meisterwerk wegzuschnappen«, ergänzte er und deutete auf Paolos unglaubliches Triptychon.

»Na, Messer Cosimo, ab und zu verliert eben sogar Ihr!«, rief Leonardo Bartolini herzlich aus.

»Natürlich. Aber das bedeutet nicht, dass es mir gefällt«, schloss Cosimo.

»Los, gehen wir in den Garten«, forderte Paolo die zwei auf, »ich muss zugeben, dass er der beste Teil dieses wenngleich durchaus beachtlichen Hauses ist.« Ohne ein weiteres Wort ging er zum Hof, gefolgt von den anderen beiden.

73. Raffinesse bei Hofe

Markgrafschaft Ferrara, Castello Estense

Niccolò war zufrieden. Leonello d'Este behandelte ihn als Vertreter der Serenissima und Abgesandter des Dogen mit extremer Ehrerbietung, und er genoss diese Aufmerksamkeit und war gleichzeitig von der Kultiviertheit des Marchese erstaunt: Er war ein guter Redner, mit umfassenden Kenntnissen des Lateinischen und Griechischen, und makellos gekleidet.

Nicht, dass man sich keine Wunder über ihn erzählte und noch mehr über seine einzigartige Fähigkeit, in Ferrara einen echten Künstlerkreis aus Männern der Geisteswissenschaften und der Künste zu erschaffen. Unter ihnen allen stach Guarino Guarini durch seine Liebenswürdigkeit und seinen Witz hervor, und er begleitete sie gerade bei diesem wunderbaren Spaziergang durch die unglaublichen Säle des Schlosses. Guarino war von Leonello auf den Lehrstuhl für Rhetorik, Latein und Griechisch an der Universität von Ferrara berufen worden.

»Seht, Messer Barbo«, sagte der Magister, »dank der guten Werke meines Herrn hatte ich die Möglichkeit, eine Lehrmethode zu entwickeln, die geeignet ist, die gewohnheitsmäßige Trennung der Künste in Trivium und Quadrivium zu überwinden. Ich schlage meinen Studenten stattdessen ein dreiteiliges Programm vor, beginnend mit einem Grundkurs zur Aussprache und dem Studium der Konjugationen des Verbs, der Deklinationen der Nomen und Adjektive, kurz, der regelmäßigen Beugungen; einem zweiten, stärker grammatikalischen Teil zur Entwicklung der Methodologie und zum Studium der Syntax, der Ausnahmen, der Metrik, mit einem ersten Einblick ins Griechische, ohne die Vertiefung der Geschichte zu vergessen, und dann einem dritten und abschließenden Kurs zur Rhetorik, mit besonderer Beachtung von Cicero und Quintilian, um sich dann Platon und Aristoteles zu widmen.«

»Wirklich ein faszinierendes Programm«, stimmte Niccolò zu.

»Das freut mich«, erwiderte Guarino mit kaum verborgenem Stolz.

»Wisst Ihr, Messer Barbo«, sagte Leonello, »unter der Führung von Guarino bemühen wir uns in unserer Stadt darum, in der Markgrafschaft eine Kultur zu entwickeln, die der klassischen nahesteht, in der die politische Führung stabil und gerecht war und die das Ziel verfolgte, eine urbane Kultur zu fördern, die nicht nur den Wettbewerb, den Kampf, die Intrigen verhindert, sondern auch umfassende Kenntnisse zur Verbesserung der Lebensumstände vermittelt.«

Niccolò Barbo war voller Bewunderung. Es war vollkommen klar, dass Leonello genau den kultivierten und aufgeklärten Fürsten repräsentierte, der die Regel des ausgeglichenen Maßes vertreten würde, die ein Bündnis zwischen Venedig und Neapel begünstigte. Schließlich hatte der Doge ihn genau deswegen hierhergeschickt.

Leonello d'Este muss seine Gedanken erspürt haben, denn er fragte ihn: »Woran denkt Ihr, Messere?«

»Euer Ehren«, antwortete Messer Barbo, »ich dachte daran, dass Francesco Foscari, der Doge von Venedig, den ich heute vertrete, absolut recht hatte, das Treffen mit dem Boten von König Alfons von Aragón genau hier bei Euch, in Eurem Zuhause vorzuschlagen, denn es besteht kein Zweifel daran, dass die Ausgeglichenheit und die Fähigkeit zur Analyse, die ein Meister wie Guarino Guarini Euch lehren konnte, seltene Qualitäten sind und für eine Übereinkunft absolut entscheidend.«

»Die Fresken von Piero della Francesca illustrieren es, findet Ihr nicht?«

Niccolò Barbo nickte. Es war absolut wahr. Zum ersten Mal wurde ihm bewusst, dass diese stetige Anspannung zwischen Herren, Republiken und Herzogtümern nichts weiter brachte, als die Bürger zu erschöpfen und die unendlichen Wachstumsmöglichkeiten von Mailand, Rom, Florenz und auch Venedig zu ruinieren. Würde es ihnen doch nur gelingen, die Vorstellungen von Leonello d'Este und seinem Meister umzusetzen, dann wäre die Welt ein besserer und einfacherer Ort.

»Gewiss, ein weiterer Grund, und zumindest für mich der wichtigste, ist, dass Maria eine wunderbare Frau ist, es vergeht kein Tag, an dem ich nicht ihre Tugenden feiere. El Rey weiß genau, wie sehr ich seiner Tochter verbunden bin. Ich bete sie an, für ihre Intelligenz, ihre Bescheidenheit, ihre Empfindsamkeit«, verkündete Leonello.

Niccolò Barbo war beeindruckt davon, wie geistreich der Marchese die Angelegenheit angesprochen hatte, ohne dabei die Bedeutung seiner eigenen Rolle zu betonen.

»Auf, empfangen wir den Boten von Alfons von Aragón«, sagte Leonello schließlich. »Ihn warten zu lassen erscheint mir kein guter Anfang.«

Das Treffen begann unter den besten Voraussetzungen. Zunächst einmal hatte El Rey dieses Mal keinen Krieger geschickt, wie früher, sondern vertraute stattdessen einem Mann von Kultur und Diplomatie. Dieser Ruf eilte Diomede Carafa jedenfalls voraus. Und sobald der junge Mann zu sprechen begann, wussten alle, dass er seinem Ruf gerecht wurde.

»Euer Ehren, Signori«, sagte er, zunächst zu Leonello und dann zu Niccolò Barbo und Guarino Guarini, »ich überbringe Euch die Hochachtung meines Herrschers El Rey Alfons V. von Aragón, König von Neapel. Mir ist bewusst, wie wichtig dieses Treffen für das politische Gleichgewicht ist, umso mehr im Licht der neuesten Übereinkunft, die Venedig mit Francesco Sforza eingegangen ist. Es erfreut mich umso mehr, dass dieses Gespräch am Hof des Mannes stattfindet, der heute der kultivierteste der Herrscher Italiens ist, und es vergeht kein Tag, an dem mein König nicht Bewunderung für ihn ausdrückt sowie den Wunsch ihm nachzueifern, weswegen er sich mit Gelehrten umgibt wie Lorenzo Valla und Antonio Beccadelli.«

Guarino nickte bei diesen Worten, und Niccolò Barbo zeigte sich sehr zufrieden, weil Alfons von Aragón, anders als im vorigen Jahr, jetzt offen eine Übereinkunft anstrebte, im vollen Bewusstsein, dass es ein kolossaler Fehler wäre, sich als fremder Herrscher in Neapel in der Terra di Lavoro zu isolieren.

»Eure Worte lassen mich das Beste hoffen, Messere«, verkündete Leonello. »Im Übrigen reicht Venedig, und mit ihm Ferrara, Euch bereits seit einem Jahr die Hand. Oder täusche ich mich, mein Freund?«, ergänzte er, an Niccolò Barbo gewandt.

»Durchaus nicht, Euer Ehren. Ich war anwesend, als Rafael Cossin Rubio in den herzoglichen Palast kam und dem Dogen erklärte, dass das venezianische Angebot eines Bündnisses ernsthaft geprüft würde und es gut möglich wäre, dass es zu einem Bündnis kommen würde, welches die Serenissima vorbehaltlos wünscht.«

»Also, Signori«, sagte Diomede Carafa, »worum Ihr bittet, ist für meinen König so wichtig, dass er mir ein Angebot für eine Übereinkunft mitgegeben hat, das er von seinen Rechtsgelehrten hat aufsetzen lassen und das ich Euch nun zur Ansicht übergebe, damit Ihr es in Ruhe betrachten und eventuell ändern könnt, damit alle beteiligten Mächte dem gewünschten Bündnis zustimmen können.«

»Großartig«, stimmte Leonello d'Este zu, »findet Ihr nicht, Messer Barbo?«

»Ich hätte nicht mehr erhoffen können«, bestätigte der Venezianer.

»Nun denn, Signori, wenn das Eure Meinung ist, so ist wohl der Moment des gemeinsamen Abendessens gekommen. Meine Meisterköche haben etwas Besonderes vorbereitet. Außerdem können wir nun endlich auch weibliche Gesellschaft genießen, ich denke dabei vor allem an meine Frau Maria, die es gar nicht mehr erwarten kann, Nachrichten von ihrem Vater zu hören und von der Stadt, an der ihr Herz immer noch hängt: Neapel.«

»Ich werde ihre Neugier gern befriedigen. Ich hoffe bloß,

dass ich einer solchen Tafel gewachsen sein werde«, sagte Diomede Carafa scherzend.

Als er das hörte, lächelte Niccolò Barbo. Die Position von Venedig war jetzt viel stärker, ganz abgesehen davon, dass dieser junge Carafa ein Mann von herausragender Intelligenz war und ihm ausnehmend gut gefiel.

Dritter Teil

1450

74. Die Revolte

Herzogtum Mailand, Locanda alla Vigna – Palazzo del Broletto

Die Stadt war am Ende. Kriminelle Banden stürzten sich wie ausgehungerte Hunderudel auf die Überreste. Nicht wenige machten Jagd auf Katzen und Ratten, schlachteten sie, verkauften sie und verdienten sich eine goldene Nase. Der Naviglio Grande war rot vor Blut. Carlo Gonzaga, der Hauptmann, der inzwischen die Macht ergriffen hatte, hatte aus Mailand einen brüllenden Kampfplatz gemacht. Die Proteste wurden in Blut ertränkt. Hinrichtungen folgten ohne Pause aufeinander. Der Henker hieb Köpfe ab und vierteilte Körper. Auf der Piazza del Broletto wurden die Körperteile dann blutend ausgestellt. Aber die schlimmste Beleidigung, das Widerlichste an dieser Apokalypse war eine ganz konkrete Sache: Venedig hatte seinen Botschafter Leonardo Venier in die Stadt geschickt. Er hatte den Anführern eingeredet, dass die Aurea Republblica Ambrosiana sich der Serenissima ergeben sollte, um sich vor dem Zorn von Francesco Sforza zu retten.

Es war vollkommen inakzeptabel. Das wusste Gaspare da Vimercate, einer der wenigen Hauptmänner, die Sforza wohlgesinnt waren, sehr gut. Er hatte den Widerstand innerhalb der Stadt organisiert, indem er einige seiner Männer zusammenrief. Tag um Tag vergrößerten sich die Reihen seiner Banden. Dazu kam, dass es dank der Spione von Sforza und einer außergewöhnlichen Intuition von Bianca Maria ein Dutzend Männer des Condottiere in die Stadt geschafft und die Kontrollen der Wachen überwunden hatten. Auf diese Weise hatte Gaspare Nachrichten von Sforza erhalten, der mit seinen eigenen Soldaten vor der Porta Nuova wartete und Brot und Lebensmittel mitgebracht hatte, um sie an die Bevölkerung zu verteilen.

Braccio Spezzato lächelte Gaspare da Vimercate an. Sie saßen frühmorgens in der Locanda alla Vigna, die als Hauptquartier seiner Banden diente.

Die Februarkälte drang durch die Haut. Schneeflocken fielen langsam und legten sich auf das Eisen der Rüstungen und die Wolle der Kapuzen, und Braccio Spezzato war froh, sich an dem prasselnden Kaminfeuer aufwärmen zu können, während er dasaß und ein Glas Rotwein trank.

Ihm gegenüber saß Gaspare da Vimercate und berichtete ihm das Neueste. Die Stadt war ein Pulverfass, bereit zu explodieren. Die Bevölkerung war es leid, von lauter Anrechten auf die Nachfolge zu hören: Sie brauchten etwas zu essen. Der Rest zählte nicht.

»Wir müssen den Palazzo del Broletto einnehmen«, sagte er, »das erwarten sie nicht, weil sie glauben, Carlo Gonzaga habe die Rebellion zum Schweigen gebracht, aber so ist es nicht. Es ist der Moment gekommen, um anzugreifen.«

»Wenn wir das schaffen«, erwiderte Braccio Spezzato, »wird es für uns ein Leichtes sein, die Tore zu öffnen. Francesco Sforza wartet nur darauf, selbst in die Stadt einmarschieren zu können.«

»Ich vertraue meinen Männern.«

»Wie viele habt Ihr?«

»Pietro Cotta und Cristoforo Pagano und ihre Kompagnien. Dazu meine. Insgesamt dreihundert Mann. Glaubt mir, es sind mehr als genug. Aber es reichen viel weniger, auch weil zu viele Männer die Aufmerksamkeit der Miliz erregen würden. Wir müssen uns beeilen und umgehend handeln.«

»Dann tun wir das! Ohne auch nur noch einen Augenblick zu warten«, schloss Braccio Spezzato.

Sie blieben nicht vor dem Palazzo dell'Arengo stehen. Die Männer des Hauptmannes der Wache stellten sich ihnen entgegen, da man gut erkannte, was ihre Absicht war. Doch Gaspare da Vimercate, der seine Männer anführte, befahl, keine Gnade walten zu lassen, und im selben Augenblick schossen fünfzig Armbrustschützen ihre Pfeile ab und mähten die erste Reihe der Wache nieder.

Dann sah Gaspare zu Pietro Cotta und Cristoforo Pagano, die neben ihm standen. »Freunde, sobald wir den Eingang frei gemacht haben, haltet Ihr die Position, zusammen mit dreißig meiner Männer, während ich mit Braccio Spezzato und all den anderen in den Palazzo eindringe.« Die beiden nickten zustimmend.

Damit zog er das Schwert, lief voraus und stieß im Bogen zu. Eine Wache legte die Hände an die Brust und fiel auf den Bauch. Einen Augenblick später hörte Gaspare etwas neben sich vorbeizischen. Er sah nach rechts: Eine andere Wache hielt die Hände an den Hals. Ein Messer steckte dem Mann in der Kehle, aus seinem Mund drang ein erstickter Schrei. Dickflüssiges, dunkles Blut füllte seinen Mund, dann fiel er vornüber aufs Pflaster.

Gaspare drehte sich um und sah, wie Braccio Spezzato ihm zunickte. Er hatte ihm gerade das Leben gerettet. Er hatte den Feind von rechts nicht kommen gesehen, aber der Stellvertreter von Francesco Sforza hatte ihm, schnell wie der Blitz, einen der Dolche, die er an seinem Gürtel trug, entgegengeschleudert. Er bedankte sich mit einem Grinsen.

Dann lief er weiter, trennte Gliedmaßen ab, versetzte tödliche Wunden, bis er zusammen mit Braccio Spezzato und seinem Gefolge in den Hof des Palastes kam. Wie ein eiserner Keil spalteten sie die Reihen des Hauptmannes der Wache, der den Eingang um jeden Preis verteidigen wollte.

Sie sahen sich nicht um.

Sie betraten den Hof und liefen von dort unter dem Säulengang weiter, als wären ihnen die Höllenhunde auf den Fersen. Sie eilten hinauf in die Säle, auf der Suche nach den Hauptmännern, den Verteidigern der Freiheit. Nachdem sie die Beamten, Rechtsgelehrten und Bürokraten der Regierung, denen sie auf ihrem Weg begegneten, in die Flucht geschlagen hatten, rannten sie zum Saal des Arengo.

Dort angekommen sahen sie viele, die von diesen Holzbänken aus gegen Mailand gekämpft hatten. »Lasst sie in Ruhe«, donnerte Gaspare da Vimercate, »uns interessiert nur einer von ihnen! Verjagt die anderen von hier.«

Die Hauptmänner ließen es sich kein zweites Mal sagen, nahmen die Beine in die Hand und flohen. Nur ein einziger Mann wurde daran gehindert, sich zu entfernen. »Ihr!«, brüllte Gaspare und zeigte auf einen Adeligen, der bei seinem bloßen Anblick zu zittern begann. »Leonardo Venier.« Er sprach den Namen voller Wut und Abscheu aus. »Ihr habt das Unheil in diese Stadt gebracht! Euretwegen mussten wir alle die unerträgliche Qual der Umarmung des heiligen Markus und des heiligen Ambrosius erleiden! Aber so wahr ich Gaspare heiße, werdet Ihr jetzt mit Eurem Leben bezahlen.«

Damit stürzte er sich auf den venezianischen Botschafter und boxte ihn auf die Brust. Der Mann krümmte sich. Als Nächstes donnerte Gaspare ihm den Schwertgriff ins Gesicht. Sofort floss Blut über das Gesicht des Botschafters. Leonardo Venier brach auf dem Boden zusammen.

»Pah«, rief Gaspare aus und spuckte auf den Boden. Dann packte er den Mann an den Haaren und zerrte ihn wie einen Haufen Lumpen nach vorn zu seinen Männern.

Als er schließlich am Fenster zur Piazza del Broletto angekommen war, hob er den Botschafter hoch und schleuderte ihn hinaus.

Er fiel ins Leere und schrie verzweifelt. Unten schlug er auf dem Pflaster auf. Mit einem trockenen Knacken brachen die Knochen. Das Blut bildete eine große, dunkle Pfütze unter ihm.

Die Leute, die zusammengelaufen waren, sobald sie vom Angriff auf den Palazzo dell'Arengo gehört hatten, warfen sich auf die Leiche wie ein Schwarm Fliegen. Männer und Frauen brüllten und hieben auf den sterbenden Botschafter ein, bereiteten seiner Agonie ein Ende, indem sie ihn mit Äxten und Stöcken zu Brei schlugen.

Oben, im Saal des Arengo, hob Gaspare da Vimercate die Hände und brüllte: »Mailand, du bist frei!«, und die Menge, die sich langsam auf der Piazza darunter versammelte, machte ihn zum Helden, der sie vom Joch der verhassten Aurea Repubblica Ambrosiana befreit hatte.

75. Porta Nuova

Herzogtum Mailand, Porta Nuova

Sie warteten vor der Porta Nuova.

Es hieß, dass Mailand gegen die Besatzer rebelliert hatte. Die von Hunger und Elend erschöpften Bürger hatten sich erhoben. Francesco Sforza hoffte, dass Braccio Spezzato es geschafft hatte, Gaspare da Vimercate und seine anderen Kameraden in ihren kriegerischen Absichten zu bestärken. Francesco zitterte. Er, der üblicherweise kühl und gefasst war, konnte dieses Mal seine Gefühle nicht unterdrücken. Die eisige Februarkälte erinnerte alle daran, wie hart die letzten Monate gewesen waren, in denen sie die gleichzeitigen Angriffe der Mailänder und Venezianer abwehren und die Pässe von Trezzo und Brivio besetzen mussten, damit die beiden Feinde sich nicht zu einem großen Bündnis vereinen konnten.

Und jetzt war er da, mit seinen Männern, und wartete, dass das große Tor mit den riesigen Flügeln geöffnet würde. Mailands Stadtmauern waren majestätisch: Dreißig Fuß hoch, darüber ragten beeindruckende Türme weitere vierzig Fuß hoch. Von unten gesehen wirkte das Schilderhaus sogar noch uneinnehmbarer.

Auch Bianca war nun bei ihm, nachdem sie vor erst zwei

Monaten ihr drittes Kind zur Welt gebracht hatte. Bianca hatte keine Angst vor nichts und niemandem. Sie war immer an seiner Seite, und auch in diesem Augenblick sah sie ihn an, mit derselben Wut in ihrem Blick, da sie beide im tiefsten Inneren wussten, dass sie jetzt kurz davorstanden, sich diese Stadt, die ihnen von Rechts wegen zustand, endlich wieder zurückzuholen. Es war Filippo Maria Visconti selbst gewesen, der sie ihnen mit der Hochzeit übergeben hatte, zunächst gern, dann widerwillig, nur damit der Fortbestand der Dynastie gesichert war.

Bianca Maria war die Verbindung, die Letzte der Visconti.

Und nun, verliebt und voller Angst, Erwartungen und Hoffnung, betrachteten sie sich in der kalten, neblig weißen Luft, während Hunderte von Kriegern um sie herum auf das Signal warteten, um endlich die Stadt zu betreten.

Doch Bianca Maria war sich sicher, dass es nicht mehr lange dauern würde.

Sie betrachtete, direkt hinter sich, die Männer, die sie begleitet hatten. Sie trugen keine Schwerter, sie trugen keinerlei Rüstung, keine Kettenhemden oder -hauben, sondern Kiepen und Körbe voller frischem Brot: Sie hatte es von Bäckern in Pavia backen lassen, um es der inzwischen hungernden Mailänder Bevölkerung zu schenken. Und dann waren da Wirte mit Flaschen voller gutem Rotwein und Bauern mit Schinken, Obst und Gemüse. Einige schwere Karren waren beladen mit Lebensmitteln und allem Proviant, den sie und Francesco während der Tage des ungeduldigen Wartens hatten auftreiben können. Ihr Anblick war ein echtes Spektakel, wie stolze Hellebardiere, die geduldig darauf warteten, dass man ihnen öffnete.

Plötzlich hörten sie Schläge gegen das Tor. Hinter den Mauern wurden Schreie laut. Es war klar, dass etwas geschah, aber weder Francesco noch Bianca Maria, noch einer der Soldaten oder der anderen Männer, die bei ihnen waren, konnten erraten, was.

Als sie schon verzweifelten, rührte sich etwas über den Zinnen. Francesco verfolgte die Bewegungen auf der Mauer, und tatsächlich tauchte bald Antonio Trivulzio über dem Turm des Schilderhauses auf. Er war schlohweiß im Gesicht und die Augen schreckgeweitet.

»Messer Sforza«, sagte er mit klangvoller Stimme, damit alle ihn hörten, »auch wenn die Kapitulation noch nicht unterzeichnet wurde, heißt Euch die Stadt Mailand als ihren Anführer willkommen!« Und damit hob er den Arm, um ihn gleich wieder fallen zu lassen, damit das große Tor endlich geöffnet würde.

Die gigantischen hölzernen Türflügel wurden schließlich aufgestoßen. Die Angeln quietschten, und ohne abzuwarten, ritten Francesco und Bianca Maria durch das innere Tor, das Fallgatter war bereits hochgezogen. Von einem Moment zum anderen wurden sie von einer großen, feiernden Menschenmenge empfangen. Erstaunt und überrascht lächelten sie. Francesco hob die Hände und genoss das Geschrei. Von ihren Pferden aus kam es ihnen vor, als teilten sie ein Meer aus Köpfen. Sie sahen glänzende Augen und schmutzige Gesichter, Männer und Frauen in Lumpen, die nach der ersten Begeisterung nach Essen fragten.

Bianca rief schnell alle mit Lebensmitteln und Proviant zu sich. »Lasst die Bäcker durch, die Wirte und Bauern«, rief sie aus voller Kehle: Das hier war ihre Stadt, und endlich war sie zurückgekehrt. Während sie sich versicherte, dass ihren Anweisungen Folge geleistet wurde, brach ihre Stimme, und ihr kamen die Tränen. Sie hätte nie geglaubt, eines Tages wieder nach Mailand zu gelangen. Doch die Stadt war hier, erwartete sie, umarmte sie, ernannte sie zu Herrschern ihrer Mauern und Tore.

Sie war bewegt und glücklich. Es tat ihr weh zu sehen, mit wie viel Schmerz und Elend Männer und Frauen sich beeilten, zu denen zu gelangen, die Essen verteilten, manche versuchten sogar, auf die Karren zu klettern. Ihre Finger griffen nach knusprigem Brot, die Frauen aßen ein kleines Stückchen, dann verbargen sie es unter ihrem Rock oder ihrer Schürze, um es ihren Familien zu bringen, den hungernden Kindern, den wenigen Überlebenden dieses von der Aurea Repubblica Ambrosiana gewollten Blutbads.

Plötzlich sprang ein beeindruckender Mann mit langen, dunklen Haaren überraschend behände auf einen Karren. Er wirkte wie jemand, der schon lange auf diesen Augenblick gewartet hatte und der nun endlich die Maske abnehmen und seine wahre Freude zeigen konnte: »Francesco Sforza, mein Name ist Gaspare da Vimercate!« Beim Klang dieses Namens schienen alle einen Augenblick lang in Schweigen zu verfallen. Die Schreie, die Bitten, die Ermahnungen verstummten. »Heute«, fuhr er fort, »habe ich die Revolte gegen die Aurea Repubblica Ambrosiana angeführt! An meiner Seite war dabei jemand, den Ihr gut kennt.« Und mit diesen Worten ließ Gaspare da Vimercate einen anderen Soldaten auf den Wagen steigen.

Francesco erkannte ihn sofort: Braccio Spezzato. Der Freund, der ihn nie verraten und stets seinen Befehlen gehorcht hatte, selbst wenn es noch so schwierig gewesen war.

»Kraft der mir vom Volk verliehenen Macht kröne ich Euch heute zum Herzog von Mailand«, schloss Gaspare.

Die tausend Stimmen, die sich bisher in der kalten Luft verloren hatten, erhoben sich jetzt in einem einzigen Ruf. »Sforza! Sforza! Sforza! Sforza!«, wiederholten sie im Chor.

Bianca Maria verstummte. Das Wunder war vollbracht. Das Schicksal ihres Vaters erfüllt.

Francesco Sforza würde Herzog von Mailand. Und sie, die Letzte der Visconti, würde den Namen ihrer Dynastie hochhalten.

76. Das Jüngste Gericht

Kirchenstaat, Apostolischer Palast

Nikolaus V. konnte es nicht glauben. Doch Pier Candido Decembrio hatte mit eigenen Augen gesehen, was er da erzählte.

»Eine Apokalypse, Heiligkeit, eine wahre Apokalypse, Ihr müsst mir glauben. Das Volk hat rebelliert und den venezianischen Botschafter aus dem Fenster des Palazzo dell'Arengo geworfen. Mailand hat sich gegen die Republik erhoben und ist jetzt in den Händen von Francesco Sforza. Cosimo de' Medici ist sein Hauptverbündeter, und die beiden bereiten nun einen erneuten Schlag gegen Venedig vor. Genau wie ich es vorhergesehen habe. Aber man hat nicht auf mich gehört.«

»Mein lieber Decembrio«, sagte der Pontifex ruhig, »was Ihr mir erzählt, ist wirklich schrecklich. Andererseits ist das Volk bei einem Aufstand eine nicht zu dominierende Masse. Ich verurteile diejenigen, die das getan haben, wovon Ihr mir berichtet, vollkommen. Aber dieser Aufruhr ist leider weder der erste noch der letzte in unserer Geschichte. Während wir sprechen, bereitet Konstantinopel wahrscheinlich einen der schlimmsten Angriffe aller Zeiten vor.«

Messer Decembrio hatte nicht ganz verstanden: »Wie meint Ihr das, Heiligkeit?«

»Anscheinend lässt Mehmed II. eine neue Festung direkt bei Konstantinopel bauen. Der byzantinische Kaiser befürchtet, dass der Grund dafür nur allzu klar ist. Sobald die Festung fertiggestellt ist, könnte Mehmed II. die benachbarten Regionen plündern, die Lebensmittellieferung abschneiden und schließlich Konstantinopel angreifen, um die Stadt zu erobern und dem Osmanischen Reich zu unterjochen.«

»Gott bewahre, Heiligkeit.«

»Richtig. Ich sehe es genauso. Ich habe alle christlichen Herrscher gebeten, mir Männer für einen neuen Kreuzzug zu schicken. Aber die haben anscheinend anderes zu tun. Ohne Ausnahme. Ihr seht also, dass sich das schreckliche Schicksal Mailands in einer größeren Perspektive darbietet. Gott möge der Seele des so barbarisch ermordeten Mannes gnädig sein. Aber wir sollten realistisch sein. Es ist kein Geheimnis, dass Cosimo de' Medici und Francesco Sforza im Moment Verbündete sind. Nun habe ich vor, diese Herren sowie den venezianischen Dogen Francesco Foscari, Alfons von Aragón, Friedrich III. von Habsburg und Karl VII. von Frankreich aufzufordern, ein Gleichgewicht der Mächte zu schaffen, damit man sich nicht mehr untereinander bekämpft, sondern zu einem Frieden findet, der es ermöglicht, sich gegen den einzigen wahren Feind zu verbünden: das Osmanische Reich. Wenn Francesco Sforza es wirklich schafft, wie ich es glaube, die Mailänder Energien um sich zu versammeln, dann hätte das tragische Blutvergießen wenigstens die Aussicht auf Frieden und Einheit gebracht. Ganz abgesehen davon, dass die Bevölkerung Mailands vor dieser Revolte durch die Republik ausgehungert und hingemetzelt wurde. Glaubt Ihr, mir seien die furchtbaren Berichte nicht zu Ohren gekommen, was Carlo Gonzaga im Namen einer angeblichen Macht, die er den anderen Hauptmännern der Aurea Repubblica Ambrosiana entrissen hat, getan hat?« Der Papst schwieg einen Augenblick, damit Pier Candido Decembrio begriff, wie umfassend sein Wissen über die Zustände in Mailand war. Dann fuhr er fort. »Aber macht Euch nicht zu viele Sorgen, mein lieber Freund: Ich weiß um Eure Tapferkeit, und hier findet Ihr Schutz und Verständnis. Andererseits ist die Situation äußerst komplex, wie Ihr euch gut vorstellen könnt. Zumindest ist die Frage des Nachfolgers in Mailand nun geklärt, und Francesco Sforza ist auch nicht schlimmer als andere, das wollte ich Euch sagen. Ich wünsche mir einfach sehnlichst Frieden. Das ist meine Aufgabe. Wenn Mailand also Sforza will, dann ist das eben so: Das Herzogtum hat sich schon viel zu lange in blutigen inneren Kämpfen aufgerieben.«

Messer Decembrio begriff, dass es seiner Sache nicht helfen würde, Francesco Sforza in ein schlechtes Licht zu rücken. Umso mehr, da der Papst ihn bereits beruhigt hatte. Er musste jedoch herausfinden, wie er ihm helfen könnte.

»Wenigstens habe ich bei einem so düsteren Bild auch einen Sieg errungen!«, begann der Papst erneut, den es gar nicht zu interessieren schien, wieso Decembrio um eine Audienz gebeten hatte. Er stand auf.

»Eure Heiligkeit meint das Wiener Konkordat?«

»Ganz genau. Von nun an haben die Dekrete des Konzils von Basel für den Heiligen Stuhl und das Kaiserreich keine Bedeutung mehr. Und nicht nur das. Ihr wisst sicherlich, dass Felix V. den Titel des Antipapstes aufgegeben hat. Dadurch heilt endlich der Riss, der durch die Kirche ging und für den er der Hauptverantwortliche war. Daher werdet Ihr verstehen, dass ich den Marchese von Monferrato oder das Herzogtum Savoyen unmöglich unterstützen kann, und die Tatsache, dass Francesco Sforza und Cosimo de' Medici eine Übereinkunft mit Venedig eingegangen sind, macht sie zu meinen natürlichen Verbündeten, auch wenn meine Rolle darauf abzielt, einen Friedensvertrag unterzeichnen zu lassen. Was Euch angeht, Messer Decembrio, so wisst, dass mir Eure Intelligenz und Eure Bildung in den Geisteswissenschaften und Sprachen nicht unbekannt sind, deswegen biete ich Euch die Stelle des apostolischen Sekretärs und Epistolografen für die offizielle Korrespondenz des Kirchenstaates an.«

Als er das hörte, konnte Pier Candido kaum die Tränen zurückhalten. Der Papst hatte demnach von Anbeginn alles verstanden. Was für ein außergewöhnlicher Mann! Es gab also doch noch Gerechtigkeit. Er war nach Rom gekommen in der Hoffnung, gehört zu werden und Schutz zu finden, und der Pontifex hat ihm sofort eine Audienz gewährt und ein Amt von besonderer Bedeutung angeboten, das ihn vor jeglichem Groll aus Mailand schützte. Er näherte sich Nikolaus V., kniete nieder und küsste ihm den Schuh. »Eure Heiligkeit«, sagte er, »ich weiß nicht, wie ich Euch danken soll. Ihr habt mir das Leben gerettet.«

»Ach was, mein Freund, das ist doch kaum der Rede wert.«

»Es ist beileibe keine Kleinigkeit und viel mehr, als ich verdiene«, sagte Pier Candido Decembrio, dem der Papst inzwischen bedeutete aufzustehen. »Wie kann ich Euch für diese Ehre danken?«

Nikolaus V. wusste es genau. »Indem Ihr Briefe aufsetzt, die das Gleichgewicht der Mächte mit dem Wunsch nach Frieden vereinen. Aber damit müssen wir noch warten. Das Jubeljahr ist ein unvergleichlicher Erfolg. Männer und Frauen aus allen Teilen der Welt sind nach Rom gekommen. Ich konnte die römische Kirche, wenn auch nicht ohne Probleme, wieder festigen. Ihr dürft allerdings die Rolle, die ich Euch anbiete, keinen Moment unterschätzen.«

»Nicht mal im Traum«, entgegnete Pier Candido Decembrio.

»Sehr gut«, schloss der Pontifex. »Nun, da auch dieses Problem gelöst ist, frage ich Euch: Würdet Ihr mich begleiten, um einen Maler zu besuchen, der an einem Gemälde arbeitet, wie ich noch keines zuvor gesehen habe? Er ist ein sehr spezieller Mann, er kommt aus Flandern und benutzt recht dunkle Farben, aber was er mit seinen Pinseln erschafft, ist wirklich faszinierend.«

»Heiligkeit, Eure Einladung ist ein Privileg für mich.«

»Sehr schön«, sagte der Papst, »dann folgt mir!« Damit begab er sich zu einer kleinen Tür, die man kaum sah, weil sie von einem Holzpaneel verborgen war.

Als sie im großen Saal ankamen, den der Maler mit Erlaubnis des Papstes als Atelier nutzte, fiel Pier Candido Decembrio auf, dass das Bild, an dem er arbeitete, ziemlich groß war, aber eine außergewöhnliche, rechteckige Form hatte, die die vertikale Dimension verstärkte und dadurch eine sehr ausgefallene Perspektive bot.

Der Künstler näherte sich dem Papst, küsste ihm die Hand, dann fragte er in vollkommenem Schweigen, mit einer einfachen Kopfbewegung, ob er weiterarbeiten dürfe. Nikolaus V. nickte.

Pier Candido Decembrio war von der Intimität in diesem so weitläufigen Saal sehr beeindruckt, und ebenso sehr von der schweigenden Übereinkunft zwischen dem Papst und dem Maler. Ihm war sofort klar, dass die beiden gar keine Worte brauchten.

Nikolaus V. bat ihn, näher an das Gemälde heranzutreten. Sie behielten dabei einen Abstand bei, der es dem Künstler ermöglichte weiterzuarbeiten, doch jetzt war es viel einfacher, das Motiv des Werkes zu erfassen.

In der oberen Hälfte erkannte Pier Candido eindeutig Gott, der im Himmel saß, umgeben von Trompete spielenden Engeln. Unter ihm standen Männer und Frauen in eleganten bunten Kleidern und prächtigen Umhängen. Manche von ihnen waren Fürsten, sie trugen Kronen auf dem Kopf. Auf der linken Seite erkannte Decembrio einige Kirchenmänner: wichtige Prälaten, Kardinäle und Päpste, nach den heiligen Paramenten zu urteilen, die sie trugen. Davor saßen weitere Männer auf Holzbänken. All diese Menschen waren so angeordnet, dass sie dem Gemälde eine große Tiefe verliehen, als würden sie eine Art Galerie bevölkern.

Doch was ihn am meisten beeindruckte und sprachlos machte, war eine weitere Figur, die des Engels: Er teilte das Gemälde perfekt in zwei Hälften und trug erstaunlicherweise einen schwarzen Plattenharnisch. Er hob ein Schwert, um eine monströse Kreatur, offensichtlich einen Dämon, zu erstechen. Unter ihm schien ein Skelett, auf dessen Knochen der Engel stand, den Schädel aus einem schwarzen Höllenschlund zu erheben, der die Verdammten verschluckte, die dazu verurteilt waren, zwischen Feuern und entsetzlichen, bestialischen Teufeln herumzuirren.

Es war ein Gemälde, das, obwohl es noch nicht vollendet war, bereits eine außergewöhnliche visuelle Kraft aufwies: Die strahlenden Farben in der oberen Hälfte und das Schwarz und Rot in der unteren, das Paradies und die Hölle, die beiden Hälften, die zusammen höchstwahrscheinlich das Jüngste Gericht ergaben.

Pier Candido schaute zum Papst: Sein Blick schien vollkommen von dem Werk gefangen genommen und von den Bewegungen des Malers, der mit achtsamen Pinselstrichen die Figuren vervollständigte und den monströsen Effekt der unteren Bildhälfte verstärkte. Es war ein merkwürdiger Mann: Er trug eine lange Tunika, die ihm fast bis zu den Füßen reichte und unter der man einen mageren Körper erahnte. Er war groß und schlank, sein Teint war sehr hell, die langen Haare rot und die Augen so blau, als wären sie vom Himmel gestohlen.

Die Stille im Saal, nur unterbrochen von diesen unmerklichen Pinselstrichen, war regelrecht überwältigend. Es schien Pier Candido Decembrio, als verlöre er jegliches Zeit- und Raumgefühl. Er schwebte in einer undefinierbaren Dimension aus Formen und Schattierungen, die nach und nach lebendig wurden; er betrachtete die Falten der Tunika des Malers, während dieser langsam die Stellung änderte, innehielt und hinsah und dann einen bestimmten Punkt verbesserte. Er fühlte sich wie das Opfer eines Banns, als verwende der Künstler einen Trick, eine Zauberei, um die Sinne der Betrachter einzufangen und in eine unbekannte Welt zu transportieren.

Nach einer Weile schien Nikolaus V. sich loszureißen, er

nutzte den Augenblick, in dem der Maler sich umschaute, um sich mit einem Kopfnicken zu verabschieden, und forderte Pier Candido auf, es ihm gleichzutun.

Schon bald hatten sie den Saal verlassen und befanden sich in einem kleinen Vorzimmer, dann in einem engen, düsteren und schwach beleuchteten Korridor. Sie gingen weiter.

»Nun?«, fragte ihn unvermittelt der Pontifex. »Was meint Ihr?«

»Bemerkenswert«, sagte Decembrio, der seine Empfindungen nicht ausdrücken konnte.

»Mehr nicht?«

»Nun, Heiligkeit, wenn ich ehrlich sein darf ...«

»Das sollt Ihr!«

»Also, dieses Werk hat etwas zutiefst Beunruhigendes.«

»Jetzt seid Ihr aufrichtig und sagt mir, was Ihr tatsächlich empfunden habt.«

»Dieser Engel, Heiligkeit ...«

»Verstörend, nicht wahr?«

»Er ist gnadenlos. Eine Vision ...«

»Eine apokalyptische Vision?«

»Exakt«, bestätigte Decembrio.

Der Pontifex blieb stehen. »Das ist es. Es ist das Jüngste Gericht.«

»Das habe ich geahnt. Aber was ich Euch nun wirklich fragen möchte: Wer ist der Maler, den Ihr mir vorgestellt habt?«

»Das ist eine Frage, Messer Decembrio, deren Antwort Euch überraschen wird, glaubt mir.« Der Papst ging weiter, und Pier Candido folgte ihm, dieses Geheimnis machte ihn neugierig.

»Wie Ihr gesehen habt, ist das Gespräch mit unserem Freund auf das Nötigste beschränkt. Seid versichert, er spricht unsere Sprache schon ein bisschen. Er spricht auch gut Latein. Sicherlich beherrscht er Englisch und Französisch perfekt, aber er ist Flame.«

»Donnerwetter.«

»Er ist ein Schüler von Rogier van der Weyden.«

»Dem Meister am Hof von Leonello d'Este?«

»Ganz genau. Er ist ihm hierhergefolgt. Der Marchese hat mir gesagt, dass er eine besondere Begabung hat. Dass seine Malerei sich von jeder anderen unterscheidet. Daher habe ich ihn gefragt, ob er sich vorstellen könnte, eine Weile hier in Rom zu verbringen. Ich liebe die Malerei der flämischen Meister. Sie hat etwas Unverwechselbares. Es ist, als könnten ihre Pinsel die Märchen und Legenden der Welt einfangen. Sie sind so anders als die großen italienischen Meister, die sie jedoch so sehr bewundern, dass sie in unser Land kommen wollen, um ihren Stil zu studieren. Aber Ihr habt mich gefragt, wie unser Freund heißt. Sein Name lautet Petrus Christus. Wirklich außergewöhnlich, findet Ihr nicht?«

»Petrus Christus?«, fragte Pier Candido Decembrio, der glaubte, nicht recht verstanden zu haben.

»Petrus Christus«, bestätigte Nikolaus V.

»Petrus Christus …«, wiederholte Decembrio. »Eure Heiligkeit, wenn Ihr unbedingt einen Maler bei Euch haben müsst, nun, dann hat dieser den perfekten Namen.«

»Das habe ich mir auch gedacht«, sagte der Pontifex lächelnd.

77. Eine schwierige Erziehung

Herzogtum Mailand, Castello di Vigevano

Bianca Maria sah ihren Sohn streng an. Seit einiger Zeit schon hatte sie das Gefühl, dass der Kleine seine Aufgaben vernachlässigte. Sicher, er war noch ein Kind, aber ihn erwartete eine ungewöhnliche Verantwortung. Deswegen hatte sie darauf bestanden, dass sein Vater einen Privatlehrer an den Hof berief, der in ihm die Liebe zur Geisteswissenschaft und den Künsten wecken sollte. Francesco hatte daher Guiniforte Barzizza nach Mailand kommen lassen, der bereits Dozent für Moralphilosophie in Pavia gewesen war und dann Gelehrter und Humanist am Hof von Filippo Maria Visconti und später bei Leonello d'Este.

Ebenjener hatte Barzizza entlassen und ihm so erlaubt, nach Mailand zu reisen. Am Hof der Sforza hatten sich Hauslehrer und Schüler dann kennengelernt: Die ersten Lektionen waren gehalten worden und laut dem Meister recht vielversprechend gewesen, der Junge habe Intuition, Intelligenz und Lernwillen gezeigt. Doch dieses Urteil hatte nur einen Sommer lang Bestand gehabt, schon vor ein paar Wochen hatte der Hauslehrer die Herzogin informiert, dass Galeazzo Maria lustlos, unbeständig und mit den Gedanken abwesend wirkte.

Nach ihm hatte Bianca noch Ippolita und Filippo Maria zur Welt gebracht, aber Galeazzo war ihr Liebling. Auf diesem Kind mit den braunen Locken ruhten all ihre Erwartungen und Hoffnungen. Sie wusste, dass er mutig war, leidenschaftlich, großzügig und für körperliche Aktivitäten begabt: Obwohl er noch ein Kind war, war er sozusagen von Natur aus herausragend in der Jagd und auch beim Fechten. Doch sie und Francesco wollten, dass auch die Seele und der Geist genährt würden, deswegen würde sie jetzt mit ihm schimpfen. Sie wusste auch, dass sie schnell handeln musste, sonst wäre der Charakter verdorben, und aus dem lustlosen Kind würde ein ungehorsamer Junge und dann ein unvollständiger Mann, der vielleicht geschickt im Umgang mit Waffen, aber völlig ignorant wäre, was die Wissenschaft, Sprachen, Beziehungen und daher auch die Politik, mit allem, was für das Herzogtum daraus folgen würde, anging.

»Galeazzo Maria«, sagte sie daher, »ich habe erfahren, dass Ihr Euch seit Tagen weigert, die Aufgaben zu erledigen, die Messer Barzizza Euch von einem Tag auf den anderen aufgibt.«

Das Kind sah seine Mutter trotzig an.

»Hört sofort auf, mich so anzusehen!«, tadelte sie. »Glaubt Ihr vielleicht, Ihr könntet an den Worten Eures Meisters zweifeln? Oder, noch schlimmer, an meinen?«

Galeazzo Maria senkte den Blick.

»Nun? Wollt Ihr mir antworten?«

Das Kind schwieg. Dann murmelte es: »Es ist so schönes Wetter. Ich wollte auf die Jagd gehen.«

Bianca Maria schüttelte den Kopf. »Ich weiß sehr gut, wie sehr Ihr diese durchaus ehrenvolle Tätigkeit liebt. Und niemand hindert Euch daran, sie auszuüben. Aber es gibt für alles eine rechte Zeit und Art, mein Sohn. Es muss auch Zeit für die Lektüre und das Lernen geben. Wenn sich der Körper im Laufen und der Ertüchtigung austoben muss, so müssen auch Seele und Geist kultiviert werden. Sonst werdet Ihr eines Tages nichts weiter zu bieten haben als einen Schwerthieb und einen Pfeil in einer Hirschbrust. Und was glaubt Ihr, ist ein Mann wert, der nur ans Töten denkt?«

»Nun«, sagte der Kleine, »so ein Mann ist ein großer Krieger. Genau wie mein Vater.«

»Gewiss, Euer Vater ist ein großer Krieger. Und glaubt Ihr, dass er darüber glücklich ist? Glaubt Ihr vielleicht, dass er nicht die Möglichkeiten vorgezogen hätte, die Euch heute offenstehen, dank dieses Ortes des Friedens und der Ruhe, den er Euch bietet? Francesco war gezwungen, ein Krieger zu werden. Er hatte keine Wahl. Und es vergeht kein Tag, an dem er es nicht bedauert, dass er die Jahre seiner Kindheit und Jugend nicht besser nutzen konnte, um zu lernen und zu studieren. Er erinnert sich nicht gern an diese Vergangenheit, die ihn zwang, Wissenschaft und Künste zu vernachlässigen, damit er lernen konnte, wie man mit einem Schwert umgeht, um unter dem Befehl eines Söldnerhauptmannes Tod und Zerstörung kennenzulernen. Fragt ihn ruhig! Ihr werdet dasselbe hören, was ich Euch sage. Deswegen wollte er für Euch Guiniforte Barzizza und hat den Marchese d'Este gebeten, ihn zu uns kommen zu lassen. Weil Ihr so die Möglichkeiten erhaltet, die er nie gehabt hat. Und was tut Ihr, Galeazzo Maria?«, mahnte Bianca, auf dem Höhepunkt ihrer strengen Predigt. »Ihr schlagt diese Chance in den Wind, ohne jeglichen Respekt für Eure Eltern, sorglos, ohne jede Achtung vor einem Mann, der Euch die Geheimnisse des Worts, der Geschichte, der Geografie beibringen könnte, Ihr lehnt es schlicht ab, andere Welten kennenzulernen.«

»Welten?«, fragte das Kind mit großen Augen.

»Welten, ganz genau. Denn in den Schriften, in der Literatur verbergen sich Welten, Abenteuer, Persönlichkeiten, vergangene Zeiten, die niemals wiederkehren, Wunder. Aber wenn Ihr nicht Lesen, Schreiben und Rechnen lernt, dann zerrinnt Euch all das wie Sand zwischen den Fingern. Und eines Tages, ob Ihr es mir glaubt oder nicht, werdet Ihr Eure Oberflächlichkeit bitter bereuen!«

»Mamma, nicht böse werden«, sagte Galeazzo schließlich leise, »ich habe Fehler gemacht, das wird mir jetzt klar, und ich möchte es wiedergutmachen.«

»Also?«, forderte ihn seine Mutter auf.

»Ab jetzt werde ich tun, was Messer Barzizza von mir verlangt.«

»Versprecht Ihr es mir? Denn es macht mir wirklich keinen Spaß, mit Euch zu schimpfen.«

»Ich weiß«, gab der Kleine zu.

»Dann kommt her«, forderte ihn seine Mutter auf.

Das Kind breitete die Arme aus und lief auf sie zu. »Mamma, Mamma«, sagte er und brach in Tränen aus, »ich wollte Euch nicht enttäuschen.«

Bianca Maria umarmte ihn und küsste ihn auf die Wange. »Es geht nicht darum, ob Ihr mich enttäuscht, Galeazzo. Mit diesem Verhalten schadet Ihr Euch nur selbst. Aber jetzt habt Ihr es verstanden, und wir sprechen nicht mehr darüber. Ich glaube, Ihr habt begriffen, was ich von Euch erwarte.«

»Ja«, erwiderte das Kind und drückte sich an sie.

»Schon gut, schon gut.«

»Ich liebe Euch.«

»Ich Euch auch, mein Sohn.«

»Was meint Ihr«, sagte er und sah ihr in die Augen, »sollen wir ein bisschen zusammen spazieren gehen? Es ist ein so schöner Tag!«

»Natürlich«, sagte Bianca, während er sich aus ihren Armen löste und ihre Hand nahm.

Zusammen gingen sie wieder versöhnt zu den großen Bäumen im Garten.

78. Ferrante

Königreich Neapel, Castel Nuovo

Die Klinge schoss vor. Es war leicht für Don Rafael den Schlag zu parieren. Direkt darauf täuschte der Hidalgo von links nach rechts unten an. Ferrante parierte sofort, wehrte die Attacke ab, dann machte er keuchend einen Schritt zurück, vergrößerte die Mensur. Er war schweißgebadet. Don Rafael fand, dass er Fortschritte machte, aber noch blieb viel Raum zur Verbesserung.

Ferrante war inzwischen sechsundzwanzig. Als Haudegen war er nicht schlecht, aber er vermittelte immer den Eindruck, dass er sich körperlich völlig verausgabte. Er war mittelgroß, aber behände und schnell, und das war extrem wichtig, denn die Schnelligkeit war entscheidend. Aber eine gewisse Trägheit machte seine Angriffe vollkommen vorhersehbar, als wäre diese Aktivität für ihn ein langweiliges, alltägliches Programm und nicht ein wertvolles Training, um seinen Körper zu stählen und seinen Charakter zu festigen.

Don Rafael stellte sich wieder zum Fechten auf. »Nur Mut, Hoheit, noch ein Versuch!«, ermunterte er ihn.

Ferrante schnaubte, sein Lehrer biss die Zähne zusammen. Es lagen Schwierigkeiten in der Luft, Ferrante wusste es sehr wohl, und auch wenn er Herzog von Kalabrien und Sohn des Königs war, kurz gesagt, der mächtigste Mann des Königreichs Neapel nach seinem Vater, wusste er ganz genau, dass es eine extrem schlechte Idee war, Don Rafael zu provozieren. Allen Hierarchien zum Trotz war dieser Mann vom Rey vollkommen legitimiert und autorisiert, beim Training mit ihm zu tun, was er wollte. Daher sollte er lieber nachgeben und sich dem fügen, was er anordnete.

Kaum dass sich die Klingen erneut kreuzten, bemerkte er, dass der Hidalgo sich nicht mehr zurückhielt, sondern mit einem doppelten Antäuschen begann, gefolgt von einem Ausfall, dem er im letzten Augenblick knapp auswich. Er bedrängte ihn mit zwei sehr kraftvollen Hieben, dann folgte eine Terz gegen seinen Bauch, Ferrante fing die Klinge tief ab. Er versuchte eine Antwort, aber Don Rafael wehrte den Hieb spielerisch ab und griff ihn erneut an. Ferrante machte einen Schritt zurück, parierte beide Schläge, die wie Hagel auf ihn einprasselten, errang mit einem doppelten Ausfall die Herrschaft über die Mensur wieder und überraschte seinen Lehrer fast.

Don Rafael parierte im letzten Moment. »Sehr gut, Hoheit«, sagte er, trat zurück und ließ die Deckung fallen. »Wirklich ein großartiger und sehr gut ausgeführter Hieb. Ich frage mich, wieso ich Euch immer hetzen muss, um Euch dahin zu bringen.«

Ferrante schüttelte den Kopf. »Ihr habt recht, Don Rafael. Die Wahrheit ist, dass ich kein geborener Krieger bin wie Ihr.«

»Unfug«, antwortete der Hidalgo. »Niemand wird als Krieger geboren, aber jeder kann einer werden.«

»Was ich damit sagen will«, erklärte Ferrante, »ist, dass

ich kein Naturtalent beim Fechten bin, ich habe keine Begabung wie Ihr und vielleicht nicht einmal Eure Leidenschaft.«

Don Rafael lächelte. »Das verstehe ich, Hoheit, und ich weiß auch, dass Ihr Euch auf dem Feld immer gut geschlagen habt. Aber es wird die Zeit kommen, wenn dieser Frieden endet und wir wieder kämpfen müssen.«

»Ihr scheint es Euch fast zu wünschen, Don Rafael.«

»Vielleicht habt Ihr recht, Hoheit. Vielleicht weiß ein Mann wie ich nicht, was er ohne den Krieg tun soll. Gewiss, man kann eine hübsche Frau finden, wie ich es getan habe, Kinder in die Welt setzen, die Erde bestellen, aber schlussendlich wird man fast verrückt. Es dürstet mich nach Blut, nach Eroberung: Ihr habt es richtig gesagt, Ihr seid anders als ich, und das spricht für Euch. Die Welt braucht Menschen wie Euch viel mehr. Aber vergesst nicht, dass früher oder später immer der Augenblick kommt, in dem ein Mann sich mit seiner schlechtesten Seite messen muss, und wenn das geschieht, ist es besser, vorbereitet zu sein.«

»Seht ihr voraus, dass dieser Augenblick schon bald kommen wird?«, fragte Ferrante und überreichte seinem Waffenlehrmeister den Übungsdegen.

»Leider bin ich kein Hellseher. Doch ich möchte Euch Folgendes sagen: Niemand von uns lebt ewig, auch nicht Euer Vater, auch wenn ich ihm natürlich ein langes, glückliches Leben wünsche. Wenn El Rey nicht mehr da ist, wird mit ziemlicher Sicherheit ein Kampf um die Nachfolge beginnen ...«

»Ich bin der designierte Nachfolger, Don Rafael, das bestätigt sogar eine päpstliche Bulle!«, platzte Ferrante heraus, der seinen Ärger kaum verbergen konnte.

»Das weiß ich wohl und erlaube mir nicht, das anzuzweifeln, aber verzeiht mir meine brutale Offenheit, Hoheit: Wir wissen beide, dass Ihr der leibliche, aber nicht eheliche Sohn von Alfons seid, und das wird Euch sicherlich von all Euren Feinden vorgehalten werden, beginnend mit dem Sohn von René I. d'Anjou, Johann, der es kaum erwarten kann, Euch den Krieg zu erklären. Mein Rat an Euch ist heute mehr denn je: Wartet nicht, bis Ihr angegriffen werdet, um zu reagieren, sondern greift selbst als Erster an, und, wenn Ihr es nicht tut, bereitet wenigstens eine Reaktion vor, mit der Ihr Euren Gegner auslöscht. Wohlgemerkt: Ich meine damit nicht, dass Ihr Eure Absichten enthüllen sollt, ja, gerade wenn Ihr kalt und tödlich seid, werdet Ihr am Ende siegen. Doch wenn Ihr Euch einmal entschlossen habt anzugreifen, dann greift an, um zu töten.«

Ferrante sah seinen Waffenmeister fest an. »Ihr habt recht, Don Rafael. Jetzt verstehe ich, warum Ihr mich ständig anspornt und auch Eure berechtigten Sorgen. Ich verspreche Euch, wenn es so weit ist, werde ich beweisen, dass ich dazu fähig bin.«

»Daran zweifle ich nicht, mio Signore. Wenn ich Euch ständig mit meinen Fragen quäle, dann, weil mir Euer Wohlergehen am Herzen liegt und das des Hauses Aragón, dem ich seit meiner Geburt ergeben bin, wie Euer Vater bezeugen kann.«

Während er zuhörte, näherte Ferrante sich dem Brunnen. Er ließ den Eimer hinab und zog ihn voller Wasser hoch. Dann goss er es sich über den Kopf. »Dieser Spätsommer in einer Stadt wie Neapel ist, gelinde gesagt, glühend heiß«, sagte er, dabei fielen ihm die nassen Haare in langen tropfenden Strähnen ins Gesicht.

»Nun«, bemerkte Don Rafael, »das ist eine Art, den kochenden Geist abzukühlen.«

»Richtig, als Hommage an Eure Lehre.«

»Ganz genau«, sagte Don Rafael und gestattete sich ein befreiendes Lachen. »Und wenn Ihr erlaubt, möchte ich Euch nun an meinen Tisch einladen.«

»Ich ziehe mich rasch um und bin dann bei Euch.«

»Großartig«, sagte Don Rafael. »Heute Abend erwarte ich einen Freund aus Venedig.«

»Dann ist es also wahr? Wir denken über ein Bündnis mit Venedig nach?«

»Euer Vater war eindeutig. Er will ein Einverständnis mit der Serenissima als Gegengewicht zu Mailand und Florenz.«

»Wunderbar, dann lerne ich Euren Freund sehr gern kennen.«

»Ich zähle darauf«, schloss Don Rafael, während sein Schüler ihm die Hand reichte, und verließ dann den Hof.

1454

79. Nach Konstantinopel

Republik Venedig, Ca' Barbo

Polixena wollte es nicht glauben, aber die Zahlen waren eindeutig: Seitdem Konstantinopel in die Hände des Osmanischen Reichs gefallen war, hatten der Verkehr und der Handel der Serenissima unfassbar große Schäden erlitten, auch die Geschäfte der Familie waren betroffen.

Die Condulmer leiteten schon seit jeher einen florierenden Tuchhandel, der durch die Routen nach Ägypten und Konstantinopel kontinuierlich ausgebaut worden war. Dort hatten ihr Vater und vor ihm ihr Großvater einen schwunghaften Handel etabliert, der ihnen erlaubte, die erlesensten und seltensten Seiden zu beschaffen. Dank der Umschlagplätze und Warenlager im venezianischen Quartier importierten die Condulmer Seidenstoffe nach Venedig. Die schönsten wurden durch einen besonderen und geheimen Prozess mit Gold- und Silberfäden durchwirkt, wodurch ein einzigartiges und atemberaubend schönes Material entstand, um das sich die Patrizier in den glanzvollen Palazzi rissen.

Aber jetzt hatte Mehmed II. Konstantinopel erobert und drohte damit, bis nach Serbien und Albanien zu marschieren. Man musste kein gerissener Stratege sein, um zu begreifen, was in den nächsten Jahren geschehen könnte. Ganz zu schweigen davon, dass der ewige Krieg mit Mailand die Republik mit jedem Tag mehr schwächte, die außerdem Gefahr lief, umzingelt zu werden: Im Westen wehrte sich Francesco Sforza, Herzog von Mailand, und begann eine Gegenoffensive an der Adda; im Osten wollte der Sultan sein Reich auf den Balkan ausdehnen.

Als Polixena hörte, dass Niccolò angekommen war, stand sie auf und rang die Hände vor der Brust. Sie wusste, dass er seit Wochen im Senat mit anderen Patriziern um einen Plan stritt, der es Venedig erlaubte, einen Handelsvertrag mit dem Sultan zu schließen.

Sie sah ihren Mann an: Er wirkte müde, erschöpft. Sie wollte ihn aufmuntern, aber das war angesichts der Geschehnisse schwierig.

»Die Situation ist verzweifelt«, sagte er, als sie ihn auf den Mund küsste. Er sah ihr in die Augen, umarmte sie und seufzte tief auf. Dann löste er sich und lief im Salon mit großen Schritten hin und her. Dabei knetete er sein Kinn, wie er es immer tat, wenn er nervös war. »Venedig ist voller Flüchtlinge. Sie kommen von überallher, jeden Tag werden es mehr, der Ansturm ist kaum zu bewältigen. Ihre Berichte über das, was geschehen ist, sind entsetzlich, Polixena. Das venezianische Quartier von Konstantinopel wurde zerstört«, berichtete er mit feuchten Augen, »die vier Umschlagplätze sind verbrannt, nur noch Aschehaufen. Die Kirchen San Marco, San Nicolò de Venetorum und Santa Maria de Embolo geplündert und ausgeraubt. Von der Porta Piscaria bis zur Porta del Drongario ist kein Palast den Krummsäbeln und den gierigen Flammen der Feuer entkommen. Die Ottomanen haben vergewaltigt und getötet, haben Priester hingemetzelt und aufgespießt. Sie haben Gold- und Silberwerkstätten überfallen, Statuen zerschlagen, Kreuze zerbrochen. Sämtliche Häuser, Lager und andere Geschäftsräume sind dem Erdboden gleichgemacht worden.« Hier hielt er einen Augenblick inne, dann fügte er hinzu: »Sogar die Familie Vianello, der die Bäckerei bei der Kirche Sant'Acindino gehörte, ist ausgelöscht worden.«

Nun konnte Polixena die Tränen nicht mehr zurückhalten, aber Niccolò musste weitererzählen, was er gehört hatte: »Der Botschafter und die Zwölf wurden mit ihren Frauen und Kindern in ihrem Zuhause niedergemetzelt. Die Warenlager wurden zu Friedhöfen, die Läden geplündert, auf dem Marktplatz stapelten sich die Toten. Die wenigen Überlebenden haben sich im verzweifelten Versuch, sich zu retten, in Kellern versteckt, aber die Janitscharen haben sie gefunden und einen nach dem anderen abgeschlachtet. Diejenigen, die sie dann doch verschont haben, wurden in die Sklaverei verkauft.«

»Wie schrecklich«, sagte Polixena mit gebrochener Stimme.

»Und das ist nur ein Teil des gigantischen Problems. Der monströseste und furchtbarste Teil, aber sicher nicht der einzige.«

»Ich weiß.«

»Habt Ihr eine Vorstellung, wie sehr die Geschäfte der Familien getroffen wurden?«

»Sagt es mir, Niccolò.«

»Der Verlust der Vorteile der Chrysobull würde schon reichen, um uns erzittern zu lassen: Niemals wieder freier Handel und völlige Zoll- und Steuerfreiheit in Konstantinopel und allen Städten Ägyptens und des Balkans, keine Möglichkeit mehr, Niederlassungen mit Warenlagern, Magazinen und Umschlagplätzen zu gründen. Die Folgen einer solchen Katastrophe sind unberechenbar, und während wir beide miteinander sprechen, stellt der Doge schon eine Delegation mit Boten und Botschaftern zusammen, um ein neues Abkommen mit dem Sultan zu erzielen.«

»Glaubt Ihr, dass so etwas möglich ist?«

»Was ich glaube, ist egal. Aber Mehmed II. hat bereits angekündigt, dass er vorhat, den Handel, soweit er überhaupt noch möglich ist, mit Zöllen und Steuern zu belegen. Ganz abgesehen davon, dass uns all das in der Beziehung zu unseren Verbündeten enorm schwächt.«

»Alfons von Aragón?«

»Genau. Er ist für unsere Feinde leichter anzugreifen.«

»Aber Mailand liegt am Boden. Die Pest war für sie, was für uns der Fall Konstantinopels ist.«

»Möglicherweise.«

»Vielleicht hören wir dieses Mal endlich auf den Papst.«

»Frieden?«

»Den predigt er seit mindestens drei Jahren, ohne erhört zu werden. Aber wenn Venedig am Boden liegt, Mailand in Schwierigkeiten steckt und Florenz nicht stark genug ist, ist vielleicht der richtige Moment für einen Waffenstillstand gekommen. Das, was die Menschen nicht mit dem Verstand begreifen, lernen sie durch Armut und Elend.«

»Das glaube ich auch, Polixena. Umso mehr, da sich die Republik keinen Krieg leisten kann. Ich verschweige Euch nicht, dass unser Vermögen rasch schwindet. Auch wenn das Geschäft Eures Vaters am stärksten betroffen ist, so haben auch die Barbo einen schweren Schlag erlitten. Die Einfuhr von Gewürzen ist eingeschränkt, zum Glück haben wir vor einiger Zeit beschlossen, den Handel mit Rohrzucker anzukurbeln. Aus Zypern bringen unsere Schiffe das Rohmaterial, und mein Bruder baut die Pflanzen auf Candia an, wo uns einige Güter gehören. Das wird uns eine Weile über Wasser halten, aber es ist für uns wie für die anderen Familien entscheidend, ein neues Abkommen mit dem Sultan zu verhandeln.«

»Das verstehe ich absolut.«

»Habt Ihr Neuigkeiten von Pietro?«

»Gerade heute ist ein Brief angekommen. Soll ich ihn vorlesen?«

»Das wäre wunderbar.«

Polixena ging zu einem Schreibtisch und nahm die Blätter, die sie dort abgelegt hatte.

Rom, 3. März 1454

Liebster Vater,
liebste Mutter,
   ich schreibe Euch in diesen letzten Wintertagen, während eine faule und schwache Sonne den Himmel erhellt und süße Aussichten mit sich bringt. Ich hoffe, Euch hiermit einige gute Nachrichten zu überbringen, auch um Euch etwas Erleichterung zu verschaffen in dieser schwierigen und anstrengenden Situation, die durch den Fall von Konstantinopel entstanden ist und die auch den Pontifex nicht ruhen lässt.
Nachdem ich lange mit dem Papst gesprochen habe, kann ich Euch sagen, dass er vor allem einen

Friedensvertrag anstrebt, ein Einverständnis zwischen den Reichen, Herzogtümern und Republiken, um ein Gleichgewicht auf der italienischen Halbinsel zu erschaffen.

Zu diesem Zweck verhandelt Nikolaus V. schon seit einiger Zeit, ganz im Geheimen, mit Sforza wegen eines Waffenstillstands mit Venedig. Und er bittet mich, Euch zu empfehlen, in diesem Sinne auf den Dogen Foscari einzuwirken.

Es ist ganz offensichtlich, dass ein Frieden zu zufriedenstellenden Bedingungen äußerst vorteilhaft wäre, um eine Atempause von den Kriegen zu erzielen, die heute umso wichtiger ist, angesichts der extremen Armut, unter der die Bewohner unserer Städte leiden. Wie Ihr darüber hinaus wohl verstehen werdet, würde die Dankbarkeit des Papstes über eine entsprechende Handlung Eurerseits sich deutlich zeigen. Seit Längerem behandelt mich Seine Heiligkeit sehr großzügig und dankbar. Er meint, dass meine gute Arbeit und Eure Aktivität als Friedensstifter eines Tages eine entsprechende Anerkennung zur Folge haben wird.

Durch diese Worte gestärkt bitte ich Euch daher, Euer Möglichstes zu tun, um den Dogen Foscari davon zu überzeugen, einen Frieden mit Sforza ernsthaft in Betracht zu ziehen.

Was mich angeht, so werde ich weiterhin mein Bestes geben, um die gute Meinung, die der Papst von mir hat, zu erhalten und zu bestätigen.

Mit größter Hochachtung verabschiede ich mich und verspreche, Euch so bald wie möglich wieder zu schreiben und Euch über meine Gesundheit und über alles, was im Apostolischen Palast geschieht, zu informieren.

Herzlichst

Euer Pietro

Polixena schwieg.

Niccolò schaute sie an und seufzte noch einmal. »Diese ständigen, unendlichen Intrigen, die wir spinnen, werden uns früher oder später in den Ruin treiben«, sagte er fatalistisch. »Andererseits hat Pietro recht: Wir brauchen Frieden. Es gibt keine andere Lösung.«

»Was wollt Ihr tun, Liebster?«, fragte Polixena, die vollkommen verstand, wie sehr ihr Mann von diesem aufreibenden Intrigenspiel erschöpft war. Sie wollte ihm helfen, wusste aber nicht wie. Doch in ihrem Kopf nahm eine Idee langsam Form an.

»Morgen früh werde ich um eine Audienz beim Dogen bitten. Und ich werde ihm zu dem raten, was unser Sohn auf Empfehlung des Papstes vorschlägt.«

Polixena nickte. Dann fügte sie hinzu: »Ich habe eine Idee.«

»Welche?«

»Ich gehe nach Florenz.«

»Wie bitte?«

»Ich werde mit Cosimo de' Medici sprechen.«

»Wann?«

»Morgen, direkt nach Eurer Unterhaltung.«

»Ich kann Euch unmöglich gehen lassen! Und ich muss in Venedig bleiben, sonst verliere ich das bisschen, was noch übrig ist.«

»Ich weiß. Aber ich habe keine Angst. Was soll mir schon passieren?«

»Polixena! Scherzt Ihr? Zunächst einmal müsstet Ihr durch das Herzogtum von Ferrara. Und Borso d'Este ist nicht wie sein Bruder Leonello!«

»Er ist ein Krieger, das weiß ich. Aber er steht Venedig sehr nahe. Er hasst die Sforza.«

»Und er hasst Cosimo de' Medici!«

»Er darf auf keinen Fall erfahren, wohin ich reise. Sollte man mich anhalten, werde ich sagen, dass ich auf dem Weg nach Rom zu unserem Sohn bin.«

Niccolò schien darüber nachzudenken. Polixena begriff, dass er nachgeben würde. »Barnabo wird mich begleiten. Er wird mich beschützen!«

»Aber ...«

»Ich habe mich entschlossen, Amore mio. Nichts wird mich umstimmen. Der Frieden ist die einzige Möglichkeit zu überleben. Und ich werde alles tun, um ihn zu erreichen. Und wenn ich Cosimo überzeugen kann, wird es auch einfacher, mit Francesco Sforza zu verhandeln.«

Niccolò hob die Hände: »Mit Euch kann man sowieso nicht diskutieren.«

»Wünscht mir Glück«, sagte sie, trat zu ihm und nahm seine Hände. Statt einer Antwort umarmte ihr Mann sie und küsste ihre glühenden Lippen.

80. Bittere Erinnerungen

Kirchenstaat, Apostolischer Palast

Der Kardinal von San Marco, Pietro Barbo, betrachtete heimlich den Papst. Seine Heiligkeit war dieser Tage besonders griesgrämig, und er kannte den Grund dafür ganz genau. Sie befanden sich im Augenblick in der Kapelle, die seinen Namen trug, in der Niccolina.

Der Papst schüttelte den Kopf. Er war ein beeindruckender Mann. Die gerunzelte Stirn, der nach unten gebogene Mund, die große Adlernase: Alles an ihm drückte Enttäuschung und Verbitterung aus. Es gab dafür genug Gründe, aber wenn Pietro einen hätte nennen müssen, dann wäre es sicher der ausgefallene Kreuzzug mitsamt dem Fall von Konstantinopel. Es ließ dem Papst keine Ruhe.

»Kardinal«, begann er, »wie ich Euch bereits gesagt habe, müssen wir den Frieden zu jedem Preis anstreben, heute mehr denn je. Nicht nur, damit sich diese von Kriegen zerstörte Erde erholen kann, sondern auch weil wir nur dann eine gemeinsame Front gegen die osmanische Bedrohung erreichen werden, wenn sich die unterschiedlichen Herzöge und Herrscher vereinen. Während wir hier sprechen, hängt Mehmed II. dem Traum nach, den Roten Apfel, wie er die Ewige Stadt nennt, an sich zu reißen. Er will sie sich Stück für Stück einverleiben, wie eine saftige Frucht, und deswegen marschiert er direkt auf Belgrad zu. Wenn weiterhin Mailand gegen Venedig und Florenz gegen Neapel kämpft, dann werden wir auf keinen Fall überleben, ist Euch das bewusst? Deswegen habe ich Euch gebeten, Eurem Vater zu schreiben, weil er vielleicht Francesco Foscari davon überzeugen kann, die Bedingungen des Herzogs von Mailand zu akzeptieren, der immerhin bereit zu sein scheint, diesen Frieden zu schließen, der nicht mehr aufgeschoben werden darf.«

»Heiligkeit«, erwiderte Pietro, »ich habe meinem Vater sofort geschrieben und bin mir sicher, dass er in diesen Tagen alles tut, um den Dogen zu überzeugen. Im Übrigen wüsste ich nicht, wie Venedig sich einem Waffenstillstand entziehen könnte: Der Fall Konstantinopels ist eine wahre Tragödie, in Bezug auf die verlorenen Leben natürlich und auch, etwas profaner, durch seine Auswirkungen auf den Handel. Es mag Euch schwerfallen, das zu glauben, aber dieser Aspekt ist den Venezianern so wichtig, dass ich sagen würde, was Mitleid nicht erreicht, das kann Geld erreichen.«

»Ich verstehe nicht nur, Kardinal, sondern ich stimme auch allem zu, was Ihr sagt, denn Ihr seid Venezianer, und ich stamme aus Sarzana, und die Probleme der Serenissima sind auch die von Genua. Wir wissen beide, was von den Stadtvierteln und Lagern unserer Landsleute übrig geblieben ist: nichts als Asche und Blut. Und was noch schlimmer ist: Als die Boten von Konstantin XI. Palaiologos zu mir gekommen sind, um Hilfe gegen den Eindringling zu erbitten, sagte ich ihnen, dass ich ihnen zwar alles geben würde, was mir möglich wäre, aber dass es nie genug wäre, und so empfahl ich ihnen, sich auch an die italienischen Herrscher zu wenden. Wir konnten eine Flotte aus zehn päpstlichen Galeeren und einem Dutzend weiterer Schiffe aus Neapel, Genua und Venedig zusammenstellen, aber als sie bereit zum Auslaufen waren, war es bereits zu spät. Kurz darauf, im September, rief ich Kaiser Friedrich III. von Habsburg nach Rom und mit ihm die anderen Fürsten, Herzöge und Herren ... Glaubt Ihr, mir habe auch nur einer geantwortet? Nein, Kardinal, kein Einziger, jeder von ihnen hatte zu viel mit seinen eigenen Streitereien zu tun, und heute ernten wir, was wir gesät haben. Und es lässt mir keine Ruhe, es lässt mir keine Ruhe, glaubt mir, obwohl ich vor dem, was geschehen ist, gewarnt wurde ...«

Das überraschte den Kardinal Barbo. Er kniff die Augen zusammen und fragte: »Was meint Ihr, Heiligkeit?«

Nikolaus V. seufzte. »Vor einiger Zeit, vor etwa vier Jahren, wenn ich mich recht erinnere, sagte ein flämischer Maler von unglaublichem Talent, der im Gefolge von Rogier van der Weyden hergekommen war, eine kurz bevorstehende Tragödie voraus. Ich kann es nicht vergessen, ich erinnere mich daran, als wäre es gestern gewesen: Pier Candido Decembrio und ich waren in einem der Salons des Apostolischen Palastes, den ich dem Künstler zur Vollendung eines, gelinde gesagt, umwerfenden Gemäldes auf Holz überlassen hatte.« Der Pontifex hielt inne, als würde es ihm einen tiefen und zerreißenden Schmerz bereiten, diese Szene in sein Gedächtnis zu rufen. »Er malte ein außergewöhnlich unheimliches Jüngstes Gericht: Ich erinnere mich noch an den Engel in schwarzer Rüstung, der die brüllenden Teufel richtete, die aus einem finsteren Schlund hervordrangen, ein höllischer Trichter voller Flammen.«

»Wie hieß dieser Maler?«, fragte Kardinal Barbo, von der Erzählung ganz gefangen.

»Petrus Christus.«

»Ein prophetischer Name.«

»Da habt Ihr recht. Und ich habe nicht verstanden, dass das ein Zeichen war. Dieser Mann hatte etwas Wunderliches, und eben deswegen hätte ich ihm mehr Glauben schenken und begreifen sollen, dass seine Arbeit nichts anderes war als die Prophezeiung von etwas, das schon bald geschehen würde. Ich weiß, dass das seltsam klingen mag, ja sogar ketzerisch auf gewisse Weise, aber glaubt mir, sein Gemälde hatte etwas Wahres, es war ein göttliches Zeichen, das ich nicht begriffen habe.«

»Was ist aus dem Maler geworden?«

»Das ist ja das Merkwürdige …«

»Was meint Ihr?«

»Er ist gegangen, wie er gekommen ist.«

»Und das Gemälde?«

»Hat er mitgenommen.«

Pietro riss die Augen auf: »Er hat sich nicht bei Euch bedankt oder sich von Euch verabschiedet?«

»Er hat mir einen Brief hinterlassen, verfasst in einer merkwürdigen Handschrift, elegant und knapp. Nichts sonst. Letztendlich kam ich zu dem Schluss, dass seine Gegenwart nur eine Fantasterei meines von den tausend Verpflichtungen jener Tage erschöpften Geistes gewesen sei. Es kam mir vor, als hätte ich es geträumt.«

»Ich gebe zu, dass mich Eure Erzählung erschauern lässt, Heiligkeit.«

»Das verstehe ich, und ich schwöre Euch, wenn ich daran zurückdenke, geht es mir genauso. Doch wenn ich weniger dumm gewesen wäre, wenn ich verstanden hätte, dann hätte ich mich bemüht, die fatale Tragödie zu verhindern, die das Christentum vom Angesicht der Erde zu fegen droht.«

»Das wird nicht geschehen.«

»Nein. Aber damit das sicher ist, müssen wir den Frieden und ein Bündnis aller christlichen Herrscher erreichen. Es ist unsere letzte Chance, und wir dürfen sie nicht ungenutzt lassen. Ihr, Pietro, seid ein brillanter junger Mann und gehört einer der herausragendsten Dynastien Venedigs an, der Königin der Meere. Ich bitte Euch, alles in Eurer Macht Stehende zu tun und auch mehr, um das festgesetzte Ziel zu erreichen. Ich bitte nicht um meinetwillen darum, sondern zur Rettung der Welt.«

»Eure Heiligkeit, ich werde mich dem ganz widmen.«

»Nun, wenn das Eure Absicht ist, so entlasse ich Euch nun, Kardinal, und weise Euch an, in die Diözese Vicenza zu reisen und von dort zum Dogen, um ihm meinen Willen mitzuteilen.«

»Das werde ich tun, Heiligkeit.«

»Ihr könnt gehen«, sagte der Pontifex und hielt ihm seine Hand hin, an der der Fischerring glitzerte.

Kardinal Barbo verbeugte sich, küsste den Ring und verließ dann rasch die Kapelle.

81. Nach Belgrad

Herzogtum Mailand, Castello di Abbiate

Etwas in ihm hatte sich verändert. Er war dieses Leben leid. Noch ein Jahr zuvor hätte er vielleicht über das, was er in der Seele empfand, gelacht, aber jetzt war dem nicht so. Wenn er darüber nachdachte, so war es der Fall Konstantinopels gewesen, der diese Veränderung ausgelöst hatte. Und beim bloßen Gedanken an die Verbrechen, die er begangen hatte, überlief es ihn eiskalt. Es war unmöglich, die Zeit zurückzudrehen, das wusste er wohl, aber in der Zukunft würde er alles begangene Unrecht wiedergutmachen. Er würde ein besserer Mensch werden, da war er sich sicher. Koste es sein Leben.

Er würde damit beginnen, das Blutgeld zurückzugeben. Und dann würde er gehen und in einem echten Krieg kämpfen, einer echten Schlacht, einem Konflikt, in dem es um etwas ging: eine Idee, ein Land, ein Volk, eine Religion. Etwas, das es wirklich wert war, dafür zu sterben.

Er fühlte sich schmutzig, armselig, elend, widerlich.

Er hätte noch ewig so weitermachen können. Wenn er nur daran dachte, dass er es genossen hatte, diese Frau zu töten, dass er die Auftraggeberin dieses Mordes bewundert hatte!

Schließlich war er zu Francesco Sforza gegangen und hatte ihm gesagt, dass er weggehen wollte, und als er ihm erklärt hatte, wieso, hatte sein alter Hauptmann zugestimmt. Hätte er gewusst, welches Verbrechens er sich schuldig gemacht hatte, hätte er ihn zerreißen lassen, oder noch wahrscheinlicher hätte er ihn mit seinen eigenen Händen getötet.

Doch das Schicksal musste andere Pläne mit ihm haben, denn Francesco Sforza hatte ihm die rechte Hand gedrückt, ihm für die Jahre, die er in seinen Diensten verbracht hatte, gedankt und ihn freigelassen, um zu gehen, wohin er wollte.

Gabor Szilagyi stand vor ihr. Seine langen blonden Haare waren schweißnass und zum ersten Mal, seit sie ihn kannte, zeigte er offen einen blutrünstigen Blick, als könnte er eine Wut, die ihn innerlich zerfraß, nicht mehr zurückhalten und würde gleich explodieren.

Als er sie sah, kniete Gabor nieder, und sobald sie ihn aufforderte aufzustehen, begann er zu sprechen: »Signora, ich bitte Euch um Verzeihung, Euch wie ein Gewitter zu überraschen, ohne gerufen worden zu sein. Doch ich bin gekommen, um Euch meine Abreise zu verkünden.«

Bianca Maria war überrascht. Sie begriff jedoch, dass etwas sehr Schwerwiegendes geschehen sein musste, daher versuchte sie zunächst, diese Entscheidung zu verstehen, bevor sie Gabor bat zu bleiben. »Wieso wollt Ihr gehen? Habt Ihr meinen Mann informiert, dass Ihr seine Truppe verlasst?«

»Das habe ich, Signora. Der Grund für meinen Aufbruch ist einfach: Nachdem er Konstantinopel zerstört hat, schickt sich Mehmed II., der Herrscher des größten Reiches der

Welt, an, auf Belgrad zu marschieren. Er will Ungarn erobern, und János Hunyadi, der ungarische Herrscher, der früher einmal in den Farben Eures Vaters gekämpft hat, ruft die ungarischen Soldaten zu sich, um so viele Kräfte wie möglich zu versammeln, um die Festung der Stadt zu verteidigen.«

»Liegt Belgrad denn in Ungarn?«, fragte Bianca Maria.

»Nein. In Serbien, aber an der Grenze zum Reich von János Hunyadi, und in einer strategischen Position: Es ist das Tor zur christlichen Welt. Sollte Mehmed II. es durchschreiten, stünde er kurz darauf vor den Mauern Wiens, dann vor Venedig, vielleicht sogar vor Mailand.«

»Und Ihr wollt dort sein, um die Mauern zu verteidigen. Das verstehe ich vollkommen, Gabor. Ich frage mich jedoch, ob es eine Möglichkeit gibt, Euch zurückzuhalten: Eure Dienste sind äußerst wertvoll für mich, und Ihr gefallt mir sehr, weil Ihr ein Mann seid, der Wort hält. Glaubt mir, das ist in einer Welt wie dieser, in der wir leben und wo es die Norm ist, das eine zu sagen und das andere zu tun, eine einzigartige und seltene Gabe.«

»Signora, ich danke Euch für Eure Worte. Doch ich muss Euer Angebot ablehnen, und ich erkläre Euch, wieso. Nicht nur meine Anwesenheit in Belgrad ist notwendig, sondern auch die der besten Ritter aus Rom, Mailand, Venedig, Florenz, Neapel, Genua, Ferrara und sämtlichen anderen Städten. Und aus Frankreich, Spanien, England, Portugal, Albanien, der Walachei, Transsilvanien und all der anderen Länder, die sich christlich nennen. Konstantinopel wurde im Stich gelassen, während sich hier Herzöge und Dogen wegen eines Dorfes oder eines Flusses bekriegten. Ich bin müde. Es liegt keine Ehre mehr in diesem Krieg, in dem ich an einem Tag gegen die Männer eines Söldnerhauptmannes kämpfe und am nächsten Tage in ihren Reihen. Nicht bloß Ungarn schwebt in Gefahr, sondern die gesamte bekannte Welt. Mehmed II. verfügt über mehr Männer, als Sterne am Himmel stehen, und sein Vormarsch droht, die Felder mit Leichen zu bedecken, die Wälder mit der Wurzel auszureißen, die Sonne zu verdunkeln, alles zu töten, was wir lieben. Deswegen gehe ich. Ich bin kein Ehrenmann, aber ich kann kämpfen und möchte meinen Anteil leisten.«

Bianca Maria war wie erstarrt. Gabor hatte recht, und als sie seine Worte hörte, wurde ihr zum ersten Mal bewusst, dass sie in ihrem Kampf um Mailand und für ihre Dynastie vollkommen vergessen hatten, was alles darüber hinaus geschah. Der Fall von Konstantinopel war zweifellos eine Tragödie, und Mailand hatte überhaupt nicht daran gedacht, da es damit beschäftigt war, die Angriffe der Venezianer abzuwehren, die Pest, die Kriege zwischen den kriminellen Banden, die immer noch wie Insektenschwärme über die Stadt herfielen. Sogar die Appelle des Papstes waren ihr wie reines Jammern vorgekommen, ein entferntes Echo alter Ideale, die sie alle wahrscheinlich längst aufgegeben hatten.

»Gabor, ich kann Euch also nicht aufhalten. Erlaubt mir, Euch für das, was Ihr mir gerade gestanden habt, zu danken. Eure Worte eröffnen mir eine größere Vision meiner kleinen Welt, die zwar für mich wichtig, aber doch nicht mehr als ein Punkt in einem unendlich viel größeren Bild ist, und die mit einem einzigen Schlag ausgelöscht werden könnte, wenn sich das, was Ihr berichtet habt, als wahr erweist. Ich gehe noch weiter: Wenn ich sicher in Mailand leben, meine Kinder großziehen und sie aufwachsen sehen kann, dann verdanke ich das höchstwahrscheinlich Männern wie Euch, die einem Feind gegenübertreten, der uns mit einem einzigen Fingerschnipsen auslöschen könnte.«

»Signora, ich glaube nicht, dass mir Lob gebührt: Ich habe eine Frau kaltblütig für Geld ermordet, ich bin ein Schlachter, mehr nicht. Aber da das Töten das ist, was ich am besten kann, so glaube ich, dass es sich lohnt, es aus einem wichtigeren Grund zu tun als für Geld.«

Bianca Maria riss die Augen auf. Es war, als hätte sie eine Ohrfeige bekommen.

Doch Gabor war noch nicht fertig. »Nun«, sagte er, »ich bin auch gekommen, um Euch das hier zurückzugeben. Es ist noch alles da.« Und ohne ein weiteres Wort legte er auf einen kleinen Tisch im Vorzimmer einen Beutel, den Bianca Maria sofort wiedererkannte. Dann verabschiedete er sich, ohne zu zögern. »Addio, Madonna.«

Er drehte ihr den Rücken zu.

»Gabor!«, rief sie. »Gabor.«

Doch er schien sie nicht zu hören. Er ging weiter. Und während er sich entfernte, spürte Bianca Maria, dass er besser geworden war als sie, da er Reue für seine Taten empfand.

82. Cosimo und Polixena

Republik Florenz, Palazzo Medici

Cosimo erwartete keinen solchen Besuch. Doch als er Polixena Condulmer kommen sah, obwohl sie nicht eingeladen war, konnte er seine Bewunderung nicht verbergen, denn ihm war bewusst, dass diese großartige Frau nicht gezögert hatte, die venezianische Terraferma, das Herzogtum Ferrara, Bologna und damit den Kirchenstaat zu durchqueren, um ihn zu sprechen. Es war ein Rätsel, wie sie es mit nur einer Begleitung, wie es hieß, geschafft hatte und noch mehr, wie ihr Mann einen solchen Wahnsinn hatte erlauben können. Ein Blick genügte ihm jedoch, um zu verstehen, dass es völlig unmöglich war, sich Polixenas Willen entgegenzustellen.

Das machte die Tatsache, dass sie jetzt hier vor ihm stand, noch viel bedeutsamer, ganz davon abgesehen, dass es wirklich wichtige Gründe für ihren Besuch in florentinischen Landen geben musste.

»Madonna Condulmer«, sagte Cosimo, »welch enorme Freude, Euch in meinem einfachen Zuhause zu sehen.«

Polixena lächelte. »Messer Medici, die Freude ist ganz die meine, und was die Einfachheit angeht, so muss ich zugeben, sie paart sich mit einer unendlichen Eleganz und so raffiniertem Geschmack, dass es einem den Atem raubt«, erwiderte die venezianische Adelige. Um ihre Worte zu bestätigen, ließ sie ihren Blick einen Moment über die großartigen Fresken im Saal gleiten sowie über die Holzschränke mit Intarsien und die prachtvollen Truhen, die mit Samt und Goldbrokat bedeckt waren. Der Saal war prächtig beleuchtet, dank einer Unmenge an Kerzen, die wie Sterne strahlten an vier beeindruckenden, schmiedeeisernen Kronleuchtern, die an der kostbaren Kassettendecke hingen.

»Was bringt Euch dazu, mich so überraschend mit Eurem Besuch zu beehren?«, fragte Cosimo sie leicht ungeduldig.

»Messer Medici, ich bitte Euch, mein Temperament und meine schlechten Manieren zu verzeihen, aber ich hatte keine andere Wahl. Der Grund für das, was ich getan habe, ist schlicht und gleichzeitig schwerwiegend. Ich bin hier, in Florenz, in Eurem Haus, um Euch um Frieden zu bitten.«

Cosimo zog eine Augenbraue hoch. »Frieden? Welchen Frieden meint Ihr? Habt Ihr jemals davon gehört, dass ich jemanden angegriffen hätte? Ich befürchte eher, dass die anderen mir den Krieg aufzwingen«, platzte er verärgert heraus. »Alfons von Aragón, oder besser noch sein Sohn Ferrante, hat es für richtig gehalten, gegen mich zu ziehen, ohne jeden Grund, nur, um mir Ländereien abzunehmen und sein eigenes Reich zu vergrößern, und Italien zwischen sich und Venedig aufzuteilen. Und was hätte ich denn tun sollen? Zulassen, dass der Republik Florenz alles genommen wird? Nun, wenn das der Grund ist, Madonna, dann schwöre ich Euch, dass ich nicht so glücklich bin, Euch zu sehen.«

Polixena spürte, dass das Gespräch eine gefährliche Wendung nahm, überdies auf eine ganz unerwartete Weise.

Cosimo war ein außergewöhnlich ausgeglichener und ruhiger Mann, aber das bedeutete nicht, dass er jeglicher Bitte nachkommen würde. Sie war zu voreilig gewesen. Sie musste erklären, überzeugen. Das war nur natürlich. Wie hatte sie nur so dumm sein können? »Messer Medici, verzeiht meine Leichtfertigkeit, ich wollte Euch sicher nichts vorwerfen. Ich beginne noch einmal von vorn und informiere Euch darüber, dass Venedig ein Friedensabkommen mit Francesco Sforza unterzeichnen will. Aus verschiedenen Gründen, der vornehmlichste ist der Wille des Papstes, der schon zu lange vergeblich darum bittet, dass sich ein Bündnis der christlichen Fürsten, Herzöge und Herren zusammentut, um sich der osmanischen Großmacht entgegenzustellen. Mir ist bewusst, dass der Fall von Konstantinopel für Florenz wahrscheinlich kein so großes Drama war wie für Venedig, auch wenn ich natürlich von den vielen Handelsaktivitäten Eurer Republik durch Vermittlung von Pisa auf byzantinischen Boden weiß und auch von Eurem unstillbaren Interesse an der griechischen Kultur. Außerdem wart Ihr es, der die schwierige Wiedervereinigung der Kirchen angestrebt hat, indem Ihr das Konzil von Ferrara hierher nach Florenz gebracht habt.«

Cosimo nickte. Diese Worte schienen ihm zu gefallen. »Ich muss zugeben, dass dieses Abkommen trotz der Versprechen des Basileus von Konstantinopel nie respektiert wurde. Auch deswegen hat der Pontifex Konstantin XI. Palaiologos wohl nie recht helfen können. Es ist zu einfach, nach Soldaten und Flotten zu fragen, ohne sich an Verträge zu halten. Wie Ihr wisst, Madonna, ist die Angelegenheit äußerst komplex, und die Lösung erwies sich als sehr schwierig.«

»So sehr, dass es praktisch keine gab, abgesehen vom Fall Konstantinopels.«

»Ganz genau«, bestätigte Cosimo seufzend.

»Daher, Messer Medici, werdet Ihr heute die Ansicht des Papstes gut verstehen und, wie ich glaube, auch teilen können.«

»Zweifellos. Was schlagt Ihr vor?«

»Dass Ihr ein Friedensabkommen mit Francesco Sforza und dem Dogen Francesco Foscari unterzeichnet, das eventuell gleichzeitig ein Bündnis gegen den Großen Türken bildet. Der Pontifex wäre bei einem solchen Projekt sofort dabei«, sagte Polixena.

Cosimo de' Medici schien darüber nachdenken zu wollen. Es war klar, dass ihm diese Vorstellung nicht missfiel, aber es fehlte noch ein entscheidendes Element, um das Projekt wirklich gangbar zu machen. »Ihr habt ein Detail vergessen und kein kleines«, sagte der Herrscher von Florenz. »Alfons von Aragón hat zwar dem offenen Kampf abgeschworen, aber ich muss zugeben, dass die Truppen seines Sohnes noch bis vor einem Monat praktisch vor den Toren meiner Stadt standen. Und im Moment gibt es keinerlei Sicherheit, dass er nicht schon bald mit noch kriegerischeren Absichten zurückkehrt.«

»Mio Signore«, drängte Polixena, die in Cosimos Tonfall einen unmerklichen Bruch erahnt hatte, als wäre er jetzt weniger davon überzeugt, dass das, worum sie ihn bat, unmöglich sei. »Denkt doch nur, was ein Friedensabkommen zwischen Euch, Francesco Sforza und Francesco Foscari bedeuten würde. Venedig, Mailand und Florenz zusammen würden umgehend die Zustimmung des Papstes erhalten. Ganz abgesehen davon, dass es Euch nicht davon abhalten würde, auf einen eventuellen Angriff von Alfons von Aragón zu reagieren, der sich jedoch in der unglücklichen Rolle desjenigen befände, der als Einziger noch einen Krieg will. Und ihm würde dann eine dreifache Allianz gegenüberstehen, ja sogar vierfach, sobald sie von Nikolaus V. gesegnet würde, und das geschähe im Augenblick ihrer Entstehung. Alfons der Großmütige, der immer ein Verteidiger des Christentums war, wäre dann der Einzige, der die Chance nicht ergreift, Teil eines Bündnisses zu sein, dessen Hauptziel es wäre, ein christliches Bollwerk gegen die osmanische Invasion darzustellen. Glaubt Ihr nicht, dass ein solches Friedensabkommen zur Folge hätte, dass sogar der König von Neapel aufgeben und die Waffen strecken müsste?«

»Eure Argumentation ist lupenrein, Madonna Condulmer. Ich gebe zu, dass diese Aussicht eine ganz andere ist und durchaus einladend. Ich muss eingestehen, dass ich von Eurer Intelligenz wirklich beeindruckt bin. Auf eine gewisse Art erlebe ich heute eine Umkehrung der Fronten, verglichen mit dem, was vor ein paar Jahren geschehen ist.«

»Ihr spielt auf meinen Bruder an? Den Fluchtplan, den Ihr vorbereiten konntet und der ihn gerettet hat?«

»Ganz genau.«

»Nein, mio Signore, gar nicht, das ist zu viel der Ehre. Damals habt Ihr meinem geliebten Bruder das Leben gerettet und ihn in dieser wundervollen Stadt mit allen Ehren empfangen«, sagte Polixena, während ihr beim Gedanken an Gabriele eine Träne über die Wange lief. Sie wischte sie sofort weg, weil sie stark erscheinen wollte, und fuhr fort: »Ich hingegen habe lediglich die Situation aus einer neuen Perspektive betrachtet. Aber diese Vision wurde von unserem Pontifex erdacht, der, wie ich Euch gesagt habe, ganz verbittert ist, weil er es trotz vieler Mühen nicht geschafft hat, den Fall Konstantinopels zu verhindern. Ihr seht also, dass ich allein seinen Willen präsentiert habe.«

»Durchaus nicht«, antwortete Cosimo, »durchaus nicht. Ihr schmälert Eure Verdienste, Madonna, aber ich akzeptiere Eure Bescheidenheit nicht. Ich schwöre Euch jedenfalls, wenn Francesco Sforza und der Doge Foscari das Friedensabkommen unterzeichnen, nun, dann wird sich mein Name neben ihren finden. Um meinen guten Willen zu beweisen, sage ich Euch, dass ich noch heute meine Rechtsgelehrten anweisen werde, mit den anderen Parteien in Verhandlungen zu treten.«

»Wirklich, mio Signore?«, fragte Polixena ungläubig.

»Sicherlich! Ich bin nicht so dumm, eine Chance nicht zu ergreifen, die mir mit so viel Intelligenz und Grazie angeboten wird, und meine Liebe, niemand hätte das besser machen können als Ihr, glaubt mir. Und nun bitte ich Euch, mein Gast zum Mittagessen zu sein, da ich es nicht ertragen würde, mich um Eure Gesellschaft und Konversation zu bringen, nicht einmal, wenn Ihr mir ein Messer an die Kehle setzen würdet.«

Als sie das hörte, musste Polixena unwillkürlich lächeln. Sie hatte es also geschafft! Cosimo de' Medici war bereit, einen Friedensvertrag mit Mailand und Venedig zu unterzeichnen.

Während er sie zu einem prächtigen Speisesaal geleitete, hoffte sie, dass ihr Mann Niccolò bei Francesco Foscari genauso viel Glück gehabt hatte.

83. Nutzlose Reue

Herzogtum Mailand, Ghiara d'Adda

Braccio Spezzato war dem Ungarn fast bis zum Vorzimmer von Bianca Maria Visconti gefolgt. Francesco Sforza zweifelte seit einiger Zeit an ihm, und schlimmer noch, er war davon überzeugt, dass Szilagyi Perpetua da Varese umgebracht hatte, und im Zweifel wollte er seinen Tod. Er hatte nach seinem Kopf verlangt. Ganz abgesehen davon hatte Braccio Spezzato nun durch einen bizarren Zufall den Beweis seiner Schuld erhalten. Das, was er gehört hatte, als er hinter der Tür des Vorzimmers lauschte, genügte ihm.

Er war nicht gerade begeistert, einem Krieger wie ihm entgegenzutreten, weil er sehr wohl wusste, dass dieser Mann ein echter Mörder war. Und obwohl er von zwei seiner Männer begleitet wurde, war er sich nicht sicher, ob sie ihn zu dritt überwältigen könnten.

Zusammen mit Scannabue und Nero hatte er ihn zu Pferd verfolgt, bis Szilagyi an einem einsamen Gasthof mitten in Ghiara d'Adda anhielt. Das regennasse Schild und die Abenddämmerung machten es unmöglich, den Namen zu erkennen. Egal.

Sie hatten ihn zuerst eintreten lassen, dann waren auch sie hineingegangen. Der Plan, sofern man ihn als solchen bezeichnen konnte, bestand darin, einen Streit anzufangen, nach draußen zu gehen und ihn dort zu töten. Der Wirt würde es nicht wagen, sich einzumischen, und selbst wenn er es versuchen sollte, würde die Tatsache, dass sie Francesco Sforzas Soldaten waren, das sofort beenden.

Im Gasthaus war es gemütlich und dank zweier großer Kamine, in denen bestes Holz brannte, angenehm warm. Die Tische waren leer.

Nach einem Tag im Sattel voller Regen und Matsch fanden Braccio Spezzato, Scannabue und Nero die Aussicht, etwas zu essen und einen Kelch guten Wein zu trinken, gar nicht dumm, umso mehr, da der Ungar in einer Ecke saß, ihnen den Rücken zuwandte und anscheinend nichts bemerkt hatte. Wieso also nicht sich ein warmes Essen und ein wenig Wein gönnen?

Sie setzten sich an einen Tisch. Nero, dessen Stimme der Ungar nicht erkennen würde, bestellte Ziegenbraten und kalte Pasteten für alle sowie einen Krug Wein. Den Stuhl an die Wand gelehnt, behielt Braccio Spezzato Gabor Szilagyi im Blick. Er wusste, dass er ihn früher oder später nach draußen rufen müsste, aber er hatte keine Lust. Denn wieso zum Teufel musste er sein Leben zum x-ten Mal aufs Spiel setzen? Konnten sie nicht einfach etwas essen, zurück ins Lager reiten und behaupten, sie hätten ihn getötet? Wer würde schon das Gegenteil beweisen können? Der Ungar war ja auf dem Weg in die Heimat oder vielleicht auch nach Belgrad, man könnte ihn also ziehen lassen. Doch Francesco Sforza wollte, dass er ihm Szilagyis Kopf brachte, und das verkomplizierte die Sache. Gewiss, er hätte erzählen können, dass der Ungar tot in den Fluss gefallen war und sie es nicht geschafft hatten, ihm den Kopf abzuschneiden, aber

Braccio Spezzato wusste, dass sein Hauptmann sich damit nicht zufriedengeben würde.

Ihm blieb also nichts anderes übrig, als schnell zu essen, dann Scannabue zu dem Ungarn zu schicken und zu hoffen, dass er ihm vielleicht die Kehle durchschneiden würde. Wenn er es nicht schaffte, dann wäre er wahrscheinlich schwer getroffen, und als Nächstes würde er selbst ihm in einem Duell gegenübertreten müssen, woran er nicht einmal denken wollte, weil er ihn hinmetzeln würde.

Was tun?

Er hatte sie schon seit einer Weile im Blick. Sie saßen an einem Tisch an der gegenüberliegenden Wand. Sie glaubten, er hätte nicht bemerkt, dass sie ihm seit mindestens zwanzig Meilen gefolgt waren. Sicher, sie waren vorsichtig gewesen, hatten Abstand gehalten, der Regen und die Dunkelheit erledigten den Rest. Aber es hatte nicht ausgereicht. Nicht für einen wie ihn. Sie zögerten, warteten ab: wahrscheinlich, weil sie Angst vor ihm hatten. Sie wussten nicht, dass er sich verändert hatte, dass er, verglichen mit der Zeit vor einem Monat, nur noch ein Schatten seiner selbst war. Umso besser. Wozu sollte er sie vom Gegenteil überzeugen? Besser, er nutzte seinen Ruf als blutrünstiger Krieger aus, den er sich in den letzten Jahren erworben hatte.

Er blieb sitzen und genoss seine kalte Wildpastete. Sie zerging auf der Zunge und war köstlich. Der Wein ebenso. Ohne gesehen zu werden, behielt er die Männer aus den Augenwinkeln im Blick. Mit jedem Schluck benebelte er seine Sinne. Sollten sie ihn doch umbringen! Er war so angeekelt von dem, was sein Leben gewesen war, dass er ihnen noch dankbar wäre, wenn sie ihn erschlagen würden.

Plötzlich sah er einen der drei aufstehen. Es war Scannabue. Er ging auf seinen Tisch zu.

Gabor seufzte.

Musste es wirklich so enden?

Um sicherzugehen, legte er seine rechte Hand auf ein großes Messer, das er an seinem Gürtel trug. Es war ein Kriegsmesser mit einer gebogenen Klinge, vier Spannen lang. Es hatte einen angenehmen Beingriff und schnitt wie ein Rasiermesser. Er nahm noch einen Bissen von der Pastete. Scannabue näherte sich ihm ahnungslos, auch er hatte ein Messer in der Hand. Der Schein des Kaminfeuers fiel auf die Klinge, sodass sie aufblitzte. Als er schätzte, dass er nahe genug war, sprang Gabor abrupt auf, griff den Stuhl an der Rückenlehne und schleuderte ihn Scannabue an den Kopf. Das Holz schlug auf den Schädel des Mannes wie ein Stock, sodass er zu Boden fiel. Sofort stand Szilagyi über ihm, packte ihn am Kopf und durchtrennte seine Kehle, während der Wirt die Hände hob, als wollte er vorbeugend kapitulieren und um Gnade bitten, damit er ihm nicht das Lokal zerstörte.

Gabor sprang auf, in der Hand die Klinge, von der das Blut tropfte, im Gesicht ein raubtierhaftes Grinsen. Er sah die erbleichten Gesichter der beiden Angreifer.

»Draußen ist es dunkel und nass«, sagte er. »Wenn es Euch passt, können wir hier schlafen und unsere Angelegenheit im Morgengrauen im Hof draußen klären. Ich werde nicht fliehen, ich gebe Euch mein Wort. Bis dahin könnt Ihr darüber nachdenken, ob Ihr dasselbe Ende erleiden wollt wie Euer Freund, und die Zeit nutzen, um ihm ein würdiges Grab zu geben.«

Braccio Spezzato, denn er war es, den Gabor erkannt hatte, stand auf. Ohne ein Wort zog er sein Schwert, und es war klar, dass er den Vorschlag ablehnte. Der andere Soldat, der bei ihm war, tat es ihm nach. Der Wirt zog sich in die Küche zurück und empfahl seine Seele Gott, während er darauf wartete, dass seine Gäste sich abstachen.

Auch Gabor zog seinen Krummsäbel. Es war eine tödliche Waffe mit gebogener Klinge und einem prächtigen Perlmuttgriff mit Silber und Rubinen. Wenn er sterben müsste, dann würde er sich wenigstens amüsieren, dachte er.

Schon merkwürdig, sagte er sich, dass es genau in dem Augenblick zu Ende gehen musste, in dem er im Begriff war, ein besserer Mensch zu werden.

Er führte einen eindrucksvollen Schwerthieb in Richtung Braccio Spezzato. Die halbmondförmige Klinge beschrieb einen Bogen, traf auf das Schwert des Soldaten von Sforza. Gleichzeitig schleuderte er, ohne Zeit zu verlieren, das große Messer gegen den anderen Angreifer. Mit etwas Derartigem hatte dieser nicht gerechnet. Das Überraschungselement und die kurze Distanz waren auf Gabors Seite: Das Messer drang genau in der Mitte der Stirn des Mannes ein und spaltete seinen Schädel.

Der Soldat sank auf die Knie. Dann brach er atemlos auf dem Boden zusammen.

Braccio Spezzato riss die Augen auf: Er war unversehens allein. Seine beiden Begleiter waren tot. Ihre Leben mit einer Leichtigkeit ausgelöscht, die ihn bestürzte. Noch ein Grund mehr, die eigene Haut teuer zu verkaufen. Er parierte den Hieb des Ungarn, stach horizontal zu, in der Hoffnung, ihn zu überraschen, aber die verdammte halbmondförmige Klinge schob sich zwischen seine Schwertspitze und Szilagyis Bauch.

Braccio Spezzato griff mit Schwung nach oben an, doch der Ungar parierte erneut, und er beschränkte sich nicht darauf, sich zu verteidigen, sondern ging mit einer wirklich beeindruckenden Riposte zum Angriff über. Braccio Spezzato lenkte die Klinge gerade so weit ab, dass er kein Ohr verlor. Dann brachte er seinen Gegner mit einem wütenden Schwerthieb von rechts nach links aus dem Gleichgewicht und versetzte ihm einen Kopfstoß mitten ins Gesicht. Der Ungar schrie auf und hob die freie Hand ans Gesicht. Kurz darauf spuckte er das Blut aus, das ihm von der Nase in den Mund lief.

Braccio Spezzato verlor keine Zeit. Während der andere sich bestmöglich verteidigte und zu einem gewaltigen Schwerthieb ansetzte, nutzte er den Moment, um ein Messer aus dem Gürtel zu ziehen und es ihm in den linken Oberschenkel zu stechen.

Das Messer ließ ihn aufschreien. Der Ungar begriff, dass er am Ende war. Er hatte den Fehler gemacht, Braccio Spezzato zu unterschätzen, weil er gedacht hatte, er würde die Duellregeln respektieren, aber ohne schmutzige Tricks wurde man nicht so alt wie er. Das wusste niemand besser als Gabor selbst.

Die Schwertklinge von Braccio Spezzato drang komplett durch ihn hindurch. Er spürte, wie das Eisen ihn zerriss, spürte einen unbekannten und schrecklichen Schmerz in der Brust. Er lächelte. Was soll's, er hatte es verdient, aber er wollte wenigstens mit einem Minimum an Eleganz von dieser Welt gehen.

»Ich bin froh, dass Ihr es seid, der mich tötet, Braccio Spezzato«, sagte er und sank auf die Knie, »wenigstens sterbe ich durch die Hand eines Tapferen.« Er spuckte Blut. Dann brach er seitlich zusammen.

Braccio Spezzato sah ihn zu Boden gehen. Und konnte es kaum glauben. Der Ungar murmelte etwas, das er nicht ganz verstand. Er versuchte auch gar nicht, es zu verstehen. Es reichte ihm zu begreifen, dass er noch am Leben war.

Es kam ihm so vor, als hätte Gabor Szilagyi sich absichtlich umbringen lassen. Er zog ihn an den Haaren hinter sich her, bis aus diesem verfluchten Gasthaus hinaus. Er mühte sich mit der Tür ab, während der Wirt hervorschaute, ohne sich zu trauen, etwas zu sagen.

Als er draußen war, bemerkte er, dass es zu schneien begonnen hatte. Noch ein Grund mehr, keine Zeit zu verlieren. Er tat, was er tun musste, dann packte er den Kopf in den Stoffsack, den er mitgebracht hatte. Er ging zu den Ställen, holte sein Pferd und ritt nach Abbiate.

84. Schlechtes Gewissen

Herzogtum Mailand, Castello Abbiate

Auf Befehl des Herzogs soll ich das hier abgeben.« Braccio Spezzato hob einen Stoffsack, der übelkeiterregend stank und weinrot war. »Der Hauptmann hegt keinen Groll. Er wusste, dass das, was getan wurde, Euer volles Recht war, er wollte Euch nur informieren, dass er keine offenen Rechnungen mag.« Ohne eine Antwort abzuwarten, legte Braccio Spezzato den Sack auf den Boden und warf Bianca Maria einen herausfordernden Blick zu. Sie zeigte Panik, weil sie anscheinend erraten hatte, was sich in dem Sack befand. Dann drehte sich der Soldat auf dem Absatz um und ging.

Als sie sicher war, allein zu sein, öffnete Bianca Maria den Sack und sah hinein. Der Gestank war so stark und widerlich, dass sie den Brechreiz kaum unterdrücken konnte. Was sie sah, bestürzte sie. Sie legte die Zipfel des Sackes sofort wieder aufeinander.

Sie bemerkte, dass sie zitterte. Ihre Zähne klapperten in einer Art Totengesang. Dann wusste Francesco also Bescheid: Er verurteilte sie nicht für das, was sie getan hatte, aber er hatte den Mord an Perpetua da Varese und dessen Auftraggeberin offensichtlich entdeckt.

Sie ließ sich zu Boden sinken, den Rücken an die Wand

gelehnt. Es fühlte sich an, als hätte man ihr einen Dolchstoß versetzt. Unfähig aufzustehen, schaute sie im Sitzen aus dem Fenster des Castello: Sie sah den Schnee in großen, weißen Flocken fallen, und ihr war unerträglich kalt. Sie hätte gern einen Umhang geholt, traute sich jedoch nicht aufzustehen. Zu groß war ihre Angst. So blieb sie, wo sie war, mit dem Beweis des vor Jahren begangenen Mordes direkt neben sich. Ein abgetrennter Kopf, der sie daran erinnerte, was für eine Art Frau sie war.

Selbst Gabor Szilagyi hatte sich als besserer Mensch als sie herausgestellt! Immerhin hatte er aufrichtig bereut.

Ihr wurde übel.

Sie zwang sich aufzustehen, stützte sich mit den Armen an der Wand ab. Als sie es auf die Füße geschafft hatte, spürte sie, dass ihre Beine wie Espenlaub zitterten, an dem ein eisiger Wind zerrt. Sie biss sich auf die Lippen, schmeckte Blut. Dieses süßliche Aroma weckte sie schließlich aus der tiefen Lethargie, in die sie versunken war. Mit Mühe packte sie den Sack und ging in ihre Gemächer. Sie legte sich einen langen Umhang mit Pelzkragen um die Schultern und zog hohe Stiefel an. Dann schleppte sie sich, den Sack in der Hand, hinaus und begab sich zum östlichen Turm. Das Gehen war ihr noch nie so schwergefallen, und zum ersten Mal begriff sie, was ihr Vater hatte ertragen müssen, der zeit seines Lebens gezwungen war, sich mithilfe zweier Stöcke fortzubewegen.

Als sie schließlich beim Bollwerk angekommen war, schnitt ihr ein eisiger Wind ins Gesicht. Der Schnee wirbelte in großen Flocken um sie herum.

Ein Vogelschwarm flog am Himmel entlang: schwarze Raben, die krächzten, als würden sie sie anklagen, als wollten sie betonen, dass sie wussten, was sie getan hatte.

Bianca Maria sah eine Wache näher kommen. »Ich will allein sein«, sagte sie mit fester Stimme. »Geht, wohin Ihr wollt, aber bleibt nicht hier!«

Der Mann verbeugte sich linkisch. Im schwachen Licht des Nachmittags glitzerte die Klinge seiner Hellebarde.

Sie hatte das Gefühl, sich verirrt zu haben, ihre Hand umklammerte die Steine einer Zinne, als drohe sie zu fallen. Sie hatte keine Lust, zum Turm zu gehen, also beschloss sie zu bleiben, wo sie war. Sie zitterte, aber nicht vor Kälte. Es war die Reue, die sie wie ein Schwert durchbohrte, und das zum ersten Mal seit langer Zeit. Sie fragte sich, wie es möglich war, dass sie die Abscheu vor sich selbst bis zu diesem Augenblick nie gepeinigt hatte, aber sie sagte sich, dass die Wut auf Francesco und seine betrügerische Geliebte wohl einen überwältigenden Zynismus genährt hatte. Und wie Eis, das zerstören kann, hatte dieser Geisteszustand Gefühle ausgelöscht, genau wie der weiße Schnee die Konturen verbarg, die Linien verwischte, Kanten und Ecken mit kalten weißen Wogen bemäntelte.

Sie hob den Sack vor sich hoch und stieg auf das Bollwerk, bis die Zinnen ihr an die Brust reichten. Unter sich konnte sie den Graben ausmachen. Mit einer schier unmenschlichen Anstrengung, so schien es ihr, hob sie den Arm und warf mit aller Kraft den Sack über die Zinnen hinaus. Sie sah, wie er vor den Mauern eine krumme Kurve beschrieb, sich in der grauen Luft verlor, bis er mit einem dumpfen Platsch im Graben versank.

Sie blieb stehen und schaute hinab, als verlange eine archaische Macht ihre Aufmerksamkeit. Schließlich brach sie in Tränen aus. Die Schluchzer schüttelten sie, während ein unbeschreiblicher Schmerz nach ihrem Herzen griff.

85. Gebete

Königreich Neapel, Castel Nuovo

Ferrante schaute seinen Vater an, der unter Wolldecken und Wolfsfellen lag. Seine Stirn war glühend heiß, und er konnte kaum sprechen. In einer Zimmerecke saß Don Rafael Cossin Rubio. Er hatte die ganze Zeit über geschwiegen, als wäre es in dieser Situation völlig unangemessen, auch nur ein Wort zu äußern.

Ferrante war vom verheerenden Florentiner Feldzug zurückgekommen. Seine Soldaten hatten lange auf die Ankunft des Königs gewartet, aber trotz der Versprechen und wiederholten Proklamationen hatte Alfons wegen einer plötzlichen Erkrankung sofort nach Hause zurückkehren müssen.

Die Aragonesen hatten ein paar Monate lang in einem Lager vor Florenz ausgeharrt, doch dann hatte sich ihr ungeschickter Versuch, eine Schlacht zu beginnen, in nichts aufgelöst, und als Ferrante nach Neapel zurückkehrte, war sein Vater noch nicht genesen.

Alfons' Augen glänzten. Ferrante konnte es gar nicht glauben: Er schien um mindestens zwanzig Jahre gealtert. Er erahnte seine erschreckende Magerkeit unter den Decken.

Trotzdem rief El Rey, der immer wieder von Hustenanfällen geschüttelt wurde, ihn zu sich.

Ferrante gehorchte.

»Mein Sohn«, sagte er, »ich habe einen Brief vom Pontifex erhalten. Er rät mir, die Angriffe auf Cosimo de' Medici einzustellen. Ich bin versucht abzulehnen, aber der Heilige Vater hat mir zwei sehr wichtige Dinge in Erinnerung gerufen.«

»Vater, strengt Euch nicht zu sehr an.«

»Unfug! Holt mir lieber den Brief, von dem ich rede! Er liegt auf meinem Schreibtisch.«

Ferrante tat wie ihm geheißen. Er fand den Brief, nahm ihn und kehrte zum Krankenlager seines Vaters zurück.

»Lest ab der zweiten Zeile«, sagte El Rey.

Der Königssohn überflog das Pergament. Er fand die zweite Zeile und begann.

Ich informiere Euch darüber, dass Francesco Sforza und Francesco Foscari, Doge von Venedig, übereingekommen sind, Anfang April in Lodi einen Friedensvertrag zu unterzeichnen. Das genaue Datum ist auf den neunten festgelegt. Mit ziemlicher Sicherheit wird auch Cosimo de' Medici das Abkommen unterzeichnen. Als Ergebnis dieses Vertrages stellt der Fluss Adda die Grenze zwischen dem Herzogtum und der Serenissima Repubblica dar, was durch die Anbringung von Schildern verdeutlicht wird. Nicht nur das. Das Abkommen stellt den ersten Schritt zur Gründung einer Liga der wichtigsten Mächte im Norden dar: Mailand, Venedig und Florenz. Ich selbst kann bereits sagen, dass auch der

Kirchenstaat ein Teil davon sein wird, da ich mit gutem Recht bestätigen kann, dass dieser Vertrag unter meiner Ägide und nach meinem Willen entsteht. Es ist überflüssig zu erwähnen, dass es mein Wunsch ist, dass auch Ihr auf Euren Anspruch auf Mailand und seine Florentiner Territorien im Namen eines höheren Ziels verzichtet: Einerseits für den Frieden mit Mailand, Venedig und Florenz, andererseits für die Teilnahme an einer Liga, die, wenn sie ihre unterschiedliche Macht vereint, zu einem einzigartigen Bollwerk gegen die voranschreitende Gefahr des Osmanischen Reichs wird. Wie Ihr sicherlich wisst, bereitet sich Mehmed II. vor, in Serbien einzumarschieren und Belgrad zu belagern. Das Hauptziel dieser Politik des Friedens und der Bündnisse ist daher, den christlichen Westen vor der sich ausbreitenden Macht der Ungläubigen zu retten. Ich appelliere an Eure Intelligenz, an Euren Mut und an die Loyalität, die Ihr stets gegenüber dem christlichen Glauben gezeigt habt ...

»Das reicht!«, sagte der König. »Was haltet Ihr davon?«

»Was ich davon halte?«

»Ja, Ferrante, lasst mich keinen Atem verschwenden. Ihr seid jetzt groß. Ihr werdet sehr bald König!«

Der Prinz wartete einen Moment und dachte nach. Dann sagte er: »Ich glaube, dass es sich lohnt zuzustimmen, Vater. Venedig, Mailand und Florenz stehen für mehr als die Hälfte Italiens, und der Frieden, den sie schließen werden, wird vom Papst gesegnet werden, der ja auch der Schöpfer dieses Friedens ist. Gut vorstellbar, dass schon bald auch die Este dazustoßen werden. Und all diese Mächte würden im Königreich Neapel den einzigen Feind sehen, umso mehr, da es von einem Fremden repräsentiert wird, denn wenn ich eines in den letzten Jahren begriffen habe, dann, dass wir stets als solche gesehen werden, egal, wie viel Gutes wir tun. Ganz abgesehen davon, dass es eben Papst Nikolaus V. war, der die Legitimität meines Thronanspruchs bestätigt hat. Es sind also viele Gründe, die mich zu einem Ja tendieren lassen.«

»Mein Sohn, kommt her«, sagte der König, »hierher zu mir.«

Ferrante gehorchte.

Als er sich seinem Vater näherte, hatte Alfons lobende Worte für ihn: »Ihr habt gut argumentiert, mein Sohn, und mit Achtsamkeit und Scharfsinn geurteilt. Ich bin stolz auf Euch. Ihr seid bereit, nicht wahr, Don Rafael?«, sagte der König an den Hidalgo aus Medina gewandt.

Dieser nickte stumm.

»Ihr müsst mir versprechen, Don Rafael, dass Ihr Euch um Ferrante kümmern werdet, wenn ich nicht mehr da bin. Natürlich ist er ein Mann, und er ist vollkommen imstande, allein zu entscheiden, das hat er gerade bewiesen, aber der Rat eines in der Kriegskunst und der Politik erfahrenen Mannes wie Euch ist dennoch von unschätzbarem Wert.«

»Das wird nicht nötig sein, Majestät«, erwiderte der Hidalgo, »weil Ihr schon bald genesen sein werdet.«

»Don Rafael hat recht, schon bald wird es Euch viel besser gehen, da bin ich mir sicher.«

»Vielleicht habt Ihr beide recht«, sagte El Rey, »aber es ist besser, auf das Schlimmste vorbereitet zu sein.«

Weder Ferrante, noch Don Rafael hatten den Mut, darauf etwas zu erwidern.

1458

86. Das Testament

Königreich Neapel, Castel dell'Ovo

Die Sonne stand im Zenit über dem Castel dell'Ovo. Die sirupdicke Luft nahm einem den Atem. Der Duft von Oleander vermengte sich mit dem strengen Salzgeruch und den Aromen der Zitrusfrüchte, und diese kräftige, intensive Mischung dämpfte die Sinne. Seine Augen wanderten über den Golf: Das blaue Wasser füllte seinen Blick, und wieder einmal verstand Ferrante, wieso sein Vater Neapel so sehr geliebt hatte.

Hinter seinem Rücken lag jedoch eine Geisterstadt, leergefegt von der Pest und kurz davor, unter der erbarmungslosen Sonne, die sie in die Hölle zu verdammen schien, zu schmelzen. Und ihr neuer König war nichts weiter als der Herrscher über eine Handvoll Überlebender.

Vielleicht hielt Ferrante auch aus diesem Grund das Testament seines Vaters in Händen. Er trug es stets bei sich, seit dieser vor einigen Tagen verstorben war, es war wie ein Talisman oder ein Schatz, der ihm die Geheimnisse des Regierens und den Sinn des Lebens enthüllte. Auf diese Art hatte er Alfons immer bei sich.

El Rey war von ihm gegangen und hatte eine tiefe Leere in seinem Herzen hinterlassen. Und indem er seine Worte

las, erneuerte Ferrante jeden Tag ein Versprechen und hatte
außerdem das Gefühl, eine zuverlässige Orientierungshilfe
fürs Leben vor sich zu haben, so viele Lehren fanden sich
auf diesen zwei Seiten.

So widmete er sich auch an diesem Morgen der Lektüre,
die seinem gebrochenen Herzen Erleichterung verschaffte.

Mein geliebter Sohn,

ich sterbe und vererbe Euch das, was ich gewesen
bin. Ich lebe in Euch und Ihr in mir. Daher werden
wir trotz dieser Trennung, obwohl ich nun gehen
muss, immer beisammen sein.

Denkt daran, nun den Höflingen und Gutsherren
Trost zu spenden, denn da ich sterbe, übergebe ich sie
Euch, der Ihr zu ihrem Hüter und Beschützer werdet.
Verlasst sie nicht, sie sind Eure einzige Gesellschaft.
Gleichwohl solltet Ihr unter ihnen die Aragonesen
und Katalanen bevorzugen, denn sie sind, auch wenn
sie als Fremde betrachtet werden, das Rückgrat des
Reiches, das wir erschaffen haben: Hört vor allem
auf Don Rafael Cossin Rubio und Don Iñigo de
Guevara. Versprecht, die Steuern und ungerechten
Abgaben zu überdenken, die ich irrtümlich und
unabsichtlich auferlegt habe. Beim Regieren des
Reiches solltet Ihr mit Vorsicht handeln, mit
Gottesehrfurcht und tiefem Pflichtbewusstsein, die
Gerechtigkeit sei dabei Euer einziger Leitfaden. Nur
so werden Eure Entscheidungen unangreifbar durch
Eure Feinde und von Untertanen und Verbündeten
gefeiert, und das sollte immer Euer Ziel sein: ein
tadelloses Verhalten, gerecht und konsequent.

Seid immer bereit zu handeln, denn was ein Herrscher sagt und denkt, ist von großer Bedeutung, aber das, was er tut, umso mehr. Bemüht Euch, so zu handeln, dass das, was Ihr verkündet und das, was Ihr schließlich umsetzt, übereinstimmt. Zeigt Euch nie ängstlich oder beeinflussbar, sonst geltet Ihr als schwach, und Eure Verleumder werden sich auf Euch stürzen wie ein Raubtier auf seine Beute. Daher empfehle ich Euch die Tapferkeit im Kampf: Seid stets der Erste auf dem Schlachtfeld und der Letzte, der es verlässt. Es gibt für die Soldaten nichts Wichtigeres, als zu sehen, dass ihr eigener König unbeugsam und entschlossen ist, bereit, den Seelen seiner Krieger Mut und Kühnheit einzuflößen.

Ich bin mir sicher, dass Ihr das Vertrauen, das ich in Euch setze, nicht enttäuschen werdet. Denkt immer daran, wer Ihr seid, und habt keine Angst, es auszusprechen. Ich bin stolz auf Euch und zweifle nicht im Geringsten daran, dass Ihr schon bald beweisen werdet, dass Ihr besser seid als ich.

Ferrante faltete das Blatt zusammen. Auch an diesem Morgen konnte er die Tränen nicht zurückhalten. Sein Vater hatte ihn vor dem Neid und den Ansprüchen derer beschützt, die ihn nur als außerehelichen Sohn ansahen. Er hatte sein Reich in zwei Teile aufgeteilt, er hatte ihm Neapel überlassen und Sizilien seinem Bruder, Ferrantes Onkel Johann.

Doch nun braute sich am Horizont eine Bedrohung zusammen. Im verzweifelten Versuch, Neapel wiederzugewinnen, das in seinen Augen unrechtmäßig seinem Vater René I.

genommen worden war, bereitete sich Johann von Lothringen vor, ihn anzugreifen.

Würde er den Worten seines Vaters gerecht werden?

Würde er den Feind ins Meer zurückdrängen? Mit Männern wie Don Rafael und Don Iñigo an seiner Seite fühlte er sich unbesiegbar, doch er durfte die neapolitanischen Barone, die den Lothringer unterstützten, nicht unterschätzen.

Kurz gesagt, alles war offen: Jetzt lag es an ihm, seinen Wert zu beweisen.

87. Borgia

Kirchenstaat, Apostolischer Palast

Der Papst war außer sich. Er erinnerte sich sehr genau daran, wie El Rey das Konzil von Basel und dessen Übermacht unterstützt hatte, nur um Eugen IV. zu bekämpfen.

»Und nun soll sein Sohn der rechtmäßige König von Neapel sein?«, fragte er sarkastisch und sah den ungläubigen Pier Candido Decembrio an. »Was für ein Wahnsinn! Wir sollen zulassen, dass ein Bastard die Perle des Südens regiert? Wusstet Ihr, dass Alfons V. jede Chance ergriff, den Papst herabzusetzen, als ich Präsident des königlichen Rates war, und dass er nur dank meines Eingreifens und dem von Cosimo de' Medici den Segen von Eugen IV. erhielt, der es ihm erlaubte zu regieren? Und jetzt soll ich akzeptieren, dass ein junger Sprössling, sein unehelicher Sohn, Neapel mit einer Handvoll Katalanen regiert?«

Pier Candido Decembrio bedauerte den Tod von Nikolaus V., mit dem er wunderbar zusammengearbeitet hatte. Er hatte allerdings keinerlei Interesse daran, einem Papst zu widersprechen, der alles gelassen hatte, wie es war, sodass er seine Privilegien als apostolischer Sekretär und Epistolograf der offiziellen Korrespondenz des Kirchenstaates behalten konnte. Daher unterstützte er Calixt III. genauso, wie er es bei Nikolaus V. getan hatte und vorher mit der Aurea Repubblica Ambrosiana und Filippo Maria Visconti. Er hatte also, was das anging, bereits große Erfahrung, und inzwischen machte es ihm keine Mühe mehr, Ja zu sagen. »Ihr habt vollkommen recht, Heiligkeit!«, war seine Antwort, auch wenn der Papst ihm gar nicht zuhörte.

Und Alfonso Borgia, Kastilier und über achtzig, aber von einem unbeugsamen Temperament, machte mit seinen Vorwürfen weiter. »Ich meine, wenn dieser arrogante Bastard wenigstens Männer und Ressourcen für den Kreuzzug bereitgestellt hätte. Dreizehn Galeeren habe ich versammelt, um diese verdammten Türken zu bekämpfen, und von ihm kam nicht eine einzige. Was soll ich denn tun? Seine faule Arroganz unterstützen? Niemals! Nicht, dass man ihm allein Untauglichkeit vorwerfen könnte, das wisst Ihr wohl, denn alle christlichen Herrscher haben praktisch die Hände in den Schoß gelegt, mit der ehrenvollen Ausnahme von János Hunyadi.«

»Ich stimme zu, Heiligkeit.«

»Ach, ja?«, sagte Calixt III. »Gut so! Wäre ja noch schöner! Ihr wisst also, was ich denke?«

»Nein, Heiligkeit, ich hänge an Euren Lippen.«

»Ich denke, dass ich eine Bulle erlassen werde, in der ich den Thron von Neapel für vakant erkläre, und wisst Ihr wieso?«

»Ich glaube nicht«, antwortete Pier Candido Decembrio aufrichtig bestürzt.

»Das habt Ihr nicht erwartet, nicht wahr?«

»Die Visionen Eurer Heiligkeit überraschen mich oft«, bestätigte der apostolische Sekretär.

»Decembrio, Ihr seid ein großer Schmeichler.«

»Ich bin vollkommen ehrlich, Heiligkeit.«

»Das glaube ich nicht, mein Freund. Ihr seid sehr gerissen und wisst ganz genau, wie man sich bei Hofe zu benehmen hat, aber ich erkenne Schlauheit, wenn ich sie sehe, auch wenn ich älter als Methusalem bin.«

»Eure Heiligkeit ...«

»Ich bitte Euch, erspart mir unnötige Komplimente. Kommen wir lieber zum Punkt. Ich habe gefragt, ob Ihr wisst, was ich denke. Ich denke, dass Ferrante nicht nur kein ehelicher Sohn von Alfons V. von Aragón ist, sondern nicht einmal sein leiblicher Nachkomme.«

Decembrio war über die Tragweite dieser Aussage ehrlich erstaunt. Aber er hielt es für angemessen zu schweigen und überließ dem Papst die Erklärung für solch kühne Worte.

»Nun, der Grund ist schnell erläutert: Er ist der Sohn eines maurischen Dieners des Rey, und ich habe nicht die Absicht, die Stellung eines Hochstaplers zu bestätigen.«

»Aber, Heiligkeit«, wagte Decembrio zu widersprechen, »sowohl Eugen IV. als auch Nikolaus V. haben seine Herkunft anerkannt ...«

»Natürlich«, unterbrach ihn der Pontifex, »und ich mache ihnen deswegen auch keine Vorwürfe. Sie waren nicht an Alfons' Hof wie ich, sie haben nicht gesehen, was ich gesehen habe!«

»Aber Heiligkeit, ist Euch bewusst, was es bedeutet, wenn Ihr die Frage nach der aragonesischen Thronfolge wieder aufrollt?«

»Selbstverständlich. Aber glaubt Ihr vielleicht, dass ich jemanden auf dem Thron von Neapel belasse, der darauf überhaupt kein Recht hat? Wäre das nicht eine viel größere

Niedertracht? Nein, Decembrio, ich will, dass die Wahrheit siegt, und es ist mir egal, wenn das einige Scharmützel erfordert.«

»Das letzte Mal hat dieses ›Scharmützel‹ zwanzig Jahre gedauert!«

Der Pontifex hob den Blick und sah seinem Sekretär in die Augen. »Also, Decembrio, auf wessen Seite steht Ihr eigentlich? Es wäre an dieser Stelle legitim, an Eurer Treue zu zweifeln! Ich tue das nicht, weil Ihr mir immer sehr gut zu Diensten wart, aber ich bitte Euch, auf Eure Worte zu achten.«

Pier Candido schwieg. Der Papst hatte recht. Beamte der Kurie waren schon wegen sehr viel weniger im Tiber ertrunken.

»Ich werde diesen Wahnsinn jedenfalls nicht durchgehen lassen. Vielleicht glaubt Ferrante, dass ich, weil ich schon älter bin, einen nachgiebigen Charakter habe, aber er hat noch keine Ahnung, mit welchem Papst er es zu tun hat! Ich weiß ganz genau, dass ich im Konklave ausgewählt wurde, weil ich der perfekte Mittelweg war zwischen den Colonna und Basilio Bessarione, der nicht gewählt werden konnte, weil er Grieche ist. Ich war die perfekte Lösung der Probleme aller, und genau deswegen habe ich mich bemüht, eine Nüchternheit und Ausgeglichenheit zu bewahren, die nur wenige meiner Vorgänger hatten. Aber was diese Frage angeht, werde ich nicht nachgeben. Ich bin der einzige spanische Papst, natürlich kenne ich die ›aragonesische Frage‹ besser als alle anderen. Das werfe ich niemandem vor, aber ich schätze es, wenn diejenigen, die nicht genug darüber wissen, schweigen und gehorchen. Habe ich mich klar ausgedrückt, Decembrio?«

Das war eindeutig. »Natürlich.« Mehr sagte der apostolische Sekretär nicht, obwohl er immer noch glaubte, dass diese Leichtsinnigkeit des Papstes blutige Jahre bescheren würde. Aber dieser Borgia war ein wahrer Kriegstreiber, ungeachtet dessen, was er ständig wiederholte. Daher folgte Decembrio weiterhin seinen Wünschen, das heißt, er sagte dem Papst, was dieser hören wollte, oder um genauer zu sein, er verschwieg das, was dieser nicht hören wollte. Und tatsächlich sagte er jetzt gar nichts.

»Ich werde also den Text für die Bulle aufsetzen, bevor Ferrante noch auf merkwürdige Ideen kommt. Alfons' Regierung wird von verschiedenen Seiten gelobt, doch wenn sie wüssten, was für ein Mensch er gewesen ist, so bezweifle ich, dass Francesco Sforza oder der Doge Pasquale Malipiero das sagen würden, was ich gehört habe. Geht also und tut, was Ihr tun müsst, Decembrio, ich halte Euch nicht länger auf.«

Der apostolische Sekretär nickte, küsste den Fischerring und verschwand so schnell wie möglich.

88. Schwindende Macht

Kirchenstaat, Palazzo Colonna

Sie zählten immer weniger. Das war nun offensichtlich. Antonio Colonna hatte seine Hoffnungen darauf gesetzt, dass sein Bruder den Papstthron besteigen würde, doch inzwischen war ihm klar geworden, dass diese Hoffnungen vergeblich waren. Dabei war es erst zwanzig Jahre her, dass Rom in ihrer Hand gewesen war! Heute dagegen? Sie hatten alles einem kastilischen Pontifex überlassen, diesem Borgia! So alt wie arrogant. Aber er konnte nicht mehr viele Jahre vor sich haben. Und dann? Die nächste Wahl des Konklaves musste unbedingt überwältigend gewonnen werden.

Deswegen hatte er sich sofort zu Prospero begeben, um herauszufinden, welche Aussichten es gab. Die letzte Wahl hatte er ganz knapp verloren, anscheinend wegen eines Kardinals, der zu den Orsini gehörte und an dessen Namen er sich nicht einmal mehr erinnerte. Das durfte nicht noch einmal passieren.

Antonio war von Neapel aus, wo er mittlerweile hauptsächlich lebte, praktisch ununterbrochen geritten und trat staubig und verschwitzt ein, außergewöhnlich nervös und streitlustig. Je älter er wurde, umso reizbarer wurde er. Deswegen gingen ihm seine Brüder, soweit möglich, aus dem Weg. Vor allem Odoardo. Was Prospero anging, so fürchtete er ihn nicht. Ja, im Grunde war der Kardinal der Einzige, der Antonio die Stirn bot. Und eben Prospero erwartete ihn jetzt, und zwar im Garten, wegen der Hitze. Er stand im Schatten einer Ulme, inmitten von Buchsbaum- und Myrtenhecken. Die feuchte, schwüle Luft, die Seele und Körper gleichermaßen zu erschöpfen schien, verschluckte die Düfte teilweise.

Sein Bruder trank einen frischen Minztee. Er war, gelinde gesagt, verrückt danach, sodass er darauf bestand, auch ihm einen bringen zu lassen. Als sie einander gegenübersaßen, überraschte Prospero seinen Bruder, indem er sofort die Initiative ergriff, anstatt auf einen Angriff zu warten.

»Ihr taucht also hier auf, ohne mich auch nur vorzuwarnen, staubig und verschwitzt, mit diesem Raubvogelblick, und was soll ich sagen? Erzittern? Nun, das alles wäre eigentlich gar kein Problem, wüsste ich nicht bereits, aus welchem Grund ihr hergekommen seid. Er ist allzu einfach zu erraten. Doch ich befürchte, dass ich Euch auch dieses Mal enttäuschen werde, Bruder. Auch beim nächsten Konklave wird mein Name nicht gewählt werden. Findet Euch damit ab.«

Antonio zwang sich zur Ruhe. »Wieso glaubt Ihr das?«, fragte er bloß.

Prospero seufzte. »Wegen der Tatsachen. Kurz gesagt: Es ist völlig klar, dass Calixt III., auch wenn er sich mit Leib und Seele in die Regierung der Kirche gestürzt hat, nicht mehr lange leben wird. Abgesehen von seinem fortgeschrittenen Alter untergräbt eine Krankheit seine Gesundheit, obwohl er sich hütet, das auszusprechen. Gehen wir also davon aus, dass die nächste Wahl höchstwahrscheinlich nicht mehr lange auf sich warten lassen wird. Was wird dann geschehen? Guillaume d'Estouteville, Kardinal von Rouen, wird praktisch sicher gewählt. Warum? Er hat Verbündete und mächtige Freunde im Konklave. Sollte es nicht ihn treffen, was wirklich sehr seltsam wäre, ist die einzige Alternative Enea Silvio Piccolomini, dessen kirchliche Karriere aus diversen Gründen, die ich Euch jetzt erspare, makellos ist.«

»Ihr meint also, dass es keine Chance gibt?«

»Genau das habe ich gerade gesagt.«

Jetzt seufzte Antonio. Dann erhob er ungeduldig die Stimme: »Aber, Prospero, ist Euch denn gar nicht bewusst, dass diese Familie dem Untergang geweiht ist?«

»Schreien wird nichts am Ergebnis des nächsten Konklaves ändern«, erwiderte sein Bruder.

»Ach, nein? Dann sagt mir doch, was man dafür tun muss!«

»Es geht nicht.«

»Nicht einmal, wenn man die Kardinäle besticht?«

»Zunächst einmal habe ich das, was Ihr gesagt habt, nicht gehört. Abgesehen davon lautet die Antwort erneut Nein. Das würde gar nichts nutzen. Unser Name ist unser Glück und unser Unglück. Als unser Onkel Oddone unsere Zukunft sicherte, indem er uns völlig willkürlich Ländereien und Lehen zuteilte, bloß, weil er Papst war, hat er nicht nur den ewigen Hass der Orsini auf sich gezogen, sondern auch aller, die nach ihm kamen. Und obwohl diese Ländereien dank Eurer geschickten politischen Manöver uns fast vollständig geblieben sind, ist das Einzige, was wir heute tun können, sie zu verwalten und die Familie um den Zweig der Genazzano zu versammeln, wie Ihr bereits seit Langem sehr gut verstanden habt, da Ihr Imperiale geheiratet habt. Apropos, wie geht es den Kleinen, Prospero und Giovanni?«

»Gut, gut«, antwortete Antonio verärgert. »Aber darüber wollte ich nicht sprechen!«

»Denn es zählt nur, was Ihr wollt, nicht wahr, Bruder? Es wird nur über das gesprochen, worüber Ihr sprechen wollt! Nun, dann sage ich es Euch geradeheraus: Ich bin es leid, immer wieder zu hören, was Euch interessiert! Vielleicht funktioniert dieses Auftreten bei Odoardo, der nachgiebiger ist und Angst vor seinem Bruder hat. Aber nicht bei mir, ist Euch das klar? Ich fürchte Euch nicht, ich habe Euch nie gefürchtet, und mir ist völlig gleichgültig, was Euch interessiert. Ihr habt in dieser Familie bereits alles getan, was Ihr tun wolltet: Ihr habt Stefano bekämpft, seine Frau begehrt, habt sie bedroht und manipuliert, bis Ihr schließlich ihre Tochter geheiratet habt. Ihr habt Salvatore umgebracht. Ihr habt sogar die Schatulle des Papstes geraubt! Nun, das sind Eure Angelegenheiten, nicht meine, aber eines ist sicher: Ich werde nie Euren Manövern dienen. Ich bin ein Kardinal der römischen Kirche, und das genügt mir. Vielleicht werde ich nie Papst, na und? Vielleicht fehlen mir ja die Fähigkeiten dazu, habt Ihr daran mal gedacht? Und wieso sollte ich auch ein Instrument in Euren Händen sein? Ich persönlich habe Euch nie zum Oberhaupt dieser Familie gewählt.«

Antonio schüttelte den Kopf. »Prospero, wie so oft, begreift Ihr nicht. Ich bin nicht wegen meines persönlichen Vorteils hergekommen.«

»Aber sicher!«, unterbrach Prospero ihn heftig. »Jetzt werdet Ihr mir erzählen, dass Ihr es für unsere Familie tut. Um sie zu stärken. Um Prestige und Macht für sie zu garantieren. Erspart mir dieses Mal Eure Sorge, erspart sie uns allen!«

»Aber wenn Ihr mich sprechen lasst, werdet Ihr begreifen, dass es genauso ist!«, erwiderte Antonio verzweifelt. »Alles, was Ihr gesagt habt, stimmt. Ich bestätige es. Ja, mehr noch: Ich würde alles wieder tun. Diese Stadt ist verflucht, Bruder. Und wenn Ihr glaubt, dass man an einem solchen Ort auf andere Weise überlebt, dann sagt mir wie, ich bin ganz Ohr. Aber wenn Ihr keine Alternative anbieten könnt, dann bitte ich Euch zu schweigen! Gewiss, ich habe mir die Hände schmutzig gemacht, ich habe verabscheuungswürdige Dinge getan, ja unmenschliche, dessen bin ich mir bewusst. Aber wenn es an Euch hinge, hätten sie uns alles abgenommen. Ihr habt Euch Eure hübschen Lehen bei unserem Onkel geholt, genau wie Odoardo und ich, und Ihr habt immer Verachtung für einen Reichtum gezeigt, den Ihr Euch nie verdient habt und den Ihr nur dank meiner Intrigen im Schatten und meiner verwerflichen Taten behalten habt. Ihr wagt nicht, es auszusprechen, aber schlussendlich hat Euch eine verdammte Seele geholfen und tut es immer noch. Und diese verdammte Seele bin ich! Aber das zu hören ist Euch peinlich, es ärgert Euch, denn Ihr habt ja Euren guten Namen, Euer Kardinalsamt zu schützen und zu wahren, und dieser Bruder mit seinen blutverschmierten Händen ist ein Problem, das mindestens so groß ist wie die Lüge, die Ihr Euch jeden Morgen erzählt, wenn Ihr erwacht. Nun, lasst Euch sagen, dass ich Euer Verhalten leid bin!«

Antonio stand auf und fegte den Becher Pfefferminztee vom Tisch, dass er auf dem Boden in tausend Stücke zerbrach. Dann wartete er keine Antwort mehr ab, wandte sich um und ging. Wenn er auch nur noch einen Augenblick länger geblieben wäre, hätte er seinen Bruder wahrscheinlich umbringen wollen.

89. Die Ängste einer Mutter

Herzogtum Mailand, Burg von Cremona

Galeazzo Maria bereitete ihr Sorgen. Es verging kein Tag, an dem Guiniforte Barzizza sich nicht über sein Verhalten beschwerte, darüber, dass er Zeit mit nichtigen Dingen verschwendete und sich außerdem einiger unverschämter Scherze gegenüber den anderen Jungen und vor allem Mädchen des Hofes schuldig machte.

Bianca Maria befürchtete, dass die Reise vom vorigen Jahr zum Hof des Herzogs Borso d'Este Galeazzo Marias Charakter auf immer verdorben hatte. Um sich bei Francesco bestmöglich einzuschmeicheln, hatte der Herrscher von Ferrara lange darauf bestanden, den Erstgeborenen an seinen Hof zu schicken, und dort hatte er ihn auf so unverfrorene Art verwöhnt, dass er den ohnehin schon deutlichen Hang des Jungen zu Müßiggang und Vergnügungen noch verstärkt hatte. Außerdem hatte Galeazzo Maria mit den Jahren einen gewissen grausamen Zug entwickelt, sodass er urplötzlich aggressiv und brutal sein konnte.

Am schlimmsten war, dass ihr Sohn nicht einmal mehr auf sie hörte, und Francesco war immer weit weg, oft wegen seines neuen Ticks, der Burg von Mailand, die Filarete von Grund auf nach Zeichnungen des Herzogs baute. Francesco hatte sich dieser Aufgabe mit einer Hingabe angenommen, die er sonst nur bei seinen ständigen Abenteuern mit der jeweiligen Favoritin zeigte. Bianca Maria hatte gehofft, dass Francescos starke Libido sich mit den Jahren abschwächen würde, aber der Herzog schien einen unersättlichen sexuellen Appetit zu haben. Sie versuchte, dem keine Bedeutung beizumessen. Sie hatte die Kinder, die ihr Gesellschaft leisteten. Doch ungeachtet dessen, was sie sich einzureden versuchte, war sie eine einsame Frau, der der Ehemann nur zu oft erbärmliche Lügen auftischte.

Ihre Mutter half ihr enorm, aber als Großmutter war sie immer bereit, jedes Verhalten von Galeazzo Maria zu entschuldigen.

Während sie sich diesen düsteren Gedanken hingab, erschien Agnese. Sie war trotz ihres Alters immer noch eine elegante und faszinierende Frau. Die dunkelblauen Augen, die langen, blonden, heute eher silbernen Haare, die einfach mit Perlen frisiert waren, dazu ein schnörkelloses Kleid aus Seidendamast: Das reichte ihr, um königlich zu wirken.

Sie setzte sich ihr gegenüber und sah ihr direkt in die Augen. »Ich mache mir Sorgen um Galeazzo Maria«, sagte sie zu ihr.

Also hatte auch sie beschlossen, die Fehler des Enkels nicht länger zu entschuldigen? »Was hat er gemacht?«, fragte Bianca besorgt.

»Er erzählt überall herum, dass Susanna Gonzaga hässlich und buckelig ist und er sie niemals heiraten würde und dass Ihr den Heiratsantrag zum Glück zurückgenommen habt. Dass eine wie sie in einen Konvent geschlossen gehört.«

Wäre das doch nur passiert. Bianca Maria seufzte. Die Herbstluft bot keinerlei Erleichterung. »Wir müssen etwas tun. Dieser Junge schlägt einen üblen Weg ein.«

»Richtig. Und Ihr wisst, dass ich ihn immer verteidigt habe, aber jetzt wird es wirklich gefährlich. Wenn so etwas bekannt wird, riskieren wir unsere Beziehungen zu den Gonzaga. Und das können wir uns auf keinen Fall leisten, das wisst Ihr.«

»Daran müsst Ihr mich nicht erinnern, das weiß ich sehr genau. Allerdings hört Galeazzo Maria auf niemanden mehr.«

»Aber wir müssen trotzdem etwas tun!«

»Sein Vater ist nie da. Sein Hauslehrer ist ein sehr kultivierter Mann, aber er hat keine feste Hand. Was mich angeht, so habe ich schon, wer weiß wie lang, die Autorität über ihn verloren.«

»Ich kann versuchen, mit ihm zu reden, von mir nimmt er manches noch an.«

»Mutter, wenn Ihr mit ihm sprechen wollt, werde ich Euch nicht aufhalten, auch wenn ich glaube, dass ihm nur allzu bewusst ist, dass Ihr ihn immer entschuldigt habt. Ich werfe Euch das nicht vor, Ihr seid schließlich seine Großmutter. Wenn Ihr erfolgreich seid, wo alle versagt haben, werde ich Euch auf ewig dankbar sein, aber ich mache mir nichts vor. Ich gebe zu, dass ich nur noch wenig Hoffnung hege.«

»Ach, nun seid doch nicht so melodramatisch.«

»Ich sage Euch nur, was ich denke.«

Agnese seufzte. »Seit er in Ferrara war, ist er nicht mehr derselbe: Wasserturniere, üppige Bankette, Treibjagden, öffentliche Spektakel, all diese ›Heldentaten‹ haben ihn vom

Studium und der Disziplin abgehalten, die für einen jungen Mann so wichtig sind. Er hat sich inzwischen in den Kopf gesetzt, dass er tun kann, was er will, nach dem, was er am Hof von Borso d'Este gesehen hat. Der Herzog war sehr nett, aber im Bemühen, Francesco gefällig zu sein, hat er ihm eine falsche Sache nach der anderen beigebracht.«

»Das denke ich auch, aber wir dürfen dem Herrscher von Ferrara auch nicht alle Schuld geben. Schließlich war Galeazzo Maria nur eine kurze Zeit an seinem Hof. Das wäre zu einfach!«

»Ihr habt recht. Ich werde versuchen, mich darum zu kümmern, sehen wir mal, ob ich etwas erreiche.«

»Ich werde Francesco über die neuerliche Verschlechterung von Galeazzo Marias Benehmen in Kenntnis setzen, damit er sich mitverantwortlich fühlt.«

»Wartet noch, lasst mich es erst versuchen. Euer Ehemann muss mehrere dringende Probleme lösen, bürdet ihm diese Last nicht auf.«

»Aber diese Last, wie Ihr sagt, sollte seine erste Sorge sein!«

»Ihr wisst nur zu gut, dass es nicht so sein kann. Nicht jetzt.«

»Wenn nicht jetzt, wann dann? Und welche dringenden Probleme sollen das sein? Seine Geliebten? Die Burg, die er mit Filarete auf den Ruinen der Burg meines Vaters baut?«

»Sprecht nicht so, meine Tochter. Gewiss, Euer Mann hat Augenblicke der Schwäche, aber es gibt keinen Mann, der die nicht hat. Ihr müsst verzeihen und akzeptieren.«

»Ihr habt gut reden, immerhin hat mein Vater, dessen Verhalten alle kritisiert haben, nur Euch geliebt!«

»Filippo Maria war in jeder Hinsicht sonderbar. Ich habe ihn mehr geliebt als alles andere in meinem Leben. Aber in allem, was er tat, war er völlig anders als sämtliche anderen Männer, die ich je getroffen habe. Ich wiederhole, habt Geduld. Liebt die Kinder, die er Euch geschenkt hat, und seid nachsichtig. Er wird immer zu Euch zurückkehren, und das ist das Einzige, das zählt, glaubt mir. Bleibt noch die Tatsache, dass wir versuchen müssen, Galeazzo Marias Verhalten zu korrigieren, solange noch Zeit ist. Machen wir es so: Ich nehme mir sechs Monate, und wenn ich es dann nicht geschafft habe, tun wir, was Ihr sagt. Was meint Ihr?«

Bianca Maria schüttelte den Kopf. »Ihr seid mit beiden zu gut. Und mir sagt Ihr, ich solle verstehen, als wäre ich diejenige, die Fehler gemacht hat.«

»Redet keinen Unfug, meine Tochter.« Agnese ging zu Bianca und umarmte sie. »Ich verstehe Eure Ängste absolut, die Zweifel, die kleinen Ärgernisse. Was ich Euch sagen will, ist, dass das die Schwierigkeiten der Ehe sind. Zeigt Euch verständnisvoll, stark, geduldig, und Ihr werdet sehen, alles wird gut mit Francesco. Was Galeazzo Maria angeht, stimmt Ihr mir zu?«

Bianca Maria ließ zu, dass ihre Mutter ihr die Haare streichelte. Es war eine Zärtlichkeit, auf die sie im Moment nicht verzichten wollte. »Gut«, sagte sie, »ich stimme zu.«

90. Der Hidalgo

Königreich Neapel, Castel Sant'Elmo

König Ferrante wartete angespannt. Dieser verfluchte Borgia-Papst war tot. Gerade noch rechtzeitig. Denn die ihm angedrohte Exkommunikation hatte bereits einige der weniger loyalen Barone gegen ihn aufgehetzt, sie hatten offensichtlich nur auf so etwas gewartet, um sich zu erheben. Schlimmer noch. Das verantwortungslose Benehmen von Calixt III., diesem Undankbaren, der von seinem Vater Privilegien und Ehren erhalten hatte, um es dann dem Sohn auf so schändliche Art heimzuzahlen, hatte die Thronansprüche von Johann von Lothringen erneut geweckt, der gerade in Castellammare an Land gegangen war.

Aber jetzt wartete er auf die Antwort seiner treuen Botschafter. Er hatte sie nach Rom geschickt, um Pius II. zu treffen, den frisch gewählten neuen Papst.

Gewiss, Don Rafael Cossin Rubio und Don Iñigo de Guevara waren nicht mehr jung, die fünfzig lag schon länger hinter ihnen. Aber ihnen vertraute er blind. Sie waren immer loyal zu seinem Vater gewesen und nun zu ihm. Und Ferrante konnte sich keine besseren Berater und Freunde vorstellen.

Er erwartete sie auf dem Bollwerk von Castel Sant'Elmo. Die Festung erhob sich auf dem Hügel Vomero über Neapel und war uneinnehmbar. Angesichts der heimtückischen Machenschaften der Barone gefiel ihm die Vorstellung, sich in vorteilhafter, erhabener Position zu befinden.

Er betrachtete den Golf von Neapel, der im Sonnenlicht glitzerte: von Bagnoli bis zur Halbinsel von Sorrent. In der Ferne, majestätisch und schrecklich, der Vesuv. Und dann Capri und Procida, großartig. Im kristallklaren Wasser schien Goldstaub zu wirbeln.

Er überlegte, dass er bereit wäre zu sterben, um sein Reich auf einem solchen Boden zu erhalten.

Genau in diesem Augenblick hörte er martialische Schritte auf den Steinen.

Er drehte sich um und sah den Hidalgo aus Medina auf sich zukommen. Trotz seiner inzwischen silbergrauen Locken hatte Don Rafael immer noch eine stolze Haltung. Don Iñigo hinter ihm nicht weniger.

»Eure Majestät«, sagte der Hidalgo und senkte sein Knie zu Boden, gefolgt von de Guevara.

»Ich höre Euch zu, Don Rafael, und ich bitte Euch, erhebt Euch. Ich müsste mich vor Euch verbeugen, allein schon, um Euer Alter zu ehren.«

»Das fehlte noch, Hoheit«, erwiderte der alte Soldat und stand auf.

»Also, welche Neuigkeiten bringt Ihr aus Rom?«

»Die besten, Eure Majestät. Wir haben den neuen Pontifex getroffen. Lasst mich zunächst sagen, dass Enea Silvio Piccolomini ein ganz anderer Mensch ist als Borgia. Wissenschaftlich gebildet, intellektuell raffiniert, ein unermüdlicher Kämpfer gegen die Osmanen. Kurz, ein äußerst beeindruckender Papst. Er hat uns sofort versichert, dass er noch in den nächsten Tagen Eure Herrschaft legitimieren wird. Nicht nur das: Er hat uns volle Unterstützung versprochen und angedeutet, dass auch Francesco Sforza ein wichtiger Verbündeter sein könnte.«

»Euer Bericht erfüllt mich mit Freude, Don Rafael«, sagte König Ferrante sichtlich erleichtert. »Doch auch wenn ich mich über eine mögliche Unterstützung von Francesco Sforza und dem Papst freue, frage ich mich, ob die versprochene Legitimation genügen wird, um Johann von Lothringen zu entmutigen?«

»Eure Majestät«, unterbrach Don Iñigo, »leider hat die vom vorigen Papst angedrohte Exkommunikation die Gier des Lothringers angestachelt. Es steht außer Zweifel, dass diese neue Erklärung von Pius II. zumindest teilweise das Ansinnen der neapolitanischen Barone ändert, aber um den Franzosen vom Thron abzubringen, braucht es mehr. Ganz abgesehen davon, dass dieses Reich seit der Zeit der Lothringer als ein Lehen des Papstes angesehen wird, sodass jeder neue Herrscher eine Legitimation des jeweiligen Pontifex braucht.«

»Mein Herr«, ergänzte Don Rafael, »ich stimme allem, was Don Iñigo gesagt hat, zu, und ich glaube sogar, dass wir schon bald zu den Waffen greifen müssen. Ihr wisst sehr gut, wie zerbrechlich die Stabilität dieses Reichs ist: Von den circa vierhundertfünfzig Orten, aus denen es sich zusammensetzt, stehen knapp hundert unter Eurer direkten Herrschaft, während alle anderen zu diesem Netz aus kleinen Potentaten gehören und zu familiären Netzen, die abhängen von ...«

»... del Balzo, Sanseverino, Caracciolo, Coppola, Petrucci, Tramontano und anderen.«

»Exakt. Jetzt«, fuhr Don Rafael fort, »sieht es so aus, dass diese in der Ankunft von Johann von Lothringen, der vor Kurzem in Apulien an Land gegangen ist, die Chance für die Revolte sehen, von der sie schon lange träumen. Immerhin schützt uns die Zugehörigkeit zur Lega Italica vor der Isolierung.«

»Francesco Sforza hat uns bereits wissen lassen, dass er uns seine Ritter und Fußsoldaten zur Verfügung stellt, mit seinem Bruder Alessandro als Befehlshaber«, bestätigte Don Iñigo.

»Und es wäre eine hervorragende Idee, den albanischen Helden Georg Kastriota Skanderbeg einzubeziehen, der verzweifelt eine neue Heimat für seine von den Türken vertriebenen Leute sucht«, ergänzte Don Rafael.

»Das wäre großartig«, stimmte Ferrante zu.

»Und folgerichtig, angesichts der sehr guten Beziehung, die Euer Vater mit ihm unterhielt.«

»Die Barone, die ich am meisten fürchte«, bemerkte Don Iñigo, »sind Giovanni Antonio Orsini del Balzo, Herr über Altamura und Fürst von Taranto, und Antonio Caldora, Herzog von Bari. Sie sind die treulosesten, falschesten und gefährlichsten. Und es ist schrecklich, das auszusprechen, da der erste mein Schwager ist. Aber ich muss ehrlich sein: Ich vertraue ihm nicht.«

»Ich stimme zu«, sagte der Hidalgo.

»Sehr gut, Signori«, schloss der König. »Heißen wir alle willkommen, die uns unterstützen wollen, und haben wir keinerlei Mitleid mit unseren Feinden. Wie es mich vor ein paar Jahren mein Waffenlehrmeister gelehrt hat«, Ferrante schaute zu Don Rafael, »wir werden angreifen, und wir werden angreifen, um zu töten.«

91. Isabella

Königreich Neapel, Castel Sant'Elmo

Dann ist es also wahr«, sagte Isabella zu ihm, »Ihr zieht gegen Johann von Lothringen und meinen Onkel in den Krieg.«

»Ich habe keine Wahl, Amore mio«, sagte Ferrante.

Wie schön seine Frau war, dachte er und bewunderte ihre tiefblauen Augen und die langen Haare, schwarz wie die Nacht. Sie war im Moment so leidenschaftlich, dass ihre helle, fast alabastergleiche Haut an den Wangen leicht errötet war. Ferrante küsste Isabella verzückt auf ihre roten Lippen.

»Dieser Kuss versüßt nicht das, was Ihr mir gesagt habt.«

»Ich weiß. Doch ich habe keine Wahl. Wenn ich Johann, zusammen mit Eurem Onkel, gewähren lasse, wird er Apulien angreifen und zerstören, und schon bald hätten wir kein Reich mehr.«

»Das verstehe ich. Aber gibt es keine andere mögliche Lösung, Ferrante, seid Ihr sicher?«

Der König schüttelte den Kopf. »Begreift Ihr nicht, Liebste? Ich würde gern wählen können, aber ich kann nicht. Und wir dürfen uns nicht schwach zeigen. Einen Dialog mit jemandem zu beginnen, der nicht zuhören will, ist vergeudete Zeit. Johann will das Königreich Neapel. Er behauptet, er hätte ein Recht darauf, weil es seinem Vater entzogen wurde. Was mich besonders schmerzt, ist die Erkenntnis, dass Euer Onkel ihn sofort unterstützt hat.«

»Ihr sagt das, als wäre es meine Schuld.«

»Jetzt seid Ihr ungerecht. Das habe ich nicht gesagt. Aber ich kann die Realität nicht ignorieren. Ich werde also aufbrechen. Bei mir werden Don Rafael Cossin Rubio, Don Iñigo de Guevara und meine besten Männer sein. Ich bin gekommen, um mich von Euch zu verabschieden, Madonna. Ich hoffe auf Euren Segen.«

»Könnte ich Euch den denn verwehren?«, sagte Isabella mit verzweifeltem Herzen. »Ich bewundere Euren Mut, die Großzügigkeit und alles, was Ihr tut, um mich und das Reich zu beschützen. Und ich bitte Euch um Verzeihung, dass ich Euch noch mal gebeten habe, davon abzulassen. Ich weiß, dass es Eure königliche Pflicht ist, das zu tun, was Ihr nun tun wollt. Manchmal befürchte ich, eine schlechte Königin zu sein. Aber was sage ich da? Ihr geht in den Tod, und ich bemitleide mich. Nun, ich gestehe meine Angst. Ich bitte Euch, wenigstens nicht immer in der ersten Reihe zu sein. Denkt manchmal auch an mein Herz, das bricht, wenn es Euch losziehen sieht. Versprecht mir, zu schreiben und zu mir zurückzukehren.«

»Ich verspreche es Euch, mein Herz. Wisst, dass der Abschied von Euch das Schwerste in meinem Leben ist und dass ein Teil von mir dabei stirbt.«

Ferrante nahm sie in den Arm und küsste sie, und in dieser zärtlichen Geste lagen all seine Hoffnungen, denn er dachte nie an eine andere Frau. Keine war wie Isabella. Keine konnte es an Eleganz, Zartheit und königlichem Glanz mit ihr aufnehmen.

Er streichelte ihre Haare. Und er zog aus diesem Kuss so viel wie möglich. Sie ließ sich in seine Arme sinken und hin- und herwiegen, hörte sein Herz in der breiten, starken Brust schlagen. Es war, als müsse sie ertrinken, sie spürte, wie die Seele brannte, ein Feuer, ein Schmerz breitete sich in ihr aus, zerteilte ihre Brust wie ein glühendes Schwert. Sie küsste ihn noch intensiver, verschlang seine Lippen.

Sie griff nach seinen Händen und legte sie auf ihre Brust.

Er zog ihr Kleid aus, die Seide riss wie Schlangenhaut. Ihr Duft verschlug ihm den Atem.

Isabella keuchte. Sie wollte, dass er sie jetzt sofort nahm. Sie würde ihn, wer weiß wie lang, nicht mehr sehen.

Sie weinte, weil sie wusste, dass dieser Abschied der letzte sein könnte. Er trank ihre Tränen und streichelte sie am ganzen Körper.

Isabella war der Tempel seines Verderbens, und je mehr er sie erforschte, umso mehr verlor er sich, und dafür war er dem Schicksal dankbar: Sie als Sirene erhalten zu haben, eine Göttin, ein Wesen, das seine Existenz verändert hatte, indem er durch sie verstanden hatte, was ihm wirklich wichtig war.

Als er erschöpft und glücklich auf sie fiel, weinte Isabella nicht mehr. Hingabe und Verständnis: War das also ihr Schicksal? Aufgeben, bedingungslos warten?

Während er sie fest drückte, riss sie die Augen auf und schwor sich, dass sie sich nie, niemals dem Schicksal erge- ben würde.

Sie würde kämpfen.

Sie würde sich kreuzigen lassen, um die Liebe ihres Le- bens zu schützen.

1462

92. Ihr habt mich zur Königin gemacht

Königreich Neapel, Terra di Lavoro – Castello di Sarno

Holpernd und schlingernd fuhr die Kutsche die Straße entlang.

Sie hatte das Schönste, was sie hatte, vernichtet. Als sie die Kopfhaut mit dem kurzen Flaum berührte, hätte sie heulen können. Sie fühlte sich nackt und verängstigt. Verkleidet als Mönch saß sie neben ihrem Beichtvater in dieser Kutsche und fuhr ins Unbekannte, in der Hoffnung, ihr Onkel würde verstehen.

Es war irrsinnig.

Sie hatte sich aus Liebe ausgelöscht. Aber sie hätte es noch Tausende Male getan. Sie schämte sich, weil sie Bitterkeit empfunden hatte, wenn auch nur für einen Augenblick. Wie konnte sie es wagen? Sie hatte ein wenig von ihrer Eitelkeit geopfert, während die Männer, die bei Sarno im Feld besiegt worden waren, vernichtend geschlagen von der Armee Johanns von Lothringen, alles verloren hatten.

Ferrante wäre fast gestorben, im letzten Augenblick von Marino Longo gerettet, der den Pfeil, der ihm gegolten hatte, mit seiner Brust abgefangen hatte. Von Staub und

Blut bedeckt war der König zum Castel Nuovo zurückgekehrt. Sie hatte ihn ausgezogen, seine Wunden mit lauwarmem Wasser gesäubert und ihm die schmerzenden Muskeln massiert. Dann hatte sie ihm beim Einschlafen geholfen, indem sie ihm einen Trank aus Honig und Kamille zubereitet hatte, um die Angst, die ihn auffraß, zu beruhigen. Am darauffolgenden Tag war Ferrante zu San Domenico Maggiore gegangen und hatte dort gebetet.

Am nächsten Morgen war er wieder aufgebrochen.

Sie war ein zweites Mal gestorben, hatte aber seinen Willen akzeptiert.

Wie versprochen hatte Ferrante ihr jeden Monat einen Brief geschrieben. Er hielt sie auf dem Laufenden über den Feldzug, über das, was er und seine Männer ertragen mussten, über kräftezehrende Belagerungen, das Warten, den Geruch von Schießpulver, die orangen Flammen der Explosionen, das Blitzen der Klingen, die Ströme von Blut, die die Erde tränkten, die nach Leiden und Tod gierte.

Isabella weinte, wenn sie diese Briefe las: Sie waren so voller Liebe und Schmerz. Und ihre Ohnmacht, die unnützen Tage, die sich aneinanderreihten, machten sie kaputt. Sie sagte sich, dass er diesen verdammten Krieg, der ihn von ihr fernhielt, sicherlich zu seinen Gunsten entscheiden würde. Don Rafael und Don Iñigo standen ihm zur Seite, und sein Vater Alfons betrachtete ihn wohlwollend aus dem Himmel. Er musste Geduld haben und den Groll hegen, ihn mit der Ruhe des Wartens schärfen, die passende Gelegenheit würde noch kommen. Eile würde leider nicht helfen, im Gegenteil. Das hatten sie bei ihrem Abschied gewusst, nachdem er Neapel zum zweiten Mal verlassen hatte, und sie hatte geglaubt, den Morgen nicht mehr zu erleben. Tagelang hatte sie mit niemandem sprechen können.

Und nun?

Sie würde ihrem Onkel gegenübertreten und ihm schonungslos sagen, was sie dachte. Ihr war klar, dass der Lothringer ihn an der Kandare hielt. Er hatte Andria und Taranto zerstört und ihn bedroht und seine geliebte Anna und all ihre Untertanen.

Aber vielleicht könnte sie ihn überzeugen.

Endlich, als sie schon dachte, ihr müsste das Herz in der Brust zerspringen, blieb die Kutsche stehen. Eine Wache fragte nach den Papieren. Der Kutscher erklärte, so gut er konnte. Schließlich hörte Isabella es an die Tür klopfen. Einen Augenblick später wurde sie geöffnet.

Sie sagte dem Soldaten, der eine Fackel an ihr Gesicht hielt, die Wahrheit.

»Ich bin Isabella von Clermont, die Nichte von Giovanni Antonio Orsini del Balzo, Fürst von Taranto und Herr von Altamura.« Mit diesen Worten schob sie die Kapuze, die ihr Gesicht verbarg, nach hinten.

Der Soldat war fassungslos. »Hauptmann«, rief er. Kurz danach trat ein anderer Mann zu ihnen. Isabella brauchte das, was sie gesagt hatte, nicht zu wiederholen, da hatte der Hauptmann sie schon passieren lassen.

»Ihr habt mich zur Königin gemacht, und nun brecht Ihr mir das Herz. Ist Euch das bewusst, Onkel? Habt Ihr Euch gefragt, während Ihr meinen Ehemann verraten habt, ob eine solche Entscheidung mir schaden könnte? Ich frage Euch nur das. Ich bitte Euch, antwortet mir, wenn Ihr könnt.«

Diese Frage traf den Fürsten von Taranto. Er war ein großer Mann mit magerem Gesicht, umso mehr, da es von Sorgen zerfurcht war. Und nun gesellte sich urplötzlich noch eine weitere, sehr wichtige dazu.

Ohne abzuwarten, drängte Isabella ihn: »Glaubt Ihr vielleicht, dass meine Mutter Caterina, Eure Schwester, das, was Ihr getan habt, gutheißen würde? Wenigstens sie sollte Euch etwas bedeuten!«

Er reagierte mit aufrichtiger Sorge. »Meine Kleine, wie habt Ihr nur die von Krieg und Zerstörung beherrschte Terra di Lavoro durchqueren und hierhergelangen können?« Er machte Anstalten, sie zu umarmen.

Doch sie wandte sich ab, wobei die Kapuze nach hinten glitt und den rasierten Schädel enthüllte.

Giovanni Antonio legte eine Hand vor den Mund: »Isabella … Eure Haare …«

»Ich habe sie abgeschnitten«, schrie sie und schluckte die Tränen hinunter. Sie durfte nicht weinen. Auf keinen Fall. Nicht in einem solchen Moment. »Ich musste es tun, um wie ein Mann, besser noch, wie ein Mönch auszusehen. Nur so konnte ich hoffen, es lebend bis hierher zu schaffen. Aber das war nicht viel, wenn man bedenkt, was in diesem unglückseligen Reich geschieht.«

Der Fürst von Taranto suchte verzweifelt nach Worten, doch er fand keine. So etwas hatte er nicht erwartet, er war vollkommen unvorbereitet.

Isabella hatte den Eindruck, dass er hin- und hergerissen war. Es war der Moment, ihn anzugehen, ihn auf Trab zu halten. »Ich weiß, dass es auch für Euch nicht einfach gewesen sein muss. Ich kann mir nur vorstellen, was Johann von Lothringen angerichtet hat, als er Apulien verbrannt, die Frauen vergewaltigt und die Männer abgeschlachtet und dann, als er vor den Toren von Taranto ankam, Euch gezwungen hat, zwischen Leben und Tod zu wählen. Und was hättet Ihr sonst tun sollen? Ich weiß, dass Ihr keine Hilfe bekommen habt. Ich will Euch also nicht anklagen, ich glaube, das wäre nicht gerecht. Aber ich finde es auch nicht richtig, dass Ihr Euren König und Eure Nichte im Stich gelassen habt und hinnehmt, dass Johann von Lothringen alles tötet, was Euch noch mit mir verbindet. Versteht Ihr, dass ich eine solche Zukunft nicht akzeptieren kann?«

Der Fürst von Taranto schüttelte den Kopf. »Ihr habt recht, Isabella, Ihr habt vollkommen recht, und ich weiß, dass ich mich wie ein Feigling benommen habe …«

»Onkel …«, sagte sie.

»Nein, lasst mich aussprechen. Ich habe Angst gehabt, und ich habe denjenigen unterstützt, der mich verschont hat, dabei hätte ich den engen Verbindungen zum Haus Aragón loyal bleiben sollen. Schließlich habe ich Alfons und Ferrante viel zu verdanken. Aber, wie Ihr gesagt habt, im Kanonenhagel sieht man nicht mehr klar. Ich weiß, dass ich Fehler begangen habe und Euren Tadel verdiene, vielleicht sogar Euren Hass.«

»Onkel, ich hasse Euch sicher nicht. Glaubt Ihr, dass ich ansonsten hierhergekommen wäre und mein Leben in Eure Hände gelegt hätte?«

»Was kann ich also für Euch tun, um das Unrecht, das ich Euch angetan habe, wiedergutzumachen? Wenn ich nun die Waffen gegen Johann von Lothringen erheben würde, würde er sofort alle, die mir lieb sind, massakrieren.«

Isabella schwieg. Sie wusste nicht, was sie noch sagen sollte. Sie hatte gehofft, dass ihre Worte ihren Onkel an die

Pflicht zur Treue gegenüber der Familie erinnern würde. Aber vielleicht war es nicht genug.

»Was ich tun kann, ist, langsamer oder weniger direkt auf die Bitten des Lothringers zu reagieren. Ich würde mich nicht offen gegen ihn stellen, aber indem ich nicht handle, arbeite ich für Ferrantes Sieg. Mehr kann ich nicht tun. Wie gesagt, mir sind die Hände gebunden.«

»Das wäre schon viel, Onkel.«

»Das weiß ich nicht, aber es ist sicherlich etwas. Ich bitte Euch, mir zu verzeihen, dass ich dem Lothringer nicht auf dem Schlachtfeld gegenübertrete und mich an die Seite Ferrantes von Aragón stelle, aber die Umstände, in denen ich mich befinde, verhindern es. Doch wenn es Eurem Ehemann gelingt, mein Zögern zu nutzen, was ich glaube, vertraue ich ganz darauf, dass er siegen wird.«

»Onkel, ich danke Euch«, sagte Isabella, »so viel hatte ich nicht erwartet. Ich weiß, was für ein Risiko Ihr eingeht.«

»Und nun bitte ich Euch, Isabella, nehmt meinen Rat an. Geht in das Zimmer, das ich für Euch habe vorbereiten lassen, und genießt ein warmes Bad. Ihr werdet nach der fürchterlichen Reise müde sein. Ich werde Euch frische, saubere Kleider bringen lassen. Später, wenn Ihr Euch erholt habt, werden wir zusammen zu Abend essen. Wir müssen über vieles reden.«

»Danke, Onkel, ich werde tun, was Ihr sagt.«

»Nur Mut, vielleicht finden wir heute Abend gemeinsam einen Weg, diesen verdammten Krieg zu gewinnen.«

93. Dracula

Kirchenstaat, Engelsburg

Habt Ihr ihn gesehen?«, fragte der Papst den päpstlichen Legaten, der aus Budapest zurückgekehrt war.

»Natürlich, Heiligkeit.«

»Ist er so schrecklich, wie man sich erzählt?«

»Er ist nicht sehr groß«, antwortete Nicola da Modrussa, »aber er ist sehr kräftig und wirkt furchteinflößend: robust, kalt, erbarmungslos. Er hat eine große Adlernase mit weiten Nasenlöchern, ein hageres, rotes Gesicht mit großen, grünen Augen, die sein Gegenüber anstarren, als wollten sie ihm die Seele entreißen, und seine üppigen schwarzen Wimpern verleihen dem Blick etwas Finsteres. Gesicht und Kinn sind rasiert, aber er trägt einen Schnurrbart. Die hohen Schläfen verbreitern seine Stirn. Er hat einen Stiernacken und lange schwarze Haare, die wie Schlangen auf die breiten Schultern fallen.«

»Mein Freund, Ihr beschreibt einen Mann von außergewöhnlichem Aussehen.«

»Das ist er, Heiligkeit.«

»Und stimmt, was man sich erzählt?«

»Über die Art, wie er seine Feinde tötet?«

»Ganz genau.«

»Ja. Als ich ihn am Hof von Matthias Corvinus, dem ungarischen König, gesehen habe, habe ich gehört, dass er mehr als zwanzigtausend Männer gepfählt habe, um den Eroberer Mehmed II. zu terrorisieren. Und Ihr könnt mir glauben, er hat in keiner Weise damit geprahlt.«

»Gott steh uns bei. Aber das ist der Krieg. Mein Herz blutet bei dem, was Ihr sagt, Nicola, und doch dürfen wir gegenüber dem absolut Bösen nicht zögern, und ich muss zugeben, dass dieser Teufel, dieser Fürst der Finsternis der Einzige war, der auf meinen Aufruf, gegen die Türken zu ziehen, geantwortet hat. Und ohne ihn wären wir heute vielleicht gar nicht mehr hier, um uns zu unterhalten.«

»Matthias Corvinus hat bestätigt, dass Vlad Dracula Sultan Mehmed II. nicht bloß Schrecken eingejagt hat, sondern ihm auch bei einem nächtlichen Angriff furchtbare Verluste beigebracht hat. Er hatte jedoch Pech: Anscheinend hat er das Zelt des Sultans gesucht, um ihn umzubringen, doch der hatte, um sein Leben zu retten, im Lager mindestens zehn ähnliche Zelte errichten lassen, um eventuelle Angreifer zu verwirren. Dracula hat ein Drittel des Lagers dem Erdboden gleichgemacht, aber am nächsten Morgen lebte Mehmed II. noch.«

»Gleichzeitig schrecklich und tapfer.«

»Doch Mehmed II. war von der Brutalität des Angriffs tief beeindruckt. Als er später auf Târgoviște, die Hauptstadt der Walachei, wo Vlads Hof liegt, marschiert ist, wurde er von einem Wald gepfählter Männer empfangen.« Während Nicola di Modrussa sprach, schwieg Papst Enea Silvio Piccolomini, denn was er da hörte, verschlug ihm die Sprache. »Später hat der Woiwode der Walachei und Transsilvaniens die Brunnen vergiftet und ihm eine Armee von

Pestkranken entgegengeschickt, was die Krankheit in den Reihen des Sultans verbreitet hat, und es scheint, dass Mehmed daraufhin gesagt hat, dass er das Land eines Mannes, der so etwas tut, um sein eigenes Volk zu verteidigen, nicht erobern kann und den Krieg seinem Geliebten überlassen hat.«

»Seinem Geliebten?«, fragte der von der Erzählung seines Legaten sichtlich erschütterte Pontifex.

»Radu der Schöne, Vlads Bruder.«

»Wie bitte?«

»Kennt Ihr nicht die Geschichte der zwei Söhne von Vlad II. von der Walachei?«

»Nein.«

»Nun, die ist schnell erzählt. Jedes Jahr muss der Woiwode der Walachei und Transsilvaniens dem Sultan als Tribut tausend Kinder aus seinem Land geben, die ihren Familien entrissen und aufgezogen werden, um Teil der Infanterie der osmanischen Armee zu werden.«

»Die Janitscharen!«, rief der Papst.

»Genau, Heiligkeit. Vlad und Radu waren zwei dieser Kinder. Sie wurden in der Festung Egrigoz eingesperrt und wuchsen dort unter Folter und Entbehrungen auf. Am Ende dieser grausamen militärischen Ausbildung waren diese beiden Kinder grundverschieden: Der Erste, Vlad, entwickelte einen tiefen Hass gegen die Osmanen, der Zweite, Radu, wurde der Geliebte von Mehmed II.«

»Und nun ist aus dem Krieg um die Eroberung der Walachei und Transsilvaniens ein Bruderkrieg geworden ...«

»... anders kann man es nicht nennen.«

»Aber das ist ja furchtbar. Als wäre es das nicht ohnehin schon.«

»Ganz genau. In all dem bittet Vlad um Eure Hilfe, um Radu und den großen Türken endgültig zu schlagen.«

»Wir werden sofort mit der Hilfe Venedigs und einer Geldsumme an Matthias Corvinus ein Heer aufstellen, um Vlad Dracula bei seinem Feldzug zu unterstützen.«

»Denkt daran, dass Radu über mindestens vierzigtausend Männer, Kanonen und Kriegsmaschinen des Sultans verfügt. Außerdem hetzt er die ungarischen Bojaren gegen Vlad auf!«

»Genau wie Johann von Lothringen es macht, der einige der mächtigsten Barone von Neapel auf seiner Seite hat gegen den legitimen Herrscher Ferrante von Aragón.«

»Aber soweit ich weiß, schlägt der König nach anfänglichen Schwierigkeiten jetzt zurück.«

»Ich sage voraus, dass er schon bald diese Parasiten besiegen wird! Seht, Nicola, ich finde es entsetzlich, dass die christlichen Fürsten und Herzöge es angemessen finden, sich gegenseitig abzuschlachten, wo doch die osmanische Gefahr vor unseren Toren steht. Als ich sie vor wenigen Jahren in Mantua mit der Bulle *Vocavit nos* zu einem Kreuzzug aufrief, kam keiner: Alle waren zu sehr mit ihren eigenen kleinen Problemen beschäftigt, mit internen Scharmützeln, um sich ein paar Meilen Boden mehr zu erobern, ohne zu begreifen, dass sie dadurch riskieren, dass eine ganze Zivilisation, eine Kultur ausgelöscht wird. Konstantinopel war bloß der Anfang. Aber das haben sie schon vergessen, verfluchte Egoisten! Wenn man bedenkt, dass sie die Lega Italica gegründet haben, um den Frieden zu wahren – ich frage mich, wozu sie sie gegründet haben! Denn seht, Dracula ist sicherlich ein grauenhafter Mann, aber wenigstens verteidigt er den Glauben gegen den Antichristen. Und dasselbe haben Georg Kastriota Skanderbeg und János Hunyadi getan. Das sind die Helden, die uns zur Verfügung stehen. Teufel. Monster. Aber sind die christlichen Herrscher, die sich so nennen und dann nur an ihren persönlichen Profit denken, das nicht umso mehr? Sind nicht Lügen, Habgier, Wollust und Feigheit noch schlimmere Sünden als die extreme Grausamkeit des Krieges? Ich kann das, was Dracula tut, nicht gutheißen, doch ich kann auch die Trägheit dieser Hampelmänner, die mich umgeben, nicht tolerieren! Deswegen habe ich beschlossen, Ferrante von Aragón zu unterstützen. Denn auch wenn sein Vater Alfons in seinen Stimmungen und persönlichen Zielen launisch war, so hat er doch verstanden, wie wichtig Condottieri wie die gerade genannten sind, er hat sie geehrt oder ihnen doch immerhin Unterstützung versprochen.«

»Das ist mir vollkommen klar, Heiligkeit.«

»Nun, wenn es tatsächlich so ist, dann schicken wir Dracula die Ressourcen. Organisiert Ihr die Entsendung und tut, was Ihr für angemessen haltet. Hier, bitte«, sagte der Pontifex und reichte Nicola di Modrussa ein Pergament mit Unterschrift und Siegel, »meine Bevollmächtigung.«

Der Legat kniete vor dem Papst nieder.

»Und bis dahin«, sagte Enea Silvio Piccolomini, »hoffen wir, dass Ferrante die neapolitanischen Barone besiegt. Ich bin diese ständigen Aufsplitterungen leid!«

94. Troia

Königreich Neapel, Ebene von Troia

Die Ebene war eine ausgedehnte Fläche aus gelbem und grünem Gras, von der Sonne verbrannt. Ferrante schwitzte heftig unter der Rüstung, wegen der Anspannung und der unerträglichen Hitze. Er rang um Luft und fragte sich, ob er heute überhaupt kämpfen könnte. Er konnte kaum atmen. Die Luft war dicker als Honig.

An seiner Seite die unzertrennlichen Don Rafael Cossin Rubio und Don Iñigo de Guevara.

Er betrachtete die siebenundvierzig Reihen der Kavallerie, die bei ihm waren, geordnet und in Eisen und Leder, unter dem Kommando von Roberto di Sanseverino und Roberto Orsini. Antonio Piccolomini, Herzog von Amalfi, war der Anführer der Fußsoldaten und Knappen.

Hinter der Truppe entdeckte er die Standarte von Orso Orsini, die über dem glänzenden Eisenblech der Nachhut flatterte.

Es waren also alle da. Da für ihn, für ihren König, gegen den Thronräuber. Die Hauptmänner schritten die Front ab, um sicherzugehen, dass sie bereit und mit allem ausgestattet waren. Das Warten wurde unerträglich.

Die Sonne stand jetzt hoch.

Dann sah Ferrante, wie, dank der zahlenmäßigen Unterlegenheit, Marino Marzano mit seinen Reitern wie ein Keil in die linke, von Roberto Orsini befehligte Flanke eindrang. Die Wirkung war mörderisch, und die enorme Wut von Marzano schaffte es schon bald, einen tiefen Durchbruch in die aragonesischen Truppen zu schlagen. Doch nach einem ersten, abgewehrten Angriff, der Tote und Verletzte auf dem Schlachtfeld hinterließ, schien Orsini zunächst mit der linken Flanke durchzuhalten. Als dann jedoch klar wurde, dass er es nicht schaffen würde, schaltete der aragonesische Hauptmann nicht etwa Roberto di Sanseverino ein, sondern führte seine Truppen mitten in die Schlacht hinein. Überraschenderweise jagte Marino Marzano ihm nach und verfolgte ihn mit seinen Männern.

»Sehr gut gemacht«, bemerkte Don Rafael. »Sobald er nicht mehr überlegen ist, nimmt Roberto Orsini den Feind mit sich, damit der sich im Gewirr der Mitte verfängt. Auf diese Weise bringt er die rechte Flanke nicht durcheinander und schafft es, Marino Marzano einzukreisen, der es vor blindem Mut nicht vorhersieht.«

»Giacomo Piccinino bleibt mit seinen Männern im Zentrum der gegnerischen Truppen stur stehen«, erwiderte Ferrante.

»Ihr werdet sehen, dass der Lothringer jetzt seine rechte Flanke vorschicken wird, um Roberto di Sanseverino daran zu hindern, Marzano im Zentrum unserer Truppen anzugreifen«, sagte Don Iñigo.

Als hätten sie diese Worte gehört, stürzten sich die Reiter, angeführt von Johann von Lothringen und Andrea Tomacelli Capece, Herzog von Alvito, wie Teufel auf die rechte Flanke des aragonesischen Heeres, warfen sich mit

Donnergrollen auf die Männer, angeführt von Roberto di Sanseverino. Die ersten Lanzen brachen an den Rüstungen der Aragonesen, die Lothringer kamen langsam voran, die Schwerter gezogen. Aber es dauerte nicht lang. Weil Roberto di Sanseverino, im Gegensatz zu Orsini, dem Angriff standhielt. Seine Ritter hielten die Linie, und schon bald gab es ein enormes Getümmel, in dem nach und nach die Aragonesen siegten. Ferrante sah, wie Sanseverino mit einem Streitflegel und einer fast bestialischen Wut die Reiter des Herzogs von Alvito einschüchterte. Direkt danach warf er sich mitten in eine Gruppe Feinde und trieb sie mit einer unglaublichen Leidenschaft und Wut in die Flucht.

»Sanseverino dürstet nach Blut«, bemerkte Ferrante.

»Die Situation entwickelt sich zu unserem Vorteil, Majestät«, sagte Don Iñigo.

Es stimmte.

Wie zur Bestätigung brüllte Roberto di Sanseverino aus vollem Hals: »Es lebe Ferrante von Aragón, König von Neapel, unser Herrscher! Tod und Verderben für Johann von Lothringen!« Aus allen Richtungen erhoben sich Schreie, und die Reiter von Sanseverino schienen sich wie ein Meer rund um den Franzosen und den Herzog von Alvito zu schließen.

Als er sah, was seine Männer vollbrachten, war Ferrante fast gerührt. Der Tag schenkte ihm einen fulminanten Sieg. Aber es war noch nicht vorbei. Er wusste, dass auch er seinen Beitrag leisten musste. Auf der linken Seite hatten sie inzwischen die Männer von Marino Marzano erledigt. Auf der rechten war Sanseverino etwas im Vorteil. Aber Giacomo Piccinino marschierte noch nicht mit den französischen Fußsoldaten.

»Was tun wir?«, fragte der König von Aragón Don Rafael. »Greifen wir sie an und machen sie fertig?«

»Nein, nein«, antwortete der Hidalgo, »wir ruinieren doch nicht den Vorteil, den Sanseverino unter Einsatz seines Lebens gerade für uns erobert. Wir warten, bis Piccinino sich bewegt und angreift, und dann werden wir in der Überzahl sein und ihn gebührend empfangen.«

Ferrante nickte. Er hob den Blick zur Sonne: Sie stand nicht mehr so hoch wie vorher. Es wurde schon länger gekämpft. Als er schließlich wieder aufs Schlachtfeld blickte, sah er einen Franzosen, der vor dem Kampf floh und verzweifelt versuchte, Piccinino zu erreichen.

Der Herzog von Alvito hatte verstanden, dass Giacomo Piccinino sich ohne einen Befehl nicht bewegen würde. Er hatte bereits gehofft, zuerst vorzurücken, aber Johann von Lothringen hatte ihm ein Zeichen gegeben, er solle stehen bleiben. Und er hatte gehorcht. Doch jetzt, da sich die Schlacht rasend schnell zum Schlimmsten entwickelte, war es umso nötiger, dass die Fußsoldaten in einem letzten, verzweifelten Angriff ins Zentrum der Aragonesen trafen.

Andrea rannte. Er hatte seinen Helm abgesetzt, wegen der Hitze und weil er sich sonst nicht orientieren konnte. Er wusste, dass er so das Risiko einging, einen verirrten Pfeil oder auch nur einen Schwerthieb abzubekommen, aber es war ihm egal. Er musste nicht kämpfen. Nicht in diesem Augenblick. Er hatte eine andere Mission. Sein Pferd war unter Lanzenbeschuss zu Boden gegangen, ausgelaugt von den erlittenen Wunden. Er war in dieser wahnsinnigen Arena voller Blut, Eingeweide, zerbrochener Schwerter und abgetrennter Gliedmaßen zurückgeblieben, welche der rechte Flügel von Roberto di Sanseverino darstellte. Er versuchte, so schnell er konnte, ins Zentrum der lothringischen Truppen zu gelangen, das noch zu weit entfernt war, um die Zeichen zu erkennen und die Befehle zu hören. Während er lief, sah er einen Mann von rechts auf sich zukommen und tat das Einzige, was er tun konnte: Er riss eine Pike aus der Brust eines Franzosen, der im Staub lag, und wandte sie gegen den Feind, der auf ihn zukam. Dieser war so ungestüm, dass er erst im letzten Moment den Speer in Andreas Hand bemerkte, sodass er, der während des Laufs seinen Schild hatte sinken lassen, sich fast von allein mit der Brust hineinstürzte. Andrea stieß mit aller Kraft zu, und die Pike durchbohrte den Aragonesen.

Der Herzog von Alvito gab den Angriff auf und begann wieder zu laufen. Er wurde schneller und schneller. Die Truppen von Giacomo Piccinino kamen jetzt immer näher, und er war sicher, dass er sie gesehen hatte.

Als er kurz vor den Lothringern war, hob er daher den Arm und brüllte: »Attacke, Attacke! Für Johann von Lothringen. Tod den Aragonesen! Attacke.«

In dem Moment preschten die französischen Fußsoldaten vor.

Doch der Herzog von Alvito konnte sie nicht sehen.

Er spürte nur einen Stich an der Schulter. Plötzlich steckte eine Lanze in seinem linken Oberarm. Das Blut floss heftig. Mit übermenschlicher Kraft zog er die Eisenspitze, die sein Fleisch zerrissen hatte, heraus.

Dann sank er auf die Knie und blickte zum feindlichen Heer. Er sah Helme und Schwerter, blutverschmierte Banner und tote Pferde. Er sah Augen voller Angst und im

Todesschrei aufgerissene Münder. Dann sank ein schwarzer Vorhang vor ihm herab.

Er fiel mit dem Gesicht nach vorn.

In den Staub.

»Sie rücken vor, endlich!«, brüllte Ferrante, denn der Lärm der Schlacht, die Schreie, das Wiehern, das Klirren der Klingen auf dem Eisen der Schilde übertönten seine Stimme. »Don Rafael, gebt den Befehl weiter, dass Alessandro Sforza vorrücken soll. Er soll seine Stellung hinter dem lothringischen Lager aufgeben und die französische Nachhut, angeführt von Ercole d'Este, schlagen, um so den Männern von Johann von Lothringen den Rückzug abzuschneiden. Anschließend soll er vorrücken, um hinterrücks die feindlichen Truppen anzugreifen. Auf diese Weise gewinnen wir den Tag.«

»Natürlich, Eure Majestät.«

»Und jetzt löschen wir den Lothringer aus. Pikeniere in die vorderste Reihe, dann die Lanzen, dann die Schwerter!«

Nach seinem Befehl ritt Ferrante zur ersten Linie, neben ihm seine Leibwächter. Don Rafael Cossin Rubio zu seiner Rechten, Don Iñigo de Guevara zu seiner Linken.

»Lasst uns den Tag jetzt vollenden! Siegt für mich! Aragón oder der Tod!«

Als Antwort hörte Ferrante das Getöse seiner Infanterie.

1464

95. Letzter Wille

Republik Florenz, Villa Careggi

Denkt daran, was ich Euch gesagt habe. Lorenzo ist noch zu jung, aber bald wird er bereit sein, das Erbe dieser Familie anzutreten. Ich sage das nicht, weil ich Euch nicht vertraue, Piero: Ihr seid ein anständiger, kultivierter, aufmerksamer Mann, Ihr seid mein Sohn, und ich habe Euch und Giovanni immer geliebt und keinen Augenblick an Euch gezweifelt. Ja, ich bin mir sogar sicher, dass Ihr ein großartiger Herrscher für Florenz wärt. Aber wie es auch mein Vater getan hat, muss ich über meine Kinder hinausdenken, eine größere Perspektive einnehmen.« Cosimo sprach langsam, denn es waren die letzten Tage seines Lebens, und sowohl er als auch sein Sohn wussten das ganz genau. Und eben weil er ständig schwächer wurde, war es sehr wichtig, dass alles vor seinem Tod geregelt war. »Wir wissen beide von Eurer Krankheit«, fuhr er fort, »und auch wenn ich Euch ein langes und glückliches Leben wünsche, muss ich doch den Mut haben, die Zukunft der Familie klar zu sehen. Denn Ihr wisst, dass die Dynastie der Medici am wichtigsten ist, wichtiger als ich und als Ihr. Daher achtet darauf, dass Lorenzo und Giuliano die bestmögliche Bildung erhalten. Hier in Careggi habe ich die Accademia neoplatonica geschaffen.

Marsilio Ficino wird ein wertvoller Lehrer für sie sein. Und nicht nur er. Auch Cristoforo Landino und Pico della Mirandola werden die Jungen stetig inspirieren.«

Bei diesen Worten hustete Cosimo. Er war müde, erschöpft von der Krankheit. Er hatte sein Bett so aufstellen lassen, dass er in den Hof und auf die florentinische Landschaft sah, die er so sehr liebte. »Es ist noch viel zu erledigen«, fuhr er fort, »aber ich vertraue auf Eure rasche und lebhafte Intelligenz und das Netz der Verbindungen, das Ihr aufgebaut habt. Lucrezia ist eine leidenschaftliche und treue Ehefrau, die Euch nie verlassen wird, ich muss ihr nur in die Augen sehen, um das zu wissen. Unterschätzt die Kraft der Liebe und der Frauen nicht, denn oft gehen wir ihretwegen Wagnisse ein, die wir ursprünglich nicht geplant hatten. Was die Bank betrifft, so werden Diotisalvi Neroni und Luca Pitti Euch eine wertvolle Hilfe sein. Und dennoch, denkt daran, Letzteren im Auge zu behalten und die Soderini, deren Stern gerade aufsteigt. Verwaltet das Familienvermögen, dessen einziger Erbe Ihr seid, aufs Beste, ich vertraue darauf, dass es Euch nützlich sein wird, wenn es aufmerksam und vorsichtig investiert wird und Früchte trägt. Seid nicht raffgierig und denkt daran, dass das politische Spiel entscheidend dafür ist, die Republik zu kontrollieren, gleichwohl müsst Ihr Florenz mit der Kultur und der Schönheit verführen. Glaubt keinen Moment, Ihr könntet sie erobern oder, schlimmer noch, beherrschen. Daher bitte ich Euch, stets abzuwägen, wann Ihr mitleidlos handeln müsst und wann es gilt, auf die Kunst zu vertrauen, um Zuspruch und Dankbarkeit zu erlangen.«

Cosimo hielt inne. Er atmete tief ein und schwieg. Er musste etwas trinken. »Könnt Ihr mir Wasser geben?«

Piero nahm eine Karaffe, die auf einem hübschen Holztisch stand, neben zwei großen Obstschalen voller Zitrusfrüchte. Er goss etwas in einen Becher und reichte ihn dem Vater.

Als Cosimo trank, fühlte er sich erfrischt und erleichtert. Er ließ den Blick aus dem Fenster schweifen. Die Abendbrise hob die Vorhänge an. Er sah die Zypressen, deren tiefes Grün sich hin und her bewegte, er roch den intensiven Duft des Lorbeers und des Rosmarins.

»Ich weiß, dass ich viel von Euch verlange, aber Florenz wird auch viel von Euch verlangen. Glaubt nicht einmal für einen Augenblick, dass unsere Stellung privilegiert sei, Piero, bleibt immer wachsam. Gleichwohl macht auf dem Weg weiter, den wir eingeschlagen haben, und versäumt nicht, alle, die es gerade nötig haben, in unserem Haus zu empfangen. Nur so könnt Ihr die Zustimmung erhalten, die für Euch, für Eure Kinder und zukünftige Generationen entscheidend ist. Schaut nicht bloß auf morgen, sondern zehn, zwanzig, dreißig Jahre voraus. Schließlich noch ein letzter Rat, vielleicht der wichtigste von allen«, schloss Cosimo. »Fördert die Kunst. Umgebt Euch mit Malern, Bildhauern, Literaten, Philosophen, Theologen, Dichtern: Nur sie können Euch eine andere, vielschichtige, mannigfaltige Vision bieten, die erfassen kann, was für die meisten unsichtbar bleibt. Diese Augen, diese Hände, diese Stimmen braucht ihr dringend auf dem düsteren Lebensweg. Sie werden das stumme Heer sein, dass Euch die Schlacht, die Florenz Tag um Tag sein wird, gewinnen lässt. Empfangt sie in Eurem Haus, bietet ihnen Schutz, Geld und Chancen, denn Künstler sehnen sich vor allem danach, nach Chancen, und sie machen Schätze daraus, verwandeln sie in etwas Einmaliges und so Wertvolles, dass daraus ein Reich entsteht. Schaut nur, was Filippo Brunelleschi aus der Kuppel von Santa Maria del Fiore gemacht hat oder Donatello aus einem *David* oder Paolo Uccello aus der *Schlacht von San Romano*, dem einzigen Meisterwerk, das ich mir habe entgehen lassen, und es vergeht kein Tag, an dem ich dieses Versäumnis nicht bereue.«

Piero nahm die Hand seines Vaters. Er drückte sie, als ströme aus diesen dürren, faltigen Fingern ein unsichtbarer Geist, ein himmlischer Segen, der ihn inspirieren und in finsteren Tagen des Krieges und in den strahlenden der Liebe leiten könnte. »Vater«, sagte er, »ich danke Euch für diese Worte. Ich werde sie in meinem Herzen bewahren wie die kostbarste Gabe und aus ihnen Früchte ziehen wie aus einem Gleichnis. Ich werde mich voll und ganz dafür einsetzen, Eurem Ruhm und Eurer Großzügigkeit Genüge zu tun.«

Cosimo betrachtete Piero mit wohlwollender Zustimmung: »Das weiß ich, mein Sohn. Nun lasst mich ausruhen. Ich spüre, dass dies die letzten Stunden meines Lebens sind. Ruft später auch Eure Frau, die Enkel und die ganze Familie, damit ich mich auch von Ihnen richtig verabschieden kann.«

»Das werde ich tun, Vater«, antwortete Piero und strich über seine Stirn.

Cosimo schloss die Augen und schlief ein.

96. Zu spät

Kirchenstaat, Ancona, Bischofspalast San Ciriaco

Er hatte alles versucht, hatte sich auf keinerlei Weise geschont. Er hatte zum Kreuzzug aufgerufen, die christlichen Herrscher herbeizitiert, doch wieder einmal hatte keiner auf seinen Appell reagiert. Nur Venedig hatte mündlich Männer und Galeeren versprochen. Müde, erschöpft, angewidert von der Gleichgültigkeit und dem Schweigen, mit dem seine inständige Bitte aufgenommen worden war, hatte er beschlossen, den Kreuzzug allein anzuführen. Er war von Rom nach Ancona gereist. Die Reise war eine Qual gewesen, wegen der glühenden Hitze und seines Gesundheitszustandes, der sich von Tag zu Tag verschlechterte.

Mehrmals war er in Ohnmacht gefallen, hatte in der Kutsche das Bewusstsein verloren, und als er vor den Toren Anconas angekommen war, konnte er sich kaum noch auf den Beinen halten. Der einzige Lohn war der Anblick der fünftausend Soldaten, die ihn erwarteten: Sie waren gekommen, ohne einem Fürsten oder Herrn zu gehorchen, denn keiner der Regenten war aufgetaucht. Diese Männer waren aus freien Stücken gekommen: für die Religion, für das Kreuz, für Gott, für ihn. Es war ein wahres Spektakel.

Doch schon bald trocknete auch diese Freude wie ein Sommerregen. Denn statt der vierzig Galeeren gab es nur zwei und somit nicht genug Schiffe, um die Freiwilligen zu transportieren.

Daher hatte Papst Pius II. ihnen dankend mitteilen müssen, dass sie sich noch nicht einschiffen konnten. Er hatte die Bevölkerung darum gebeten, den Soldaten Christi Unterkunft in den Häusern am Hafen und den umliegenden Dörfern zu gewähren, bis die Venezianer eintrafen.

Manche Ritter hatten den Kopf geschüttelt, andere ihn gehorsam gesenkt. Die Bewohner Anconas taten ihr Bestes.

Und Pius II. war weiterhin geblendet von den Farben der Uniformen, von all den Wappen und Feldzeichen, den Flaggen und den Kreuzen.

Stark geschwächt brachte man ihn in den Bischofspalast neben der Kathedrale San Ciriaco. Seine Ärzte empfahlen eine Sänfte, als sie ihn so erschöpft sahen.

Seine Wachen hoben ihn an und brachten ihn dorthin, wohin er wollte. Aber mit jedem Tag, der verging, wurde er schwächer. Er hatte verstanden, dass es ein Wettrennen gegen die Zeit war: Er würde nicht mehr lange leben, und die Verspätung der venezianischen Galeeren war sehr gefährlich, nicht nur, weil die Soldaten jeden Tag nervöser wurden und die Zelte abbrechen wollten, sondern weil er das Gefühl hatte, sie anzulügen, indem er darauf beharrte, ihnen eine Vitalität und Energie zu zeigen, die er gar nicht mehr besaß.

An diesem Morgen stand er auf. Er trank Wasser und aß Obst. Dann wusch er sich das Gesicht. Er musste sich rasieren lassen.

Als der Barbier kam, schärfte er die Klinge an einem Leder. Er seifte die Wangen des Pontifex ein, dann begann er, ihn zu rasieren. Er arbeitete vorsichtig und präzise. Als er am Hals ankam, bemerkte er etwas Seltsames. »Heiligkeit«, sagte er, »verzeiht mir, aber ich befürchte, es geht nicht.«

Pius II. sah ihn halb neugierig, halb misstrauisch an. »Was ist los? Wieso könnt Ihr nicht weitermachen?«

»Verzeiht, aber ich habe das Gefühl, dass ...« Der Barbier ließ das Rasiermesser versehentlich in die Metallschüssel fallen.

»Was habt Ihr?«

Der Barbier wirkte panisch. »Schaut selbst ...«, brachte er schließlich noch heraus. Er nahm einen Spiegel und reichte ihn dem Papst.

Der Pontifex betrachtete sein Spiegelbild auf der glatten, perfekt glänzenden Oberfläche.

»Unter der Kehle, am Hals ...«, murmelte der Barbier.

Und da sah der Papst das, was er nie zu erblicken gehofft hatte: Eine Geschwulst von der Größe eines Wachteleis erhob sich unter seiner Haut. Sie war noch nicht blau oder violett, aber Pius II. wusste ganz genau, worum es sich handelte.

Der Spiegel fiel aus seiner Hand und zerbrach, die Splitter klirrten auf dem Boden. Er stand auf, riss dem sprachlosen Barbier ein Handtuch aus der Hand und wischte die Seife ab, die noch die Hälfte seines Gesichts bedeckte. »Ruft meine Ärzte!«, schrie er.

Während der Barbier aus seinem Blickfeld verschwand, trat er ans Fenster, aber auf dem Weg dorthin wurde ihm schwindlig, und er musste sich am Bett festhalten. Schwitzend sank er zusammen, und ein metallischer Schmerz breitete sich nach und nach im gesamten Körper aus. Es lief ihm eiskalt den Rücken hinunter, und seine Gliedmaßen wurden so schwach, als bestünden sie aus Papier.

Pius II. sah seinen brüderlichen Freund an, den Kardinal Giacomo Ammannati. Er hätte nicht gedacht, dass die Krankheit ihn so schnell erschöpfen würde, aber jetzt fühlte er sich bereits dem Tod nahe. Eine grausame Übelkeit quälte ihn. »Noch immer nichts von den Galeeren des Dogen?«, fragte er leise.

»Noch nichts, Heiligkeit.«

»Kommt, Giacomo, ich bitte Euch, lasst diese Förmlichkeit, wenigstens im Moment meines Todes.«

»Heiligkeit, Ihr sterbt nicht.«

»Doch, genau das wird geschehen. Diese Trägheit der Fürsten hat mich niedergeschlagen. Jeder Tag des unnützen Wartens ist wie ein Messerstich für mich.«

Giacomo Ammannati nickte.

»Die Soldaten?«

»Heiligkeit …«

»Sprecht ehrlich.«

»Nun, mio Signore, ich muss zugeben, dass viele von ihnen beschlossen haben, dorthin zurückzukehren, von wo sie gekommen waren.«

Diese Nachricht betrübte den Pontifex zutiefst. »Dann war also alles umsonst«, seufzte er.

»Überhaupt nicht. Es scheint, dass der Doge Cristoforo Moro auf dem Weg hierher ist.«

»Ach ja?«

»Das habe ich gehört.«

»Aber im Moment ist er noch nicht da.«

»Leider nicht, Heiligkeit«, sagte Giacomo Ammannati mit belegter Stimme.

»Mir bleibt nicht mehr viel Zeit«, schloss Pius II. resigniert. »Ich kann nur auf Gott, unseren Herrn hoffen und aus tiefstem Herzen zu ihm beten.« Mit extremer Mühe setzte der Pontifex sich auf. »Helft mir, mich hinzuknien«, sagte er zum Kardinal. Dieser näherte sich schnell, legte den Arm des Papstes um seinen Hals und hob ihn an, bis dieser die Kniebank erreicht hatte. Hier stützte der Papst sich mit den Armen auf der Schulter des Kardinals ab und konnte schließlich die Hände zum Gebet falten.

Giacomo Ammannati verschlug es die Sprache, als er sah, mit welcher Kraft und welchem Glauben der Pontifex Gott bat, ihm den Weg zu weisen.

»Nun lasst mich allein«, bat Pius II., auf der Schwelle des Todes.

Der Kardinal schämte sich seiner eigenen Schwäche und floh fast aus dem Raum.

97. Die Welt ändert sich

Herzogtum Mailand, Castello Sforzesco

An diesem sonnigen Septembernachmittag betrachtete Francesco die Buchshecken und die Stechpalmen. Diese grünen Blätter, glänzend und spitz zulaufend wie Messer, ließen ihn an die Wunde denken, die sich in seinem Herzen aufgetan hatte. Er war niedergeschlagen: Cosimo de' Medici hatte vor wenigen Tagen für immer die Augen geschlossen. Er war in seiner geliebten Villa in Careggi gestorben, umgeben von seinen Lieben. Diese Tatsache tröstete ihn wenigstens. Er konnte sich keine schönere Art zu gehen vorstellen. Aber die Leere blieb. Sie machte sich bemerkbar, und in den kommenden Jahren würde sie immer heftiger und unauslöschlicher werden. Je älter er wurde, umso klarer wurde ihm, dass eine Welt, zu der seine Freunde nicht mehr gehörten, ihn immer weniger interessierte, daher glaubte er wirklich, dass mit ihrem Fortgang auch ein Teil von ihm gegangen war. Und unter denen, die am meisten zählten, war Cosimo de' Medici zweifellos der wichtigste gewesen. Ganz abgesehen davon, dass dieser Tod seinen eigenen anzukündigen schien, dank der Krankheit, die ihn nun schon seit einer Weile stetig begleitete und ihm weder Schmerzen noch die Erniedrigung der körperlichen Einschränkungen ersparte: Das Gehen bereitete ihm zunehmend Mühe.

Doch dieser Schicksalsschlag war nicht der einzige gewesen: Nicht nur sein lieber Freund war von ihm gegangen, sondern auch der Pontifex, der sich so für den Kreuzzug und die Stärkung der Lega Italica eingesetzt hatte, war verstorben, der Pest erlegen, während er im Hafen von Ancona auf die Schiffe wartete, die Venedig versprochen hatte, um die Osmanen anzugreifen.

Pius II. hatte den Dogen Cristoforo Moro nicht einmal mehr zu Gesicht bekommen, als der auf der Galeere kam, die dreizehn weitere Schiffe anführte, um die fünftausend Soldaten einzuschiffen, die gekommen waren, um gegen Mehmed II. zu kämpfen, allerdings zu großen Teilen bereits wieder in ihre Heimat zurückgekehrt waren, am Ende ihrer Geduld und enttäuscht, weil das Warten kein Ende zu nehmen schien.

Vor ihm, im Licht der Septembersonne und umrahmt von den schönsten Blumen, stand Bianca Maria und teilte seine Sorgen.

»Die Situation ist dramatisch«, sagte Cicco Simonetta, der sich ebenfalls im Garten befand. Francesco und Bianca sahen ihn mit wachsender Unruhe an. Cicco hatte immer eine Antwort auf alles, und wenn er sich in einer so heiklen Lage zu einer solchen Aussage hinreißen ließ, dann war klar, dass es keine Lösung gab. In diesen Jahren hatten beide in den finstersten Momenten zu ihm gesehen. Cicco hatte sich als Meister der Diplomatie herausgestellt, als vorbildlicher Kanzler, als aufmerksamer Ökonom und vernünftiger Steuereintreiber, der es schaffte, die leeren Kassen des Herzogtums mit passenden und wirksamen Strategien zu füllen. Aber gegen den Tod konnte auch er nichts ausrichten.

»Nun geht, Cicco«, sagte Bianca Maria, »dieses Mal könnt Ihr nichts tun.«

Der Kanzler verabschiedete sich.

»Und nun?«, fragte Bianca Maria Francesco. »Wie bewahren wir den Frieden? Cosimo war das ausgleichende Element schlechthin in den ewigen Konflikten zwischen Mailand und Venedig, und der Papst war der Garant eines Friedens, indem er die Energien gegen einen großen und schrecklichen Feind wie Mehmed II. gebündelt hat.«

»Der noch lange nicht besiegt oder auch nur eingeschüchtert ist.«

»In der Tat«, stimmte Bianca Maria zu, »aber was mir im Moment Sorgen macht, ist Venedig. Wie immer.«

»Ich weiß …«

»Umso mehr, wenn man bedenkt, dass Paul II. wieder einmal ein Venezianer ist, sogar noch ein Barbo!«, fuhr Bianca Maria fort. »Ist Euch das aufgefallen, Liebster? Venedig ist in dieser Hinsicht der raffinierteste Feind, den man sich vorstellen kann. Gregor XII., Angelo Correr, war der Onkel von Gabriele Condulmer, der unter dem Namen Eugen IV. Papst war. Letzterer war der Bruder von Polixena Condulmer, der Mutter von Pietro Barbo, dem heutigen Papst.«

»Sie sind äußerst gerissen.«

»Das könnt Ihr laut sagen«, sagte Bianca Maria. »Nicht nur, dass sie die größte Macht in Italien sind, sie haben innerhalb von fünfzig Jahren auf drei Päpste zählen können, eine dauerhafte Unterstützung aus Rom, wenn auch, um ehrlich zu sein, heftig von den Colonna bekämpft.«

»Richtig, die es nach Martin V. jedoch nie mehr geschafft haben, ihre Vormacht auszubauen.«

Nun, da sie allein waren, sah Bianca Maria Francesco fragend an. »Und jetzt?«

Francesco seufzte. »Was meint Ihr?«

»Das wisst Ihr sehr gut: Der Frieden wird zu einer Chimäre. Nach der Wahl Pauls II. ist Venedig erstarkt und wird kühn und wird sich die Gebiete, die nach Lodi an Mailand gingen, zurückholen wollen. Die Jahre vergehen, Francesco, weder ich noch Ihr seid wie früher. Und Galeazzo Maria? Glaubt Ihr, er ist bereit? Wird er bereit sein? Ich gebe zu, dass ich Angst habe. Vor ihm und vor dem, was geschehen kann.«

»Ihr habt Angst vor Galeazzo Maria?«

»Das habe ich gesagt.«

»Und warum das?«

Bianca Maria lächelte bitter. »Das fragt Ihr mich? Seit Ihr ihn zu Euch geholt habt, um ihm alles beizubringen, was ein Herzog über den Krieg und die Politik wissen muss, hat er vollkommen aufgehört, mit mir zu sprechen und, schlimmer noch, mir zuzuhören. Wir wissen beide, wie wichtig es ist, dass ein junger Mann sich zu benehmen weiß, doch lasst Euch sagen, dass Galeazzo Maria auf diesem Gebiet völlig unbedarft ist. Erst letztes Jahr, als er an den Hof der Gonzaga eingeladen war, hat er seine Aufmerksamkeit nicht Dorotea geschenkt, sondern es als passend erachtet, andere junge Damen ihres Gefolges zu belästigen ...«

»Dieser Tatsache würde ich keine große Bedeutung beimessen«, sagte Francesco fast schmunzelnd.

»Aha!«, erwiderte Bianca Maria eisig. »Das amüsiert Euch also! Nun gut. Dann erkläre ich Euch, wieso ein solches Bubenstück absolut entscheidend werden kann: Zunächst, weil er es dadurch an Respekt für mich, seine Mutter, hat fehlen lassen und für seine Großmutter Agnese, die so viel für ihn getan hat. Wisst Ihr, was er behauptet hat, als er ertappt wurde? Dass sie selbst es gewesen sei, die ihm einige der jungen Damen in Doroteas Gefolge vorgeschlagen habe. Er hat meine Mutter wie eine Kupplerin behandelt! Stellt Euch das vor! Damit hat er jegliche Achtung und Dankbarkeit seiner Großmutter verloren, und ich weiß nicht, wie ich diese Wunde heilen soll. Schlimmer noch, er hat die Beziehungen zu den Gonzaga schwer belastet! Ich weiß ja, dass Unrecht oft mit dem Schwert vergolten wird, aber wenn er zukünftig nicht in der Lage ist, Bündnisse zu bilden und Beziehungen zu pflegen, so wisst Ihr nur zu gut, dass auch die schärfste Klinge nichts nutzt. Bald stehen wir gegen Venedig, Rom und Mantua! Was Florenz betrifft, habe ich keine Ahnung, was geschehen wird: Piero scheint mir seinem Vater nicht ebenbürtig zu sein, aber ich kann mich täuschen. Doch selbst wenn er zufällig die Intelligenz von Cosimo besäße, so sieht jeder, dass Mailand völlig isoliert ist! Dahin führen uns die Bubenstreiche von Galeazzo Maria! Deswegen habe ich Angst vor ihm und der Zukunft, die uns erwartet.«

Francesco runzelte die Stirn. Bianca Maria hatte recht, auch wenn es ihm nicht gefiel, das zuzugeben. Natürlich liebte er sie, aber in den letzten Jahren hatten sie sich voneinander entfernt … Es war sinnlos, das zu leugnen. Teilweise war es die Schuld von Bianca Maria, die ihm seine Seitensprünge und Affären nicht verzieh. Als genüge das noch nicht, war Galeazzo Maria zu einem weiteren Störfaktor in ihrer Beziehung geworden. Aber er schuldete dieser immer noch jungen und schönen Frau so viel, angefangen bei ihrer Pflege in Tagen der Krankheit, von denen es viele gegeben hatte, bis zu ihrer bedingungslosen Liebe und der Tatsache, dass sie ihm neun Kinder geschenkt hatte. Daher schob Francesco seinen Protest beiseite und versuchte, so gut wie möglich auf die Fragen seiner Frau zu antworten.

»Mein Herz«, erwiderte er, »was Ihr sagt, ist gleichzeitig wahr und schwerwiegend. Und mir wird jetzt bewusst, dass ich meine Vaterpflichten vernachlässigt habe: Ich weiß, dass ich Galeazzo Maria nicht getadelt habe, als es nötig gewesen wäre, ich habe ihn zu oft entschuldigt und ihn meinen anderen Kindern vorgezogen. Dadurch habe ich ihn in letzter Zeit unbeabsichtigt von Euch entfernt, ohne es jedoch geschafft zu haben, dass er die Charakterzüge kultiviert, die Ihr besser als jeder andere ihm anerzogen hättet. Ich bitte Euch um Verzeihung. Daher gebe ich zu, überhaupt keine Antworten auf Eure Fragen zu haben, ja sogar Euch bitten zu müssen, mir zu sagen, was ich tun soll.«

Bianca Marias Blick wurde weicher. »Francesco, ich danke Euch für diese Worte. Ich liebe Euch mehr als mein Leben, und auch wenn ich manchmal Eure Untreue nicht ganz vergeben konnte, so glaube ich doch, dass ich immer an Eurer Seite gestanden habe, auch wenn es nicht einfach war. Ich befürchte, in manchen Situationen habe ich mich selbst verloren. Ich habe jedoch verstanden, dass auch ich Schuld trage und Euch nicht die Verantwortung geben kann, wo Ihr keine tragt. Jedenfalls habe ich gelernt, mit meinen Schatten zu leben, und was jetzt für mich zählt, seid Ihr und ich. Und unsere Familie. Der Rest ist nicht mehr von großer Bedeutung. Deswegen habe ich Euch gerade erzählt, was ich denke. Denn Galeazzo Maria wird eines

Tages Herzog sein, er trägt Euren Namen, aber auch meinen und den meines Vaters. Daher ist seine Aufgabe eine doppelte und besonders schwierig.«

»Das ist mir bewusst.«

»Dann versuchen wir, mehr von ihm zu verlangen.«

»Einverstanden.«

»Ich möchte ihn häufiger sehen. Seit Ihr ihn zu Euch genommen habt, um ihm die Schwertkunst beizubringen, und ihn den Beratern und Rechtsgelehrten anvertraut habt, habe ich nicht mehr mit ihm gesprochen, und glaubt mir, das bricht mir das Herz.«

»Ich achte darauf, dass das nicht mehr passiert, Amore mio.«

»Ich bin Euch dankbar.«

Francesco sah sie lange an, während die Sonne am Horizont versank und den Himmel rot färbte, dann umarmte er sie und drückte sie fest an sich.

98. Die Kunst des Wartens

Republik Venedig, San Giacomo all'Orio

Polixena dachte an die letzten Jahre und fragte sich, wie sie das alles bloß überlebt hatte. Der Tod von Niccolò, vor fast zehn Jahren, hatte ihr alles genommen. Damals dachte sie, sie würde auch sterben. Wenigstens war ihr Pietros Anwesenheit ein Trost gewesen, er war praktisch ständig in Vicenza gewesen, weil der Papst ihn nicht schätzte. Er war ihr Liebling unter ihren Kindern. So hatten sie sich gegenseitig Kraft gegeben. Tag für Tag. Hatten durchgehalten. Einen Schritt nach dem anderen gemacht. Es war eine wahre Wanderung durch die Wüste. Aber sie konnten warten. Und am Ende hatten sie gewonnen.

Kniend bedankte sich Polixena bei Gott für sein Wunder. Anders als damals bei ihrem Bruder Gabriele war die Wahl Pietros zum Pontifex überhaupt nicht vorherzusehen gewesen. Was in diesen Tagen geschehen war, hatte sie vollkommen überrascht, und das auch noch in dem Moment, als sie gerade jede Hoffnung verloren hatte.

Aus diesem Grund betete Polixena jetzt, und die heiligen Worte, die sie rezitierte, wirkten wie ein Gesang.

Sie liebte die Kirche San Giacomo all'Orio, weil sie eine der ältesten religiösen Stätten in Venedig und seit einiger

Zeit für sie ein Ort der Erinnerung war. Er half ihr, nicht zu vergessen, wie viel die Stadt durch die Eroberung Konstantinopels verloren hatte. Eben von dort schien die geheimnisvolle grüne Marmorsäule zu stammen, die so umwerfend schön war, dass ihr Anblick ihr jedes Mal den Atem nahm. Abgesehen von diesem außergewöhnlichen Objekt, das die Seele Konstantinopels in sich zu tragen schien, war auch die Holzdecke in Form eines kieloben liegenden Schiffs eine wahre Pracht und erinnerte sie an ihre Kindheit, als sie ihren Vater ins Arsenal begleitete. Sie riefen ihr die Matrosen ins Gedächtnis – die Arsenalotti –, die die Schiffsrümpfe mit Hanf kalfaterten und durch die Werft wuselten.

Polixena spürte Venedig in dieser Kirche also mehr als an jedem anderen Ort: die Königin der Meere, wegen herausragender, geheimnisvoller Kunstwerke wie dem Weihwasserbecken aus Anatolien, und nun, dank ihres Sohnes, auch Herrscherin von Rom, der Ewigen Stadt.

Die Serenissima war die Wiege ihrer Existenz, ein Seelenort, an dem Polixena eine Zuflucht fand, eine Art zu leben und die Welt mit anderen Augen zu betrachten, durch den flüssigen Schleier der Lagune, diese smaragdgrüne Linse, die eine unvergleichliche Perspektive bot: offener, weiter, mit potenziell unendlichem Horizont. Die Serenissima war eine einzigartige Krone von Ländereien und Menschen, die unterschiedliche Namen trugen: Zypern, Kreta, Ägypten, Albanien und Kroatien; es war eine Republik, die sich ins Meer hinein ausdehnte und Stimmen und Kulturen mit der sanften, flüssigen Kraft des Wassers vereinte, das aber auch gewalttätig sein konnte und voller Wut, wenn die Flut sich erhob. Deswegen war die Kirche San Giacomo mit ihren Schätzen aus den Ländern rund ums Mittelmeer auf eine gewisse Weise ein alchemistisches Schiff, ein heiliges Zentrum, das alle religiösen und säkularen Einflüsse enthielt und ihre Seele kräftigte, die nie so heiter war wie in diesem Moment.

Sie senkte erneut den Kopf und betete. Sie betete für Niccolò. Für Pietro. Schon bald wäre sie bei ihm in Rom, wo er mit ihrer Unterstützung den Bau eines prächtigen Palastes geplant hatte, entworfen von Francesco del Borgo.

Sie wollte sich nicht an den Reichtümern und den Annehmlichkeiten erfreuen, die ihrem Sohn als Pontifex zukämen, umso weniger an einem Ort wie diesem, aber gleichzeitig konnte sie vor sich nicht verleugnen, dass ihr Herz beruhigt war, ihn endlich vor aller Unbill des Schicksals geschützt zu wissen.

Durch den Tod ihres Mannes, die Schicksalsschläge der letzten Jahre und die Abneigung, die Pius II. gegenüber Pietro gezeigt und die ihn von der Kurie entfernt hatte, hatte sie wirklich viel gelitten.

Doch jetzt, nach diesen schrecklichen Jahren, war ihre Familie in Sicherheit. Nicht nur ihr Erstgeborener, sondern auch ihre anderen Kinder würden bedeutende Stellen und Ämter erhalten.

Mit einem breiten Lächeln auf den Lippen senkte sie den Kopf und begann erneut zu beten.

Vierter Teil

1466

99. Halbdunkel

Herzogtum Mailand, Palazzo dell'Arengo

Bianca Maria machte sich Sorgen. Seit zwei Tagen ging es Francesco nicht gut. Die Krankheit quälte ihn unablässig. Die tiefsten Ängste der Herzogin wurden nicht nur von dem enorm angeschwollenen Bein geweckt, das inzwischen weinrot und so groß wie ein Schinken war, sondern auch von den Körperflüssigkeiten, die anscheinend ohne Halten austraten und gegen die die Ärzte nichts tun konnten.

Da war nicht nur die erschütternde körperliche Schwäche. Nicht nur, dass Francesco wegen des schrecklichen Leidens ans Bett gefesselt war, die damit einhergehende Erniedrigung und Niedergeschlagenheit setzte ihm zu und schien ihn unfähig zu machen, der Situation die Stirn zu bieten.

Bianca Maria wusste, wie sehr ihn dieser Zustand quälte. Plötzlich alt und hilflos zu sein war vielleicht das, was Francesco am meisten bedrückte. Für einen Krieger gibt es keinen schlimmeren Zustand, ganz abgesehen davon, dass diese erzwungene Untätigkeit ihn deprimierte, weil sie ihn an Filippo Maria Visconti erinnerte. Das wusste die Herzogin sehr gut. Er hatte sich allerdings gehütet, es ihr gegenüber zuzugeben, aus Respekt.

An diesem Morgen war sie völlig verschwitzt und zu Tode erschrocken aufgewacht. Sie hatte von ihrer Mutter geträumt, die ihr entsetzlich fehlte, seit sie vor einem Jahr gestorben war. Sie hatte sich urplötzlich in der Welt verloren gefühlt.

Und dieses Gefühl war ihr geblieben, bis sie vor der Tür zu Francescos Zimmer stand.

Sie befahl den Wachen, die Tür zu öffnen, weil sie ihren Ehemann besuchen wollte.

Beim Eintreten bemerkte Bianca Maria einen bitteren, süßlichen Geruch, den Gestank der Verwesung, des verdorbenen Fleischs.

Des Todes.

Ohne zu wissen wieso und noch ohne etwas gesehen zu haben, spürte sie die Tränen über ihre Wangen fließen.

Im Halbdunkel sah sie Francescos Kopf, tief in den Kissen. Sie sah die dunkle und kompakte Masse seiner noch fast gänzlich schwarzen Haare. Sie ging zum Musselinvorhang und zog ihn beiseite. Das schwache Licht einer Sonne, die sich nicht entscheiden konnte, frühlingshaft zu werden, fiel in diesigen Strahlen ins Zimmer und erhellte die Szene.

Bianca Maria näherte sich dem Bett ihres Mannes, Panik schnürte ihr die Kehle zu. Sie brauchte ewig, um zu ihm zu gelangen. Es machte ihr Angst, dieses Warten zu beenden und das zu sehen, was sie nicht sehen wollte, als könne die Ungewissheit Francesco am Leben erhalten.

Die Tränen flossen noch heftiger.

Schluchzend legte sie eine Hand vor den Mund.

»Francesco«, murmelte sie.

Der Herzog antwortete nicht.

»Francesco«, wiederholte sie matt.

Die Stille war eisig.

Sie sah deutlich, dass ihr Mann nicht atmete: Die Brust hob sich nicht, wie sie sollte.

Sie streckte ihre Hand unter die schweren Decken. Suchte sein Herz. Und als sie begriff, dass es nicht mehr schlug, wurde ihr schwindlig.

Denn Francesco Sforza, Herzog von Mailand, war tot.

100. Blut und Regen

Herzogtum Savoyen, Val Cenischia, nahe der Abtei Novalesa

Sein Vater war tot. Die Nachricht pochte in seinen Schläfen, während er halsbrecherisch inmitten seiner Eskorte ritt. Gaspare da Vimercate hatte darauf bestanden, dass er die Kleidung der Diener von Antonio da Piacenza, seinem Schatzmeister, anzog, damit er nicht erkannt würde.

Sie waren Hals über Kopf vom Hof Ludwigs XI. von Frankreich abgereist, sobald die Nachricht von einem Boten verkündet worden war, der sein Pferd zu Tode geritten haben musste. Und nun taten sie dasselbe. Seine Mutter, die persönlich den Brief geschrieben hatte, hatte ein gebrochenes Herz. Und er musste so schnell wie möglich zu ihr.

Zusammen mit Gaspare hatte Galeazzo Maria entschieden, den Weg über die Alpen zu nehmen. Sie hofften, so den Klauen der Savoyer aus dem Weg zu gehen. Von seiner Tante Maria aufgehetzt, hasste Amadeus IX. die Sforza aus verschiedenen Gründen, nicht zuletzt, weil sie sich als Betrüger gezeigt hatten, die einzig daran interessiert waren, das Herzogtum Mailand an sich zu reißen.

Galeazzo Maria und seine Männer galoppierten bereits seit anderthalb Tagen ohne Pause. Ihre Pferde waren erschöpft, glänzten trotz der kalten Luft vor Schweiß und hatten Schaum vorm Mund. Die Straße über die Alpen hatte sich als gefährlich herausgestellt, über weite Teile war sie schneebedeckt, sodass sie mehrfach gezwungen waren abzusteigen, damit die Pferde sich nicht die Beine brachen.

»Nur Mut«, sagte Gaspare, wobei er sehr darauf achtete, sich nicht an ihn direkt zu wenden, um seine Anwesenheit nicht zu verraten, »wir sind schon weit gekommen.«

Die Reiter sahen sich an. Sie hofften, bald die Grenze zu überschreiten, da sie Susa schon fast erreicht hatten.

Doch genau in diesem Augenblick flog ein Pfeil heran und traf einen der Männer, die neben Galeazzo Maria ritten, in die Brust.

»Wir werden angegriffen!«, schrie Gaspare. Während ein eisiger Regen fiel und Böen wehten, wurde der Himmel im Pfeilsturm bleigrau.

Die Pfeile schossen pfeifend vorbei, und die Mailänder hatten kaum die Zeit, sich mit ihren Schilden, so gut es ging, zu schützen. Die Geschosse trafen sie heftig, grausame Schreie waren von denen zu hören, die sich vor dieser heimtückischen Attacke nicht hatten in Sicherheit bringen können.

Ein paar Reiter landeten im Schlamm. Ein anderer bog sich nach hinten und rutschte über die Flanke seines Pferdes, sein Fuß blieb im Steigbügel hängen, und er wurde fortgezogen.

Galeazzo Maria riss die Augen auf: Er hatte keine Ahnung, wie das passiert war, aber diese Räuber wussten sicher, wer er war.

Inzwischen hatten sich schwarz gekleidete Männer zu Pferd und zu Fuß auf sie gestürzt. Sie kamen aus allen Richtungen und hatten sie umzingelt.

»Gaspare«, brüllte Galeazzo Maria, »durchbrechen wir die Umzingelung und dann auf zu dieser Kirche.« Er zeigte auf ein Gebäude, das im strömenden Regen in der Ferne kaum auszumachen war. Dann schrie er aus voller Kehle: »Sforza!«, und seine Männer antworteten als ein einziger Todeschor. Sie zogen ihre Schwerter, trieben die Pferde zu einem letzten verzweifelten Galopp an, im Versuch, den Kreis aus Klingen und Eisen der sie umzingelnden Feinde zu durchbrechen.

Galeazzo Maria trieb sein Pferd bis aufs Blut an und wurde schneller. Seine Hoffnung war, dass die Masse seines schwarzen Wallachs den Feind umreißen könnte. Er sah, wie die Räuber größer wurden, je näher er kam. Als er sicher war, in Reichweite zu sein, setzte er zwei heftige Schwerthiebe. Er sah Blut spritzen, aber ihn kümmerte nicht, was geschehen war. Er ritt weiter, starrte geradeaus, die Augen fest an die Tür der Kirche geheftet, das Ziel seines rasenden Ritts.

Sobald er davor angekommen war, sprang er vom Pferd. Er nahm das Ross am Zügel, stemmte seine Schulter gegen das große Holztor, und zu seinem Glück öffnete es sich. Er trat ein, zog sein Pferd mit sich. Die Hufe schlugen rhythmisch auf den Fußboden, hallten im Kirchenschiff wider. Er wartete, dass sein Pferd sich beruhigte, und lief zur Tür. Als er sie sperrangelweit öffnete, sah er Gaspare da Vimercate auf ihn zujagen. Er war fast angekommen, als sein Pferd stürzte. Von einigen Pfeilen getroffen, hatte das Tier es nicht mehr geschafft.

Gaspare fiel in den Matsch, stand aber sofort wieder auf und lief zur Tür, die Galeazzo Maria aufhielt. Dann war auch er drinnen.

Kurz darauf trafen noch weitere fünf bei ihnen ein.

»Ist da noch jemand?«, fragte Sforza.

»Nein, mio Signore, ich bin der Letzte«, sagte Braccio Spezzato. Sein Bart war weiß, aber der alte Soldat war immer noch zäh und starb nicht so leicht.

»In dem Fall schließen wir die Tür«, verkündete Galeazzo Maria. »Helft mir, sie zu verbarrikadieren.« Damit beeilte er sich, zusammen mit zwei seiner Männer mit einem riesigen Holzbalken die Tür zu versperren.

»Und nun?«, fragte Gaspare.

»Und nun warten wir. Ich glaube nicht, dass unsere Feinde noch lange auf sich warten lassen.«

Wie zur Bestätigung donnerte wütendes Klopfen an die große Tür.

»Öffnet!«, brüllte jemand von draußen.

»Lasst uns gehen!«, schrie Braccio Spezzato.

Hinter der Tür lachte jemand laut auf. Aber er wurde sofort zum Schweigen gebracht.

»Wir wissen, wer Ihr seid!«, sagte der Erste.

»Und wer sollen wir sein?«, fragte Braccio Spezzato.

»Galeazzo Maria Sforza mit seiner Eskorte!«

Braccio Spezzato und Gaspare da Vimercate sahen zum jungen Herzog. Es war also, wie sie vermuteten: Man hatte sie erwartet. Und höchstwahrscheinlich war Amadeus IX. der Auftraggeber.

»Wer schickt Euch? Der Herzog von Savoyen?«, wollte Galeazzo Maria wissen, entnervt von diesem Gerede, das nichts brachte.

»Nicht Ihr stellt hier die Fragen!«, fuhr die raue und tiefe Stimme fort.

»Verflucht! Wollt Ihr Geld? Davon habe ich mehr als genug«, beharrte Galeazzo Maria.

»Euer Geld interessiert uns nicht, Messere«, sprach der andere weiter.

»Nun, etwas anderes bieten wir Euch nicht an!«, brüllte der Herzog empört.

»Das werden wir sehen. Früher oder später werdet Ihr Euch ergeben müssen.«

Galeazzo Maria wollte etwas antworten, aber Braccio Spezzato bedeutete ihm zu schweigen.

Sie waren still, bis sie dachten, dass ihre Angreifer sich von der Tür entfernt hatten.

»Und jetzt?«, fragte der Herzog.

»Und jetzt sitzen wir in der Falle, mio Signore«, erwiderte Gaspare da Vimercate.

»Vielleicht nicht ganz«, schaltete Braccio Spezzato sich ein.

»Was wollt Ihr damit sagen, mein Freund?«

101. Gaspare da Vimercate

*Herzogtum Savoyen, Val Cenischia, nahe der Abtei
Novalesa*

Man erkannte die Tür kaum, aber sie war groß genug,
um ein Pferd und einen Reiter daneben durchzulassen. Das Wichtigste war jedoch, dass sie sich ganz hinten
rechts im Querschiff öffnete, nahe bei der kleinen Kapelle
in der Apsis.

Kannten die Räuber sie? Galeazzo Maria wusste es nicht,
aber es lohnte sich, es auszuprobieren.

»Wer ist bereit, mit meinem Pferd umgehend bis vor die
Tore Mailands zu galoppieren, um mit meiner Mutter zu
sprechen und ihr zu erzählen, was geschehen ist?«, fragte der
Herzog. »Sie wird eine Lösung finden, da bin ich mir sicher.«

»Ich werde gehen«, sagte Gaspare da Vimercate. »Mir ist
es lieber, wenn ein erfahrener Krieger wie Braccio Spezzato
bei Euch bleibt, mio Signore. Außerdem bin ich der beste
Reiter.«

»Seid Ihr sicher?«

»Ich habe keine Zweifel«, antwortete Vimercate. »Warten wir auf die Dunkelheit.«

»Das dürfte nicht mehr lange dauern«, bemerkte Braccio
Spezzato. »Es dämmert schon.«

Als sie die Tür öffneten, wehte eiskalte Luft hinein und ließ sie erzittern. Galeazzo Maria und Braccio Spezzato überprüften, dass niemand da war. Sie sahen keine Fackeln. Die Räuber, die sie angegriffen hatten, wussten wohl nichts von dieser Tür.

Gaspare ging so leise wie möglich hinaus, er führte den schwarzen Wallach des Herzogs an den Zügeln. Galeazzo Maria versuchte, sein Pferd zu beruhigen, und streichelte ihm über die Flanke. Alles lief glatt.

Vimercate stieg langsam in den Sattel.

Es hatte aufgehört zu regnen. Am Himmel stand ein großer Vollmond. Er war rund, gelb und glänzend wie ein Golddukat.

Doch irgendetwas machte das Pferd des Herzogs nervös. Der Wallach schaute sich um, wieherte wild. Dann ging er auf die Hinterbeine. Gaspare da Vimercate hatte Schwierigkeiten, sich im Sattel zu halten. Schließlich konnte er ihn zusammen mit dem Herzog beruhigen. Aber all dieser Lärm hatte die Räuber der Savoyer alarmiert.

»Schnell, schnell, flieht!«, zischte der Herzog zwischen zusammengebissenen Zähnen. Inzwischen waren Rufe zu hören, und ein paar Banditen tauchten auf.

»Zwei Armbrüste, sofort!«, befahl Galeazzo Maria.

Während Gaspare da Vimercate die Sporen gab, sodass das Pferd voranpreschte, kam Braccio Spezzato mit den geladenen Armbrüsten.

Der Herzog riss ihm eine aus der Hand. Er zielte. Der Mond erlaubte es ihm wenigstens, die zwei Räuber zu erkennen, die näher kamen.

Er schoss, ohne weiter zu warten. Der Pfeil pfiff durch die Luft und bohrte sich dann in den Hals eines der beiden, der einen erstickten Schrei ausstieß. Der andere brüllte los. »Alarm! Alarm! Sie fliehen«, brachte er noch heraus, dann traf ihn Braccios Pfeil in den Rücken.

Er sank auf die Knie und fiel zu Boden.

Aber die anderen hatten sein Geschrei gehört, und jetzt näherten sich weitere bedrohliche Gestalten.

»Hinein!«, schrie Galeazzo Maria.

Sie schlossen die Holztür hinter sich. Von innen schoben sie alles, was sie finden konnten, davor: Bänke, Stühle, Holzstangen, alles übereinandergetürmt.

Plötzlich donnerten heftige Schläge an die Tür, dazu hörte man Schreie und wilde Flüche. Galeazzo Maria hoffte, dass Gaspare da Vimercate genug Zeit hatte, um Gelände zu gewinnen und zu fliehen, während sie die Aufmerksamkeit auf sich zogen.

Jetzt konnten sie nur noch warten und hoffen durchzuhalten.

Ihr Schicksal lag in seinen Händen.

102. Die Rettung Galeazzo Marias

Herzogtum Mailand, Palazzo dell'Arengo

Gaspare da Vimercate war zwei dunkle Nächte und einen langen Tag ohne Pause durchgaloppiert. Schließlich stand er erschöpft vor den Mauern Mailands, nachdem er Castellamonte, Biella, Ivrea und Novara durchquert hatte.

Mit letzter Kraft war er durch die Porta Vercellina und zum Palazzo dell'Arengo geritten. Die herzoglichen Wachen hatten ihn sofort erkannt, und Gaspare hatte sich direkt zu Bianca Maria führen lassen.

Vimercate hätte sie fast nicht wiedererkannt, so zerschlagen und abgemagert war sie. Bianca Maria trug Trauer, ihre Augen waren gerötet, ihre schönen Haare schlecht frisiert, die Stirn lag in tiefen Falten.

»Wo ist mein Sohn?«, fragte sie ohne Vorrede.

»Signora, zuallererst mein Beileid. Sobald wir vom Tod des Herzogs erfahren hatten, haben wir den französischen Hof verlassen und sind über die Straße in Richtung Alpen geeilt und von dort weiter nach Susa. Unsere Absicht war, dadurch den Männern von Amadeus IX. von Savoyen zu entgehen, aber in der Nähe der Abtei von Novalesa, im Val Cenischia, hat uns eine Räuberbande angegriffen. Wir haben uns in eine nahe Kirche geflüchtet. Aber die Banditen haben mit einer richtigen Belagerung begonnen.«

»Und mein Sohn?«, fragte Bianca Maria knapp und wütend zugleich.

»Er ist bei den anderen geblieben. Er hat mich als Boten geschickt. Wir müssen uns allerdings beeilen.«

»Maria! Diese verfluchte Frau! Meine Mutter hatte recht, sie zu hassen!«

»Sie wussten, dass wir dort entlangkommen würden. Diese Männer sind sicher Schergen des Herzogs von Savoyen!«

»Das bezweifle ich nicht, Gaspare. Jetzt müssen wir unbedingt Galeazzo Maria befreien. Wie lange habt Ihr für die Strecke gebraucht?«

»Ich bin zwei Nächte und einen Tag ohne Pause durchgeritten.«

»Dann haben wir wirklich wenig Zeit! Seid Ihr bereit, wieder loszureiten? Ich entschuldige mich, Euch darum zu bitten, aber ich wüsste nicht, wen ich sonst fragen könnte, es ist keiner mehr da.«

»Signora, befehlt, was Ihr wollt, und ich werde galoppieren, bis mein Herz nicht mehr mitmacht, wenn das nötig ist.«

»Ich danke Euch, mein lieber Vimercate. Nun, der Einzige, der im Moment auf mich hören würde, ist Antonio da Romagnano. Er hat den Herzog von Mailand immer geschätzt, und im Gegensatz zu diesem Wahnsinnigen Amadeus IX. wird er auch klar erkennen, wie viel Schaden das Herzogtum Savoyen erleiden kann, wenn meinem Sohn auch nur ein Haar gekrümmt wird.«

»In Ordnung, Signora, ich verstehe Euren Plan.«

»Nun nehmt ein Bad und ruht Euch ein paar Stunden aus, Gaspare. Eine harte Probe wartet auf Euch«, sagte Bianca Maria und entließ ihn.

Während Vimercate ging, setzte sich Bianca Maria an den Schreibtisch.

Ohne weitere Zeit zu verlieren, nahm sie Papier und Federkiel und begann einen Brief.

Ehrwürdiger Messer Antonio da Romagnano,
ich schreibe Euch mit gebrochenem Herzen, wegen des Todes meines Ehemannes, Francesco Sforza, Herzog von Mailand. Doch das ist nicht der Grund für mein Schreiben. Ich habe erfahren, dass Männer des Herzogs von Savoyen meinen Sohn Galeazzo Maria und seine Eskorte in der Nähe der Abtei Novalesa angegriffen haben.

Wie Ihr sicher verstehen werdet, hat mich diese Nachricht bestürzt. Ich halte das für besonders schwerwiegend, weil mein Sohn sich auf dem Heimweg aus Frankreich befand, wo er seiner Majestät Ludwig XI. im Krieg gegen die Truppen Karls des Kühnen beigestanden hat.

Auf den Wert der Unternehmung gehe ich nicht weiter ein, dafür habe ich weder die Zeit noch das Interesse, was ich Euch jedoch mit Sicherheit sagen kann, ist, dass ich bezweifle, dass der französische Herrscher erfreut sein wird, wenn er erfährt, wie ein so wichtiger Verbündeter von ihm wie der frischgebackene Herzog von Mailand in Savoyen empfangen wurde.

Ich habe nicht die Absicht, die Gründe dafür

herauszufinden oder nach den Motiven zu forschen, die eine Räuberbande dazu gebracht hat, Galeazzo Maria in einen Hinterhalt zu locken. Mein Sohn verbarrikadiert sich im Augenblick zusammen mit seinen Männern in einer Kirche, in der Nähe der Abtei von Novalesa. Was ich mir an diesem Punkt nun wünsche, ist, dass Ihr Euer Möglichstes tut, um den Herzog Amadeus IX. dazu zu bringen, dieses Problem zu lösen.

Wenn das zu nichts führt, befürchte ich ein bewaffnetes Vorgehen des Königs von Frankreich, mit allen daraus resultierenden Konsequenzen für das Herzogtum von Savoyen.

Ich glaube, mehr muss ich nicht schreiben.

Bianca Maria Visconti Sforza, Herzogin von Mailand

Bianca Maria las den Brief noch einmal durch: einfach, direkt, wirksam.

Sie verschloss und versiegelte ihn.

Jetzt hieß es nur noch hoffen, dass Galeazzo Maria lange genug durchhielt und dass Antonio da Romagnano sie nicht vergessen hatte.

103. Das Primat

Kirchenstaat, Palazzo Barbo

Sie waren im Saal der Weltkarte. Polixena konnte den Blick nicht von der riesigen Himmelskarte wenden, die im Zentrum der Decke hing. Der gesamte Saal war großartig und prachtvoll eingerichtet, genau wie der, in dem sie gerade gewesen waren und der *Die Arbeiten des Herkules* hieß, weil unterhalb der Kassettendecke ein wundervolles Fries entlang der vier Wände lief, auf dem elegant und wunderschön die berühmten Arbeiten des mythologischen Helden dargestellt waren.

In allen Sälen befand sich das Wappen von Pietro Barbo: der springende Löwe mit einem Kardinalshut.

»Dieser Palast wird das Symbol des Prestiges und der Macht unserer Familie sein, Mutter«, sagte Pietro mit kaum verborgenem Stolz, »ich werde ihn zum Zentrum meiner Politik machen. Hier seid Ihr die Königin von Rom.«

Polixena errötete und lächelte. Sie errötete, weil sie vor all diesem Luxus verlegen wurde, und sie lächelte, weil sie glücklich war. »Keine Sorge, Pietro, ich bin mit viel weniger zufrieden«, versicherte sie.

»Das bezweifle ich nicht, Mutter, Ihr seid eine genügsame Frau von außergewöhnlicher Intelligenz und Format. Aber

Venedig darf keine Angst mehr zeigen. Deswegen habe ich diesen Palast ausgewählt, in der Nähe der Kirche San Marco, um eine deutliche Botschaft zu senden. Ich habe keinerlei Absicht, mich der Übermacht der Friedensrichter zu unterwerfen, die uns mit ihren verrückten Theorien betrogen haben. Und ich will auch nicht denjenigen nachgeben, die Vorrechte und Entscheidungsbefugnisse dem Kardinalskolleg vorbehalten wollen. Es ist mein Wunsch, dem Pontifex wieder das Primat der spirituellen Führung zurückzugeben, ohne dafür die säkulare Macht zu opfern, die ihn auszeichnet. Ich habe also vor, mich, wie ich es bereits tue, mit Personen zu umgeben, denen ich voll und ganz vertraue. Aus diesem Grund möchte ich Giovanni so schnell wie möglich zum Kardinal ernennen.«

»Euren Neffen?«, fragte Polixena.

»Natürlich. Auf diese Weise muss auch meine Schwester Nicolosa nichts mehr befürchten. Außerdem habe ich ihn ja bereits, wie Ihr sehr wohl wisst, zum Kommendatarabt von Santa Maria in Silvis in Sesto al Reghena ernannt. Um ihn zum Kardinal ernennen zu können, werde ich ihm erst zwei weitere Kommenden zuerkennen: die von San Fermo Piccolo in Verona und die des Klosters Bosco bei L'Aquila.«

»Aber die habt Ihr doch vorher verwaltet!«

»Genau.«

»Glaubt Ihr nicht, dass Ihr übertreibt?«, fragte Polixena, der diese Wahl zu viel Vetternwirtschaft war.

»Keineswegs! War denn nicht mein Onkel Pontifex? Und schulde ich ihm nicht mein Glück? Und was sollte ich da tun? Meinen Neffen im Stich lassen? Niemals! Ich tue all das für die Condulmer und die Barbo! Mein Vater würde zustimmen. Ich hoffe, Ihr auch.«

»Das tue ich«, gab Polixena nach.

»Was meinen Cousin Marco angeht, so ernenne ich auch ihn beim nächsten Konsistorium zum Kardinal, aber im Moment wird er Bischof von Vicenza bleiben. Und dann, Mutter, das Wichtigste.«

»Und das wäre?«, fragte sie, von all diesen Plänen fast überwältigt.

»Ich möchte Euch als meine persönliche Beraterin. Auch deswegen bitte ich Euch jetzt schon darum, so oft wie möglich in Rom zu sein. Für Euch habe ich diesen Palast bauen lassen.« Bei diesen Worten breitete Pietro die Arme in einer theatralischen Geste aus, als wolle er den gewaltigen Prunk des Saals umarmen.

Polixena legte die Hände ans Herz. »Meint Ihr das ernst?«

»Sicher! Wer wäre besser als Ihr?«

»Ich glaube nicht, dass ich …«

»Ich akzeptiere keine Ablehnung«, unterbrach er sie brüsk. »Die Entscheidung ist gefallen.«

Polixena lächelte erneut. Ihr gefiel Pietros Entschlossenheit. Gewiss, er war vielleicht zu sehr aufs Äußere fixiert und liebte den Luxus fast maßlos. Aber wer war schon ohne Fehler? »In diesem Fall«, sagte sie, »gehorche ich dem, was Eure Heiligkeit von mir erbittet.«

»Ich bin Euch enorm dankbar«, erwiderte Pietro. »Ihr könnt Euch nicht vorstellen, welche und wie viele Verschwörungen und Intrigen es im Palast gibt.«

»Das glaube ich gern. Deswegen empfehle ich Euch, vorsichtig zu sein.«

»Daher wollte ich Euch an meiner Seite haben. Abgesehen von der Tatsache, dass ich Euch liebe, wie ich wohl nie jemand anderen lieben könnte.«

Polixena war sprachlos. »Komm her, mein Sohn«, sagte sie bewegt.

Als er bei ihr war, umarmte sie Pietro fest.

»Könnte Niccolò uns doch jetzt sehen«, seufzte sie.

»Ich glaube, er wäre stolz auf uns«, sagte der Papst abschließend.

104. Die Befreiung

Herzogtum Savoyen, Val Cenischia, nahe der Abtei Nova-
lesa

Sie warteten seit vier Tagen. Und sie verhungerten praktisch. In der ersten Nacht hatten sie gefastet. Am nächsten Morgen hatten sie alle Vorräte zusammengetragen: ein
bisschen Dörrfleisch, hartes Brot, eine Salami und wenig
mehr.

Braccio Spezzato hatte eine Flasche Wein dabei, und
eine Weile hatten sie die Zeit mit Trinken totgeschlagen.
Galeazzo Maria hatte sich, wegen des Todes seines Vaters, teilweise ganz zurückgezogen, abgesehen von Ausbrü-
chen des Jähzorns über diese Verräter, die sie in Schach
hielten.

Auf diese Weise waren der erste Tag und die zweite Nacht
und auch der folgende Tag vergangen.

»Inzwischen müsste Gaspare angekommen sein!«, hatte
der junge Herzog gesagt.

»Ich glaube, bereits heute früh«, antwortete Braccio
Spezzato.

»Wie lange wird es dauern, hier herauszukommen? Das
Logische wäre, wenn meine Mutter eine Truppe zu unserer
Rettung schicken würde!«

»Das würde einen Krieg auslösen.«

»Na und? Was glaubt Ihr denn, was sie tun wird?«

»Ich habe keine Ahnung. Wir müssen Geduld haben, mio Signore.«

»Ihr habt leicht reden, Braccio! Ihr habt die Ruhe und die Weisheit des Alters!«

»Und Ihr dagegen die Arroganz der Jugend«, schimpfte der alte Krieger. Er hatte schon zu viel erlebt, um Galeazzo Marias Nervosität zu teilen.

Der Herzog war verstummt. Er hatte zu viel Achtung und Wertschätzung für den Stellvertreter seines Vaters. Ein legendärer Mann, der tausend Abenteuer überlebt hatte. Er hatte sich einfach in eine Ecke der Kirche hinter dem Altar zurückgezogen.

Bei Sonnenuntergang waren Braccio Spezzato und die anderen Soldaten eingeschlafen.

Der junge Herzog hatte sich bis zum Morgengrauen Sorgen gemacht.

So war auch die dritte Nacht vergangen.

Am nächsten Tag hatten sie geschwiegen, sie waren zu hungrig, um irgendetwas zu sagen, zu müde und zu schwach, um in der kleinen Kirche hin und her zu laufen. Braccio Spezzato hatte zwanghaft die Türen überprüft. Er wollte mögliche Attacken abwehren. Draußen hörte man ständig das ausgelassene Lachen der Räuber. Nicht ein einziges Mal hatten sie sich bei ihnen gemeldet. Sie wollten sie dort drinnen beim Warten verfaulen lassen.

So war dann auch die vierte Nacht vergangen. Doch im Morgengrauen war offenbar etwas geschehen, denn die Räuber waren alarmiert. Anscheinend hatte etwas oder jemand ihr Aufwachen gestört.

Wie zur Bestätigung dieser Theorie hatte jemand an die Kirchentür geklopft.

Und jetzt fragte eine Stimme, die ganz anders klang als die des Räuberhauptmanns, nach dem Herzog. Eine Stimme, die sie alle sehr gut kannten. »Mio Signore, ich bin's, Gaspare da Vimercate! Kommt heraus, Ihr seid in Sicherheit.«

Galeazzo Maria war bis zur Tür gegangen. Dann hatte er Braccio Spezzato fragend angesehen. Konnte man ihm vertrauen?

»Gaspare!«, hatte Galeazzo gerufen. »Seid Ihr es wirklich, so erwarten wir Euch an der seitlichen Tür. Haltet Abstand, damit wir Euch erkennen können.«

»In Ordnung«, kam die Antwort.

Jetzt eilten Braccio Spezzato und der junge Herzog zur kleinen Tür in Höhe des Querschiffs. Zwei ihrer Männer entfernten die Bänke, Stühle und Holzstangen, die sie vor der Tür gegen mögliche Angreifer postiert hatten. Als sie fertig waren, öffnete Braccio Spezzato langsam die kleine Tür.

Und dort, vor ihm, wenn auch etwas entfernt, sah er Vimercate.

»Da trifft mich doch der Schlag«, sagte Braccio, »es ist wirklich Gaspare! Seht selbst, mio Signore.«

Der junge Herzog trat hervor und erkannte Vimercate.

»Gaspare!«, brüllte er. »Seid gesegnet, Ihr habt es geschafft!«

»Ganz genau, mio Signore. Jetzt könnt Ihr herauskommen, es besteht keine Gefahr mehr. Ich habe einen ganzen Trupp Soldaten bei mir und, noch wichtiger, mich begleitet der edle Piemontese Antonio da Romagnano!«

»Ach, ja? Und wer ist das?«, fragte Galeazzo Maria höhnisch.

»Der, dem wir die Beendigung dieses Albtraums verdanken. Zusammen mit Eurer Mutter, natürlich.«

»Meine Mutter ist hier?«

»Nein, nein, sie erwartet Euch in Mailand, um die Trauerfeier Eures Vaters und die Feierlichkeiten zu Eurer Ernennung zum Herzog zu begehen.«

»Ich kann es kaum erwarten.«

»Mio Signore«, beharrte Gaspare, »könnt Ihr mir folgen und mit den anderen zum Haupteingang der Kirche kommen?«

Der junge Herzog nickte.

Schon bald befand er sich zusammen mit Braccio Spezzato und den anderen vier Kameraden unter der Rosette an der Hauptfassade der Kirche.

Dort sah Galeazzo Maria im frühen Morgenlicht einen Trupp seiner Reiter, wie Vimercate gesagt hatte. Zwischen zwei Flügeln savoyischer Knappen befand sich jedoch ein elegant gekleideter Adeliger. Er hatte weiße Haare und ein finsteres Gesicht, doch nicht ohne eine gewisse Autorität.

»Euer Ehren«, sagte dieser an Galeazzo Maria gewandt, »mein Name ist Antonio da Romagnano. Ich war ein Freund Eures Vaters. Und nun bin ich auf Bitten Eurer Mutter hergeeilt, um diesen bedauerlichen Zwischenfall zu lösen. Ich weiß nicht, wer diese Männer waren«, betonte der Edelmann, »auf jeden Fall sind sie geflohen, als sie uns sahen.«

»Pah!«, rief der Herzog aus. »Wirklich tolle Kerle: Sie haben uns vier Nächte und drei Tage belagert, und jetzt sind sie stiften gegangen. Irgendetwas sagt mir, dass Euer Herzog etwas damit zu tun hat!«

Braccio Spezzato packte Galeazzo Maria am Handgelenk, um ihn zur Ruhe zu bringen. Jedem anderen hätte der Herzog wegen dieser Unverschämtheit die Kehle durchschneiden lassen, doch von diesem Mann ließ er sich alles gefallen.

»Es tut mir leid, dass Ihr das sagt«, erwiderte da Romagnano, »denn es ist mir dagegen sehr wichtig, im Namen von Amadeus IX. von Savoyen Euch zutiefst um Verzeihung für dieses verwerfliche Vorkommnis zu bitten. Der Herzog versichert Euch, dass er keine Kenntnis davon hatte, was Euch zugestoßen ist, und dass er niemals einen Hinterhalt gegen Euch erlaubt hätte.«

Galeazzo Maria grinste, und sein Gesichtsausdruck sprach Bände. Trotzdem war er höflich genug, um zu antworten: »Ehrenwerter Antonio da Romagnano, ich danke Euch für Euer willkommenes Eingreifen, und wir danken auch dem Herzog von Savoyen, dass er Euch als seinen Botschafter geschickt hat.«

Der Piemontese nickte. »Doch der Herzog möchte noch mehr tun. Er schickt Euch durch mich dieses großartige Exemplar eines Fuchses aus der Camargue, er wird Euch sicher ein wertvoller Begleiter bei Euren Abenteuern sein.« Bei diesen Worten stiegen zwei savoyische Reiter ab und führten ein Ross herbei, das so großartig war, dass es einem den Atem verschlug, selbst dem ungestümen Mailänder Herzog.

Dieses Mal lächelte Galeazzo Maria. Er bewunderte das glänzende haselnussbraune Fell.

»Dankt Amadeus IX. von mir«, sagte der Herzog, näherte sich dem wunderschönen Pferd und streichelte ihm den Kopf, dort wo es zwischen den Augen einen weißen, sternenförmigen Fleck hatte. Es gefiel ihm wirklich sehr.

»Und nun, meine Freunde«, sagte Galeazzo Maria schließlich zu Braccio Spezzato und Gaspare da Vimercate, »aufgesessen, es ist Zeit, dass wir nach Mailand reiten.«

105. Der Hinterhalt

Republik Florenz, auf der Straße von Careggi nach Florenz

Lorenzo ritt mit halsbrecherischer Geschwindigkeit. Er wollte keinesfalls seinen Plan preisgeben, und im Schritttempo hätte er gezeigt, dass er damit rechnete, jeden Moment die Männer von Luca Pitti und Diotisalvi Neroni zu treffen.

Sein Vater hatte nicht die übliche Straße von Careggi nach Florenz genommen, er war früher in der Kutsche losgefahren auf einem ganz anderen Weg, der wenig benutzt und kaum bekannt war. Wahrscheinlich war er inzwischen bereits im Palazzo Medici angekommen.

Ihm folgte eine kleine Eskorte, nur ein paar bewaffnete Männer, passenderweise als Adelige gekleidet, um nicht zu sehr aufzufallen und zu verraten, dass sie den Hinterhalt vorausahnten.

Die Straße wand sich in mehreren Kurven. Hinter einer sah Lorenzo zwei Männer zu Pferd mitten auf dem Weg. Er ritt langsamer und machte seinem Gefolge ein Zeichen, dies ebenfalls zu tun.

Er erkannte Diotisalvi Neroni an seinem langen, üppigen Bart, so weiß, dass er wirkte wie aus Gips. Anders als üblich war er nicht elegant gekleidet, ja, wenn ihn jemand gefragt hätte, hätte Lorenzo geantwortet, dass er ihn noch nie so martialisch gesehen hatte: Er trug eine Lederjacke und ein Kurzschwert am Gürtel. Seine Begleitung musste ein Söldner sein: Das grimmige Gesicht, der Raubvogelblick, der sehnige und robuste Körper und das authentische Waffenarsenal, das er bei sich führte, ließen keinen Zweifel.

»Messer Medici …«, sagte Diotisalvi Neroni aalglatt und griff nach dem Zügel von Lorenzos Pferd, als wolle er sicherstellen, dass er nirgendwohin ritt. Folgore, sein geliebter Hengst mit kohlschwarzem glänzendem Fell, machte fast einen Ausfallschritt, weil es ihm nicht gefiel, dass Fremde ihm so nahe kamen. Lorenzo beruhigte es sofort und streichelte seinen kräftigen Hals.

Neroni ließ sich nicht beirren: »Was für eine Überraschung, Euch hier anzutreffen. Wohin des Wegs mit dieser kleinen Eskorte?«

»Ich kehre von der Villa in Careggi zurück nach Florenz. Mein Vater zieht sich gern aufs Land zurück, besonders um mit den Mitgliedern der Akademie über Literatur und Philosophie zu diskutieren.«

»Sicher, sicher«, sagte Neroni.

»Darf ich Euch fragen, wer dieser Edelmann ist, der Euch begleitet?«

»Niccolò d'Este, der Bruder des Herzogs Borso.«

»Ah! Seid gegrüßt, mio Signore.«

Der andere Mann würdigte ihn keines Blickes, sondern beließ es bei einem beiläufigen Nicken. Er schien damit beschäftigt, die Männer zu zählen, die ihn begleiteten.

Gerade als Lorenzo dieses heikle Gespräch beenden wollte, hatte er plötzlich das Gefühl, als blitze etwas

Bedrohliches zwischen den Bäumen des Waldes auf, die zu beiden Straßenseiten standen. Dann hatte Neroni seine Männer also angewiesen, sich in der Macchia zu verstecken, um seinen Vater von zwei Seiten anzugreifen, sobald er mit der Kutsche und seinem Gefolge auftauchte. Und dass ein Krieger wie Niccolò d'Este dabei war, bestätigte den inzwischen schon legendären Hass, den Ferrara gegenüber Florenz hegte.

»Nun gut, mio Signore«, sagte Lorenzo, »ich wünsche Euch also einen guten Tag.«

Der junge Medici wollte sein Pferd gerade antreiben, doch Neroni ergriff erneut die Zügel. »Einen Moment«, sagte er, »ich habe noch eine letzte Frage.«

»Dann fragt.« Lorenzo bemühte sich, unbeeindruckt zu wirken. Seine Worte schienen in der Frühlingsluft zu hängen.

Neroni wartete, bevor er seine Frage stellte, als wolle er mit seinem Schweigen die ansteigende Spannung bei diesem scheinbar zufälligen Treffen noch steigern. Schließlich fragte er: »Ist Euer Vater in der Villa geblieben?«

»Oh nein«, entgegnete Lorenzo prompt. »Auch er hat sich auf den Weg gemacht, er müsste bald hier vorbeikommen. Ich denke also, dass Ihr ihn kurz grüßen könnt.«

»Aha.« Neronis Augen blitzten auf, und Lorenzo hätte schwören können, dass für einen Augenblick Genugtuung aufschien. »In diesem Fall«, schloss er, »will ich Euch nicht aufhalten. Ich kann mir denken, dass Ihr ihn empfangen wollt, wenn er zu Hause ankommt.«

»Ganz genau. Messer Neroni«, sagte er mit einem Nicken, »mio Signore«, ergänzte er an Niccolò d'Este gewandt, »Ihnen beiden meine Hochachtung!« Er riss die

Zügel aus den Händen des Florentiners, hieb die Fersen in Folgores Flanken und ritt los, gefolgt von seinen Männern.

Als sie hinter einigen Kurven und damit weit genug entfernt waren, dass niemand sie mehr hören konnte, hob er die Hand, um die Aufmerksamkeit seines guten Freundes Braccio Martelli, der neben ihm ritt, zu wecken. Er sah in ihm seinen besten Freund, auf gewisse Weise war er der große Bruder, den er nie gehabt hatte. Er war ein sehr tapferer Mann und hatte ihm stets eine aufrichtige Zuneigung entgegengebracht. Er wollte ihn immer an seiner Seite haben.

»Was glaubt Ihr, mein Freund? Haben sie es uns abgenommen?«

»Das ist jetzt nicht mehr wichtig: Wenn sie Euren Vater nicht kommen sehen, werden sie begreifen, dass Ihr sie hereingelegt habt.«

»Genau.«

»Aber dann wird es schon zu spät sein.«

»Eben.«

»Ihr habt ihn wirklich meisterhaft hinters Licht geführt«, sagte Braccio.

»Zu viel Lob, mein Freund.«

»Es ist die Wahrheit. Gewiss, wenn es schiefgegangen wäre, hätte ich nicht garantieren können, wie es endet!«

»Was meint Ihr?«

»Dass Ihr gut mit Worten umgehen könnt, Lorenzo, aber mit Waffen? Wenn Ihr damit nur halb so schnell seid, wie Ihr sprecht, dann sage ich hier und heute, dass es niemand mit Euch aufnehmen kann.« Und damit lachte Braccio laut los.

Lorenzo lachte ebenfalls. Dann antwortete er: »Das können wir auf jeden Fall herausfinden.«

»Was denn?«

»Wie gut ich mit Schwert und Lanze umgehen kann.«

»Ah! Abgemacht.«

»Sagt mir, wann und wo.«

Braccio sah ihm direkt in die Augen. »Heute in zwei Jahren. Auf der Piazza Santa Croce, in Florenz.«

»Zu welcher Gelegenheit?«

»Meiner Hochzeit!«

»Alter Gauner, Ihr heiratet also?«, sagte Lorenzo überrascht, aber begeistert.

»Wieso? Habt Ihr daran gezweifelt?«

»Überhaupt nicht. Damit ist es also abgemacht. Gebt mir die Hand darauf!« Und während Braccio ihm die Rechte schüttelte, dachte Lorenzo, dass er gerade eine wichtige Aufgabe beendet hatte. Und wenn der Tag so gut weiterging, würden ihm im Leben keine Abenteuer fehlen.

»Wenigstens habt Ihr dann noch Zeit, wirklich gut zu werden«, bemerkte Braccio.

Beide lachten erneut.

Schließlich galoppierten sie auf Florenz zu.

106. Verstärkung

Herzogtum Mailand, Castello Sforzesco

G aleazzo Maria war außer sich. Er befand sich im Waffensaal, zusammen mit Braccio Spezzato und Gaspare da Vimercate. Cicco Simonetta beobachtete sie bestürzt aus gebührendem Abstand.

Der Herzog hatte gerade einen Harnisch mit einem Kriegsflegel zerschmettert. »Verflucht«, schrie er, »dieser Idiot Borso d'Este wagt es, die Medici herauszufordern? Meine besten und ältesten Verbündeten? Glaubt er denn, ich wäre noch der kleine Junge, der vor vielen Jahren sein Gast war?«

»Das glaubt er sicher nicht«, sagte Cicco, »das ist ganz offensichtlich eine Kriegserklärung.«

»Na dann«, entgegnete Galeazzo Maria, der die Vermessenheit des Beraters seines Vaters manchmal nur schlecht ertrug, aber genau wusste, dass er unersetzlich war, »empfangen wir sie entsprechend. Wir können nicht einfach abwarten und zusehen. Wie viele Männer hat Borso geschickt?«

»Über tausend«, antwortete Simonetta. »Mit seinem Halbbruder Ercole, einem tapferen Krieger und Ritter des Drachenordens, als Hauptmann.«

»Des Drachenordens? Und was soll das sein?«

»Die *Societas Draconistrarum*, gegründet von Kaiser Sigismund von Ungarn. Es sind die blutrünstigsten Ritter der Geschichte.«

»Ernsthaft?«, sagte Galeazzo Maria höhnisch. »Na, dann schicke ich eben zweitausend Männer. Doppelt so viele wie die Este. Dann schauen wir mal, ob der Drachenritter siegt! Was will er denn tun, Feuer spucken?« Damit lachte er laut los.

Cicco Simonetta war ungerührt. Gaspare da Vimercate lächelte, genau wie Braccio Spezzato.

»Wir sollten keine Zeit verlieren.«

»Ich befürchte, das wäre eine übereilte Lösung.«

»Cicco, es tut mir leid, dass Ihr das so seht, aber ich habe mich entschlossen, und Ihr müsstet mich umbringen, damit ich meine Meinung ändere«, verkündete Galeazzo Maria und sah dem Berater fest in die Augen.

»Ich werde mich hüten, mio Signore. Wenn Ihr es so machen wollt, Euer Wort ist Gesetz.«

»Gut, dann bin ich zufrieden. Und jetzt, genug Zeit verschwendet! Braccio, kümmert Euch bitte um die Vorbereitungen. Signori, Ihr könnt gehen! Ihr nicht, Gaspare.«

Während die anderen durch die Tür schritten, blieb der riesige Krieger stehen.

Der Herzog wartete einen Augenblick. »Was haltet Ihr von ihm?«, fragte er, sobald er sicher war, nicht mehr gehört zu werden.

»Von wem?«

»Von Cicco Simonetta.«

»Eure Hoheit?«

»Ihr habt mich verstanden.«

Gaspare da Vimercate schüttelte den Kopf. »Mio Signore, was soll ich sagen: Cicco Simonetta war der treueste Berater Eures Vaters. Ich glaube, dass er über jeden Verdacht erhaben ist, und ich bin der Meinung, dass er sehr wertvoll für das Herzogtum sein kann.«

»Direkte und ehrliche Worte.«

»Die einzigen, die zu sagen sind.«

»Deswegen mag ich Euch, Gaspare.«

»Ich danke Euch, mio Signore.«

»Dankt mir nicht. Ihr werdet die Männer befehligen, die ich nach Florenz schicken werde.«

Vimercate kniete nieder. »Mio Signore, es gibt keine größere Ehre für mich.«

»Unfug! Ich weiß sehr wohl, dass Ihr müde seid. Und Ihr habt recht. Ihr habt genug gekämpft. Ich bitte Euch um diese letzte Mühe. Danach könnt Ihr in den Ruhestand gehen. Ich weiß, dass Ihr den Dominikanern ein Stück Land nahe Porta Vercellina geschenkt habt.«

»Ich möchte dort eine Kirche bauen lassen«, erwiderte Vimercate.

»Das ist ein ehrenhaftes Vorhaben. Habt Ihr bereits entschieden, wer den Bau leiten wird?«

»Guiniforte Solari.«

»Sehr gut. Nun, bei Eurer Rückkehr werde ich Euch so gut entlohnen, dass Ihr auch drei Kirchen erbauen könnt, wenn Ihr wollt.«

»Vielen Dank, mio Signore.«

»Und nun geht. Luca Pitti und Diotisalvi Neroni werden keine Zeit verlieren. Ihr müsst wie der Teufel reiten, um nicht zu spät zu kommen.«

»Das wäre nicht das erste Mal.«

»Genau, Ihr habt recht«, sagte Galeazzo Maria und dachte an die Belagerung der Kirche durch die gedungenen Schergen der Savoyer.

107. Die Niederlage der Verschwörer

Republik Florenz, Palazzo Medici

Piero de' Medici wusste, dass der wichtigste Teil erledigt war. Mit der unglaublichsten Kehrtwendung aller Zeiten hatte Luca Pitti sich listig aus dem Kreis der Verschwörer gelöst. Und dank der Bitte, die er an Galeazzo Maria Sforza gerichtet hatte, vertraute Piero jetzt darauf, dass ihm bald ein Mailänder Heer zur Hilfe kam.

Aller Wahrscheinlichkeit nach würden Diotisalvi Neroni und die Este nicht lockerlassen, besonders Ercole d'Este, der so weit gekommen war, würde seine Zeit nicht verschwenden wollen. Daher war es äußert wichtig, dass Sforzas Truppen so bald wie möglich kamen. Der Herzog von Mailand hatte schriftlich angekündigt, dass Gaspare da Vimercate mit zweitausend Soldaten nach Florenz aufgebrochen war und sehr bald ankommen würde.

Piero hatte sich inzwischen mit seiner Familie im Palazzo eingeschlossen, den Michelozzo vor einiger Zeit für seinen Vater Cosimo errichtet hatte. Zum Glück hatte er darauf geachtet, ihn mit allen Eigenschaften einer Festung zu erbauen.

Trotzdem hörte er nun in regelmäßigen Abständen ein lautes Donnern. Jemand versuchte, das Tor aufzubrechen, wahrscheinlich mit einem Rammbock oder etwas Ähnlichem.

Wie um seine schlimmsten Befürchtungen zu bestätigen, kam in diesem Augenblick Lorenzo mit schlechten Neuigkeiten.

»Vater«, sagte er, »unser Palazzo wird gerade umzingelt und ein Rammbock wütend gegen unsere Tür geschmettert. Was können wir tun?«

»Unfassbar! Aber macht Euch keine Sorgen, Lorenzo, ich kümmere mich darum, dass es aufhört. Ihr habt dieser Tage schon genug getan. Bleibt bei Eurem jüngeren Bruder Giuliano und bei Eurer Mutter Lucrezia.«

»Und Ihr?«

»Ich werde hören, was Neroni zu sagen hat.«

»Aber ...«

»Basta! Jetzt gehorcht!«, donnerte Piero.

Lorenzo verbeugte sich daraufhin und ging zu seiner Mutter in deren Gemächer. Sein Blick war entschlossen, während er ging, und Piero war sicher, sollte es schlecht laufen, würde er jeden Tropfen seines Blutes geben, um seine Familie zu verteidigen.

Danach ging er ans Fenster, das zum Eingang in der Via Larga blickte. Neben ihm überwachte Braccio Martelli, dass sich die Situation an den Palastmauern nicht verschlimmerte.

Als Piero sich hinauslehnte, sah er Rüstungen aus Leder und Eisen und gezückte Schwerter. Einige der Männer hielten die Äste eines schweren Eichenstammes, den sie bereits mehrfach gegen die Eingangstür des Palazzo gerammt hatten, was deutliche Schäden hinterließ. Sie hatten noch nicht eindringen können und würden das auch nicht so bald. Das würde nicht so einfach hingenommen werden. Piero hatte seine Männer an den Fenstern mit Armbrüsten und Bögen aufgestellt, und auf sein Zeichen würden sie einen Pfeilhagel auf das eiserne Meer der Rüstungen unter ihnen regnen lassen.

»Messer Neroni«, sagte er schließlich, ohne jegliche Regung, »was wollt Ihr?«

»Messer Medici, es ist ganz einfach: Meiner bescheidenen Meinung nach und auch nach der von Niccolò Soderini, Angelo Acciaiuoli und dem Herzog d'Este, benehmt Ihr Euch seit dem Tod Eures Vaters wie der Herrscher dieser Stadt. Doch kein Gesetz gibt Euch das Recht dazu. Aus diesem Grund sind wir heute gekommen, um die Ordnung wiederherzustellen. Könnt Ihr es uns verdenken?«

Piero sah ihm direkt in die Augen. Er hatte so etwas erwartet. »Messer Neroni«, sagte er und lehnte sich weiter aus dem Fenster, um ihm ins Gesicht zu sehen. »Ich sehe mich nicht als Herrscher dieser Stadt, sondern als ihren Diener. Meine Familie hat schon immer Kunstwerke und Aktivitäten finanziert, sie hat entschieden dazu beigetragen, der Stadt Florenz Glanz zu verleihen, und jetzt kommt Ihr, man weiß gar nicht, im Namen welcher Interessen, mit Vorwürfen, die auf nichts beruhen, außer Euren Worten?«

»Basta!«, brüllte Ercole d'Este. »Ich bin dieses Geschwätzes überdrüssig! Was Messer Neroni sagt, ist allen bekannt. Öffnet uns die Türen, dann verschonen wir vielleicht Euer Leben!«

»Ihr, Messere«, und Piero sprach das Wort wie die schlimmste Beleidigung aus, »seid sicher der Letzte, der das Wort erheben kann, Ihr und niemand anders seid der Invasor: Mit welchem Recht seid Ihr hier in der Stadt Florenz?

Soweit ich weiß, seid Ihr nicht hier geboren und auch nicht Teil dieser Gemeinde! Wieso also sollte ich Euch öffnen? Um meine Männer und meine Familie hinmetzeln zu lassen? In wessen Namen? Des Herzogs von Ferrara?« Während er sprach, sah Piero etwas, das ihn an diesem verfluchten Tag endlich lächeln ließ.

Die Wachen hatten sie nicht aufgehalten. Gaspare da Vimercate war an der Porta San Gallo angekommen, und man hatte sie ihm geöffnet, weil die Florentiner sehr wohl wussten, in welcher Gefahr sich Piero de' Medici befand. Nachdem die Knappen im Schildhaus ihm den Zugang erlaubt hatten, war Vimercate in halsbrecherischem Tempo geritten, um so schnell wie möglich in der Via Larga anzukommen. Er wusste, dass er sich beeilen musste, denn laut den Neuigkeiten, die ihn erreicht hatten, war Ercole d'Este bereits eingetroffen, und ungeachtet des Verrates von Luca Pitti verfolgten Neroni, Soderini und Acciaiuoli sicherlich weiterhin ihren Plan, die Medici niederzumetzeln.

Sie ritten sehr rasch die Via San Gallo hinauf. Ein anderer Truppenteil machte sich dagegen auf den Weg zur Via Larga. Auf diese Weise würden Vimercate und seine Männer die Rebellen in die Kneifzange nehmen.

Die donnernden Hufe der Pferde auf der Straße schienen ein Gewitter anzukündigen. Der Sommerhimmel hatte sich von Rot zu Bleigrau verfärbt. Vimercate war müde. Sein Alter machte sich bemerkbar, aber Galeazzo Maria hatte klar gesagt, dass das seine letzte Mission war. Umso mehr lohnte es sich, sie schnell abzuschließen und dann die verdiente Erholung zu genießen. Diese Vorstellung machte ihn noch kämpferischer und entschlossener, diesen Ärger in kürzester Zeit hinter sich zu bringen. Hätte sich ihm jemand in den Weg gestellt, hätte er ihn gnadenlos getötet. Als er sich dem Ziel näherte, erkannte er, dass viele Bewaffnete den Palast umzingelt hatten. Es waren vor allem Fußsoldaten. Dass er zu Pferd war, verschaffte ihm einen Vorteil. Gewiss, die engen Straßen der Stadt hätten ein Problem sein können, aber wenigstens herrschten seine Männer und er hoch vom Sattel aus über den Feind. Sie hätten diesen Pöbel auch abstechen und über die Schulter werfen können. Und ihm war klar, dass Piero de' Medici Bogen- und Armbrustschützen an der langen Fensterreihe zur Via Larga postiert hatte.

Cosimos Sohn war nämlich keineswegs so unbedarft, wie viele glauben wollten.

Als sie den Lärm der Pferde hörten, drehten sich die Soldaten zu ihm um. Er sah erschreckte Gesichter, und manche fluchten vor Überraschung.

Er hob die Hand, und seine Männer blieben stehen. Dann schritten sie langsam ein kleines bisschen auf die Gegner zu. Sie legten die Lanzen in die Rüsthaken. An dieser Stelle überprüfte der Mailänder Hauptmann, dass die andere Hälfte seiner Truppe von der gegenüberliegenden Seite heranrückte. Sobald er sie waffenrasselnd und in voller Rüstung kommen sah, hob er den Arm und stellte sich in den Steigbügeln auf.

Den Feinden musste dieser Mann wie ein Riese vorkommen, dachte Piero. Er war hochgewachsen und ritt auf einem gewaltigen Ross, einem fuchsfarbenen Wallach, der, verglichen mit einem normalen Pferd, einen doppelt so großen Körper hatte. Hinter ihm war eine Gruppe Reiter dicht versammelt. Genauso verhielt es sich mit denjenigen, die vom gegenüberliegenden Teil der Via Larga voranritten: Sie kamen in engen Reihen und füllten die gesamte Straße hinter ihm aus, so weit das Auge reichte. Auf diese Weise könnten sie die Truppen von Diotisalvi Neroni und Ercole d'Este von beiden Seiten angreifen. Ganz zu schweigen von seinen Bogen- und Armbrustschützen.

»Signori«, donnerte der Hauptmann von seinem Pferd herab, »mein Name ist Gaspare da Vimercate, und ich komme im Namen von Galeazzo Maria Sforza, Herzog von Mailand. Ich befehlige weitere zweitausend Männer, und wie Ihr seht, haben wir Euch umzingelt. Es ist meine feste Absicht, Piero de' Medici Hilfe und Unterstützung zu leisten. Mein Rat in dieser Situation ist, streckt die Waffen und verschwindet aus Florenz. Mit Ausnahme derjenigen natürlich, die die Heimat verraten haben, die bleiben und werden durch die Institutionen dieser Republik verurteilt. Aber darum wird sich Piero de' Medici kümmern.«

Gaspare da Vimercate schwieg einen Augenblick, um sicherzugehen, dass alle begriffen hatten.

Die Szene schien wie eingefroren. Einen Moment später riss Diotisalvi Neroni die Augen auf, sagte aber kein Wort. Ercole d'Este spuckte auf die Erde und sagte dann: »Ich habe nicht die Absicht, mich umbringen zu lassen, und auch nicht, meine Männer den Preis für diesen Wahnsinn zahlen zu lassen. Habt Ihr mich verstanden?«, sagte er an seine Männer gewandt. »Streckt die Waffen, und wir ziehen uns zurück. Eines Tages werden wir unsere Revanche bekommen, aber heute ist es sinnlos, sich wegen einer Stadt niedermetzeln zu lassen, die nicht mal unsere ist.«

Gaspare da Vimercate nickte.

Unmittelbar nach Ercole d'Estes Befehl warfen seine Männer Schwerter, Lanzen, Hellebarden, Messer und Schilde zu Boden. Dann erhoben sie die Hände zum Zeichen der Kapitulation.

»Es ist vorbei, Messer Neroni«, rief Piero vom Fenster aus. »Ihr habt uns herausgefordert und habt verloren. Keine Sorge, Ihr werdet nach dem Gesetz verurteilt. Ich habe keinerlei Absicht, gegen Euch zu wüten. Und auch nicht gegen Eure Verbündeten. Wer das Leben eines Florentiners bedroht, bedroht Florenz, und Florenz wird daher auch das Urteil über Euch sprechen.«

Diotisalvi Neroni senkte den Blick.

Es ist wirklich vorbei, dachte er.

1468

108. Bianca Maria und Lucrezia

Herzogtum Mailand, Castello Sforzesco

Bianca Maria machte sich Sorgen. Ungeachtet Tausender Ermahnungen legte ihr Sohn immer noch ein gefährliches Verhalten an den Tag. Seine übermäßige Liebe für den Luxus, die Jagd, die Gewalt, von seinen ständigen amourösen Abenteuern ganz zu schweigen, entfernten ihn Tag für Tag weiter von Mailands Bevölkerung. Wie schon Filippo Maria Visconti, ja mehr noch, wurde er bereits als fataler Mann angesehen, kurz: als Tyrann. Bianca Maria wusste, wie sehr ihm ein so schlechter Ruf schaden konnte, und sie hatte schon mehrfach versucht, mit ihm darüber zu sprechen. Aber seit er vor zwei Jahren unter Jubelgeschrei in die Stadt gekommen war, nachdem sie selbst seine Befreiung organisiert hatte, hatte Galeazzo Maria sich durchweg arrogant, ungerecht und verschwenderisch gezeigt.

Cicco Simonetta hatte sie mehrfach aufgebracht über die wahnsinnigen Summen informiert, die er ausgab, um seine vielen Geliebten zu unterhalten, ganz zu schweigen von den zahlreichen Kindern, die er bereits gezeugt hatte und die eines Tages höchstwahrscheinlich Ansprüche auf den Thron anmelden würden, auf dem er jetzt saß.

Das Schlimmste war jedoch, dass Galeazzo Maria sich völlig von ihr entfernt hatte, ja er traf Entscheidungen aus dem einzigen Grund, es ihr an Respekt fehlen zu lassen. Der letzte Affront gegen sie war die Bestätigung des Ehevertrags mit Bona von Savoyen, die er am Ende des Jahres heiraten würde, obwohl er genau wusste, wie sehr sie diese piemontesische Dynastie hasste, ganz abgesehen davon, dass auch er sie eigentlich hätte hassen müssen, angesichts dessen, was sie ihm vor erst zwei Jahren angetan hatten. Aber für einen Hitzkopf wie Galeazzo Maria stellten die Savoyer offensichtlich eine verdrehte Form eines Bündnisses dar.

Bianca Maria hatte sich bislang vergeblich bemüht, ihn davon abzubringen, aber einen Versuch würde sie noch wagen. Doch bevor sie sich zum x-ten Mal erniedrigen würde, wollte sie mit seiner Favoritin, Lucrezia Landriani, sprechen, um herauszufinden, ob es irgendeine Möglichkeit gäbe, den aggressiven und ungestümen Charakter ihres Sohnes zu besänftigen.

Daher war sie in die Gemächer gegangen, die Lucrezia vorbehalten waren. Auch das war eine fragwürdige Wahl gewesen. Sie lebte im Castello Sforzesco, da Galeazzo Maria beschlossen hatte, sämtliche Kinder, die er mit ihr hatte, anzuerkennen, was sicherlich dem Gelingen einer Ehe nicht zuträglich war, ganz egal, wer die Braut wäre. Es war nie eine weise Entscheidung, die Ehefrau und die Geliebte unter einem Dach zu haben. Sogar sein verrückter Vater hatte das begriffen. Natürlich hatte sie nichts gegen Lucrezias wunderbare Kinder, die keine Schuld traf und die bezaubernd waren: Sie liebte sie als ihre Enkel und zog sie auf, ließ sie in Geisteswissenschaften, den Künsten und dem Gebrauch der Waffen unterrichten. Ihr Liebling war Caterina.

Und Caterina lief denn auch auf sie zu, kaum dass sie ihre Großmutter sah. Bianca Maria umarmte sie. »Na, so was«, sagte sie zu ihr, »Ihr werdet jeden Tag größer, meine Liebe! Aus Euch wird wirklich eine Schönheit!«

Die Kleine strahlte. Sie schaute sie mit ihren großen blauen Augen an und rief: »Wie schön, dass Ihr gekommen seid, Nonna!«

»Wartet erst mal ab … lernt Ihr für morgen?«

»Sicher!«, antwortete das Mädchen, fast beleidigt, dass sie ihr darin nicht vertraute. »Ihr wisst doch, dass ich als Allererstes lerne, sobald ich mich gewaschen und angezogen habe.«

Bianca Maria lächelte. »Sehr gut! Ihr seid so vernünftig, meine Kleine.«

Bei diesen Worten tauchte Lucrezia auf. Sie war von außerordentlicher Schönheit, dachte Bianca Maria. Es wunderte sie nicht, dass ihr Sohn wegen ihr den Kopf verloren hatte. Sie war einfach gekleidet, mit einem leichten himmelblauen Kleid, das ihre wunderschönen Augen betonte. Ihre langen blonden Haare waren mit glänzenden Perlenschnüren hochgesteckt. Eine schneeweiße Haut, korallenrote Lippen und regelmäßige Züge in einem perfekten Oval zeichneten ihr Gesicht aus.

»Mia Signora«, sagte Lucrezia, »welchem Umstand verdanke ich Euren Besuch, der mich erfreut, aber der auch so überraschend ist?« Ihr Tonfall war lieb und freundlich, aber sie konnte eine gewisse Besorgnis nicht ganz verbergen.

Bianca Maria begrüßte sie mit einem Nicken. »Na los«, sagte sie dann zu Caterina, »lernt weiter, morgen überprüfen wir Eure Vorbereitungen. Jetzt muss ich mit Eurer Mutter sprechen.«

Ohne zu zögern, küsste das Mädchen sie auf eine Wange und lief weg.

»Was für ein artiges Kind!«

»Das ist sie. Ich gebe zu, mia Signora, dass sie mich mit Stolz erfüllt, auch wenn ihr starker Charakter mir manchmal Schwierigkeiten bereitet.«

»Daran zweifle ich nicht, Lucrezia. Ich kenne sie gut. Sie hat den starken Willen zu lernen. Keines meiner Kinder war beim Lernen oder beim Duell so gut wie sie.«

»Ja. Für beides ist sie besonders begabt. Doch nun, mia Signora, sagt mir, was Euch bedrückt«, sagte Lucrezia. »Ich sehe Euch an, dass Ihr beunruhigt seid.«

»Ist es so offensichtlich?«, fragte Bianca Maria. Dann fuhr sie fort: »Ihr habt auf jeden Fall recht, Lucrezia, ich kann es nicht leugnen. Der Grund ist sehr einfach: Ich mache mir Sorgen wegen Galeazzo Maria. Sein Verhalten ist, gelinde gesagt, unpassend. Das Volk sieht in ihm einen Tyrannen – auf ihm lagen große Hoffnungen, aber mit seinen ständigen Kurzschlusshandlungen verspielt mein Sohn jede mögliche Treue und Dankbarkeit. Und nun diese Ehe!«

Lucrezia seufzte. »Ich begreife Eure Sorge, denn ich gebe zu, mia Signora, ich teile sie. Doch wie Ihr sicher verstehen werdet, kann ich da nicht viel tun.«

Bianca Maria zeigte etwas Ungeduld. »Wieso?«, rief sie fast verärgert aus. »Macht Euch doch nicht kleiner, als Ihr seid! Es erscheint mir offensichtlich, dass Galeazzo Maria Euch liebt. Ihr habt vier Kinder mit ihm! Und auch wenn Ihr nicht seine Ehefrau seid, so ist es doch, als wärt Ihr es! Und das sagt Euch eine Frau, die die Tochter der Geliebten von Filippo Maria Visconti, Herzog von Mailand, ist!«

Lucrezia senkte den Kopf. Dann sah sie auf, und ihr Blick sprach Bände. »Ich wusste, dass wir früher oder später an diesen Punkt gelangen würden. Ehrlich gesagt wundere ich mich, dass es so lange gedauert hat. Mia Signora, ich weiß, dass es schwer für Euch gewesen sein muss, mich zu akzeptieren, und es ist fast rührend zu sehen, wie sehr Ihr meine und Galeazzo Marias Kinder liebt. Ich weiß auch, dass der Herzog viele andere Geliebte hat. Man könnte sagen, eine ganze Schar. Doch wie Ihr gesagt habt, er lässt sich nichts sagen. Er besteht darauf, dass ich keinerlei Recht habe, ihm zu sagen, was er tun oder lassen soll. Und in gewissem Sinn hat er nicht unrecht. Alles, was ich habe, habe ich mir genommen, indem ich jemand anderen verletzt habe. Und heute, mia Signora, bin ich des Kämpfens müde. Ich akzeptiere, was passieren wird, denn ich weiß, dass ich viel erhalten habe und nicht um mehr bitten kann.«

»Zweifellos eine schöne Rede«, erwiderte Bianca Maria, aber ihre Stimme brach leicht. »Es gibt da allerdings ein Problem, Lucrezia. Ihr habt es selbst gesagt: Ihr habt viel erhalten, es freut mich zu hören, dass Ihr Euch dessen bewusst seid. Und jetzt bitte ich Euch darum, etwas zurückzugeben. Als Ihr kämpfen musstet, habt Ihr es getan. Daher verbiete ich Euch, Euch jetzt zurückzuziehen! Versucht, Galeazzo Maria zur Vernunft zu bringen, macht ihm eine eifersüchtige Szene, widersetzt Euch dieser Hochzeit! Ich bitte Euch nicht darum, ich befehle es Euch, ist das klar?«

Lucrezia blickte Bianca Maria an, sie sah in ihren Augen einen Schatten, der eine Niederlage vorherzusehen schien. »Versteht Ihr denn nicht, mia Signora? Für Euren Sohn sind wir beide inzwischen Vergangenheit. Ihr habt keinerlei Autorität über ihn, verzeiht meine brutale Offenheit, und ich verliere sie von Tag zu Tag mehr. Da Ihr es mir befehlt, tue ich wie mir geheißen, aber ich habe keinerlei Hoffnung. Ganz abgesehen davon möchte ich nicht mit dem Mann streiten, der meine Kinder legitimieren kann, wenn er die richtige Frau heiratet.«

»Und Ihr glaubt, dass Bona diese Frau ist? Dass sie akzeptieren wird, dass Galeazzo Maria vorhat, diese Kinder als kleine Sforza anzuerkennen?«

»Ich bin mir nicht sicher, aber Euer Sohn ist ganz überzeugt davon, dass Bona sich nicht widersetzen wird.«

»Ihr seid eine Traumtänzerin!«, sagte Bianca Maria angewidert.

»Gut möglich, Madonna. Wahrscheinlich habt Ihr recht und ich unrecht. Aber es ist einen Versuch wert. Ich glaube auch, dass Euer Blick auf diese Frau von dem Hass auf die Savoyer, den Eure Mutter Euch eingepflanzt hat, getrübt wird. Ich sage nicht, dass sie einen Fehler gemacht hat, ich würde mir niemals erlauben, das auch nur zu denken, aber es ist eine Tatsache, dass Agnese del Maino Maria von Savoyen gehasst hat.«

»Sprecht nicht den Namen meiner Mutter aus, Lucrezia, das erlaube ich Euch nicht.«

»Ich bitte Euch um Verzeihung, mia Signora. Ich befürchte nur, das ändert nichts an der Wahrheit.«

»Ihr«, sagte Bianca Maria, inzwischen blind vor Wut, die wie eine stachelige Frucht in ihr wuchs, »Ihr stellt alles als so unausweichlich dar. Dabei wart Ihr es, die meinen Sohn zu ihrem Spielzeug gemacht hat, die ihn von Dorotea Gonzaga abgelenkt hat, als er noch die Chance hatte, sie zu heiraten, die die Erste seiner Konkubinen werden wollte. Und nun lebt Ihr in diesem Schloss, als wärt Ihr seine Ehefrau! Es war dumm von mir herzukommen … Nach allem, was ich weiß, könntet Ihr es sogar gewesen sein, die Galeazzo Maria überredet hat, Bona zu heiraten! Doch das werdet Ihr mir teuer bezahlen, das verspreche ich Euch!«

Ohne auf eine Erklärung oder Antwort von Lucrezia zu warten, drehte Bianca Maria sich um. Ihr flossen Tränen über die Wangen.

Sie ging, ohne Lucrezia eines Blickes zu würdigen. Sie befürchtete jedoch, dass ihre Drohung nur leere Worte waren, denn es war inzwischen offensichtlich, dass sie an diesem Hof nichts mehr zählte.

109. Ein unüberbrückbarer Abgrund

Herzogtum Mailand, Castello Sforzesco

Er sah seine Mutter hasserfüllt an. Wie konnte sie es wagen, so mit Lucrezia zu sprechen? Sie wagte es, ihr Befehle zu erteilen, dabei sollte sie endlich akzeptieren, dass es inzwischen niemanden mehr kümmerte, was sie dachte. Ihn ganz sicher nicht. Und das schon länger. Er hatte sie sogar im Vorzimmer warten lassen.

»Wieso habt Ihr mit Lucrezia geredet? Was habt Ihr erreichen wollen?«

Bianca Maria riss die Augen auf. »Was ich erreichen wollte? Dass sie Euch wieder zur Vernunft bringt, mein Sohn. Aber ich sehe jetzt, dass das nicht mehr möglich ist. Diese dumme Frau hat Euch alles erzählt, ohne sich bewusst zu sein, dass es nur zu Eurem Schaden ist.«

»Passt auf, was Ihr sagt. Wie oft habe ich Euch schon erklärt, dass ich Euren Rat nicht brauche! Ich bin Euch dankbar für das, was Ihr getan habt, aber das ist Vergangenheit.«

»Wenn Euer Vater Euch nur hören könnte …«

»Aber er ist nicht mehr unter uns, nicht wahr? Und selbst

wenn er hier wäre, ich schwöre Euch, er wäre auf meiner Seite.«

»Das bezweifle ich. Im Gegensatz zu dir hörte Francesco auf die Meinung anderer. Er war ein tüchtiger Mann, mutig und intelligent. Ihr dagegen seid sein und mein größter Misserfolg. Ihr habt alle Hebel in Bewegung gesetzt, um Euch aus dem ehelichen Bündnis mit Dorotea Gonzaga zu befreien. Und als sie tot war, habt Ihr beschlossen, eine Savoyerin zu heiraten, wohl wissend, wie falsch diese Wahl ist!«

»Und wieso sollte sie das sein? Kennt Ihr sie denn? Keineswegs. Ihr könnt sie bloß beleidigen.«

»Muss ich Euch denn daran erinnern, dass es ihre Familie war, die Euch in der Kirche von Novalesa belagert hat, als Eure einzige Schuld war, aus Frankreich nach Mailand zurückzukehren, um Eurem Vater die letzte Ehre zu erweisen?«

»Das mal wieder? Ihr versteht es wirklich nicht! Gewiss, die Savoyer waren nie besonders nett zu uns, aber was haben wir denn schließlich für sie getan? Nichts. Außerdem ist Bona sicherlich nicht wie dieser feige Epileptiker Amadeus IX. oder dieser Idiot Filippo! Sie ist eine wunderschöne Frau mit vornehmen Manieren, die perfekte Mutter für einen Nachfolger. Und im Übrigen, anders als Ihr so boshaft behauptet, hat sie keinerlei Probleme damit, dass meine Kinder mit Lucrezia anerkannt werden.«

»Ha! Und Ihr glaubt, dass ein solcher Schritt schmerzlos erfolgt? Dass sie nicht darunter leiden wird, dass Ihr eine ganze Schar von Geliebten habt? Welche Frau kann sich schon einen Mann wie Euch wünschen!«

»Ihr sicherlich nicht. Ich weiß ganz genau, was Ihr mit den Frauen meines Vaters gemacht habt.«

»Was erlaubt Ihr Euch! Sprecht nicht von Dingen, über die Ihr nichts wisst!«, schrie Bianca Maria außer sich vor Wut. »Ich kann die Fehler, die Ihr gerade macht, kaum noch zählen. Ihr holt Euch den Feind ins Haus: die Savoyer! Ihr habt öffentlich den König von Neapel, Ferrante von Aragón, verspottet, bloß, weil er Euch weniger Geld geliehen hat, als Ihr erbeten habt, und jetzt macht Ihr ihn Euch aus einem nichtigen Grund zum Feind. Und was soll man zu Euren ungeschickten Versuchen sagen, den Papst auf Eure Seite zu ziehen? Wisst Ihr denn nicht, dass er Venezianer ist und daher ein untreuer und zwiespältiger Mensch? Glaubt Ihr vielleicht, dass er bei einem Konflikt gegen die Serenissima auf Eurer Seite wäre? Ich frage mich, wieso ich überhaupt noch Zeit mit Euch verschwende.«

»Schweigt!«, befahl er ihr. »Schweigt, sonst weiß ich nicht mehr, was ich tue, bei Gott.«

»Ihr würdet es wagen, die Hand gegen Eure Mutter zu erheben?«, fragte ihn Bianca Maria mit eiskaltem Blick und hielt ihm fast herausfordernd die Wange hin.

Der junge Herzog ballte die Fäuste. »Nein, natürlich nicht!« Doch seine Stimme schien nicht das zu sagen, was die Augen ausdrückten. »Ich sehe sehr wohl, dass Ihr keinerlei Achtung vor mir habt. Daher frage ich mich, wieso Ihr mich immer wieder belehren wollt«, sagte er mit einem grausamen Lächeln.

»Wisst Ihr was? Ihr habt recht. Es ist verschwendete Zeit. Deswegen werde ich gehen. Ich will nichts mehr von Euch wissen und auch nicht von Eurer neuen Frau.«

»Eure Worte erfreuen mich.«

»Sehr wohl, dann ist es entschieden! Ich gehe nach Cremona. Ich werde Ippolita mitnehmen, denn ich sehe, dass Ihr sie ebenso wenig schätzt wie mich. Ihr habt mein Ehrenwort, ich werde Euch nie wieder besuchen. Für mich seid Ihr gestorben!«

»Erspart mir diese lächerliche Szene: Ich bin es, der Euch nicht mehr sehen will.«

Bianca Maria sah ihren Sohn ein letztes Mal an. Er hatte sie verletzt, wie sie es nie für möglich gehalten hatte.

Sie hatte ihre letzten Worte ausgesprochen. Sie würde nicht mehr zurückkehren.

110. Phlegräische Felder

Königreich Neapel, Terra di Lavoro

Don Rafael blickte sich um: So etwas hatte er noch nie gesehen. Endlich verstand er, wieso El Rey sich in dieses Land verliebt hatte und wieso dessen Sohn bis zum letzten Blutstropfen gekämpft hatte, um ein Reich an einem solchen Ort zu erhalten. Die Terra di Lavoro, früher *Campania Felix* genannt, war ein Stück vom Paradies. Er blickte über die Zäune hinaus auf diese vulkanische Ebene, braun und weich, leicht zu bearbeiten und sehr fruchtbar. Sie lag wie ein natürliches Amphitheater unter den steinigen Hängen der phlegräischen Abhänge.

Sie schien sich bis zum Horizont auszudehnen. Die feurig-goldene Sonne stand an einem blauen Himmel, dessen Perfektion keine einzige Wolke weiß beschmutzte.

Dann blickte er zu den Gärten. Er sah Olivenbäume mit ihren kräftigen, knotigen Stämmen, er sah harte, fleischige Oliven unter den schmalen Blättern und erfreute sich an ihrem intensiven, durchdringenden Duft. Dahinter erstreckten sich die Obstgärten mit Pfirsichbäumen voller saftiger, rotoranger Früchte.

Der Blick schweifte weiter bis zur Fassade des Landhauses, in das er sich mit Filomena und den fünf Kindern zurückgezogen hatte. Er sah die Bögen aus weißem Tuffstein, darüber die Holzbalken, die den Balkon stützten, dann die Treppe, die zum Eingang im oberen Stockwerk führte, sowie die kleineren Nebengebäude, die als Ställe und Geräteschuppen dienten.

Filomena trat auf den Balkon. Don Rafael betrachtete sie wie jeden Morgen. Es war eine Art stummes Ritual, das sich in seinem Geist vollzog, aber von dem er nicht lassen konnte, als wolle er Tag für Tag schweigend dem lieben Gott danken, dass es ihm vergönnt gewesen war, diese geheimnisvolle und wunderschöne Frau zu treffen. Darüber hinaus war sie selbst es, die ihm vor über fünfundzwanzig Jahren das Geheimnis verraten hatte, wie man Neapel erobert.

Filomena sah ihn an und lächelte. Trotz ihres Alters waren ihre langen Haare immer noch pechschwarz und glänzten wie die glühende Kohle der Vulkane, ihre Augen glichen tiefen Seen, in denen man sich verlieren konnte, und ihre üppige Brust drückte gegen das einfache, bäuerliche Gewand: Wenn es eine Verkörperung von Venus gab, dann musste sie es sein.

Don Rafael seufzte.

Seit er sich vom Waffenhandwerk zur Ruhe gesetzt hatte, war sein Tagesrhythmus langsam, er wurde von der Sonne und den Bedürfnissen der Tiere und Pflanzen bestimmt.

Er wollte gerade zu den Ställen gehen, um mit den Bauern über die anstehenden Arbeiten zu sprechen, als Don Rafael hinter dem Zaun und den Trockenmauern, noch einige Meilen entfernt, eine Gruppe Reiter entdeckte.

Ganz automatisch legte er eine Hand an den Gürtel, aber er fand dort weder Schwert noch Messer. Er hatte Filomena versprochen, nicht mehr bewaffnet herumzulaufen. Sie er-

innerte ihn immer wieder daran, dass er bereits zu viel gekämpft hatte und dass sie sich wünschte, dass er sich jetzt,
nach all den Jahren voller Blut und Gewalt, ganz dem Fa-
milienleben widmete. Und er hatte ihr gern gehorcht.

Es war ihm nicht einmal schwergefallen.

Auch wenn er das Kämpfen liebte, hatte er diesen Augenblick sein ganzes Leben lang herbeigesehnt, und als König
Ferrante ihn endlich entlassen hatte, damit er an einem Ort
seiner Wahl ein friedliches Leben führen konnte, war niemand glücklicher als er.

Er hatte die phlegräische Ebene gewählt, weil er dort
Filomena geliebt hatte und weil er sich nicht erinnern
konnte, je eine schönere Landschaft gesehen zu haben.

Doch jetzt hieß es, keine Zeit zu verlieren. Er ging zurück
ins Haus. »Filomena«, rief er seiner Frau zu, »es kommen
Männer zu Pferd, bleibt auf Euren Zimmern. Ich werde
herausfinden, was sie wollen.«

Er ging zu einer wohlbekannten Truhenbank und öffnete
sie. Er nahm eine Schiavona heraus, die ihm Francesco Foscari, der Doge von Venedig, geschenkt hatte. Er zog sie aus
der Scheide und trat hinaus, um nachzuschauen, was los
war.

Als er wieder an den Grenzen seines Grundstücks stand
und begriff, dass sie auf sein Haus zukamen, lachte er laut
auf. Wie alt er doch geworden war: Die Standarte von
König Ferrante wehte im Wind. Der König war zu ihm gekommen. Und er hatte ihn nicht einmal erkannt.

Er lief zum Haus. »Filomena!«, rief er. »Schnell! Es ist
König Ferrante, der uns besucht. Sagt den Frauen, sie sollen
den Tisch im Garten decken. Wasser und Wein. Und Oliven
und Käse.«

Seine Frau tauchte auf dem Balkon auf: »Keine Sorge, Amore mio, es wird alles rasch fertig sein, ich kümmere mich darum!«

Diese Worte beruhigten Don Rafael, und er wartete im großen Hof vor dem Bauernhaus auf den König. Er rief die Knechte, damit die sich um die Pferde des Herrschers kümmerten. Als König Ferrante und seine Männer schließlich ankamen, lachte der König laut auf, als er Don Rafael mit aufgeregtem Blick und dem Schwert in der Hand sah.

»Was denn? Der Hidalgo aus Medina del Campo bewaffnet sich gegen seinen König? Don Rafael, das habe ich nicht erwartet! Wie geht es Euch, alter Freund?« Er stieg aus dem Sattel und umarmte seinen Mentor. »Nur die Ruhe, Ihr habt nichts zu befürchten. Gebt mir zu trinken und zu essen und erzählt mir von Euren Pfirsichen. Ich schwöre bei Gott, dass ich nicht die Absicht habe, Eure Idylle zu stören. Ich wollte Euch nur einen Besuch abstatten!«

»Majestät«, sagte Don Rafael, »auf mein Wort, einen Augenblick lang habe ich Euch nicht erkannt. Meine Augen sind …«

»Nicht mehr so gut wie früher? Doch in Troia habt Ihr den Feind umgemäht, daran erinnere ich mich gut!«

»Das Herz ist noch stark, aber die Augen nicht mehr so sicher wie früher.«

»Dann begnügen wir uns mit dem Herzen!«, erwiderte Ferrante. »Los, führt mich an Eure Tafel, damit ich etwas Lacryma Christi kosten kann. Wenn Ihr mir versprecht, mich nicht mit dieser riesigen Schiavona aufzuspießen, verspreche ich, Euch auf den neuesten Stand zu bringen, was das Reich angeht.«

»Gewiss, Majestät, hier entlang.« Don Rafael ging dem König voraus.

Stimmte es also? Würde der Frieden die Phlegräischen Felder nicht verlassen? In seinem Herzen hoffte Don Rafael es sehnlichst.

111. Für den Frieden

Königreich Neapel, Terra di Lavoro

Während seine Ritter sich an Käse, Ziegenfleisch und Taubenpastete gütlich taten, genoss der König einen exquisiten Lacryma Christi von intensivem Rubinrot. Der kräftige Geschmack begeisterte ihn und löste immer stärker seine Zunge.

Es war offensichtlich, dass der König seinen Waffenmeister besuchte, um dessen Meinung zu der Situation zu erfahren, der er sich aktuell gegenübersah. Nachdem er die Revolte der Barone blutig erstickt und in Troia sowie bei einer Reihe kleinerer Scharmützel gesiegt hatte, war das Aufbegehren des neapolitanischen Adels definitiv Geschichte. Nun musste Ferrante den Gefallen von Galeazzo Maria Sforza zurückzahlen, besser gesagt, er hatte damit bereits seit einer Weile begonnen, inklusive Zinsen.

»Seht, Don Rafael«, sagte er, »erst vor wenigen Jahren hat Francesco Sforza uns einen wichtigen Dienst erwiesen, als er seinen Bruder Alessandro an der Spitze von zweitausend Männern geschickt hat, um die untreuen Barone und den Lothringer zu bezwingen. Das will ich auch auf keinen Fall leugnen. Doch Galeazzo verlangt von mir, was ich nicht habe. Als Bartolomeo Colleoni vor gut einem

Monat in die Romagna einmarschiert ist und das angrenzende Herzogtum Mailand bedroht hat, habe ich mich darum gekümmert und sofort unseren Roberto Orsini an der Spitze von zwölf berittenen Truppen geschickt. Direkt danach habe ich Alfonso d'Avalos und Alfons von Aragón, Herzog von Kalabrien, befohlen, zu ihm aufzuschließen. In der Romagna habe ich viertausend Mann bereitgestellt, zur Unterstützung der Reiter von Galeazzo Maria Sforza. Aber er scheint unzufrieden. Wir waren die Ersten, die eine Verteidigung Mailands garantiert haben, zusammen mit Federico da Montefeltro, Condottiere der Lega Italica. Damit nicht zufrieden, hat mich der Herzog von Mailand angewiesen, ihm sechsundzwanzigtausend Dukaten für den Krieg gegen Bartolomeo Colleoni zu zahlen, im Namen unseres gegenseitigen Bündnisses. Ich habe es geschafft, ihm fünfzehntausend zu geben, und er nennt mich deswegen einen Verräter. Er hat wirklich beleidigende Worte gewählt. Er behauptet seit Monaten, dass ich ihm nicht helfen wolle, aber so ist es nicht. Die Fakten sprechen für sich. Abgesehen davon, dass der Sieg bei der Schlacht von Riccardina allen Plänen Colleonis den Garaus gemacht hat.«

»Eure Majestät«, entgegnete Don Rafael, »es steht außer Zweifel, dass Ihr enorm großzügig gewesen seid. Man kann Euch guten Glaubens nicht kritisieren.«

Ferrante nickte. »Ehrlich gesagt sehe ich das ebenso. Ich glaube vielmehr, dass der junge Sforza wider besseres Wissen handelt. Darüber hinaus hätte er gar nicht aufs Schlachtfeld kommen müssen, stattdessen hätte er sich einfach nur in der Romagna zeigen und dann nach Mailand zurückkehren sollen.«

»Ich habe gehört, dass Savoyen ihm den Krieg erklärt hat.«

»Exakt. Die Piemontesen sind treulos. Sie haben es geschafft, dass er Bona heiratet, aber vorher haben sie ihm noch den Krieg erklärt. Seit der junge Herzog nicht mehr auf seine Mutter Bianca Maria hört, trifft er eine merkwürdige Entscheidung nach der anderen, und Mailand ist zu einem Pulverfass geworden, dass jederzeit explodieren kann.«

»*Mala tempora currunt!*«

»Genau das befürchte ich.«

»Doch ich sage Euch eines, Eure Majestät.«

»Ich höre. Ja, wie Ihr sicher verstanden habt, bin ich als unangekündigter Gast auf Euren schönen Gutshof gekommen, um Eure Meinung zu erfahren.«

»Eure Worte ehren mich, mio Signore. Nun, ich denke Verschiedenes. Als Erstes: Heute seid Ihr mit Sicherheit der erfahrenste Herrscher innerhalb der Lega Italica. Das habt Ihr selbst gesagt: Galeazzo Maria ist leider aus ganz anderem Holz geschnitzt als sein Vater, und seit er nicht mehr seine Mutter, von der ich Großartiges gehört habe, um Rat fragt, zeigt sich seine Unbesonnenheit, zusammen mit Arroganz und Unverschämtheit, typisch jugendlichen Zügen. Dazu kommt, dass er immer noch der Enkel von Filippo Maria Visconti ist, einem Mann, der den Wahnsinn zu seinem Lebensbegleiter gemacht hat. Und etwas vom Großvater hat anscheinend auch der Enkel. Venedig war schon immer undurchsichtig und stellt keine Macht dar, auf die man sich verlassen kann. Das zeigt schon die Tatsache, dass die Venezianer sich offiziell als neutral und gegen den Feldzug Colleonis erklärt haben, unter der Hand aber seine

Truppen finanzieren. Ja, es scheint, als täten die Herren der Serenissima alles, um das politische Gleichgewicht Italiens zu ändern. Was Florenz angeht, so wird es von Piero de' Medici regiert, einem Mann, der zwar intelligent ist, aber kaum an militärische Fragen gewöhnt, darüber hinaus oft krank. Sein Sohn Lorenzo könnte sich als hervorragender Politiker und Stratege herausstellen, aber er ist noch zu jung. Der Papst ist Venezianer, mehr muss man dazu gar nicht sagen. Von den Savoyern haben wir bereits gesprochen. All das bedeutet, dass die Verantwortung innerhalb der Lega größtenteils auf Euch fällt. Doch der zweite Aspekt, auf den ich hinweisen möchte, ist, dass die Lega entstanden ist, um den Frieden zu bewahren. Wenn sie nun jedoch stattdessen für Expansionszwecke genutzt würde, bliebe weniger für das eigentliche Ziel. Es ist klar, dass der Herzog von Mailand aktuell angegriffen wird, aber wie viel dieser Aggression gegen ihn beruht auf Fehlern, die er selbst begangen hat? So wie er sich verhält, wird er ganz offensichtlich nicht viele Verbündete finden, und das ist eine schlimme Verfehlung seinerseits. Und ich meine, wenn er zu sehr am Seil zerrt, dann ist die Lösung vielleicht, die Lega zu verlassen und sich um das eigene Reich zu kümmern, das nach so viel Blut eine Zeit des Friedens verdient hat. Findet Ihr nicht?«

»Ihr meint, ich solle die Lega verlassen?«

»Nicht sofort. Aber es wäre eine gute Idee, Galeazzo Maria Sforza klarzumachen, dass Ihr auf keinen Fall bereit seid, seine Launen zu unterstützen.«

»Wohl wahr.«

»Dieses von Kriegen zerrissene Reich braucht Ruhe, Eure Majestät. Nachdem Ihr nun die Revolte der Barone niedergeschlagen und einige Reformen auf den Weg gebracht habt, darunter die, endlich eine königliche Armee zu haben, die nicht einzig von den sonderbaren Launen dieser Condottieri abhängt, solltet Ihr Eurem Volk die Zuneigung eines Herrschers zeigen. Diese Erde ist großzügig gegenüber demjenigen, der sie schätzt«, sagte Don Rafael fast gerührt, während er auf den sie umgebenden Garten schaute und an die braune Erde dachte, die sich, so weit das Auge reichte, bis zu den vulkanischen Abhängen erstreckte.

»Nun, ich sehe, dass die Ruhe Euch gutgetan hat, Don Rafael. Früher dürstete es Euch nach Blut, jetzt seid Ihr fast sentimental geworden, und glaubt mir, niemanden freut das mehr als mich.«

»Eure Majestät, diese wundervolle Frau hat mein Leben verändert«, sagte Don Rafael und deutete mit dem Kopf in Richtung von Filomena, die den aragonesischen Reitern Wein einschenkte.

»Wie könnte ich Euch widersprechen, mein Freund?«

»Glaubt mir, Majestät, manchmal fürchte ich, dass ich einen Großteil meines Lebens verschwendet habe. Eurem Vater und dann Euch zur Seite gestanden zu haben war eine Ehre und ein Privileg, und wenn ich noch einmal vor der Entscheidung stünde, würde ich alles wieder genauso machen, aber heute ist mir klar, dass die Einfachheit auf dem Land, die Schönheit der Erde, die Langsamkeit eines Lebens, das dem Rhythmus der Pflanzen und Tiere folgt, einen Segen für einen Mann wie mich darstellen.«

»Ich beneide Euch, Don Rafael.«

»Beneidet mich nicht. Ich bin jetzt alt. Und ich sehe nicht mehr weiter als bis eine Handbreit vor meiner Nase. Ihr habt die Jugend. Und ein Leben vor Euch.«

»Richtig, aber lasst mich sagen, dass ich Eure Ruhe ersehne, und wieder einmal habt Ihr mich aufs Beste beraten.«

»Nun, wenn das so ist, habe ich meinen Teil erledigt.«

»Das habt Ihr immer, Don Rafael.« Damit tat der König es seinem alten Waffenmeister und Berater nach, hob den Blick und bewunderte die Sonne, die die Farben der Terra di Lavoro zum Leuchten brachte.

112. Das Versprechen

Herzogtum Mailand, Castello di Pavia

K ommt her, meine Kleine«, sagte Bianca Maria.
Caterina ging auf sie zu. Sie sah, dass etwas Seltsames im Blick ihrer Großmutter lag, eine Art Bitterkeit, ein Licht, das im Schatten verlöscht, als hätte sie plötzlich aufgehört zu kämpfen.

Sie wurde tieftraurig. »Was ist passiert, Nonna? Geht es Euch gut?«, fragte sie mit zitternder Stimme.

»Ja, meine Kleine. Aber es ist auch wahr, dass ich Euch habe rufen lassen, weil schon bald meine letzte Stunde schlägt. Ich bin alt und habe viel gekämpft, vielleicht zu viel, und weil ich das weiß, wollte ich Euch einmal ganz für mich allein haben und Euch ein paar Sachen sagen, die Ihr immer im Gedächtnis behalten sollt, solange Ihr lebt.«

»Das werde ich«, antwortete das Mädchen.

»Hört zuerst, was ich Euch zu sagen habe, kommt her und setzt Euch zu mir.« Bianca Maria deutete auf den Sessel vor sich.

Während Caterina sich setzte, seufzte die Herzogin. Ihr war das Herz schwer und die Seele gebrochen, nach allem, was zuletzt geschehen war.

Sie wartete, bis die Kleine ihr direkt in die Augen sah, wie sie es immer tat, dann sprach sie: »Hört, Caterina, ich wollte Euch sehen, weil Ihr mir von allen Enkeln am ähnlichsten seid und mir viel Freude bereitet. Ich habe gedacht, dass Gott mir verzeihen wird, wenn ich mir in einem Augenblick der Schwäche wie diesem eine Ausnahme von der Regel erlaube, keine Lieblinge zu haben: Niemand hat so viel Mut wir Ihr, Caterina, und auch nicht Eure Ausdauer und Eure Seelengröße. Ihr seid die Beste im Duell und bei der Jagd, außerdem in den Geisteswissenschaften und den Künsten, und der Grund dafür liegt auf der Hand: Ihr seid fleißig und seid leidensfähig, wenn es nötig ist, und, Gott sei mein Zeuge, in diesen unglückseligen Zeiten muss eine Frau beide Eigenschaften aufweisen. Durch den Fleiß entdeckt sie die Leidenschaften, die sie über die Jahre überleben lassen, und durch die Leidensfähigkeit erfüllt sie die Pflichten, die der Ehemann ihr auferlegt, und glaubt mir, unsere Männer sind sehr gut darin. Die Pflichten gefallen uns nicht immer, und es könnte gar nicht anders sein, denn sie werden nicht nach den Maßstäben des gegenseitigen Anstands erbeten, sondern mit niederträchtigster Arroganz eingefordert und verlangt.«

»Welche Pflichten sind das, Nonna?«, fragte das Mädchen, das an ihren Lippen hing.

»Das werdet Ihr bald erfahren. Aber denkt immer daran, Caterina, auch wenn Euch Gehorsam befohlen wird, lasst Euch niemals brechen, versteht Ihr? Nie. Aus keinem Grund. Haltet Euch an das, was Euch zu einer guten Ehefrau und Mutter macht, denn das ist Eure Schuldigkeit, wenn die Pflicht vernünftig und würdig ist, aber bleibt Euren Prinzipien stets treu, und immer, wenn dieser Befehl gewalttätig wird, widersetzt Euch. Ohne Angst, ohne jegliche Furcht.

Ich sehe den Mut in Eurem Blick, und soweit es mir möglich war, habe ich Euch zu einem Tigerjungen herangezogen. Ihr erinnert Euch doch an das, was Ihr im Tierbuch gelernt habt, nicht wahr? An die Legende, die ihren Ursprung in den Lehren des Aristoteles hat?«

Die Kleine nickte.

»Ich bitte Euch, erzählt sie mir.«

»Wenn die Jäger ein Tigerjunges entführen wollen, nutzen sie eine besondere Strategie«, sagte Caterina. »Um nicht von der Mutter angegriffen zu werden, die sie mit ungeheurer Grausamkeit töten könnte, fliehen sie nicht nur so schnell wie möglich, sondern werfen kleine, spiegelnde Kugeln hinter sich. Die Tigerin verfolgt die Jäger, die ihr Junges gestohlen haben, doch sobald sie die Kugeln sieht, spiegelt sie sich darin, und beim Anblick ihres kleinen Abbilds glaubt sie, ihr Junges gefunden zu haben; sie bleibt stehen, um es zu umsorgen, und lässt die Jäger laufen.«

»Und was bedeutet das alles?«

»Die Legende ist eine Allegorie: Der Jäger ist der Teufel, der mit falschen Versuchungen und Tricks den Tiger, der für das Gerechte steht, zu Fehlern verleitet, damit er sich selbst verliert.«

»Sehr gut. Ihr müsst wissen, Caterina, dass sich eines Tages auch ein Mann als Teufel herausstellen kann: Es kann jemand sein, der Euch hasst, aber auch jemand, der sagt, dass er Euch liebt, Euch aber nicht respektiert und Euch nicht zuhört, es kann sogar Euer Ehemann sein, der Gehorsam verlangt, ohne auch nur ein kleines bisschen im Gegenzug zu geben. Oder Euer Sohn, der, nachdem er alles bekommen hat, beschließt, Euch wie eine Fremde zu behandeln. Antwortet diesen Männern, die glauben, Euch mit ihren

Worten, den falschen Versprechungen, den Entschuldigungen täuschen zu können wie eine Tigerin, die nicht auf die Täuschung der spiegelnden Kugeln hereinfällt. Ich werde immer an Eurer Seite sein. Denkt stets daran, dass ich immer an Euch geglaubt habe, und auch wenn ich irgendwann nicht mehr da sein werde, wisst Ihr, wo Ihr mich finden könnt.«

»Das weiß ich, Nonna«, sagte Caterina mit Tränen in den Augen.

»Und wo findet Ihr mich, mein Kind?«

»In meinem Herzen.«

»Wie findet Ihr den Weg dorthin?«

»Indem ich um mich herum Ruhe habe und auf es höre«, sagte das Mädchen schluchzend.

»Warum weint Ihr jetzt?«

»Weil ich weiß, dass Ihr verletzt wurdet«, murmelte Caterina.

»Wieso sagt Ihr das?«

»Weil ich es gehört habe.«

»Was denn?«

»Ich habe gehört, wie mein Vater Euch angeschrien hat!«

Bianca Maria trat zu ihr und streichelte ihre Wange. »Ihr müsst Euren Vater lieben, Caterina, versprecht Ihr mir das? Das, was zwischen mir und ihm vorgefallen ist, geht nur uns etwas an. Es tut mir leid, dass Ihr es gehört habt. Ich will nicht einmal wissen, wie es dazu gekommen ist. Aber ich kann Euch Folgendes sagen. Ich habe Galeazzo Maria geliebt und liebe ihn immer noch. Und ich habe dem, was ich Euch gesagt habe, als Erste nicht entsprochen, denn ich konnte mich seinen Fehlern nicht widersetzen. Als er ein Kind war, hatte er die falschen Männer zur Gesellschaft, und sie haben ihm die Seele verdorben. Anstatt ihn zu tadeln und ihn vor dem schlechten Einfluss dieser Männer zu beschützen, habe ich mich von der Pracht, dem Reichtum, dem blendenden Glanz der Höfe und der Bündnisse täuschen lassen. Ich habe mich selbst verloren. Und ich habe ihn verloren. Und doch liebe ich meinen Sohn wie wahnsinnig. Aber jetzt, Caterina, ist meine Zeit vorbei. Jetzt kommt Eure, glaubt mir. Aber Ihr werdet es besser machen als ich, und nicht versagen, wie ich versagt habe.«

»Warum sagt Ihr das?«, fragte sie das Mädchen verzweifelt.

»Weil ich jetzt nur noch eine alte und müde Frau bin, enttäuscht vom Leben und von denen, die ich am meisten geliebt habe. Ihr seid meine einzige Hoffnung, meine Kleine.«

Caterina stand auf und trocknete ihre Augen.

»Ich verspreche Euch, Nonna, dass ich Euch nicht enttäuschen werde«, versprach das Mädchen feierlich und bemühte sich nach Kräften, nicht mehr zu weinen.

»Kommt her, meine Kleine, lasst Euch umarmen.«

Dann drückte Bianca Maria sie an sich und verstand. Wenn sie, schon sehr bald, nicht mehr da wäre, dann wäre Caterina zu dieser Tigerin geworden, die sie selbst vor langer Zeit gewesen war.

Die Dynastie würde in diesem schönen, intelligenten und mutigen Mädchen weiterleben.

Sie lächelte.

1471

113. Unzufrieden

Herzogtum Mailand, Castello Sforzesco

A ber begreift Ihr denn nicht, mio Signore? Euer Auftreten bringt das Volk gegen Euch auf! Es ist bestürzt,
dass Ihr allein für die Reise nach Florenz die unfassbare
Summe von zweihunderttausend Fiorini ausgegeben habt!
Abgesehen von den zwölf goldbespannten Wagen, den ein-
tausendfünfhundert Höflingen im Gefolge, den hundert bewaffneten Männern, den fünfhundert Reitknechten in Seide
und Silber! Ganz zu schweigen von der Piazza del Comune,
die Ihr mit Marmor gepflastert habt, um dann die Gebühr,
mit einer Kutsche in die Stadt zu fahren, um sechs Denar zu
erhöhen.« Cicco Simonettas Stimme überschlug sich mit
jeder weiteren schwindelerregenden Summe, die er auflis-
tete. »Das Herzogtum geht am Bettelstab, die Kassen sind
leer«, jammerte er verzweifelt.

»Dann besteuern wir eben die Bürger«, donnerte der
Herzog.

»Das ist das Letzte, was Ihr tun solltet, wie Ihr besser
wisst als ich. Und dann ist da noch diese unheilvolle Idee
der Burg.«

»Ihr meint also, darauf solle ich auch verzichten?«

»Mio Signore, ich verstehe die Bedürfnisse Eurer Person

und der Herzogin, aber damit macht Ihr Euch bloß das Volk zum Feind.«

»Das Volk, das Volk …«, grummelte Galeazzo Maria. »Und wieso sollte es mir übelwollen?«

»Weil die Burg das Symbol der Tyrannei ist! Es war das Sinnbild der Macht Eures Großvaters Filippo Maria Visconti.«

»Ein Mann, den ich zutiefst bewundere. Er wusste genau, wie man Macht ausübt.«

»Mio Signore, warum folgt Ihr nicht dem Vorbild Eures Vaters? Er und Eure Mutter, Gott segne sie, haben immer im Palazzo dell'Arengo gewohnt, eben um nicht den Eindruck zu erwecken, sie wollten Mailand wieder unter das Joch der Tyrannei bringen!«

»Mein Vater, meint Ihr? Wieso muss ich ständig seinen Namen hören? Ich bin nicht wie er, ich bin nicht Francesco Sforza! Ich bin Galeazzo Maria! Außerdem war er es doch, der Filarete für die Renovierung der Burg von Porta Giovia engagiert hat. Warum hätte er all diese Arbeiten erledigen lassen, wenn er aus der Burg nicht den Herrschersitz machen wollte? Und heute ist genau hier meine Wohnstätte. Wenn es dem Volk nicht gefällt, was soll's.«

»Und die Adeligen, mio Signore …«

»Wie, beschweren die sich etwa auch?«

»Eine Armee von vierzigtausend Mann, die uns jedes Jahr achthunderttausend Dukaten kostet! Der Schmuck, den Ihr Eurer Ehefrau schenkt und, verzeiht, Euren Geliebten, und es sind nicht wenige. Und die Lehen, die Ihr ihnen gebt …«

»Wie könnt Ihr es wagen, Cicco! Führt Ihr auch Buch über die Geschenke, die ich den Frauen mache, die ich liebe?« Die Augen des Herzogs blitzten vor Wut.

»Keineswegs, mio Signore«, erwiderte Cicco mit zitternder Stimme, »aber Ihr müsst verstehen, dass Eure Freigiebigkeit gegenüber Euren Geliebten, die Verwandtschaft zum König von Frankreich, die Auffassung der, wie soll ich sagen, zentralisierten Macht, Euch auch in der Aristokratie viele Feinde schafft.«

»Nun, dann eben auch zum Teufel mit ihnen!«

»Aber da ist noch mehr, mio Signore.«

»Noch mehr als das, was Ihr mir bereits gesagt habt?«

»Leider ja.«

»Dann sagt es mir, Cicco, ich höre zu«, ermunterte Galeazzo Maria ihn, er schien begierig zu sein, die Stimmen gegen sich zu hören, die sein Berater gesammelt hatte.

»Nun, erinnert Ihr Euch an Nicola Capponi da Gaggio, genannt Cola Montano?«

»Gewiss! Dank mir hat er den Lehrstuhl für Rhetorik inne, oder irre ich mich?«

»Ihr irrt Euch nicht. Ich habe also zufällig einige seiner Lektionen gehört. Nicht persönlich, versteht sich, sondern ...«

»Durch einen Eurer Spione«, beendete der Herzog grinsend den Satz.

»Auf gewisse Weise ...«, wand sich Cicco.

»Das habt Ihr gut gemacht, keine Sorge. Was habt Ihr herausgefunden?«

»Nun zum Beispiel, dass Cola Montano seine Schüler über die römische Republik unterrichtet. Er lobt die Verschwörung, um den Tyrannen zu stürzen, um ewigen Ruhm zu erlangen, und gewiss, rein theoretisch ist das nicht verwerflich, aber Ihr versteht sicher, dass solche Lektionen tatsächlich potenziell gefährlich sind für junge Adelige voller

Ehrgeiz, die davon träumen, eines Tages die Macht zu erlangen.«

»Das verstehe ich vollkommen«, sagte der Herzog, »ich verstehe es so gut, dass ich Euch dankbar bin für das, was Ihr mir gesagt habt, ich weiß es zu schätzen.«

»Mio Signore, ich hoffe, dass Ihr aus diesem Grund jetzt keine Strafe ...«

»Keine Sorge, Cicco, ich werde mich um das kümmern, was ich für eine angemessene Reaktion halte.«

»Natürlich, mein Herzog.«

»Wenn die Leute glauben, sie könnten mich straflos bedrohen, dann haben sie sich schwer getäuscht«, schloss Galeazzo Maria kalt.

114. Die Sorgen eines Pontifex

Kirchenstaat, Palazzo Barbo

Antonio Condulmer war nervös. Er wusste, dass sein Cousin, der Papst, einen jähzornigen und ungestümen Charakter hatte. Die Entscheidung, den Colonna weitere Ländereien und Lehen zu entziehen, wie es schon ihr Onkel Gabriele getan hatte, sorgte zwar für eine Stärkung der Position des Kirchenstaats, doch andererseits lag darin auch das Risiko, erneut den gefährlichen Hass zu wecken, der sich bei Antonio Colonna wohl nie gelegt hatte.

Als Antonio sich umsah, war er überwältigt von einer scheinbar endlosen Sammlung von kostbaren Objekten: Jaspiskelche, Gold- und Silbermünzen, Medaillen, byzantinische Ikonen, flämische Wandteppiche, Reliquiare, Elfenbein und jegliche Art von Edelsteinen. Dazu die Möbel und eleganten Einrichtungsgegenstände. Antonio hatte das Gefühl zu ersticken, trotz der beeindruckenden Ausmaße des Saals.

Es stimmte also. Der Pontifex lebte im eigenen Mythos und einer nicht gerade spirituellen Pracht. Gut für ihn, dass er nicht nur mit ihm verwandt war, sondern auch im selben Augenblick zum Verbündeten Venedigs geworden war, als Ferrante von Aragón darum gebeten hatte, die Vasallenpflichten abzuschaffen, die aus einer jährlichen Steuer von achttausend Mark bestanden – der Pontifex hatte sich gehütet, der Bitte nachzukommen.

»Cousin«, sagte schließlich der Papst, als er eintrat.

Antonio verbeugte sich tief und wollte sich hinknien, um die päpstlichen Schuhe zu küssen, aber Paul II. hinderte ihn daran. »Das fehlte noch, dass Ihr Euch hinkniet. Wir sind doch Familie, und heute brauche ich Euch mehr denn je, also keine solchen Absurditäten.«

»Wie geht es Euch, Heiligkeit?«

»Zugleich gut und schlecht. Gut, weil die Arbeiten der *renovatio urbis* schnell vorangehen, schlecht, weil mir meine Mutter fehlt. Es vergeht kein Tag, an dem ich sie nicht betraure, Antonio. Verzeiht mir daher, wenn ich Euch habe warten lassen, aber heute, wie jeden Tag, habe ich für sie gebetet.«

»Polixena war eine außergewöhnliche Frau, Heiligkeit. Sie fehlt uns allen sehr.«

»Das könnt Ihr wohl sagen.«

»Zögert auf keinen Fall und sagt mir, was ich für Euch tun kann.«

»Das ist schnell erklärt, Cousin. Ich weiß von Eurer letzten Aufgabe als venezianischer Botschafter beim König von Frankreich.«

»Das war ich, richtig.«

»Nun, worum ich Euch bitten möchte, ist Folgendes: Da Ihr Euch wieder nach Paris begeben werdet, würde ich es schätzen, wenn Ihr mir mit meinen schwierigen Beziehungen zu Ludwig XI. helft. Weil Ihr Venedig vertretet und die Serenissima die Hauptverbündete des Kirchenstaates ist, bitte ich Euch, ihn gut zu beraten, was das mögliche Bündnis mit dem böhmischen König, Georg von Podiebrad, angeht.«

»Natürlich. Wieso besorgt Euch dieses Bündnis?«

»Aus einem einfachen Grund: Der böhmische König scheint die hussitische Häresie zu unterstützen. Ich weiß nicht, wie aus einem solchen Bündnis etwas Gutes werden soll. Natürlich müsstet Ihr ihn mit der gebotenen Vorsicht aufs Beste beraten. Seht, Cousin, ich befürchte, dass die römische Kirche im politischen Schachspiel isoliert wird. Ohne Lorenzo de' Medici hätte ich niemals erfahren, dass Mailand, Neapel und Florenz ein Komplott gegen meinen Staat hegen und Geheimabsprachen zur Bildung einer Lega treffen. Zu meinem Glück ist wenigstens Venedig neutral geblieben.«

»Natürlich, Heiligkeit, ich werde mich darum bemühen, mich dafür einzusetzen.«

»Ich bin Euch unendlich dankbar dafür, Cousin. Die Aufgabe ist sehr heikel, ich vertraue ganz darauf, dass Matthias Hunyadi Corvinus, König von Ungarn, der immer für den christlichen Glauben gekämpft hat, sich bei ihm durchsetzen wird. Aber ich will auf jeden Fall verhindern, dass sich die hussitische Häresie weiter verbreitet. Die Welt braucht sicher niemanden, der über Unsinn wie die Rückkehr der Kirche zur Reinheit palavert! Und wieso auch? Haben wir sie denn verloren? Ich glaube das jedenfalls nicht. Gleichwohl kann ein Pontifex heute die politische Situation nicht ignorieren, weil von allen Herrschern der christlichen Welt, abgesehen von Hunyadi und Vlad von der Walachei, nicht einer bereit ist, die Waffen gegen den osmanischen Sultan zu erheben. Wie sollte sich da ein Pontifex allein auf die spirituelle Führung der Herde beschränken?«

»Ich verstehe Eure Gründe vollkommen, Heiligkeit.«

»Nun, wenn Ihr das versteht, und seid versichert, daran zweifle ich nicht, dann bitte ich Euch, mir dabei zu helfen, dass sich diese Lepra der Seele nicht wie ein Ölfleck weiter ausbreitet.«

»Das werde ich.«

»Danke, Cousin. Wisst, dass meine Mutter Euch von dort oben Anerkennung zollt.«

»Dann mache ich mich auf den Weg«, sagte Antonio Condulmer, »denn von nun an ist jeder Augenblick wichtig.«

»Besser kann man es nicht sagen.«

»Nun dann, Heiligkeit, mit Eurer Erlaubnis ...«

Der Papst reichte ihm den Ring zum Küssen, dann ging Antonio Condulmer.

115. Gerico

Herzogtum Mailand, Jagdrevier Cusago

Caterina ritt durch den Wald. Der Frühling war ihre Lieblingsjahreszeit, weil er sie miterleben ließ, wie die Bäume, die Tiere, die Sonne und der Himmel wiedererwachten. Beim Reiten fühlte sie sich am allerwohlsten. Daher liebte sie die Treibjagd, in der sie hervorragend war. Genau wie im Fechten.

Die Lektionen ihrer Großmutter Bianca Maria hatten sich als grundlegend herausgestellt. Und seit ihr Vater sie bei Hofe eingeführt hatte, damit sie, neben den Geisteswissenschaften und den Künsten, noch besser in diesen Aktivitäten unterrichtet würde, hatte sie das Gefühl zu fliegen.

Sie hatte nie Angst, vor gar nichts, und auch wenn die Windhunde losgelassen wurden, damit sie die Beute aufscheuchten, war sie immer die Erste, die ihnen folgte. Gewiss, sie hatte noch nicht viel Erfahrung. Erst seit einem Jahr erlaubte ihr Vater ihr, ihn auf seinen Jagden zu begleiten, aber sie spürte seinen Stolz, wenn er sie mit so viel Eleganz und Energie reiten sah. Da war ein helles Licht, ein Aufleuchten in seinem Blick, es strahlte wie eine unauslöschliche Flamme in den Augen des Herzogs, und wenn sie es bemerkte, platzte ihr Herz vor Freude. Ihr Vater war ein

643

schöner und faszinierender Mann, und auch in diesem Moment, als sie Seite an Seite ritten, spürte Caterina, wie ein warmes Gefühl ihre Brust durchströmte.

An diesem Tag wollte sie mit einem Falken jagen.

Gericos spitze Krallen klammerten sich fest um den Lederhandschuh. Es war ihr Lieblingsfalke, der beste, der, der nie danebengriff.

Er erhob sich in den Himmel und stürzte sich dann unfehlbar auf die Beute. Es machte sie jedes Mal sprachlos, so voller Perfektion, Schönheit und tödlicher Eleganz war sein Flug. Gewiss, sie wusste, dass der Falke einen unschuldigen Vogel töten würde, aber ihr war bewusst, dass dieser Greifvogel als Raubtier nur dem puren Instinkt folgte, dem er nicht widerstehen konnte.

Er war nicht von einer Lust oder dem Wunsch zu töten geleitet – den schien es nur bei den Menschen zu geben. Daher bevorzugte sie diese Art von Jagd gegenüber der mit Hunden, bei der blutdürstige Menschen Hirsche oder Wildschweine abschlachteten, und das nicht nur, um sie zu essen, sondern aus reiner Freude daran.

Sie hatte jede Seite des wunderbaren Buchs von Friedrich II. gelesen: *De arte venandi cum avibus*. Da sie es ausgiebig studiert hatte, kannte sie die vielen Vogelarten, zu Wasser oder zu Lande, Greifvögel und andere.

Sie hatte alle Regeln gelernt, die einen guten Falkner ausmachten, sowie die Phasen der Dressur des Falken zu Fuß, zu Pferd und mit dem Federspiel.

Von allen möglichen Vögeln hatte sie der Gerfalke am meisten fasziniert. Deswegen hatte sie Gerico ausgewählt. Sein helles Gefieder, der lange Schwanz, die flinken, gelben Augen, der außergewöhnlich scharfe Blick: Alles an ihm war von solch edler Schönheit, dass es einem den Atem verschlug.

Sie und ihr Vater hatten eine sumpfige Wiese erreicht, über ihnen breitete sich ein makellos blauer Himmel aus. Sein Hund, ein Schweißhund, erkundete das Feld bis zu einem morastigen Schilfdickicht. Dort hatte er wohl etwas gewittert, und als er näher kam, schreckte er ein recht großes und schnelles Rebhuhn auf.

Caterina nahm Gerico die Lederhaube ab, und sofort sah er, noch lange vor ihr und jedem anderen, die Flugbahn der Beute, die er im Himmel verfolgen würde.

Er krallte sich fester, als wolle er ihre Aufmerksamkeit wecken. Caterina hob den Arm und unterstützte mit dieser Bewegung Gerico in dem Moment, in dem er abhob.

Er schlug mit seinen großen Flügeln und gewann an Höhe. Er tat es nicht allzu schnell, ja man könnte sogar sagen, er stieg ruhig auf. Schließlich schwebte er über Caterina, beschrieb einen großen Kreis am Himmel, um sofort darauf rasant herabzustoßen und das Rebhuhn zu verfolgen, das ihn offensichtlich zu spät bemerkt hatte. Es versuchte bei einer verzweifelten Flucht am Himmel, den Verfolger abzuschütteln, aber die Flugbahn des Gerfalken war so perfekt, dass er sich ihm ohne allzu große Mühe stetig annäherte.

Schließlich sank das Rebhuhn erschöpft zu Boden. In diesem Moment begann Gerico den Sturzflug, und kurz bevor das Rebhuhn die Erde berührte, packte er es und bohrte seine Krallen in den gedrungenen und weichen Körper. Dann ließ er sich mit der blutigen Beute in den Krallen in der Nähe von Caterina nieder.

»Was für eine großartige Leistung!«, sagte der Herzog zu seiner Tochter.

Caterina wurde vor Stolz und Rührung rot. Gerico war wirklich unglaublich.

»Ihr habt ihn umwerfend gut ausgebildet, meine Kleine, trotz Eures Alters.«

»Vater, ich habe nur versucht umzusetzen, was Ihr und meine Großmutter Bianca Maria mir beigebracht habt.«

»Und das habt Ihr gut gemacht, Caterina. Eure Großmutter war trotz allem eine außergewöhnliche Person.«

»Ja«, bestätigte das Mädchen, »ich verdanke ihr viel.«

»Das tun wir alle, meine Kleine.« Caterina glaubte, in der Stimme ihres Vaters einen Hauch Bedauern und Reue zu hören.

»Hat die Zeit den Groll besiegt, den Ihr gegen sie gehegt habt?«

»Ich war ein Dummkopf, Amore mio. Und noch heute verzeihe ich mir nicht, dass die letzten Worte, die ich an sie gerichtet habe, voller Wut gesprochen waren.«

»Eure Mutter hat Euch ganz sicher verziehen, Vater. Sie war eine starke und großzügige Frau. Und sie liebte Euch so sehr.«

»Woher wisst Ihr das?«

»Das hat sie mir kurz vor ihrem Tod noch gesagt.«

Caterina hatte das Gefühl, dass Ihr Vater gerührt war. Seine Augen glänzten für einen Augenblick. »Nun gehen wir«, sagte er zu ihr, »sonst frisst Euer Gerfalke noch Eure ganze Beute.«

»Das ist nur gerecht, Vater, es ist seine Beute.«

»Ihr habt absolut recht«, sagte der Herzog darauf.

1474

116. Die öffentliche Folter

Herzogtum Mailand, Piazza Vetra

Cola Montano war an den Pranger gekettet. Es waren viele Leute gekommen, und die Piazza Vetra war übervoll. Von einer Holztribüne aus beobachtete Galeazzo Maria Sforza den Henker, der nun dem Verbrecher eine exemplarische Strafe verpassen würde.

»Cola Montano«, sagte Cicco Simonetta laut und erhob sich von seinem Sitz neben Sforza. »Heute ist ein trauriger Tag für diese Stadt! Denn wir sind Zeugen Eurer Undankbarkeit gegenüber dem Herzog von Mailand, der Euch vor nun sechs Jahren den Lehrstuhl für Rhetorik an der Universität gegeben hat. Und wie habt Ihr es ihm zurückgezahlt?« Cicco wartete, dass die Worte ihre Wirkung auf die Menge zeigten. Männer und Frauen hielten mit aufgerissenen Augen den Atem an. Aber Cicco erwartete sicherlich keine Antwort von diesem gefährlichen Intellektuellen, der den Herzog schlechtgemacht und Hass und Groll gegen ihn gesät hatte. Daher sprach er weiter, noch bevor der andere über eine Antwort auch nur hätte nachdenken können. »Ich sage es Euch! Indem er Missgunst und Neid gelehrt, Wut und Eifersucht gezüchtet hat. Wart Ihr es denn nicht, der diese Worte gesagt hat? ›*Animo gravi et fortissimo aliquod praeclarum facinus cogitare inciperem quamplurimorum Atheniensium, Carthaginiensium et Romanorum vestigia imitando quos pro patria fortissime facientes fusse laudem aeternam consequutos!‹* Und Ihr wisst sehr wohl, was das bedeutet! Ihr seid schließlich der Lehrer.« Cicco erlaubte sich ein höhnisches Grinsen. »Aber für uns alle frische ich Eure Erinnerung auf und erkläre Euren Wortschwall auf einfache Weise: Diese lateinischen Worte, die Ihr während Eures Unterrichts ausgesprochen habt, bedeuten, dass jeder, der nach dem Vorbild der Alten für sein Vaterland ruchlose Handlungen plant, ewigen Ruhm verdient. Nun«, fuhr Cicco fort, »es gibt wohl niemanden, der nicht erkennt, dass solche Sätze einzig dazu dienen, den Groll gegen unseren geliebten Herzog Galeazzo Maria Sforza anzustiften, mit dem Ziel, die gute Regierung zu stürzen. Und da so etwas nicht toleriert werden kann, hat das Gericht dieses Herzogtums entschieden, Euch exemplarisch mit dreißig Peitschenhieben auf den Rücken zu bestrafen, damit der Schmerz und die Erniedrigung Euch in Erinnerung rufen mögen, dass der Aufruf zum Aufstand ein Schwerverbrechen ist, das mit dem Tod bestraft wird, und allein die Fürsprache des Herzogs – der Euch bereits wohlwollend behandelt hat, als er Euch diesen Lehrstuhl gegeben hat, den Ihr in elender und heimtückischer Art genutzt habt, um gegen ihn aufzuwiegeln – hat Euch heute den Kopf gerettet! Habt Ihr mich gehört?«

Cola Montano, dessen nackter Rücken zum Publikum gewandt und dessen Arme an den Pranger gebunden waren, antwortete leise. Mit den zerrissenen Kleidern und dem entblößten Rückgrat war er das perfekte Opfer. Er sprach langsam, erschöpft von Tagen in Gefangenschaft, die er abgesessen hatte, bevor er zum Ort der Folter gebracht worden war.

»Ich sage, dass ich heute ungerechterweise bestraft werde, weil ich niemals diese Worte ausgesprochen habe ...«

»Ihr nennt uns also Lügner?«, fragte Cicco. »Wollt Ihr behaupten, der Herzog habe sich das alles nur eingebildet?«

Cola Montano seufzte. Es war offensichtlich, dass ihm das Sprechen große Mühe bereitete. »Ich sage nur, dass es ein Irrtum sein muss.«

»Das glaube ich kaum«, entgegnete Cicco. »Mehrere Eurer Studenten haben Zeugnis abgelegt und das bestätigt, was ich gerade gesagt habe. Ihr habt also nicht nur den Hass geschürt, sondern leugnet jetzt auch noch Eure Verantwortung! Wenn Ihr Eure Reue auf diese Weise zeigt, nun, dann gnade Euch Gott! Möge die Strafe vollstreckt werden!«

Als er sich hinsetzte, nickte Galeazzo Maria Sforza zustimmend. Ihm hatte die Rede gefallen.

Inzwischen tobte die Menge, die die Strafe vollzogen sehen wollte. Jemand fluchte in Richtung von Cola Montano. Von diesen Worten angestachelt, schmähten ihn auch andere. Bald erhob sich ein Sprechchor der Beleidigungen und Drohungen. Der Herzog war sichtlich zufrieden.

Der Scharfrichter hob die Peitsche und ließ sie auf Cola Montanos Rücken knallen. Schon bald erschienen rote Striemen auf der weißen Haut. Das Opfer heulte und schrie durchdringend.

Die Sprechchöre ebbten ab, und nach und nach verstummte die gesamte Menge, je öfter die Peitsche durch die Luft pfiff, um auf Cola Montanos Rücken zu landen.

Ein schreckliches Schweigen verschloss die Münder. Tausende Augen, die vorher weit aufgerissen nach Gewalt gegiert hatten, ertrugen es jetzt kaum mehr, diese Pein anzusehen.

Schließlich hatte die Qual ein Ende.

Cola Montano war inzwischen ohnmächtig. Der Henker trat an den Pfosten, um ihn loszubinden.

Der Magister fiel wie ein Haufen Lumpen auf die Bretter des Gerüsts.

117. Finstere Absichten

Herzogtum Mailand, Legnano, Castello Lampugnani

Ich sage Euch, es kann so nicht mehr weitergehen. Habt Ihr gesehen, was unserem Lehrer widerfahren ist? Der Herzog ist vollkommen verrückt! Er ist blutdurstig und glaubt, in dieser Stadt tun zu können, was er will. Ich sage, wir müssen uns widersetzen. Sonst werden wir die Nächsten sein, die auf der Piazza gefoltert werden. Wie viel Unrecht müssen wir noch ertragen, bevor wir die Sache in die Hand nehmen? Bevor wir uns gegen die absolute Macht dieses Mannes auflehnen?« Giovanni Andrea Lampugnani war außer sich. Er war aufgestanden und ballte die Fäuste. Er konnte nicht glauben, dass Carlo und Girolamo so unentschlossen waren.

Letzterer zeigte ihm als Erster einen Hoffnungsschimmer: »Gewiss, Giovanni Andrea, ich verstehe, was Ihr sagt. Umso mehr, da Ihr über Vertrauen und Mittel verfügt. Ihr habt Männer, die hinter Euch stehen, und eine mächtige Familie. Und Ihr seid der Herrscher von Legnano, wie es diese uneinnehmbare Burg bezeugt.« Er deutete auf den weiten Saal, in dem sie sich befanden. »Ich stimme Euch zu, dass Cola Montano ungerechterweise erniedrigt und bestraft wurde, und das auf eine so schmerzhafte Art. Wenn ich nur daran denke ...« Girolamo Olgiati sprach nicht weiter, es war vollkommen klar, was er sagen wollte.

»Vielmehr«, schaltete Carlo Visconti sich ein, »wieso sprecht Ihr von unserem erlittenen Unrecht? Was unserem Lehrer geschehen ist, ist schrecklich, aber es betrifft uns nicht persönlich.«

»Muss ich deutlicher werden? Nun gut, wenn Ihr wollt. Galeazzo Maria hat nicht nur Cola Montano gnadenlos öffentlich auspeitschen lassen, er lässt nicht nur das Volk hungern und erlässt täglich neue Abgaben, bloß um die Liebschaften mit seinen Huren zu finanzieren, sondern er stellt auch Frauen mit makelloser Ehre nach, weil er von seiner ungehemmten Libido beherrscht wird und jede Frau besitzen will, derer er ansichtig wird. Erst vor wenigen Tagen hat er versucht, meine Frau zu vergewaltigen, versteht Ihr? Und das ist eine Beleidigung, die nur auf eine Art bereinigt werden kann!«

»Durch Blut«, sagte Visconti düster.

»Exakt. Durch Blut. Im Übrigen können wir wohl kaum behaupten, dass es uns an Motiven fehlt, findet Ihr nicht?«

»Und auch nicht an Präzedenzfällen«, ergänzte Olgiati verschwörerisch. »Denkt an Giovanni Maria Visconti: Er wurde auf dem Kirchplatz der Kirche San Gottardo in Corte erstochen. Und er war nur halb so ungerecht und grausam wie dieser verfluchte Herzog.«

»Genau! Jetzt reden wir vernünftig«, sagte Giovanni Andrea Lampugnani in siegessicherem Tonfall. »Denkt daran, unser Mord wird kein Verbrechen sein, sondern eine Befreiung. Denkt an Cäsar: Brutus und Cassius brachten ihn zusammen mit den anderen Verschwörern nur um, um die

Republik von einem Tyrannen zu befreien. Das war kein Verbrechen, sondern eine Revolution!«

»Und sie versagten dabei vollkommen«, wandte Visconti ein. »Erinnert Euch, meine Freunde, dass die Verschwörer einer nach dem anderen umgebracht wurden, und de facto bei der Entstehung des Kaiserreichs von Augustus halfen.«

»Richtig, aber was geschah, als der Großvater von dem starb, der jetzt auf dem Thron der Sforza sitzt? Erinnert Ihr Euch? Er starb, und das Volk war so wütend auf diese Dynastie, dass es die Aurea Repubblica Ambrosiana ausrief. Ich sage Euch, eine Alternative dazu ist möglich. Wir müssen sie nur wollen«, fuhr Lampugnani unerschrocken fort.

»Genau«, bestätigte Olgiati, »abgesehen davon könnten wir in diesem Fall ein Triumvirat bilden. Eine aufgeklärte Oligarchie, die den absoluten Willen eines Tyrannen wegfegt, der wegen seiner königlichen Verwandten hochmütig geworden ist.«

»Auch das stimmt«, bemerkte Visconti. »Seit der Hochzeit mit Bona von Savoyen scheint Galeazzo Maria völlig den Verstand verloren zu haben.«

»Es ist mir egal, wieso er nach Macht giert. Ich will ihn töten«, sagte Lampugnani eisig. »Wenn er unter den Stichen unserer Klingen uns zu Füßen fällt, wird Mailand uns als Befreier feiern, Ihr werdet sehen.«

Visconti hustete.

»Was ist?«, fragte Lampugnani ungeduldig und funkelte ihn böse an.

»Gewiss, Ihr habt leicht reden, mein Freund. Aber weder ich noch Girolamo befinden uns in Eurer Situation. Wir haben nicht Euren Rang und nicht Eure Einkünfte!«

»Und? Angenommen, es ist so, dann habt Ihr im Vergleich zu mir noch weniger zu verlieren.«

»Ihr seid tatsächlich nicht von Euren blutigen Ideen abzubringen!«, rief Visconti verzweifelt aus.

Lampugnani ging zum Kamin und griff nach dem Schüreisen. Dann donnerte er es wütend auf die Holzscheite. Zischend stiegen blutrote Funken auf. Seine beiden Kameraden rissen die Augen auf. »Kann ich Euch denn wirklich nicht klarmachen, dass Mailand in den Abgrund stürzt, wenn wir nicht eingreifen? Während wir darüber diskutieren, was zu tun ist, kennt der Zerfall des Herzogtums keinen Aufschub. Wenn es so weitergeht, wird dieser Mann uns komplett ausbluten lassen oder, im besten Fall, uns verurteilen, bloß weil wir andere Vorstellungen haben als er!«

Visconti hob beschwichtigend die Hände. »Ich verstehe Euren Wutanfall nicht, Giovanni Andrea. Ihr solltet ihn nicht gegen uns richten. Ich stimme Euch durchaus zu, aber ich glaube, dass wir uns mit unendlicher Vorsicht bewegen müssen. Es ist jetzt nicht der Augenblick für eine solche Aktion. Galeazzo Maria hat gerade erst Cola Montano hart bestraft, und seine Aufmerksamkeit ist geweckt, sei es wegen ähnlicher Nester des Aufruhrs, sei es wegen der teuflischen Andeutungen seines verdammten Beraters: Cicco Simonetta. Ich sage daher, warten wir noch ab.«

»Es tut mir leid, Giovanni Andrea. Aber da hat Carlo absolut recht«, bestätigte Olgiati. »Im Augenblick ist Galeazzo Maria Sforza extrem wachsam, und eine mögliche Aktion von uns würde höchstwahrscheinlich entdeckt und von der Verteidigung des Herzogs ruiniert werden. Aber wenn wir warten und etwas Zeit vergehen lassen, wenn wir

Galeazzo Maria Sforza glauben lassen, dass die Wut und der Groll verloschen sind, haben wir vielleicht eine Chance.«

»Nicht nur das«, übernahm Visconti. »Wir müssen dafür sorgen, dass Mastro Montano seine Bitterkeit gegenüber dem Herzog beiseiteschiebt. Darum kümmere ich mich. Galeazzo Maria soll sich in Sicherheit wähnen. Wir lassen ihn glauben, er habe gewonnen. Wenn er sich dessen sicher ist, dann schlagen wir zu. In genau dem Moment, in dem er die Gefahr überwunden glaubt und seine Verteidigung sinken lässt, tauchen wir mit unseren Dolchen auf und trennen ihm die Kehle durch.«

Diese Worte schienen Giovanni Andrea ernstlich zu treffen. »Meine Freunde, Ihr habt recht«, sagte er schließlich, »der Zorn hat mich nicht klar sehen lassen. Aber was Ihr sagt, ist logisch und korrekt. Gehen wir also genau so vor. Carlo: Ihr kümmert Euch darum, Cola Montano zu beruhigen. Übermittelt Ihm vor allem unsere Solidarität, und nach einer Weile werden wir zu ihm gehen, mit ihm über Politik diskutieren und ihm insgeheim zu verstehen geben, dass wir früher oder später aktiv werden, um uns vom Herzog zu befreien. Bis dahin ist es Eure Aufgabe, darauf zu achten, dass er die bereits belastete Beziehung zum Herzog nicht weiter verschlimmert.«

»Das werde ich tun«, stimmte Visconti zu.

»Dann ist es beschlossen, meine Freunde, geben wir uns die Hand darauf«, sagte Olgiati, und sie reichten einander die Rechte, in dem Bewusstsein, dass sie einen heiligen Pakt der Brüderlichkeit schlossen.

»Bis zum Ende«, sagte Lampugnani.

»Bis zum Ende«, wiederholten die anderen beiden.

118. Überwältigende Leidenschaft

Herzogtum Mailand, Castello Sforzesco

Herzog, ich flehe Euch an, das ist doch Wahnsinn«, sagte Lucia Marliani verzweifelt, während Galeazzo Maria sich nicht zurückhalten wollte. Sie spürte überall seine Hände und versuchte, sich diesen Berührungen zu entziehen. Aus einer solchen Liebe konnte nichts Gutes entstehen. Bona von Savoyen war eine tolerante Frau, sie hatte, ohne mit der Wimper zu zucken, die Kinder von Lucrezia Landriani akzeptiert und als ihre eigenen angenommen, aber mit ihr wäre das anders. Ganz zu schweigen davon, dass der Herzog inzwischen so viele Geliebte hatte, dass sich unter diesen Frauen sicher eine oder auch mehrere fänden, die sie umbringen wollen würden, wenn sie denn erführen, was im Moment geschah. Und das würde passieren.

Seit einiger Zeit versuchte der junge Herzog schon, sie zu erobern, und Lucia befürchtete, dass diese Verliebtheit kein Strohfeuer war. Und gleichzeitig hoffte sie, dass sie ewig andauern würde, dass er sie aus den Armen ihres Ehemannes befreien würde, eines grauen und alten Mannes, der sie unendlich langweilte.

Lucia bemühte sich also, diese gierigen Hände zu entfernen, die ihr den Atem und ihre Tugend nehmen wollten. Sie musste es um jeden Preis verhindern, weil sie wusste, dass diese Hände sie verhexen könnten, wenn sie es zuließ, dass sie das heftige Begehren stillten, das sie für ihn empfand. Und er für sie.

Aber es war falsch, und vor allem war es gefährlich.

»Ich bitte Euch, Galeazzo Maria«, wiederholte sie durcheinander. Doch wie süß waren seine Lippen auf ihrer Brust. Und diese schwarzen Haare, so seidig weich. Gab es auf der Welt einen faszinierenderen Mann als ihn? Und wie sollte sie einer solchen Leidenschaft widerstehen? Ein Angriff auf ihre Sinne, der nicht einmal angesichts ihrer verzweifelten Bitten aufhörte.

Sie legte die Hände um sein Gesicht, versuchte, seinen Kopf anzuheben, und flüsterte erneut, dass er sie in Ruhe lassen sollte. Doch der junge Sforza hörte nicht auf die Vernunft und nahm sich als leidenschaftlicher Liebhaber alles, was er konnte, als befände er sich am Rande eines Abgrunds. Als würde ihre Chance, sich zu lieben, gleich vergehen und durch einen seltsamen Bann oder Fluch in tausend Stücke zerbrechen.

»Wir tanzen am Rande des Abgrunds«, sagte er mit rauer Stimme, »warum, meine Lucia, wollt Ihr mir dieses Vergnügen verwehren?«

Das arme Mädchen fühlte sich jetzt wie die Beute in der Falle, unfähig, sich dem Angriff des Herrschers von Mailand zu entziehen. Und was hätte sie auch schon tun können? Sie war in diesem verzehrenden Gefühl entbrannt, das ihr wie eine Flamme durch die Adern schoss, als würde ihre elfenbeinfarbene Haut gleich Feuer fangen.

»Gnade, mio Signore, Gnade«, beharrte sie ein letztes Mal, wohl wissend, dass er keine zeigen würde.

Er biss ihr in die Lippen. Sie schmeckte Blut im Mund, und es erschien ihr süß und bitter zugleich.

»Mein Ehemann ...«, brachte sie schließlich hervor.

»Ich werde ihm sagen, dass er Euch nicht mehr anrühren soll«, murmelte er mit seiner tiefen Stimme, »und um ihn zum Schweigen zu bringen, mache ich ihn zum Podesta irgendeiner Stadt ... Varese oder vielleicht Como, aber Ihr, Lucia, Ihr gehört mir. Jetzt und für immer.«

Dieses Versprechen ließ sie in eine Art Ohnmacht sinken. Ihr wurde schwindlig, während er sie in seine kräftigen Arme nahm. Sie spürte seine mächtige Brust, stark und schön, als wäre sie ein Alabasterschild, und dann gaben sie sich beide zwischen der Spitze und dem Leinen des Alkovens hin.

Wie eine Ertrinkende ließ Lucia sich auf dieses Wunder ein, auf dieses Feuer, das sie entzündete und nach ihrem Herz und ihrer Seele griff und sie ihr aus der Brust reißen wollte.

Sie zügelte ihre Küsse nicht mehr, nahm seine Lippen auf ihren an, gierig nach dieser Liebe, die sie nie kennengelernt hatte und die sich jetzt wie im Flug befreite, mächtig wie ein Drache, um sich schließlich glücklich in die weiße Spitze und das rote Feuer der Leidenschaft fallen zu lassen.

119. Schönheit und Grausamkeit

Herzogtum Mailand, Castello Sforzesco

Ich habe Euch rufen lassen, weil ich jetzt ganz deutlich sein möchte: Glaubt nicht, dass ich Eure Kinder akzeptieren werde, nur weil ich damals Lucrezias Kinder akzeptiert habe!«, verkündete die Herzogin. Sie war schön und würdevoll, von großer Statur, und trug ein flammend rotes Kleid: Bona von Savoyen wollte nicht mehr auf die Stimme der Vernunft hören. Sie stand direkt vor der neuen Favoritin des Herzogs, und es war klar, dass sie ihr den Krieg erklären wollte: »Ich werde Eure Kinder niemals anerkennen. Nie! Habt Ihr mich verstanden?«

Lucia Marliani hatte gewusst, dass dieser Moment irgendwann kommen würde. Und da sie schon seit Längerem verstanden hatte, dass sie ihm nicht würde ausweichen können, trat sie ihm mit allem Stolz, den sie hatte, entgegen: »Das ist mir egal. Was zählt, ist der Wunsch des Herzogs. Und es ist offensichtlich, dass weder Lucrezia Landriani noch Ihr ihn beherrscht. Abgesehen vom Bund der Ehe, der Euch verbindet. Ihr müsstet sehr gut wissen, dass es Ketten gibt, die viel enger sind als die, die auf einem Papier beruhen.«

»Wie könnt Ihr es wagen, so mit mir zu sprechen? Die Ehe zwischen mir und Galeazzo Maria wurde in der Kirche gesegnet, und Ihr habt keinerlei Recht, diesen heiligen Bund zu zerstören. Und das könntet Ihr auch nie, einfach, weil Ihr dessen nicht würdig seid. Das zeigt Eure Redeweise sehr deutlich. So unkultiviert und primitiv, dass sie an ganz andere Orte gehört als den Hof der Sforza.«

»Ihr habt mich gerufen. Daher möchte ich ebenfalls ganz deutlich sein: Ich werde Euch niemals um Gnade bitten. Von nun an werde ich alles nehmen, was ich kriegen kann.«

Lucia war rot vor Wut. Wenn diese unscheinbare und zu kräftige Piemontesin glaubte, sie auch nur ein bisschen einschüchtern zu können, hatte sie sich schwer getäuscht.

Wenn die Herzogin sie gerufen hatte, um ihr den Krieg zu erklären, dann würde sie auf Kampfeslust treffen.

»Für eine Dirne seid Ihr ganz schön unverschämt«, brachte Bona sie zum Schweigen. Sie hatte alles getan, um sich so gut wie möglich zu benehmen, aber diese Frau hatte die seltene Gabe, sie aus der Fassung zu bringen. Das schafften nicht viele. »Seit Jahrhunderten ist meine Familie adelig. Ihr dagegen seid bloß die Tochter eines Mailänder Abenteurers, der sich für einen Mann von hoher Abstammung ausgab. Glaubt Ihr ernsthaft, mir drohen zu können? Nun denn! Macht nur weiter so, aber wisst, dass ich sehr gut weiß, wie ich meinen Ehemann halten kann.«

»Wenn ich ehrlich sein soll, so scheint es mir nicht so!«

»Ihr wollt es also wirklich wissen!«

»Wenn Ihr denkt, ich lasse mich ungestraft beleidigen, dann habt Ihr Euch schwer getäuscht!«, rief Lucia mit rotem Gesicht aus.

»Ich sehe nun, dass es nicht Euer einziger Fehler ist, ein leichtes Mädchen zu sein, auch an Arroganz und Unverschämtheit fehlt es Euch sicher nicht! Wie bereits gesagt, erwartet von mir keinerlei Hilfe oder Mitleid. Ihr seid meine Feindin. Von heute an und für immer. Ich erlaube Euch nicht, bei Hofe zu bleiben. Ihr werdet entfernt werden, und ich werde meinen Mann dazu bringen, Euch aus diesem Schloss zu verbannen. Euch zu verfolgen wird mein einziges Ziel. Und wohlgemerkt, ich werde dafür jegliches Mittel anwenden, das mir zur Verfügung steht.« Bona war wütend. Diese Frau musste aufgehalten werden, bevor es zu spät war. Ihr Einfluss auf Galeazzo Maria und auf den Hof stieg unermesslich. Und sie hatte früher bereits Lucrezia akzeptieren müssen. Aber die war eine ganz andere Art Frau. Sie hatte weder die Überheblichkeit noch den Hochmut dieser jungen Frau, die ein Emporkömmling war.

Gewiss, in dem himmelblauen Kleid war sie nicht hässlich. Ihre langen braunen Haare waren mit Perlen zusammengenommen, die Figur schlank, geschmeidig, die tiefdunklen Augen und die hohen Wangenknochen verliehen ihr diese aggressive Schönheit, die ihrem Mann so sehr gefiel. Das hatte sie allzu oft erfahren.

Aber sie war eine Savoyerin! Sie war Charlottes Schwester und die Schwägerin des französischen Königs. Wie konnte dieses Weib glauben, sie könne sie einschüchtern?

Sie würde sich sofort darum kümmern. Sie hatte genug davon, jeder Laune und jedem Laster von Galeazzo Maria nachzugeben.

Sie würde niemals wie Maria enden! Eingesperrt in einem Turm, um zu beten und darauf zu warten, ihn für ein Kloster verlassen zu können. Erniedrigt von Filippo Maria Visconti. Niemals!

»Und nun«, schloss sie, »verschwindet von hier, bevor ich die Wachen rufe. Und morgen früh habt Ihr das Schloss verlassen. Ansonsten werde ich jemanden nach Euch schicken, und glaubt mir, derjenige wird Euch keine Gnade zeigen, wie ich es heute getan habe.«

»Ihr droht mir?«

»Exakt!«, erwiderte sie und lächelte unwillkürlich.

»Das wird Euch teuer zu stehen kommen!«, rief sie mit schriller Stimme.

Ohne ein weiteres Wort, verrückt vor Zorn und Wut, drehte Lucia Marliani ihr den Rücken zu, ging zur Tür und knallte sie so fest zu, dass sie zitterte.

Ihr letztes Versprechen hing wie ein böses Omen in der Luft.

120. Dekadenz

Republik Venedig, Lagune

Was war von seiner Familie geblieben? Polixena war schon lange tot. Und sein Cousin war völlig unerwartet gestorben. Kurz nach seinem Besuch, bei dem er ihn gebeten hatte, beim französischen König darauf hinzuarbeiten, dass er sein Bündnis mit dem böhmischen Herrscher noch einmal überdachte.

Nach dem Tod von Gabriele und seiner Schwester schienen die Condulmer des Zweiges von Angelo di Fiornovello nun dazu bestimmt, eine untergeordnete Rolle in der venezianischen Geschichte zu spielen.

Sollte er es sein, der das Erbe rettete?

Während das Boot auf der glitzernden Lagune schaukelte, fragte sich Antonio Condulmer, was er tun könnte. Sicher, er verfügte über ein gewisses Vermögen und einen hübschen Palazzo in Santa Croce. Darüber hinaus war er, obwohl noch jung, Botschafter der Serenissima Repubblica am Hof von Ludwig XI. Und durch diese Rolle hatte er eine unbestreitbare Realität erkannt: dass die Könige von Frankreich und Spanien und der Kaiser selbst die Eroberung Italiens als Krönung der Eroberung von ganz Europa ansahen.

Allein aus diesem Grund hatte Ludwig XI. Galeazzo Maria Sforza die Hand seiner Schwägerin Bona von Savoyen gegeben. Damit hatte er einen Fuß in Mailand, und der Herzog war dumm genug, das nicht einmal zu verstehen. Wahrscheinlich hatte er zu viel mit all den vielen Geliebten an seinem Hof zu tun.

Es war kein Geheimnis, dass Neapel sich in den Händen der spanischen Aragonesen befand. Auch wenn das Haus Anjou wohl früher oder später zurückkehren und auf seine Rechte pochen würde.

Das Piemont und Neapel lagen in fremden Händen, Mailand wurde von Frankreich massiv bedroht, und Rom konnte seine Unabhängigkeit nur dank der spirituellen Rolle retten, die sein Herrscher innehatte. Vorausgesetzt, dass das Wort »spirituell« noch eine Bedeutung hatte. Denn nach Avignon hatte auch die hussitische Häresie deutlich gezeigt, wie zerbrechlich die päpstliche Autonomie war. Das hatte Gabriele damals teuer lernen müssen, der dank der Hilfe von Cosimo de' Medici in einem Boot geflohen war.

Und Florenz? Trotz der Intelligenz von Lorenzo de' Medici war es zu klein und militärisch zu unbedeutend, um eine entscheidende Rolle zu spielen.

Nur Venedig gehörte sich selbst.

Nur Venedig, unvoreingenommen, wandelbar und fließend wie das smaragdgrüne Wasser dieser Lagune, konnte seine eigene Unabhängigkeit und Autonomie erhalten. Es waren die Prinzipien des Pragmatismus und des Opportunismus, die dahinterstanden. Nach dem Verlust von Konstantinopel hatte der Senat der Serenissima mit dem Sultan erfolgreich neue Bedingungen ausgehandelt, um auf den Ruinen des alten ein neues venezianisches Quartier zu errichten. Zölle und Steuern waren nicht so vorteilhaft wie früher, aber nach und nach würden wieder Profite gemacht. Man durfte nicht den Mut verlieren.

Außerdem war er Venezianer. Und als solcher würde er den Ruhm seiner Familie wieder aufleben lassen. Er würde sich von den Prinzipien des Opportunismus und des Pragmatismus führen lassen, mit der europäischen Perspektive als Leitstern, dank seiner eigenen Rolle als Botschafter, seiner Kenntnis von Sprachen und Gebräuchen und der Kultur als Waffe.

Er schwor es sich.

Der Stern der Condulmer würde wieder erstrahlen.

Er betrachtete die prachtvollen Palazzi, die den Kanal säumten.

In den folgenden Jahren würde er seine engen Beziehungen nutzen, um zu Venedigs Ruhm beizutragen, für das sein Herz seit seiner Geburt schlug.

Es musste so viel wiederaufgebaut werden. Niemals würde er sich geschlagen geben.

Er konzentrierte sich wieder auf die Ruder, die sich in die Luft hoben und dann zurück ins klare Wasser fielen. Er liebte es, seine Zeit auf den Kanälen der Lagune zu verbringen. Er war dann ganz bei sich und konnte klar denken.

Als die Sonne schließlich ins Wasser sank und dabei ein Licht ausstrahlte, das aus Blattgold zu bestehen schien wie auf den Polyptychen von Antonio Vivarini, schien es ihm, als riefe ihn eine Stimme: Sie war süß und weich, als käme sie aus dem weißen Schaum des Meeres, der sich unter seinen Rudern bildete.

Die Dunkelheit senkte sich über die Lagune, und Antonio zündete die Laternen an.

Im schwankenden roten Licht fuhr er in die Giudecca ein.

Er atmete den Duft des Salzes und des Meeres tief ein.

Bald, sagte er sich, hätte er die Familienehre wiederhergestellt.

121. Paolo

Republik Florenz, Haus von Paolo di Dono

Lorenzo war sprachlos. Das Haus war klein und dreckig. Bloß zwei Kerzen erhellten den Saal. Die Vorhänge waren zerrissen, kalte Luft drang herein und drohte jeden Moment die Kerzen zu löschen. Der Kamin war leer, da Paolo nicht einmal das Geld für Feuerholz hatte.

Lorenzo sah ihn mit Tränen in den Augen an.

Wie war es möglich, dass Florenz seine Künstler so vergaß? Diejenigen, die der Stadt früher unvergänglichen Glanz verliehen hatten und, da war er sich sicher, es auch noch in den kommenden Jahren tun würden, dank des unermesslichen Wertes ihrer Werke. Es war eine undankbare Stadt mit schlechtem Gedächtnis, die nur an sich selbst dachte.

Dennoch hatte er von Paolo nichts gewusst. Es überstieg seine Vorstellungskraft, dass ein Maler von seinem Ruhm, der in der Lage war, ein Meisterwerk wie *Die Schlacht von San Romano*, die sein Großvater ihm vor Jahren im Haus von Messer Leonardo Bartolini Salimbeni gezeigt hatte, zu erschaffen, in solch einem Elend landen könnte.

Das war nicht gerecht, sagte er sich. Es hätte nicht passieren dürfen.

»Verzeiht mir meine Armut, mio Signore«, sagte Paolo mit schwacher Stimme, »aber ich bin jetzt alt und krank. Meine Frau ist letztes Jahr gestorben. Ich habe keine Gesellen mehr in meinem Geschäft, ehrlich gesagt habe ich nicht einmal mehr ein Geschäft. Mein einziger Trost ist mein Sohn Donato, wenn er mich mal besuchen kann. Ansonsten ist mein Leben dunkel und still.«

»Maestro, verzeiht mir, dass ich erst jetzt zu Euch komme.« Lorenzo liefen Tränen die Wange hinab, weil Paolo von seinen Mitbürgern so wenig geschätzt wurde. »Ich schäme mich, weil ich mich nicht über Eure Verhältnisse informiert habe, aber jetzt, da ich die Wahrheit kenne, müsst Ihr nichts mehr fürchten. Ich werde mich um Euch kümmern, weil ich Eure Arbeit so gut kenne, dass ich sie bedingungslos liebe. Übrigens hat mir mein Großvater Cosimo so leidenschaftlich von Euren Werken erzählt, dass ich sie bereits bewunderte, noch bevor ich sie zu Gesicht bekam.«

»Euer Großvater war ein guter Mann, Lorenzo. Aber auch Ihr habt eine strahlende Zukunft vor Euch«, sagte Paolo. »Ihr müsst wissen, dass ich fast nichts mehr sehe, auch Ihr, direkt vor mir, seid nur noch ein Schatten. Macht Euch daher nicht zu viel Mühe. Mir reicht es, wenn Ihr mir Holz für ein Feuer bringt, und wenn Ihr einmal pro Woche kommt, um mir ein gutes Buch vorzulesen. Das wäre für mich mehr als genug Lohn.«

»Aber ich möchte Euch auch etwas zu essen und einen guten Wein bringen.«

»Was das Essen angeht, so danke ich Euch, aber das ist nicht nötig, das war mir im Leben nie sehr wichtig, und in diesen meinen letzten Jahren verzichte ich lieber darauf. Ein wenig Schmorzwiebeln und etwas Brot reichen mir. Den Wein wüsste ich jedoch zu schätzen.«

»In der Tat habe ich gerade heute einen guten Chianti mitgebracht«, sagte Lorenzo. Er ging zum Tisch in der Mitte des Zimmers, auf dem eincr der zwei Kerzenstummel brannte, und stellte die Flasche ab, die er unter seinem Mantel versteckt hatte.

»In dieser Anrichte«, sagte Paolo, »findet Ihr Perlmuttkelche. Von einer der letzten Schulden, die ich habe eintreiben können.«

Lorenzo ließ es sich nicht zweimal sagen und stellte zwei davon auf den Tisch, dann schenkte er den Wein ein. Paolo hatte sich vor einen Kelch gesetzt.

»Was für ein Duft«, stellte er fest.

»Ich werde sofort veranlassen, dass Euch morgen Holz gebracht wird, aber für heute Abend habt Ihr das, um Euch zu wärmen.«

»Ich weiß wirklich nicht, wie ich Euch danken soll, mio Signore.«

»Ich danke Euch, Maestro, ohne Eure großartigen Bilder wäre Florenz heute unendlich viel ärmer. Ich erinnere mich noch an die wunderschönen Farben der *Schlacht von San Romano* …«

»Ah«, sagte Paolo, »Euer Großvater war von diesem Bild besessen.«

»Ich weiß. Ihr könnt Euch nicht vorstellen, wie oft er mir gesagt hat, ich solle es erwerben.«

»Das kann ich mir denken.«

»Wisst Ihr, wo es sich jetzt befindet?«

»Soweit ich weiß«, antwortete Paolo, »immer noch im Haus von Messer Leonardo Bartolini Salimbeni.«

»Hättet Ihr etwas dagegen, wenn ich Messer Leonardo ein Angebot für das Triptychon mache?«

»Keineswegs, bloß … ich glaube nicht, dass er es so leicht hergeben wird. Er war im Geheimen immer so glücklich, es Eurem Großvater vor der Nase weggeschnappt zu haben.«

»Ich weiß.«

»Dieser Mann war immer vorausschauend. Nicht so sehr wie Cosimo, aber in diesem Fall sah er vielleicht einmal weiter als er.«

»Das denke ich auch«, antwortete Lorenzo lächelnd. Er kostete den Wein. Und im Gespräch mit Paolo begriff er, was er in den kommenden Jahren tun würde. Er würde es nicht vergessen: Das Erbe seines Vaters, seines Großvaters war das Wichtigste. Aus diesem Erbe aus Schönheit, Kunst und Kultur würde sein Regieren entstehen.

Cosimo hatte es immer gesagt. Die Dynastie war wichtiger als der Einzelne. Die Familie wichtiger als die Kinder.

Er würde Dinge erneuern, wagen, experimentieren, aber er würde nie aus den Augen verlieren, woher er kam, wessen Sohn und Enkel er war.

Er war ein Medici, er war Florenz.

Und Meister Paolo Uccello hatte ihn daran erinnert.

1476

122. Verschwörer

Herzogtum Mailand, bei Novara

Die Situation hatte sich verschlimmert. Die Zeit der Rache war gekommen. »Ich bin müde«, sagte Giovanni Andrea Lampugnani zu Girolamo Olgiati, während er die dampfende Suppe in der Schüssel betrachtete. Sie saßen an einem Ecktisch des Gasthauses, der die nötige Diskretion bot. Sie hatten entschieden, sich so weit wie möglich von Mailand entfernt zu treffen. Giovanni Andrea hatte sich wegen einiger Angelegenheiten nach Novara begeben müssen. Girolamo war zu ihm gestoßen, Carlo war im letzten Moment etwas dazwischengekommen. »Visconti gehört weiter zu uns?«, fragte Lampugnani.

»Absolut.«

»Ich will nicht mehr warten, das sage ich Euch. Zuzusehen, wie Lucia Marliani Ämter und Titel anhäuft, wie sie Signora von Melzo und Gorgonzola wird und Schmuck bekommt, wie ihn meine Frau niemals besitzen wird, Zeuge zu sein, wie der herzogliche Schatz Tag für Tag verschwendet wird, um ein paar Huren zu verführen, raubt mir den Verstand.«

»Nicht doch. Ihr werdet Euren Verstand noch brauchen«, erwiderte Girolamo Olgiati, »denn es ist jetzt beschlossene Sache. Wir legen los.«

»Und wann?«, fragte Giovanni Andrea, überrascht von so viel Tollkühnheit.

»Am Morgen des Stefanstags.«

»Nach Weihnachten?«

»Genau.«

»Und wo?«

»In der Kirche. In Santo Stefano.«

Da musste Giovanni Andrea unwillkürlich lächeln. »Perfekt«, sagte er.

»Stimmt.«

»Sie rechnen sicher nicht damit, dass wir ihn dort angreifen.«

»Ihr habt recht«, bestätigte Lampugnani, »das war eine exzellente Idee. Wer hatte sie?«

»Carlo, zusammen mit Cola Montano. Der Maestro hegt einen brennenden Hass gegen Galeazzo Maria.«

»Das verstehe ich gut.«

»Aber er konnte warten.«

»Ich auch«, sagte Lampugnani und dachte an den Tag, an dem der Magister auf der Piazza Vetra ausgepeitscht worden war.

»Aber jetzt ist der Moment gekommen«, schloss Olgiati und trank Wein.

»Das Volk wird uns als Helden feiern.«

»Über wie viele Männer verfügt Ihr?«

»Rund hundert.«

»Zusammen mit denen von mir und Visconti haben wir mindestens zweihundert.«

»Nicht viele«, stellte Lampugnani fest, »aber sie werden reichen.«

»Das müssen sie. Ich bin mir sicher, dass sich Mailand

erheben wird, sobald es vom Tod des Herzogs erfährt. Zweifellos. So wie nach dem Tod Filippo Maria Viscontis.«

»Das glaube ich auch, wir werden als Befreier gefeiert werden«, bemerkte Lampugnani, bereits begeistert. »Tod dem Tyrannen«, fügte er hinzu.

»Richtig, Tod dem Tyrannen«, wiederholte Olgiati. »Doch rufen wir nicht zu laut, sonst wird das hier die kürzeste Verschwörung der Geschichte«, ergänzte er und grinste leicht.

Lampugnani führte den Löffel zum Mund und schlürfte die heiße Suppe. »Nicht schlecht«, sagte er, »auf jeden Fall isst man gut in diesem Gasthaus.«

»Deswegen habe ich es ausgewählt. Doch, mein Freund, was werden wir dann tun?«

»Wann?«

»Wenn wir die Dynastie der Sforza beendet haben.«

»Ich dachte, da wären wir uns einig«, sagte Lampugnani. »Ihr, Carlo und ich werden ein Triumvirat bilden, um die politischen Verhältnisse zu stabilisieren, sodass ein republikanisches Gremium bestimmt werden kann. Wir werden uns selbst Koordinierungs- und Führungsaufgaben übertragen, und wir werden die Regierung von Mailand durch ihre Vertreter an das Volk zurückgeben.«

»Koordinierungs- und Führungsaufgaben«, wiederholte Olgiati. »Das klingt wirklich gut.«

»Ich weiß. Wir müssen aufpassen, mein Freund: Unsere Mitbürger dürfen uns auf keinen Fall als Usurpatoren der Macht wahrnehmen. Wir werden erklären, dass unsere vordringlichste und einzige Sorge ist, ihnen die Unabhängigkeit und die Entscheidungsgewalt zurückzugeben. Cola Montano wird uns helfen, unsere Entscheidung zu rechtfertigen. Der Magister ist bei einem wichtigen Teil der Aristokratie sehr beliebt, der auch seine öffentliche Erniedrigung nicht gut verdaut hat. Nur so werden wir zu den Anregern und Propheten der Reform. Und nur so wird die Reform als solche angesehen. Wenn wir dabei versagen, verlieren wir jegliche Glaubwürdigkeit. Und das können wir uns nicht erlauben.«

»Ich verstehe vollkommen, was Ihr sagt. Wenn wir es nicht schaffen, dieses Gefühl zu vermitteln, werden sie uns als Verräter lynchen.«

»Ganz genau. Aber wenn wir den Herzog mit dem Ruf ›Tod dem Tyrannen‹ ermorden, werden wir eine Quelle der Inspiration für alle in dieser Kirche sein, die Galeazzo Maria Sforza hassen«, murmelte Lampugnani. »Und von unseren Unterstützern in der Kirche ermutigt, werden uns andere folgen, ihre Schwerter zücken, und die Schlacht wird schnell gewonnen sein.«

»Dann ist es beschlossen«, verkündete Olgiati.

»Und jetzt warten wir auf Santo Stefano«, sagte Giovanni Andrea fatalistisch.

123. Vorahnung

Herzogtum Mailand, Castello Sforzesco

Ludovico machte sich große Sorgen. Sein Bruder benahm sich so unverfroren, dass es gefährlich war. Das war ihm deutlich bewusst. Er hatte seine Spione in der ganzen Stadt in alle Gasthäuser, auf Märkte und in Bordelle geschickt, und überall dasselbe gehört: Der Herzog galt als gieriger Tyrann, ein Mann ohne Skrupel, Teil einer Dynastie, die, nachdem sie mit und für das Volk gelebt hatte, jetzt in ihrem jüngsten Vertreter hochmütig geworden war. Manche behaupteten, die Hochzeit habe seine Seele ruiniert. Den Mailändern hatte die Vorstellung, dass der Herzog eine Piemontesin heiratet, nicht gefallen, auch wenn sie mit dem König von Frankreich verwandt war.

Bei der Aristokratie war die Situation noch schlimmer. Gewiss, die wohlhabende Klasse war immer unzufrieden, schon aus Prinzip. Niemand schien je ausreichend begünstigt zu werden. Alle beanspruchten Lehen und Pfründe, Titel und Vorrechte. Aber etwas Schlimmeres und Tiefergehendes schien sich zu regen.

Ganz abgesehen davon hatte auch der nicht unbedeutende Kreis der Intellektuellen etwas zu beanstanden. Francesco Filelfo, sein Hauslehrer, der vor Kurzem aus Rom zurückgekehrt und ein Erzfeind von Cola Montano war, hatte ihm anvertraut, dass es in den akademischen Kreisen von Bologna, wohin Montano gereist war, hieß, dieser plane, sich für die erlittene Erniedrigung vor zwei Jahren auf der Piazza Vetra zu rächen.

Angesichts dieses geballten Hasses und dieser Drohungen hatte Ludovico es für richtig gehalten, Bona von Savoyen und Cicco Simonetta zu treffen. Er wusste, wenn es zwei Menschen gab, bei denen die Möglichkeit bestand, dass der Herzog auf sie hörte, dann waren es diese beiden.

So befand er sich nun im Vorzimmer der Herzogin.

Während er noch darüber nachdachte, was er sagen sollte, kam Cicco. Kurz darauf betrat auch Bona von Savoyen den Salon. Groß und schlank und elegant gekleidet war Bona von königlicher, strenger Schönheit, und Ludovico musste unwillkürlich lächeln, als er sie sah.

»Mia Signora«, sagte er, »Consigliere«, fügte er an Cicco gewandt hinzu, »ich komme zu Euch, weil mein Herz schwer ist vor Angst und Sorgen.«

Bona sah ihn an, und Ludovico verstand, dass es ihr ebenso ging. »Messer Ludovico, ich verstehe vollkommen, was Ihr meint, und es vergeht kein Tag, an dem ich nicht für die Rettung meines Mannes bete. Ich frage mich wirklich, wie er glauben kann, so weitermachen zu können. Dabei habe ich von ihm viel mehr akzeptiert, als man rechtmäßig von einer Ehefrau erwarten kann, Cicco ist mein Zeuge.«

Cicco nickte. »Madonna, Ihr wisst, wie oft ich dem Herzog meine Sorgen mitgeteilt und ihm zu Diskretion und Vorsicht geraten habe. Die Situation ist erschütternd, und ich kann mir vorstellen, was Ludovico uns zu berichten hat. Aber schon lange sage ich dem Herzog, dass es in der Stadt und im Palast niemanden gibt, der nicht boshaft über ihn spricht und sich ständig über seine Arbeit beschwert. Allerdings ist es unmöglich, ihn zu einer Verhaltensänderung zu bewegen.«

Ludovico war bestürzt. »Ihr meint also, noch bevor ich Euch von dem Hass berichtet habe, der sich in den Gasthäusern, auf den Piazze und Märkten von Mailand ausbreitet, dass es keine Möglichkeit gibt, ihn zur Vernunft zu bringen? Und wisst Ihr, dass mein Lehrer, Francesco Filelfo, erzählt hat, dass in den akademischen Zirkeln von Bologna das Gerücht umgeht, Cola Montano wolle Rache am Herzog nehmen, für das, was auf der Piazza Vetra geschehen ist?«

»Das wissen wir nur zu gut«, antwortete Cicco. »Eben deswegen ist er ja aus Mailand zur Universität von Bologna geflohen. Denn der Herzog hatte ihn wissen lassen, dass er keine weiteren Agitationen mehr tolerieren würde. Doch Cola Montano ist eindeutig kein Mann, der sich auf sanftmütige Ratschläge einlassen würde. Er hat einen Groll und einen natürlichen Drang zum Aufstand in sich, den ich unerklärlich finde. Gleichwohl stimmt es auch, dass er uns von Bologna aus nicht schaden kann.«

»Da bin ich mir gar nicht sicher«, bemerkte Ludovico.

»Ich auch nicht«, bestätigte Bona. »Doch es ist unmöglich, mit Galeazzo Maria zu reden! Im Gegenteil! Je mehr man ihn bittet, seinen Appetit jeglicher Art zu mäßigen, umso mehr widersetzt er sich meinem Willen. Über die Jahre habe ich gelernt, dass man bessere Ergebnisse erzielt, wenn man ihn einfach machen lässt.«

Cicco sah Ludovico an. »Leider hat die Herzogin völlig recht: Je mehr man ihn warnt, umso mehr widersetzt sich der Herzog, er leugnet Tatsachen, veralbert und verharmlost sie. So exponiert er sich. Und je mehr er sich exponiert, umso verletzlicher ist er.«

»Wenn Ihr wirklich wollt, dass er sein Verhalten mäßigt, so gibt es nur eine Sache, die Ihr tun könnt, Ludovico«, sagte Bona schließlich, »und Ihr ahnt nicht, wie sehr es mich schmerzt, Euch das zu sagen, aber ich weiß mir keinen besseren Rat.«

»Und was ist das?«

»Geht und sprecht mit Lucia Marliani.«

»Seid Ihr sicher?«

»Es tut mir weh, es zuzugeben, aber sie ist im Moment die Einzige, die etwas bei meinem Mann erreichen kann. Ich habe das schon lange aufgegeben. Vielleicht war es mein größter Fehler, sie vom Hof entfernen zu lassen und ihr die Anerkennung ihrer Kinder zu verweigern.«

»Das war das Mindeste, was Ihr tun konntet«, sagte Ludovico.

»Das dachte ich auch, doch nun sage ich Euch, dass es ein Fehler war, denn auch deswegen sind wir jetzt an diesem Punkt angelangt.«

»Was empfehlt Ihr mir also zu tun?«

»Was ich gerade gesagt habe. Geht nach Melzo und sprecht mit Lucia. Auf Euch wird sie hören.«

»Und warum sollte sie das tun?«

»Weil Ihr es wart, der nach dem Tod von Francesco Sforza Cremona und die anderen Städte im Namen von Galeazzo Maria gewonnen und verkündet hat, dass er der neue Herzog von Mailand ist.«

»Und woher wisst Ihr das?«, fragte Ludovico überrascht.

»Weil es mir der Herzog mehrmals gesagt hat.«

»Wirklich?«

»Er liebt Euch sehr. Oder besser gesagt, er weiß Euer Auftreten sehr zu schätzen.«

»Die Herzogin hat vollkommen recht. Ihr seid unsere letzte Hoffnung. Vielleicht hört Lucia Marliani auf Euch.«

Ludovico sah die beiden verblüfft an. »Aber ich glaube kaum …«

»Tut es«, sagte Bona, »Ihr seid der Einzige, der den Herzog von Mailand eventuell vor sich selbst retten kann.«

124. Die Signora von Melzo

Herzogtum Mailand, Castello di Melzo

Ludovico befand sich in einem Salon von umwerfender Schönheit. Beeindruckt von der raffinierten Einrichtung sah er sich um: Jaspiskelche, Tische aus erlesenen Hölzern mit reichen Intarsien, eine Kassettendecke, die großartigen Tapisserien an den Wänden. Er war sofort nach der Unterhaltung mit Bona von Savoyen und Cicco Simonetta nach Melzo geeilt. Er hoffte sehr, dass er erfolgreich sein würde, weil er das ungute Gefühl hatte, die Unzufriedenheit mit dem Herzog könnte früher oder später auf unkontrollierbare Art und Weise explodieren. Dann wäre es zu spät.

Lucia Marliani, Signora von Melzo, wandte ihm den Rücken zu. Sie stand vor dem Kamin, hinten im Saal.

Als sie sich schließlich umdrehte, verstand Ludovico, wieso sie dem Herzog von Mailand den Kopf verdreht hatte. Sie war nicht besonders groß – ja eher klein und zierlich – und hatte ein perfekt ovales Gesicht und Züge von einer fein ziselierten Schönheit. Die kleine Stupsnase, die hohen Wangenknochen, die tiefgründigen und listigen Augen: Sie verschlug einem wirklich den Atem. Sobald sie sich zu ihm drehte, ahnte Ludovico, dass sie eine Frau außergewöhnlicher Entschlossenheit war.

»Messer Sforza«, sagte sie kalt, »ich kenne den Grund für Euren Besuch nicht, ich kann ihn mir jedoch vorstellen. Daher erlaubt mir, Euch zu warnen: Wenn Ihr versucht, über mich Einfluss auf den Herzog auszuüben, so wisst, dass Ihr bloß Eure Zeit verschwendet.«

Ludovico seufzte. Wenn es so begann, dann war nicht viel zu machen: Er hatte keine Chance. Aber er musste es trotzdem versuchen.

Er bemühte sich, nicht den Mut zu verlieren. »Madonna«, setzte er an, »ich verstehe vollkommen, was Ihr meint, und entschuldige mich sofort, wenn ich Euch diesen Eindruck vermittelt habe.«

Lucia Marliani schien ehrlich überrascht. »Ihr seid also nicht hier, um einen Gefallen zu erbitten?«

»Nein, nein. Wenn ich ganz ehrlich bin, dann bin ich vielleicht gekommen, um Euch einen zu tun.«

»Wirklich?«, fragte sie, und ihre Augen blitzten kurz auf.

»Gewiss. Und der Grund ist schnell erklärt. Ich fürchte um das Leben des Herzogs von Mailand.«

Zum zweiten Mal innerhalb kurzer Zeit wirkte die Signora von Melzo überrascht. »Seid Ihr sicher? Und warum sollte er in Gefahr schweben? Wird er bedroht?«

Ludovico schüttelte den Kopf. War es möglich, dass diese Frau nicht wusste, was um sie herum geschah? Dabei deutete alles an ihr auf das Gegenteil hin. »Es gibt keinen Ort in der Stadt, an dem die Mailänder sich nicht enttäuscht über das Verhalten des Herzogs zeigen: Die vielen Feste, die verlorenen Feldzüge, die Verschwendung, die exklusive und absolute Machtausübung, die Steuern. Und die Aristokratie sieht es genauso.«

»Das ist alles?«, fragte Lucia Marliani, und jetzt erkannte Ludovico in ihrer Stimme eine fast ausgestellte Arroganz.

»Das ist alles«, antwortete er, »aber ein verhasster Herzog ist ein Herzog, der die Zuneigung seines Volkes verliert, der von seinen Untertanen verlassen wird, es ist ein Herzog, der den Umsturz riskiert.«

»Vielleicht«, fuhr sie im selben Ton wie vorher fort, »aber ich glaube, dass Galeazzo Maria einfach nur ein gefürchteter Herzog ist: wegen seiner Tapferkeit, seiner Schönheit und seines Charismas.«

»Schon möglich. Aber auf gewisse Weise«, betonte Ludovico, »ist das sogar noch schlimmer. Ein gehasster und gefürchteter Herzog wird früher oder später das Opfer der Gefühle, die er auslöst.«

»Ihr droht Eurem Bruder?«

»Keineswegs! Ich warne ihn. Und da ich wohl weiß, dass er nicht auf mich hören wird, dass er meine Worte für einfache Verschwörungsfantasien halten würde, habe ich mir erlaubt, zu Euch zu kommen, weil er Euch dagegen Glauben schenken wird.«

Lucia Marliani seufzte. Ihre Schönheit schien sich für einen Moment zu verdüstern. »Mein lieber Ludovico, Ihr überschätzt meine Macht. Ich bin nur eine der vielen Geliebten des Herzogs. Mehr nicht.«

»Das glaube ich nicht. Ich erinnere mich nicht, dass er seinen Geliebten das gewährt hat, was er Euch gegeben hat. Es ist klar, dass er Euch auf die eine oder andere Weise für etwas Besonderes hält. Und, wenn ich mir das erlauben darf, Madonna, nun, da ich Euch gesehen habe, verstehe ich auch, warum.«

»Wirklich? Und wieso das?«, fragte sie und tat ganz ungläubig.

»Kommt schon, leugnet Euer Aussehen nicht. Weil Ihr eine Frau von großer Schönheit seid, deswegen!«, schloss Ludovico seufzend, denn es reichte ihm, veralbert zu werden. »Vielmehr: Welches Spiel spielt Ihr?«

»Ich verstehe nicht.«

»Es ist doch offensichtlich. Eine Frau wie Ihr ist sich sicher bewusst, dass sie eine Wirkung auf die Männer hat. Also hört auf, so zu tun, als wäre es nicht so. Ihr wollt mir nicht helfen? Besser gesagt, Ihr wollt meinem Bruder und Euch selbst nicht helfen? Einverstanden: Sagt es mir, und ich störe Euch nicht weiter.«

»Wie unverschämt Ihr sprecht! Ihr kommt hierher, in mein Haus, redet von Hass und Komplotten, von Fehlern des Herzogs und verlangt, dass ich Euch unterstütze?«

»Ich verlange gar nichts, aber ich glaube, dass Galeazzo Maria in Gefahr schwebt. Und wenn sein Leben in Gefahr ist, dann seid Ihr es auch!«

»Vermutungen. Schnapsideen. Warum sollte ich Euch ernst nehmen? Was habt Ihr denn bisher für den Herzog getan? Glaubt Ihr, Ihr wärt der Erste, der mir solches Gerede schildert? Solche Gerüchte? Aber wenn er auf solche Warnungen hört, wird Galeazzo Maria Mailand nicht beherrschen!« Lucia Marlianis Gesichtsausdruck veränderte sich und enthüllte Ludovico, wer diese Frau tatsächlich war: eine unerbittliche, egoistische Frau, die nur am eigenen Vorteil interessiert war.

Da begriff er, dass alles verloren war. Wenn wirklich jemand einen Angriff auf das Leben des Herzogs plante, würde er ihn völlig unvorbereitet finden, da seine Arroganz und die derjenigen, die sein Vertrauen genossen, so enorm war, dass sie ihn blind machte.

Dieses Bewusstsein machte es nicht weniger schmerzlich.

»In Ordnung«, sagte Ludovico schließlich, »ich danke Euch jedenfalls, dass Ihr mich empfangen habt.«

Während er sich verbeugte, würdigte Lucia Marliani ihn keines Blickes.

Als Ludovico an der Tür ankam, war er davon überzeugt, dass etwas Schreckliches geschehen würde.

125. Santo Stefano

Herzogtum Mailand, Santo Stefano Maggiore

Am Morgen des Stefanstages war Giovanni Andrea Lampugnani früh aufgewacht. Er hatte sich gewaschen und angezogen, hatte einen Dolch in die Innentasche seines Wamses gesteckt und war in die Stallungen gegangen. Dann war er auf ein Pferd gestiegen und noch vor dem Morgengrauen von seinem Schloss in Legnano fortgeritten.

Er war beizeiten in Santo Stefano angekommen, eskortiert von zehn Wachen, die wie Adelige gekleidet waren. Auch seine Männer verbargen Waffen unter ihrer Kleidung. Dicke Flocken fielen vom Himmel, und der Kirchplatz vor der Basilika färbte sich weiß.

Lampugnani war in der Vorhalle stehen geblieben, damit sich seine Männer unter die Gläubigen mischten.

Er hatte auf die Ankunft von Girolamo Olgiati und Carlo Visconti gewartet.

Der Erste war kurz darauf erschienen. Allein.

Der Zweite danach.

Als Carlo Visconti eintrat, sah Lampugnani, dass ihm einige Männer seines Gefolges vorausgingen. So aufgeplustert wie ihre Kleider wirkten, mussten auch sie Waffen verstecken. »Bleiben wir hier, in der Säulenhalle«, sagte er leise zu seinen beiden Kameraden. »Wenn Galeazzo Maria am Kopf der Prozession ankommt und sich mit ein paar seiner Getreuen unterhält, stelle ich mich ihm in den Weg und tue so, als würde ich ihm die Ehre erweisen. Ich werde mich hinknien. Sobald er sich zu mir beugt, versetze ich ihm den ersten Hieb. Und Ihr werdet es mir sofort danach gleichtun.«

»In Ordnung«, sagte Olgiati.

»Ihr könnt auf uns zählen«, bestätigte Visconti.

Dann nahmen sie ihre Position ein.

Sie mussten nicht lange warten, doch Giovanni Andrea Lampugnani kamen diese Momente wie Jahrhunderte vor. Der Schnee fiel weiter. Immer mehr Bürger betraten die Basilika. Adelige und Höflinge dagegen sammelten sich in der Säulenhalle und warteten dort, um dem Herzog von Mailand die Ehre zu erweisen.

Als die Basilika schließlich voll war, wurden die Flügel der großen Tür geöffnet. Galeazzo Maria Sforza erschien in seiner ganzen Majestät. Er war prachtvoll gekleidet und völlig ahnungslos, was nun geschehen würde: Sein Gesicht zeigte die übliche Arroganz, als würde das Überleben der gesamten Welt von ihm abhängen.

Wie Lampugnani vorhergesagt hatte, blieb er in der Säulenhalle kurz bei den Adeligen und den Damen stehen.

In dem Augenblick nahm Giovanni Andrea seinen Mut zusammen und trat vor ihn.

Der Herzog schien überrascht, aber als er sah, dass der Höfling vor ihm in die Knie ging, ließ er ihn.

Der Verschwörer nutzte die Tatsache, dass Galeazzo Maria vollkommen ahnungslos war. Abrupt sprang er mit gezücktem Dolch auf, traf den Herzog an der Seite und stach die Klinge bis zur Parierstange hinein. Dabei schrie Lampugnani: »Tod dem Tyrannen!«, und versetzte dem Herzog gleich darauf einen zweiten Hieb in den Bauch.

Galeazzo Maria versuchte zu reagieren, aber vergeblich. Während er zusammenbrach, gab er seinen Wachen ein Zeichen, versuchte, irgendwie Hilfe zu erlangen. »Sie bringen mich um«, murmelte er schon fast im Todeskampf. Die Klingen von Olgiati und Visconti, die sich wie Bestien auf ihn stürzten, versetzten ihm weitere Wunden, am Hals, an der Schläfe, am Kopf.

Das Blut spritzte, beschmutzte den Schnee.

Mit einer übermäßigen Kraftanstrengung schaffte Galeazzo Maria es, sich umzudrehen, er taumelte auf sein Gefolge zu, fast als wäre er betrunken. Dann sank er mitten in der Säulenhalle zu Boden, am Ende, auf der verzweifelten Suche nach einem Ort, an dem er den Tod empfangen konnte.

Einen Augenblick lang schien die Zeit stillzustehen. Alle waren wie erstarrt im Angesicht der enormen Tragödie. Gleich danach zogen die Wachen des Herzogs die Schwerter.

Die Klingen blitzten im Licht der bleichen Sonne auf, während der Schnee weiter vom Himmel fiel: Mailand versank.

Anmerkungen des Autors

Während ich an der Tetralogie über die Medici und am Roman über Michelangelo gearbeitet habe, habe ich überlegt, auf welche Art ich der Renaissance noch Ehre erweisen könnte. Ich wollte eine weitere große Saga schreiben, in der ich von den Taten der Dynastien erzählen könnte, die die absoluten Protagonisten in diesem großen, unendlichen Kampf um die Macht während dieser hundert Jahre waren. Die Vorstellung, von den jeweiligen Familien von Mailand, Venedig, Rom, Florenz, Ferrara und Neapel zu erzählen, war ein so einschüchterndes wie wundervolles Projekt. Einschüchternd wegen der Komplexität, wundervoll, weil das goldene Zeitalter, das von der Schlacht von Maclodio bis zum Sacco di Roma – von 1427 bis 1527 – reicht, mir erlauben würde, meinen Leserinnen und Lesern schon im ersten Buch außergewöhnliche Persönlichkeiten vorzustellen wie Filippo Maria Visconti, Alfons den Großmütigen, Paolo Uccello, Bianca Maria Visconti, Francesco Sforza, Polixena Condulmer, Eugen IV., Petrus Christus und viele, viele andere Protagonisten jener Zeit.

Doch ich hatte Angst. Wie sollte ich eine solche Herausforderung angehen? Wie die Reihenfolge der Ereignisse klar vor mir haben? Wie den Geist dieser glanzvollen und schrecklichen Epoche einfangen?

Es war Raffaello Avanzini, der mir vorschlug, mit Jacob Burckhardts *Die Kultur der Renaissance in Italien* zu beginnen, um das klarste und vollständigste Bild zu erhalten. Wie immer war das ein perfekter Rat, für den ich immer noch in seiner Schuld stehe. Das Buch dieses Schweizer Gelehrten hat sich, natürlich, als ein Meisterwerk herausgestellt, ein faszinierendes und kenntnisreiches Porträt einer Epoche, und wurde zum Leitstern meines neuen Werks.

Von ihm ausgehend habe ich viel Pflichtlektüre erneut gelesen, wie Alessandro Manzonis *Die Brautleute* und natürlich *Geschichte der Schandsäule* oder Maria Belloncis *Rinascimento privato*. Nach Burckhardt habe ich mich also der großen italienischen Tradition des historischen Romans zugewandt. So musste es sein.

Auf diese ersten Lektüren folgte eine lange, sehr lange Recherche, die sich aus vielen Quellen speist.

Ich wusste, dass Mailand einer der großen Protagonisten dieser Saga wäre, eine Stadt, in die ich mich in den letzten Jahren hoffnungslos verliebt habe. Hier nun einige grundlegende Texte zur komplexen Geschichte der Dynastie Visconti-Sforza, die ich stellvertretend für viele andere nenne: Pier Candido Decembrios *Leben des Filippo Maria Visconti*, Federica Cengarle, *Immagine di potere e prassi di governo. La politica feudale di Filippo Maria Visconti* (Rom 2009) und *Feudi e feudatari del duca Filippo Maria Visconti. Repertorio* (Mailand 2009), Francesco Cognasso, *I Visconti, storia di una famiglia* (Bologna 2016), Guido Lopez, *I signori di Milano. Dai Visconti agli Sforza. Storia e segreti* (Rom 2016), Daniela Pizzagalli, *La signora di Milano. Vita e passioni di Bianca Maria Visconti* (Mailand 2009), Carlo Maria Lomartire, *Gli Sforza. Il racconto della dinastia che fece grande Milano* (Mailand 2018), Franco Catalano, *Francesco Sforza* (Mailand 1983), Caterina Santoro, *Gli Sforza. La casata nobiliare che resse il ducato di Milano dal 1450 al 1535* (Mailand 2000), Simone Biondini und Luisa Sangiorgio, *I condottieri di ventura nei documenti dell'Archivio Segreto Vaticano. Erasmo da Narni, Bartolomeo Colleoni, Nicolò Piccinino, Francesco Sforza* (Foligno 2017).

Natürlich erzählt die Saga auch von anderen wichtigen Dynastien und Städten. Was Neapel unter den Aragonesen angeht, empfehle ich mindestens: Giovanni Gioviano Pontanos *Historia della Guerra di Napoli* (Neapel 1590), Giuseppe Caridi, *Alfonso il Magnanimo* (Rom 2019), Ernesto Pontieri, *Per la storia del regno di Ferrante I d'Aragona re di Napoli* (Neapel 1946), Francesco Senatore und Francesco Storti, *Poteri, relazioni, guerra nel regno di Ferrante d'Aragona* (Neapel 2011) und Guido Cappelli, *Maiestas. Politica e pensiero politico nella Napoli aragonese* (Rom 2009).

Über Venedig habe ich unter anderem Folgendes gelesen: *La repubblica del Leone. Storia di Venezia* von Alvise Zorzi (Mailand 2001), Riccardo Calimani, *Storia della Repubblica di Venezia. La Serenissima dalle origini alla caduta* (Mailand 2019), Frederic C. Lane, *Venice. A Maritime Republic* (Baltimore 1973), Alvise Zorzi, *Venedig. Eine Stadt, eine Republik, ein Weltreich. 697-1797* (Mailand 1980), Francesco Ferracin, *Storie segrete della storia di Venezia* (Rom 2017), John Julius Norwich, *A History of Venice* (London 1982) und Michael E. Mallett, *The Military Organization of a Renaissance State: Venice c. 1400 to 1617* (Cambridge 1984).

Von den vielen Texten über Ferrara und die Familie Este seien nur folgende genannt: Werner L. Gundersheimer, *Ferrara. The Style of a Renaissance Despotism*, (Princeton 1973), Riccardo Rimondi, *Estensi. Storia e leggende, personaggi e luoghi di una dinastia millenaria* (Ferrara 2005), Trevor Dean, *Land and Power in Late Medieval Ferrara: The Rule of the Este 1350-1450* (Cambridge 2002), Thomas Tuohy, *Herculean Ferrara: Ercole d'Este (1471-1505) and the Invention of a Ducal Capital* (Cambridge 2002), Maria Teresa Sambin de Norcen, *Le ville di Leonello d'Este. Ferrara e le sue campagne agli albori dell'età moderna* (Venedig 2013).

Was Florenz angeht, so haben mir die früheren Recherchen über die Medici natürlich geholfen. Dafür empfehle ich immer wieder die Lektüre der *Geschichte von Florenz* von Niccolò Macchiavelli und der *Geschichte Italiens* von Francesco Guicciardini, wahre Meisterwerke. Dazu gehören mindestens: Curt Gutkind, *Cosimo de' Medici, il vecchio* (Florenz 1940), Giulio Busi, *Lorenzo de' Medici. Una vita da Magnifico* (Mailand 2016), Ivan Cloulas, *Laurent le Magnifique* (Paris 1982), Jack Lang, *Laurent le Magnifique* (Paris 2002), Marcello Vannucci, *I Medici. Una famiglia al potere* (Rom 2018), Umberto Dorini, *I Medici. Storia di una famiglia* (Bologna 2016), George Frederick Young, *The Medici* (London 1909), Volker Reinhardt, *Die Medici. Florenz im Zeitalter der Renaissance* (München 1998), Jean Lucas-Dubreton, *La Vie quotidienne à Florence au temps des Medicis* (Paris 1958).

Zu Rom und der Familie Colonna: Jacques Heers, *La vie quotidienne à la cour pontificale au temps des Borgia et des Médicis: 1420-1520* (Paris 1986), Fabrizio Falconi, *Roma segreta e misteriosa. Il lato occulto, maledetto, oscuro della capitale* (Rom 2015), Paul Larivaille, *La vie quotidienne en Italie au temps de Machiavel: Florence et Rome* (Paris 1979), Claudio Rendina, *Le grandi famiglie di Roma* (Rom 2007), Alessandro Serio, *Una gloriosa sconfitta. I Colonna tra papato e impero nella prima età moderna* (Rom 2008).

Im Übrigen war eine gesonderte und sehr komplexe Recherche zur Geschichte des Kirchenstaates und der Päpste nach Martin V. nötig. Daher kann ich mit Sicherheit sagen, dass die zeitgenössischen Lektüren eine Recherche innerhalb der Recherche darstellten. Hier nun eine Reihe von Monografien, um sich auf dem schwierigen und tückischen, literarischen wie historischen Terrain des Papsttums besser auszukennen: Paolo Prodi, *Il sovrano pontefice. Un corpo e due anime: la monarchia papale nella prima età moderna* (Bologna 2013), Sandro Carocci, *Vassalli del papa. Potere pontificio, aristocrazie e città nello Stato della Chiesa (XII-XV sec.)* (Rom 2010), Marco Pellegrini, *Il papato nel Rinascimento* (Bologna 2010), Gabriela Häbich, *La Roma segreta dei papi* (Rom 2017), Massimo Polidoro, *Segreti e tesori del Vaticano* (Mailand 2017), Luca Boschetto, *Società e cultura a Firenze al tempo del concilio. Papa Eugenio IV tra curiali, mercanti e umanisti* (Rom 2012), Joseph Gill, *Eugenius IV. Pope of Christian union* (London 1961), Antonella Greco, *La cappella di Niccolò V del Beato Angelico* (Rom 1980), Georg Voigt, *Enea Silvio de' Piccolomini, als Papst Pius der Zweite, und sein Zeitalter* (Berlin 1863), Barbara Baldi, *Il »cardinale tedesco«. Enea Silvio Piccolomini fra impero, papato, Europa (1442-1455)* (Mailand 2013), Anna Maria Corbo, *Paolo II Barbo. Dalla mercatura al papato (1464-1471)* (Rom 2004).

Eine eigene Anmerkung verdient das Meisterwerk von Enea Silvio Piccolomini, *Commentarii*, ein Text, der eine umfassende, sinnliche und unverzichtbare Darstellung des 15. Jahrhunderts bietet. All denen, die die Anregungen aus meinem Roman vertiefen wollen, empfehle ich eine sorgfältige und aufmerksame Lektüre dieses großartigen Werks.

Natürlich dürfen die Bücher über das Leben einiger Künstler, die mir aus literarischen Gründen oder aus denen des persönlichen Geschmacks besonders am Herzen liegen, nicht fehlen: Als Erstes *Le vite dei più eccellenti pittori, scultori e architetti* von dem unausweichlichen Giorgio Vasari (Florenz 1568), Stefano Borsi, *Paolo Uccello* (ill., Florenz 1993), Mauro Minardi, *Paolo Uccello* (mehrfarbig, Mailand 2017), Philippe Soupault, *Paolo Uccello* (Paris 1929), Diletta Corsini, *La battaglia di San Romano* (Florenz 1998), Timothy Verdon, *Beato Angelico* (ill., Mailand 2015), Georges Didi-Huberman, *Fra Angelico. Dissemblance et figuration* (Paris 1990), Beatrice Paolozzi Strozzi, *Donatello* (Florenz 2016), Beatrice Paolozzi Strozzi, *Donatello. Il David restaurato* (ill., Florenz 2008), Maryan W. Ainsworth, *Petrus Christus: Renaissance Master of Bruges* (New York 1994).

Was die Erzähltechnik angeht, so erzähle ich weiterhin in Bildern, was im Übrigen auch die beste Methode ist, um dem Leser zu ermöglichen, sich den erzählerischen und historischen Hintergrund zu erschließen.

Bezüglich des heiklen und widersprüchlichen Materials über die Söldnerführer schulde ich folgenden Texten viel: Ghimel Adar, *Storie di mercenari e di capitani di ventura* (Genf 1972), Paolo Gazzara, *Gattamelata. Storia di Erasmo da Narni e dei più valorosi capitani di ventura* (Foligno

2014), Carlo Montella, *Grandi capitani di ventura* (Mailand 1966), Claudio Rendina, *I capitani di ventura. Storia e segreti* (Rom 2011).

Auch dieses Mal waren wegen der Duellszenen die Handbücher zum historischen Fechten unentbehrlich: Giacomo di Grassi, *Ragione di adoprar sicuramente l'arme si' da offesa, come da difesa; con un Trattato dell'inganno, et con un modo di esercitarsi da se stesso, per acquistare forsa, giudizio, et prestezza* (Venedig 1570) und Francesco di Sandro Altoni, *Monomachia – Trattato dell'arte di scherma*, herausgegeben von Alessandro Battistini, Marco Rubboli und Iacopo Venni (San Marino 2007).

Berlin, 25. August 2019

Dank

Ich bedanke mich bei meinem Verlag Newton Compton, dem besten, den ich mir nur vorstellen kann und der aus vielerlei Gründen perfekt zu meinem Charakter passt.

Wieder einmal geht mein tief empfundener und aufrichtiger Dank an Vittorio Avanzini, der mir immer wieder Anekdoten und Episoden erzählt, die meine Fantasie beflügeln und meine Recherchen stimulieren. Das Wissen des Dottor Avanzini über die Geschichte Italiens und die Renaissance ist, gelinde gesagt, grenzenlos. Dank an Maria Grazia Avanzini für die Zuneigung, die Freundlichkeit, die Eleganz, mit der sie mich im Verlag aufgenommen hat.

Raffaello Avanzini war schon immer ein außergewöhnlicher Ratgeber. Zu wissen, dass er die Entscheidung, das goldene Jahrhundert der italienischen Renaissance zu erzählen, teilt, ist für mich ein großer Trost und eine große Genugtuung. Die fruchtbare und stetige Auseinandersetzung mit ihm hat mich als Mensch und Autor wachsen lassen.

Zusammen mit den Lektoren danke ich meinen Agenten: Monica Malatesta und Simone Marchi, ohne die ich heute nicht einmal daran denken könnte, mich in die wunderbare Welt des italienischen Verlagswesens, die allerdings auch voller Fallen ist, zu wagen. Die Zusammenarbeit macht große Freude.

Alessandra Penna, meine Lektorin, ist eine Person, mit der ich alles teile. Der Roman ist wirklich eine verrückte, bizarre und gefährliche Kreatur, die mit jeder Lektüre gebändigt wird. Ihre Freundlichkeit und Aufmerksamkeit bieten die größte Hilfe, die ein Schriftsteller sich erhoffen kann.

Dank an Martina Donati, weil sie mit mir die Themen des Romans besprochen hat, die mir am meisten am Herzen liegen und auf den Seiten ins richtige Licht gerückt werden sollten. Du bist umwerfend!

Dank an Antonella Sarandrea für ihre außergewöhnliche Fähigkeit, Lösungen zu finden, auch wenn keine zu existieren schienen! Großartig.

Dank an Clelia Frasca, Federica Cappelli und Gabriele Anniballi für ihre Aufmerksamkeit und ihr Feingefühl.

Schließlich danke ich dem ganzen Team von Newton Compton Editori für die außergewöhnliche Professionalität.

Ich danke meinen vielen Übersetzerinnen und Übersetzern, meinen »Stimmen« im Ausland, insbesondere denen, die ich persönlich kennenlernen durfte: Gabriela Lungu für die rumänische Ausgabe; Maria Stefankova für die slowakische, Eszter Sermann für die ungarische, Bozena Topolska für die polnische. Allen anderen: Ich hoffe, euch so bald wie möglich zu treffen.

Ich danke natürlich Sugarpulp: Giacomo Brunoro, Valeria Finozzi, Andrea Andreetta, Isa Bagnasco, Massimo Zammataro, Chiara Testa, Matteo Bernardi, Piero Maggioni, Carlo »Charlie Brown« Odorizzi.

Dank an Lucia und Giorgio Strukul, die mir den Traum geschenkt haben, Schriftsteller werden zu wollen.

Dank an Leonardo, Chiara, Alice und Greta Strukul: für Berlin und die tollen gemeinsamen Tage!

Dank an die Gorgi: Anna und Odino, Lorenzo, Marta, Alessandro und Federico.

Dank an Marisa, Margherita und Andrea »il Bull« Camporese.

Dank an Caterina und an Luciano, weil sie seit jeher ein Leuchtturm in meiner Nacht sind und immer sein werden.

Dank an Oddone und Teresa und an Silvia und Angelica.

Dank an Jacopo Masini & Dusty Eye.

Dank an Mauro Corona, Andrea Mutti, Francesca Bertuzzi, Marilù Oliva, Romano de Marco, Nicolai Lilin, Barbara Baraldi, Ilaria Tuti, Marcello Simoni, Francesco Ferracin, Gian Paolo Serino, Simone Sarasso, Antonella Lattanzi, Alessio Romano, Mirko Zilahi de Gyurgyokai: weil ich einfach nicht ohne euch kann.

Ich bedanke mich bei Creed, weil sie großartige Songs geschrieben haben, die während der langen Tage des Schreibens mein Soundtrack waren.

Zum Abschluss: Unendlichen Dank an Alex Connor, Conn Iggulden, Simon Scarrow, Oliver Pötzsch, Paula Hawkins, Victor Gischler, Sarah Pinborough, Jason Starr, Allan Guthrie, Ferruccio Clerino, Gabriele Macchietto, Elisabetta Zaramella, Lyda Patitucci, Francesco Invernizzi, Mary Laino, Leonardo Nicoletti, Rossella Scarso, Federica Bellon, Gianluca Marinelli, Alessandro Zangrando, Francesca Visentin, Anna Sandri, Leandro Barsotti, Sergio Frigo, Massimo Zilio, Chiara Ermolli, Giulio Nicolazzi, Giuliano Ramazzina, Giampietro Spigolon, Erika Vanuzzo, Thomas Javier Buratti, Andrea Kais Alibardi, Marco Accordi Rickards, Raoul Carbone, Francesca Noto, Daniele

Falcone, Alessia Padula, Micaela Romanini, Daniele Cutali, Stefania Baracco, Piero Ferrante, Tatjana Giorcelli, Giulia Ghirardello, Gabriella Ziraldo, Marco Piva alias il Gran Balivo, Paolo Donorà, Massimo Boni, Enrico Barison, Federica Fanzago, Nausica Scarparo, Luca Finzi Contini, Anna Mantovani, Laura Ester Ruffino, Renato Umberto Ruffino, Livia Frigiotti, Claudia Julia Catalano, Piero Melati, Cecilia Serafini, Tiziana Virgili, Diego Loreggian, Andrea Fabris, Sara Boero, Laura Campion Zagato, Elena Rama, Gianluca Morozzi, Alessandra Costa, Và Twin, Eleonora Forno, Maria Grazia Padovan, Davide De Felicis, Simone Martinello, Attilio Bruno, Chicca Rosa Casalini, Fabio Migneco, Stefano Zattera, Marianna Bonelli, Andrea Giuseppe Castriotta, Patrizia Seghezzi, Eleonora Aracri, Mauro Falciani, Federica Belleri, Monica Conserotti, Roberta Camerlengo, Agnese Meneghel, Marco Tavanti, Pasquale Ruju, Marisa Negrato, Serena Baccarin, Martina De Rossi, Silvana Battaglioli, Fabio Chiesa, Andrea Tralli, Susy Valpreda Micelli, Tiziana Battaiuoli, Erika Gardin, Valentina Bertuzzi, Walter Ocule, Lucia Garaio, Chiara Calò, Marcello Bernardi, Paola Ranzato, Davide Gianella, Anna Piva, Enrico »Ozzy« Rossi, Cristina Cecchini, Iaia Bruni, Marco »Killer Mantovano« Piva, Buddy Giovinazzo, Gesine Giovinazzo Todt, Carlo Scarabello, Elena Crescentini, Simone Piva & i Viola Velluto, Anna Cavaliere, AnnCleire Pi, Franci Karou Cat, Paola Rambaldi, Alessandro Berselli, Danilo Villani, Marco Busatta, Irene Lodi, Matteo Bianchi, Patrizia Oliva, Margherita Corradin, Alberto Botton, Alberto Amorelli, Carlo Vanin, Valentina Gambarini, Alexandra Fischer, Thomas Tono, Ilaria de Togni, Massimo Candotti, Martina Sartor, Giorgio Picarone, Cormac Cor, Laura Mura, Giovanni

Cagnoni, Gilberto Moretti, Beatrice Biondi, Fabio Niciarelli, Jakub Walczak, Lorenzo Scano, Diana Severati, Marta Ricci, Anna Lorefice, Carla VMar, Davide Avanzo, Sachi Alexandra Osti, Emanuela Maria Quinto Ferro, Vèramones Cooper, Alberto Vedovato, Diana Albertin, Elisabetta Convento, Mauro Ratti, Mauro Biasi, Nicola Giraldi, Alessia Menin, Michele di Marco, Sara Tagliente, Vy Lydia Andersen, Elena Bigoni, Corrado Artale, Marco Guglielmi, Martina Mezzadri.

Ich habe sicher irgendjemanden vergessen … Wie ich schon länger sage: Ihr seid im nächsten Buch, versprochen!

Eine Umarmung und unendlichen Dank an alle meine Leserinnen und Leser, die Buchhändlerinnen und Buchhändler und alle Förderer, dic Vertrauen in meinen Roman haben.

Ich widme dieses Buch meiner Frau Silvia: Du bist für mich Norden und Süden, Osten und Westen, mein Sternenhimmel, die Essenz meines Lebens.

Glossar

Apside Erweiterung des Kirchenraums von halbkreisförmigem Grundriss

Arengo eine Art mittelalterliche Volksversammlung, in der sich die Bürger selbst organisierten, gegen die feudalen Herrscher

Arkebuse auch: Hakenbüchse, ein im 15. und 16. Jahrhundert gebräuchliches Vorderladergewehr mit Luntenschloss

Biforium (Pl.: Biforien) ein Bogenfenster, das durch eine Säule oder Stütze in der Mitte in zwei Teilfenster gegliedert ist

Biscione das Wappentier im Wappen der Visconti: ein Schlangenwesen, das einen Menschen frisst

Bombarde ein besonders schweres Pulvergeschütz, das bei Belagerungen eingesetzt wurde, in der Regel mit kürzerem Rohr als eine Kanone

Briccol Pfähle, die in den Boden der Lagune gerammt worden waren und dem Festmachen der Boote dienten

Calzabraca Trikothose

Chrysobull byzantinische Kaiserurkunde, mit der Privilegien verliehen wurden (hier an die venezianischen Kaufleute)

Cubicularii päpstliche Kammerherren

Epistolograf offizieller Briefschreiber

Fiorini deutsch: Florin, auch Goldflorin; Florentiner Goldmünze

Giornea im 15. Jahrhundert übliches Obergewand, gegürtet oder weit in losen Falten fallend, bisweilen mit Hängeärmeln

Hussiten reformatorische Bewegung, die sich auf Jan Huss bezieht

Janitscharen Elitetruppe der Armee des Osmanischen Reichs, deren Mitglieder weder heiraten noch Besitz erwerben durften, de facto Militärsklaven. Sie rekrutierten sich aus Knaben unterworfener christlicher Völker, hauptsächlich vom Balkan. Die Jungen wurden zur Erziehung, Ausbildung und Zwangsislamisierung in das Osmanische Reich gebracht.

Kapitulation auch Wahlkapitulation, hier ein Vertrag, der die Handlungen des vom Konklave zu wählenden Papstes einschränkt. Jeder Kandidat schwört vor der Abstimmung, diese Einschränkung seiner Vormachtstellung gegenüber dem Kardinalskollegium anzuerkennen, sollte er gewählt werden.

Kommendatarabt Laienabt, der nicht in der Abtei wohnte, nichts mit dem geistlichen Leben dort zu tun hatte. Er war Schutzherr und erhielt sämtliche Einkünfte.

Kukulle ursprünglich der mittelalterlichen Gugel ähnlicher Überwurf mit Kapuze, der bis über die Schultern reichte. Heute bezeichnet Kukulle vor allem einen Teil des Habits bestimmter Ordensgemeinschaften.

Lucco ein weiterer Florentiner Mantel, typischerweise aus der charakteristischen Haubenspitze

Mamluken   Mamluken waren militärisch ausgebildete Sklaven zentralasiatischer oder osteuropäischer Herkunft, die in vielen islamischen Herrschaftsgebieten als Elitekrieger im Einsatz waren. Über die Jahrhunderte gelangten sie zunehmend zu Macht und Einfluss und herrschten ab 1250 beispielsweise über Ägypten und Syrien.

Paramente   liturgische Gewandstücke

Polyptychon   mehrteiliges Gemälde mit Scharnieren zum Aufklappen

Pomander   auch Balsamapfel oder Bisamapfel (Bisam war eine Bezeichnung für Amber oder Moschus), ein meist kugelförmiger Duftstoffbehälter, der auch als Schmuck getragen wurde. Er wurde bis ins 17. Jahrhundert verwendet, meist zu medizinischen Zwecken.

Pozzaro   Arbeiter zur Wartung der unterirdischen Wasserleitungen Neapels, die teils noch aus der Antike stammen

Sagra   (Pl.: sagre) Kirchweihfest oder Dorffest, das heute meist der kulinarischen Spezialität eines Dorfes gewidmet ist

Serenissima   Beiname der Republik Venedig

Terra di Lavoro   Provinz des Königreichs Neapel, bei Caserta

Terraferma   Bezeichnung der Gebiete im östlichen Oberitalien, die von der Republik Venedig seit dem 15. Jahrhundert untertänig gemacht worden waren

Unsere Leseempfehlung

800 Seiten
Auch als E-Book
und Hörbuch
erhältlich

Varennes-Saint-Jacques 1260: Die Gebrüder Fleury könnten verschiedener nicht sein. Während Michel das legendäre kaufmännische Talent seines Großvaters geerbt hat, träumt Balian von Ruhm und Ehre auf dem Schlachtfeld. Doch nach dem Tod seines Bruders muss Balian die Geschäfte plötzlich allein führen. Es kommt, wie es kommen muss: Bald steht die Familie vor dem Ruin. Balian sieht nur noch eine Chance: Eine waghalsige Handelsfahrt soll ihn retten. Das Abenteuer führt ihn und seine Schwester Blanche bis ans Ende der bekannten Welt – und einer seiner Gefährten ist ein Mörder ...

www.goldmann-verlag.de
www.facebook.com/goldmannverlag

 **GOLDMANN**
Lesen erleben

Unsere Leseempfehlung

672 Seiten
auch als E-Book
erhältlich

Anno Domini 1346. Der junge Kaufmannssohn Adrien Fleury studiert in Montpellier Medizin. Als er nach Varennes-Saint-Jacques zurückkehrt, erkennt er seine Heimatstadt kaum wieder. Reiche Patrizier regieren Varennes rücksichtslos. Das einfache Volk rebelliert gegen Unterdrückung und niedrige Löhne. Die Juden leiden unter Hass und Ausgrenzung. Als Adrien eine Stelle als Wundarzt antritt, lernt er die Jüdin Léa kennen. Sie verlieben sich und bringen sich damit in höchste Gefahr. Doch dann wütet der Schwarze Tod in Varennes, und Adriens Fähigkeiten werden auf eine harte Probe gestellt ...

www.goldmann-verlag.de
www.facebook.com/goldmannverlag

Ⓖ GOLDMANN
Lesen erleben